O ACHADO

Marcos Fizzotti

O Achado

Marcos Fizzotti

Outras obras publicadas do autor:

Em língua portuguesa:

Contos de Guerra da 121º Divisão Terra-Ar do Exército Americano v.1
Fantasmas, Mafiosos e Outros Políticos

Em língua inglesa:

121st Air-Ground Division Warfares Volume 1
121st Air-Ground Division Warfares Volume 2

ÍNDICE

Marcos Fizzotti

1- O OBJETO

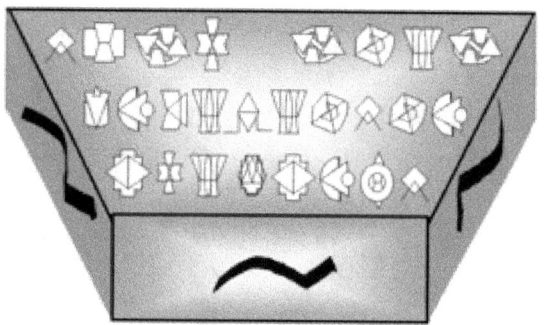

O particular objeto, grosseiramente reproduzido acima, foi encontrado numa expedição arqueológica realizada na porção centro-oriental da Sumatra em 1968. De início, não lhe foi conferida importância, já que parecia ser somente um fragmento de artefato doméstico, um tipo peculiar de apoio utilizado mais para as artes culinárias. Contudo, após intensas pesquisas, foi determinada a extrema importância que os antigos habitantes da Sumatra davam a essa estranha peça. Sem mencionar o fato de que o dito objeto era o único de sua espécie, o que tornava ridícula a suposição de que poderia ser somente um mero utensílio de cozinha.

Iniciou-se então uma minuciosa investigação em torno deste estranho objeto. Depois de cerca de um ano, ainda não se havia descoberto muita coisa sobre o mesmo, embora sua composição química fosse bizarra, para não dizer totalmente fora do comum, transcendendo até mesmo os já conhecidos elementos da velha Tabela Periódica. Entretanto, renomados arqueólogos posteriormente determinaram que o insólito artefato era, na verdade, usado em rituais macabros e místicos, realizados pelos povos das montanhas locais. Estudos feitos por ocultistas, chamados especialmente para analisar a famigerada peça, levaram a crer que a mesma possuía capacidades místicas de abrir as portas de um universo paralelo, que manteria uma coexistência com o nosso. Neste lugar, coisas que para nós são abstratas, tais como amor, ódio, medo e solidão, assumiriam a forma, o conteúdo e a consistência de pessoas reais, de carne e osso; tão prazerosas ou tão horrendas, de acordo com a emoção a que se referiam.

Foi constatado que, de alguma forma, estas pessoas paralelas, ou seja, estas emoções em forma de gente teriam permissão de deixar seu universo e ingressar no nosso, sempre que algum de nós sentisse necessidade de uma emoção. Uma vez aqui, tais pessoas, compostas basicamente de massas de energia, só poderiam se manifestar na forma das emoções abstratas que conhecemos. Portanto, o que determina a passagem dessa gente para o nosso universo seria uma força emanada pelo estado de espírito dos indivíduos desta dimensão, em certo momento de suas vidas. Em resumo, no instante em que qualquer um de nós necessita de uma emoção, as pessoas do universo paralelo cruzam para este lado no momento preciso e as providenciam para nós, quer dizer, se transformam na emoção correspondente. Por exemplo, quando nos apaixonamos, a pessoa que corresponde ao amor passa para o nosso universo na forma desta emoção e se manifesta de maneira abstrata em nossos corações. Dizem que, nesse estranho universo paralelo, haveria uma pessoa para representar cada uma de nossas emoções.

Com esta incrível descoberta, passou-se a acreditar ser esta a explicação mais plausível para a existência das emoções, só que a função exata do objeto em todo esse contexto nunca foi completamente determinada. Contudo, devido ao absurdo destas teorias e, principalmente, pelo pânico que tais conhecimentos poderiam causar, os trabalhos em cima deste assunto foram totalmente abandonados em 1981. O objeto acabou por ser colocado em exposição no Museu de História Natural de Nova Iorque, onde sua importância foi totalmente negligenciada. Entretanto, tudo isso mudou quando, em 15 de janeiro de 1990, o objeto desapareceu misteriosamente de sua vitrine de exposição. Até hoje, esse fato permanece sem solução.

Para piorar as coisas, novas evidências arqueológicas revelaram que os antigos habitantes da região, que possuíam o controle das propriedades

9

do objeto, consideravam uma fortíssima profanação seu uso, a não ser por eles mesmos, ou sacerdotes experientes, todos cuidadosamente selecionados. Aproximar-se daquele objeto era expressamente proibido a qualquer aldeão ou pessoa considerada "normal". A punição para os infratores era morte lenta provocada por excruciantes torturas. Há rumores de que os antigos chefes tribais chegaram até mesmo a cogitar destruir o objeto na época, devido à extrema periculosidade de sua existência (podendo até mesmo, segundo acreditavam, levar ao fim de toda a realidade como a conhecemos). Porém, por alguma razão desconhecida, nunca o fizeram. Talvez, nunca *puderam* fazê-lo.

Bem, muitos consideram que tudo isso não passa de mito. No entanto, se tal artefato realmente existe, ele poderia bem ser o solitário detentor do segredo de todas as emoções do universo. E se ele é realmente tão poderoso e perigoso quanto os antigos sábios acreditavam, as imprevisíveis consequências de seu mau uso poderiam acarretar tragédias de proporções bíblicas. Encontrá-lo deveria ser a prioridade máxima de todas as autoridades governamentais do planeta. Entretanto, não é.

2- A RAINHA

*I*NGLATERRA, 1559. A rainha coroada Elizabeth I, do alto de seus 26 anos, não podia parar de pensar nos últimos acontecimentos que tiveram lugar em sua vida e até poderiam tê-la modificado por completo, se assim o quisesse. No entanto, era experiente demais para permiti-lo. É óbvio que alguma coisa havia saído errada quando a trouxeram de volta a sua época. Não deveria lembra-se de nada do que ocorrera em sua experiência futurista, no início do assim chamado século XXI.

Ela, naturalmente, não tivera culpa no processo. Havia sido arrastada, roubada, sequestrada de sua época por um vórtice no tempo, aberto acidentalmente por um grupo de turistas jamaicanos que, na época, estavam na Plaza de España, em Madrid, fazendo uma ou outra experiência temporal para passar o tempo (e, de fato, passaram!), usando uma técnica mística que somente eles conheciam.

Elizabeth (embora não devesse) se lembrava de tudo com muita clareza. Isto poderia alterar e até mesmo comprometer irreversivelmente o futuro como o conhecemos, mas ela, ciente disso, saberia ser discreta. Já sabia, por exemplo, que, por seu intermédio, um novo mundo seria conquistado, visto que uma americana que conheceu no futuro, havia lhe falado a respeito. Tudo bem, pensou, deixa acontecer. Que nome redundante foi dado ao país que ela ajudaria a constituir no passado! "Estados Unidos"! Deus do céu! Se há estados e eles estão juntos formando um país, é claro que são estados unidos! Como podem estes "seres" descender de ingleses com tão pouca imaginação? Ela teria chamado a nova nação de "England II", "Elizabeth's Country", algo que transmitisse nobreza, personalidade! Enfim, nem mesmo uma rainha pode estar em todos os lugares.

Havia muitas coisas das quais se lembrava muito bem do futuro onde esteve. É claro que ficara fascinada com os avanços tecnológicos, mas uma coisa em particular a incomodava. Era impressionante a passividade das pessoas do futuro com relação à sua rotina, e como todos naquela época eram escravos da mesma. Encontravam-se envolvidos, ou até condenados a uma vida restrita de ir e voltar de algo que chamavam de emprego ou profissão, que não lhes trazia nada a não ser aborrecimento, solidão, dor e uma remuneração baixa que era apenas o bastante para viver. Às vezes nem isso, o que transformava suas existências em algo a ser somente suportado e não desfrutado. Não havia mais a glória da conquista, do tentar ser melhor, de criar algo novo, de fazer a mínima diferença. Só o que pode ver eram zumbis entregues inexoravelmente a um estilo de vida, cujo único crescimento possível não passava de uma mudança no nome do cargo que ocupavam, que trazia um aumento tenebroso de trabalho, acompanhado de um irrisório aumento da remuneração. Pobreza, doença, miséria e fome continuavam, apesar de todo o avanço tecnológico, uma dessas constantes do universo.

Ainda se lembrava do principal passatempo dos futuristas, que se chamava "televisão" ou algo assim, e como todos perdiam tempo com ela. Muitas de suas atrações eram sérias comprometedoras da psique. Nada de muito valor podia ser achado na tela daquela coisa, a não ser por algumas técnicas surpreendentes de fazer com que desenhos se movimentassem. Uma coisa que, em seu tempo, seria considerado bruxaria, o bom e velho preconceito contra a tecnologia. "Decididamente, queimaram a senhorita Joana D'Arc à toa", pensou.

E a juventude então! Simplesmente, não se vive a vida naquele futuro! A diversão parecia se restringir a danças ridículas e pouco interessantes, ao som de músicas monótonas mascaradas de agitadas, em lugares úmidos e demasiado escuros, abarrotados de pessoas com sonhos muito mais perdidos do que latentes. Não havia mais aquela febre da juventude, a energia, a magia, o desejo pelo risco desnecessário, a vontade de contrariar, de se aventurar, de agir contra a vontade de todos, de desafiar tudo que existe! Como são arcaicas as pessoas do futuro! Seus passatempos idiotas, suas bebidas muito fracas, seus cigarros... Sem comentários! Chamam aquilo de cigarro? Sem falar da música, meu Deus, que coisa mais enfadonha! Incrível o que foi feito da pobre Inglaterra! Mesmo aquele negócio, como se chamava... Pars..., perc..., piercing ou algo assim, nem se comparava com as torturas a que ela já havia submetido dezenas de pessoas em sua época! E quanto ao sexo! Será que as pessoas ainda faziam isso naquela época?

Um homem com certeza fazia.

Ele a chamava de Lisa ocasionalmente, não o esquecera também. Outra vida desperdiçada! Não que ele morrera, mas, com certeza, também não vivia. Neste aspecto, era como os outros. Nos demais, diferente. Ele poderia ter sido muito mais do que era. Ela bem que tentou fazer com que fosse. Foi, inclusive, perseguida e quase presa por causa disso. Porém, fracassara. Ou teria conseguido? Será que a semente que ela plantou no futuro gerou frutos de alguma forma? Não tinha como saber. Jamais saberia. Ou saberia? Algum dia voltaria ao futuro, por meio de outro acidente? Quanto tempo até que eles finalmente viessem a dominar essas tais de viagens temporais? Será que algum dia voltaria a vê-lo? Já era tarde e estava exausta. Ela sequer teria muito tempo para pensar naquilo no dia seguinte, com seus tantos afazeres. Não estava mesmo segura se queria continuar com aquilo em sua mente. Com a cabeça cheia de pensamentos contraditórios e emoções caóticas, Elizabeth se deitou em seu enorme leito (aliás, muito mais adequado para fazer amor do que aqueles do futuro, que quebravam no primeiro salto). Fechou seus olhinhos apertados e não tardou muito em adormecer, estava mesmo muito cansada. Um minuto depois, desapareceu simplesmente.

3- A ASTRONAUTA

*A*llison *Mulligan*, a boa cientista e astronauta, que já tivera o azar de visitar muitas empresas de Telecom há alguns anos, não conseguia entender o que causava aquele estranho fenômeno nas estrelas que observava. De repente, parecia que todas as referências galácticas que conhecia tivessem mudado completamente de uma hora para outra. O universo todo tinha virado uma bagunça, na falta de uma explicação melhor. Aquilo teria que ser analisado. Sabia, porém, que seus superiores iriam espernear com a ideia de voltar a conduzir o que seria, sem dúvida, uma investigação importante.

Dirigiu-se até o setor 7-G do edifício 2 da sede da NASA. Já era bem tarde da noite. Trabalhar até altas horas da madrugada havia se tornado uma triste rotina para Allison. E seu turno havia acabado de dar uma guinada para pior. Tinha que comparar aquelas amostras de coordenadas espaciais (que ela havia acabado de retirar do espectro criptográfico do computador principal) com aquelas obtidas na semana anterior, quando mapeara os planetas dos setores de Germidor a Terminus da Galáxia Alpha XWZ-1, descoberta recentemente e vizinha a Andrômeda. Ela concluiu que... Era impossível! Tudo estava diferente! Nunca havia encontrado leituras como aquelas antes! Descobrir a causa de tal fenômeno seria um desafio assustador, mesmo para o Q.I. de 180 da boa cientista. Planetas e inclusive galáxias inteiras não poderiam ter suas posições alteradas de forma tão radical em apenas uma semana! Tal ocorrência teria que levar milhões de anos! Jamais tinha verificado tal deslocamento de planetas.

Foram as doze horas mais exaustivas da vida de Allie, como era conhecida. Poderia até ter levado muito mais tempo, não fosse sua incrível capacidade intelectual. Ela analisou intensivamente as curvas estratosféricas osciloscopares dos parsecs galácticos, traduzidos em graus "sherman sete" de visualidade espacial, e uma infinidade de outros termos igualmente não amigáveis. Teve ainda que sobrepor os dados principais da curva de oscilação interespacial, de objetos com massa considerável, com o gráfico de deslocamentos gravitacionais, de acordo com as coordenadas galáxias preestabelecidas, segundo um padrão de distorção comum da matéria. Foi aí que, finalmente, teve um lampejo. É O TEMPO! Só poderia ser algum tipo de fenômeno temporal! É tão óbvio! Como não havia pensado nisso antes?

Seriam necessários alguns milhões de anos para produzir a alteração verificada na posição dos planetas, só que aquela havia ocorrido em apenas uma semana. Era razoável pensar (e havia até evidências disso) que alguma coisa no PASSADO da Terra tinha se alterado radicalmente, provavelmente a centenas de anos atrás, e essa mudança iniciou o deslocamento de planetas que ela verificou. Mas, quem ou o que teria feito tal mudança? E de que maneira? Teria que ter sido provocada artificialmente; uma coisa natural não acarretaria alterações tão drásticas! E em que época específica da humanidade tal alteração se processou?

Mais uma batelada de testes (utilizando o mesmo gravitômetro) e Allie observou, para sua grande surpresa, que algo similar já tinha acontecido. Um deslocamento planetário daquele mesmo tipo havia ocorrido cerca de dois anos antes, mas que ninguém na ocasião (nem mesmo ela) se deu conta. E essa se tornou uma nova questão. Como puderam deixar isso passar? Até pareceria ridículo, mas provavelmente foi porque ninguém na época prestara atenção. Ela mesma só havia descoberto aquele segundo deslocamento por acaso, ao fazer verificações do espaço-tempo não muito rotineiras, que com certeza ninguém pensou em fazer dois anos atrás.

Ao analisar as datas pertinentes ao primeiro fenômeno, isoladas por meio do espectômetro, Allie encontrou indícios de que essa primeira mudança (de dois anos atrás) estaria relacionada com um evento extraordinário, o qual teria acontecido aproximadamente na segunda metade do século XVI (por volta de 1550). O centro de tal evento localizava-se na Europa, mais especificamente numa linha quase reta que unia Inglaterra e Espanha. Algo tão sem precedentes que chegou a alterar todo o curso da história atual. Tudo isso apareceu no mapa acoplado ao computador histórico.

Porém, todos os distúrbios relacionados com tal ocorrência fantástica já tinham sido corrigidos, tanto que ninguém em nenhum lugar chegou a notar os efeitos. O passado fora colocado de volta nos eixos e a história pode retomar seu devido curso. O mundo se acomodou. Um grave erro. Ninguém parou para pensar que tal coisa poderia acontecer de novo. E, de fato, aconteceu, diante de seus olhos. E muito mais intensamente. Allie chegou a sentir raiva. Como que ninguém se preocupou em aprender mais sobre o que havia acontecido dois anos atrás? Como que nenhuma agência, governamental ou não, nem mesmo a NASA, parou para fazer perguntas? Allie, sem dúvida, já tinha uma grande lista delas: o que exatamente ocorreu no passado da Terra, que provocou modificações tão radicais, não só na história, como também nos planetas? Foi algo natural (pouco provável) ou provocado por algum tipo de cataclisma que, de algum modo, encontrou seu caminho para o nosso passado? Quem foram as pessoas envolvidas, tanto no século XVI, como no nosso? Como o problema foi solucionado afinal? E por quem? Inacreditável que todos os cientistas e autoridades mundiais simplesmente deixaram tantas dúvidas de lado, só porque tudo voltara ao normal!

Foi aí que uma realização súbita invadiu o coração de Allie, algo que a fez se sentir muito mais velha. Era a compreensão de que caberia a ela a incumbência de achar as respostas desta vez. Especialmente, porque não tardaria muito para que o fenômeno verificado em Alpha XWZ-1 fatalmente atingisse a Via Láctea, provocando os mesmos deslocamentos planetários em nosso próprio sistema solar. Os instrumentos já começavam a evidenciar esse fato claramente. Como consequência, haveria uma alteração radical no eixo de rotação e na órbita da Terra, a ponto de causar uma série de cataclismas que, por fim, extinguiriam toda a vida.

Allison estava totalmente exausta, mas já tinha perdido o pouco sono que lhe restava. Passou a estudar seus gráficos e mapas estelares o mais metodicamente que sua comprometida concentração lhe permitia. Também teve que empreender longas e cansativas pesquisas históricas, a fim de obter as referências de que precisava para as linhas de tempo traçadas aos poucos, por meio da análise de seu espectômetro. Depois de um árduo e ininterrupto trabalho, com a cafeína já martelando o que sobrava de sua percepção, Allie finalmente conseguiu estabelecer que a linha temporal geográfica deste segundo fenômeno também se iniciava na Inglaterra, só que, diferentemente da linha do primeiro fenômeno, não terminava na Espanha. Na realidade, ia muito além da Europa, chegando mesmo ao continente americano. Isso a encorajou a fazer uma chamada de longa distância para um velho amigo, no distante Iowa. Sabia que provavelmente o acordaria, mas não tinha escolha.

♣ ♣ ♣ ♣ ♣

— Allie, como vão as coisas por aí? Você já encontrou os homenzinhos verdes que estava tão desesperadamente procurando quando esteve aqui?

— Ainda não, Leo. Por enquanto, só os seus chefes se parecem e agem como alienígenas. Os de verdade (se é que existem) só se escondem de mim. É como se eles já soubessem que os procuro e por isso fogem, ou para me irritar, ou porque são tímidos!

— Bem, digamos que eles têm todo o universo para se esconder.

— Pode ser. De qualquer maneira, tenho que continuar procurando, é meu trabalho!

Tendo sido castigada por alguns "atrevimentos" de seu passado, Allison fora sentenciada a atuar numa área da NASA chamada oficialmente de "Divisão de Pesquisas Extraterrestres", mas que já fora apelidada por seus colegas de "Departamento das Causas Inúteis". Sua função era basicamente varrer o espaço sideral em busca de evidências de que existe vida inteligente em outros planetas. Até aquele momento, não achara nada de interessante, pelo menos não alienígenas.

— Enfim... Há outra coisa que me preocupa. — Ela prosseguiu — Não está curioso para saber o motivo desta ligação?

— A estas horas, suponho que não seja para me pedir em casamento!

— No momento ainda não. — Disse a cientista com um sorriso matreiro — Você ainda não é verde o bastante. Na verdade, é algo ainda mais delicado do que casamento. — O inglês da cientista era aberrantemente sulista do Alabama, às vezes difícil de ser entendido por um compatriota, mas ela procurava falar devagar. — Eu soube que você esteve em Madri há cerca de dois anos, pela companhia...

— Ainda estou tentando esquecer aquela missão! — Respondeu ele.

— Você notou... — Continuou ela — algo de estranho enquanto esteve lá?

— Bem, nossos equipamentos realmente passaram a funcionar com eficiência depois de um tempo! Isso é estranho o bastante para você?

— Eu disse estranho, não impossível! — Allie brincou de volta.
— Eu quero dizer... Você notou algo de diferente no que se refere a... Tempo?

— Tempo? Como assim, tempo?

— É... Você sabe... Se durante o período em que você esteve na Espanha, ocorreu algum tipo de... Fenômeno temporal ou algo parecido?
— Ela diminuiu a voz corando um pouco. Mal podia acreditar que, de fato, fazia aquela pergunta, mas não conhecia outro jeito de se expressar.

Fez-se silêncio do outro lado da linha.

— Eu sei que parece loucura. — Continuou a cientista, firmando a voz. Para desespero do moço, o sotaque sulista de Allie parecia aumentar à medida que ela ficava mais nervosa. — Mas é que estou investigando alguns fenômenos espaciais, que talvez tenham afetado a linearidade de nosso tempo. Para tentar colocar de uma forma mais simples...

— Não se preocupe Allie. — Interrompeu o outro. — Isso vai até parecer ainda mais estranho, mas... Agora que você mencionou, tenho algo a lhe dizer a esse respeito.

— E o que seria? — A astronauta perguntou em tom de dúvida e suspeita, sentindo-se impaciente e com um nó se formando em sua garganta. — O que é que eu não sei?

Um novo silêncio. Allie esperou.

— Você acharia muito estranho... — Leo continuou finalmente, num inglês de Iowa apenas compreensível. — Se eu dissesse que, vamos ver... Se eu dissesse que enquanto eu estive em Madri, eu encontrei... Bem, na verdade, fui encontrado...

— Leo... — Allie chamou. — Eu trabalho numa área que basicamente diz respeito a absurdos e bobagens. Acredite, muito pouco, ou nada, me surpreende neste serviço. Desembucha, homem!

— E se eu disser que conheci a Rainha Elizabeth?

— Puxa! Não fazia ideia de que era tão importante. O que ela estava fazendo na Espanha? Missão diplomática?

— Você não entendeu, Allie. Eu disse que encontrei a Rainha Elizabeth *Primeira*, aquela do passado, a número um. Você sabe, a virgem!

— Hum... — Allie passou os dedos pelo queixo.

— Você ainda está aí? — Leo perguntou preocupado. — Já está chamando o hospício para me buscar?

— Se eu chamar o hospício, terão que internar nós dois.

— Por quê?

— Vamos dizer que não acho sua estória tão fantástica assim.

— Que parte? Que a rainha simplesmente apareceu em nosso século ou que ela seja virgem?

— Ambas. Você acaba de me ajudar a desvendar uma grande parte de minhas investigações.

— Allie, você acaba de conseguir a proeza de fazer ainda menos sentido do que eu!

— Eu sei. Porém, o telefone é muito informal. Esse assunto exige um conversa olho no olho.

— Você quer dizer... Vai vir para Iowa?

— Isso! Informarei meus superiores e pegarei o próximo vôo. See ya!

— Você trabalha na NASA, Allie. Por que não vem de foguete?

4- A INVASÃO

*A*inda meio atordoada após acordar de um sono muito mais agitado do que pensava, a Rainha Elizabeth I abriu os olhos e logo buscou seus chinelos (ou o correspondente na época). Foi quando se deu conta de que dormira no chão. "Terei caído da cama?", especulou a Good Queen Bess. Até chegou a pensar, numa ponta de ironia: "Bom, pelo menos não me achei deitada naquela alta, macia e até que metodicamente aparada grama da Plaza de España em Madrid, onde acordei a algum tempo atrás, no futuro. Qualquer coisa, até mesmo o chão, é melhor do que dormir num lugar e acordar em outro... CADÊ A MINHA CAMA?". Mesmo a notável rainha não pode conter um laivo de desespero quando notou, a despeito da obscuridade, as diferenças marcantes do ambiente onde acabara de acordar, em relação àquele onde havia se recolhido na noite anterior. "Ahh não, de novo não!"

O carpete não possuía a mesma textura portentosa; a janela, por onde passava uma luz diluída, não tinha os mesmos adornos que eram, ao mesmo tempo, imponentes e suaves, sem mencionar seu tamanho ridiculamente diminuto e sem as magníficas cortinas de seda fina, um delicado produto da Índia. O aposento todo era extraordinariamente pequeno. Onde estavam os enfeites, as estátuas, as pinturas, os entalhes na parede, além das outras gabolices? Definitivamente, estava em outro lugar.

Ao menos, ela não se lembrava de um dia ter visto em seu palácio real um quarto tão medíocre e vazio como aquele.

"Terei sido sequestrada por outro francês tolo e sujo, que tenta se casar comigo, como na semana passada? Ou terá sido aquela Mary Stuart da Escócia, tentando usurpar meu trono como sempre e, para isso, me trouxe aqui, para uma sessão de torturas cruéis? Bem, qualquer coisa é melhor do que ter voltado de novo para o maldito futuro! Aborrecido. Por que estes inconsequentes futuristas não me deixam em paz? O que querem comigo agora? E PORQUE EU?"

A meditação especulativa da rainha foi subitamente interrompida por uma débil luz que surgiu do nada e emanava através da porta, na forma de sutis filamentos luminosos. "Não estou sozinha", concluiu sua majestade. Como o carpete (por sinal de extremo mau-gosto) não era muito espesso, ela conseguia escutar passos. "Espero que seja uma pessoa", brincou a rainha consigo mesma. Por meio daquela nova claridade, Elizabeth já conseguia distinguir alguns objetos dentro daquele pequeno aposento, que antes não vira. Não era muita coisa. Podia discernir três poltronas, dispostas regularmente para formar um círculo, praticamente equidistantes umas das outras, em torno de uma mesa de centro. Não dava para precisar o tipo de madeira que a compunha. Também fora capaz de reconhecer a presença daquele objeto, como se chamava... *Televisitório* ou algo assim, em frente a uma das poltronas. Era a confirmação. Para seu desespero, ela havia retornado ao futuro.

"Um lugar diferente daquele onde me jogaram da outra vez", observou. "Com esse pouco critério que eles têm para trazer pessoas do passado", pensou a rainha, "da próxima vez poderei ir parar direto dentro de uma parede, ou de um pequeno vaso de porcelana. Bem, a menos que tudo isso não passe de um sonho, o que é improvável, pois meus pés tocam o chão, tenho que tomar alguma atitude. E esta pessoa que ora vagueia diante de mim, alheia à minha presença e provavelmente a dona deste pardieiro, não vai gostar nada de saber que possui uma hóspede inesperada. Devo, portanto, observar meus modos cuidadosamente".

Elizabeth I, que tinha a vantagem do elemento surpresa, conseguiu deixar o aposento sem ser notada e localizou a andarilha da casa. Era uma jovem mulher baixa e muito magra, com longos cabelos loiros. Uma figura patética para dizer o mínimo. "Há mais cabelo do que gente andando ali!", opinou sarcasticamente a rainha. A moça (que devia ter muito menos do que os próprios 26 anos da rainha) entrou em outro cômodo. Era a cozinha. Certamente, acabara de acordar (por força do sádico despertador) e se encaminhava para o desjejum. A rainha, que a tinha seguido devagar, entrou atrás dela e, de pronto reconheceu que estava numa espécie de cozinha, muito fria e úmida por sinal. Sem perder tempo, pegou uma faca que encontrou a seu alcance num móvel próximo e, como um gato, se esgueirou num movimento rápido e sorrateiro. Finalmente, agarrou a desavisada mulher (que estava de costas e voltada para a geladeira) pelo pescoço, tapou-lhe a boca com a mão e rendeu sua indefesa jugular com a faca.

"Decididamente, uma maneira ineficiente de aperfeiçoar minha abordagem diplomática", considerou Elizabeth.

♣ ♣ ♣ ♣ ♣

— E esses tais jamaicanos chegaram a dizer como trouxeram a rainha?

— Nunca souberam muito bem. Para eles era algo místico. Bem, na verdade não devia ser tão místico, já que eles praticavam aquilo como uma diversão, um esporte, um teste.

— Você notou se eles tinham algum instrumento peculiar, algo que você nunca tivesse visto, mas que talvez fosse capaz de algo assim?

Allison Mulligan, recém-chegada ao centro-oeste do país, ainda tinha os cabelos ligeiramente molhados, devido ao banho que tinha acabado de tomar.

— A maior parte do que usavam — Respondeu o anfitrião — eram somente artesanatos, do tipo que se usa nesses rituais: bonecos estranhos, pulseiras de cordas, essas coisas. No entanto, havia dois objetos que pareciam ser um pouco mais técnicos, mais elaborados.

— E como eles eram?

— Um deles era um tipo de relógio rudimentar.

— Rudimentar?

— Sim. Nada mais do que uma caixa pequena com uma tela de vidro em cima. Nesta tela, havia dois ponteiros, o da hora e o dos minutos, não tinha números. A caixa embaixo, que era de madeira, devia conter os componentes mecânicos do relógio. E, acredite, funcionava.

— E o outro objeto?

— Parecia algum tipo de cristal. Tinha uma forma incerta, parecia grosseiramente um prisma. É como se ele fosse um pedaço cortado de um cristal maior. Possuía algumas... Inscrições estranhas. Devia ser um tipo de dialeto antigo. Mas, não parecia ter função. Eles não fizeram uso dele durante todo o processo em que devolveram a rainha ao passado. Eu não estava presente quando eles a trouxeram. Só descobri a rainha quando ela já estava ali.

— No entanto, fizeram uso do tal relógio?

— Sim, eles chegaram a mexer nos ponteiros dele no meio do ritual.

— Você acha que eles poderiam ter ajustado alguma coordenada temporal?

— É possível, mas não posso ter certeza. Não sei o que eles estavam fazendo, nem como trouxeram a rainha para o nosso tempo, ou como a devolveram depois. Talvez, nem eles mesmos soubessem. Só estou descrevendo o que vi!

— É possível que eles tenham ajustado o relógio para as mesmas coordenadas temporais que tinham quando a trouxeram, sejam elas quais fossem. Eles não precisavam saber quais eram exatamente. Pelo jeito, esse tal "relógio" tinha sua inteligência.

— Pode ser. Na verdade, Allie, depois de tudo — Ele falava em tom de suspiro — eu já nem tenho mais certeza se aquela mulher que conheci era mesmo a Rainha Elizabeth I, da antiga Inglaterra do século XVI, ou se aquilo tudo não passou de uma farsa para quem quisesse acreditar. Eu só sei que... — Fez uma pausa, depois prosseguiu — ela era legal. Pelo menos, foi comigo.

— Creio que você pode contar que era realmente ela. — Disse a cientista. Seus grandes olhos azuis estavam muito abertos e vivos.

— O que quer dizer?

— Fiz algumas descobertas sobre isso. Por isso estou aqui.

— Que descobertas? — Perguntou Leo, realmente curioso.

— Chegaremos nisso. — Ela endureceu o tom. — Por que só agora estou sabendo de tudo isso?

— Bem... — Ele hesitou. — Por que haveria de lhe contar na época? Já fazia tanto tempo que não nos falávamos...

— Não acha que o que aconteceu foi um tanto fora do comum? Que poderia ter acarretado mudanças drásticas?

— Foram dias difíceis, ok? Tinha muitas coisas na cabeça, além de ter que lidar com esse tipo de situação inusitada! Não me ocorreu chamar ninguém! Além disso, qualquer um em sã consciência pensaria que eu estava louco se tivesse contado tudo! Mas, por que de repente você está tão seca? No final, tudo foi resolvido sem maiores consequências!

— Essa pequena brincadeira desses seus amiguinhos jamaicanos provocou um deslocamento temporal geo-espacial dos planetas situados em galáxias que se alinham diretamente com a nossa! Isso bem poderia ter aniquilado toda a vida na Terra! — O tom inicialmente amistoso da astronauta se convertera numa bronca.

— Pode traduzir isso, por favor? — Retornou o homem com a mesma rispidez. — Minha astronomia anda meio enferrujada!

— Uma alteração radical na posição de planetas e de galáxias inteiras foi registrada exatamente na mesma época em que você estava em Madri, e alegou ter tido essa experiência com a Rainha Elizabeth I. Uma mudança repentina que teria necessitado de milhões de anos para ocorrer no tempo normal. O mesmo fenômeno voltou a ocorrer a não mais do que um dia atrás!

— E eu suponho que a única explicação para ambos os fenômenos seria uma alteração radical na história da Terra, ocorrida há centenas de anos, como, por exemplo...

— O desaparecimento misterioso — A cientista continuou com o raciocínio — de uma das pessoas mais significativas da história da humanidade, A RAINHA ELIZABETH I! Tal evento acarretaria uma mudança sem precedentes na história da Terra, alterando drasticamente o mundo de nossos dias.

— Mas, e quanto aos planetas? Por que seriam afetados por uma modificação que só aconteceu na Terra?

— Na verdade, nossa história tem pouca importância no contexto do universo. Porém, a questão aqui é o tempo.

— Tempo?

— Isso. Tudo está conectado por meio do tempo, de uma maneira que ainda não compreendemos totalmente. O próprio Einstein já havia postulado que o tempo também é relativo. Se a linearidade do mesmo é quebrada por algum tipo de evento, não importa em que planeta, o universo todo é afetado. — Nesse momento, Allie franziu um pouco o cenho e parecia ter se perdido em meditações. — Engraçado como a natureza realmente detesta um paradoxo e, sempre que um aparece, ela faz o possível para cancelá-lo.

— Agora, foram vocês da NASA que deixaram passar o fenômeno de dois anos atrás! — Ele disparou defensivamente. — Você tem acesso a toda parafernália deles, não eu! Por que está pulando em cima de mim como um buldogue?

— Porque às vezes você age como um osso! — Allie brincou infantilmente, porém, foi o bastante para amenizar os ânimos de ambos. — Eu admito que também tenho culpa, mas você se lembra que dois anos atrás não foi exatamente o apogeu de minha vida profissional.

— Sim, mas nenhum daqueles burocratas conseguiu te derrubar afinal.

— De certa forma conseguiram. — Allie suspirou. — Se eu fosse homem, teria saído daquela como um destemido empreendedor. Mas, como sou mulher, preferiram me rotular de pária rebelde insubordinada.

Na época de seus problemas com superiores, Allison só não fora chutada da NASA por ser extremamente brilhante.

— Você só teve a coragem de tentar descobrir o impossível na prática! — Seu amigo a defendeu. — O que há de errado nisso?

— Bem, isso não importa agora. Temos um problema maior.

— Sim. Pelo que entendi, o sumiço da Rainha Elizabeth I de seu tempo provocou um fenômeno temporal, que acabou por alterar também a posição de planetas. O mesmo está se repetindo agora.

— Correto.

— Eu simplesmente não posso acreditar que aqueles três jamaicanos foram tão estúpidos de tentar aquilo de novo!

— Concordo. Tanto que acho que não o fizeram.

— Além do mais, como podemos ter certeza de que o fenômeno de agora foi provocado pelo desaparecimento da mesma figura histórica? Qualquer outra pessoa importante do passado pode ter sido tragada ao presente desta vez: Napoleão, Alexandre o Grande... Até mesmo Clark Gable!

— Não! Tenho certeza de que foi a rainha de novo!

— Como pode estar tão certa disso? E como você sabe que não foram os jamaicanos que fizeram a mesma besteira de novo?

— Essa é a parte mais interessante! Analisando mais científica e metodicamente o fenômeno de deslocamento dos planetas, descobri que, seja lá o que for que os jamaicanos fizeram há dois anos, tornou-se CÍCLICO!

— CÍCLICO?

— Exato! O fenômeno provocado há dois anos agora tende a se repetir em intervalos regulares de tempo.

— E como vocês da NASA deixaram o primeiro fenômeno passar despercebido?

— Corrigido em tempo hábil, foi como se nada tivesse acontecido.

— E como descobriu o de agora?

— Por puro acaso! Semana passada, nos deparamos com uma nova galáxia vizinha à Andrômeda, que batizamos de Alpha XWZ-1. Sempre que isso acontece, me pedem para verificar se existe vida inteligente na nova descoberta. Todos consideram isso inútil, mas têm que justificar meu salário. Enquanto eu checava os planetas recém-mapeados desta galáxia, notei que a posição dos mesmos havia se alterado radicalmente desde seu último mapeamento uma semana antes, praticamente de uma hora para outra.

— Lembro que você mencionou alguma coisa sobre "sermos aniquilados por causa desse fenômeno"! Poderia elaborar um pouco melhor essa parte, por favor?

— Se não corrigirmos a mudança temporal no curto-prazo, o alinhamento interestelar geo-planetário se alastrará até atingir os limites da via láctea, incluindo nosso sistema solar. Como consequência, haverá uma múltipla oscilação no ângulo polar sub-orbital planetário. Tal fato acarretará alterações irreversíveis das camadas a partir da Ionosfera, que se espalhará a ponto de criar um estrondoso desequilíbrio ocluso-climático.

— Hã... Gostaria de poder dizer que entendi alguma coisa! Você poderia ao menos tentar ser um pouco mais clara?

— Pelos meus cálculos, se em uma semana a gente não botar sua querida rainha de volta ao passado, ao qual ela pertence, vai acontecer um baita cataclisma na Terra e todos nós vamos morrer.

O homem perdeu a voz durante algum tempo.

— Não precisava ter sido tão clara! — Ele reclamou. — E o que vamos fazer?

— Achar a Rainha Elizabeth I e devolvê-la ao seu tempo. — Respondeu Allie.

— E como você propõe que façamos isso? Devemos ir à Espanha?

— Não será necessário! O primeiro fenômeno, segundo análise do deslocamento dos planetas, seguia uma linha de tempo que se iniciava na Inglaterra e terminava na Espanha, exatamente em Madri, onde você esteve. O fenômeno de agora também se inicia na Inglaterra, no mesmo ponto, só que agora a linha não termina mais na Espanha!

— E onde ela termina?

— AQUI!

— Nesta casa?

— Não, mais especificamente no Texas, onde você já trabalhou e onde nos encontramos pela primeira vez!

— Muito bom, mas o Texas é um estado grande.

— Já pensei nisso. O problema é que é extremamente difícil estabelecer coordenadas precisas quando tempo é um fator.

— Mas, Allie, eu posso ver pelo seu semblante sereno que você já pensou em algo, certo?

— *Por supuesto*! Consegui discernir, em meu espectômetro, uma trilha de ar ionizado que sugere um fenômeno temporal, e aponta para algum lugar ao longo da Interestadual 35. É lá que sua majestade pousou.

Temos que chegar lá antes que ela seja atropelada ou algo assim. Se ela morrer em nossa época, a humanidade estará perdida!

— Sim, eu me lembro dessa rodovia. Se não me engano, havia um Burger King em algum lugar por ali.

— Neste caso, permita-me convidá-lo para um cheeseburger.

Embora também fosse demasiadamente magra, Elizabeth I não teve problemas para submeter a mocinha, dona da casa. A rainha possuía algum treinamento físico, exigido na época para as jovens princesas. O fato de ser ainda uma exímia dançarina (outro protocolo exigido, para que não fizesse papel ridículo em festas suntuosas) a ajudava a ter mais força. A jovem da casa, ao contrário, era a típica mulher moderna, em termos físicos, exceto pelo fato de não ser amante da ginástica, como muitas de suas colegas de faculdade. Como se não bastasse ser magra demais (embora flácida pela falta de exercícios), era também bastante baixa. Seu cabelo, muito comprido, espesso e loiro, chamava muito a atenção. Ela mais parecia um espanador ambulante. Agilidade nenhuma. Força física nula. Treinamento zero. Não representava problemas para a esbelta rainha, que tinha, portanto, também a vantagem de ser mais alta.

— Agora, escute com atenção. — Disse ameaçadoramente a inglesa, enquanto segurava a já lacrimejante mocinha por trás. Seu fino e comprido braço se entrelaçava ao redor do pescoço da moça, apertando-o com força e decisão; a faca (que era grande e assustadoramente afiada) comprimia perigosamente a jugular da jovem. — Eu não desejo machucá-la, senhorita, a não ser que me obrigue. Vou tirar a mão de sua boca. Se você gritar, morre, entendeu essa parte?

A aterrorizada e confusa jovem somente balançou a cabeça nervosamente, levemente sugerindo um não.

— Fala inglês? — Perguntou a rainha com perspicácia. Seu inglês era britânico, naturalmente. Era um pouco diferente do inglês atual, mesmo o falado na Inglaterra, devido às modificações naturais que uma língua sofre ao longo do tempo, tanto em gramática como em pronúncia. Não obstante, continuava bastante agradável aos ouvidos.

— Não! — Foi a chorosa resposta da mulher, quando Elizabeth finalmente liberou sua boca por poucos segundos.

A jovem, na verdade, entendera todas as frases proferidas por sua agressora, embora já estivesse claro para ela de que se tratava de uma estrangeira. Só que, em sua atual situação de surpresa e pavor, não se sentia em nada cooperativa.

— ?Habla español¿ Parlez-vous francais? — Elizabeth arriscou.

A moça não fez qualquer menção de resposta.

— Bem, acaba de me ocorrer que se você respondeu "não" à minha primeira pergunta, então é porque me entende. De qualquer maneira, creio que a ideia geral ficou clara para você. Certo, querida?

A moça se viu forçada a assentir levemente com a cabeça.

— Que bom que finalmente nos comunicamos. — Prosseguiu a rainha. — Permita-me repetir, vou tirar a mão de sua boca. Se gritar, te faço sangrar como um porco no abate.

A jovem respondeu sim com a cabeça. Lentamente, Elizabeth libertou a boca da mulher, com um cuidado bem vigilante. Mantinha a faca firmemente apertada contra o pescoço da acuada. Praticamente, já não havia mais distância. Um milímetro a mais e a jugular da jovem abriria.

— Por favor! — Implorou ela num sotaque horrivelmente sulista, vertendo mais uma lágrima. Seu tom de voz era baixo, porém raivoso. — Eu sou estudante, não tenho dinheiro! Você invadiu a casa errada, tia! Pegue minhas coisas, se quiser! Só não me machuque, por favor!
— Pois eu sim tenho bastante dinheiro, minha querida. — Ironizou a rainha — Aliás, até mais do que mereço. — Elizabeth se pôs a falar mansamente, até porque se compadeceu da pobre e assustada garota. — Senhorita, — continuou — eu não tenciono causar-lhe nenhum dano. Você está me confundindo com os espanhóis, aqueles bárbaros. E também não quero seu dinheiro ou seus pertences. Acredite, já vi coisa melhor em mercados plebeus clandestinos. Usarei de violência, se necessário e, nesse aspecto, peço que não me subestime. Matar-te-ei, se for obrigada. — Nesse momento, ela torceu o nariz. — E que inglês horrível você fala, minha jovem! Qualquer cachorro do meu tempo latiria mais inteligivelmente do que isso.

A garota pensava a mesma coisa do inglês da rainha, mas não ousaria mencionar.

— Tenho somente um ano de reinado — Elizabeth prosseguiu — e muitos homens já morreram por minhas mãos. Agora, venha comigo. — Ela disse, e arrastou a mocinha pelo pescoço. — Eu devo amarrá-la em algum lugar para que possamos conversar e nos conhecer melhor. Há mais alguém morando aqui?

— Não! — A garota respondeu bicuda.

— Fico aliviada! Duas pessoas numa ratoeira como essa já se transformam numa multidão.

A rainha arrastou sua anfitriã para a sala de estar e a fez sentar-se numa das poltronas, em frente à televisão.

— A gente vai vê TV? — Perguntou a mocinha num inusitado laivo de humor.

— Não, minha filha. — Sorriu a rainha. — Talvez mais tarde, se bem que não sinto a mínima falta dessa coisa. Bom ver que você já está mais confortável com minha presença. Bem, dentro em pouco conversaremos mais, minha querida. Agora, boa noite!

Foram as últimas palavras de Elizabeth antes de golpear a moça habilmente na nuca, somente o necessário para deixá-la inconsciente. Em seguida, voltou à cozinha, onde viu os fios que sustentavam dois varais, simetricamente dispostos em relação às paredes. "Estes servirão", pensou. Desceu um dos varais devagar e cortou um comprimento adequado de fio com o auxílio da faca, que ainda carregava consigo. Retornou à sala de estar e amarrou a bela adormecida firmemente nos braços da poltrona.

♣ ♣ ♣ ♣ ♣

— Eu tenho uma teoria. — Disse Allison Mulligan para seu interlocutor de Iowa. — Os jamaicanos, ao fazer uso dos instrumentos que você mencionou (o relógio e o tal prisma), criaram acidentalmente uma porta, um vórtice no espaço-tempo, que se abriu na localização temporal exata da Rainha Elizabeth I, lá pelos idos de 1550, quando ela era então uma jovem e recém-coroada rainha. Esse portal a sugou e a trouxe para nossa época.

— Alguma teoria sobre os instrumentos, Allie? — Perguntou Leo.

— Não tenho nenhuma, eu precisaria vê-los. No entanto, andei fazendo umas pesquisas a esse respeito. Você já ouviu falar de um cientista alemão chamado Karl Wüller?

— Não, nunca tive o prazer.

— De fato, ele não se tornou muito popular. Chegou a ser considerado um dos mais brilhantes cientistas espaciais de nosso tempo. Alguns de seus livros são leitura obrigatória na NASA. Suas experiências com o uso seletivo da velocidade da luz com a finalidade de se criar uma fenda no espaço, a um custo reduzido, poderiam ter revolucionado as viagens espaciais.

— Bem, como ainda é uma tranqueira somente para se colocar um foguete em órbita, suponho que seus trabalhos não foram bem sucedidos, correto?

— Correto. Ele interrompeu suas experiências nesse aspecto para se dedicar a um assunto que passou a fasciná-lo mais.

— O que seria?

— Tempo. Experiências com tempo. Passou a dedicar uma boa parte de seu trabalho a isso. Muito mais do que seus financiadores gostariam. Gastou muito dinheiro em viagens de pesquisa arqueológica.

— E chegou a obter algum resultado?

— Ah sim! Ou, pelo menos, foi o que ele achou. Wüller descobriu, por meio de um espectômetro, uma trilha iônica que era emanada a partir de um famoso site arqueológico na região serrana da Sumatra, e foi direto para lá, levando alguns amigos escavadores.

— E ele descobriu de onde vinham as emissões iônicas?

— Elas pareciam vir de um estranho objeto prismático, que eles só conseguiram desenterrar depois de três dias de escavações intensas. Seja lá o que for, estava bem escondido. Eles logo descobriram que havia muitas lendas em torno do tal objeto. Era muito antigo e fora muito adorado pelos ocultistas de tempos imemoriais.

— Sim, sei aonde quer chegar. Tem alguma foto deste objeto para eu comparar com o prisma que vi com os jamaicanos?

— Infelizmente, não consegui nenhuma foto.

— Bem, o que esse tal de Wüller fez com o prisma?

— Sei que trabalhou duro a respeito. Muitas noites sem dormir. Já tinha sido difícil tirar o objeto das mãos dos locais, eles o achavam muito perigoso para perambular por aí. Muito dinheiro teve que ser desembolsado. Seus financiadores estavam nervosos e queriam resultados. Contudo, Wüller acreditava piamente ter feito uma descoberta revolucionária.

— Por que eu sinto que essa estória não tem um final feliz?

— Porque, de fato, não tem. Quando Wüller tentou divulgar suas ideias para a comunidade científica, ele foi ridicularizado. Ficou tão desapontado com a reação dos seus colegas cientistas, que viajou de férias e nunca mais voltou. Simplesmente desapareceu.

— Talvez tenha voltado no tempo! — Brincou o homem.

— É possível! — Allie sorriu docemente.

— E o que houve com o objeto?

— Mais pesquisas foram feitas, porém sem muito entusiasmo. Chegaram até mesmo a pensar que o prisma não passava de um mero utensílio culinário para os antigos.

— O "chef" da época devia ser bastante exigente, para adorar tanto um simples utensílio culinário!

— Sim, não faz sentido, concordo com você, mas ninguém deu bola. O objeto acabou em exposição no Museu de História Natural de Nova Iorque. — Nesse momento, Allie fixou um olhar enigmático em Leo. — Até desaparecer misteriosamente. — Ela completou.

— Mesmo?

— Sim. E o mistério nunca foi solucionado.

— Puxa!

— E não para por aí! — Allie esboçou um meio sorriso matreiro.

— Verdade? Conte-me... — Exclamou Leo, agora já bem atento ao discurso de sua amiga.

— Dois meses depois do desaparecimento do prisma, um turista alemão reportou ter visto um homem, que correspondia à descrição de Karl Wüller, atirar uma sacola numa lixeira local!

— Você está sugerindo que foi Wüller quem roubou o objeto?

— Como renomado cientista, ele tinha acesso irrestrito às instalações do museu. Pode ser que tenha subornado um ou dois vigias noturnos.

— Assumindo que era mesmo Wüller quem o turista viu, e que a tal sacola continha o prisma roubado, porque ele o jogaria fora?

— Estava com raiva.

— E onde esse turista teria visto tudo isso?

Allie abriu dois cativantes olhos azuis na direção de seu amigo e declarou:

— Adivinha! Na Jamaica!

5- O ESCÂNDALO

*A*llison *Mulligan possuía* um temperamento doce. À primeira vista, ninguém jamais veria aquela mulher como uma fria cientista, que só pensava em trabalho. Ela não era assim. A consequente solidão que sua condição lhe impunha podia dar essa impressão. Allie não era só cientista. Era também astronauta. Já estivera no espaço um número de vezes, o que lhe conferiu certa notoriedade. Teve a boa e velha carreira meteórica de uma menina prodígio. Recebeu inúmeros prêmios de valor e mérito no primeiro e segundo grau, e foi aceita com honras pela Universidade de Berkeley, onde cursou Engenharia Física, Eletrônica e Astronáutica, posteriormente especializando-se em Telecomunicações e Transmissão de Rádio-Satélite, tudo voltado para sua paixão, o espaço. Não poderia ter sido mais brilhante e precoce, devido a sua inteligência superior. Não era de se estranhar que ela tenha sido a mais jovem de sua turma a conseguir uma posição de destaque na NASA, e a empreender uma viagem espacial.

Desde cedo, já tinha uma fascinação pelo universo e seus mistérios. Aos 11 anos, já brincava com instrumentos de rádio amador, em que captava e interceptava transmissões de todas as partes dos Estados Unidas e até algumas do México, desde sua residência no Alabama, onde nascera. Nunca conhecera a mãe, que morreu por complicações no parto. Seu pai era um físico sem grandes aspirações profissionais, mas que sempre procurava incentivar a filha em sua óbvia vocação. Eram muito ligados. Allie tinha somente 14 anos quando foi forçada a enfrentar o trauma de encontrar seu pai já morto no celeiro, devido a um ataque cardíaco fulminante. Eventualmente, ela se recuperou, porém acabou por se tornar uma cética.

Todo um futuro brilhante pela frente, praticamente desperdiçado.

Como mulher, não deixava de ser bonita e atraente. Apesar do trabalho exaustivo, tinha uma invejável jovialidade. Não aparentava nem de longe seus 37 anos de idade. Mesmo os 50 kg que possuía, um pouco demais para seus poucos 1,57m de altura, não comprometiam seu belo rosto, de grandes e intensos olhos azuis, que terminava angularmente num queixo firme. Seu cabelo era comprido e liso, levemente ruivo (havia sido loira quando jovem). Era uma pessoa serena e muito compreensiva. Ocasionalmente, agia um tanto tímida. Porém, era sempre gentil. E bastante terna. E meiga. E solitária. Tinha fama de ser reclusa. Sua vida social praticamente inexistia. Um pouco por causa da imensa carga de trabalho que carregava, e um pouco porque ela realmente não era mesmo de muito agito. Entretanto, era anormalmente obstinada.

Esta obstinação, que até havia rendido bons frutos, também foi a responsável por seu parcial fracasso. Sua história profissional se assemelhava à do Dr. Karl Wüller. Há alguns anos, Allie iniciou uma intensa pesquisa, visando buscar formas de vida inteligente em outros planetas. Ela empenhou toda a sua energia e inteligência nessa empreitada. Se tivesse sido só isso, não teria tido tantos problemas. Contudo, ela empenhou também uma boa verba, tanto do governo como de algumas empresas particulares, para seguir com seu projeto. Uma dessas iniciativas privadas veio da empresa em que Leo trabalhava. A mencionada firma, especializada na fabricação de equipamentos de rádio, chegou a instalar enormes antenas de última geração em suas instalações, que permitiriam a Allie monitorar os céus em busca de vida alienígena. A tal companhia situava-se no condado de Denton, estado do Texas. Ela conheceu Leo enquanto fazia alguns testes operacionais com os computadores acoplados às antenas. Ele era o técnico de sistemas que instalara o software nos computadores. Tinham muita coisa em comum e era natural que se tornassem grandes amigos e, por um tempo, bem mais do que isso.

Entretanto, o tempo passou e a pesquisa de Allie não levou a nada. Mais de uma vez, ameaçaram cortar seu financiamento e por um fim em seu projeto, mas ela insistiu, brigou, berrou, lutou e sempre conseguia manter seu subsídio. A coisa toda se tornou uma obsessão. Porém, um dia, ela achou ter chegado lá. Numa madrugada, quando já estava quase dormindo em cima do computador, ela notou que uma das antenas recebera uma transmissão vinda de uma zona não mapeada do espaço longínquo. Tratava-se de uma única mensagem que se repetia em intervalos precisos de tempo. O conteúdo da mesma trazia um imenso algoritmo, que todos acreditavam ser impossível de se resolver, mas não para a capacidade de Allie. Ela acreditava que alguém lá fora no universo havia recebido as transmissões de suas antenas e tentava se comunicar de volta de alguma maneira. E não demorou muito para que a empolgação da astronauta convencesse a todos.

A notícia da fascinante descoberta de Allie foi divulgada no mundo inteiro. Traduzir o tal algoritmo passou a ser prioridade absoluta das maiores mentes do mundo científico. Até mesmo hackers foram recrutados para o serviço. Porém, foi mesmo Allison quem, no final, decifrou a famigerada mensagem supostamente alienígena, após dias de trabalho ininterrupto e muita cafeína no cérebro. E nada poderia tê-la preparado para o que aquele conteúdo realmente trazia: eram coordenadas espaciais! Possivelmente, extraterrestres tentavam marcar um encontro! Talvez até mesmo já estivessem lá, na expectativa de ter seu código decifrado pelos humanos e receberem uma visita social!

Contudo, também existia a possibilidade de os alienígenas serem hostis e terem armado uma cilada para capturar nossos astronautas, assim que atingissem as coordenadas espaciais que forneceram. As mesmas situavam-se exatamente na borda do alcance de qualquer veículo espacial da Terra, o que parecia suspeito. A NASA não podia correr riscos. Então, decidiu enviar somente um astronauta para esta missão, num ônibus espacial batizado de "Destemido", de tamanho mais reduzido que os outros e projetado especialmente para que um único tripulante fosse capaz de pilotá-lo. E, obviamente, todos concordaram que Allie era a escolha certa para o serviço. Ninguém merecia a honra mais do que ela. Porém, suas ordens eram para não chegar nem perto das coordenadas, somente filmar e fotografar o local que elas indicavam, e levar o material de volta para a NASA, a fim de ser analisado cuidadosamente e, assim, determinar se era mesmo seguro enviar alguém para aquelas coordenadas. Isso frustrava imensamente Allie, mas tinha que aceitar.

E foi aí que, uma vez mais, ela foi ao espaço. E para não achar nada. Foram os cinco dias mais tediosos e desesperadores da vida de Allie. Como aquilo podia ser possível? Não cometera erros na tradução do algoritmo espacial, tinha certeza que não! Eram coordenadas e estava na direção certa. Só que todas as lentes e câmeras telescópicas de que dispunha no veículo (todas de última geração), bem como os sensores de longo alcance, só registravam o rotineiro vazio do espaço, no lugar aonde deveria haver, ela ainda acreditava, uma nave espacial construída por uma inteligência totalmente distinta. Para Allie, aquilo representava o sonho de uma vida inteira. Porém, muito dinheiro havia sido gasto, o combustível já se tornava escasso. O mundo inteiro, que assistia a tudo de camarote, também se frustrava e a imagem da NASA decaía a cada momento. Foi então que ela recebeu instruções de voltar para casa e meramente reportar o que já havia sido desmistificado como o maior alarme falso da história, em termos de vida fora da Terra.

Allison Mulligan não podia aceitar aquilo. Estava obcecada. Havia chegado longe demais para parar ali. Tinha que haver uma explicação para as mensagens, o algoritmo, as malditas coordenadas espaciais! Mesmo que os alienígenas tivessem ficado desapontados com a nossa demora em decifrar seus códigos e picado a mula, deveria haver alguma evidência de que estiveram lá. Allie não podia abandonar as buscas sem saber daquilo. Em seu conceito, aquele momento representava o ponto culminante do trabalho de uma vida inteira. Tomou a decisão de desobedecer às ordens diretas, e dirigiu a nave para as coordenadas obtidas nas mensagens. E daí, desapareceu sem deixar vestígios.

A NASA empreendeu uma busca desesperada para encontrar o Destemido e Allie, fazendo uso de todos os seus recursos disponíveis. Outros ônibus espaciais foram enviados às mesmas coordenadas, a estação espacial russa também colaborou; tudo sem resultados. Até o Hubble foi empregado e apontado para os quatro cantos da galáxia e não encontrou nenhum traço do veículo espacial com sua tripulante perdida. Ao cabo de um mês, quando a NASA já preparava o obituário oficial de Allison Mulligan, o que parecia ser um pequeno meteorito irrompeu atmosfera abaixo, até colidir com o mar em alguma região do Adriático. Equipes de busca foram enviadas ao local da queda e descobriram que o objeto era, na verdade, a cápsula de fuga do Destemido. Também acharam e resgataram Allie de seu interior, ainda viva. Exames posteriores determinaram que ela estava bem, física e mentalmente. Só que não tinha memória alguma do que havia se passado, a partir do momento em que alcançara as tais coordenadas espaciais. E não possuía nenhum registro do ocorrido. O ônibus espacial Destemido, com suas câmeras, lentes telescópicas, sensores de longo alcance, e tudo o mais que havia custado um total de 85 milhões de dólares, continuava perdido. E Allie não se lembrava de nada, nem sequer de ter entrado na cápsula de fuga. Atordoada, ela não podia acreditar que um mês já havia se passado. De seu ponto de vista, somente algumas horas haviam transcorrido, entre o momento em que atingiu as coordenadas e o instante em que fora acordada pela colisão de sua cápsula com o oceano.

No final, o caso foi arquivado como sem solução e a NASA, bem como o governo, consideraram que Allison estava saudável o bastante para ser julgada e punida pela sua flagrante insubordinação e desrespeito à autoridade. Um ato que custara milhões de dólares em danos e prejuízos. Seu julgamento foi tenso e opressivo, mas ela acabou por ser absolvida, devido aos seus valiosos serviços prestados na pesquisa espacial e por acharem que sua inteligência superior ainda poderia ser de alguma utilidade. Porém, sua carreira afundou água abaixo. Com sua reputação em frangalhos e sua credibilidade próxima do zero, ela perdeu praticamente todos os seus privilégios na NASA e só não fora demitida por seus méritos como cientista e como pessoa. Foi forçada a aceitar uma posição medíocre de professora de Ciências Espaciais na Academia da NASA, e rebaixada ao posto pouco respeitado do "Departamento das Causas Inúteis", onde ainda procurava pelos mesmos homenzinhos verdes, que já perdera as esperanças de encontrar.

Nessa mesma época, Leo fora transferido temporariamente para a Espanha e, desta forma, perdera contato com sua amiga astronauta. Allie Mulligan não detestava seu novo trabalho, mas com certeza também não o amava de paixão. E, além do mais, depois de tudo pelo que passara... Sua capacidade... Todo o seu árduo trabalho... Tudo o que lhe era mais precioso na vida... Provavelmente jamais voltaria ao espaço! Nunca mais teria a oportunidade de procurar por outras vidas em outros planetas, ao menos não da maneira séria e decisiva como fazia antes. Que desperdício! Ela esteve tão perto! Havia mesmo alguma coisa lá! Ela havia achado algo! Mas, e as provas? E as coordenadas espaciais obtidas? ONDE É QUE ELA HAVIA ERRADO?

Bem, não adiantava ficar se lamentando. Não pretendia nem de longe acabar como Karl Wüller, simplesmente desaparecendo, fugindo feito um moleque mimado ofendido! NUNCA! Era determinada demais para isso. Tinha que aprender a viver com seus erros e seguir em frente. Arrumaria um meio para recuperar sua posição, sua credibilidade, todos os seus privilégios. E mais do que tudo, sua HONRA! E aquela era a oportunidade perfeita! Talvez até sua última, pois ela sabia que se falhasse, estaria acabada definitivamente. Allie custara em convencer seus superiores a aprovarem sua solicitação de licença para viajar a Denton pela segunda vez. Entretanto, quando ela lhes mostrou as provas do deslocamento planetário que havia descoberto e suas irremediáveis consequências, eles ainda acharam uma boa ideia confiar nela por mais essa missão. Allison ainda gozava de algum prestígio, mas sabia muito bem que, embora seus chefes não falassem abertamente sobre o caso, se não voltasse com algo bem convincente, ela estaria fora! Estava escrito em seus rostos, como linhas entalhadas em um pedaço de granito. Provavelmente, nem conseguiria outro emprego na mesma área. Acabaria como uma simples professora técnica em algum instituto de meia tigela do Alabama.

No entanto, tinha que arriscar! Não podia mais aguentar! Afinal, já havia descoberto o fenômeno do deslocamento dos planetas, ela sozinha e mais ninguém! Não importa que somente por acaso! Talvez, até conseguisse provar que aquilo fazia parte de algo muito maior do que um reles fenômeno temporal. Quem sabe, não haveria uma inteligência diferente envolvida, mesmo extraordinária? Ela daria uma lição em todos eles! Contudo, não poderia vacilar. Mais do que nunca, necessitava obter provas definitivas do que quer que descobrisse!

6- DIA UM

Quando a refém recobrou os sentidos, não sabia quanto tempo estivera desacordada. A primeira coisa que percebeu foi que estava amarrada. Ela ainda sentia uma forte dor na nuca devido ao golpe que havia levado da rainha. Encontrava-se estirada na poltrona (que tinha almofada), com seus dois braços caindo ao longo dos encostos da mesma. A corda que a segurava tinha uma das pontas atada ao seu pulso esquerdo e corria por detrás do móvel, terminando no pulso direito da jovem, por meio de um rígido nó. Desta forma, ela não somente estava amarrada, mas também presa à poltrona. Seus pés descalços também estavam atados um ao outro, por meio de outro pedaço de corda de varal, e dispostos em cima da mesa de centro, de tal modo que estava praticamente deitava. Elizabeth tentou fazer com que ela ficasse o menos desconfortável possível, mas não foi muito bem sucedida.

— Bom dia, minha jovem. — Disse a rainha, sentada na outra poltrona que jazia ao redor da mesa de centro. Tomava um chá que ela mesma tinha preparado, com ingredientes que achou na cozinha. — Perdoe-me pela minha falta de protocolo como convidada, mas não tenho escolha no momento. — Parou para dar uma tragada de sua xícara e depois prosseguiu. — Devo cumprimentá-la pelo seu chá, minha cara! Está delicioso! Claro que não é, nem de longe, tão bom como o de minha época, cultivado em algumas de nossas colônias próximas, porém agradável o bastante para meu delicado paladar.

— Minha cabeça tá doendo! — Reclamou a jovem, sempre com o maldito sotaque sulista.

— Vai passar. — Respondeu Elizabeth com calma, após um pequeno esforço para entender o que a garota lhe havia dito. O inglês da rainha, embora estranho aos ouvidos modernos, era puro e muito agradável de escutar. — Infelizmente, — continuou — desacordar pessoas não é uma de minhas especialidades. Teve sorte de eu não ter lhe quebrado o pescoço.

— Eu preciso ir trabalhar! — Rosnou a moça, ainda assustada e confusa, porém, já quase firmando seu tom de voz.

— Hoje você vai faltar, minha querida. — Respondeu Elizabeth, sempre mantendo sua fleuma — Talvez tenha que faltar alguns dias.

— Não posso! — Resmungou a moça. — Vão me descontar e tenho que pagar a faculdade!

— Bem, isso dependerá mais de você. Quanto mais incondicionalmente você colaborar comigo, mais cedo a deixarei livre. Oh, acaba de me ocorrer que não fomos devidamente apresentadas. Comecemos por você, querida. Meu caso já é um pouco mais complicado. Qual é o seu nome, filha?

— Amanda. — Respondeu a menina, após alguma hesitação.

— Ah, é um nome muito bonito! É de origem mais angla do que latina, posso perceber. Agora, uma curiosidade que estou ansiosa para saciar. Que língua é essa que você fala? Não parece em nada com inglês. Soa mais como uma variação bem peculiar do dialeto falado na antiga...

— É inglês, tia! — Respondeu Amanda emburrada.

— Discordo totalmente, mas suponho que você saiba que idioma está falando. É impressionante como a linguagem é viva! Muda a cada instante, ainda mais após tantos anos! E sempre para pior! Não se ofenda, querida, mas já ouvi camponeses latirem um inglês melhor que o seu. Bem, adoraria continuar com esta conversa, mas temo que o trabalho interfira. Tenho a sua atenção?

A garota não disse palavra. Apenas olhou fixamente a rainha por alguns instantes e depois acenou afirmativamente com a cabeça.

— Ótimo! — Exclamou Elizabeth. — Então já posso ir direto ao assunto!

— Você vai me matar? — Perguntou a menina timidamente. Sua voz era quase um sussurro.

— Não se puder evitar, senhorita. Pessoalmente, não acredito em violência. Não sou como muitos de meus adversários. Alguns são completas bestas de terror. No entanto, se me obrigar, não hesitarei. Eu o farei com toda a rapidez e eficiência. — Apontou para a faca, em cima da mesa de centro.

— Eu vou colaborar. — Disse Amanda.

— Perfeito! Você acaba de dar um grande passo para logo voltar à sua vida normal. Acredite, será muito mais difícil para eu voltar à minha. — Elizabeth suspirou.

— Assim que eu souber que raios você quer! — A jovem berrou num súbito acesso de raiva.

— Tudo a seu tempo.

— Senhora, eu tô precisando muito ir ao banheiro!

— Ah, é claro. — Elizabeth teve um lampejo. — Lembro-me agora! É como chamam aqui a zona de deixar excrementos. Uma das poucas invenções deste futuro de que realmente gosto. Em minha primeira vez aqui, também necessitei de algumas aulas de como usá-lo. Muito bem, senhorita. Primeiro, verificarei se não há saídas no banheiro. Já sei onde fica, dei umas voltas pela sua casa enquanto você fazia seu sono de beleza. É bonita e limpa, apesar de pequena demais para uma pessoa viver.

A casa possuía dois andares e um grande jardim. Contudo, o conjunto estava ainda muito aquém de impressionar uma rainha do século XVI. Elizabeth então se levantou, dispôs a xícara já vazia na mesinha de centro, pegou a faca e deixou a sala.

Após fazer a verificação de segurança que pretendia, Elizabeth voltou para a sala de estar. Desatou mãos e pés da jovem (em vez de simplesmente cortar os fios com a faca, a fim de não perdê-los, já que estavam com o comprimento adequado). Segurou fortemente o antebraço direito de Amanda com sua mão esquerda, e a conduziu lenta e cuidadosamente ao banheiro, sempre atenta e com a faca, ameaçadora, em sua mão direita. Certamente, Amanda iria repensar se a compra daquela faca fora mesmo um bom negócio. Elizabeth notou marcas profundas nos pulsos da menina. "Não devia ter apertado tanto", pensou.

Chegaram ao toalete. Elizabeth soltou sua refém somente após ela ter entrado. Amanda já ia bater a porta em frente à Elizabeth, quando esta a reteve de novo.

— Lembre-se, querida — disse — não há nenhuma outra saída deste cômodo e peço-lhe que não tente escapar. Não adianta planejar ficar aí o dia todo para ganhar tempo. Primeiro, porque costumo ser muito paciente e, segundo, porque estou em condições de derrubar essa porta, se achar que esperei demais. Já lidei com portas bem mais fortes! Ademais, já me preparei para a possibilidade de surgir alguma visita, ou alguém a procurar para saber de seu atraso no trabalho ou na escola onde estuda. — Devido à sua primeira estada no futuro, Elizabeth já sabia da presença desse elemento, o telefone, bem como seu uso. — Só quero deixar claro que você não tem nenhuma escolha.

A jovem fez menção positiva com a cabeça e Elizabeth, enfim, permitiu que ela fechasse a porta.

— Esperarei por você aqui mesmo! — Berrou a rainha do lado de fora. O que provaria ser um pequeno equívoco.

Amanda necessitou de uns cinco minutos para terminar de urinar, porém não puxou a descarga, para que sua captora não soubesse que ela tinha acabado. A porta do banheiro abria para fora e a rainha estava bem diante dela. Amanda podia ver a sombra de Elizabeth por debaixo da porta. Repentinamente e sem vacilar, abriu-a com toda a sua força, golpeando o corpo esquelético da invasora, que tombou pesadamente no solo duro, ferindo a si própria com a faca que segurava. Atordoada pelo golpe e sangrando muito, Elizabeth não pode se levantar imediatamente.

A jovem disparou numa corrida desesperada. Nessas horas, o pânico e o medo são úteis para se conseguir mais velocidade. Ela alcançou a porta principal da moradia, somente para descobrir que estava trancada, naturalmente. "AS CHAVES!", lembrou-se. Foi buscá-las no lugar onde costumava deixá-las sempre, na segunda prateleira da estante, chumbada na parede do seu dormitório. Subiu as escadas aos tropeços, entrou furiosamente, quase derrubando a porta entreaberta e... "ONDE ESTÃO?" Não estavam no lugar de sempre! "Será que deixei em outro lugar?", pensou a menina, o pânico já assumia controle de sua alma. "Não, eu me lembro de ter deixado aqui!", a garota não controlava o desespero. "Ai, meu Deus... AI MEU DEUS, ONDE ESTÃO AS M... DAS CHAVES!?"

Voltou para o primeiro andar, praticamente rolando escada abaixo. Tentou sair pela janela da sala. TRANCADA! Irremediavelmente! "Como ela fez isso, aquela VACA!?". Seu pensamento era como um grito de pavor. Já totalmente sem o menor controle de suas emoções, correu para o telefone, não muito distante de onde estava. Incrível como suas mãos tremiam. ESTAVA MUDO! Foi quando sentiu novamente o calor do braço de Elizabeth envolver e apertar seu pescoço, desta vez com mais força, muito mais força. Sentiu também a fria e afiada lâmina da faca que, agora, já feria seu pescoço, que começou a sangrar. A pobre garota podia ver a própria vida passar diante de si.

— Isso é o que ganho por ter uma natureza tão ingênua e crédula! — Suspirou a rainha.

♣ ♣ ♣ ♣ ♣

— Como você descobriu que a linha temporal deste segundo fenômeno não terminava mais na Espanha, mas sim no Texas? — Perguntou Leo enquanto desfrutava seu cheeseburger.

— Eu descobri — respondeu Allison Mulligan no meio do seu beirute de frango — enquanto conversávamos pelo telefone.

— Você ainda é capaz de fazer várias coisas ao mesmo tempo, não é verdade, Allie? — Observou ele, numa brincadeira.

— Não tanto como antes. — Respondeu Allie com um sorriso — Agora, só o que consigo segurar mesmo é o que me cai nas mãos.

— Bem, pelo menos suas mãos ainda estão em forma.

— É, mas o resto é que não. Aliás, não devia comer tanto. Enfim... — fez uma pausa para terminar de engolir — Acredito que a tal linha, essa que da primeira vez terminou na Espanha, e agora termina no Texas, tende a seguir os jamaicanos, já que foram eles os responsáveis pela abertura do vórtice temporal. Isso facilita as coisas um pouquinho.

— Sim. Se você estiver certa, Elizabeth I tenderá a aparecer num local próximo onde os jamaicanos estão.

— E devemos encontrar todos eles. Temos que devolver a rainha ao passado e precisamos do maldito prisma para isso. Os jamaicanos provavelmente o têm. Se estiverem todos no mesmo lugar, melhor para nós.

— Só que o Texas é um estado grande, Allie.

— Bem, ao menos sabemos aonde procurar primeiro.

— A Interestadual 35 também é uma rodovia bem longa.

— Então, melhor começarmos já. — Allie deu uma longa tragada em sua Coca-Cola. — Só temos seis dias antes de a Terra iniciar sua mudança de posição orbital.

— E o que podemos esperar a partir daí? Por favor, fale de um jeito que eu consiga entender!

— Os pombos vão começar a bater uns nos outros, depois será a nossa vez. Haverá alterações climáticas radicais, num intervalo muito curto de tempo. Não será possível nos adaptar às novas condições.

— Entendo. Seremos extintos como os dinossauros.

— É por aí.

— Bem, qualquer coisa é melhor do que voltar ao trabalho. Estava feliz nas minhas férias em Iowa, até você me arrastar até aqui!

Allie sorriu, porém se levantou com urgência. Leo teve que segui-la, com uma boa parte de sua comida e bebida ainda na mesa.

♣ ♣ ♣ ♣ ♣

— NÃO ME MATE, NÃO ME MATE!!! — Eram os gritos histéricos da mocinha, já prisioneira novamente nos braços sanguinolentos de Elizabeth. A jovem se desfazia num pranto desesperado e copioso.

— Sua estúpida! — Esbravejou a rainha num tom frustrado e endurecido. — Como se atreve? Você quer que eu te machuque, não é mesmo? — Perguntava exasperada — É isso que você quer!? Quer me obrigar a fazer algo que não desejo!? É ISSO QUE VOCÊ QUER!?

— Eu não faço de novo! — Eram as promessas desesperadas da pobre alma.

— Que tipo de futuro é esse, em que uma simples ajuda precisa ser angariada na ponta de uma faca? É assim que a humanidade evoluiu? Surpreende-me que tenham chegado tão longe!

— Eu já disse! — A jovem de repente falou num ímpeto inesperado. — Não posso te ajudar se não sei qual é o seu problema!

— Está bem. — Disse Elizabeth subitamente bem afável, enquanto ajustava em seu antebraço direito um bloco de papel higiênico, que servia de bandagem para o ferimento que resultou de sua queda em cima da faca. — Então escute bem, mocinha — Falava pausadamente para ser bem compreendida — vou levar você de volta para a poltrona e voltarei a amarrá-la. Mas, você precisa aprender a ter bons modos. — Esperou um pouco para dar tempo à moça de assentir com a cabeça, e foi o que ela fez. — Vou perdoá-la agora. — Continuou. — Somente porque sei que está assustada e confusa. Porém, não lhe darei outra chance, mocinha! — Ela levantou um pouco mais a voz, mas sem perder a calma. — Se você tentar outra travessura como essa, deixarei de ser boazinha. Conseguiu me entender desta vez?

A garota meneou um novo sim com a cabeça, um pouco mais aliviada, pois viu que não morreria naquele instante.

Novamente amarrada na mesma poltrona e na mesma posição, desta vez com a corda menos apertada, Amanda olhava fixamente para a rainha, com um olhar tão coitadinho que até lhe causou piedade. Elizabeth se sentara na borda da poltrona onde a garota jazia amarrada. Carregava alguns antissépticos, papel higiênico e alguma gaze que havia encontrada no banheiro, e fazia um curativo no pescoço da jovem. O corte da faca que ela havia feito não era muito profundo, porém, poderia ter sido muito pior. Um milímetro para a esquerda e a jugular da menina estaria perdida. A rainha chegava ao cúmulo de ser maternal quando tratava do ferimento. Quando terminou, tratou de cuidar da própria chaga, em seu antebraço, que também não era grande coisa, apesar das manchas de sangue já velho.

Em seguida, levantou-se e voltou a se sentar na outra poltrona, a mesma em havia estado da primeira vez que conversara com Amanda. Agora, permaneceu com a faca em seu poder e não quis tomar outro chá.

— Senhorita Amanda, — falou Elizabeth — devo deixar claro que ardis idiotas e infantis como esse não vão levá-la a nenhuma parte. Estou preparada para isso, já que minha função é basicamente de comando. — Ela abriu um sorriso esperto. — Creio que você procurava por isso. — Disse, enquanto sacava um molho de chaves, presas por uma argola, do bolso em sua bata de dormir, que passou a girar em seu fino dedo indicador, bem diante do nariz de Amanda. — Como pode ver, — continuou — enquanto você estava desacordada, eu procurei me precaver de qualquer tentativa de fuga de sua parte. Antecipei cada possível contingência. Toda porta e janela deste lugar estão trancadas e você não vai conseguir abri-las. Seus *tolofenes* (ou como quer que chamem aquela coisa) também não funcionarão. Vai verificar que cortei aquelas cordas que os conectavam à parede. Não deixo de admirar sua esperteza em se aproveitar de minha falha quando fiquei atrás daquela porta, mas não vai acontecer de novo. Atordoar-me somente não adianta. Você teria que me matar para ficar livre de mim e sei que não faria isso. Parece uma boa pessoa. Eu, por outro lado... Não que eu seja má, mas tenho muito mais a perder. Tratarei você com cordialidade, porém, devo pedir-lhe que não abuse. Por favor, aceite sua situação.

Parou e precisou tomar fôlego por um breve momento.

— É *telefone*! — Amanda aproveitou a pausa para corrigi-la.

— Eficiente, contudo, de baixa qualidade. — A rainha sorriu para sua anfitriã.

Amanda se pôs a estudar cuidadosamente o rosto de sua convidada forçada e enfim perguntou:

— Quem é você, afinal? Quer dizer, tá na cara que é inglesa, mas... Qual o seu nome?
— Sim, já está mais do que na hora de chegarmos a essa parte. — Ela suspirou de novo. — Meu nome é Elizabeth of York, ou Elizabeth Howard (como minhas duas avós) e, mais tarde, *Elizabeth of the Royal House of Tudor* (sobrenome do meu pai). Eu pertenço a seu passado. Não é minha primeira vez neste futuro, e aprendi que vivi centenas de anos atrás. Neste período de nossa história, fui coroada rainha do país, que ainda hoje é chamado de Inglaterra.

Por um momento, o rosto da garota ficou vazio e inexpressivo. Depois, seus olhos cor de mel recuperaram o brilho, até com uma intensidade ainda maior e falou:

— Olha, Senhora, está tudo bem, não se preocupe, eu posso ajudá-la. Se você me desamarrar, eu consigo ajuda para você!

A rainha desabou numa gargalhada compreensiva.

— Agora vejo — falou Elizabeth, depois de conseguir parar de rir — que abordei os fatos de maneira um tanto abrupta. Você pensa que eu sou uma maluca que fugiu de algum manicômio, que acredita ser uma rainha do passado, como vocês me chamam... Elizabeth Primeira, ou algo assim. Suponho que devem ter havido outras *Elizabetes* depois de mim. Não a culpo. Eu também não acreditaria em mim, da forma como contei. Não importa. Na verdade, não faz diferença no que você acredita.

Parou um pouco para respirar e depois prosseguiu:

— Meu nome é Elizabeth e necessito achar um homem deste tempo, que esteve comigo da primeira vez que me trouxeram para este futuro. Juntos, descobrimos como me levar de volta ao passado. Imagino que possamos repetir o processo. Desta vez, quem sabe, em definitivo! Diga-me senhorita, onde estamos?
— Na minha casa! — Disse Amanda sarcástica, e fazendo bico de mau humor.

— Querida... — Sorriu Elizabeth. Era impressionante e até irritante a frieza da rainha. Ela inclusive já estava desenvolvendo certa afeição pela mocinha. — Vou precisar de algo mais abrangente. E, não se esqueça, posso esperar o quanto queira. Não sou eu quem está perdendo trabalho e estudos.

O bico da moça cresceu ainda mais e ela respondeu:

— Condado de Denton, Texas, Estados Unidos, Planeta Terra, Via Láctea! — Retorquiu seca e sarcasticamente.

A rainha deu uma nova risada. A cada vez que o fazia, o bico da garota crescia cerca de um centímetro. Daqui a pouco, chegaria a bater na televisão.

— Este Condado qualquer coisa que você mencionou — falou a rainha sorrindo — é uma província, uma cidade, um estado dentro do país, um vilarejo, uma cidadela ou um aldeamento? — Isso era irrelevante, ela sabia. Porém, ao ver a irritação da moça, ela não resistiu ao impulso sádico de querer transtorná-la um pouco mais.

Amanda percebeu e não disse nada. Seu bico já batia o recorde mundial de comprimento. Era até inútil continuar com isso, mesmo porque a rainha a estava achando bastante engraçadinha naquela situação.

— Já havia notado isso. — Divagou Elizabeth — O medo, depois de um tempo, é substituído pelo ódio. Sempre o velho processo natural do cativo. Ninguém lhe disse que você fica adorável quando nervosa? — Disse com um meio sorriso.

A garota, sentindo-se derrotada e desalentada, passou a soluçar novamente:

— Eu quero ir embora! Eu quero que isso acabe! Por favor, moça! Eu não aguento mais!
— Eu também quero que isso acabe, filha. — Disse Elizabeth docemente, ao compreender que forçara a barra com a jovem. — Ajude-me a acabar logo com isso, minha flor! Ajude-me a encontrar este homem de que lhe falei. É tudo o que peço! Depois, sairei de sua vida para todo o sempre! Acredite, se tudo der certo, irei para bem longe de seu alcance!
— Eu nem ao menos sei que homem é esse! — Disse Amanda, ainda desconsolada. — Tenho certeza de que não o conheço! Qual é o nome dele?

— Mais tarde. Vamos mudar de assunto. Esse tal de *Estados Unidos*, que você mencionou anteriormente, seria o país onde estamos?

— É! — Respondeu Amanda secamente. — Se você fosse mesmo a tal dessa rainha, saberia que esse país existe!

— Interessante. Certa vez, ouvi alguns piratas falarem de algo assim. Coisa dos portugueses. Diga-me filha, estamos, por acaso, no continente americano?

— Sim. Mais para o norte. — Disse a moça.

— Que conveniente! — Deslumbrou-se a rainha — Eu sempre quis conhecer estes lados do mundo! Nunca pude, porque uma rainha não pode deixar seu país a menos que queira lutar em alguma guerra estúpida, ou se envolver em alguma Cruzada. Confesso, estou até emocionada! Desta vez, eles me trouxeram para bem longe mesmo!

— Afinal de contas, quem diabos é você? — Perguntou Amanda levantando um pouco a voz.

— Não adiantaria responder-lhe, meu bem. A resposta é aquela mesma que você já não acreditou. De qualquer forma, continuemos. Eu suponho que vocês agora são independentes, não?

— É, pode-se dizer que sim. Já faz tempo! — Falou Amanda e chegou a gaguejar um pouco.

— Tomarei isso como um *sim*. — Disse Elizabeth após outra risada. Aquela garota possuía certo talento para senso de humor e irreverência. Uma característica, por sinal, típica dos ingleses, sempre foi e ainda é. A rainha gostava disso nela. Continuou — Você disse estarmos na parte norte do continente americano, se ouvi bem?

— É.

— Obra minha! — Suspirou a rainha — Ou será obra minha, se entendi corretamente os livros deste tempo. Pena que eles não escolheram um nome menos óbvio para o novo país. Enfim, já está feito.

— Ô Dona Elizabeth, o que a gente faz agora? — Perguntou Amanda, como se quisesse que algo, não importa o que, finalmente acontecesse.

— Acredito que, de momento querida, o melhor seria se nós duas...

A rainha foi interrompida pela súbita cigarra estridente da campainha da casa. Não tardou muito para que uma voz feminina ecoasse pelo lado de fora:

— Amanda, você está aí? Está tudo bem!?

— SOCORRO! — Berrou Amanda, num ato bem mais impulsivo do que pensado. — Estou sendo assaltada!

Em seguida, ao olhar para a rainha, se deu conta da nova besteira que havia feito. Arrependeu-se fortemente. Entretanto, não havia raiva assassina nos olhos de Elizabeth, mas sim um súbito brilho perspicaz.

— Isso mesmo, socorro! — Gritou também a rainha para a porta, num bizarro improviso. — *Estamos* sendo assaltadas! — Prosseguiu. — Por favor, voltem com uma daquelas... Como chamam... Arma de fogo!

"Deus do Céu!", pensou Amanda, novamente em pânico. "Agora sim eu me danei!"

Os caminhos quadrados e paralelos das ruas do Texas pareciam mais floridos, enquanto Allison e Leo seguiam em seu carro alugado, rumo à Interestadual 35. A estrada tinha passado por uma reforma recentemente. Por sorte, estavam tranquilos, não havia tráfego pesado. Não deixava de ser romântico e até, de certa forma, nostálgico dirigir naquele ambiente sossegado e acolhedor. Uma pena que, dali a um ano, toda aquela paisagem poderia ficar reduzida a cidades fantasmas, com nada mais do que poeira e vegetação invadindo o vazio das construções que, um dia, abrigaram o extinto ser humano.

— Allie, o quão longe você chegou no espaço? — Perguntou Leo.
— Da primeira vez que fui, tivemos que sair de órbita, porque o telescópio que estávamos monitorando tinha um defeito no sistema de escape das partículas, e foi expelido para longe. Faltou pouco para perdermos esse equipamento. Faltou pouco para perdermos a nós mesmos. Foi o mais longe que havia chegado até aquele instante. A segunda vez foi só a manutenção rotineira de um satélite.
— O que para você pode ser rotineiro, para nós pobres mortais seria a experiência de uma vida! Sem ofensa, quero dizer.
— Não, você está certo. Eu gostaria de poder ser mais poeta. Ser capaz de olhar tudo aquilo com outros olhos. Apreciar sua beleza! Estar consciente da experiência que representa, em vez de ver tudo como uma mera rotina, perigosa ocasionalmente. Inútil em certos momentos. O problema é que poetas normalmente não passam nos ferozes exames da Academia, nem sobrevivem aos simuladores sem vomitar ou desmaiar. De qualquer forma, poetas não precisam chegar ao espaço para apreciar a

beleza das coisas que os cercam, pois ela pode ser encontrada no delicioso aroma de uma flor, ou na simplicidade de um riacho que reflete a luz do sol.

— Soube que sua primeira missão no espaço foi uma aventura e tanto, hein Allie? — Disse jovialmente o amigo.

— Aventura? — Ela sorriu tímida — Não foi nada demais. Só tivemos que nos afastar um pouco mais da Terra para caçar o telescópio fugitivo. Em última análise, se tivéssemos que abandonar a tentativa, a NASA teria perdido mais um equipamento de 127 milhões de dólares. Explicar isso ao Presidente, essa teria sido a aventura! — Ambos deram risada.

— Entretanto, — Disse o homem — foi nessa missão que você ganhou a medalha de bravura sem par.

— Todos ganharam. — Admitiu Allie modestamente.

— Mas somente você recebeu a citação especial de honra, da boca do próprio Presidente, por salvar a vida daquele outro astronauta, como era mesmo o nome dele...

Allie, que já havia corado de vez, procurou mudar de assunto depressa.

— É claro, — disse ela — que o mais longe que cheguei, na verdade, foi quando tive aquela experiência, a que quase destruiu minha carreira. Ao menos, eu creio ter chegado longe. Só não consegui provar nada.

— Sim, eu vi nos noticiários. Mesmo assim, foram feitas muitas campanhas de apoio a você e à sua crença. Não somente leigos na matéria, mas muitos cientistas também.

— Todos *querem* acreditar. É algo muito bonito realmente. É a única coisa que nos une de verdade, que nos faz ter consciência de quão raros e únicos somos, cada um de nós. Mas, infelizmente, faltaram dados concretos para justificar todo o dinheiro que foi gasto. Foi aí que eu me ferrei. Fui questionada violentamente, inclusive pela própria imprensa. O fato quase comprometeu a reeleição do Presidente. Acho que ele até quis retirar a tal citação que havia feito para mim. — Brincou. — No final, só me restou mesmo o apoio dos hippies que acham que o fim do mundo está próximo, e dos fãs do *Arquivo X*.

— Bem, de qualquer forma, o Presidente *foi* reeleito e o astronauta, cuja vida você salvou, continua vivo.

— É, mas a questão sempre será dinheiro.

— Allie, como você sabe, nos últimos 50 anos, a humanidade atingiu avanços inimagináveis, especialmente nos campos da eletrônica e telecomunicações. Coisas que antes pareciam ficção de desenho dos *Jetsons*, hoje é realidade! No entanto, Allie, em tudo isso e talvez mais, existe um campo de pesquisa em que, de fato, não avançamos em nada. O ESPAÇO. Por que você acha que isso acontece? Seria por causa das enormes dificuldades de se vencer a barreira da gravidade, ou seriam as distâncias astronômicas entre um planeta e outro? Será que se requer tanto dinheiro assim para chegarmos um pouco mais longe no universo? Ou será alguma outra coisa que ainda não fomos capazes de enxergar?

— Eu acho — respondeu Allie pensativa — que a resposta para isso é muito mais filosófica do que monetária.

— Filosófica?

— Sim. Eu creio que o ser humano não está preparado para a conquista do espaço. Não é maduro o bastante. Não é sábio o suficiente. Exigiria uma profundidade e uma grandeza interior que, pelo menos, a maioria de nós ainda não possui. Ainda temos guerras, mesquinharia, hipocrisia, ódio... Mal sabemos cuidar de nós mesmos! Destruímos nosso próprio planeta e a nós mesmos todos os dias, o que dizer de outros planetas e outras civilizações? Não é uma questão de dinheiro. É só que ainda não merecemos o espaço. O ser humano ainda tem muito que aprender e muito que crescer.

"Talvez seja por isso que os alienígenas que enviaram aquelas mensagens criptografadas com coordenadas espaciais desistiram de esperar por nós", Allie refletiu, porém, não disse nada.

♣ ♣ ♣ ♣ ♣

— Você acaba de complicar de vez nossa situação, minha querida. — Falou Elizabeth com toda a calma, praticamente sem se mexer, enquanto que sua amarrada interlocutora rebolava freneticamente na poltrona, apesar de ter seus movimentos tolhidos.

— Saiu sem querer! — Dizia — Eu não queria, Dona Elizabeth! Eu juro por Deus!

— Até acredito em você, minha filha. — A rainha parecia mais desapontada do que com raiva. — Mas agora está feito. Não creio que meu pequeno ardil vai funcionar também. Espero que, seja lá quem for que estivesse lá fora, não tenha estranhado muito meu inglês.

— Eles podem chamar a polícia! — Gritou Amanda, estranhamente preocupada, como se já estivesse do lado de Elizabeth.

— Eu até contava com isso — Disse calmamente a rainha.

Nisso, um estrondoso ruído veio da sala. Alguém tentava arrombar a porta.

— Já volto. — Falou a rainha. — Parece que temos visitas.

A pessoa do lado de fora só conseguiu abrir a porta após dar um tiro na fechadura de Amanda. Entrou na casa um homem de meia idade, o pouco que lhe restava de cabelos estava despenteado e seguramente havia se vestido às pressas. Com certeza, era alguém que acabara de acordar ou, mais provavelmente, de ser acordado. Contudo, não ficaria assim por muito tempo. Ele, naturalmente, sem nenhum tipo de treinamento policial, irrompeu porta adentro, fazendo gestos que tentavam imitar, sem nenhum êxito, um policial. Apontava sua arma para um lado, depois para outro, numa dança um tanto estúpida. Não teve tempo para maiores averiguações. Tombou desacordado no chão, após levar um golpe da rainha na nuca, que usou um rolo de macarrão da cozinha para isso.

— Bons sonhos, cavalheiro — Falou Elizabeth para o homem inconsciente, enquanto aliviava-o do peso de seu revólver.

"Espero não ter quebrado o pescoço dele", pensou a rainha, "Eu preciso parar de bater na nuca das pessoas".

— Meu plano funcionou! — Urrou quando entrou novamente na sala de estar, como que dando uma boa notícia. — Incrível a ingenuidade dessas pessoas!
— Eles ainda podem ter chamado a polícia — Observou Amanda.
— Já tenho a arma, meu doce. Não preciso mais deles. E sei como usá-la, não duvide disso nem por um minuto. Quando estive aqui da primeira vez, certas pessoas chamadas "terroristas" tentaram me matar, quando descobriram quem eu era. Obviamente falharam. Subestimaram minha esperteza. De qualquer maneira, pude aprender a atirar com essas coisas.
— São assassinos radicais. — Explicou Amanda impulsivamente.
— Eu sei disso, minha flor, não que esteja surpresa. — Elizabeth voltou a pegar o molho de chaves. —Bem, acredito que uma destas daqui é a chave do seu... Como era mesmo que se chamava...
— Carro? — Arriscou a jovem.
— Isso mesmo! — Respondeu a rainha entusiasmada.
— O que você vai fazer? — Perguntou Amanda temerosa.
— Então, você tem um desses... Perfeito! Eis o que vai acontecer: eu vou desamarrar você e vamos ao seu quarto para nos vestirmos mais convenientemente. Não podemos sair por aí de pijama. Levantaria

suspeitas. Algumas de suas roupas devem servir em mim. Não se esqueça de que agora tenho uma arma, filha. Colabore, ou um desses lindos projéteis aqui dentro estará enfeitando sua cabecinha, entendeu?

— Tá. — Foi a resposta monossilábica.

Elizabeth desamarrou sua hesitante companheira e as duas subiram as escadas, em direção ao quarto da menina. A rainha mantinha o cano do revólver muito próximo à cabeça de Amanda. Chegando lá, a moça mostrou a Elizabeth algumas roupas que talvez lhe servissem. Os olhos da rainha quase saltaram das órbitas em terror.

— Não tem nada menos horrendo? — Perguntou estarrecida.

— Isto não é horrendo! — Esbravejou Amanda — É a última moda!

— De onde? De algum pântano? — Resmungou Elizabeth, porém continuava a se afeiçoar à menina. — Uma fazendeira sob tortura numa masmorra preferiria morrer a usar isso!

Elizabeth vestiu enfim, com grande relutância, uma roupa de uma peça só, de cor verde, que tinha um leve decote no peito, outro nas costas, e terminava como um vestido, mais ou menos na altura de seus joelhos. Foi o que ela achou "menos odioso", depois de procurar bastante. Colocou os mocassins mais confortáveis que pode encontrar. Não fez questão de meias. Fazia calor lá fora.

— Este parece não estar muito largo. — Observou a rainha, contemplando-se no espelho. — Diga-me, quando você comprou esse negócio, esperava vesti-lo com mais alguém?

— Era da minha mãe, ela é bem mais gorda do que eu! — Disse Amanda com veneno. Com certeza, uma vingança pelos comentários críticos da rainha sobre suas roupas.

Elizabeth, obviamente ciente de sua forma impecável, simplesmente sorriu e retrucou:

— Então, isto será uma honra para mim. Não se preocupe, filha. Farei uso mais do que adequado do vestuário de sua gorda mãe.

Amanda voltou a fazer bico e começou a trocar de roupa em completo silêncio. Ela só colocou o que lhe pareceu mais confortável para o momento. Camiseta, calça jeans curta, meias e sandálias. Quando finalmente terminou, Elizabeth a mediu de cima abaixo com um olhar depreciativo e suspirou:

— Bem, só me resta supor que, nesta época, você poderá se expor vestindo essa monstruosidade, sem que ninguém tenha um ataque de risos. Podemos ir, então.

Amanda rosnou, mas não disse nada. "Chata!", pensou. Em seguida, sempre sob a mira da arma, desceu as escadas com Elizabeth e, ao atravessarem a sala, Amanda viu o homem que ainda estava desmaiado.

— Ai, meu Deus, você não matou o senhor Almeida, matou? — Perguntou Amanda.
— Espero que não. — Respondeu Elizabeth. — Quem é ele?
— Meu vizinho. É bastante solícito, mas um pouco desajeitado. A esposa dele é absolutamente intragável!
— Sim, quando bati nele, pareceu estar acostumado com rolo na nuca. Quanto tempo até a polícia chegar?
— Ah, ainda vão demorar! — Tranquilizou Amanda.

O Senhor Almeida começou a emitir grunhidos de dor, porém, levantou-se sem maiores problemas, embora ainda bastante tonto. As duas mulheres respiraram aliviadas e apertaram o passo para não serem notadas, em direção à porta. Desembocaram numa espécie de corredor principal, que conduzia até uma escada. Após passarem por um pequeno porão, elas finalmente alcançaram a garagem, onde estava estacionado um fusca branco.

— Que coisa mais feia! — Suspirou Elizabeth.
— Dá pra você parar de encher o saco? — Bronqueou ferozmente Amanda. — Já vi gente chata na vida, mas você ganha o prêmio!
— Perdão, minha querida, perdão. — Pediu Elizabeth pacientemente e entre sorrisos. — Não sabia que era tão sensível. Vou tentar me controlar daqui para frente. — Elizabeth achava que Amanda ficava irresistivelmente terna e meiga quando zangada.

O carro tinha as duas portas destravadas. A rainha ordenou, com um gesto do revólver, que Amanda entrasse do lado do motorista. Depois, seguiu imediatamente para o lado do passageiro.

— Muito pouco prático fazer o motorista dirigir do lado esquerdo. — Disse Elizabeth. — Existe algum país que tenha corrigido essa terrível inobservância?
— Bah, eu desisto! — Bufou Amanda. — E, a propósito, para onde vamos, majestade?

— Não sei. Qualquer lugar. Comece circundando aqueles caminhos que vi da janela do seu quarto, rodeados por essas minúsculas casas com alpendre. Parece repousante e vai me ajudar a pensar. É a única coisa deste tempo que sugere algum aconchego. E lembre-se, não faça nada que possa comprometer esse agradável passeio.

Amanda então ligou o carro e acionou a abertura automática da porta da garagem, com seu controle remoto.

— Gostou disso, hein? — A jovem se gabou de seu sistema.
— Conveniente. — Comentou Elizabeth, que nunca tinha visto nada como aquilo antes, nem mesmo na primeira que esteve no futuro.
— Nossa, um elogio! Deveria soltar fogos!

Elizabeth sorriu, numa admissão de que a asserção da moça estava correta. Em seguida, aceleraram e saíram da casa em direção à Interestadual, conforme ordens da rainha, enquanto a porta da garagem de Amanda se fechava atrás delas.

Nenhuma delas jamais admitiria naquele momento, mas pouco por vez tornavam-se amigas.

♣ ♣ ♣ ♣ ♣

— Você acha — Perguntou Leo — que os instrumentos dos jamaicanos tinham algo que ver com aqueles desenvolvidos pelo doutor, como era mesmo o nome... Willer, Wüller? Que eles os teriam encontrado por acaso, já que o doutor os havia jogado fora?
— Pode ser. — Respondeu Allie. — Eu precisaria analisar esses instrumentos, o que torna imperativo que encontremos estes jamaicanos. Que eu saiba, nunca foi dito nada a respeito de o Dr. Wüller ter descoberto túneis do tempo ou algo parecido. Se bem que, quase não se sabe nada a respeito do que ele descobriu, uma vez que ele sumiu com tudo muito depressa, sem deixar vestígios, nem de si, nem de nada.
— Mas você concorda que, se ele realmente teve a cara de se apresentar para a comunidade científica internacional dizendo ter encontrado a máquina do tempo, seria um bom motivo para pensarem que estava louco.
— Não se tivesse provas. — Observou Allie. — Bem, obviamente, ele não as tinha. Soube que chegaram a rir na cara dele.

— Quer dizer então que ele divulgou sua descoberta sem saber se funcionaria? Por que teria feito algo tão idiota?

Allie suspirou e depois respondeu:

— Não creio que ele agiu assim. Ninguém o faria, especialmente um homem de sua inteligência e capacidade. Tenho certeza de que Wüller conseguiu fazer funcionar o que quer que tenha criado e isso o empolgou incrivelmente. A ponto de não considerar que poderia haver outros elementos envolvidos no tal processo que, se não totalmente satisfeitos, poderiam comprometer a repetição do fenômeno, seja qual ele fosse. Se há uma coisa que aprendi no meu trabalho é que tudo funciona no laboratório, um ambiente geralmente controlado. Aqui fora, a história é outra.

— De qualquer forma, ele se apressou em mostrar os resultados e se deu mal por causa disso.

— Exato. — Concordou Allie com firmeza. — Eu assumo que ele deveria ser paciente e fleumático, como todo bom cientista. Entretanto, ele ficou tão empolgado com o que havia encontrado, que não resistiu à pressa de exibir suas descobertas para o mundo. Com isso, perdeu totalmente sua perspectiva de cuidado e preparo. O que quer que tenha encontrado devia ser algo simplesmente fascinante, incrível, inimaginável.

— Será que ele desenvolveu mesmo a máquina do tempo? — Perguntou Leo, excitado.

— Precisamos encontrar esses jamaicanos! — Repetiu Allie, com uma emoção bem jovial e entusiasmada.

Foram interrompidos pela sirene de um carro de polícia que berrou atrás deles. Felizmente, passou direto, se alguém estava acima do limite de velocidade, não eram eles. O sol estava de rachar, mesmo para aquela hora do dia. Tiveram que alugar um carro com ar condicionado para poder seguir caminho, ao longo da Interestadual 35, que parecia não ter fim. Eles decidiram descansar um pouco da monótona rodovia e pararam para comer num restaurante chamado *Pirates Cove*, na saída 131. O trabalho de Leo centrava-se no Texas a maior parte do tempo. Porém, como não era muito de sair, conhecia poucos lugares. O local até que era agradável e as suntuosas porções não decepcionavam nenhum paladar esperançoso. Allie gostava da vista acolhedora do pátio externo (a mesa que escolheram situava-se numa área completamente aberta e exposta), com suas árvores e montanhas. Um tipo de paisagem seca e característica, que transmitia um romantismo de filme de faroeste. Ela sentia falta disso. A diversão. Não tivera muitas oportunidades para isso da última vez que estivera no Texas. Como sempre, muito trabalho.

Por isso mesmo, Allie se ressentia de algumas coisas quando sujeita a locais públicos, especialmente, um tão atraente como aquele. Tinha vergonha de admitir, mas às vezes não lhe fazia bem ver todas aquelas pessoas felizes e aproveitando a vida, com seus namorados, filhos, maridos, o que fosse. Deixava-a triste. Um sentimento torpe de inveja, que ela mesma desprezava, a invadia. É óbvio que não desejava mal a ninguém! Uma das metas de seu trabalho era justamente o de tentar ajudar a humanidade o mais que podia! Seu sonho era corrigir todos os problemas, criar uma vida melhor para todos! No entanto, o preço era a solidão. Será que o trabalho era a única causa de sua solidão? Allie gostava de acreditar que sim, mas sabia estar errada. E pensar naquilo a irritava profundamente.

E Leo não era muito diferente.

Ao acordar de sua meditação profunda e, ao ver que seu companheiro de mesa também estava pensativo, deu um pequeno sorriso e disse amavelmente:

— Pensando em como vai pedir a rainha em casamento, quando a encontrar de novo? — Brincou docemente.

O moço, que também voltava a seu corpo naquele instante, sorriu e respondeu:

— Como não tenho talento para ser rei, ela poderia querer me transformar num eunuco! Não vou arriscar.

Allie deu uma gostosa gargalhada.

— Na verdade, — continuou ele — eu estive pensando numa coisa, que eu pesquisei um pouco lá na firma. — Fez uma pausa. — Você já ouviu falar num certo "Universo Emocional"?
— Sim. — Respondeu sua companheira no meio de uma mastigada, porém, não parecia impressionada com o tema.
— E o que acha disso?
— Somente — respondeu a cientista friamente, enquanto absorvia um pouco de seu refrigerante com o canudo — uma fantasia de alguns visionários, numa tentativa desesperada de explicar a existência de emoções no ser humano, quando já sabemos muito bem que estas lhe são inerentes. E acreditar que pessoas podem viver em alguma espécie de universo paralelo já é por si só absurdo e, ainda por cima, crer que tais indivíduos são nossas emoções é um completo conto de fadas. Aqueles que estudam esse tipo de coisa deveriam escrever roteiros de filmes e não tratados científicos!

— Será que é assim tão impossível acreditar na existência de algum universo paralelo? Você mesma disse que gostaria de ser mais poeta!

— Meu amigo, eu escreveria dezenas de poesias sobre tudo que já vi e presenciei. Faria músicas, livros, filmes cobertos da melhor ficção que minha limitada imaginação artística poderia conceber, mas eu jamais transformaria nada disso em ciência!

— Pensei que tinha recuperado a fé, Doutora. — A palavra "Doutora" resultou irônica, não por acidente. — Não foi você quem fez de tudo, inclusive arriscando sua própria vida e carreira, para tentar convencer o mundo de que havia algo mais no universo, além dessa limitada esfera em que vivemos?

— Sim e me dei mal por causa disso. — Disse Allie sem se alterar. — Continuo com minha fé e minhas crenças, e não admito que ninguém as questione. Estou perfeitamente ciente do que me aconteceu e sei que foi tudo legítimo, não importa o que digam os obtusos membros do governo. Posso até ter voltado sem nenhuma prova, mas ninguém pode tirar de mim o que eu vi! Isso é muito diferente do que acreditar na existência de universos paralelos e que todas as pessoas que nos dão emoção estariam lá, esperando para um almoço. Não há nenhum embasamento científico nisso!

— Você não estaria sendo um pouco, digamos, cética?

— Você não estaria sendo um tanto, digamos, crédulo.

Leo sorriu, mas com um ar de superioridade que só uma certeza forte pode trazer.

— Às vezes, não podemos nos fiar só no que vemos. — Disse ele. — O universo possui uma infinidade de coisas que não conhecemos ou entendemos, tampouco vemos.

— De pleno acordo. — Retrucou Allie. — Por isso devemos sempre procurar essas coisas, a fim de que possamos vê-las e, desta forma, estudá-las e entendê-las cientificamente. Só que nada disso significa caçar fantasmas. Todos nós gostamos de acreditar na existência do fantástico. Porém, se nos deixarmos levar só pela crença, baseada unicamente na ignorância, voltaremos ao passado remoto, quando ninguém se aventurava a navegar, a descobrir. Morriam de medo de dragões, bruxas e leprechauns! A ciência avança quando há o estudo e a compreensão.

— Quer dizer então que não existe nenhuma possibilidade de existirem outros universos como o nosso?

— É claro que é possível! Muitos estudos sérios comprovam essa possibilidade. Eu mesma participei de alguns. Mas, seguramente, tais universos não possuem portas que são abertas por varinhas mágicas, nem controlam nossas emoções.

— E o que controla nossas emoções?

— Nesse momento, a TV. — Brincou Allie.

O homem sorriu e chamou o garçom para pedir a conta. O céu estava de um azul intenso, nenhuma nuvem para atenuar o forte calor. Ao voltar ao carro, ambos sabiam que ainda teriam que se revezarem no volante por muito tempo. Já sentiam falta de suas respectivas camas. O celular de Allie tocou. Era a NASA. Queriam um relatório de progresso. Ela não tinha muito a dizer. Ainda não sabia se realmente havia um jeito de consertar as coisas e salvar o mundo.

♣ ♣ ♣ ♣ ♣

O reflexo da luz do sol nas montanhas distantes transmitia certa magia à vista que se tinha do horizonte, ainda que um tanto ofuscante.

— Não precisa mais me apontar essa arma, moça. — Pediu Amanda. — Não vou tentar mais nada.
— Claro que não, filha. — Elizabeth bocejou sua ironia.
— Você não confia em mim, né?
— Não confio em ninguém.
— Eu posso te ajudar de livre vontade!
— Sim, me acertando com uma porta e depois berrando para o lado de fora. Pobre Senhor Almeida, acabou levando a pior parte.
— E o que você esperava, Dona Elizabeth? Você invade a minha casa, me ameaça, amarra e amordaça; quase me esfola toda a garganta...
— O ferimento em sua garganta foi superficial. — Interrompeu a rainha. — E me chame de Lisa.
— Que?
— Pode me chamar de Lisa, minha filha. Era como me chamava esse meu amigo que conheci da primeira que estive neste tempo. Esse negócio de "Dona Elizabeth" faz com que eu me sinta como uma daquelas governantas da corte, com seus traseiros horrivelmente grandes.
— Está bem, Lisa. Pode me chamar de Amy. Como estava dizendo, eu tentei escapar. Mas, você começou com tudo isso quando invadiu minha casa e ameaçou me matar.
— Em primeiro lugar, eu não invadi nada! Fui jogada aqui! Ainda não sei como, nem por que. E tenho certeza de que, se o espectro da morte não pairasse sobre sua cabeça, você jamais teria me ouvido. Além do mais, você ainda tentou fugir uma segunda vez, lembra-se?

— Eu já disse, — interrompeu Amanda esbravejando — que da segunda vez foi sem querer! Eu ainda tava com medo e gritei sem pensar! Agora baixa essa arma! Tá me dando medo! Eu prometo que te ajudo!

— Meu pai costumava dizer que quando você ocupa uma posição de liderança, qualquer que seja ela, até os calmos e controlados ao seu redor não merecem confiança. O que dizer então dos amedrontados e impulsivos?

— O que você fez amedrontaria qualquer um! — Fez uma pausa para esperar uma resposta de Elizabeth, que não aconteceu. Então, ela continuou. — Como era o seu pai? — Perguntou interessada. — Quer dizer, ele é um cara legal, ele tá na Inglaterra, qual é o nome dele?

— Henry Tudor. — Respondeu Elizabeth. — Porém, como houve outros sete antes dele, convenciona-se dizer que ele foi "Henry, o Oitavo". Graças a ele, existem os anglicanos.

— Tá bom! Deixa prá lá! — Disse Amanda em outro rompante de mau humor.

A rainha deu uma gargalhada.

— Acho — prosseguiu Amanda — que você podia dizer algo a respeito desse seu amigo. O tal que você quer encontrar. Já seria um começo. Especialmente, porque a avenida tá acabando e aqui não tem como dar muita volta. A gente vai ter que entrar na cidade. — Já dava para sentir que, em circunstâncias normais, a moça era bem tagarela.

— É uma pena. — Suspirou Elizabeth. — É bem bonito aqui.

— Ainda tem mais algumas milhas. — Confortou Amanda.

— De qualquer forma, você tem razão, filha. Já é mais do que hora de você saber em que está metida. — Amanda concordou com um gesto de cabeça, e a rainha prosseguiu. — O homem que estou procurando, sei que ele é daqui, mas não sei de onde especificamente. Esse será nosso primeiro problema. Ele chegou a me falar de sua cidade natal, mas não me lembro agora o nome.

— Ele chegou a dizer onde ficava esta cidade?

— Centro-oeste deste país.

— Des Moines, Iowa? — Arriscou Amanda. — Algo parecido?

— Isso! — Saltou a rainha. — Iowa, com certeza! A cidade não era essa, mas não importa! Fica muito longe?

— Umas setecentas milhas.

— Isso é muito? — Perguntou a rainha.

— É um pouco muito. — Respondeu Amanda insegura.

— Nesse caso, me diga quantos dias até lá com um veículo como esse?

O Achado

Foi a vez de Amanda rir a bandeiras despregadas.

— Meu Deus! — Disse a moça. — De onde tiraram você? Leva umas dez horas de carro para chegar lá.

— Excelente! — Regozijou-se a rainha. — Podemos ir agora mesmo, então. Que estrada devemos tomar? Vocês dão nome para tudo aqui! Até que não são tão desorganizados. Vamos, pois, depressa!

— Opa! Pera aí! — Desesperou-se Amanda, que com certeza tomaria mais cuidado ao dar boas notícias. — Não podemos ir assim, só com a roupa do corpo e largando tudo!

— Você não tem algum dinheiro, mocinha? Podemos comprar tudo o que precisamos ali. Sei como funciona o sistema de comércio desta época. Deve haver lojas por ali, como em Madri. Talvez um daqueles... "Corte Inglés"?

— Não é tão simples! — Continuava a argumentar a desesperada Amanda. — Eu não tenho nada em espécie comigo agora! E a gente ainda teria que pagar hotel, comida e levar mais roupas!

— Estas que vestimos agora serão o suficiente. Não pretendo gastar muito tempo lá. Além do mais, creio que esse meu amigo terá como nos hospedar e nos alimentar, se ficarmos pouco tempo. Que eu me lembre, ele estava até que bem posicionado em seu trabalho. Só precisaremos encontrá-lo. Arranjaremos um meio de me levar de volta à minha época e você estará livre da minha cara para todo o sempre! Não é o que quer?

— Olha, Lisa — continuava Amanda — Iowa é um estado grande! Muito grande mesmo! Bem maior do que Madri! Achar alguém ali é como procurar uma agulha no palheiro! A gente vai demorar muito! Muito mesmo! Deixa, pelo menos, eu ir até a casa dos meus pais, pegar algum dinheiro e mais algumas roupas! Talvez até umas bolachas pra gente comer no caminho! Aí, a gente vai e eu ajudo você! Eu prometo! Eu juro por Deus que ajudo! É preciso, moça! É preciso mesmo a gente fazer isso!

— Ah, mas é claro. — Ironizou Elizabeth. — Entramos na casa de seus pais, comigo apontando uma arma para você, pedimos roupa e dinheiro e, enquanto você arruma as malas, eu esperarei com eles na sala de estar, de arma em punho, tomando um chá e conversando sobre o tempo. Aí, você volta e eu digo: "Adeus, senhor e senhora fulano, devo continuar com o sequestro de sua filha. Tenham uma boa noite". Essa é a ideia mais tola que já ouvi!

— Já terminou? — A garota disse emburrada. — O que eu ia sugerir era eu entrar lá sozinha, pegar tudo que precisamos e ir embora. Mas aí, você teria que confiar em mim.

— Minha querida, — continuou Elizabeth, ainda em tom de sarcasmo — ou você é simplesmente descarada ou desligou seu cérebro.

Ainda que eu confiasse em você (e não confio), como você explicaria a seus pais o fato de estar a caminho de Iowa, quando deveria estar no trabalho? Onde está sua cabeça?

— Eu pensarei em alguma coisa. — Emendou Amanda com um sorrisinho.

Elizabeth, embora não demonstrasse, se derretia cada vez mais com o jeito da garota. Disse, agora com menos escárnio:

— Eu me encarrego das ideias aqui, mocinha. De qualquer forma, se insiste mesmo que ainda necessitamos de algo para a viagem, vamos buscá-las em sua casa mesmo. Mas, depois iremos!

— Onde o tal do seu amigo trabalha? — Amanda arriscou sua última cartada.

— Hum... — Elizabeth franziu o cenho por alguns instantes. Depois, seu rosto se iluminou de novo. — Acho que por aqui.

Ao ouvir aquilo, as veias do pescoço de Amanda quase explodiram.

— E você queria que fôssemos para Iowa? — Brigou. — Não lhe ocorreu que ele poderia estar aqui por causa do trabalho? E você ainda pensa que pode ter ideias? Sua doida de pedra!

— Sim, agora que mencionou, é verdade. — Respondeu a rainha com toda a calma e abrindo um sorriso cínico. — Podemos voltar para sua casa então, e remodelar nossa estratégia.

— Puxa, que bom que tenho você para pensar em tudo! — Amanda devolveu o sarcasmo. — Só que acaba de me ocorrer, majestade, que talvez a polícia já esteja lá.

— Chame-me de Lisa. — A rainha retornou mantendo o sorriso. — Realmente bem pensado! Você não é tão abjeta quanto parece. Até confio em você um pouco mais agora. — Fez uma pausa para refletir. — Sendo assim, não temos escolha.

— Acho que não. — Concordou Amanda.

— Vamos até a casa de seus pais.

— Acha mesmo necessário? Não acha melhor tentar descobrir em que empresa seu amigo trabalha?

— Ah, isso eu sei bem. Cheguei a frequentar suas instalações em Madri. Uma verdadeira pocilga, por sinal.

— Qual o nome da empresa? Talvez eu conheça a pocilga deles aqui no Texas!

— Não sei ao certo se meu amigo ainda trabalha nesta empresa. Além disso, se a polícia realmente está em sua casa, seus pais já devem saber de seu desaparecimento. Precisamos tranquilizá-los.

— Tem razão! — Amanda disse com certa urgência na voz.

— Vamos até a casa dos seus pais então e, no caminho, pensarei em algo para não levantarmos suspeitas. Não estrague tudo desta vez. Pelo menos, tente não falar muita bobagem. Pensando melhor, simplesmente não diga nada. Eu me encarregarei disso.

Amanda tirou um pouco o pé do acelerador para poderem pegar uma saída à direita. Conseguiam desenvolver boa velocidade, não havia muito trânsito naquela hora.

— Não vai poder entrar na casa deles brandindo isso. — Amanda falou cautelosamente, abanando a cabeça em direção ao revólver de Elizabeth. — Melhor colocá-lo de lado.

— Vou pensar no seu caso, querida. — A rainha assegurou.

♣ ♣ ♣ ♣ ♣

— Qual é o seu sobrenome? — Perguntou Elizabeth.

— É Tobias. — Foi a resposta.

— Espanhol?

— Sei lá. — Ela deu de ombros. — Talvez porto-riquenho. Meus pais nunca me falaram muito de nossas origens.

— Não acha importante saber de onde veio? Na minha época, o nome da família era tudo.

— Aqui também. Exceto quando você é pobre. Aí, ninguém liga.

— Entendo. Quantos anos você tem, Amanda?

— Vou fazer vinte este ano.

— Jovem demais para já estar sozinha.

— Pode ser. Meus pais nunca foram lá muito atenciosos. Sempre trabalhando. Sempre duros! Desde que era menina, não me deixavam esquecer: aos dezoito, fora!

— Certas coisas não mudam em centenas de anos. — Suspirou a rainha. — Pelo que vejo, a única diferença é que aqui as mulheres são expulsas de casa para a solidão, não para um marido.

— Algumas são expulsas para um marido. Rico, de preferência. Só não tive essa sorte.

— E quem cuidou de você, se ambos os seus pais estavam sempre... Trabalhando?

— Minha babá, Dona Cida. Acho que era brasileira ou algo assim. Muito boa pessoa. Sinto falta dela. No Natal, eram meus pais que compravam os presentes, mas era sempre a Dona Cida quem os entregava para mim. Meus velhos não tinham tempo nem no Natal. Dona Cida foi minha babá desde quando eu era nenê.

— E o que houve com ela?

— Eu cresci, ela ficou sem função, meus pais não tinham dinheiro, tiveram que dispensá-la. Mudou-se para Nevada num determinado momento, antes de... — Parou de súbito e engoliu em seco.

— Isto significa que esta... Senhora Cida recebia pagamento para fazer seu trabalho, quero dizer, não era uma governanta, dama de companhia, nada disso?

— É. Nós a pagávamos com o que tínhamos. Não era muito. Bem, a gente nunca passou necessidade, nunca faltou nada, mas também não sobrava muito no final do mês.

— E você agora se sustenta sozinha?

— Eu tento. — A moça sorriu.

— Tem irmãos ou irmãs, Amanda?

— Não. Sou filha única.

— Impressionante! — Elizabeth uma vez mais rolou os olhos.

— O que foi, quero dizer, desta vez?

— Seus pais relegaram sua única filha aos cuidados de uma estranha, que só lhe deu carinho porque era paga! Inconcebível!

— Nem tanto. Dona Cida gostava de mim pra valer! E sempre demonstrava! Não era só pelo dinheiro! E eu gostava dela também! Bom, ainda gosto! Ótima pessoa ela. Aliás, confesso que sinto mais falta dela do que dos meus pais. Acha isso horrível?

— Não, acho compreensível. Bem, vamos para a próxima pergunta óbvia: qual seu trabalho? Como você se sustenta? Lava roupa, cozinha para alguém...?

— Jesus Cristo! — Amanda suspirou inconformada. — Começo a acreditar que você realmente é do passado! Estudo computação na faculdade, e pago meus estudos por meio de um trabalho de meio-expediente numa pequena firma de informática.

— Ultrajante! — Urrou Elizabeth. — Quando se estuda, não se trabalha!

— Assim dita o sonho americano. Porém, quando acordamos dele, vemos que não é assim que funciona.

Fizeram uma pausa na conversa. Amanda precisou prestar mais atenção na estrada, para fazer uma conversão à direita, em direção a uma rua mais inóspita e sem sinalização.

— Qual é o seu sonho? — Perguntou Elizabeth de repente.

— Meu o que?

— Seu sonho, querida. Você mencionou um certo "sonho americano". Vocês aqui também sonham em particular ou só continentalmente?

— Hã... — A moça hesitou. — Sei lá. Ficar rica, subir na vida... Ainda não pensei nisso.

— Típica pessoa desta época. — Suspirou uma vez mais a rainha.

— O que quer dizer?

— O mesmo que observei da primeira vez que estive aqui. Você estuda o que precisa ao invés do que gosta e trabalha para poder pagar por isso. Simplesmente tolera a sua existência, sem viver nem um segundo dela!

— Ah, não comece com esse discurso barato de paraninfo! Tem uma coisa chamada dinheiro que precisa ser ganho! Honestamente de preferência! Isso se chama realidade, tia!

— A realidade é o que você faz dela! A menos que queira acabar como seus pais, sempre trabalhando, sempre duros (o que quer que isso signifique).

— Ei, não fale assim dos meus pais! Você não sabe droga nenhuma deles, não vou admitir que os julgue! Além do mais, você está errada, nada é assim tão simples! Se fosse, todos os mendigos do país já estariam milionários! Muitas vezes, a realidade é que nos faz! Não é tão fácil fugir das circunstâncias que ditam nossas vidas!

— Eu sei, mas também não precisa virar escrava delas! Vocês perderam todo o instinto de aventura, de conquista...

— É mesmo? Você mesma me perguntou se eu não tinha que lavar cueca de rico para me sustentar! É tudo o que imagina que uma mulher pode fazer?

— Nesta época, começo a acreditar que sim. Na minha, uma mulher ou outra até chegava a ser rainha.

— De jeito nenhum! Mesmo naquele tempo, você tinha que *nascer* rainha!

— Não eu. — Elizabeth revelou. — Mas agora me diga de uma vez por todas, qual é o seu sonho?

Amanda não respondeu. Fez-se um silêncio desconfortável no carro.

— Você já esteve alguma vez na Inglaterra, Amanda? — A rainha quebrou o silêncio e mudou de assunto. — Gostaria de saber o que foi feito de meu país neste futuro.

— Nunca fui lá. — Respondeu a outra.

— E gostaria de ir?

— Para falar a verdade, não faço muita questão. Dizem que é bonito e histórico, mas aqui é bonito e histórico também. Na verdade, não sou muito de viajar.

— Realmente, é bonito. — Concordou Elizabeth, enquanto dava uma longa aspirada do ar texano, por meio da janela aberta do carro — E o clima daqui também é bastante agradável.

— Quente demais algumas vezes. — Corrigiu Amanda.

— Eu imagino. — Disse Elizabeth sorrindo. — Eu gostaria de perguntar se você sabe algo de como está a Inglaterra agora. Eu gostaria muito de saber, se pudesse.

— Não sei muito não. — Fez uma pausa — Só o que...

— Continue filha! — Elizabeth chegou a esboçar um entusiasmo, embora suspeitasse de que não gostaria muito do que estava a ponto de ouvir.

— Até onde eu sei... — Amanda prosseguiu. — Ninguém vê os ingleses com bons olhos, não. São considerados um tanto metidos, você sabe, cheios de frescura.

Elizabeth sorriu com doçura para Amanda e disse:

— Não sei que conotação você quis dar ao termo "metido", mas já imagino o que possa ser.

— Convencidos, arrogantes, cheios de si, petulantes, pedantes, empavonados... Aliás, como você!

Outra gargalhada da rainha.

— Sei o que quer dizer — Lamentou Elizabeth. — Talvez seja por isso que acabei...

— Sozinha? — Amanda completou por ela, com um olhar felino de esperteza.

— Li alguns livros de história da outra vez que estive aqui. — A rainha admitiu. — Não resisti à tentação de saber coisas sobre mim. Especialmente, meu próprio futuro, o qual ironicamente já não pertence mais ao seu passado. Nenhum ser humano vivo deveria ter acesso a tal conhecimento.

— Você se acha melhor do que os outros?

— Existe uma grande diferença entre ser melhor e pensar que é melhor. Se você é realmente boa, não tem que provar com palavras. Suas atitudes farão isso por você. Na minha época, ser melhor significava possuir mais terras do que os outros. E nós conseguimos bastante. Suponho que perdemos tudo agora. Não é mesmo?

— Hoje em dia, a Inglaterra está bem, mas não mais com aquela bola toda. Quem dá as cartas hoje somos nós, os Estados Unidos da América!

— Então, criei um monstro! — Suspirou a rainha.

— Com certeza! — Concordou Amanda. — Exceto por mim, claro!

Elizabeth concordou e ambas deram risada. A moça não notou, porém, sua captora há muito já havia colocado de lado sua arma. Ao perceber o fato, a jovem simplesmente falou:

— Você precisa começar a me chamar de Amy!

Estavam quase chegando a seu destino. Já havia muito mais trânsito naquele momento. Amanda tinha que trafegar bem mais devagar. Elizabeth havia silenciado de vez. Parecia cansada.

Amanda desatou a pensar. Será que essa mulher é mesmo a rainha... Ela falava como se fosse. A julgar por seus modos, aspecto e jeito de falar, era inglesa sem dúvida. E como teria feito para entrar em sua casa? Estava tudo trancado, tinha certeza disso. Até onde pode ver, não havia sinais de arrombamento, todos os vidros das janelas intactos e a fechadura da porta, inteira, até ser destruída pelo tiro de Almeida. Não era uma assaltante, pois não quis levar nenhum dinheiro. Bem, podia ser somente uma dessas piradas! Mas, por que uma doidinha inglesa passearia pelo Texas? "Talvez, eu é que esteja maluca", pensou a jovem, "isso é estupidez! Como pude por um momento acreditar que..." Por outro lado, sua vida era tão chata! Ela queria acreditar! E muito! Porém, não podia. Entretanto... Nossa! Como ela queria acreditar! E sua vida... Que coisa horrível! Só trabalho. Não tinha namorado. Muito tímida. Às vezes, chegava em casa tão exausta que não tinha forças para nada. Não conseguia acompanhar as amigas em suas noitadas. Que desgraça! Então... O olhar de Amanda se iluminou intensamente, como nunca antes em toda a sua vida. "Ora bolas, por que não? Tá tudo uma droga, mesmo!", pensou resoluta.

Repentinamente, foi forçada a interromper seus devaneios e puxou o carro para a pista da esquerda, de maneira brusca e arriscada, num gesto que acordou a rainha a seu lado, que passou a olhar fixamente sua motorista. No entanto, a moça repetiu a manobra, praticamente guiando em zigue-zague pela pista, para driblar o máximo possível o trânsito. Elizabeth não deixou de estranhar a súbita mudança no comportamento de Amanda que, até aquele momento, dirigira o tempo todo como uma velha assustada.

— Algum problema, querida? — Perguntou a rainha.
— Veja por si mesma. — Respondeu Amanda, apontando um indicador para o vidro à sua frente.

A garota teve que parar o carro no meio fio, assim que virou a última esquina que dava para a casa de seus pais. Não podiam ser vistas pelos dois carros patrulha, estacionados exatamente em frente ao local. Ambos estavam vazios. Os ocupantes de um deles andavam ao redor da casa dos pais de Amanda, testando uma ou outra fechadura, esta ou aquela janela, na esperança de encontrarem algo aberto para poderem entrar e investigar. O que estariam fazendo?

— Vejo que se anteciparam a nós. — Disse Elizabeth. — Agora, necessitaremos de um plano C, além dos planos A e B.
— Mas... Não faz sentido! — Retornou Amanda. — Os tiras deveriam estar na minha casa, não na dos meus pais!
— Provavelmente, — retrucou Elizabeth — os "tiras" não encontraram nada na sua casa e vieram investigar aqui.
— Tão depressa? Não pode ser! — Replicou Amanda, enquanto prestava atenção nos movimentos dos policiais que circundavam a casa. — Se querem conversar com meus pais, por que não tocam a campainha e entram? E onde estão os caras do outro carro da polícia?

Nisso, uma voz grossa e imperativa interrompeu Amanda.

— Baixa já essa arma! E ponha as mãos onde eu possa ver! — Berrou um policial, que parecia ter surgido do nada, dando um baita susto em ambas.
— Aí está sua resposta. — Disse Elizabeth. — Creio que o cavalheiro se dirige a mim.
— Por que você pegou a arma de novo? — Falou a moça em tom de extremo desânimo.
— Um ato reflexo. Não tinha o que fazer com a minha mão. Isso é ruim?
— Depende. Você tem porte de armas para essa coisa?
— Creio que esqueci de pedir um para o Senhor Almeida.
— Então, é muito ruim!

— Você também, moça! — Gritou o mesmo policial para Amanda, enquanto se aproximava devagar do carro, de arma em punho, com um andar bastante tenso.

Outro policial o seguia, também devagar, atento e igualmente disposto a disparar. Os dois outros que circundavam a casa não pareciam querer tomar conhecimento do que esses dois faziam. Uma vez fora do carro e já desarmada, Elizabeth foi rendida e algemada. O outro se aproximou de Amanda, mas já havia posto a arma de volta ao coldre e não parecia mais tão nervoso.

— O que vocês tão fazendo aqui? — Perguntou Amanda em tom de voz elevado.

— Eu faço as perguntas, jovem! — Respondeu com firmeza o homem de uniforme.

— Ela está comigo! — Amanda apontou para Elizabeth. — Somos amigas!

— Lamento, mocinha. Teremos que levá-la ao distrito para responder por posse ilegal de arma de fogo. E você terá que vir também!

— A arma é minha! — Arriscou a moça. — Esqueci a permissão em casa. Isso não é necessário. Deixa a gente ir, que eu esclareço tudo!

— Infelizmente, não será possível e você sabe disso. — O policial falou com certo ar de compreensão para a jovem que, do seu ponto de vista, tentava bancar a espertinha. — Qual seu nome, filha?

— Amanda.

— Tobias!?

— Eu mesma, por quê?

— Você, por acaso, mora no número 110 da Dana Peak, em Belton? — Devolveu a pergunta o policial, com olhos muito abertos.

— Eu vou ganhar algum tipo de prêmio? — Replicou Amanda rispidamente. — Sim, eu moro lá! O que está acontecendo aqui?

— Recebemos uma ligação de uns vizinhos seus, com medo de que você estivesse sendo assaltada. O carro 72 atendeu a ocorrência e um certo Almeida disse ter levado um safanão na nuca em sua casa. Você é quem tem que me dizer o que se passa aqui, mocinha!

— Foi um... Acidente. — Amanda vacilou.

— Parece mais um trote de estudantes para mim!

— Pode ser... — A jovem se aproveitou da desculpa fornecida sem querer pelo homem da lei, de cabeça baixa e fingindo embaraço.

— Eu sei que vocês garotas se amarram nisso, mas devem fazê-lo com mais responsabilidade! O Senhor Almeida poderia ter se machucado feio!

— Sim senhor. — Foi a resposta dissimuladamente macambúzia.

— Ele também reportou que o revólver que carregava desapareceu. Será que descobriremos, por acaso, tratar-se da mesma arma que achamos com sua amiga?

— Isso mesmo, senhor. Eu sinto muito, não vai acontecer de novo. Vão libertar minha amiga?

— Se o Senhor Almeida não apresentar queixa, sim. Caso contrário, teremos que processá-la. Mas, vamos ajudar. Agora que tudo se esclareceu, diremos a ele que não passou de uma brincadeira idiota, feita por duas estudantes irresponsáveis. Ele vai entender.

— Obrigada. Ainda não me disse por que estão aqui!

— Na verdade, é por um motivo diferente da ocorrência em sua casa. — O policial agora hesitava.

— E qual seria ele? — Perguntou Amanda com voz mais trêmula.

O oficial deu um profundo suspiro.

— Os donos dessa residência são seus pais, certo?

— S-sim. — Amanda gaguejou. — Por favor, me diga, aconteceu alguma? Eles estão bem?

— Isso é o que não sabemos. Uma empregada chamou 911 porque ninguém atendeu a porta quando ela chegou. De fato, os vizinhos disseram que os donos ainda não saíram de casa desde que amanheceu.

— Estranho! — Admitiu a moça, já tentando disfarçar sua preocupação, porém, não conseguia evitar que suas mãos tremessem ligeiramente.

No banco de trás de um dos carros de polícia, Elizabeth não tirava os olhos de Amanda.

— Como não há sinais de arrombamento, — continuou o policial — não podemos entrar. Você teria alguma chave desta casa?

— Tenho. — Revelou a moça, com olhar aflito. — Podem esperar até que eu veja se meus pais estão bem, antes de me levar?

— Tecnicamente, — falou o homem da lei, notando a angústia da moça — como a arma foi encontrada com sua amiga, nós não temos nada contra você. De qualquer maneira, ela terá que ir até o distrito até esclarecermos tudo com o Almeida.

— Entendo. Mas, vocês ainda ficarão por aqui, certo?

— Certamente, Senhorita Amanda.

— Pode me chamar de Amy. Vou entrar e ver se está tudo bem. Não vão embora, hein?

— Se tiver qualquer problema, é só gritar.

— Tá bem.

Somente o carro onde estava a rainha acelerou rumo à delegacia. A outra unidade móvel permaneceu no local, com um policial ainda coletando algumas informações da empregada da casa. Assim, Amanda foi deixada sozinha defronte a casa, nervosamente procurando a chave certa, para poder finalmente entrar e procurar por seus pais.

♣ ♣ ♣ ♣ ♣

Tudo parecia quieto no interior da moradia. Amanda lembrou-se de trancar a porta. Somente os ruídos normais da rua e do trânsito quebravam o duro silêncio estabelecido.

— Pai! Mãe! — Gritou a moça. — Sou eu!

Sem resposta. Bem devagar, ela se pôs a procurar, cômodo após cômodo. Passou a vasculhar cada canto, ocasionalmente interpelando, ora mais alto, ora mais baixo, algumas vezes até com voz de dúvida:

— Mãe! Pai!

Nada. Só o vazio e a semi obscuridade. Havia algumas poucas luzes que foram deixadas acesas. A da cozinha, por exemplo, a do escritório e outras. Pelo resto, a maioria dos quartos só possuía a débil iluminação proveniente das janelas entreabertas. A busca prosseguia. Subiu as escadas (a casa dos pais de Amanda também tinha dois andares e era razoavelmente maior que a dela). Procurou na sala de TV, no dormitório, cuja grande cama de casal ainda estava desarrumada. Os banheiros estavam destrancados e imaculados.

Tudo vazio.

O que teria acontecido? Aquilo não era normal! Às dez e meia da manhã, eles deveriam estar em casa! Era certo que neste dia da semana, eles costumavam ir à feira com a Dona Rose, a vizinha, e o Seu Osmar, o marido dela, outro casal de velhinhos. "Que estranho", pensava, cada vez mais angustiada. De vez em quando, dava umas olhadelas pela janela da frente, para se certificar de que os policiais ainda estavam ao alcance de sua voz.

Seus pais não passaram a noite fora, já que a cama deles estava desfeita. E havia ainda as luzes esquecidas acesas. Tinha que ser coisa recente, considerando como seu pai era reacionário em termos de economia de luz. Aliás, ele só não se lembrava disso nos intermináveis banhos ferventes que tomava. Mas aquilo não importava no momento. E, como se não bastasse, a mesa estava posta e havia um princípio de preparação de desjejum na pia da cozinha, com o bacon de sua mãe e os ovos de seu pai. "Café da manhã continental.", pensava Amanda irritada. "Eles nunca vão parar de engordar desse jeito." Esses pensamentos acabavam lhe ocorrendo quase que inconscientemente, como que uma defesa para o desespero que, aos poucos, se apoderava dela.

Eles estiveram ali, Amanda considerava. Teriam saído bem cedo de manhã por alguma razão? Isto não era absolutamente de seu costume! E como que ainda não voltaram? Já eram mais de quinze para as onze! Tomada de preocupação e até de um pequeno pânico, Amanda pensou em berrar pelos policiais do lado de fora, mas... "As malditas 48 horas!", lembrou desconcertada. "Que droga de lei é essa? Ter que esperar dois dias antes de poder reportar um desaparecimento?"

Ela se sentia inútil, pequena, totalmente vulnerável e... Com medo. Muito medo. Que mais poderia fazer? Talvez perguntar aos vizinhos, talvez eles soubessem de algo, a Dona Rose... "De que adiantaria isso? Se soubessem de alguma coisa, já teriam dito à polícia!" Ela não conseguia pensar claramente. Sua mente se tornara um turbilhão de caos e emoções. "O que fazer? O QUE FAZER? Talvez se... Ahh! Elizabeth!", lembrou-se Amanda, e sentiu algo próximo de um alívio. Precisava dela agora. Muito mesmo! Ela saberia o que fazer! Pelo menos, já não estaria mais tão sozinha, tão indefesa! Precisava correr ao distrito do condado e ajudar sua nova melhor amiga a sair da embrulhada! Se o Almeida não desse queixa contra ela... Praticante pulou da cama de seus pais, onde estivera sentada, deixou o dormitório e foi resoluta em direção às escadas. Tinha que soltar Elizabeth de alguma forma!

Quando iniciou a descida... Algo aconteceu. Súbito. Totalmente repentino. Estranho. Não poderia ser mais estranho. Sem precedentes. Incrível! Amanda sentiu um terrível mal estar. Como se tudo em seu estômago tivesse virado do avesso. Foi aí que seus pés deixaram de sentir o chão, como num sonho.

Levou alguns segundos para Amanda tomar conhecimento do que se passava, dado ao estado de abstração e torpor em que se encontrava. Somente então ela notou, horrorizada, que o chão havia sumido. Olhou devagar a sua volta, somente para constatar que tudo, escadas, móveis, portas, lustres, prateleiras, mesas começavam a se mexer, só que não se moviam de suas posições, mas mudavam de forma, como se estivesse num filme de má qualidade. Era como se cada coisa na casa, inclusive as próprias paredes, tivesse adquirido elasticidade total, nada mais parecia fazer o menor sentido.

As pernas da televisão balançavam numa dança exótica e frenética, o corrimão da escada estava já com uma forma impossível de ser definida ou descrita. O imenso sofá da sala dobrava-se quase que por completo e depois desdobrava de novo, sem parar. Os abajures todos se espiralizavam como molas, bem como os lustres no lugar onde antes havia um teto, mas que agora era só escuridão, assim como o solo. Móveis pareciam estar fora de seu lugar original, embora não estivessem de verdade, não havia mais nenhuma ideia de referência, nem física, nem espacial, nada fazia sentido. Tudo era confusão, caos, anarquia... O universo todo parecia estar em total mutação.

Amanda estava atônita, pasma, ela não podia acreditar... Sua mente encontrava-se num estado sombrio de flutuação cósmica. Nem sequer conseguia mais pensar direito. Ficou assim durante alguns minutos, enquanto assistia, boquiaberta, o bizarro, assustador e inacreditável show que acontecia diante de seus abismados e já totalmente esbugalhados olhos cor de mel.

"Eu pirei de vez?", foi o primeiro pensamento que conseguiu concatenar. "A preocupação faz isso com a gente? Eu tô estressada, ficando maluca, perdendo o juízo, será um maldito pesadelo?"

Infelizmente, Amanda, a cada momento, se dava conta de que aquilo tudo era morbidamente real. A jovem era um receptáculo vivo e compacto de pavor. Não conseguia acreditar, mas precisava porque...

— Eu tô estressada, ficando maluca, perdendo o juízo, será um maldito pesadelo? — Foram as palavras que colidiram subitamente com seus tímpanos.

"O que é isso!?", pensou tão alto que quase falou.

— O que é isso!? — Outra vez pode ouvir a réplica exata do que acabara de falar.

"SOU EU!", ela se deu conta desesperada quando, não sabia como, reconheceu sua própria voz, surgida de algum lugar, que era, na verdade, seu próprio pensamento, o reflexo de sua inocente alma.

— SOU EU! — Veio o eco de novo.

"Tudo o que eu penso, eu escuto depois!"

— Tudo o que eu penso, eu escuto depois!

— O que diabos está acontecendo? — Amanda já não pensava, falava. — Alguém me tira daqui! — Era seu grito surdo e soluçante.

Depois de alguns instantes, ela paralisou de medo. Sua confusão e pavor eram tantas que chegava a ficar num estado de horror catatônico. Já não conseguia mais articular palavras, nem ordenar pensamentos. Tinha até medo de pensar, pois sabia que escutaria seus pensamentos segundos depois, como ecos emanados de sua mente, manifestados com o som de sua própria voz. De alguma maneira, podia reconhecer sua própria voz ao ouvi-la.

Subitamente, tudo desapareceu. Tudo. Só sobrou a escuridão. Profunda e negra como o breu. Tão terrível e mórbida, que poderia engolir qualquer alma.

♣ ♣ ♣ ♣ ♣

— O que houve, Allie? — Perguntou Leo, ao notar o semblante sisudo e compenetrado da amiga, parcialmente iluminado pela luz do monitor.

No carro, Allison Mulligan recebera em seu celular um comunicado urgente da NASA, que a encorajou a buscar imediatamente uma "LAN house", com a ajuda do GPS do veículo. Ela não contou a seu companheiro de viagem o teor do tal comunicado, mesmo porque ela mesma não o entendera muito bem. Precisava acessar seu email com urgência para verificar a mensagem como um todo.

Outra vez, precisaram sair da Interestadual 35 e empreender uma busca por uma conexão de Internet estável e rápida. Enfim acharam um barzinho, onde Allie teria acesso Wifi no laptop que trazia, por um preço módico certamente.

— Nas últimas duas horas, 135 pessoas desapareceram misteriosamente! — Respondeu ela, com o cenho ainda muito franzido. — Todas com mais de 65 anos de idade.

— Como é?

— Isso mesmo! Pessoas simplesmente sumiram! Ao que parece, desvaneceram–se no ar, segundo testemunhas oculares.

— Aonde isso?

— Vários pontos do país.

— Tem certeza de que está lendo certo? Não pode ser!

Allie tirou os olhos do computador, relaxou o semblante e passou a fitar seu amigo com uma expressão muito significativa.

— Temo que já tenha começado. — Ela disse.

— Começado o que?

— Em sua opinião, quais seriam as consequências do desaparecimento da Rainha Elizabeth I de seu tempo?

— Bom, tudo que ela fez não vai ser feito!

— Exatamente! E isso inclui...

— Nós! — O homem também se iluminou. — Os Estados Unidos podem não acontecer!

— Já estamos não acontecendo!

— Acha que é por isso que as pessoas deste país começaram a desaparecer?

— É a única explicação.

— Mas, você disse que somente os mais idosos desapareceram.

— Por enquanto. Veja bem, o que aconteceu foi algo extraordinário e repentino. Só que foi provocado artificialmente, pois, na natureza, nada acontece de uma vez, mas sim aos poucos.

Leo parou para pensar um pouco, depois falou:

— Sim, entendo o que quer dizer. Os jamaicanos fizeram a besteira (de novo!) e o mundo tenta se ajeitar pouco por vez.

— É o que parece. Se uma das modificações históricas que seguiu o desaparecimento da rainha foi a não colonização do território que hoje são os Estados Unidos da América, é normal que sua população desapareça. Só que a natureza só consegue agir aos poucos.

— Entendo. Primeiro os velhos, depois os não tão velhos e, fatalmente...

— Nós! Em seguida, serão os mais jovens, os adolescentes e daí as crianças e bebês. Todo e cada indivíduo que nasceu como consequência da existência de nosso país desaparecerá em ordem decrescente de idade.

— E, por azar nosso, estamos bem no meio. Isso é o que se pode chamar de "crise de meia idade". Porém, como nada disso aconteceu quando a rainha sumiu de sua época dois anos atrás?

— Talvez tenha acontecido. Você não ficou sabendo por estar na Europa.

— Alguma coisa teria aparecido nos noticiários!

— É possível que tudo esteja acontecendo mais rápido desta vez.

— E por que haveria de ser assim?

— E por que não? Lembre-se de que lidamos com um fenômeno totalmente sem precedentes, que contraria todas as leis da física e da natureza. Isso nos sujeita a fatores completamente imprevisíveis.

O homem parou de falar e, por um instante, massageou as têmporas. Depois disse, com expressão de pessimismo:

— Allie, você entende, obviamente, que nossa situação acaba de dar uma guinada para muito pior. Não somente temos que evitar que o deslocamento de planetas atinja a terra, mas também precisamos fazer isso antes de desaparecermos!

Allison sacou o celular de um ímpeto.

— Vou ligar para a polícia do Texas. — Disse ela. — E perguntarei se algo fora do comum aconteceu nestes dias. Exibirei cada credencial da NASA e conseguirei cooperação total. Não adianta pegar a estrada de novo se não temos uma maldita pista sequer!

— E vai contar tudo a eles?

— De jeito nenhum! Já imaginou o pânico? Melhor não arriscar.

— E o que você dirá à polícia, então?

— Vou pedir um mandato de busca e apreensão para os seus amigos jamaicanos e qualquer mulher que se pareça com uma rainha do século XVI! Direi que são terroristas de posse de umas tantas ogivas nucleares e algumas bombas atômicas! Farei com que cada policial deste estado vasculhe cada canto à procura deles!

Leo percebeu que, pela primeira vez, Allie parecia mais nervosa. E aquilo era um péssimo sinal, pois Allie nunca ficava nervosa.

O Achado

Amanda flutuava no tempo e no espaço, sua mente dispersa em fluidos e lampejos de pensamentos, sem forma, nem sentido. Seu corpo era como as nebulosas, esparramando-se em nuvens coloridas e onduladas, que se juntavam e se separavam, para se redefinirem em desenhos abstratos nas trevas, às vezes sólidos e depois líquidos, e então sólidos de novo, ocasionalmente gasosos, nada era definido. Só de vez em quando, os feixes luminosos dessa bizarra pintura assim concebida assumiam uma forma parcamente definida de algo, que já havia sido uma Amanda.

Então, de repente, ela explodiu. Literalmente. A explosão fez com que se dividisse em bilhões e bilhões de partes, um número infinito delas que se estendiam em todas as direções, sem absolutamente nenhum tipo de referência. Após alguns instantes, cada um dos pedaços de Amanda começou a assumir vagarosamente uma forma definida, de pessoa. Pequenos tocos emanavam dos pedacinhos, como se fossem galhos de árvore, e assumiram posteriormente a forma de braços, depois pernas, cabeça, seios, cintura, até que cada uma das infinitas partes se transformou numa pequena Amanda, completa, perfeita. O conjunto todo era um conglomerado de microscópicas Amandas voando, flutuando no vazio, descrevendo movimentos sinuosos de um balé incompreensível, uma sensação indescritível! A moça conseguia ser cada uma delas e todas ao mesmo tempo. Ela podia olhar todas as outras, ou seja, ver várias de si mesma, ao passo que podia ainda estar dentro de cada uma delas. Algumas vezes, tinha uma noção exata do que se passava, embora tivesse a impressão de que sua essência se encontrava em algum tipo de fronteira entre sonho e realidade.

De súbito, o mundo todo se compactou novamente, espremendo todas as minúsculas Amandas, umas contra as outras, bem apertado e cada vez apertando mais. Até o ponto em que todas se fundiram num objeto inicialmente disforme, que pairava num fundo agora completamente branco, pois o que era antes negro se fechou em forma de esfera, de modo a espremer e fundir todas as Amandinhas.

Foi aí que aquela massa compacta, composta de bilhões de pequenas Amandas, começou a assumir uma forma definida, que aos poucos se transformou num... FETO! Era como se todas as Amandas tivessem funcionado, não mais como átomos, mas como células vivas, que se juntaram para compor um ser. Uma pessoa, que era a própria Amanda, com mente e consciência de adulta, porém no corpo de um bebê ainda para nascer, tal como havia sido no útero quente e seguro de sua mãe. Ela olhava para si mesma, as perninhas, os bracinhos, tudo em formação. Não podia acreditar no que estava acontecendo! Em alguns momentos, chegava a ter nojo de si mesma! Todas aquelas artérias e órgãos tão completamente expostos!

Aí, ela começou a crescer, a se desenvolver pouco por vez. E, no momento certo, foi expelida daquele novo cenário branco por uma força incrível, ela não sabia de onde vinha. Claro que não se lembrava de como fora seu próprio nascimento, mas sabia que não poderia ter sido tão violento. Havia sido sugada para fora como num túnel de vento. Mas, para fora de onde? Não importa. Uma vez estabelecida em sua nova realidade, ela pode ver... Deus do céu! Parecia uma maternidade! Os médicos, as enfermeiras, seu pai com a maldita câmera! A moça até se flagrou chorando por causa do tapa no traseiro que levou do médico. "Vai fazer isso na sua avó, desgraçado!", Amanda não pode deixar de pensar, com sua mente adulta no corpo de um recém-nascido.

Depois, como num corte de filme, ela já saía do berço, fugindo como costumava fazer. Dona Cida logo saía em disparada atrás dela, com medo de que se machucasse, para depois pegá-la no colo e brincar com ela, para cima e para baixo... Nossa, que divertido! De seu ponto de vista, era a primeira vez que vivia a mesma emoção de quando era um bebê de verdade. Agora, ela podia desfrutar de todo e cada detalhe da extrema felicidade que havia vivido, mas não se lembrava. Tudo isso para contrabalançar o medo e a confusão que sentia.

E assim, cresceu. Só que de forma acelerada. E, à medida que tal ocorria, toda a sua vida se passava diante dela. Os amigos de infância, sua primeira vez na praia, os brinquedos, os baldes de areia, os castelos. Em seguida, seu primeiro dia de escola e como ela chorou! E desta forma progredia, a escolinha, o colégio, a faculdade, danças e namorados, muitos Natais felizes... Outros um tanto solitários. Estava vivendo sua vida de novo, num piscar de olhos. Estranho como só os bons momentos eram recapitulados. Apesar de não entender o que acontecia à sua volta, Amanda nunca se sentira tão feliz como naquele momento. Quantas coisas boas ela havia deixado de aproveitar, justamente porque estava preocupada demais com coisas que, no final, acabariam por se resolver. A preocupação perene com o futuro a fez desperdiçar muitos bons momentos. Seria aquilo uma segunda chance?

O Achado

Contudo, para seu desapontamento, voltou a ser a Amanda do presente, agora também fisicamente. Totalmente normal e inteira. Aí, tudo escureceu novamente, mas não como antes. Havia centelhas de luz, pequenos pontos luminosos que se distinguiam claramente na escuridão, milhares deles por todos os lados, como que... ESTRELAS! Ela estava no espaço, numa incrível viagem! Amanda podia ver tudo enquanto passeava: nebulosas, galáxias no distante infinito; ela passava por sistemas solares inteiros, alguns tríplices, que ela não estava preparada para compreender, com seus três sóis coloridos brilhando intensamente numa luz cegante, com seus pequenos planetas, que giravam em órbitas precisas em torno deles. E havia ainda todos os sistemas binários e simples, ela nunca tinha visto nada parecido, tão mágico e absurdamente bonito! Vagueava pelo espaço, como se fosse uma pequena espaçonave, cortando o vazio do infinito e da eternidade.

Subitamente, ela passou a navegar mais depressa. Cada vez mais rápido, acelerando mais e mais a cada segundo. Chegou a atingir uma velocidade tal, que tudo à sua volta perdeu completamente a forma. Os pontos de luz que representavam as estrelas se transformaram em longos feixes luminosos. Incrível a sensação deliciosa que aquilo lhe provocava. Como se estivesse em queda livre. Ela conhecia a sensação, pois já havia saltado de paraquedas com os amigos do trabalho. Mas aquilo era muito, muito mais rápido! Dava a impressão que viajava a centenas de múltiplos da velocidade da luz. Seus olhos cor de mel assumiam formas de distintas montanhas, vistas de um horizonte interminável.

Então, houve uma parada brusca. Ela sentiu um repentino mal-estar, como se seu fígado tivesse atingido seu cérebro. Aí, ela começou a descer. Não podia ainda definir onde estava, embora já possuísse uma noção de referência espacial, ou seja, onde se situavam o acima, o abaixo, a esquerda e a direita. Ela caia suavemente, até que aterrissou enfim num grande jardim. Tão bonito que encheu sua alma de conforto.

O lugar se estendia até onde a vista alcançava. Sua grama parecia um enorme tapete verde, metodicamente aparado. Tinha algumas árvores espalhadas a grandes distâncias umas das outras, a maioria do tipo que se vê em pomares: roseiras, macieiras, pessegueiros, todas com suas respectivas frutas a pender de maneira chamativa, como que implorando para serem arrancadas. O campo também possuía alguns poucos arbustos e alguns trechos intensamente floridos, com todos os tipos de flores que se podia imaginar, com predominância de hortênsias e girassóis. Tudo parecia crescer naquele lugar, independente do clima. Havia plantações de milho, café, tabaco, soja, laranja, abóbora. Plantas de clima temperado e tropical coexistiam; tudo em completa desordem. Era como se o lugar tivesse sido manufaturado para seus olhos, com algum conhecimento, mas sem nenhum manual de instruções. O céu estava completamente azul. Podia sentir o sol aquecer sua pele, porém não ardia de quente. No longínquo horizonte, montanhas cresciam, todas de igual tamanho. Não havia nenhum animal que ela pudesse ver e, graças a Deus, até então nenhum inseto. Tudo perfeito. Como gostava.

Bom demais para ser verdade. De fato, Amanda até ficou com vontade de tirar as meias, ficar só de sandálias e começar a correr, mesmo porque a grama massagearia confortavelmente seus pés. Contudo... Por que diabos aquilo acontecia? Uma súbita consciência das coisas maculou seu espírito. Quem a tinha jogado ali? E como? As questões permaneciam. "Eu tava descendo as escadas da casa dos meus pais e agora tô aqui!". Os acontecimentos daquela manhã já eram demais para ela. "Eu só queria morrer!", pensava. "Como é que eu saio daqui?" "Eu quero ir pra casa!" Os pensamentos de Amanda foram novamente interrompidos. Desta vez, não pelo som de sua própria voz repetindo os mesmos, mas agora, ela os via escritos no ar, flutuando sobre sua cabeça, como se o céu fosse um grande pedaço azul de papel:

"EU TAVA DESCENDO AS ESCADAS DA CASA DOS MEUS PAIS E AGORA EU TÔ AQUI!"
"EU SÓ QUERIA MORRER!"
"COMO É QUE EU SAIO DAQUI?"

Os letreiros com seus últimos pensamentos apareciam intermitentemente e se repetiam em outros lugares, em ordem totalmente aleatória e sempre mudando o tipo de letra. Depois de algum tempo, aos poucos se desvaneceram no ar, até desaparecer enfim. Em seguida, um pequeno avião, desses comerciais, irrompeu no azul do céu, fazendo piruetas. Pouco tempo depois, ele começou a desprender fumaça e, por meio desta, ele escreveu no ar:

"EU QUERO IR PRA CASA!"

E desapareceu.

— Odeio isso! — disse Amanda. — Daqui pra frente, só vou falar! Não ligo de parecer maluca! Só o fato de eu estar aqui já prova que eu pirei de vez! Além do mais, não tem ninguém aqui pra me escutar!

Passaram-se somente alguns segundos para Amanda se dar conta de que estava errada. Ela pode ver que, do horizonte, detrás das árvores, próximo das montanhas e das flores, surgiam pessoas. Primeiro, como abstratas silhuetas, para depois se tornarem aos poucos pessoas reais, à medida que se aproximavam do alcance de sua visão. Seriam hostis? Ou a solução para todos os seus problemas? Será que lhe explicariam tudo o que estava acontecendo? Chegaria ela à conclusão de que tudo não passou de alguma experiência do exército, marinha, sabe-se lá? Quem sabe, não a devolveriam para sua vida e trariam de volta seus pais? Ou não? Talvez fossem alienígenas que a tivessem abduzido e agora vinham fazer seu contato imediato e proceder a uma série de experiências sexuais com ela. As perguntas de Amanda logo seriam respondidas.

A garota até pensou em correr, mas não havia para onde fugir. As pessoas chegavam de todos os lados e cercavam Amanda. Eles eram de todos os tipos, credos e cores. Parecia haver homens e mulheres em igual proporção, ela não tinha uma ideia clara de quantos eram. Só podia ver que eram muitos homens e inúmeras mulheres. Tinha de tudo. Mais altos, mais baixos, calvos e não calvos, com barba, bigode ou sem nada. Muitos vestiam paletó e gravata, outros camiseta, shorts e tênis, havia os mais velhos e os mais jovens. Entre as mulheres, também havia as mais altas, baixas, gordas, magras, jovens e velhas, com vestidos de gala, de noite, outras mais esportivas, mais sexys, chiques e bregas, peruas e naturais, tinha de tudo. Entretanto, não havia dúvidas de que eram todos seres humanos como ela.

Enfim, eles circundaram completamente Amanda, formando um círculo de tamanho médio em meio à relva seca, para que ela tivesse espaço para se mover. As pessoas espalhavam-se por todo aquele imenso lugar, até onde a vista podia alcançar. Amanda virava-se de um lado para outro, girando em torno de si mesma, confusa e assustada.

— Saudações, Amanda! — Um deles falou.
— Como vai, Amanda! — Veio outro.
— E então Amanda!
— E aí, Amanda!
— Beleza, Amanda!
— Fala, colega Amanda!
— ...
— ...
— ...

Todos enfim começaram a cumprimentar a jovem numa confusão de vozes. Umas mais perto e outras mais distantes, tanto os homens como as mulheres.

— Já que todo mundo sabe quem sou eu — disse Amanda acuada — tá na hora de eu saber quem ou o que são vocês!
— Que seja assim! — Disse uma das mulheres.
— Nós somos o retrato do oculto do ser humano.
— Seu lado escuro.
— Seu outro lado.

Ora falava um, ora outro e outro, ora um homem, ora uma mulher, sempre um depois do outro, um sempre completava o que o anterior havia falado.

— Nós pertencemos ao submundo vazio da mente.
— O incompreensível!
— O intocável!
— O insondável!
— O inimaginável!
— O mais sombrio.
— O mais assustador.
— Aterrorizante.
— Misterioso.
— Somos nós que lhe damos vida.
— Somos nós que lhe damos alma.
— Temos o poder de conferir paz e serenidade!
— Temos o poder de provocar medo e desgraça!
— Podemos semear o ódio e a discórdia!
— Assim como o amor e a esperança!
— Nós existimos desde o princípio da vida!
— Manipulamos desde o primeiro ser vivo!
— A primeira alma!
— Desde o primeiro a respirar sobre a face de sua Terra!
— Somos o elo entre o viver e o existir!
— Somos a ligação entre o poder e a submissão!
— Somos a conexão entre o possível e o impossível!
— Somos ao mesmo tempo a explicação lógica...
— E a lenda incompreensível.
— Somos a pergunta e a resposta.
— O fim do infinito!
— Somos o que você chama de Emoção!
— Frutos de sua personalidade e desejos mais secretos!

— Eu sou o Medo — disse um dos homens, um jovem com cabelo espetado para cima — e agora mesmo a estimulo.

— Eu sou o Amor — disse uma mocinha com cara e jeito de boneca e mandando um beijinho.

— Eu sou a Ira, sua desgraçada!

— Eu sou a Dúvida. Será que sou mesmo?

— E eu a Vergonha! Ai meu Deus, não devia ter dito isso! Que vexame!

— Eu sou a Inveja e gostaria de saber o que você tem que eu não tenho?

— Eu sou a Mesquinhez, sua estúpida mal vestida! Sabia que falam por aí que você é lésbica?

— Eu sou a Tristeza. Mas que droga de vida! Acho que vou chorar!

— Eu sou o Ciúme e quero que você pare de olhar para aquele cara imediatamente!

— Eu sou a Irritação. E pare de piscar os olhos assim! Mas que coisa!

— Eu sou a Ofensa! O que é que você está olhando? Quer que lhe dê uma surra?

— Eu sou a Desilusão e você definitivamente não era o que eu esperava!

— Eu sou a Culpa. E acho que já fiz besteira!

— Eu sou a Alegria! Você conhece aquela do vereador que foi pra cadeia e chegando lá, ele liga pra esposa e diz: "Olha, querida, não poderei jantar em casa esta noite. Estou preso no trabalho"!

— Eu sou a...

— Tá bom! Chega dessa bobagem! — Berrou Amanda. — Eu só quero saber o que toda essa droga tem a ver comigo?

— Ahhh, por que você falou assim comigo? — Disse outra mocinha, que se pôs a soluçar — Por que, meu Deus do céu, por quê? A propósito, eu sou a Mágoa.

— Você, Amanda, é a representante do outro mundo, dos inferiores. Você ingressou no proibido. Eu fui selecionada para falar pelos meus pares porque sou obviamente a melhor! Permita-me que me apresente. Sou a Arrogância!

— EU entrei para o proibido? — Esbravejou Amanda — Olha, madame, até onde sei, fui atirada aqui contra minha vontade!

— A inconsequência, a ignorância e a completa falta de sabedoria de vocês, seres materiais — continuou a velha senhora — ocasionaram sua própria destruição! Não começamos isso, mas iremos terminar! Nós seremos os responsáveis pelo seu fim, antes de lhes dar a oportunidade de aniquilarem a si próprios!

— Olha, madame, — devolveu Amanda — eu não sei do que você está falando, não tenho nada que ver com isso! Só o que eu quero é sair daqui, achar meus pais e ter minha vida de volta! Eu quero que vocês me tirem daqui agora!

— Aqueles a quem você chama de pais já foram para o que não existe, bem como muitos outros de sua gente! Eles foram para o Nunca e para o Jamais! E vocês são os culpados! Por terem demonstrado tal periculosidade e infantilidade para consigo mesmos e também para nós, faremos com que todas as suas vozes sejam silenciadas até o final do que chamam de tempo, para que nunca mais ameacem ninguém!

— E quanto àquela moça, Elizabeth? — Perguntou Amanda num lampejo de curiosidade.

— Aquela a quem vocês outorgaram a alcunha de Elizabeth foi arrancada, roubada, arrastada do que deveria ter sido! Também por causa da extrema estupidez de vocês, reles seres materiais! E tal fato provocará o caos e a morte. Mas, não se preocupe, meu bem, pois causaremos sua total destruição muito antes que o destino, que vocês mesmos construíram, o faça por vocês. Nós agora somos os novos comandantes totais de suas vidas e lhes presentearemos com a morte, coisa que já teriam alcançado sozinhos! Vocês se tornarão prisioneiros da eternidade e da escuridão até que se esgote toda a areia da impiedosa ampulheta do tempo! E você, jovem, como guardiã do portal, terá a honra de ser a primeira a ser destruída!

— Epa, peraí gente! — Gritou Amanda inconformada. — Eu não sou guardiã de porcaria nenhuma! Eu tava descendo as escadas quando vocês me jogaram aqui! Eu não sei de portal nenhum! Tudo o que quero é que esse pesadelo acabe! Meu Deus! Juro por tudo que é de mais sagrado neste mundo, que nunca mais vou reclamar de nada na minha vida!

— Não há mais como escapar da verdade dos fatos, que agora será ditada inteiramente por nós. — Prosseguiu a senhora — Mas, antes que se cumpra o prometido, você, sendo também a mensageira, voltará para o universo da realidade e espalhará para seu povo a notícia de nossa triunfal chegada! Para que todos vocês possam se curvar ante a seus novos deuses do apocalipse. Tarefa esta que eu espero que você cumpra, menina! Porque senão, eu pessoalmente lhe proporcionarei a mais horrível, lenta, cruel e dolorosa morte, que nem os seus piores pesadelos poderiam conceber! E não se esqueça de lembrar aos mortais sua inferioridade e que é impossível nos deter! Somos infinitamente superiores, todo-poderosos, invencíveis! Podemos esmagá-los como moscas se assim o quisermos.

— Ah, que é isso! Nem tanto! — Disse um homenzinho que andava por perto. — Oi, eu sou a Modéstia.

— Cale-se! — Bronqueou a Arrogância

— Sim, sim, claro, claro, pois não, Madame. — Disse a Submissão, um pouco mais distante.

— E na verdade, — continuou a velha para Amanda — antes de esmagá-los, concederemos a vós a graça de mais algum tempo para desfrutarem de seu torpe e pérfido mundo. Agora vá, garotinha! Seja a Messias de sua nova religião! A NOSSA nova religião!

Assim, a velha torceu sua mão num pequeno gesto, e Amanda saiu voando numa velocidade assustadora. De repente, todo o cenário desapareceu e ela estava subitamente dentro do que parecia ser um tubo cilíndrico escuro, com milhares de centelhas de luz em volta, como se todo o espaço sideral tivesse se convertido naquele estreito cilindro, por onde Amanda viajava numa incrível velocidade.

Então, em outro piscar de olhos, a casa dos pais apareceu novamente ao redor de Amanda, tudo exatamente como estava no minuto antes dos estranhos acontecimentos. A escada também reaparecera debaixo de seus pés. Porém, na tontura em que se encontrava por causa da brusca volta, ela deu um passo pesado à frente, esquecendo-se do degrau mais embaixo, perdeu o equilíbrio e rolou escada abaixo.

Rapidamente se levantou, estava preocupada demais para se machucar! Ela irrompeu sala de estar adentro, numa correria estabanada até a porta que dava para a rua. Destrancou-a e quase a arrombou. Saiu em disparada, calçada afora, correndo como nunca antes havia corrido em toda a sua vida.

♣ ♣ ♣ ♣ ♣

— Vejamos — disse Elizabeth — creio que essa minha combinação de três rainhas de copas e dois noves é o bastante para derrotar seu pobre par de dois.

— Decerto que é, moça! Tem certeza de que é a primeira vez que joga pôquer?

— E por que não? Vocês não disseram que é basicamente um jogo de azar? Talvez seja somente sorte de principiante. Aliás, por isso devo agradecer a honestidade de vocês.

— Nunca vi uma pessoa conseguir tantas rainhas de copas em tão poucas mãos! — Comentou o detetive.

— Deve ser algo que eu comi. — Retornou Elizabeth enfastiada.

— Ter sorte de principiante no pôquer é o mesmo que engravidar sem perceber. — Disse o outro policial, que compartilhava a mesa e as cartas. — Enfim, dona, você acaba de ganhar minhas algemas também.

— Além de prender pessoas com essa coisa, que mais se pode fazer com elas? — Perguntou Elizabeth.

— Se você tiver um amante, pergunte a ele.

Um homem mais corpulento entrou de um golpe na sala de interrogatório.

— Tá bom, já chega, gente! — Disse em tom decidido. — Chegou a hora da verdade!

— Por sorte minha, tenente. — Falou o policial que tomava conta de Elizabeth, enquanto deixava a sala. — Mais um pouco e eu não seria mais policial. Estava a ponto de apostar meu distintivo!

— Muito bem, moça. — Continuou o tenente para Elizabeth, enquanto fechava a porta atrás de si. — Devo dizer que isto não fará nenhum bem à sua reputação. Se você engana as pessoas lá fora tão bem quanto rouba no pôquer...

— Bem, creio que nesse ponto empatamos, cavalheiro.

— É possível. De qualquer forma, pode me dizer de novo seu nome?

— Pela milésima vez, Elizabeth.

— Você não é daqui, não é mesmo? Você é inglesa ou algo assim?

— O senhor está certo. Sou "algo assim". Eu vim da Inglaterra.

— Seu inglês é bastante sonoro.

— Ah! Obrigada, senhor. Entretanto, não permita que minha inquestionável cultura o confunda.

— De jeito nenhum. Agora, faça-me entender tudo direitinho: o que uma inglesa, aparentemente distinta como você, está fazendo metida numa encrenca aqui no Texas?

— Ah, obrigada novamente pelo "distinta"! Elogios o levarão a qualquer parte!

— Responda, moça! — O oficial da lei endureceu a voz, e perdeu um pouco a paciência.

— Oh sim, claro, queira desculpar. — Respondeu Elizabeth sem se alterar — Em primeiro lugar, por que acha que estou numa encrenca? Eu e minha colega de quarto só estávamos passeando de carro pelo seu belo estado.

— E você sempre sai para passear com seu antebraço sangrando?

— Veja você, às vezes praticamos nosso ato circense de atirar facas, uma contra a outra. De vez em quando, erros são cometidos.

— Senhorita, — disse o tenente em tom de voz bem ríspido, enquanto se sentava bruscamente na cadeira do outro lado da mesa — se elogios não me levarão a nenhuma parte, poder estar certa de que gracinhas não levarão você muito mais longe! Se sua "companheira de quarto" não confirmar essa sua estória, isso pode bem virar invasão a domicílio, lesão corporal dolosa, sem falar em agressão e roubo de uma arma de fogo! Dez anos, no mínimo!

— Já que mencionou a parte do roubo da arma, o Senhor Almeida chegou a se manifestar quanto a isso?

— Você não faz perguntas aqui, senhorita. No entanto, posso dizer que ele continua nervoso. Suas perspectivas não são boas, moça.

— É compreensível. O cavalheiro teve uma manhã difícil. Tropeçar e bater com a cabeça daquele jeito! Pobre homem. Tive até que tirar a arma dele para que não se machucasse por acidente.

O tenente estudou a face da rainha por alguns instantes. Em seguida, prosseguiu:

— Você não parece, nem age como estudante universitária. Alega ter vinte e seis anos, mas parece mais velha.

— Agradeço sua sensibilidade nesse aspecto.

— Você sabe o que quero dizer!

— Certamente. Então, por favor, me diga... Como acha que eu deveria agir para me parecer com uma estudante e aparentar minha idade correta?

— Não tão calculista.

— Meu caro oficial da lei, só estou tentando lhe ajudar!

— Espero que sim, pois esse é o único jeito de ajudar a si própria. Por exemplo, pode começar dizendo o que veio fazer neste país?

— Estudar.

— Entendo. A propósito, você ainda não me disse seu sobrenome.

— De acordo com seus livros de História, é "Primeira".

O homem bocejou entediado. Já devia estar acostumado com espertinhos e suas piadas sem sentido. Porém, não estava.

— Tampouco encontramos nenhum passaporte ou outro tipo de identificação com você. — Ele prosseguiu. — Pode explicar?

— Receio que isso poderia estar acima de sua compreensão no momento.

— O que compreendo é que você pode bem ter saído de seu país às pressas. Fugindo de algo, talvez?

— Bem, posso dizer que realmente saí de meu país às pressas. Mas, acredite, não foi de livre e espontânea vontade.

O policial voltou a encarar Elizabeth, só que desta vez com mais furor nos olhos.

— Eu ainda não sei qual é o seu jogo, senhorita. — Disse ele. — Só sei que não a levará a parte alguma. — Fez uma pausa. — Olha, nenhum crime chegou a ser cometido realmente. Se tudo isso não passou de uma tentativa de assalto que deu errada, não há motivo para não nos contar. Acredite, faremos o possível para ajudá-la. Se, por outro lado, você insistir com as evasivas, não terei escolha a não ser jogar a lei em cima de você.

— Se alguém está sendo evasivo aqui é o senhor. Eu já lhe disse o que aconteceu.

— É que eu não acredito em você.

— Que pena.

— Concordo. Você sabe, é claro, que nossa equipe já coletou impressões digitais da casa de sua alegada colega de quarto. Podemos identificá-la quando quisermos. Ao fazê-lo, podemos esbarrar em algo que você não queira que saibamos. Para que arriscar? Vamos lá, dona, está entre amigos! Conte-me a verdade e resolveremos isso sem que ninguém se prejudique. O que me diz?

— Cavalheiro, não entendi boa parte do que acabou de falar. O que são "impressões digitais"? Bem, não importa. A questão é que o senhor não precisa se dar a todo esse trabalho para me identificar. Só o que tem que fazer é consultar seus livros de História. Até já vi pinturas de mim num deles. Meu Deus, como não fazem jus à minha beleza!

— Você que sabe. — Bufou o tenente mal humorado. — Eu tenho todo o tempo. — Completou, enquanto se levantava da cadeira.

— Eu, ao contrário, preciso recuperar cerca de quinhentos anos do meu. — Suspirou a rainha.

— Que seja. Você vai apodrecer na prisão, eu não ligo. — Respondeu o tenente, quase na porta.

Porém, quando se aproximou da saída da sala de interrogatórios, teve que parar de repente. Um de seus colegas irrompeu no recinto, quase o atingindo com a porta.

— Desculpe senhor. — Ele disse.

— Alguma novidade, Eddie? — Perguntou o superior, afagando seu próprio nariz, pensando no que poderia ter acontecido se a porta o tivesse atingido.

— Na verdade, sim. Teremos que soltá-la, afinal.

— Explique! — O tenente exigiu, dando uma olhadela na rainha. Esta lhe retornou um olhar expressivo.

— A outra moça, a dona da casa, chegou aqui esbaforida, como que fugindo do demônio, mas não apresentou nenhuma queixa. Confirmou que ela e essa aí são mesmo colegas de quarto e esclareceu que foi tudo um trote de universitárias.

— Eu não ganho o bastante para isso! — O tenente esbravejou frustrado e inconformado, voltando-se bruscamente para Elizabeth, que permanecia sentada. — Por que não disse isso antes?

— E onde estaria a graça? — Respondeu a rainha com voz mole, depois de abrir um meio sorriso.

— E quanto ao tal do Almeida? — Perguntou o oficial esperançoso, novamente virando-se para seu colega. — Podemos contar com ele para algo?

— Bem, senhor, ele ficou bem mais calmo quando recebeu sua arma de volta. Também, pareceu feliz com o fato das garotas lhe darem tanta atenção! Somente riu e avisou que não vai dar queixa.

— E quanto ao ferimento na nuca, puxa-vida?

— Disse que caiu e bateu a cabeça.

— Perfeito! Maravilhoso! — Rosnou o tenente com sarcasmo, porém sem perder a calma. — Só o que me aparece aqui são garotas espertinhas e velhos tarados!

— É o que parece, senhor. — Concordou o outro.

— Não culpem o Senhor Almeida por isso. — Interveio Elizabeth. — Soube que a esposa dele é intragável.

— Imagino. — Comentou o oficial com certa jovialidade. — Bem, pode ir então, senhorita. Porém, vê se ajeita sua papelada! E não saia deste condado até que a identifiquemos!

— Não se preocupe. — Devolveu a rainha com um sorriso amável. — Já perdi mesmo as esperanças de um dia voltar para casa e permanecer ali.

— Que alívio! — O outro policial ainda falou. — Estou cheio de perder meu dinheiro no pôquer! Ei, senhorita... — Ele chamou. — Não esqueça suas algemas!

♣ ♣ ♣ ♣ ♣

— E você chegou a notar algo familiar nessas pessoas, alguma coisa que indicasse que você já as teria visto antes, talvez no trabalho, praças ou algo assim? — Disse Elizabeth bem devagar, ao notar toda a aflição estampada no rosto de sua nova amiga.

— Nunca vi essa gente na minha vida! — Amanda ainda enxugava algumas lágrimas de um choro anterior. — Como já lhe contei, num momento, estava na escada dos meus pais, depois num pesadelo em cores vivas. Aí, vivi os melhores momentos de minha vida, para depois acabar num jardim, sendo ameaçada por uma multidão de desconhecidos! Parece loucura, não?

— Não mais do que uma rainha de seu passado que vem ao presente!

— Isso quer dizer que você acredita na minha estória absurda? — Disse a moça com esperança na voz.

— E por que não?

A rainha franziu o cenho, porém, não como um gesto de preocupação, mas sim uma quase iluminação.

— Você não percebe? — Prosseguiu a monarca. — Deve haver uma conexão! O fato de você ser a primeira pessoa que encontrei quando cheguei aqui, e de tudo isso ter acontecido exatamente com você. Não pode ser somente coincidência!

— E quem você acha que são essas pessoas?

— Talvez viajantes no tempo, como eu. Quem disse que fui a única a ser arrastada de minha época?

— Não pareciam ser do passado. Na verdade, não pareciam nada! Conforme já lhe disse, eles falaram que eram emoções!

— Pode ser que estivessem confusos e essa foi a única explicação que encontraram para sua situação.

— Isso não faz o menor sentido! Nada disso faz sentido!

— Você tem certeza de que não sonhou tudo o que me contou?

— Absoluta!

— Então, você consegue acreditar agora que eu sou quem digo ser?

— Eu não sei mais no que acreditar!

— Nesse caso, da próxima vez que vir essas pessoas, me chame. Gostaria de ter uma palavrinha com elas. Talvez até reconheça algum amigo de meu tempo!

— Fica a vontade! Só as tire de cima de mim! Mas, tenho que te avisar, não são nada amistosas! — Fez uma pequena pausa. — Por que acha que me ameaçaram com aquela conversa estranha de Messias, nova religião...?

— Talvez pensem que estão em algum tipo de guerra, por não entender o que se passa com eles. Quando enfrentamos uma situação nova, que não entendemos, precisamos nos agarrar a algo que nos dê amparo, forças e atenue nosso medo. Animais feridos e acuados são sempre mais perigosos.

— Não parecia isso! Aliás, foram eles que me deixaram com medo! Olhe minhas mãos! Não param de tremer!

— Eu conheço as pessoas do passado melhor do que você, minha querida.

— Assumindo que são mesmo do passado! Não creio que sejam! Além do mais, ainda que fossem, quem garante que são do SEU passado?

— Sim, tem razão. Eu teria que falar com elas.

— E estou dizendo que não vai rolar! Aquela gente não está nem um pouco de conversa!

— Por outro lado, talvez saibam como me devolver ao passado.

— E vai me abandonar com eles?

— Claro que não! Só digo que isso poderia ajeitar as coisas definitivamente, e essas tais pessoas também a deixariam em paz.

— Não sei. Pareciam bem determinadas. Tinha essa velha, que se dizia ser a "Arrogância", falava bonito, tipo uma líder dessas seitas. Ela pulou no meu pescoço com essa conversa de Messias e que ia destruir o mundo... Parecia séria.

— Já é um fato bem sabido que, na nossa história, sempre houve certo fanatismo religioso, às vezes até demasiado, especialmente entre os mais humildes. O que você ouviu foram, provavelmente, os delírios de uma velha camponesa que, como eu, acordou num lugar desconhecido, numa época estranha. Deve ter achado que aquilo foi coisa do diabo. Talvez até pensou que você fosse o diabo!

— Essa seria a primeira vez que alguém me acusa disso. Sou tão desgraçadamente certinha que até eu me irrito!

— Ah, nunca mude isso! É o que atrai as pessoas em você. — A inglesa pigarreou. — De qualquer forma, é normal que essa velha de sua aventura reagisse da única maneira que sua ignorância lhe permitiu: apegou-se à superstição.

Amanda considerou as palavras de Elizabeth por alguns segundos, depois falou:

— Não tenho tanta certeza. Todas as outras pessoas dali pareciam beber cada palavra dela!

— Nada mais do que o velho fenômeno das massas! Em desespero, todo grupo de seres humanos que sofrem a mesma angústia se voltarão para o primeiro indivíduo que mostre algum sinal de convicção, alguém que lhes dê esperança de um dia voltarem às suas vidas normais.

As duas andavam a passos lentos enquanto conversavam. Amanda tinha corrido todo o trajeto até o distrito. Não sabia que podia correr tão rápido, nem por tanto tempo. Num estado esparso como o Texas, não existem distâncias curtas nos condados, somente nas cidades. E a delegacia não ficava nem um pouco perto da casa dos pais de Amanda. Seus músculos obviamente acusavam o esforço, especialmente considerando-se que estava em péssima forma, devido à falta de exercícios.

Por sorte, havia uma pracinha próxima de onde estavam. Amanda tinha recordações de que seus pais a levavam ali quando era criança. E até que não tinha mudado muito, exceto que, em sua infância, não se lembrava de haver tantos mendigos dormindo nos bancos, cobertos por velhos jornais. Assim, ela pediu encarecidamente a Elizabeth se não podiam parar e sentar um pouco em algum banco, de preferência, um que já não tivesse sido convertido em cama. Foi atendida. Estava realmente exausta. Contudo, mesmo Elizabeth necessitava de algum descanso.

Felizmente, elas conseguiram um lugar inteiro só para elas, de razoável tamanho. Amanda praticamente desabou no banco. Deu um profundo suspiro, tirou as sandálias e as meias, descobrindo seus suados pés. Tanto ela, como Elizabeth, estavam bastante suadas, também pelo insuportável calor que fazia. Amanda então colocou as meias no bolso direito da calça. Com certeza, não pretendia voltar a vesti-las. Tinha até se arrependido de tê-las colocado, mas não estava pensado direito quando se vestiu aquela manhã.

— Daqui para frente, sempre vou dormir com um leque no bolso da minha bata. Da próxima vez que me arrastarem ao futuro, eu estarei preparada. — Grunhiu a rainha.

— Essa é a realidade daqui. — Respondeu Amanda — A gente se acostuma.

— Imagino que sim. — Retrucou Elizabeth. — Quando estive em Madri, em minha primeira vez nestes tempos, também fazia calor, até mais do que aqui. Lá o clima é seco, totalmente continental, extremamente desconfortável. O clima da Inglaterra é um pouco mais úmido. Espero que ainda seja.

— Agora que mencionou, quando você esteve aqui da primeira vez, aconteceu alguma coisa parecida com isso que aconteceu comigo, na casa dos meus pais?

— Hum... Não.

— Tem certeza?

— Sim.

— Nem com aquele seu amigo?

— Não, ele teria me contado.

— Tem uma coisa que ainda me intriga em toda aquela coisa que aconteceu comigo.

— E o que seria?

— Cheguei a mencionar você diretamente na conversa que tive com aquela tal de Arrogância e ela disse que você foi arrancada e arrastada do que deveria ter sido.

— Viu? Foi exatamente o que eu lhe disse! Até que essa senhora tinha sua percepção.

— Pois é, mas esse não é o ponto. Como ela sabia quem você era e como chegou aqui, se não passava de uma velha camponesa carola?

Pela primeira vez, Elizabeth teve que parar para considerar uma questão proposta por sua amiga. Depois, deu um profundo suspiro e disse:

— Sim, você está certa. Parece um pouco estranho.

— Bem, por causa disso... Vamos dizer que você seja mesmo a Rainha Elizabeth I, da velha Inglaterra do século XVI...

— Sim... — Retrucou Elizabeth, abrindo um sorriso.

— O que fazemos agora?

— Tentaremos encontrar meu amigo. Ele não ficará nem um pouco feliz em me ver.

— Isso eu posso entender.

— Muito engraçado! Eu quis dizer que ele não vai ficar satisfeito em saber que sua tentativa prévia de me deixar no passado fracassou. Com relação a seu último comentário, evidentemente ele gosta de mim!

— Tenho certeza que sim. — Disse a moça em tom de sarcasmo.

— Algo errado com seus pés? — A rainha perguntou, ao notar que Amanda os esfregava, em meio a caretas de dor. — Quero dizer, além do cheiro?

— Estão me matando! — Respondeu a garota. — E estou certa de que seus pés também não cheiram a perfume francês!

— Depende do perfume, minha querida. E do francês.

Amanda sorriu.

— Gostaria de uma massagem? — A rainha perguntou inusitadamente.

— Aonde?

— Nos pés, sua boba!

— Até preciso, mas melhor não. — Rejeitou Amanda e seu rosto enrubesceu. — Todos vão pensar que somos duas lésbicas.

— O que diabos isso significa?

— Em linguagem leiga?

— Bem leiga, por favor.

— São mulheres que comem mulheres, em vez de comer homens.

— Entendo. Poderia ter dito desde o começo que se tratava de homossexuais do sexo feminino.

— Não sabia que já existiam na sua época!

— Você ficaria surpresa com o que existia na minha época. Além do mais, deixe de bobagens, menina! E se alguém pensar que somos amantes, e daí? Faz tanta diferença assim o que os outros pensam?

— Não. É só que você não é o meu tipo.

— Agora, você feriu meus sentimentos! Bem, chega de conversa e ponha já esses pés imundos no meu colo!

— Está bem, não precisa ficar nervosa!

— NÃO ESTOU NERVOSA!!! Além do mais, deixe de ser tão tola! Ninguém pensará que somos casadas por conta de uma estúpida massagem!

— Onde conseguiu essas algemas? — Perguntou Amanda ao notá-las pendendo do bolso da outra.

— Oh isso. — Suspirou a monarca. — Longa estória.

Amanda tinha que admitir, Elizabeth podia não ser a pessoa mais fácil do mundo de se lidar, porém, certamente possuía um toque mágico de mãos. Podia sentir prazerosamente os ossos de seus pés voltarem a seu devido lugar. Pela primeira vez, a rainha lhe era uma companhia agradável.

— Suponho que agora — Falou Amanda com alguma hesitação — você terá que procurar seu amigo, certo?

— E com grandes chances de achá-lo! Sei o nome da empresa onde ele trabalha, só terei que perguntar aqui e ali!

— E eu posso ir com você?

— Mas, é claro! E nem poderia ser diferente! Você conhece essa região como ninguém e sabe dirigir um carro!

— É só por isso que você quer que eu a acompanhe?

— Obviamente que não! — Falou Elizabeth, cheia de calor humano. — Mas, principalmente, porque...

— Sim... — Retornou Amanda cheia de esperança.

— Porque necessito de um disfarce nesta época. Perto de você, até eu pareço normal.

— Você é impossível, sabia disso?

No entanto, Amanda se sentiu aliviada. Estava um tanto destituída e sabia disso. Havia ficado sem pais e, provavelmente, sem emprego. A firma onde atuava era extremamente rígida com pontualidade, e seu chefe jamais aceitaria uma falta sem uma boa explicação, e ela não tinha nenhuma.

Entretanto, no íntimo... Chegava a estar satisfeita com tudo isso! De súbito, flagrou-se feliz por fazer parte dessa nova missão que surgira em seu horizonte. Contudo... Estaria mesmo fazendo a coisa certa? De todos os modos, tinha que achar seus pais. O que teria acontecido a eles? Voltaria a vê-los de novo? Ou já podia se considerar órfã? Bem, ao menos sabia que não encontraria as respostas nos computadores de sua empresa, nem em seus livros de faculdade. Portanto, fazia a coisa certa! Uma bela desculpa, ela pensou. Impressionante os extremos a que um ser humano está disposto a chegar quando detesta sua vida.

E quanto àquelas pessoas que havia encontrado durante sua bizarra experiência na escada de seus pais? Sem dúvida, a assustaram bastante, mesmo depois de terem criado um lugar maravilhoso para seu pano de fundo, provavelmente extraído de alguma memória de Amanda. Ela sabia que não fora um sonho, pois durante todo o evento, não dormira nem por um segundo, nem acordara depois. Estava de pé na escada, antes e depois de tudo acontecer. Deveria levar a sério as ameaças daquela velha? Estaria mesmo com a cabeça a prêmio? Mais perguntas sem respostas.

Naquele momento, Amanda sentiu seu sangue ferver. Um sentimento de embaraço lhe invadiu o espírito, vergonha por ter sentido tanto medo daquelas pessoas. Que desgraçados! Como se atreviam a entrar na sua vida desse jeito e assustá-la daquela forma? O medo substituído pela raiva, ela considerou. Tal como Elizabeth disse quando a tinha como refém. Contudo, após alguns instantes, o medo voltou a prevalecer. Por que a tinham escolhido afinal? Que estória era aquela de "guardiã"? Aí, a moça se pôs a meditar. Raiva? Medo? Se aquelas pessoas eram mesmo emoções como diziam, então podiam perfeitamente estar provocando tais sentimentos nela, naquele exato momento! Porém, tais reflexões acabaram por se perder em meio ao medo da ameaça de morte que pairava sobre sua cabeça.

Tudo que ela sabia era que... Precisava de Elizabeth. Ela parecia saber o que fazia. Sabia mesmo? Ou seria somente uma encenação para tranquilizá-la? Bem, Amanda não queria nem pensar na possibilidade de estar sozinha se tivesse que se defrontar com aquelas autodenominadas emoções de novo. E Elizabeth a fazia sentir-se segura. Era, com certeza, petulante, arrogante, impertinente, intratável, sarcástica... Entretanto, até que uma boa amiga. Mais do que tudo, parecia ser livre, coisa que Amanda definitivamente nunca fora. Só que elas tinham um aspecto em comum, que não agradava de jeito nenhum à texana. Ambas eram solitárias. Foi aí que Amanda percebeu que havia acordado de um pequeno cochilo no banco da praça. Aquela massagem realmente funcionava.

♣ ♣ ♣ ♣ ♣

Apesar do medo, Amanda conseguiu voltar à casa de seus pais, após outra longa e extenuante caminhada, ao lado da rainha da Inglaterra. Uma vez ali, roubou algum dinheiro, bem como cartões de crédito de seus velhos e saiu o mais depressa que pode. Teve que pagar multa para liberar seu veículo da garagem da polícia, mas logo as duas já estavam com o pé na estrada novamente. Era final de tarde e o sol se aproximava do poente, em meio às montanhas que enfeitavam o horizonte semiárido.

— Dia cheio, não? — Comentou Elizabeth no banco do passageiro.

— Pode-se dizer. — Concordou Amanda lacônica, enquanto dirigia o carro. — Precisamos de um itinerário! Importa-se de me dizer, finalmente, o nome da empresa onde esse seu amigo trabalha?

— De jeito nenhum, filha. É *Lonestar Technologies*, se não me engano.

— Não, você não se engana! — Assobiou Amanda, arregalando os olhos. — É grande! Fabricam rádios, antenas, satélites, essas coisas. Têm filiais no mundo todo.

— Inclusive em Madri. — Suspirou a rainha. — Pode encontrá-los aqui?

— Sim, sim. Eles têm uma fábrica gigantesca lá pelos lados de Richardson.

— E sabe como chegar lá?

— Fácil. Temos que pegar a via expressa da 75, sentido Sul, e sair na *Campbell Road*. Só que estamos meio longe. Há poucos anos atrás, essa empresa se envolveu num projeto grande para achar alienígenas ou algo assim. Saiu em todos os jornais.

— E conseguiram?

— Não. Quase foram à falência!

— Que seja. — Bocejou secamente a rainha. Ela apenas fingiu que entendeu os últimos comentários de Amanda. A verdade é que já não estava a fim de conversar. Sentia-se cansada e desencorajada. Tinha o corpo muito inclinado em seu acento, com a cabeça dobrada para a janela, de modo que pudesse admirar o cenário repousante do por do sol.

— Quando chegarmos lá, deixa que eu falo desta vez.

— Sinta-se totalmente à vontade para fazer isso. — Elizabeth respondeu numa voz muito baixa.

— Qual o nome do seu amigo?

— Leonard Emerson Crockett, Terceiro. — Foi a resposta mole. — Excessivamente ostensivo, por isso mesmo, ele prefere ser chamado simplesmente de Leo.

E assim, elas seguiam. Houve outro momento de profundo silêncio. Foi Amanda quem o quebrou desta vez:

— Algo errado? — Perguntou, ao ver que sua companheira definitivamente mostrava sinais de melancolia.

— Como assim? — A rainha até que ficou intrigada com o interesse da moça.

— Você parece um tanto pra baixo.

— Não, só cansada. Uma rainha nunca pode se dar ao luxo de ficar "pra baixo".

— Vai dar tudo certo. — A moça adivinhou o que afligia sua amiga real.

— Não deu da primeira vez. — Elizabeth denunciou o que a afligia.

— Vamos lá! Cadê aquela convicção, seu positivismo? Você não está sendo você agora!

Ao ouvir aquilo, a rainha ajeitou o corpo de um pulo e passou a encarar sua companheira com interesse.

— E o que eu sou? — Perguntou Elizabeth, novamente atenta.

— Até onde posso ver, alguém que sabe resolver problemas!

— Sim, isso pode ser útil na minha posição... Que talvez jamais volte a ocupar.

— Ei, não é hora de desanimar! Olha, Lisa, se o seu amigo trabalha na Lonestar, é nesta fábrica que vamos encontrá-lo! Não se preocupe com nada!

— Foi difícil eu voltar da primeira vez. E agora que aconteceu de novo... Não sei. Algumas vezes, já me vejo forçada a viver nesta época. Outra inútil desconhecida, escrava de uma maldita rotina que não leva a parte alguma.

— Como eu?

— Deus do céu! Se soubesse que a carapuça serviria tão bem, teria moderado meu discurso! Por que pensa isso de si mesma?

— Ah, você sabe.

— Não, não sei! Vá em frente, exijo que me explique!

— É que às vezes penso que não está no meu sangue ser bem sucedida! Meus pais quebraram as costas de tanto trabalhar a vida inteira, para não conseguir nada!

Uma vez mais, Elizabeth endireitou o corpo. Seu olhar em Amanda se tornou muito mais intenso.

— Você ainda não me disse qual é o seu sonho. — A rainha lembrou sua companheira.

— É meio ridículo. Vai te fazer rir.

— De jeito nenhum — Assegurou a inglesa. — Prometo que tal não vai acontecer.

— Bem, hã, você sabe... Eu sempre quis ser astronauta.

— Sempre quis ser o quê?

— Ah, você não vai entender! É coisa do presente. Temos alguns veículos que podem voar bem alto, chegando até mesmo onde estão as estrelas, que você enxerga no céu à noite.

— Vocês conseguiram fazer tudo isso? Existe esperança para o homem do futuro afinal! Cheguei a pensar que as descobertas e o empreendimento haviam parado nas expedições marítimas!

— Sim, pois é. O que eu mais gostaria era de pilotar um desses veículos que voa alto.

— E o que a impede?

— Ah, fala sério! Não faz ideia de como é difícil conseguir isso.

— Bom, não vai conseguir nada mesmo se desistir só porque é difícil. Já considerou tentar, ao menos?

— Eu não posso, tá legal?

— Por quê?

— Porque... Simplesmente não dá, okay? Tenho que ser realista.

A rainha soltou um suspiro de escárnio e começou a balançar a cabeça em violentas negativas.

— Que foi? — Perguntou Amanda, emburrada de novo.

— Ora, nada absolutamente. — Respondeu sua passageira em tom de gozação.

— FALA! — Exigiu a moça energicamente.

— Há algum tempo, você disse que não admitia que eu julgasse seus pais, lembra?

— Sim.

— Pois é você quem os denigre! Se eles quebraram as costas a vida inteira, foi para lhe dar instrução, para que conseguisse tudo o que eles não puderam ter. E tudo em vão! Ah, se eles soubessem que criaram uma perdedora que se afunda em autopiedade, que acredita estar num caminho sem volta!

— Só queriam se livrar de mim! Você mesma disse que me achava muito jovem para estar sozinha!

— É possível que estivesse enganada. Talvez, eles só achassem que você merecia mais. Tinham esperança que, uma vez lançada a seu próprio destino, pudesse achar seu verdadeiro rumo!

— Você não conhece os meus pais!

— E você, minha cara, os desperdiçou!

— Que quer dizer?

— Você teve tudo, mas é muito tola para perceber. Seus pais a amaram, com toda atenção e carinho! Nunca você saberá o que significa ser desprezada, pelo simples fato de não ter nascido com um pênis para poder se tornar rei! Aposto que seu pai nunca mandou decapitar sua mãe, para depois considerar a própria filha uma bastarda, uma pária! Imagine, nem sequer tive a decência de ser primogênita! Eu tinha todos os motivos para me afundar num balde de depressão! Só que me recusei. Se até eu consegui ser rainha, acredite, até você pode ser uma... Aquilo que você falou.

— E se eu falhar?

— Tente de novo.

— E se falhar de novo?

— Continue tentando. É a única maneira de saber se um dia conseguirá.

Dito isso, Elizabeth bocejou novamente. Voltou a inclinar o corpo ao longo de seu banco e debaixo do cinto de segurança. Em seguida, dobrou-se na direção da porta, de costas para Amanda. Encostou a cabeça no descanso de seu acento e se rendeu a um delicioso cochilo.

♣ ♣ ♣ ♣ ♣

— Devíamos ter ido a pé! — Reclamou Amanda.

Estavam quase chegando, apesar do trânsito da hora de pico as ter atrasado muito mais do que imaginavam.

— Ficou maluca? — Retrucou Elizabeth inconformada. — Se não tivéssemos derretido por causa do calor, teríamos que arrancar pedaços dos nossos pés do chão!

— Eu falava por causa desse trânsito!

— Sim. Pelo que vejo, qualquer plebeu pode possuir um desses carros.

— Bem, depende do carro. De qualquer maneira, eu também precisava de um pouco de exercício. Sei que peso muito pouco, mas minha barriga tem mais pneus do que uma concessionária!

Elizabeth chegou a dar uma risada, embora ainda tivesse muito que aprender sobre as expressões coloquiais do presente.

— Talvez precise estar em forma se quiser chegar às estrelas. — Falou a rainha. — Senão, continue dando preferência ao seu interior. No entanto, se isso a faz se sentir melhor, você parece ainda mais magra, desde que a conheci hoje de manhã.

— Você também.

Finalmente, chegaram à saída que conduzia a uma pequena vila de ruas de mão dupla e condomínios fechados que, mesmo naquela hora do dia, não atraía muitos veículos. Na verdade, puderam constatar que o lugar era pacato e tranquilo.

Viraram à esquerda numa longa avenida rodeada, em ambos os lados, por enormes construções horizontais, que também se dividiam em prédios menores. Cada uma delas tinha seu cartaz logo na entrada, com nomes brilhando em letras garrafais, em torno de logomarcas chamativas. Eram empresas de todos os tipos. No meio de todo esse espetáculo de neon, que chegava a ofuscar a desavisada rainha, não foi difícil de encontrar os sinais correspondentes à Lonestar Technologies.

— Bem, parece que agora, é só uma questão de tempo. — Disse Elizabeth animando-se.

— Não alimente muitas esperanças. — Devolveu Amanda, não tão otimista. — Está tudo muito quieto. Acho que todos já voltaram pra casa.

Ela trouxe o carro para o enorme pátio da companhia que buscavam. Como era de se esperar, o estacionamento era grande e dividido em várias seções. Muito fácil perder de vista a avenida principal naquele labirinto. Havia postes de luz ao longo das vias, porém, distantes uns dos outros, a iluminação não era das melhores. Quem quer que tenha construído aquele espaço assumiu, naturalmente, que todos que se aventurassem a dirigir por ali de noite já conheceriam bem o lugar. Não era o caso delas.

Entre todos os edifícios, também não era fácil saber qual deles era o principal. Todos se pareciam e possuíam igual iluminação, tanto fora como dentro. Amanda estacionou junto ao que se encontrava mais perto. Ela sabia, por experiência, que não conseguiriam acesso ao interior, por conta das cabíveis medidas modernas de segurança, crachás que eram lidos por sensores, senhas numéricas, etc. Porém, era possível que achassem uma alma do lado de fora para conversar.

— Espere aqui. — A moça ordenou a sua passageira, enquanto descia do veículo. — E não faça nada que eu não faria.
— Eu jamais faria algo que você faria. — Zombou a inglesa de volta.

Assim, Elizabeth passou a esperar pacientemente, enquanto observava Amanda se distanciar para junto do prédio, sua silhueta no geral se assemelhava uma pequena e fina árvore, com seus longos e densos cabelos agitando-se ainda mais com um vento que começara a bater inclemente. A rainha chegou a temer que sua companheira levantasse vôo e colidisse contra o carro.

O grande hall de recepção daquele edifício em particular parecia vazio. Tudo lá dentro era grandioso e chique, bem como a mesa principal, só que não havia uma alma à vista. Amanda vasculhava pelo lado de fora, sempre tomando todo o cuidado para não disparar nenhum alarme acidentalmente. Ela também estava ciente de que a segurança era reforçada depois do expediente.

Após uns cinco minutos, Elizabeth já começava a trocar de posição em seu acento, sentindo-se desconfortável, e resistia à tentação de sair e ajudar sua amiga. Mas, conteve-se de tudo ao avistar a moça conversando com um senhor de idade, que vestia umas roupas diferentes, e carregava o que parecia ser uma estranha e comprida lâmpada de querosene, que soltava luz por um de seus lados. Terminada a conversa, Amanda retornou ao carro, numa calma que desanimou a rainha.

— Más notícias, eu imagino. — A rainha adivinhou, sem que sua amiga precisasse lhe dizer.
— Pois é. — Veio a confirmação. — Como eu pensei, o vigia noturno me disse que, por hoje, já era. Até perguntei pelo seu amigo, usando seu portentoso nome, mas ele me garantiu que ninguém permaneceu, nem mesmo fazendo serão.
— Isso é muito ruim. — A rainha franziu muito o cenho.

— Ei, não é ruim não. — A garota a confortou. — É só um adiamento. Amanhã bem cedo, todo mundo vai estar de volta! Aí, a gente pega o seu amigo na curva.

— E o que fazemos enquanto isso?

— Bem, toda polícia do Texas pensa que somos colegas de quarto, então não vamos despontá-los! Essa noite, você dorme na minha casa e amanhã, à primeira luz, voltamos aqui.

— Agora que mencionou, até tenho medo de dormir por mais de duas horas consecutivas. Já não sei mais onde vou acordar!

— Ah, não se preocupe. Algo me diz que você ainda estará aqui de manhã.

Amanda, claro, tinha seus próprios motivos egoístas para querer companhia naquela noite. Ela temia receber uma nova visita de suas novas conhecidas, as emoções.

— Está com fome? — Perguntou a moça.

— Devo dizer que não muito. — Respondeu a rainha, sem alterar seu tom de desânimo.

— Nossa, eu comeria um cavalo! — Foi a réplica entusiasmada. — Vamos procurar um McDonalds no caminho!

— Deus do céu, não aquela comida de novo! — Elizabeth aumentou um pouco o tom da voz.

— Ah, posso ver que você já esteve em contato com o mais notório traço da culinária americana: *junk food*!

— Sim e posso dizer que é uma alimentação bastante dietética.

— Como pode isso?

— Você vomita só de olhar para ela!

— He He! Nunca tinha visto as coisas sob este ângulo!

— O que era aquele negócio que o tal "vigia noturno" com quem você conversou carregava?

— Que negócio?

— Aquele que soltava luz.

— Ah sim... Chama-se lanterna.

— Oh.

— Funciona à pilha. Você sabe, eletricidade.

— Oh.

Amanda entendeu que sua amiga definitivamente não estava a fim de bater papo. Ao passo que ela já era conhecida por seus pais e pares por ser extremamente tagarela.

Allison Mulligan sentia falta de sua vida na pequena casa da fazenda de sua família. Desafortunadamente, fora arrancada daquele ambiente sereno muito antes do que queria, pela morte tão inesperada de seu pai. Mesmo depois da abrupta redução de seus encargos na NASA, devido a seu escândalo, ela seguia com um volume esmagador de atribuições. Sua quantidade de trabalho parecia nunca diminuir. Como aquilo era possível? Chegava até mesmo a ponderar como conseguia aguentar seu ritmo anterior se, mesmo depois de suas tarefas terem se reduzido tanto, ela continuava sempre sem tempo, ocupada, estressada. Tinha a impressão de que nada havia mudado.

Talvez, o problema fosse ela. Ficaria exausta e arriada mesmo que não tivesse nada para fazer. De fato, quase sempre desperdiçava suas escassas horas de lazer se preocupando com alguma coisa. Ainda que não tivesse nada para se preocupar, ela se preocupava por não ter nada com que se preocupar. E, no tempo restante, somente se perguntava se havia tomado o rumo certo na vida. Todo aquele esforço profissional praticamente cancelara toda e qualquer vida social que poderia conceber, deixando-lhe somente o impiedoso fardo da solidão.

Já havia alcançado prestígio, sucesso, sempre fora precoce, brilhante, genial, chegou até a conversar com o Presidente dos Estados Unidos em certa ocasião. Contudo, trocaria tudo por uma vida mais pacata. Ou não? Nunca o admitiria, mas sempre que olhava para alguma típica família, dessas com papai, mamãe e filhinhos, ela achava aquilo tão rotineiro, enfadonho, algumas vezes até ridículo e embaraçoso cuidar daquelas crianças, ter que se fazer entender por elas e resolver brigas mesquinhas com o cônjuge no meio de uma pizzaria... Será que fora feita para esse tipo de coisa? Ela receava que jamais viria a saber. Sua experiência como mãe e esposa fora muito rápida. Era ainda um planeta desconhecido para ela. A única família que realmente conhecera fora seu pai e, mesmo, assim, somente por treze anos. Eles eram muito ligados, muito unidos. Teria sido aquilo que entornou o caldo de sua existência, deixando-a naquela situação? Ou talvez seu intelecto superior? Seu próprio temperamento? Uma propensão natural à solidão? Não sabia. E tinha que aceitar. Se for verdade que as pessoas são sozinhas porque querem, ela seguramente assinava embaixo daquilo.

Então, lembrou-se de que já salvara uma vida. Algo que, com certeza, não trocaria por nada neste mundo.

Allie estivera em muitos lugares antes de ser confinada a um laboratório, e isso incluía o espaço sideral. Suas missões de campo favoritas na Terra foram em Arecibo, Porto Rico e no Novo México, com suas monstruosas antenas e satélites. Tudo para encontrar aquilo que, mais tarde, se tornaria sua maldição: alienígenas. Sempre tivera atribuições muito claras, com pouco tempo para cumpri-las. Não muito diferente de sua atual situação. E já não desfrutava da mesma importância. Sabia que ainda tinha o respeito do Diretor Geral da NASA, que sempre a apoiara, mesmo quando ninguém mais o faria. Foi ele quem assegurou sua permanência na agência após seu julgamento. E não tinha que responder a muitos superiores. Porém, ainda sim, estava presa à burocracia. Ela sonhava, um dia, poder agir como bem entendesse, sem se ater a regras, manuais, reuniões que nunca levavam a nada, pessoas que morriam de medo de que algo desse errado. Começava a gostar daquelas famílias alegres, serenas e cheias de vida.

Entretanto, aquela ilusão de felicidade não a impedia de enxergar que, na verdade, a missão em que estava naquele momento seria a mais importante de sua vida. O sucesso dela significaria sua triunfal ascensão de volta ao topo. O fracasso, em compensação, seria a ruína definitiva de sua carreira, depois de tanta luta e dedicação. E tal compreensão jogava água fria em boa parte de seu otimismo. Só que jamais perderia as esperanças. Como cientista, astronauta e pesquisadora, passara boa parte de sua carreira em meio a perguntas sem respostas. E parecia que cada experiência sempre falhava no mesmo ponto: provas! Será que aquele problema tinha mesmo uma solução? Conseguiria encontrar as pessoas que procurava? Havia mesmo uma rainha de séculos atrás à solta por aí? E como a reconheceria? Todos os lugares pareciam sempre tão cheios de peruas esnobes, o que tornava aquela tarefa muito mais difícil!

Enquanto voltavam pela longa e, naquele instante, monótona rodovia 75, Elizabeth divagava sobre as óbvias semelhanças entre Amanda e Leo, a quem conhecera em sua primeira vez naquela realidade. Seu amigo era outro potencial desperdiçado. Mesmo tipo de problema. Mesmo tipo de conformidade com o problema. Ser medíocre não significa não ter problemas. Ser medíocre significa não fazer nada para tentar corrigir o problema, após saber que ele existe.

A diferença era que Leo camuflava suas emoções. Detestava sua vida, mas se refugiava num cinismo que lhe trazia ao mesmo tempo benefícios e prejuízos. Em sua condição de falso calmo, ele jamais faria uma cena de emoções, bem diferente de Amanda, que era incapaz de escondê-las. Leo tinha o dom de fazer tudo parecer normal e que ele não ligava. Contudo, Elizabeth sentia sua comiseração interior. Ela até tentara ajudá-lo a ter um pouco mais de coragem, mostrar que era possível para ele se tornar melhor, se fizesse uso de seu potencial e talento para o seu próprio bem e não somente para o dos outros.

Para isso, ela teve que se envolver em encrencas com a lei, das quais já não se orgulhava. Problemas que quase custaram, inclusive, a liberdade do amigo. Elizabeth só tentara mostrar a Leo que poderia dominar o mundo se assim o quisesse. Porém, o homem era cheio de escrúpulos, irritantemente honesto! Devia haver algo de errado com esse menino. Mas, tudo aquilo pertencia ao passado agora. Estranhamente, um passado que Elizabeth vivera num futuro que não o dela.

Entretanto, ela não sabia se realmente havia cumprido sua missão com Leo. Será que ele estava melhor? Havia realizado seus sonhos? Bem, com certeza, aquela não deixava de ser uma nova oportunidade para perguntar-lhe tudo pessoalmente. Ela o espancaria até a morte se descobrisse que continuava na mesma situação. Depois disso, é claro, tentaria desvirtuá-lo de novo. E faria o mesmo por Amanda, exceto que a desvirtuaria de um modo diferente. Afinal, tinha que tirar alguma vantagem do fato de estar no futuro. Por que não tentar então ajudar os futuristas de alguma forma?

Quando finalmente chegaram ao bairro de Amanda, outra surpresa as aguardava. Talvez até mais desagradável do que a que tivera na casa de seus pais. Só que esta, seguramente, era provocada por humanos. Havia um bloqueio já desde a esquina que dava para a rua da jovem. Tiveram que parar num ponto que nem dava para ver a casa de Amanda. O único que podiam averiguar era que a extensão do negócio era grande. Podiam avistar cavaletes, cones e uma fita amarela que se estendia por todos os lados. A área isolada era imensa.

Amanda foi obrigada a encostar seu veículo no meio fio e tomou o verbo:

— Eu não entendo! Achei que já tivéssemos resolvido tudo com a polícia! Por que ainda estão aqui? E por que toda essa zona?

— Isso é outra coisa. — Deduziu Elizabeth. — Na casa dos seus pais, havia somente um punhado de policiais. Algo mais aconteceu. — Ela falava cautelosamente baixo.

— E o que é que a gente faz? — Perguntou Amanda apreensiva.

— Fique aqui, filha. Eu vou lá ver o que se passa.

— E eu fico aqui sozinha?

— Para sua segurança, é melhor.

— Você vai se expor assim? Uma figura do passado? E se alguma coisa te acontecer?

— Não ouse insultar minha inteligência com tal preocupação! Pode parecer estranho, mas não cheguei a ser rainha por não saber tomar conta de mim mesma!

— Você pode acabar presa de novo!

— Não estaria sendo um tanto narcisista? Por que acha que tudo isto aqui tem a ver com você ou comigo?

— Bem, não é todo dia que uma rainha simplesmente brota no futuro, e uma estudante vai parar numa dimensão de porcaria e é abordada por um bando de gente que se dizem emoções! Eu acho difícil que tanto evento maluco não tenha chamado a atenção de mais alguém!

— Ninguém tem como saber o que nos aconteceu! Só vou ver o que se passa e já volto.

— Preste atenção no vai dizer, hein?

— Não vou sair por aí abanando uma coroa, se é com isso que está preocupada! Serei discreta.

— Eu só quero voltar pra casa!

— E você vai! Deixe isso comigo.

— E se for presa de novo?

— Pelo menos, uma de nós estará livre para encontrar o Leo e contar-lhe tudo.

— Tenho um mau pressentimento sobre isso.

— Somente fique atenta e se notar qualquer coisa errada, fuja imediatamente. E lembre-se, não fale de mim para ninguém a não ser para o Leo!

— Eu não vou abandonar você!

— Aprecio isso, mas é estúpido arriscar nós duas. Você é tudo que tenho. Se algo me acontecer, precisarei de alguém em quem confio para me ajudar.

— Deixe-me ir com você! — Implorou Amanda, porém, sentindo-se lisonjeada com o que acabara de ouvir de sua companheira.

— Negativo. — Disse firmemente a rainha, enquanto saía do carro. Depois, voltou-se para a janela aberta e completou — Pense positivo. Talvez estejam só resgatando um gatinho de alguma árvore.

Elizabeth se aproximou da fita amarela, que parecia cercar o bloco inteiro. Leu "ÁREA DE SEGURANÇA" e "PROIBIDA A PASSAGEM" em seu lado externo. "Interessante.", pensou. "Seja lá quem for que colocou isso aqui, não deve ter a conivência das autoridades locais", constatou. Depois, seu semblante ficou meditativo e, em seguida, um brilho nos olhos. "Talvez eu possa usar isso". E continuou seu caminho, desobedecendo a fita, ao passar por debaixo dela. Amanda assistia a tudo nervosamente, até que sua amiga desapareceu ao contornar uma esquina.

Em pouco tempo, a moça já não podia mais suportar a dor de estômago que a tensão nervosa lhe provocava e saiu do carro. "Tenho que andar um pouco antes que isso vire uma diarreia", pensou nervosa. "Aquela idiota do inferno pensa que sabe tudo", empertigou-se Amanda. Seu primeiro ímpeto foi o de seguir Elizabeth, mas resistiu. No íntimo, sabia que as precauções da rainha estavam corretas e não queria fazer besteira. Qualquer uma delas por si só era dispensável, as duas juntas não.

Mesmo assim, não aguentava a expectativa. Se algo desse errado, ela poderia ficar novamente à mercê daquelas pessoas, as emoções... E sozinha! Decidiu então se aproximar do cerco, a fim de acompanhar de longe os passos de Elizabeth e, pelo menos, ter uma visão de como estava sua casa. Não tardou para que fosse acometida de um susto enorme, que a fez entrar num estado de extrema estupefação, além de medo e raiva, duas emoções que teria conhecido pessoalmente, durante sua experiência fantástica. Amanda não podia acreditar no que via. Mas o que diabos... "Será que resolveram filmar outro *E T, o Extraterrestre* no meu bloco?"

Elizabeth, por outro lado, já não se surpreendia mais com nenhuma das loucuras daquele estranho presente. Nem mesmo com o fato de que a casa de Amanda estava totalmente coberta de plástico. Havia ainda uns quatro ou cinco desses veículos maiores cercando a casa, alguns parados e outros deslizando em um sutil movimento. E havia também aquelas pessoas, que rodeavam a casa, ora entrando, ora saindo. Pelo menos, ela achava que eram pessoas, vestidas naqueles trajes brancos ridículos, com capacetes também brancos e igualmente grosseiros. Pareciam mais um bando de espermatozoides circundando um gigantesco óvulo. A rainha também não pode deixar de notar aqueles... Tubos que saiam das portas e janelas da casa, alguns deles terminavam diretamente na entrada da garagem.

"Se essa é a ideia que fazem aqui de sexo grupal, Calígula vai dar voltas no túmulo", pensou a soberana, enquanto se aproximava paulatinamente, sob os olhares curiosos de várias pessoas em volta que, tais como Amanda, foram desalojadas e estavam impedidas de se aproximar de seus próprios lares. "As autoridades desta época não têm o mínimo respeito para com a propriedade privada", considerou Elizabeth, "não que esteja surpresa". Bem, tudo indicava que todo aquele escarcéu centralizava-se de fato na cada de Amanda. "Ela não vai gostar disso, mas parece que teremos que passar a noite numa estalagem".

Porém, quando ela já estava a uns dois passos do quintal de Amanda, dois dos espermatozoides vieram em passo ansioso em direção a ela, um deles com a clara intenção de agarrar seu braço. Elizabeth rejeitou o gesto com violência, visivelmente ofendida. "Como ousa?", ela pensou, "Eu nem o conheço!" Um dos homens falou:

— Nu puede estar aqui! No permitido.
— Cavalheiro, — Disse Elizabeth em inglês, desdenhando do esforço inútil do homem, que por sinal falava um espanhol odioso. — Creio que podemos conversar em inglês. Eu sou da Inglaterra. É bom que fale minha língua, pois tenho um calhamaço de perguntas para os senhores. Aliás, vocês me parecem muito subalternos. Levem-me até seu chefe. — Seu tom era, legitimamente, de ordem.
— Olha mocinha, — disse um deles com autoridade — não viu o aviso de não ultrapassar? Volte imediatamente ou nós... — Ele fez menção de tentar pegar no braço de Elizabeth de novo. E esta, uma vez mais, o enxotou furiosamente.
— Se puser as mãos em mim, você as perderá! — Disse a rainha com real determinação. — Acredite, posso fazer você berrar no chão como um porco durante horas. O senhor pode pensar que esses trajes estúpidos o protegerão, mas ainda sei onde fica sua virilha.

O homem deu um passo para trás. O outro deu um passo à frente e disse, com falsa compreensão:

— Escute bem, senhorita: peço desculpas pela falta de modos de meu colega, mas é para o seu próprio bem. Esta área foi isolada por que recebemos uma informação segura de que uma doença letal e altamente contagiosa foi constatada nesta área, e seu foco central concentra-se nesta residência em particular. Como vê, você corre um grande risco de vida ficando aqui sem a devida proteção. Por favor, retorne à zona de quarentena, junto com os demais.

Elizabeth olhou para ele com um ar de profundo desprezo.

— Você pensa que sou idiota, não é mesmo? — Falou de forma depreciativa. — Se existisse mesmo tal emergência, como consegui chegar tão longe sem ser notada? Você pode achar que engana esses plebeus em volta, mas não a mim. Além do mais, duvido muito que essa sua "doença letal" vai se importar com seu aviso de não ultrapassar. Sua explicação não faz o menor sentido. — Ela consertou a garganta. — Por que estão aqui?

Os dois homens passaram a se entreolhar pelos vidros dos capacetes. Os demais moradores do bloco já percebiam que algo "diferente" acontecia e começavam a murmurar entre si com impaciência. A situação começava a fugir do controle. Finalmente, um deles se voltou para Elizabeth. Ela podia ver bolhas de água no vidro de seu capacete. O cavalheiro suava como uma bica. Disse com voz atrapalhada:

— Fique bem aqui! Não mova um músculo! Eu vou falar com nosso comandante!

Viraram as costas para ela e foram em direção à casa de Amanda. Só que a rainha os seguiu, desconsiderando por completo a ordem que acabara de receber. "Que droga!", pensou um dos desnorteados, que já devia ter uma piscina de sebo debaixo do escafandro. Porém, não havia nada que nenhum deles pudesse fazer. Nada seguraria a monarca do lado de fora.

Quando o grupo chegou até a porta da casa, um homem de terno e gravata teve um sobressalto ao ver dois de seus agentes entrando com uma completa estranha, uma civil com certeza. No entanto, até que conseguiu se controlar razoavelmente. Fez um pequeno gesto de boas vindas para Elizabeth, mas puxou um dos homens que entrara com ela para um canto, tão forte que quase o derrubou. O outro os acompanhou. A rainha permaneceu onde estava, sob a intensa vigilância de outros três senhores sisudos de terno preto que, a seus olhos, mais pareciam agentes funerários. Um deles bateu a porta de entrada com tanta força, que o estrondo chegou a provocar uma pequena contração de susto em Elizabeth. Pareciam ter consertado a fechadura. Quando achou que havia obtido privacidade o bastante, o comandante da missão se pôs a falar com um dos agentes em voz baixa, totalmente indignado:

— O que diabos deu em você, idiota? Quando dou uma ordem, espero ser obedecido!

— Desculpe, senhor... — Respondeu o outro, tomando as dores de seu companheiro.

— Cale-se! — Comandou o chefe. — Não me lembro de lhe dirigir a palavra. Volte para a rua e reforce a segurança no perímetro!

— Sim senhor. — Este retrucou acanhado e se retirou.

— Muito bem, Skip, sou todo ouvidos! — O comandante prosseguiu com o que ficou. — Como essa mulher veio parar aqui dentro, depois que lhe dei ordens expressas de que ninguém de fora poderia chegar nem perto da vizinhança, quanto mais desta casa?

— De algum jeito, ela atravessou o selo sem que a víssemos! Aí, ela começou a fazer escândalo, falar alto, chamar muito a atenção. Achei que a melhor coisa a fazer era escondê-la aqui dentro.

— Ah, você achou? — Disse o chefe com escárnio.

— É um bloco grande, senhor! E temos poucas pessoas. É quase impossível cobrir todos os lados!

— Sim, especialmente quando me mandam incompetentes como você! Agora, volte lá fora e tente fazer seu trabalho desta vez!

— Sim senhor. — Ele obedeceu contrariado. — O que vai fazer com relação à mulher?

— Isso já não é mais de seu interesse. Agora, dê o fora!

Elizabeth assistiu aos dois agentes saírem. Sentiu certa pena ao notar o desalento e vergonha dos mesmos. Sabia que tinha alguma culpa nisto. "Espero não ter lhes devolvido a emoção da busca por um novo emprego", pensou. O comandante reapareceu algum tempo depois. O contingente que guardava a rainha já havia passado de três para cinco. Dois dos agentes eram mulheres. "Uma rainha merece seu cortejo, não importa a época, nem as circunstâncias", considerou.

— Olá, como vão? — Ela os cumprimentou.

Ninguém respondeu. Suas bocas permaneciam em formato de meia lua para baixo. Os óculos escuros davam-lhes um aspecto de sinistros robôs.

— Tão sem classe! — A rainha murmurou.

— Culpe a mim por isso. — O comandante respondeu repentinamente e com certa jovialidade. — Eles são pagos para serem grosseiros.

— Nesse caso, fazem um bom trabalho!

O homem sorriu. Até que era bonitão, alto, magro, terno lustroso, sapatos de bico fino, cabelo curto penteado para trás, sem um fio sequer fora do lugar, e terminava num topete que o deixava alguns milímetros mais alto. Já grisalho nas têmporas, era, no geral, bastante distinto. E Elizabeth pode perceber que ela não era a única que o achava bonitão, ele também. Um egocêntrico conhece o outro, a soberana admitia.

— Acho que meus homens já a preveniram do perigo que corre ficando aqui. Trata-se de uma zona crítica de quarentena médica.

— Cavalheiro, — Elizabeth respondeu com calma — já que são vocês os invasores por aqui, creio que devessem deixar comigo as observações "críticas" a respeito dessa situação.

Ele imediatamente percebeu que aquela mulher era esperta, portanto, perigosa. Teria que prosseguir com bastante cautela. Falou então, medindo cuidadosamente as palavras:

— Não desejamos nenhum mal a ninguém. Muito pelo contrário, estamos aqui em nome de nosso governo, em sinal de boa vontade e cooperação entre agências, para evitar que uma doença contagiosa e mortal se espalhe, colocando em risco a vida de todos nesta cidade e, quem sabe, até mais, se não for detida a tempo.

— Ocorreu-me — continuou Elizabeth, sem fazer muito caso do que acabara de escutar — que ainda não fomos devidamente apresentados. Seu nome é...

— Sou Clayton Massorski. Poderia, por favor, retribuir a gentileza...?

Ele tentava parecer calmo e tranquilo, mas não se saía muito bem. E Elizabeth podia ler pessoas como livros. A verdade era que Massorski estava extremamente inquieto e a rainha já havia percebido isso.

— Sou Elizabeth. — Disse ela.

— E você é inglesa, posso ver. Fala um inglês muito bonito!

— Bondade sua. — Ela até considerou jogar um elogio para as roupas do homem, mas não queria inflá-lo ainda mais.

— E o que faz aqui, senhorita Elizabeth?

— Sou uma estudante participando de um... Como chamam...

— Intercâmbio?

— Isso. Minha boa amiga americana teve a bondade de me acomodar em suas humildes habitações. A propósito, ela não vai gostar nada do que fizeram com sua decoração.

— Senhorita, deixe-me assegurar que só fizemos o estritamente necessário.

— É claro.

— Eu soube que esta casa pertence a uma certa Amanda Tobias. É ela quem a está patrocinando?

— Pode-se dizer que sim.

— E onde ela se encontra?

Elizabeth conseguiu evitar arregalar os olhos. Ela notara um brilho estranho, quase maligno, no olhar do homem ao fazer aquela pergunta. Sem mencionar que sua ansiedade também havia aumentado.

— Ela viajou. — Disse a rainha. — Teve que resolver uns assuntos, você sabe.

— É mesmo? Puxa, que coisa! E para onde ela foi?

— Hã, Iowa. — Respondeu Elizabeth após alguma hesitação.

— Que cidade?

— Des Moines, se não me engano.

— Sabe o endereço dela por ali?

— Você está escrevendo um livro ou algo assim?

Massorski sorriu. Aquela mulher era, sem dúvida nenhuma, uma adversária à altura, difícil de encontrar. Normalmente, todas as mulheres que encontrava só se atiravam em cima dele, como abelhas ao mel. Porém, ele sabia ter a verdade a seu favor e mal podia esperar para iniciar o processo de humilhação de sua interlocutora, o que mais gostava de fazer quando conversava.

— Isso é muito estranho... — Começou ele. — Já que a polícia local me comunicou o registro de uma ocorrência nesta área, assinada por essa tal Amanda Tobias. Lembra? A garota que, segundo você, estaria em Iowa neste exato momento.

— Ah, cheia de surpresas aquela mocinha! — Elizabeth sorriu sem se abalar. — Provavelmente viajou depois desta... "ocorrência".

Clayton também não se alterou. Estudou por alguns instantes a figura da rainha. Esta, por sua vez, notou um emblema costurado na parte direita superior do paletó do homem. Era basicamente um círculo azul, com letras brancas que formavam a palavra NASA em seu interior, cercada por pequenos desenhos que se assemelhavam a estrelas, além de uma tira vermelha que lhe cortava, dividindo-se em duas ao longo do círculo. Havia também uma pequena elipse que envolvia as duas letras do meio.

— Moça, vamos cortar a conversa fiada. — Massorski resolveu. — Eu sei que você está mentindo e que Amanda está na cidade! Não é necessário escondê-la, não queremos fazer-lhe mal. Muito pelo contrário! Nossa agência ficou sabendo que ela corre perigo. Quanto mais tempo estiver nas ruas, mais sua vida estará em risco!

— E que "agência" seria essa sua?

— Isso não é importante agora. Olha, isto é muito urgente, trata-se da vida de sua amiga!

— Ah sim. Primeiro, temos uma doença mortal e, de repente, tudo gira em torno de Amanda.

— Eu sei, é complicado. Quanto mais tempo perdemos, mais sua amiga poderá ser achada por pessoas um bocado hostis, dispostas a torturá-la e até mesmo matá-la! Agora, onde está Amanda? Isso não é mais um pedido!

— Em Iowa. — Insistiu a rainha, porém, notou que sua voz começava e tremer ligeiramente. — Espero que essa sua agência tenha correspondentes ali.

— Não importa. — Ele bufou. — Temos como encontrá-la.

— Sim, você faça isso. Agora, se me dá licença, tenho coisas a fazer. E pode estar certo de que as autoridades saberão desse seu comportamento inadequado.

Ela deu as costas para o homem bruscamente, mas não foi longe. Três dos agentes de terno preto imediatamente bloquearam sua passagem.

— Lamento, mas não posso permitir que saia. — Informou um deles.

— Nesse caso, posso lhes preparar um chá? — Ofereceu a inglesa.

— Ei vocês! — Massorski gritou. — Não ouviram o que a senhorita disse? Não estamos aqui para criar nenhum problema com as autoridades! Saiam da frente imediatamente!

Os agentes obedeceram, mas endureceram ainda mais as faces. Mesmo com os óculos escuros, dava para ver que estranhavam muito a decisão do chefe.

— Vai mesmo deixá-la ir, mesmo depois de ter visto todo o nosso equipamento, bem como a tela dos monitores? — Perguntou um dos homens de preto, depois que Elizabeth saiu.

— Meu caro Senhor Smith, — Clayton se voltou para ele com serenidade. — Você não chega a uma posição de destaque como a minha sem possuir algumas sutilezas.

O agente suavizou a carranca e até chegou a abrir um sorriso sardônico. Massorski se pôs a falar baixinho num comunicador preso ao interior de seu paletó, inaudível aos demais.

— Que mulher mais intragável e metida! — Comentou uma das agentes femininas. — Falando conosco desse jeito! Quem ela pensa que é? A rainha da Inglaterra?

♣ ♣ ♣ ♣ ♣

Elizabeth caminhava com passos nervosos pela grama do quintal de Amanda, que dava para a rua. Procurava apertar o passo o mais que podia, contudo, seus pés doíam. Já havia andado muito mais do que estava acostumada naquele dia. E sabia que os homens de Massorski não a deixariam ir muito longe. Precisava chegar depressa a uma área que tivesse o maior número possível de pessoas. O que quer que fizesse, tinha que se afastar de Amanda o máximo possível, pois talvez tentassem segui-la para achar sua amiga.

"Bem, pelo menos, ela sabe que se algo der errado, deve seguir à procura de Leo.", a rainha se confortou. "Ela não seria tão idiota a ponto de vir me procurar, caso note que estou demorando". Elizabeth avistou um agrupamento maior de moradores, próximo a um pequeno conglomerado de árvores. "É lá que devo buscar refúgio!", excitou-se.

— Ei beleza! — Uma voz masculina ecoou no ar próximo a ela.

O dono da mesma não tardou em se mostrar para a rainha. Esta instintivamente olhou para os lados, não acreditando que aquele adjetivo referia-se a ela.

— Fala comigo? — Ela perguntou enfim.
— Com quem mais? — O homem confirmou, também olhando para os lados em sinal de gozação.
— Neste caso, agradeço. Agora, se me dá licença...

Tentou sair para um dos lados, mas outros dois surgiram para cercá-la, tão grandes e sujos quanto o primeiro. Eles vestiam roupas diferentes dos que encontrara na casa da amiga. Estavam mais "esportivos", podia-se dizer. Suas vestimentas mais se assemelhavam às que Amanda usava.

— Boa noite, cavalheiros. — Disse a rainha, fingindo naturalidade, mas falhando. Tinha um pressentimento de que estava em apuros. — Posso lhes ajudar em algo?

— De certa forma. — Falou de novo o primeiro homem que a abordou.

Depois, num gesto rápido, um dos outros agarrou Elizabeth por trás e cobriu-lhe a boca fortemente com uma das mãos. Ele era grande e muito forte. Definitivamente, a rainha não era páreo para ele. Foi então arrastada aos grunhidos de volta para a casa de Amanda, só que a obrigaram a contorná-la e pararam somente quando já se achavam bem escondidos atrás do imóvel. O homem libertou Elizabeth e a jogou contra o muro traseiro.

— Se vocês pretendem me matar, devo avisá-los. — Tentou Elizabeth sofregamente. — Estarão cometendo um erro terrível!

— Obrigado pelo conselho. — O homem que a segurava zombou. — Assumiremos inteira responsabilidade. Mas, antes, por que perder a viagem?

Ele passou a segurá-la firmemente pelos braços e aproximou sua cabeça da de Elizabeth bem devagar, como que para usufruir o momento. Ela já podia sentir seu hálito nojento. Por mais que tentasse, não poderia jamais se desvencilhar de tal aperto. As mãos do homem mais pareciam dois enormes ferrolhos.

— Como tive todo o trabalho de trazê-la aqui, é natural que eu ganhe a primeira rodada. — Disse com olhos morbidamente esbugalhados, como que alucinado.

— Olha... — Falou a acuada rainha. — Se isto tem conotação sexual, devo dizer que estou lisonjeada!

— Quê? — O homem se aturdiu por um instante.

Foi o bastante para que Elizabeth pudesse levantar seus joelhos o mais rápido que pode, e atingir em cheio as bolas de seu captor. Quando o mesmo caiu de cócoras, mãos apertando sua própria virilha com firmeza, ela conseguiu se libertar e se pôs a correr. Contudo, na pressa, tropeçou e caiu. Um dos outros dois a levantou, somente para esbofeteá-la de volta ao chão.

— Chega de preliminares! — Ele falou enquanto abria o zíper da calça. Mantinha sua vítima presa ao solo com ambas as pernas.

Sem esperança, Elizabeth se limitou a cerrar seus punhos e contrair seus braços o mais apertado que podia junto aos seios. Uma vez mais, ela sentia o odor horripilante de uma boca mal cuidada. Porém, tão assustada estava, que não percebeu que o homem que acabara de cair pesadamente sobre seu corpo, se encontrava, na verdade, inconsciente.

— Moça, espere! — Gritou o terceiro em pânico. — É tudo um mal entendido!
— BABACA! — Devolveu Amanda e atirou o pé de cabra que trazia direto na perna do moço.

Este tentou correr, mas somente conseguiu mancar em torno da casa, com uma das mãos no joelho, enquanto gemia em dores excruciantes.

— Tem mais um! — Alertou a rainha.
— O cara que você chutou as bolas? — Retornou a moça. — Já dei cabo dele! Você não é a única que sabe bater em nucas!
— Ajude-me, por favor! — Elizabeth pediu com voz entrecortada. — Esse elefante está me esmagando!

Amanda auxiliou sua amiga a tirar o obeso de cima de si com imenso esforço. Depois, ela ajudou a rainha a se levantar, para, então, abraçá-la. Elizabeth respirava pesado. No entanto, estava muito mais assustada do que realmente ferida.

— Obrigada. — Agradeceu a soberana. — Pensei que tivesse dito para esperar no carro!
— De nada. — Respondeu Amanda. — Resolvi esticar as pernas!
— Eu tinha a situação sob meu total controle.
— Claro! Isso eu pude ver!
— Se tivessem pego você também, seria o nosso fim.
— Quando terminar de cacarejar, vamos dar o fora daqui!
— Com prazer!
— Pode andar?
— E correr!
— Ah! Mais uma coisa: agora, você me deve duas!

As duas se apressaram para colocar o máximo de distância entre elas e aquele lugar. Em alguns segundos, desapareceram na penumbra da noite. Clayton Massorski assistira a tudo pela janela do banheiro da casa, mas não pode fazer nada, pois o imóvel não possuía portas dos fundos.

— Incompetentes! — Falou consigo mesmo. — Eu disse para a levarem para um lugar isolado e matá-la! Não tinham nada que tentar estuprá-la! — Deu um profundo suspiro. — Bom, se eu quiser um trabalho bem feito, terei que fazê-lo eu mesmo.

♣ ♣ ♣ ♣ ♣

— Você tem certeza de que está bem? — Perguntou Amanda, enquanto dava a partida.

— Não se preocupe, Amy. — Respondeu a outra. — É necessário muito mais do que alguns palhaços para me amedrontar.

— Tem certeza de que não quer ver um médico?

— A última coisa que preciso é de mais gente pondo a mão em mim.

— Entendo o que quer dizer.

Amanda acelerou, porém, sem nenhuma direção definida. Acabou por pegar a pista que levava à via expressa. O bom senso lhe dizia para trafegar nos lugares mais agitados e evitar ruas isoladas.

— Você já sabe para onde vamos? — Elizabeth perguntou com certo entusiasmo, ao notar que sua companheira parecia tomar direções definidas.

— Na verdade, não. Precisamos achar um lugar para dormir.

— Sim, a casa de seus pais.

— Não. Seria arriscado. Pode ser que também já esteja toda entubada e plastificada como a minha casa. Além do mais, foi ali que aquelas pessoas, as tais das emoções me cercaram. Confesso que estou com medo de voltar ali.

— Eu estarei com você o tempo todo.

— Eu sei. Mesmo assim, melhor procurarmos um hotel. É mais garantido.

— Tem dinheiro?

— Um pouco. Talvez, não o bastante.

— Você tem alguma outra coisa que aceitariam como moeda de troca neste tempo?

— Só os cartões de crédito dos meus pais. Um jeito indireto de se pagar coisas por aqui.

— Pode usá-los?

— Sim, mas também é arriscado.

— Por quê?

— Enquanto perambulava pelo meu bloco, tentando achar você, ouvi uns caras de terno dando explicações aos moradores. Falavam algo de uma epidemia.

— Sim, cheguei a escutar a mesma bobagem. E com isso?

— Eles se diziam do F.B.I. E acho que era quente. Balançavam distintivos e tudo mais.

— Ah sim, esses!

— Já ouviu falar neles?

— Mais do que isso. Na minha primeira vez em sua distinta época, tive alguns desentendimentos com os cavalheiros. Eu e meu amigo.

— Nossa! Você ainda vai ter que contar toda essa sua experiência!

— Até estou ansiosa para isso. Mas no momento, temos outros assuntos a resolver. Por que não poderia usar esses tais cartões para pagamentos?

— Se o FBI está envolvido, podem rastrear meus cartões se eu os utilizar. É meio difícil de explicar. Mas, acredite, eles podem. Teremos que ser fugitivas por enquanto.

— Bem, no meu caso, aconteceria mais cedo ou mais tarde. Desculpe ter envolvido você nisso.

— Não tem problema! — Amanda abriu um sorriso. — Precisava de uma quebra na rotina!

— Ainda há esperanças para você! — Elizabeth sorriu também. — Entretanto, como faremos com nosso problema de dinheiro?

Amanda silenciou um pouco para pensar, depois disse:

— Tem um cofre na casa dos meus pais. Acho que sei a combinação. Estava tão aturdida nas vezes que estivemos lá, que não me lembrei dele.

— Pode haver mais dinheiro nessa coisa?

— Deveria. Mas, precisamos ter cautela.

— Não há porque nos procurarem ali.

— Todo cuidado é pouco.

— A propósito, sempre podemos ir até a polícia e explicar-lhes nossa situação.

— Não rola. Quando os federais chegam, já tomam toda a jurisdição. Se formos até a polícia, a primeira coisa que farão é chamar o FBI.

— Entendo.

— Já te disse! Somos fugitivas!

— Que hora para você começar a se divertir!

Entretanto, Amanda sentia sonolência. Sabia que teria que parar e descansar. E não poderia ser no meio da via expressa. O refúgio mais próximo era a casa de seus pais. Ela explicou tudo à sua passageira, o que as ajudou a tomar a decisão final de para onde ir.

— Só que não vamos passar a noite ali! — Amanda soltou num estremecimento. — É entrar, pegar a grana e sair para um hotel!

— Vamos assumir que as tais emoções voltem. O que a faz pensar que elas se confinam à casa de seus pais? Talvez, consigam achá-la em qualquer lugar.

— Pode ser, mas não vou dar sopa pro azar.

— Você é a cocheira desta diligência. Espero que possa manter os olhos abertos por todo esse tempo.

— Eu dou um jeito.

— A menos que queira que eu dirija.

— Nem pensar! Não o meu carro pelo menos!

— Amanhã bem cedo, teremos que voltar à Lonestar. Necessitamos de ajuda urgente. Se continuarmos assim, uma hora nos pegarão.

— Eu sei.

Amanda ficou novamente em silêncio por alguns instantes. Em seguida, falou:

— Sobre isso, o que será que querem comigo? Deve ser coisa grande para envolverem o FBI nisso.

— Sim, mas não se esqueça de que ainda não sabemos ao certo o que seria esse "nisso".

— Ahh! Tem que estar relacionado com o fato de você estar aqui e com o que aconteceu comigo na casa dos meus pais. É impossível que seu desaparecimento do passado não trouxe consequências ao presente. Tem algo acontecendo, alguém mais está prestando atenção.

— Mas não em mim. O cavalheiro com quem conversei em sua casa seguramente não sabia quem eu era. Bem inculto, por sinal. O que quer que seja, parece centralizar-se em você.

— E o que foi que eu fiz? O FBI não coloca seu emblema em qualquer coisa!

— O que significa NASA? — A rainha de repente se lembrou.

— *NASSA*? — Amanda franziu o cenho.

— Bem, não sei como se pronuncia. Escreve-se N-A-S-A.

— Onde você viu isso?

— Esse homem com quem falei em sua casa. Agia como se fosse o líder daquela bagunça, os outros pareciam concordar. Circunspecto, de fala macia, até extravagante por sinal. Ele tinha uma espécie de símbolo em sua vestimenta, mais como um desenho com esse nome no meio.

— Não pode ser!

— Sim, mas me diga o que significa, menina!

— Se é o que estou pensando, é a *"National Aeronautic and Space Administration"*.

— Parece chique.

— E estranho também.

— Como assim?

— Esse grupo atua... Em outras áreas. Não tem nada a ver com doenças e essas coisas.

— Aquela conversa de doença é mentira e você sabe disso.

— Sim. Além do mais, quem cuida dessa parte é o nosso *"Centers for Disease Control"*, ou CDC. O que a NASA estaria fazendo ali? E por que o negócio da doença?

— E o que exatamente essa NASA faz?

— Para alguém do seu tempo, é difícil explicar.

— Teria a ver com, digamos... O que você chama de tecnologia?

— Sim, esse gênero de coisa.

— Pois, você não vai gostar de saber que encheram sua casa de umas bugigangas esquisitas que eu nem sonharia em tentar descrever.

Amanda teve que voltar a prestar atenção à estrada, ao ver que sua saída se aproximava. Relaxou um pouco ao finalmente tomá-la, porém, seu cenho continuava franzido.

— Alguma coisa, querida? — Elizabeth perguntou, ao ver que a quietude de sua amiga não era confortável.

— Fico pensando... Acho que estamos complicando as coisas desnecessariamente aqui.

— Por quê?

— Normalmente, a NASA trabalha com muita ética, não tem agendas secretas ou coisas assim. E se déssemos meia volta e eu me apresentasse para esse cara com quem você conversou? Pode ser que conseguíssemos todas as respostas que buscamos e acabássemos de uma vez por todas com isso!

— Não recomendo. Cheguei a mencionar você para ele e não gostei de sua reação. Havia algo muito errado em seus olhos, sua atitude. Pode chamar de instinto, mas não confio nele. De alguma forma, estava mal intencionado. Melhor seguir com nossos planos. Achamos meu amigo e deixamos a decisão para ele.

— Você é que é a rainha. De qualquer jeito, todos eles só terão que esperar uma noite.

Já estavam a menos de três quarteirões de seu destino. Amanda tirou o pé do acelerador e prosseguiu com extrema cautela. Tudo estava escuro e quieto no endereço de seus distintos progenitores. O que não significava que o FBI não fosse para lá eventualmente.

♣ ♣ ♣ ♣ ♣

Chegaram. Desceram. Aproximaram-se.

As paredes continuavam exibindo o mesmo silêncio de quando Amanda as tinha abandonado às pressas. Quando tentou virar a chave, verificou que não havia trancado a porta. Mesmo assim, ninguém parecia ter entrado. Somente o vazio e a obscuridade. Seus pais ainda não tinham voltado. Amanda até quis subir as escadas e verificar o quarto deles, no entanto, deteve-se no primeiro degrau. Praticamente congelou.

— Hã, Lisa... — Voltou-se para a amiga com voz aflita. — Será que você poderia...

— Sim, não se preocupe, querida. — Elizabeth a interrompeu, entendendo seu medo. — Deixa que eu subo lá e procuro por seus pais.

— Obrigada. — A moça respondeu em voz baixa, como que envergonhada de seu próprio receio.

Ela assim o fez e retornou em pouco tempo.

— Nada. — Notificou a monarca um tanto desalentada.

Amanda torceu os lábios e fez uma expressão de choro.

— Ei! — Elizabeth veio para junto dela e acariciou-lhe os ombros. — Como você mesma disse, aguente só mais uma noite!

— Venha comigo. — A moça convidou, enxugando os olhos com as mãos.

Amanda conduziu a rainha para um dos lados da escada. Pendurado nesta mesma parede jazia um quadro, um tanto pitoresco e sórdido, que Elizabeth obviamente achou de extremo mau gosto. De qualquer maneira, não teve que olhar para ele muito tempo, pois Amanda o removeu em seguida. E, como mágica, um cofre se produziu, escondido num buraco em forma de retângulo, seguramente escavado para aquele fim.

— Hum! — Disse a rainha. — Achei que as pessoas sempre mantinham seus valores perto de suas camas!

— Meu pai também pensou assim e achou que esse seria o primeiro lugar onde eventuais invasores procurariam. Então, mandou construiu este pequeno bangalô, para acomodar nosso cofre.

— E jamais pensou que sua própria filha se tornaria uma invasora!

— O que faz dele um paranóico ingênuo.

A rainha sorriu. O cofre era relativamente moderno, não possuía disco para girar a combinação, mas sim um teclado em forma de quadrado, com números de zero a nove.

— Isso pode demorar um pouco. — Informou Amanda. — Acabo de perceber que só me lembro do primeiro e do terceiro números da combinação. Os outros dois, terei que descobrir na tentativa e erro.

— Já vi que vocês aqui têm uma bizarra fascinação por números.

— Não eu! Bem, fique à vontade. Se estiver com fome, tem pão, queijo e geleia na geladeira.

Elizabeth se deteve um pouco para contemplar e conhecer um pouco mais o lugar. Apesar das objeções de sua companheira, aquela bem poderia se tornar sua estalagem no futuro.

No primeiro andar, a rainha realizava um tour não guiado pela casa. Encontrou a cozinha e a copa. Naturalmente, já havia passado pela sala de estar com sua enorme televisão, só que essa era extremamente fina, como poderia haver algum controle dentro daquela coisa? Achou um lavabo próximo à entrada principal, o qual, por questões de necessidade, não hesitou em testar. Depois, visitou o porão, onde encontrou uma adega com vinhos, de má qualidade ela pensou, além de duas outras portas, ambas trancadas. Uma devia ser a porta dos fundos e a outra provavelmente resguardava a garagem. Chegou a visitar ainda outros dois cômodos, um deles possuía um beliche e poucos móveis, possivelmente um quarto de hóspedes e o outro era bem parecido com a sala de estar da casa de Amanda. Só que, em vez das três poltronas circundando uma mesa de centro, havia um sofá de tamanho médio com duas almofadas, e a proverbial mesa de centro em frente, com contornos um pouco mais barrocos do que a da casa de Amanda, mais trabalhados. Havia outra TV ali, só que bem mais grossa do que a da sala principal. "Vai entender!", ela pensou.

Embora todo aquele ambiente não fosse nada comparado à imponência da majestade palaciana, a que ela estava acostumada, até que era aconchegante. Aliás, bastante acolhedor. Exceto pelo quarto com beliche, que tinha um ar de acampamento militar, o resto do lugar chegava a produzir-lhe certa nostalgia romântica. Ela chegou a sorrir, ciente da ironia que representava uma pessoa de tão longínquo passado sentir nostalgia no futuro. De certa forma, aquele espaço lembrava um pouco a primeira casa onde havia morado, antes de se tornar rainha, quando ainda era uma filha ilegítima, pobre e marginalizada. Era uma casinha bem cuidada e bem mantida. Elizabeth sempre procurara conservá-la da melhor maneira possível.

Havia, entretanto, uma diferença básica e notável: mesmo com todos os cuidados que tomara, sua casinha, na velha Inglaterra, jamais fora tão pormenorizadamente arrumada e organizada como aquela em que se encontrava. Seu aconchego escondia bem a frieza, que tanta organização poderia conter. Tudo estava na mais perfeita ordem possível: abajures, enfeites, vasos, móveis, cada coisa em seu devido lugar. Um verdadeiro exemplo de limpeza e asseio. Era prático e bonito. De certa forma, até agradável aos olhos... Contudo, ela não podia deixar de pensar que aquele tipo de ordem extremada era típico de pessoas mais velhas.

Como se os anciãos não tivessem mais escolha, a não ser cuidar de seus próprios lares. Já que não possuíam mais vida do lado de fora, eles tinham que compensar esta falta do lado de dentro; suas fortalezas bem defendidas, em busca da perdida razão de ser. Sentiam necessidade de manter tudo sempre limpo e arrumado, para que pudessem deixar para trás um legado vistoso para quando... Partissem para sempre. A situação de suas casas tornava-se um representante de tudo que foram em vida. Como se tudo que tivessem feito, aquilo que realmente foram durante toda a sua existência, tivesse significado nada ou quase nada.

No pouco que tinha visto da casa de Amanda, lembrou-se de que era totalmente diferente neste aspecto. Dentro de certo equilíbrio, era muito mais bagunçada, caótica, estava viva! Era a moradia de alguém vivo. O lugar onde se encontrava naquele momento... Estava morto. Transformara-se num museu, onde as principais peças eram seus moradores.

Porém, será que tinha que ser sempre assim? Leo, Amanda... Será que caminhavam para este mesmo fim? Estariam eles também sentenciados a chegar à velhice com a mórbida noção de nunca terem feito nada de realmente útil, conquistado algo de legítimo valor, de nunca terem feito a diferença? Seria ela capaz de mudar esse destino? Mas, e quanto a ela própria? Estaria totalmente protegida daquele desfecho? Com certeza, não pretendia morrer jovem, não era o caminho para solucionar o problema. Tinha que conservar seu juízo e sanidade durante todo o passar dos anos, a fim de morrer ainda no trono, no governo, como alguém útil! Aposentaria não fora feita para ela! Nunca admitiria, nem aceitaria ver seu futuro transformado em seu próprio retrato do passado.

Entretanto, sua contemplação meditativa foi furiosamente interrompida por duas mãos que lhe agarraram as costas, em ambos os lados.

— Bu! — Gritou Amanda ao fazê-lo.
— Se você fizer isso de novo... — Ameaçou Elizabeth, sôfrega, trincando os dentes e com uma mão no peito. — Arranco-lhe o escalpo, usarei seu cabelo para limpar um canhão e depois o dispararei contra o resto de seu corpo!
— Uau! Parece difícil! — Amanda devolveu matreira. — A boa notícia é que já podemos comer! — Finalizou, balançando infantilmente um maço de notas.
— De novo! — Desesperou-se a monarca, ainda se recuperando do susto. — Devo avisar-lhe que magreza é como esse dinheiro, que você trata de maneira tão descuidada: se você não usa sabiamente, termina!

A moça então colocou o maço dentro de um dos bolsos de seu jeans.

— Eu penso melhor quando como! — A menina argumentou.
— Especialmente se for aquela porcaria de que você tanto gosta, certo?
— Não precisa comer se não quiser!
— Oh, bondade sua!
— E desta vez, vou pedir também um sorvete!

— Se você não se importa de envenenar o próprio corpo, então vamos.

Mesmo depois de pedir somente salada, Elizabeth continuava desconfortável. Primeiro porque achava as verduras muito temperadas e, segundo porque também não tinha escolha a não ser assistir Amanda devorar mais um cheeseburger com um ímpeto selvagem, como se aquela fosse sua primeira refeição depois de meses, e talvez sua última. Não eram, entretanto, os modo da moça que a chateavam, pelo menos, não mais do que aquilo que ela mesma era forçada a comer. Tinha a nítida impressão de que Amanda mordia uma tartaruga e esta sangrava por causa disso. Tudo por conta dos vários saquinhos de ketchup que a jovem esparramara sobre seu próprio alimento. E aquela substância amarela, que Elizabeth sabia se chamar mostarda, mais parecia o líquido viscoso que saía das baratas, depois de esmagadas.

— Cuidado para não sugar sua língua junto com o resto. — Observou a rainha inconformada.

Amanda não respondeu por estar de boca cheia e isso provavelmente não mudaria até que finalizasse seu sanduíche. Até já se acostumara àquele tipo de crítica e concordava com tudo. Porém, a vida era para ser vivida.

Elizabeth bebia um suco de laranja, o mais natural que conseguiu impor ao atendente. Ela também pensava que as pessoas daquela época deviam ter um estômago de amianto, para resistir ao ácido que aqueles tais de refrigerantes outorgavam.

— Se você consegue sobreviver a esta comida, — comentou novamente a rainha — não há porque temer as emoções que a visitaram.

Amanda também não respondeu. Continuava de boca cheia.

— Bem, se me dá licença, — Desculpou-se a inglesa, não podendo mais assistir a tal autoflagelação — vou ao banheiro. Com certeza, o item mais necessário de um lugar como esse. Tenho até medo de entrar.
— Boa sorte! — Sorriu a amiga.

Como já era relativamente tarde, o recinto se esvaziava. Famílias inteiras se levantavam de suas mesas, após contaminar suas crianças com calorias e óleo de má qualidade. Algumas levavam as bandejas para as grandes latas de lixo, outras não tinham o mesmo critério. De qualquer forma, Amanda achou que não precisava mais segurar sua própria mesa, visto que já havia muitas outras disponíveis. Foi até o balcão pegar seu sorvete. Incrível como ainda tinha espaço em sua barriga.

Ironicamente, era onde a fila estava maior. "Hora da sobremesa para todo mundo!", lamentou-se a garota. Como é de praxe, começou a olhar de um lado para outro automaticamente, para ter o que fazer. Foi quando um detalhe da ruiva que esperava atrás dela chamou sua atenção. Ela notou uma faixa que lhe rodeava a manga direita na altura do ombro. Um tipo de braçadeira que trazia o logo da NASA.

— Dia quente, não? — Amanda puxou papo, não conseguindo pensar em nada melhor do que o velho clichê de falar sobre o clima.
— Bastante. — A ruiva concordou docemente. — Pega a gente de surpresa de vez em quando.
— Sim!

Amanda voltou a olhar para frente, mas somente em dissimulação. Tinha todas as intenções de prosseguir com aquela conversa.

— Eu ia perguntar de onde você é... — Ela se virou novamente. — Mas vejo que deve ser de Houston! — Disse, inclinando suavemente a cabeça para o símbolo da NASA no braço da outra.
— Bem, na verdade, somente trabalho ali. — A mulher respondeu com sorriso tímido. Sua face já naturalmente rósea se avermelhou ainda mais. — Sou de Tuscaloosa, Alabama.
— Waco, Texas! — A jovem devolveu a cortesia com entusiasmo. — A propósito, sou Amanda Tobias. — Falou, e estendeu uma mão para sua companheira de fila.
— Allison Mulligan. — Sorriu a outra, enquanto apertava a mão de Amanda.

E tinha um aperto de mão firme, considerou a moça. Mais do que se poderia imaginar para uma ruiva tão pequena e meiga.

— Você é astronauta? — Perguntou Amanda.
— Já fui. Agora, faço mais coisas de escritório.

— Mas, já esteve no espaço, certo?

— Algumas vezes. — Allie corou ainda mais.

Nesse momento, Amanda passou a olhá-la com estranha significância, como se alguma coisa tivesse cutucado sua memória.

— Desculpe-me, não quero me intrometer... — Disse ela. — Acho que já vi você em algum lugar!

— Tenho um rosto comum. — Allie desmentiu.

— Olha... — A garota hesitou. — Sei que isso vai parecer esquisito, mas podemos ir a uma mesa e conversar? Tem uma coisa que...

Nesse momento, ela foi interrompida por um violento puxão que quase lhe deslocou o osso do braço. Com isso, foi arrastada da fila, possivelmente perdendo seu lugar.

— Ficou maluca? — Perguntou Elizabeth, em tom alto e escandalizado. — O que deu em você, falando com essa moça? — Ela também reconhecera o emblema no braço da mesma.

— Não deveria estar no banheiro? — Amanda retorquiu aturdida.

— Ora, não seja insolente!

Como que por instinto, a rainha seguia puxando Amanda na direção da saída, porém, esta resistia com grande dificuldade.

— Ei, me larga! — A moça berrou inconformada e finalmente se desvencilhou das mãos de Elizabeth. — Você é a doida aqui!

— Oh sim! Diga isso de novo quando, daqui a cinco minutos, o homem de preto com quem eu conversei baixar aqui com todo o FBI atrás dele!

— Não vai acontecer! Essa guria não sabe quem eu sou!

— Como pode saber disso?

— Porque eu tive que me apresentar para ela!

Elizabeth olhou para Amanda de tal maneira, que dava a impressão de que seus olhos cuspiriam fogo. Mal podia acreditar no que acabara de ouvir.

— Nunca subestime a tenacidade da estupidez! — A inglesa torceu os lábios num sombrio sorriso forçado de ironia. — Que bom que, depois de tudo pelo que passamos, você simplesmente nos entrega dessa forma!

— Não sou estúpida, tá legal! — Amanda berrou de volta, ofendida. — Você é que é! Não percebe que fiz um teste para ver a reação dela ao meu nome? Acredite, foi bem espontânea!

— Ela pode estar fingindo, sua tola!

A discussão ficava cada vez mais alta. As poucas pessoas que restavam no lugar se voltaram para elas, inclusive os atendente detrás do balcão.

— Com licença... — Allie de repente surgiu no meio delas. — Será que posso ajudar em algo?

— Sim pode! — Elizabeth respondeu rudemente, com um dedo em riste. — Diga para aquele invasor de domicílio, amigo seu, que se não nos deixar em paz, vamos achar alguma autoridade que nos apoie!

— Não sei do que você está falando. — Allie retornou com rosto sereno, porém, de olhos intensos.

— Mas é claro que não! — Rosnou a rainha de volta. — Somente fique longe de mim!

— Ei majestade! Vê se relaxa, okay? — Disse o homem que repentinamente apareceu do banheiro, ainda enxugando as mãos. — Nossa, vocês mulheres não ligam mesmo de dar vexame! Não estamos num salão de beleza! Pode deixar, ela está comigo, é minha amiga e eu confio nela totalmente!

Amanda voltou-se para ele com olhos bem abertos, pois já fazia uma boa ideia de quem era.

— ONDE DIABOS VOCÊ ESTAVA? — Bradou Elizabeth ao reconhecer o homem.

— Fico feliz em revê-la também! — Ele reclamou. — E, a propósito, estava a ponto de lhe fazer a mesma pergunta!

— Não ligue para ela. — Amanda piscou para Leo. — Ela é sempre assim.

— Isso eu já sei bem! — Ele respondeu esportivamente e Amanda começou a rir.

— Podemos conversar em algum lugar mais reservado? — Allie, que mantinha baixa a sua voz, sugeriu. — Creio que já demos espetáculo o suficiente por aqui.

— Posso pegar meu sorvete primeiro? — Amanda solicitou.

Após as devidas introduções costumeiras, o grupo achou melhor deixar ambos os carros num estacionamento próximo, a fim de chamar a menor atenção possível, e depois se dirigiram a pé para uma casa de Jazz, não muito distante, com música ao vivo. Para chegar ao boteco propriamente dito, tiveram que descer um lance de escadas circulares. O ambiente era propício ao fim a que se destinava. A iluminação era baixa, possuía poucas mesas razoavelmente distantes umas das outras, além de um pequeno palco junto à parede mais externa, com uma banda que tocava seu delicioso e melancólico blues. O bar situava-se praticamente no meio daquele porão, esparsamente rodeado por dois ou três fregueses, já debruçados em coma alcoólico, e algumas donzelas solitárias, fumando seus cigarros na expectativa de serem encontradas pelo homem ideal.

O grupo sentou-se à mesa mais afastada que encontraram. Os poucos que talvez pudessem prestar atenção no que diziam estavam muito bêbados, ou muito na miséria para se importar. Aos poucos, Elizabeth derramava toda a sua história, desde seu novo despertar naquele indesejado futuro.

— E minha querida companheira aqui, como podem ver, tem sido a minha tutora deste tempo. — Ela inclinou a cabeça na direção de Amanda a seu lado, que abriu um sorriso encabulado. — E tem feito um trabalho excelente.

Tanto Leo como Allie não podiam deixar de olhar para a mocinha com grande interesse e curiosidade, o que a deixava ainda mais envergonhada, se bem que apreciava a atenção. A rainha prosseguiu com seu relato. Porém, quando chegou à parte do cerco dos federais à casa de Amanda, Allie a interrompeu.

— E quem era esse homem com quem conversou? — Perguntou a cientista com certa urgência.

— Parecia algum tipo de chefe. — Replicou Elizabeth. — Ou, pelo menos, todos pensavam assim, pois obedeciam cada uma de suas ordens. Não lembro direito o nome... Mossoroca ou algo parecido.

— Clayton Massorski — Allie endureceu a feição. — Eu devia saber. Ele tem sido minha dor de cabeça particular desde que coloquei os pés na NASA.

— Você nunca me falou desse cara. — Leo apontou.

— Ele foi um dos meus professores da Academia, antes de se tornar Diretor de Operações de Campo. Na verdade, não passa de um cretino que se considera o maior presente de Deus para as mulheres. Quando iniciei minha ascensão na NASA, ele entendeu que eu estava invadindo seu precioso território. Tudo o que eu queria era fazer meu melhor para ajudar nosso centro de pesquisas. Claro que ele não perdeu a oportunidade de me destruir no escândalo de dois anos atrás. No meu julgamento, só faltou ele pular no meu pescoço.

— Eu sabia que já a tinha visto antes! — Amanda pulou empolgada. — Você é aquela astronauta dos alienígenas! Aquela que desapareceu, depois voltou!

— Eu mesma. — Allie confirmou em voz baixa, não sabia se ficava lisonjeada ou constrangida.

— E o que esse... Massorski está fazendo aqui? — Perguntou Leo.

— O que sempre faz: levar crédito pelo trabalho dos outros. — Allie explicou. — Tentei manter essa missão em completo sigilo. No entanto, ele deve ter começado a fazer perguntas quando notou que eu havia saído de Houston. Na minha atual ocupação, é muito raro eu viajar, já não deveria mais executar missões de campo.

— Mas, se você solicitou sigilo, como ele soube de tudo?

— Ele tem contatos, influência, costa quente... Deve ter conseguido acesso a meu laboratório e a meus equipamentos. Quando percebeu a importância de minhas descobertas, veio correndo para cá.

— Só que ele deve ser um adivinho ou algo assim. — Observou Elizabeth perplexa. — A casa de Amanda parecia um circo! Como ele soube exatamente para onde ir, antes de vocês?

— Você poderia me descrever exatamente o que viu lá dentro? — Allison respondeu com outra pergunta. — Se for possível.

— Bah! É difícil para mim.

— Só lhe peço uma breve descrição. Diga o que você viu, não importa as palavras que use.

— Bem, havia muitas destas... Caixas, que pareciam ter a mesma função dessa televisão de vocês. Mostravam imagens que se moviam.

— Interessante. — Disse Allie. — E o que eram essas imagens, mais ou menos?

— A maioria delas eram pontos cintilantes, exceto uma, que mostrava o que parecia ser um mapa, com um risco vermelho que a cortava em toda a extensão.

— Bingo! — Allie saltou. — Ele trouxe seu próprio espectômetro!

— E o que vem a ser isso?

— Um aparelho capaz de captar emissões de ondas eletromagnéticas, que possuem um comprimento extremamente diminuto. Se acoplado a um GPS, pode proporcionar a localização precisa de certas emissões iônicas, desde que possuam uma frequência bem específica.

— Muito bom. Agora, repita tudo isso em inglês! — Leo exigiu, como que lendo também o pensamento das outras duas expectadoras da mesa.

— Fenômenos temporais deixam uma trilha, que pode ser seguida por meio do espectômetro, conectado a um GPS. — Allie trocou em miúdos. — Na verdade, tenho um software em meu laptop que pode simular esse processo, só que leva mais tempo. Eventualmente, teríamos localizado sua casa também. Mas, como Massorski tem mais recursos, ele chegou primeiro.

— Lisa, — Leo a chamou — o que você quis dizer quando disse que a casa de Amanda parecia um "circo"?

— Era como naquele filme *Epidemia*. — Amanda interveio, numa analogia que ela sabia, o faria entender mais depressa. — Você sabe, aquele com Dustin Hoffman. Tinha esses tubos saindo das portas e janelas e um bando de gente de escafandro.

— Agora que mencionou, — Elizabeth entrou — O tal de Massorski tentou nos convencer de que toda aquela área estava sob quarentena, por algum tipo de doença letal.

— E o FBI também estava todinho lá. — Amanda completou.

— Sim, ele não deixaria ninguém se aproximar de "suas" descobertas. — Allie concluiu. — Provavelmente, armou todo um escarcéu para deixar os moradores com medo, sem que pudessem fazer muitas perguntas.

— Três idiotas que, com certeza, não moram naquele bloco atacaram Lisa e tentaram estuprá-la! — Amanda contou.

— É mesmo? — Leo perguntou boquiaberto.

— Foi Massorski. — Allie murmurou, enrugando muito a testa. — Aquele miserável!

— Acha mesmo que ele faria isso? — Leo retrucou ainda nervoso.

— Ele faria de tudo! — Allie confirmou com ênfase. — Não creio que tenha dado ordens de estuprá-la, mas sim de matá-la por ter visto demais. Só que seus homens às vezes ficam criativos.

— Eles definitivamente não estavam com roupas de agentes. — Amanda discordou.

— E você sabe o que as pessoas de escafandro usavam por baixo? — Perguntou Allie? — Eu não me surpreenderia se Massorski tivesse mandado alguns de seus homens ficarem mais "à paisana" para que, desta forma, ninguém pudesse ligá-los a ele. Provavelmente, seus três agressores já devem estar a caminho da América do Sul agora.

— De qualquer forma, se você estiver certa, Allie... — Leo disse muito sério. — Esse seu chefe tem que ser levado à justiça, como mandante de um assassinato que deu errado, e quase resultou num estupro!

— Bem, como já disse, não temos provas. Algo me diz que ele vai deslizar por entre nossos dedos.

— E como você saiu dessa? — Leo voltou-se para Elizabeth.

— Eles não contavam com a sagacidade de uma jovem e seu pé de cabra. — Respondeu ela, inclinando-se para Amanda. — Ela salvou minha vida!

— Obrigada. — Respondeu a moça, encolhendo-se na cadeira.

— Muita gente assiste a crimes sem fazer nada. — Leo reconheceu. — O que você fez exigiu coragem.

— Agi mais impulsivamente. — A garota admitiu.

— O que fazemos por impulso reflete muito mais o que somos, do que quando fazemos de caso pensado. — Allie ponderou.

— Pelo menos, temos certeza absoluta de que esse Massorski não sabe quem Elizabeth realmente é, ou jamais teria mandado matá-la. — Amanda assentiu, ansiosa para mudar de assunto.

— Falando nisso, — A rainha lembrou — vocês ainda não nos contaram o que significa isso tudo. Você mencionou algo sobre a "importância de suas descobertas" e de sua "missão" aqui... Que descobertas são essas? Importa-se de compartilhar conosco? E qual é exatamente essa sua missão? Se o Senhor Massorski não está procurando por mim, o que está fazendo aqui, então?

— Eu estava chegando lá. — Allie retornou. — É bem mais complicado, e temo que não sejam boas notícias.

— Temos tempo de sobra! — Observou Amanda.

— Receio que não. — Prosseguiu a cientista da NASA. — Conforme já lhes disse, o aparecimento de Elizabeth no presente originou uma trilha iônica que vai desde a Inglaterra até a casa de Amanda. Há uma semana, descobrimos uma nova galáxia, vizinha a Andrômeda, chamada...

E assim, Allison Mulligan discorreu sobre todo o fenômeno do deslocamento dos planetas, sua relação direta com o aparecimento da rainha no presente, passando pela triste sina do Dr. Karl Wüller e seu prisma. Tudo narrado com todos os detalhes metódicos de que Allie tanto gostava, para sua embasbacada audiência feminina do outro lado da mesa.

— As vantagens de ser uma pessoa reservada. — Allie finalizou para a rainha. — Normalmente, não faço anotações, nem mesmo em meu PC. Ainda que as fizesse, quando descobri o deslocamento dos planetas, não sabia que estava relacionado com seu desaparecimento do passado. Portanto, Massorski somente sabe do fenômeno espacial e sua importância, mas não o que o causou.

— Quer dizer então que aqueles três patetas estragaram tudo de novo! — Elizabeth suspirou indignada.

— Não foram os jamaicanos que a trouxeram desta vez. — Allie corrigiu. — Conforme lhes expliquei, a partir da primeira vez, as ocorrências se tornaram cíclicas.

— Deste modo, essa é a sua situação, majestade. — Leo prosseguiu. — Temos que devolvê-la ao passado para evitar um cataclisma de proporções bíblicas. Porém, mesmo que o façamos, depois de algum tempo, você voltará para cá de novo.

— Vocês do futuro sabem mesmo como arruinar a vida de suas figuras históricas! — A rainha reclamou amarga. — Quando eu finalmente voltar à minha época, por favor, me acompanhem, para que eu possa mandar decapitá-los!

— Mas... — Amanda murmurou com o rosto aflito. — O que fazemos, então?

— Teremos que quebrar a intermitência das viagens no tempo de Elizabeth, ou seja, mandá-la de volta e fazer com que fique lá. Para isso, eu teria que estudar os cacarecos dos jamaicanos.

— E como você propõe que achemos três jamaicanos no Texas? — Amanda perguntou bastante ansiosa. — Ou no país? Ou no mundo?

— Determinamos que o deslocamento temporal da rainha segue esse prisma de que lhe falei. — Allie informou. — Se os jamaicanos ainda estão com ele, têm que estar por perto. E temos que correr.

— Especialmente, porque precisamos encontrá-los antes do seu chefe! — Lembrou oportunamente Leo. — Nem quero pensar no que pode acontecer, se objetos dessa importância caírem nas mãos de um tipo como ele!

— Tem toda razão. — Concordou Allie. — Vou um minuto ao toalete e já volto.

— Eu vou também. — Disse Amanda.

— E você, como está? — Elizabeth entabulou uma conversa com seu amigo, enquanto aguardavam a volta das outras duas. — Já usou seu potencial para algo de útil, ou continua o perdedor de sempre?

— Também senti sua falta, princesa.

— É rainha!!!

Uma vez em frente ao espelho e de mãos ensaboadas, Amanda se virou para a astronauta, que usava a torneira ao lado, e falou:

— Eu só queria dizer que apreciei muito aquilo que você fez. Eu não ligo para o que esses burocratas dizem! Achei super injusto o que fizeram com você! Tinha que buscar respostas e fez a coisa certa.

— Obrigada! — Allie agradeceu emocionada. — Significa muito para mim!

— Desde que eu li sobre o negócio dos alienígenas nos jornais, eu queria lhe perguntar uma coisa, e não vou ver perder essa oportunidade única! O que aconteceu com você enquanto esteve desaparecida no espaço?

— Eu também gostaria de saber. Infelizmente, não me lembro de nada. Em um minuto, estava no espaço, no lugar onde os alienígenas deveriam estar, e no outro fui acordada pelo impacto de minha cápsula de fuga com o Mar Adriático.

Amanda já podia ver que Allie era uma dessas pessoas das quais a gente gostava imediatamente. E ficaria ainda mais encabulada se soubesse que Allison pensava o mesmo a respeito dela.

— Mais uma coisa... — A moça começou, porém, se interrompeu subitamente e engoliu em seco.

Allie jogou um olhar intenso em cima da jovem.

— Eu sempre quis ser astronauta... — Amanda prosseguiu em voz mais baixa. — Acha que pode arrumar alguma coisa para mim?

Allie sorriu.

— Ainda não conheci ninguém que não quisesse ser astronauta! — Disse. — Se você se dedicar, vou ver o que posso fazer. Na verdade, estava mesmo pensando em levá-la para Houston.

— É mesmo?

— Tenho que proteger você e a rainha de todo jeito.

— Puxa! Legal.

— Você acredita em ÓVNIS, Amanda? Homenzinhos verdes?

— Bem, acho que todo mundo que quer ser astronauta, no fundo, é porque acredita nisso, mesmo que não admita.

— É verdade. Eu, com certeza, acredito!

— Pode me chamar de Amy.

— E você, me chame de Allie.

— Hã... Já que estamos intercambiando experiências extraordinárias... Tem uma coisa que preciso te dizer... Vamos voltar para a mesa.

— Curioso. — Comentou Allie, após ouvir atentamente o relato de Amanda sobre sua experiência extraordinária com as assim chamadas emoções, junto com as teorias da rainha. — E nada disso aconteceu em sua casa, certo?

— Sim. — Esta confirmou. — Foi na casa dos meus pais.

— Que, por sinal, estão desaparecidos desde esta manhã. — Elizabeth completou.

Os olhos de Allie se arregalaram, bem como os de Leo e estes se entreolharam com feições pesadas.

— Qual a idade deles? — Perguntou Allie com urgência.

— Meu pai tem setenta e cinco e minha mãe sessenta e sete, por quê?

— Vocês não têm lido as notícias ultimamente. Correto? — Leo perguntou.

— Não temos feito nada a não ser dirigir, comer e procurar por você ultimamente. — Amanda retorquiu. — O que está acontecendo?

— Com o desaparecimento da rainha do passado, os Estados Unidos da América pode não ter sido "inventado". — Allie explicou.

— Com isso, mais cedo ou mais tarde, cada americano vai desaparecer. — Leo complementou. — Por enquanto, só aconteceu com os mais velhos, acima dos sessenta e cinco.

— Recebi um email em meu celular, com mais informações sobre o caso. — Allie falou. — Houve mais desaparecimentos misteriosos, de costa a costa. Só que, desta vez, de pessoas entre cinquenta e oito e sessenta anos de idade.

— Estão ficando mais jovens! — Leo concluiu.

— E o pior é que a população começou a entrar em pânico, a imprensa já ronda a NASA e o governo está em cima de nós, cobrando atualizações. — Allie revelou.

— Agora, espere um minuto! — Elizabeth se interpôs. — Então, se entendi direito, os países que ainda vou colonizar em meu reinado deixarão de existir se eu não estiver por ali?

— E tendem a desaparecer no futuro, para se ajustar às alterações no passado. — Leo confirmou. — Bem como seus habitantes, em ordem decrescente de idade.

— Interessante. — Disse Elizabeth, não resistindo a um meio sorriso. — Quer dizer que, de certa forma, serei única em meu tempo!

— Mas... — Amanda falou, e novamente tentava suprimir um choro. — Se a rainha voltar ao passado, isso trará meus pais de volta?

— Possivelmente. — Respondeu Allie. — Se as coisas voltarem a ser como deveriam no século XVI, a natureza vai se readaptar para cancelar mais esse paradoxo.

— Mas então, nós três também vamos desaparecer em certo momento! — Amanda concluiu.

— Porém, tente ver o lado bom. — Leo retrucou. — Se ainda estivermos aqui nos próximos cinco dias, não fará diferença, pois a Terra será destruída de todo jeito pelo cataclisma ocasionado pela mudança orbital.

— Poxa, agora me sinto bem melhor! — Amanda devolveu.

— Nada disso vai acontecer! — Allie intercedeu. — Só temos que achar os jamaicanos! Eles têm que estar por perto!

— E quanto ao que aconteceu comigo na casa dos meus pais? — A jovem voltou.

— Lembra-se de nossa conversa sobre o "Universo das Emoções", Allie? — Leo olhou para ela bastante vivaz.

— Isso não prova nada. — A cientista resolveu. — Acho mais plausível a explicação de Elizabeth.

— Que as pessoas que Amanda viu também seriam viajantes no tempo, como Lisa? — Argumentou o homem.

— E que, de alguma forma, ficaram presas no meio do caminho. — A astronauta completou o pensamento.

— Tanta gente assim?

— Quem garante que o fenômeno ocorreu unicamente com a rainha? — Allie defendeu seu ponto de vista.

— E por que algum viajante do tempo de menor importância me consideraria guardiã de algo? — Amanda também lembrou.

— Exatamente por serem mais simplórios. — Allie tentava sempre arrumar uma explicação. — Talvez, pensassem que você fosse algum tipo de divindade.

— Estamos perdendo *tempo*. — Elizabeth ponderou. — Perdoe-me o trocadilho. Voltemos ao que interessa. Alguém de vocês tem um plano?

— Primeiro, colocarei vocês duas num hotel e providenciarei segurança. — Allie respondeu.

— Com tudo isso de federal na cidade, acha que podemos confiar na polícia? — Amanda apontou.

— Normalmente, o FBI passa por cima da polícia local na batalha das jurisdições. — Allie disse. — É possível que os distritos policiais nem saibam ainda da presença dos federais.

— E quando souberem?

— Não vão gostar nada!

— Só tem um problema... — Amanda hesitou. — Não temos muito dinheiro.

— Não se preocupe, deixe tudo comigo! — Allison afirmou com convicção. — Você paga seus impostos, está na hora de desfrutar de algum benefício. Só preciso ter uma palavrinha com meu Diretor Geral, em Houston.

— E podemos confiar nele? — Leo interveio preocupado.

— Não julgue toda a NASA por um imbecil! — Allie respondeu. — Meu Diretor Geral é um homem muito decente. Não se deixa influenciar pela bajulação de Massorski, mas às vezes fica de mãos atadas.

— E quanto a nós? — Leo perguntou.

— Você sabe operar o software do espectômetro? — Allie devolveu com outra pergunta.

— Não muito, mas me viro.

— Ótimo! Pegue meu laptop, siga para a casa dos pais de Amanda, e veja se encontra algum traço de emissões iônicas.

— Sugiro começar pela escada. — Amanda falou.

— E quanto a você? — Elizabeth perguntou a Allie.

— Vou solicitar mais equipamentos a Houston e pedir urgência em sua entrega. — Allison respondeu. — Eles já estão cientes de nossa pressa. E depois... Vou dar um pulo na casa de nossa amiguinha aqui e ter uma conversa com meu distinto superior direto.

— Ficou maluca? — A rainha retorquiu. — Ele mandou me matar! Não acha que vai tentar o mesmo com você?

— Isso eu gostaria de ver! — Allie disse em tom de desafio. — Além do mais, preciso confrontá-lo, saber até onde ele chegou, até que ponto ele sabe.

— Cuidado para não ser esmagada pelo ego dele! — A rainha avisou.

— Não se preocupe. — Allie garantiu.

— Você vai levar uns médiuns para a casa dos meus velhos também? — Amanda brincou.

— Vamos deixar que a ciência resolva tudo no momento, okay?

— Allie, por que usou minha linha particular para entrar em contato comigo? — Perguntou Rupert Aldrich, Diretor Geral da NASA, em seu grave e agradável vozeirão, com uma pronúncia musical e correta do inglês. Ela era filho de ingleses. — Não me diga que está se metendo no chuveiro dos outros novamente!

— E estou com a orelha cheia de sabonete! — Ela respondeu em seu celular. — Em primeiro lugar, desculpe por ligar tão tarde.

— Não tem problema, ainda estou no escritório. Mas, por que usou esta linha?

— Achei mais seguro fazer as coisas da maneira mais banal possível. Já vi que todas as linhas são comunitárias, embora eu tivesse requisitado sigilo absoluto.

— O sigilo, a que você se refere, só se aplica ao pessoal externo. Além do mais, Massorski é seu superior direto. Queria que tivéssemos passado por cima dele?

— Seria bom para variar, visto que somente ele passa por cima de mim.

— Mas, ele pode. Privilégios de superior.

— Ah sim. Eu deveria começar a dizer só o que todos querem ouvir, ao invés da verdade. Vejo que isso faz parte de nossa nova política! Teria funcionado melhor no meu julgamento!

— Allie, já basta! Não vou iniciar mais uma discussão sobre esse assunto! Já foi bem desgastante na época! Sua memória fica bem seletiva às vezes. Eu defendi você dois anos atrás, lembra? E fui o único! Cheguei a colocar minha posição em risco!

— Eu sei, senhor. — Allie teve que admitir.

— Acredite, eu queria que fosse somente você cuidando deste caso. É minha pessoa de confiança. Porém, quando seu nome baixou no email do Vice-Presidente dos Estados Unidos, ele começou a dar piruetas. Foi difícil convencê-lo.

— Eu entendo, senhor.

— Mas, pelo amor de... Pare de me chamar de senhor! Quando foi que você deixou de me chamar de Aldie? O que há com você, Allie?

— Massorski é o que há comigo!

— Fiz o possível para tirá-lo de seu calcanhar, mas você o conhece. Quando soube desse seu novo projeto, era só uma questão de tempo até aparecer na minha sala, dançando com o celular numa das mãos (com o Vice-Presidente na linha) e uma requisição de equipamento na outra. Não tive escolha!

— Eu entendo. Porém, não vamos perder de vista que este é meu projeto.

— E isso não vai mudar. Além do mais, até acho que a respiração de Massorski no seu pescoço a manterá motivada. Nada melhor do que uma pequena competição saudável.

— Se você chama de competição saudável mandar matar inocentes para proteger informações...

O homem silenciou por alguns segundos. Mesmo à distância, Allie podia sentir a testa dele enrugando.

— O que foi que disse? — Ele retornou finalmente.
— Isso mesmo!
— Tem provas?
— Hã... Bem, não ainda, mas...
— Então, espero que esteja sozinha! Porque, se Massorski vier a saber que você me traz tal acusação sem provas, vai lhe processar de volta à Idade Média e não poderei te proteger! — Ele fez uma pausa para recuperar o fôlego. — Allie, de vez em quando, tente usar seus vários pontos de QI! Você tem que agir inteligentemente, não emocionalmente. Não dê a Massorski exatamente o ele quer! Isto é, uma desculpa para acabar de vez com você!
— E se eu achar provas?
— Aí, serei eu a cair em cima dele com tudo que tenho!
— Promete?
— Claro que sim! Você me conhece melhor do que isso, Allie! Massorski pode ser cheio das influências, mas não está acima da lei.

Aldrich deu um profundo suspiro.

— Agora, vamos aos detalhes, Allie. — Ele disse. — O que aconteceu exatamente?
— Uma pessoa-chave para minhas investigações foi atacada em frente ao domicílio que Massorski transformou numa grande bolha! Aliás, não sabia que ele tinha permissão de fazer isso numa propriedade privada!
— Ele tem carta branca do Vice-Presidente. Usou a extrema delicadeza desta missão como desculpa para conseguir uma. Se ele quiser arrastar gente para fora de suas casas, não há nada que eu possa fazer. Agora, por favor, continue.
— Trata-se de uma mulher que foi abordada por três homens. Eles a agrediram e tentaram estuprá-la.
— Alguma coisa que ligue esses homens a Massorski?
— Não.
— Outras testemunhas?
— Sim. Eles arrastaram a rain... Essa pessoa para trás da casa, provavelmente para evitar que houvesse testemunhas. Só que a dona do referido domicílio, que também nos está ajudando, apareceu e enxotou os agressores com um pé de cabra.
— Entendo. E você acha que foi coisa de Massorski?

— Tenho certeza! Bem, não o estupro, mas acredito que mandou apagá-la.

— Não é o bastante, Allie. Esse é o tipo da coisa que pode realmente prejudicá-la. Não poderiam ser somente uns moleques querendo se divertir?

— A dona da casa, seu nome é Amanda, mora naquele bairro já faz algum tempo. Ela disse nunca ter visto aqueles três por ali.

— O que não quer dizer nada.

— Nada nunca quer dizer nada, não é mesmo? — Allie soltou sua repetição de negativas em tom ríspido de sincera frustração. — Massorski pode fazer o que bem entende! Pode cometer crimes, invadir casas, aterrorizar um bairro inteiro com estórias de doenças fatais, mas eu tenho que seguir o livro porque não tenho provas! E você fica me dizendo que não pode fazer nada a respeito!

— É exatamente por isso que tenho você, Allie! Se existe alguém que pode fazer esse idiota escorregar, é você!

— Quer dizer que tenho carta branca também?

— Vou me arrepender tremendamente, mas sim, faça o que achar melhor. Só lhe peço que use todos esses seus cérebros muito bem irrigados, e não faça nada precipitado!

— Ah, você me conhece!

— Sim, e é isso que preocupa! Às vezes, você lembra demasiadamente minha falecida esposa.

— Vou tomar isso como um elogio! Ela significava muito para mim! A professora Anne Burrows.

— Destemida demais, se quiser saber. Jamais deveria ter colocado a própria saúde em risco daquela maneira!

— Ela só queria me proteger!

— Eu sei. Na verdade, a comparação que faço é por causa daquele fanatismo infantil que Anne tinha por filmes de faroeste. Só não quero que você comprometa sua saúde, da mesma forma que ela comprometeu a dela.

— Bem, se você quiser que eu seja mais "cowboy", então envie meu espectômetro. E seja breve!

— Sim senhora. Quer um cheeseburger também?

— Estou de dieta. Mande-me só um peru.

— Problemas? — Perguntou Elizabeth vivamente.

— Nada fora do esperado. — Respondeu Allie. — Meu diretor me deu inteira liberdade de ação, mas sem nenhum apoio. Enquanto estivermos aqui, serei somente eu contra Massorski.

— Seremos NÓS contra Massorski, não se esqueça disso. Agora, estou correta em afirmar que não poderei testemunhar contra ele, verdade?

— Infelizmente não. Para que sua declaração fosse válida, sua identidade e registros teriam que constar nos autos da promotoria.

— É, com certeza, não poderei arrumar esses registros. Entretanto... Amanda viu tudo. Ela poderia depor.

— Não adiantaria. Não estou certa, mas creio não ser possível construir um caso sem a parte queixosa, que seria você. Ainda assim, não temos como ligar seus agressores a Massorski. Teremos que esperar até que ele faça outra bobagem.

— Ele me pareceu esperto demais para isso, filha.

Allie parou um pouco para olhar a rainha. Em seguida, falou:

— Sabe, agora que mencionou...
— Diga...
— Você acabou de me chamar de "filha". Engraçado, mas devo ter pelo menos dez anos a mais do que você! Qual a sua idade, a propósito?
— Bem, no meu tempo, vinte e seis. Só que aqui, tenho mais de quinhentos anos de idade. Acho que posso lhe chamar de filha.
— Não havia pensado nisso. — Allie sorriu.
— Agora, se isso incomoda você...
— Não, não, claro que não. Foi só um comentário.
— Sempre posso chamá-la de "my baby", palavras estas que exercem o predomínio absoluto nas letras de músicas do seu país, hoje em dia.

Allie deu risada. Ela refletiu no que a inglesa havia dito. De fato, todas as coisas que nos rodeiam, mesmo as de que não gostamos, acabavam por virar rotina. Tão normais, que deixamos de percebê-las. Era preciso vir alguém de um passado longínquo, para nos lembrar de erros que ainda cometemos pelo fato de já terem se tornado uma parte natural de nossas vidas. E tal filosofia ia muito além de letras de músicas.

— Tem uma coisa que notei em tudo isso e que me intriga. — Elizabeth franziu o cenho.
— E o que seria?
— Na minha época, as punições eram realmente duras para quem desafiasse qualquer tipo de autoridade, fosse de rei ou militar. Coisas que fariam qualquer um de vocês vomitar.

— Não creio. Temos nossos filmes de terror para compensar por isso.

— Não sei o que isso significa. De qualquer maneira, como que esse Massorski consegue fazer coisas que nem o chefe de vocês aprova?

— Ele é filho de um tipo particular de autoridade governamental, que fatura alto e trabalha pouco. Neste tempo, convencionamos chamar tal autoridade de senador.

— Oh. Também tínhamos esse tipo de autoridade em minha época. Não eu, é claro.

— É claro.

— Como fazemos então para lutar contra ele, se é tão influente?

— Bem, você é nosso maior trunfo!

— E terá todo o meu apoio. — Ela suspirou. — E pensar que, um dia, já fui rainha e agora sou somente um mero "trunfo". Bom, já é um ganho. Quando cheguei aqui, não passava de sequestradora.

Fez-se um minuto de silêncio. A rainha enfim o quebrou:

— Quem é esse homem com quem você conversou há pouco? — Ela perguntou. — Esse tal diretor que você mencionou? Gostaria muito de saber quem é esse indivíduo, que foi capaz de enxaguar seus belos olhos durante sua breve conversa. Você tentou disfarçar, mas eu percebi.

Allie ruborizou.

— Seu nome é Rupert Thomanson Aldrich. Tem sido o diretor geral de operações, investigações aeroespaciais há uns 12 anos. Ele é meio inglês, meio americano, se bem que isso é quase o mesmo que gelo e água. — Ela respirou fundo. — É um bom homem, dos melhores que já conheci. Não invejo sua posição, entretanto. Quando tem uma coisa para fazer, gosta de agir depressa, mas a burocracia o impede. Não é culpa dele. De qualquer forma, achei que fui dura demais com ele em nossa conversa. Fui injusta e me arrependo disso. Eu gosto dele.

— Em que nível? — Perguntou vivamente Elizabeth.

— Profissional, é claro.

— É claro. — A rainha se vingou. — Falando nisso, você é casada?

— Já fui. Longa história.

— Tem filhos?

— Uma filha.

— Pequena?

— Queria que fosse. Teria tempo de corrigir alguns erros então. Mas, da forma como é, ela até já se alistou no exército e, no momento, atua no Pentágono.

— Precoce como a mãe.

— Uma bênção e uma maldição.

— Entendo o que quer dizer. O que vem a ser esse *Pentágono*?

— É a sede do Departamento de Defesa do país. Concentra todas as nossas operações militares.

— Parece conveniente. Por que o chamam assim?

— Porque o edifício dessa sede foi construído em forma de pentágono.

— Entendo. Nesse caso, por que não chamam todos os outros edifícios públicos de "quadrados"?

— Boa pergunta. — Allie sorriu docemente.

— E quanto a seu distinto diretor geral, meio inglês, meio americano? — A rainha prosseguiu. — Sabe se ele é casado?

— É viúvo. — Respondeu Allie, baixando os olhos. — Tiveram dois filhos, já se formaram. Não seguiram a carreira de astronauta.

— Sabe como a esposa dele morreu?

Allie baixou a cabeça. Pensou um pouco. Deu uma respirada e só depois respondeu:

— Outra longa história.

— Tenho uma interminável paciência.

— Fica para depois, mesmo assim.

— E quanto a você? Conte-me a *sua* longa história.

Allie baixou novamente a cabeça e, de novo, não respondeu. Elizabeth foi quem voltou a falar depois de alguns minutos, só que procurou mudar de assunto:

— Vocês realmente administram o espaço, como a sigla de sua agência diz?

— Não exatamente. — Allie confessou. — Mal conseguimos administrar nosso planeta.

— Sim, isso eu notei.

— Pegamos alguns maus hábitos de nossos ancestrais. — Allie mencionou matreira. — Você sabe: guerras, tortura, fome, miséria... Monarcas absolutistas que se achavam Deus e abusavam de sua autoridade, relegando seu próprio povo à condição de animais. Isso te lembra de algo?

Elizabeth enrijeceu sua fisionomia. Porém, tentou conservar a calma.

— A gente precisa aprender sobre o passado para se entender o presente. — Allie continuou. — Concordo que as coisas nesta época estão a anos-luz de ser o que deveriam, só que muito disso é culpa sua, majestade. Sua e dos que reinaram antes e depois de você.

Era a primeira vez que Elizabeth parecia insegura, até mesmo levemente constrangida e não sabia o que dizer. Entretanto, não entregaria os pontos tão facilmente.

— Enfim, uma pessoa inteligente! — A inglesa foi forçada a reconhecer. — Normalmente, quando faço críticas a esta época, só o que recebo de volta é um olhar abobalhado de lânguida conformidade. Vejo que você é capaz de argumentar. Ainda assim, está totalmente errada sobre mim.

— É mesmo? Ao contrário de todas as outras rainhas, você nunca se achou acima dos mortais, nem matou quem te ameaçava, sem nem sequer lhes dar uma chance de defesa?

Elizabeth estudou o rosto de Allie com olhos profundamente intensos.

— Uma importante diferença. — Apontou a rainha. — Eu sei o que significa ser relegada à condição de animal.

— Mesmo assim, desde o começo notei que você é um tanto, como direi, crítica com tudo e todos. Antes de achar defeito em tudo e emitir tantos julgamentos, por que não dá uma boa olhada em si mesma?

— Ah, eu sempre procuro fazer isso. Na verdade, não sei o que as outras rainhas fizeram e não dou a mínima. Se acha que é muita presunção minha julgar as decisões dos homens deste presente, então venha até meu mundo e tente me dizer sem mentir que, no meu lugar e sob as mesmas circunstâncias, você não teria agido da mesma forma que eu!

— Pode ser que sim. — A cientista admitiu. — De qualquer maneira, não sou estadista. Mas sei que, apesar de tudo, de um jeito ou de outro, sobrevivemos à nossa própria arrogância.

— Até agora, você quer dizer! Não se esqueça de que toda essa crise em que estamos metidas também é fruto de pessoas que quiseram brincar de Deus.

— Arranjaremos um meio de resolver isso. Acredite, você ainda voltará a reinar. Pode parecer estranho, mas há gente aqui que realmente trabalha para o bem comum.

— Sim, para milhões de outros que não conseguem tirar o olho do próprio umbigo e parecem satisfeitos com suas patéticas mediocridades.

— Como já disse, é o presente que reflete o passado.

— Decerto. — A rainha concordou num sorriso condescendente. E, depois de uma pausa — Até onde vocês chegaram?

— Como assim? — Allie ergueu uma sobrancelha.

— Ah, pelo amor de... Em sua administração do espaço, querida!

— Ah, você quer dizer até onde chegamos no espaço?

— Sim, acho que foi isso que perguntei.

— Não muito longe. Só até a lua.

— "Não muito longe"? — Elizabeth arregalou os olhos. — No meu tempo, somente os bêbados chegavam à lua. E achou alguém ali?

— Não. A lua não possui condições adequadas para suportar vida.

— Oh. E isso não pode ser corrigido com toda essa sua tecnologia?

— Ainda não chegamos nesse ponto.

— E foram para mais algum lado?

— Chegamos a mandar umas máquinas para explorar o planeta marte, mas vivem quebrando.

Elizabeth desabou numa gargalhada gostosa.

— E suponho que não podem mandar ninguém lá para consertá-las. — A rainha balbuciava as palavras com muita dificuldade, pois tentava vencer suas próprias risadas.

— Se pudéssemos fazer isso, não precisaríamos enviar máquinas em primeiro lugar! — Allie concedeu aborrecida. — O que é tão engraçado?

— A inteligência deste século! — Elizabeth falou, ainda sem conseguir conter o riso. — Enviar equipamentos "que quebram" para fora de seu alcance!

O rosto de Allie de súbito se iluminou.

— Visto desta forma, até que parece inconsequente. — A cientista reconheceu. — Contudo, temos que tentar. Vou me arrepender de dizer isso, mas não é a primeira vez que acontece. Já perdemos uma sonda espacial chamada Voyager. Simplesmente fugiu para os confins do universo, por meio de um buraco negro.

— Pelo que vejo, minhas naus de madeira conseguiam chegar mais longe! — A rainha divagou, já na fase de enxugar os olhos de tanto rir.

— Não tinham tantos obstáculos a superar. A começar da gravidade.

— Gravidade?

— Sim, a mesma força que, de vez em quando, também fazia com que suas naus de madeira fossem pro fundo do oceano.

— Eu sei o que é gravidade, minha querida. O que quero que você me conte é o que eu não sei! Às vezes, sou acometida dessa extrema curiosidade, como boa intelectual que sou. O que há lá em cima?

— Quer mesmo saber?

— Ah sim.

Naquele momento, a face de Allie, que já estava iluminada, parecia mais um sol de satisfação. Uma de suas atuais funções na NASA era a de professora. E jamais poderia dizer que não gostava daquilo.

— Você alguma vez já olhou o céu estrelado? — Perguntou a astronauta.

— Todas as noites, romanticamente esperando meu príncipe encantado. — Rosnou Elizabeth zombeteira.

— Sabe o que são todas aquelas centelhas de luz, brilhando lá no céu, neste momento?

— Você acabou de dizer, estrelas.

— Não são somente estrelas, mas também sóis.

— Como é?

— Isso mesmo, sóis como o que brilha intensamente sobre nós, que nos presenteia com o dia, com todo seu poder de sustentar a vida!

— Interessante. — Comentou Elizabeth.

— Cada um desses pequenos pontinhos luminosos que você tem diante de seus olhos representa uma estrela como o nosso sol, em menores ou ainda maiores dimensões, desde as anãs brancas até as vermelhas gigantescas, com planetas girando ininterruptamente em torno delas! Você sabia que o mais próximo desses pontinhos luminosos está a bilhões de anos luz de distância da Terra?

— Isso significa que, para chegarmos lá...

— A luz levaria bilhões de anos para percorrer a distância que nos separa. E a luz viaja bem depressa!

— Minha querida perdoe-me. Já visitei sua época uma vez, entretanto, ainda não sei bem o que é luz, pois para mim, ela significa fogo. Contudo, entendi que necessitaríamos de bilhões de anos para alcançar esses outros... Sóis?

— Sim, é uma simples conta. Você só tem que multiplicar bilhões de anos por trezentos mil, que corresponde (aproximadamente) à velocidade da luz no vácuo, em quilômetros por segundo do sistema métrico. É esse o tempo que levaríamos para chegar lá!

Allie fez uma pausa e Elizabeth não disse nada. O rosto da rainha transmitia mais perplexidade do que fascinação. A cientista conseguia compreender a dificuldade de alguém, que vivera cinco séculos atrás, de entender conceitos que ainda estavam tão longe de ser descobertos. Quando devolvessem Elizabeth ao passado, era muito importante que esta não se lembrasse de absolutamente nada do que viu, ou escutou, neste presente. Tal conhecimento seria extremamente perigoso nas mãos de qualquer indivíduo do passado distante, mesmo que tal pessoa tentasse ser idônea. Bem, desde que tomassem tal cuidado, a astronauta, empolgada, não viu razões para não continuar:

— Existem bilhões de estrelas e sóis, só nesta galáxia. E muito mais do que isso em outras galáxias. Com isso, imagine a imensa quantidade de planetas que há lá fora! Sem falar nas nebulosas, asteroides, satélites, supernovas, buracos negros, gigantes gasosos como Júpiter e Saturno, partículas em fase de implosão para gerar novos sistemas...

— Vá com calma, menina! Minha cabeça já está dando um nó, e eu ainda não entendi aonde você quer chegar!

— Só quero demonstrar o quanto o espaço é imenso e como o infinito é realmente infinito, apesar de ser difícil conceber a ideia do interminável. No entanto, ele existe!

— E você já foi ao espaço? — Elizabeth teve um lampejo do que sua entusiasmada oradora queria que ela perguntasse afinal.

— Algumas vezes. Temos veículos que podem nos levar até lá.

— Sim, eu suspeitava disso. E encontrou alguém por ali?

— Uma vez, achei que sim, mas estava errada. E isso causou minha ruína.

Definitivamente, aquela mulher era diferente de todas com quem Elizabeth havia se deparado naquele incômodo futuro. Se, em sua concepção, Leo poderia ser um rei, desde que aplicasse melhor seu potencial, tinha encontrado em Allison sua rainha do futuro.

A noite estava bastante quente e prometia ser um suplício para quem quisesse dormir, não fosse o ar condicionado da casa dos pais de Amanda. Contudo, seus únicos dois ocupantes sabiam que não conseguiriam pregar o olho, mesmo que tentassem.

— Você não precisava ter vindo. — Disse Leo para Amanda, que tomava um copo de leite.

— Ah, não tenho nada melhor para fazer. — Esta respondeu. — Além do mais, se quero meus pais de volta, devo ajudar a encontrá-los.

Leo saboreou um café muito bom que Amanda havia preparado numa térmica, que ela trouxe da cozinha e plugou numa tomada próxima de onde seu hóspede havia disposto o laptop de Allie, em cima de pequena mesa dobrável, que a moça tinha achado em algum canto obscuro do abandonado porão.

— Hã... Se você clicar aqui, acho que vai conseguir ver as duas telas simultaneamente...

— Isso! — Leo celebrou. — Viu? Foi até bom você ter vindo! — Brincou. — Não consigo me acostumar com esse Linux! Por que a NASA usa isso?

— Bem, acredito que eles não podem arriscar uma tela azul no computador de bordo, durante uma viagem espacial.

— Vai ver, foi isso que aconteceu com o último robô que enviaram a Marte.

Amanda sorriu. Seus grandes olhos em forma de amêndoas estavam fixos no monitor de Leo. Seus espessos cabelos caiam pesado sobre seus ombros estreitos.

— E você não tem medo de ser tragada pelas emoções de novo? — Leo perguntou.

— Medo não. Apavorada. — Ela admitiu. — Porém, sei que não vai ajudar se eu fugir.

— Isso é bastante correto. — Ele concordou.

— Além do mais, é Elizabeth que precisa de proteção, ela é que é a "dona útil". Quanto a mim... — Ela suspirou. — Ninguém vai notar se eu desaparecer.

Aquilo foi o bastante para tirar os olhos de Leo do monitor. Foi até salutar, pois Amanda notou que eles já estavam bem vermelhos.

— Até agora, você não me parecia adepta da autopiedade! — Leo afirmou abruptamente. — Você sabe muito bem que isso não é verdade! Todos nós estamos aqui por uma razão e a ausência súbita de cada um de nós provocaria uma catástrofe de iguais proporções. Não precisa ser uma rainha chata como aquela para causar toda essa bagunça.

Amanda não conseguiu conter outro sorriso, este mais cínico, devido aos últimos comentários do homem, apesar de estar levando uma bronca.

— Ela não é tão ruim assim — A moça comentou. — Não passa de um gatinho quando você aprende a lidar com ela.

— Concordo, mas não fuja do assunto. Isso é sobre você, não ela!

— Seria muito mais fácil se coisas como "nossa utilidade" fossem jogadas na nossa cara de vez em quando! — Amanda retorquiu mais irada, mostrando que, definitivamente, aprendera a não fugir. — Tornaria tudo muito mais fácil.

— Ah, mas aí qual seria a graça? Você, por acaso, esperou Deus aparecer na sua frente, gritando "ei, olha só! Eu existo!", para acreditar nele?

— Não.

— Mas, você sabe que ele existe nas sutilezas que você vê todos os dias. Quando você sente felicidade porque gostou de algo ou ama alguém... A sua utilidade em todo o contexto do universo, a razão de sua existência também precisa ser encontrada nas pequenas coisas, não nas grandes. Nada disso vai ser apontado para você num gráfico, você é que precisa ter olhos para achar tudo isso, em vez de ser tão ensimesmada!

— Por exemplo?

— Por exemplo, o quê?

— Cite uma dessas pequenas coisas!

— Você acha que foi uma coincidência Elizabeth ter pousado na sua casa, com tantas outras neste bairro? E quanto a nosso encontro? Com milhares de McDonalds somente neste estado, quais as chances de estarmos exatamente no mesmo lugar e na mesma hora? E por que você acha que as malditas emoções escolheram você para atormentar?

Amanda, que seguramente possuía a juventude para alimentar o nobre dom do cinismo, passou a encarar seu hóspede com olhos muito grandes e vivos. Falou:

— Você não acredita na explicação de que as pessoas com quem conversei eram simples viajantes do tempo?

— E você, acreditou naquela bobagem?

— De jeito nenhum. Não quis ofender Allie e Lisa, mas o que disseram é papo furado! Elas não sabem o que eu vi, muito menos o que senti!

— E o que você sentiu?

— Pois é. — Amanda respirou e refletiu. — Quando penso nisso... Acho que tudo que aconteceu naquela escada ali se encaixa... — Ela parou de falar subitamente.

— De que maneira? — A interrupção o deixou mais curioso.

— Cada evento que vivi, cada coisa parecia se concatenar... Primeiro, uma viagem ao espaço, sugerindo criação. Depois, minha vida inteira diante de meus olhos, de um jeito que eu conseguia me lembrar de coisas que nunca poderia imaginar! Eu me pergunto se eu era realmente a única a assistir a tudo.

— Você acha que poderia ser um tipo de...

— Teste? Exatamente! Como se alguém ou algo estivesse coletando dados sobre mim, desde minha própria concepção como feto até como sou hoje, para ver se estou apta para algum trabalho que querem que eu faça!

— Pode ser... — Disse Leo pensativo.

Subitamente, outra coisa atingiu a memória de Amanda e ela falou:

— Escutei você mencionar para Allie um tal de... "Universo das Emoções". O que é isso?

— Bem, como você sabe, há um traço do ser humano que nos fascina desde o início das eras: a existência das nossas emoções. Por que elas existem? O que nos faz senti-las?

— Alguma parte do cérebro? — A moça teorizou. — Os poetas gostam de acreditar que tudo parte do coração.

— É bom que tenha mencionado isso. Sim, as controvérsias sobre o assunto dividem médicos, cientistas, céticos, ocultistas, espíritas, religiosos, alquimistas... Gente de todos os credos e cores!

— Mas, nunca chegaram a nenhuma conclusão, certo?

— Nada concreto. Existe uma corrente que acredita que, dos vários universos paralelos que manteriam uma coexistência com o nosso, um deles abrigaria as emoções em forma de pessoas. Estas cruzariam para o nosso universo na forma abstrata das emoções que conhecemos toda vez que as sentíssemos. Claro que os cientistas alojam essa crença no plano da estupidez.

— Como Allie?

— Como Allie.

— E você acha que foi isso que aconteceu comigo?

— Se foi, algo está muito errado. Alguma porta que deveria ter se mantido trancada e selada acabou por ser aberta. Nenhum de nós deveria ser capaz de ver ou conversar com as emoções, só senti-las.

— O que aconteceu comigo foi real! Isso, eu posso dizer!

— Eu sei.

Passou-se um tempo sem que nenhum dos dois dissesse palavra. Leo parecia ter dificuldades na operação do software de Allie, enquanto

Amanda tentava ajudar. Porém, seu auxílio se limitava à parte mais formal de organização das telas no monitor, pois tampouco entendia algo daquele conteúdo. A verdade era que não estavam fazendo muitos progressos.

— Até que ponto você chegou com Allie? — Entediada, Amanda decidiu adicionar um pouco de pimenta à sua madrugada. — Espero que não se importe de eu perguntar.

— Não, de jeito nenhum. Na verdade, não fomos muito mais longe do que o de sempre.

— O que você considera o "de sempre", para muitos seria uma experiência de uma vida inteira!

— Eu queria ter tido a experiência de uma vida inteira com ela...

— E o que o impediu?

— Tudo! Várias coisas nos empurraram para caminhos diferentes.

— Ah sim, claro. Ela acabou envolvida num escândalo alienígena bilionário e você com uma rainha do passado. Chato quando a rotina normal do dia-a-dia interfere num relacionamento!

Foi a vez de Leo sorrir.

— Ela perece ser bem legal. — Amanda voltou.

— Como você não pode estar falando da rainha, suponho que seja de Allie.

— Sim. — Amanda confirmou com o rosto expressivo.

— A melhor que poderia existir! Sempre ajuda quem precisa, é a melhor amiga que alguém poderia ter!

— Foi a impressão que tive também. Com toda a sua capacidade, não me admira ter chegado tão longe.

— Na verdade, foi bem difícil para ela.

— Mesmo? Como pode?

— Muitas vezes, não tem nada a ver com capacidade, mas com pessoas. Desde que pisou na NASA, Allie teve que lidar com homens que não suportavam a ideia de uma mulher com tantas qualidades. Sentiam-se ameaçados.

— Ameaçados por ela? Por que isso? Ela é tão doce! Um verdadeiro passarinho! Além do mais, como ela mesma disse, só queria ajudar!

— Bem, eu jamais disse que o problema era ela. São *eles* que lhe complicam a vida!

— Infelizmente, *"eles"* têm muito poder, não é mesmo?

— Certamente. Nada veio fácil para Allie. Nunca conheceu a mãe, que morreu dando a luz a ela, e perdeu o pai aos catorze.

— Poxa! Mas, como ela conseguiu chegar tão longe?

— Ela sempre soube o que quis, nunca teve dúvidas e correu atrás. Simples assim. E não cometa o erro de se preocupar com ela. Allie possui essa coisa dentro dela que não lhe permite retroceder em nada, chega até a aborrecer! A vida ainda vai derrubá-la um milhão de vezes e, um milhão de vezes, ela vai se levantar e seguir adiante! Irritante, não?

Nesse momento, um arrepio estranho passou a percorrer o corpo de Amanda, da ponta dos pés até o último fio de seus cabelos. Allison Mulligan nunca teve nenhuma real oportunidade na vida para obter tudo o que conseguiu. Já ela mesma, Amanda, tivera tudo de bandeja, embora não de sobra. E mesmo assim, até aquele momento, não chegara a parte alguma, tampouco via muitas perspectivas de que algo mudasse. Por que aquilo acontecia?

Daí, Amanda teve uma luz. A resposta era até bastante simples. Desde cedo, Allie estava livre. Não que tivesse tido escolha, tampouco gostava do que lhe aconteceu. Porém, ela nunca teve que aturar ninguém atrás dela buzinando sobre o que deveria fazer. Obviamente, não culpava seus pais por buscarem o melhor para ela, eles sempre lhe deram amor, carinho e nunca mediram esforços, nem despesas, para que tivesse a melhor educação possível. No entanto, toda essa atenção (que Allie não teve) a prendia.

Amanda sempre sentiu uma necessidade de dar satisfação a seus pais de tudo que fazia, e do que pretendia fazer. Tudo girava em torno do ser bem sucedida, em outras palavras de ganhar rios de dinheiro. Seria ela médica, advogada ou engenheira, era o vozerio geral na família, como acontece com muitas. Allie provavelmente nunca escutara tal vozerio. A verdade era que Amanda jamais contou a ninguém, dentro ou fora da família, que queria ser astronauta, morria de vergonha e já antecipava as reações. Seus pais ficariam estarrecidos e tentariam fazer de tudo para dissuadi-la daquela tolice, e os amigos e colegas ririam dela. "O quê? Você querendo ser astronauta?", diriam.

Por isso, nunca disse nada. De fato, as únicas pessoas que sabiam de seu sonho eram Allie e, antes dela... Elizabeth! A rainha era a pessoa mais enxerida e crítica que conhecia e, no entanto, foi justo com ela que se abriu pela primeira vez sobre aquele assunto. E ela não riu! Pelo contrário, ela a encorajara! Até levou bronca de Elizabeth por não tentar o suficiente, teve que prometer que o faria! Como pode isso? Como que as pessoas que a amavam poderiam ser tão pessimistas com relação a seus sonhos, enquanto que uma total estranha de outra época a encorajava dessa maneira? A verdade era que a rainha também ficara livre muito cedo em sua vida. Só o que Amanda precisava fazer era se libertar também! Foi aí que se deu conta de que já era livre. Por isso, seus pais a incentivaram a ir. Queriam que a filha fizesse suas próprias escolhas e assumisse responsabilidade pelas mesmas. O que faltava a Amanda não era encorajamento, mas, sim, acreditar em si mesma.

— O que são estas coisas? — A moça abandonou suas reflexões, ao notar que o monitor do laptop parecia mais agitado. Ela percebeu uma tela, ao lado do mapa com a linha que ligava Inglaterra ao Texas, coberta de traços que subiam, e números que aumentavam de valor a grande velocidade.

— É um gráfico que mostra algumas emanações bem particulares de energia. — Leo explicou. — Até agora, estava quieto, de repente, começou a palpitar.

— E que energia é essa?

— Pergunta de um milhão de dólares! Esse software rudimentar não consegue me dizer o que é. O quer que seja não está em seu banco de dados.

— E de onde esta energia se origina?

— Daqui! Só que agora começou a se espalhar depressa! Seu raio de influência aumenta a olhos vistos!

— Pode representar algum perigo?

— Difícil dizer se não soubermos ao certo o que está gerando tal energia.

— Alguma teoria?

Novamente, Leo tirou os olhos do monitor e olhou para Amanda.

— O prisma! — Ele soltou.

— O quê?

— Você sabe, o tal achado arqueológico. Allie falou dele na mesa da casa de Jazz.

— Ah sim, aquele do alemão.

— Esse mesmo.

— Qué que tem?

— O miserável pode bem ser o causador de toda essa bagunça, como foi da primeira vez. — Ele abriu um sorriso enigmático. — E pode estar bem perto de nós agora!

— Que dizer então que esse tal prisma pode ser a fonte dessa energia?

— Isso!

Subitamente, Amanda rolou suas íris para cima, como se tentasse ler seus próprios pensamentos.

— Espere um minuto! — Ela pulou.
— Sim... Alguma coisa?
— Não mais do que a dois quarteirões daqui, costumava ter um pequeno clube de tênis, quando meus pais migraram para cá, mas não sobreviveu à especulação imobiliária dos tempos.
— E o que aconteceu?
— O terreno acabou por ser vendido e dividido em dois complexos distintos. Uma parte virou uma academia, que minha mãe, por sinal, passou a frequentar. E a outra...
— E a outra...
— Foi comprada por um consórcio da Jamaica, que a transformou numa danceteria! Um lugar até que bem legal! E até fazem uma promoção: quem é da casa, só paga meia!
— Portanto, se três turistas jamaicanos querem se divertir no Texas...
— É para lá que irão!
— Está a fim de esticar nossa noite e cair na balada?
— Com certeza! Só espero que ainda esteja aberta! Já é tarde, mesmo para uma boate.

♣ ♣ ♣ ♣ ♣

Allison Mulligan olhava para o céu, pensativa. O universo deixaria de ser inatingível algum dia? E o que mais seria necessário para isso? Quantas vidas mais... Não estava muito segura de seus pensamentos. Elizabeth estava ao seu lado. Allie permanecia sentada, somente olhando para o vazio, mais para as galáxias de seu próprio interior do que para as de fora. Ambas já perdiam a paciência com a demora de Amanda e Leo de darem um sinal de vida.

— Eu avisei do perigo de deixar os dois a sós na mesma casa, não avisei? — Brigou Elizabeth.
— Não se preocupe. — Allie respondeu com calma. — Tenho certeza de que não vão batizar o bebê com seu nome! Eu mesma já o fiz.
— Sério mesmo? Sua filha se chama Elizabeth?
— Elizabeth Mulligan, sim.

— Puxa! — Os olhos da inglesa se iluminaram. — Então, deve ser verdade o que dizem sobre sua inteligência!

— Bem, se eu soubesse que o nome estava amarrado a uma pessoa como você, eu a teria chamado de Amanda.

— Grande garota, não? — Elizabeth reconheceu sem se abalar.

— Estou impressionada! Achei que sua cabeça explodiria se fizesse um elogio!

— Há Há! Muito engraçado! É que eu tento não furar a humildade das pessoas.

— O que ninguém jamais vai furar é a sua petulância!

— Engraçado como todos confundem sinceridade com falta de modos!

— É sempre possível tentar encontrar coisas boas nas pessoas, ao invés de só apontar as ruins! Elogiar o que as pessoas têm de bom também é ser sincera!

— Eu sei. Tanto que acabei de reconhecer na sua frente que Amanda não é aquela figura obtusa que me pareceu a princípio!

— Olha, quando você morrer, vai virar adubo como o resto de nós! Então, deixa de ser besta!

— Vou tentar. — A rainha sorriu. — E não se esqueça de que eu já deveria ter virado adubo.

— E mesmo assim, vai achar um jeito de criticar os outros adubos!

— Bem, já que você parece estar numa atmosfera de compreensão, conte-me mais sobre sua filha! Comece em como ela foi concebida.

— Hum... Deixa eu pensar... Com sexo.

— Há Há! Você sabe o que quero dizer! Você tenta fugir do assunto com piadinhas, mas não vou permitir desta vez!

— Você tem uma veia para conseguir confissões, certo?

— Se estivéssemos na minha época, você já estaria na masmorra!

Allie ainda hesitou um pouco.

— Nada fora do comum nesses tempos. — A astronauta começou enfim. — Desde que meu pai morreu, acabei ficando um tanto solta demais. Aos dezessete, conheci esse rapaz. Ele era mais velho, estava na faculdade e tudo mais. Aí, eu me impressionei. Realmente me empolguei. E engravidei. A família o obrigou a se casar comigo, coisa de fazendeiro.

— Mas, não foram longe.

— Ele é um bom homem. Teve que trabalhar num posto de gasolina para sustentar a família, mas nunca reclamou. Porém, com o passar do tempo, não funcionou e nos separamos.

154

— E qual é o nome dele?

— Edward Mulligan, mas sempre o chamamos de Andy.

— E qual é o seu nome de solteira? Só curiosidade.

— É *Rivers*.

— E você cuidou da pequena Elizabeth Rivers Mulligan?

— Fiz o melhor que pude. — Allie deu uma risada atormentada.
— E ela acabou no Pentágono.

— Podia ser pior. Poderia ter acabado na guerra. Você ainda fala
com seu ex-marido?

— Já não tanto como antes, mas ainda somos amigos.

— E com sua filha?

— Já faz um tempo que ela está ocupada demais para retornar
minhas ligações. — Ela baixou os olhos, depois voltou a erguê-los, contudo
sua face era de angústia e ansiedade. — Por que aqueles dois não ligam?

♣ ♣ ♣ ♣ ♣

Allie estava a ponto de cochilar quando seu celular gritou. Ainda
era de madrugada. Diante dela, dispunha-se um pequeno computador, que
conversava com o da NASA. Enquanto atendia o telefone, mandou
imprimir alguns papéis na pequena impressora portátil, que havia alugado
em algum momento durante o dia.

— Conseguiu algo interessante por aí? — Perguntou Leo do outro
lado da linha.

— Não muita coisa. Só uns pequenos, parcos e esparsos relatos da
história e literatura inglesa do período elisabetano. Vou enviar para meu
email, para que você possa acessá-los no meu laptop.

— Se você quer saber mais desse período da história, por que não
perguntou à Elizabeth?

— Porque ela só saberia responder até o ponto em que foi tragada
para cá.

— Verdade.

— O problema é que eu deveria ter encontrado tudo bem aqui. —
Disse Allie, apontando seu dedo indicador para o micro, como se Leo
pudesse vê-lo. — Porém, o fato é que tem coisa faltando. — Allie coçou a
cabeça.

— Como assim?

— Andei procurando em todos os maiores livros, escrituras e
documentos sobre a História da Inglaterra, desde Churchill até Shakespeare,

além de outros autores mais suburbanos, sem falar nas Enciclopédias Britânicas. Mas... — Allie voltou a coçar a cabeça.

— Mas...?

— Não encontrei nada! E devia estar tudo lá! Procurei também na Internet. Mesmo resultado. Só o que pude escavar são estes restos escassos de informações imprecisas que já te enviei.

— Teriam sido apagados de alguma forma?

— Da base de dados da NASA? Somente um pessoal muito restrito tem acesso desse nível, e não há porque apagar tal informação.

— Poderia ter sido coisa do Massorski?

— Duvido muito. Ele também não possui privilégios de acesso a esse nível. Somente Aldrich, meu diretor, tem permissão para modificar arquivos na nossa base de dados principal. Mas, ele também não se atreveria. Só se fosse questão de vida ou morte.

— E, pelo jeito, não é só na NASA. Você também disse que essas mesmas informações históricas estão faltando na Web.

— Isso! Ao que parece, os mesmos textos desapareceram de todo lugar, e não pode ser só coincidência.

— Hackers?

— Por que se interessariam pela História da Inglaterra? Não tem (muita) pornografia lá.

Houve uma pausa na conversa. Nenhum dos dois estava muito ansioso para proferir em voz alta o que, para ambos, já parecia ser o óbvio.

— Você está pensando o mesmo que eu? — Foi Leo quem finalmente falou.

— Creio que sim. — A cientista suspirou. — O mundo continua a se ajustar à modificação provocada pelo desaparecimento de uma importante figura de sua época correta. A História definitivamente mudou e nosso presente se altera de acordo com os novos fatos do passado. Pouco a pouco, como a Natureza sempre trabalha. Não somente as pessoas, mas também os livros.

— Isso quer dizer que não vamos encontrar nada do que precisamos.

— É por aí. — Allie respirou fundo. — Por que demorou tanto para ligar?

— Porque precisei dar uma voltinha inesperada pelo bairro. Temos uma pista de onde podemos encontrar os jamaicanos!

— Mesmo? — Allie endireitou o corpo tão depressa, que quase bateu a cabeça no monitor diante de si.

— Amanda se lembrou dessa boate aqui perto, cujos donos são jamaicanos. E "quem é da casa, só paga meia". Pena que estava fechada.

— Bem, voltará a abrir amanhã! Isso é sensacional! Bom trabalho! — Allie intensificou sua expressão facial. — Por que Amanda só se lembrou disso agora? Qual foi o gatilho?

— Na verdade, foi por isso que liguei. Você pode acessar seu email?

— Sim.

— Dê uma olhada nessas curvas de energia que acabei de lhe enviar, bem como sua área de influência. Tudo isso veio do seu espectômetro. O que quer que seja se origina daqui e está crescendo!

Amanda finalmente sentiu sonolência e deitou-se no sofá. Não muito longe, Elizabeth também estava a ponto de se recolher. Impressionante, refletia a rainha, como o ser humano, de um modo geral, negligencia coisas de real importância, e presta demasiada atenção em coisas menores, às vezes inúteis, perdendo tempo e energia com elas. Ela voltou sua mente para aquele banco de praça, onde estivera com Amanda. Como que um simples e inocente gesto de massagear os pés poderia trazer algum significado em termos de preferências sexuais? Pelo menos em seu conceito, qualquer prazer que o indivíduo massageado pudesse sentir estaria relacionado com a massagem e não com o massageador.

E falando no ser humano... Cada qual parecia demasiadamente preocupado com o que os demais pensavam. De fato, se todas aquelas preocupações com preferência sexual fossem estendidas a todos os campos da psique humana, então dificilmente alguém encontraria paz de espírito naquele presente. Por isso, todos pareciam profundamente infelizes. Esse tipo de coisa também criava homens como Massorski. Aos olhos de Elizabeth, era demasiado inseguro. Precisava desesperadamente se provar para seus superiores e para todas as mulheres do mundo. Já Allison fazia o que achava certo e tentava ajudar a quem precisasse.

Na verdade, essa entidade do mal, que se convencionou chamar de sociedade, só parecia ter piorado. Porém, mesmo ela não tinha escolha a não ser submeter-se às suas regras, moldadas de acordo com os preconceitos que, década por década, se renovaram até que se transformaram num consenso comum de discriminação legalizada. Cada alma tem que calcular cuidadosamente seu próximo passo, pois a mínima falha acarretará o escárnio de todas as outras. De todo modo, havia sim maneiras de se combater esse sistema e subvertê-lo a nosso favor. Como rainha, ela achava que podia fazê-lo. Mais do que tudo, Elizabeth invejava Amanda, por esta possuir o maravilhoso privilégio de ter desfrutado de sua deliciosa massagem.

Não muito longe, Amanda estava quase totalmente adormecida. Precisava mesmo relaxar. Fora um dia bem incomum. E mesmo em seu estado de semiconsciência, tinha uma forte suspeita de que os próximos dias seriam igualmente agitados.

Amanda foi acordada por uma imensa vontade de urinar. De fato, ela não deveria ter bebido três latas de coca-cola diet antes de se deitar. Porém, tinha um pouco de sede. Tão distraída estava, ao enxugar o sono de seu rosto com as mãos, que nem notou que havia subido as escadas que tanto temia.

Após terminar sua tarefa no banheiro do andar de cima, onde ficava o quarto de seus pais, ela resolveu descer um pouco para a cozinha e tomar água desta vez. Era melhor não exagerar no gás. "É a primeira vez que durmo num sofá", considerou. "Até que é legal. Não faz diferença de que lado acordo. É tudo quadrado mesmo".

Amanda encheu até o bico um copo de razoável tamanho. Não se serviu do filtro, mas sim de uma garrafa na geladeira, por causa do calor que sentia. Bebeu enquanto subia as escadas novamente, num estranho gesto automático, como se ainda morasse ali. Não conseguiu tomar nem metade daquela água, não deveria ter enchido o copo até a boca. Decidiu então deixar o copo metade cheio (ou metade vazio) em cima de um dos criados-mudos ao lado da imensa cama de casal de seus pais e terminar depois. De outra forma, logo teria que voltar ao banheiro. Não queria passar a noite dentro de um.

Ela entrou no dormitório, ainda de copo na mão, e notou que uma das portas do grande armário embutido encontrava-se aberta. Estranho, ela se lembrava de tê-la fechado da última vez em que estivera ali. A moça não percebeu que recebia memórias de dez anos atrás. No momento em que se encaminhou em direção ao armário para fechar a mencionada porta, a água de seu copo começou a voar, como se já não existisse gravidade para ela.

Parecia ter assumido vida própria. Amanda podia ver a água caminhar sinuosamente como uma cobra, percorrendo todo o aposento, ora parecendo mais sólida, ora mais líquida, assumindo várias formas, todas indefinidas, mas sempre executando um movimento suave e sinuoso. Havia momentos em que ficava como um cilindro irregular, e outros em que mais se parecia com um balde, ora mais achatado, ora mais espesso.

Poderia até ser um espetáculo de rara beleza, não fosse o simples fato de que a água que ela havia acabado de colocar naquele copo e tencionava beber mais tarde estava flutuando pelo quarto, diante de seus olhos, o que não era nem um pouco corriqueiro, mesmo no Texas. Se a água que ela já bebera resolvesse fazer o mesmo, então sairia ela voando também? O que aconteceria então se tivesse que urinar novamente? Subiria tudo de volta na cara dela? Bem, se todas as águas da casa estivessem voando como aquela, ela não teria coragem nem mesmo de abrir a tampa do vaso sanitário.

Ainda assim, Amanda, num ato mais mecânico do que consciente, acabou por fechar a porta do armário. E teve um enorme sobressalto ao ver que o espelho, chumbado em seu lado externo, refletia a imagem de cinco outras pessoas atrás de sua própria. Ela se virou para trás de um golpe, mas não havia ninguém com ela no quarto, pelo menos não daquele lado do espelho. Ela se voltou novamente e viu que as pessoas continuavam lá, atrás de sua imagem. Os estranhos se situavam nas proximidades da cama de casal, somente no espelho.

A jovem recuou dois passos para trás, num instinto natural de evasão a um possível ataque. Com isso, ela se afastou do espelho, mas sua imagem se aproximou das pessoas atrás de si. Uma situação desagradavelmente paradoxal. O que mais ela podia fazer além de se aproximar ou recuar? De qualquer maneira, ela se aproximaria dos indivíduos de quem tentava manter distância. Não teve escolha, a não ser ficar parada, observando atentamente o espelho.

Foi aí que os intrusos começaram a chegar mais perto do mesmo desde seu respectivo lado. Amanda podia vê-los se aproximar de sua realidade. Entretanto, ela olhava para os lados e não havia ninguém. Os intrusos estavam, única e exclusivamente, no espelho. Contudo, não por muito tempo. Assim que chegaram ao vidro, eles o cruzaram em fila indiana, um de cada vez. À medida que atravessavam, suas costas passaram a se refletir normalmente no espelho que ficava para trás, junto com a imagem de Amanda, que estava à sua frente.

Neste instante, ao vê-los com um pouco mais de claridade, já que suas imagens no espelho estavam um pouco turvas, Amanda pode diferenciar que, dos cinco, três eram mulheres e dois eram homens. Ela reconheceu os dois homens e, mais vagamente, duas das mulheres. A terceira, que parecia ser a líder do grupo, era totalmente estranha para ela. Instintivamente, sacou o celular do bolso, mas não havia sinal. As operadoras ainda não instalaram repetidoras em universos paralelos.

"Saco!", pensou a moça.

— SACO! — Escutou seu pensamento em voz alta um segundo depois.

"Por que isso só acontece comigo?"

— POR QUE ISSO SÓ ACONTECE COMIGO? — Seu pensamento ecoou mais uma vez.

— Nunca se consegue uma rainha quando se precisa de uma! — Amanda reclamou da ausência de Elizabeth e preferiu, a partir daquele ponto, falar tudo em voz alta. — Eu consigo exprimir meus pensamentos em palavras, não preciso que ninguém faça isso por mim!

Como os cinco elementos já se encontravam bem próximos, a moça desatou a falar:

— Tá legal, agora vocês é que me escutam! — Começou com firmeza na voz. — Vocês voltaram, não sei por que, nem o que querem comigo exatamente. Se vieram pra perguntar se já cumpri com aquela... Tarefa, ou sei lá o que vocês queriam, fiquem sabendo que ainda não fiz nada disso e nem sou guardiã de porcaria nenhuma! Portanto, o caso é o seguinte: ou vocês me matam e acabam logo com isso de uma vez por todas, ou deem o fora da casa dos meus pais! Tragam eles de volta e nos deixem em paz!
— Hum, este já é mais meu estilo! — Disse a Coragem, um dos dois homens que acompanhavam as três mulheres.

Todos pararam de andar, exceto uma das mulheres, que se aproximou vagarosamente de Amanda, justamente aquela que ela não conhecia, a tal da líder. Era uma mulher alta, aparentava uns vinte e tantos anos, elegante e de extrema beleza, que seria capaz de jogar qualquer entidade masculina a seus pés. E Amanda reparou também que, para sua surpresa, tinha um olhar por demais gentil. Ela colocou seus dois braços ternamente nos ombros de Amanda e falou com amabilidade:

— Costuma-se dizer que o espelho é o retrato da alma. Como nós também somos representantes deste universo complexo, maravilhoso e indecifrável, das mais profundas e misteriosas entranhas do ser humano, achamos que seria apropriado sairmos de seu espelho. Foi uma opção nossa. Ele reflete o que está em você, assim como nós. Um dos mais belos lemas filosóficos de sua humanidade, que nos leva a agir dessa forma para deixá-la mais tranquila, Amanda.

— Não funcionou! Só me deixou mais nervosa! — Esbravejou a moça, enquanto se desvencilhava com certa violência das mãos de sua interlocutora. — E como parece que ninguém me leva a sério mesmo, deixa eu ser um pouco mais clara: DEEM O FORA DAQUI AGORA!!

— Entendo perfeitamente sua reação. O sequestro por parte de Arrogância e seu conflitante grupo... Todo aquele espetáculo, criado para extrair coisas dos submundos de seu subconsciente, para dar forma e consistência a seus cenários cuidadosamente elaborados, bem como suas ameaças covardes em seu tom altivo e forjado, devem ter lhe causado muito ódio e medo, duas de nossas maiores inimigas no lugar de onde viemos. — A mulher gostava de se expressar com frases longas.

Amanda somente sacudiu a cabeça em sinal de negação.

— Isso foi proposital. — Prosseguiu a bela. — Ela precisa encher seu bonito espírito de toda sorte de emoções negativas que puder, para que estas se fortaleçam, ao passo que nós enfraquecemos. Quero ressaltar, portanto, que todas as suas reações neste caso foram totalmente compreensíveis.

Neste momento, a água do copo de Amanda que, até aquele momento, estava toda esparramada no teto, formando uma poça e mais parecendo um buraco no teto, de repente voltou a assumir sua consistência normal de líquido e voltou a obedecer as leis físicas, uma delas a da gravidade. Derramou-se toda em cima de Amanda, deixando-a toda ensopada, assim como o pedaço de carpete debaixo de seus pés.

— Perfeito! Sensacional! — Bradou a encharcada mocinha. — Era tudo que eu precisava! Um banho de água fria! Bem, pelo menos agora, eu sei que estou acordada.

A mulher em sua frente abriu um meio sorriso e disse:

— Desculpe-me por isso, querida Amanda. Viemos ao seu lado, ao invés de trazê-la para o nosso, porque já podemos cruzar para seu mundo e deixá-la mais confortável. Contudo, ainda não temos o total controle do espaço-tempo e não conseguimos evitar coisas como essa, que aconteceu ao que você chama de líquido, tão necessário à sua subsistência. Uma coesa combinação de hidrogênio e oxigênio, da qual vocês tanto dependem.

— Tá bem, tá bem! Vamos ao que interessa. — Continuou Amanda respingando. — Que outras emoções deveriam enfraquecer, enquanto aquela desgraçada da Arrogância e sua gang se fortalecem?

— Nós! — Respondeu a mulher. — As boas emoções, capazes de deter as más e frustrar seus planos inconcebíveis.

— Todos vocês parecem saber o meu nome!

— Claro! Somos nós que conferimos a vida, além da maior de todas as dádivas, sua personalidade, o que torna cada um de vocês únicos em todo o infinito universo. Você é única, Amanda. Todos vocês são únicos e raros e é por isso que é inconcebível a ideia da exterminação de sua espécie! Nada jamais conseguirá ser como vocês!

— Está me dizendo que você e este pequeno grupo aqui estão do nosso lado?

— Sim, mas precisaremos da ajuda de vocês, humanos, ou não seremos capaz de protegê-los.

— Assumindo que isso não seja uma mentira deslavada, como que nós, pobres e reles humanos, poderíamos ajudar?

— Todos nós somos humanos, Amanda. Nunca subestime sua força. Seu poder. A resposta para essa questão chega a ser elementar, mas foi compreensível você ter perguntado. Esse é um terreno em que você jamais pisou.

— Obrigada, mas gostaria de saber sua resposta elementar! — Inquiriu Amanda impacientemente.

— Vocês são os únicos que podem controlar suas emoções, ou seja, nós. Bons sentimentos nos fortalecem. Os maus, fortalecem aos outros, a quem tentamos combater. Vocês são nossos senhores absolutos. Entretanto, são frágeis e vulneráveis.

Amanda começou a torcer seus cabelos com as mãos, de modo a remover-lhes o excesso de água.

— Ao descobrir a passagem para o seu lado — continuou a mulher — como de fato o fizemos, temos permissão e poder de subjugá-los completamente e destruí-los em seguida. Creia-me, querida Amanda, Arrogância pode muito bem fazer o que ameaçou. Pior até do que a própria morte. Somos muito ligados a suas histórias, religiões e crenças, como aquela de céu e inferno. Arrogância pode querer criar seu próprio tipo de inferno, já que ela sabe como é. Assim como o paraíso, que todos nós sabemos. Ela tem a capacidade de evitar que morram e passem toda a eternidade em tormentos profundos e sem esperança, tal como nos seus temíveis e horrendos pesadelos. Ela saberá encontrar o que mais a assusta no labirinto interminável de seu subconsciente.

— É, parece grave. E como evitamos isso?

— Sendo bons. Assim nos fortalecerão e ficaremos em condições de derrotar as emoções negativas ainda do nosso lado. Dependemos de vocês. E não temos muito tempo. Quando os maus sentimentos estiverem fortalecidos o bastante, eles conseguirão passar para este lado, como fizemos nós, não necessitando mais levá-los até nosso lado, como fizeram com você. Alguns dos nossos estavam lá como espiões. Outros estavam muito fracos para serem visualizados.

— E o que farão essas emoções negativas, uma vez deste lado?

— Elas fecharão o portal do tempo, aberto não por nossa interferência, nem deles. E daí, nada mais poderá detê-los e sua raça estará irreversivelmente condenada ao desespero eterno.

— Tá legal, tá legal. De fato, eu me lembro de ter visto alguns de vocês quando fui levada da primeira vez. — Amanda então começou a apontar para os outros visitantes à medida que os identificava. — Você é a Coragem, aquele outro é a Modéstia... Essa moça aí é o Amor e esta outra ao seu lado é a... Deixa eu ver... A tal da Serenidade.

— Tem uma boa memória, Amanda. — A bela mulher reconheceu.

— Agora, você...

— Ah, tem toda razão, querida Amanda! Como sou descuidada! Ainda não me apresentei. Sou a Compreensão. É um imenso prazer conhecê-la.

— Tá, igualmente, mas... Por que está liderando o grupo dos bonzinhos?

— Porque estou mais forte agora. Mais do que estava quando Arrogância a trouxe para nós.

— É, eu admito que não estava exatamente no melhor do meu humor. Havia terminado de sair de um sequestro, mas acabei amiga da sequestradora. Isso é que é síndrome de Estocolmo.

— Claro, querida, você não precisa explicar nada! Entendo perfeitamente! Cada uma de suas atitudes e sentimentos era perfeitamente compreensível. A víbora somente se aproveitou de seus conflitos, a fim de tirar vantagem de sua surpresa e confusão.

— E como você voltou a se fortalecer agora, a ponto de liderar sua pequena resistência? — Aos poucos, Amanda serenava seu espírito e sua voz já não saía mais tão tremida. De fato, a mulher que a jovem identificou corretamente como Serenidade parecia tomada de grande alívio. — Não foi por minha causa, foi? — Ela corou um pouco.

— Também por sua causa. — Informou Compreensão. — Não precisa se envergonhar de sua vergonha. É perfeitamente compreensível que uma pessoa modesta como você se sinta embaraçada quando...

— Tá bom! Chega disso e responda minha pergunta! — Amanda esboçou um tímido sorriso.

— É compreensível que tenha ficado um pouco contrariada. Com certeza, é devido a esse péssimo costume meu de me repetir em algumas ideias e...

— Ahh! Se existisse uma emoção chamada Prolixa... — Amanda começava a desenvolver uma pequena e delicada fúria, mas deteve-se depressa, porque agora sabia que precisava controlar ao máximo seus maus sentimentos. — OK, — Continuou. — mas necessito que você me responda. Seu fortalecimento veio por minha causa? — Amanda não resistiu e voltou a corar.

Além disso, ela temia que Compreensão voltasse a falar que ela não precisava se envergonhar disso, e aquilo poderia durar a noite toda!

— Bem, — Continuou Compreensão. — também você me fortaleceu, porém, outra pessoa foi responsável pelo meu ressurgimento, a ponto de nos fazer passar para o seu lado.

— E quem seria essa pessoa?

— Aquela a quem você chama de Allison Mulligan. Ela atinge uma compreensão inimaginável! Sua presença garante meu poder.

— "Sua presença"? Quer dizer que ela está aqui?

— Não neste lugar, mas sinto sua essência e isso é o bastante. Você não sabia disso, por isso foi compreensível que perguntasse. Allison possui compreensão, coragem e determinação. Elizabeth, o ponto fora do tempo, trazida contra a vontade por causa da abertura do portal, tem a força, a intuição e a decisão. Leo é um homem bom e com sensibilidade extremada. Vocês têm que usar tudo isso ou nossos esforços serão em vão.

— E eu sirvo para quê?

— Você engloba todas essas qualidades! Isso faz de você nossa maior força! Por isso, Arrogância escolheu você. Tentou destruí-la psicologicamente, o que causaria um grande enfraquecimento nosso e de vocês. Mas, não conseguiu ainda e você pode evitar que consiga. Confie em si e nos seus amigos.

— Eu confio, pode deixar. Agora, uma curiosidade: por que a Arrogância acabou como líder dos vilões? Existe um monte de sentimentos ruins por aí. Todo mundo sabe disso e todos eles são bem presentes. Por que Arrogância e não Ódio, por exemplo, que também temos de sobra?

— Concordo que, em sua sociedade, Ódio é um dos mais fortes braços direitos da Arrogância. Contudo, os principais problemas de seu pequeno mundo são ainda a falta de humildade e a falta de... — Ela suspirou com profunda tristeza. — Compreensão!

O semblante da bela perdeu um pouco do otimismo. Ela parecia ter desanimado. Um profundo e melancólico desalento a dominou.

— Você pode mudar isso, querida Amanda! — Continuou ela, mas deixando transparecer pessimismo. — Nunca desista! Você tem que fazê-lo... fazê-lo... fazê-lo... fazê-lo... fazê-lo...

A voz de Compreensão desvanecia aos poucos, como um eco que se dissipa nas montanhas. Ao mesmo tempo, sua boca não mais se mexia. Nada mais se movia, exceto Amanda. Tudo parecia congelado, inclusive as cinco emoções. Ela ainda podia ver a mulher a sua frente, com a mesma expressão imutável no rosto, já um pouco mais pálida. As outras emoções estavam da mesma forma. Amanda ainda podia ouvir um leve sussurro "fazê-lo, fazê-lo, fazê-lo", cada vez mais baixo, até que se tornou inaudível, como acontece no final de algumas músicas.

Foi aí que, de repente, Amanda simplesmente acordou! Tudo parecia ter voltado ao normal. E ela se sentia descansada! Era como se tivesse sido... Um sonho! Mas, e quanto à água que... Percebeu que ainda segurava o copo e que este estava vazio. Porém, seus cabelos e suas roupas continuavam encharcados. Ela prontamente acendeu a luz do pequeno abajur, em cima da mesa ao lado do sofá (sim, estava de volta ao andar de baixo). Correu escada acima para o dormitório de seus pais e viu a poça d'água no mesmo pedaço de carpete, onde caíra. Não, não tinha sido um sonho! "Não mesmo! De jeito nenhum!", ela pensou.

— Não mesmo! De jeito nenhum! — Ouviu tudo de volta.

— Meu erro foi procurar somente na literatura britânica! — Disse Allie saltitante ao telefone. — Eu só pesquisei o que dizia respeito à Inglaterra!
— Sim, Allie, e foi o certo. — Retrucou Leo. — Toda a bibliografia que você buscou e não achou deveria estar lá, não?

— Correto! Só que ela desapareceu, o mesmo que vem ocorrendo com os nativos dos Estados Unidos, por ordem decrescente de idade!

— E...

— Já sabemos que esses eventos estão relacionados com o desaparecimento de Elizabeth do passado. Pensei nisso e comecei a procurar nos sites dos outros países, de preferência os que não deveriam ser afetados pela existência ou não da Rainha Elizabeth I. Cheguei a olhar em sites da Alemanha, Suíça, França, Itália, Irlanda, países próximos à Grã Bretanha ou, pelo menos, no mesmo continente.

— Por que só nos países próximos, Allie?

— Já chego lá. Ao entrar nos sites desses países, procurei por seus respectivos livros de História. E, como pensei, todos estavam intactos. Só que...

— Só que...?

— O conjunto de obras francesas apresentou uma significativa discrepância em relação ao que seria esperado para elas.

— Que discrepância?

— Um aumento!

— Um o quê?

— A literatura francesa cresceu! Uma grande quantidade de novos livros, documentos, escritos históricos, além de enciclopédias, foi acrescentada ao acervo literário francês!

— Allie, me desculpe, mas ainda não consigo ver a relevância disso.

— Eu os achei, homem!

— Achou o que?

— Tudo o que faltava sobre a História da Inglaterra! Está toda nos sites da França! Eles incorporaram tudo! Cada obra, cada livro, cada conto! E traduziram para o francês! O que você acha disso?

— *Sacrebleu*! Allie, você está me dizendo que todos os livros e enciclopédias inglesas agora são livros e enciclopédias francesas?

— Exato! Isso não é incrível?

— E eu suponho que tal modificação não ocorreu da noite para o dia, certo?

— Bem, do nosso ponto de vista, aconteceu da noite para o dia. Porém, não do ponto de vista da História.

— Sim, sim. O mundo continua a se ajustar ao desaparecimento da rainha.

— Precisamente! Mas, o importante é que agora temos como saber o que aconteceu com a humanidade sem a Rainha Elizabeth I.

— Até onde eu sei (não sou historiador), a Inglaterra não ia muito bem antes do período elisabetano, certo?

— Bem, dizem que o governo da Casa de Tudor foi relativamente tranquilo, exceto por conflitos internos, como os que geraram a Igreja Anglicana. De todas as formas, Elizabeth I reinou por sessenta anos, um dos mais longos reinados da História, ao fim do qual a Inglaterra tornou-se uma das principais potências europeias.

— E sem ela...

— A Inglaterra perdeu sua rainha forte. Suponho que todo um caos deve ter acompanhado seu desaparecimento e o país enfraqueceu. Os franceses devem ter se aproveitado da situação de alguma forma.

— Mas, você não tem certeza?

— Não terminei de ler tudo. Na verdade, ainda nem pude começar. Como está seu francês?

— Sei palavras soltas: "monsieur", "mademoiselle", "je t'aime", "mon amour", "Elle, Toi Et Moi", "voilà", "oui", essas coisas. Bem como conheço Charles Aznavour, Maurice Chevalier, Alain Delon, Isabelle Adjani, Luc Besson, Catherine Deneuve, e ainda "champignon", "escargot", "champagne", "fille mignon", "cro magnon", "abatjour", "Lupy Lebau", etc, etc. Fora isso, nada!

— Não, você também sabe dizer "sacrebleu". De qualquer forma, isso já o torna um PhD em francês perto de mim.

— Devemos usar o *Google Translator*, então?

— Ou pedir que um francês de seis anos de idade traduza. Dá no mesmo.

— Allie... — Leo chamou mais timidamente.

— Diga...

— Você tem permissão de alterar a posição dos satélites que orbitam a Terra a seu bel prazer?

— Sim. — Respondeu Allie ironicamente, mas de cenho franzido. — Também posso usar ondas eletromagnéticas para alterar padrões cerebrais e decidir quem vai ganhar o *Super Bowl* e o próximo *Oscar* da Academia! Por que pergunta isso?

— Curiosidade. Quero dizer, ter uma amiga na NASA é tão raro hoje em dia... Só queria saber se você poderia redirecionar alguns satélites para que eu pudesse pegar todos os canais pagos na minha TV de graça!

— Ah, eu o faria com certeza, meu amigo. O problema é que isso aumentaria em muito a chance de eu ser pega.

— Por quê?

— Porque aí, seríamos DOIS a conseguir canais de graça dessa forma!

7- DIA DOIS

*F*inalmente, amanheceu. Contudo, a esperança de um novo dia também trazia a apreensão de que só haveria outros cinco para que a humanidade fosse salva de sua extinção.

— Nossa, você acorda cedo! — Leo disse, uma vez mais a seu celular, enquanto coçava o olho com um dos dedos.

— Uma coisa me preocupa. — Respondeu Allie sem prestar muita atenção.

— Estou feliz por você! No meu caso, há inúmeras coisas me preocupam! Que ruído de fundo é esse? Ou a ligação está muito ruim ou alguma de vocês comeu algo que realmente não lhes caiu bem!

— Muito engraçado! É uma britadeira! Estamos a caminho daí agora.

— Tem certeza de que é seguro?

— Massorski não dá a mínima para os pais de Amanda e ainda não sabe sobre a Rainha Elizabeth I.

— Não pode ter certeza absoluta disso. Ainda acho que Amanda e a rainha deveriam ir para Houston, conforme você havia dito anteriormente, e deixar que nós trabalhemos no caso.

— Negativo. Uma pequena mudança de planos. Eu estudei os gráficos que você me mandou e nunca vi nada parecido em toda a minha vida!

— A tal da energia de origem e composição totalmente desconhecidas?

— E que passou a crescer a olhos vistos! Leo... A razão de toda essa confusão, bem como as respostas que procuramos, centraliza-se bem aí onde você está. Precisamos de todos juntos agora. Essa energia pode bem ser capaz de enviar a rainha de volta! Por isso, ela tem que estar aí.

— E quanto a mim e Amanda?

— Somente você e a rainha conhecem os jamaicanos. Elizabeth é muito importante para sair em noitadas. Isso faz de você nosso voluntário para frequentar regularmente a tal da boate jamaicana, que Amanda falou, e tentar encontrá-los.

— Nunca fui muito de baladas.

— Então, talvez seja uma mudança para melhor.

— E Amanda?

— Ao que parece, nossa amiguinha é o foco de algum outro fenômeno relacionado ao nosso problema. Precisamos dela por perto para entendê-lo melhor e, até mesmo, para protegê-la.

— Certo. Sejam bem-vindas então. Mas, o banheiro do andar de baixo continua sendo só meu!

— Trato feito.

— Bem, você disse que uma coisa a preocupava. O que seria?

— Cheguei a dar uma olhada no New York Times pela internet, e verifiquei que foram registrados mais alguns desaparecimentos misteriosos, em Michigan e Illinois.

— Tem certeza de que os desaparecidos não foram somente tragados pelos Grandes Lagos? — respondeu Leo, no cinismo de quem tenta fugir de uma realidade terrivelmente dolorosa.

— Não creio. Haveria rastros se fosse assim. As pessoas desaparecidas já estão na faixa etária dos cinquenta anos, até um pouco menos. Uma mocinha de Toledo, Michigan, reportou o sumiço de sua mãe, de quarenta e sete anos de idade.

Leo sentiu seu coração pesar e seu semblante passou a transmitir toda a sua angústia.

— Isso logo vai nos atingir, Allie!

— Sim. Uma pena que o tempo, em seu estado normal, tenha que seguir correntes tão lineares... Só tenho dez anos até que chegue a minha vez!

— Sete anos no meu caso! E você já sabe quanto tempo realmente temos antes de desaparecer? Quero dizer, quanto os anos de idade decrescem em nosso tempo real de agora? Dias, horas?

— Eu teria que elaborar um gráfico com esse decréscimo, baseado no índice de pessoas que desapareceram até o momento, e suas idades. Vou trabalhar nessa curva quando chegar aí.

— Pode parecer uma pergunta meio mística, mas... Para onde você acha que iremos, ao desaparecer?

— Desconhecido, amigo. Nunca nada como isso aconteceu antes em toda a história da humanidade. Só podemos especular. Talvez, sejamos levados para alguma latitude interespacial intermediária paralela...

— Fale minha língua, por favor!

— Um tipo de "sala de espera" do tempo. Isso seria uma ideia mais científica.

— E qual seria a ideia menos científica?

— Eu diria que vamos, simplesmente, para a não existência. Devemos torcer, portanto, para que seja um lugar legal.

Apesar das tentativas de Allie de manter um ambiente positivo, Leo estava tomado de profunda melancolia.

— Allie... — Começou este, com sua alma atormentada por uma grande tristeza. — Se você desaparecer, lá se vão nossas chances de resolver esse problema! Você é a única que pode fazê-lo! Sem mencionar que, depois de todo esse tempo, já não consigo imaginar um mundo sem uma Amanda nele!

— Nem eu também, sócio. Ela é parte de tudo isso e precisamos saber de que jeito! Elizabeth não foi parar na casa dela por acaso!

— Sim, eu até já disse isso a ela.

Allie fez um silêncio, que parecia muito significativo.

— Allie, você ainda está aí? — Perguntou o "sócio", dando uns tapinhas em seu celular, uma vez que a ligação começava a ficar um tanto entrecortada.

— Tem outra pessoa que talvez possa resolver essa situação além de mim. — Allie voltou, no meio de estáticas. Porém, seu silêncio fora proposital e não fruto de uma queda de sinal.

— E quem seria?

— Doutor Wüller!

Foi a vez de Leo silenciar por alguns instantes.

— Nem sequer sabemos se ele ainda está vivo! — O homem retornou, após alguns problemas em digerir a sugestão de sua amiga.

— Se eu você desaparecermos antes de resolver essa crise, ele será a última esperança do mundo.

— Mas, como você mesma me contou, ele deu no pé e parece não querer ser achado. Isso, se já não desapareceu de todo jeito, como consequência dos mesmos ajustes históricos que nos farão desaparecer em breve.

— Wüller é alemão. Não creio que as correntes que determinaram sua existência estão, de alguma forma, ligadas à História da Inglaterra. De qualquer maneira, ele já deve ter mais de setenta anos. Se ainda estiver neste mundo, é porque não vai mais desaparecer.

— Se é que o próprio tempo já não se encarregou de matá-lo naturalmente.

— Só sei que, se eu não tiver tempo de encontrar nosso bom doutor (assumindo que ainda esteja vivo), então Amanda terá que fazê-lo. Ela é a mais jovem americana do grupo, levará mais tempo para desaparecer.

— Talvez nem desapareça! Ela é filha de imigrantes.

— Os pais dela já sumiram. Amanda não poderá existir sem eles. No caso dela, é certeza que vai desaparecer.

— E quanto à Elizabeth?

— É arriscado demais mandá-la em missão de busca. — Ela fez uma pausa para pensar. — Teríamos sempre a opção de enviar alguém não americano, que não desaparecesse, para procurar por Wüller.

— Mas, em quem podemos confiar?

— Esse é o problema. Ainda não contei para mais ninguém sobre a presença de Elizabeth I em nossa época. Nem mesmo para Aldrich. Essa informação é extremamente perigosa e não confio em ninguém, a não ser você e Amanda.

— Obrigado! — Soltou o homem, em tom lisonjeado.

— Por isso, enquanto ainda estou nesta terra, vou eu mesma!

— Sério? Eu vou com você!

— De jeito nenhum! Não acabei de dizer que você é uma das únicas pessoas em quem confio? Preciso de você aqui para cuidar de Amanda e Elizabeth.

— Allie, eu ainda acho que o pouco tempo que lhe resta neste mundo seria mais bem aplicado aqui, tentando aprender mais sobre a tal energia!

— De qualquer maneira, Wüller seria uma ajuda decisiva! Afinal, foi ele quem estudou o prisma e deveria saber como lidar com ele!

— Na improvável hipótese de você o encontrar, quem garante que Wüller voltará com você?

— Ah, ele vai! Encontre os jamaicanos, com o prisma e o tal do relógio rudimentar. Eu trarei Wüller para fazer o conjunto funcionar!

— Leve alguns litros de chopp e algum chucrute. Pode ajudar a obter sua compreensão.

O imperturbável som do silêncio tomava conta do desjejum de Amanda. Aquele era o primeiro café da manhã que a moça conseguia desfrutar desde a chegada de Elizabeth. Ela não comeu muito e nem Elizabeth, uma vez mais reunidas. A primeira por estar realmente sem fome e a segunda por ainda detestar a desclassificada comida da época. Terminaram, e a rainha se encaminhou para a sala de estar, com o intuito de assistir um pouco de televisão.

— Vamos ver se o entretenimento desta época consegue diminuir o pouco de inteligência que ainda me resta. — Disse a soberana.

Amanda a deteve pelo braço, quando ambas se cruzaram um pouco antes da porta que separava a cozinha da sala de estar.

— Preciso falar com você. — Começou Amanda apreensiva.
— Ainda farei de você uma rainha algum dia! Até lá, diga em que posso ajudá-la, minha filha. — Elizabeth parecia gozar de certo bom humor, incompatível com sua situação de momento.
— Na verdade, é só um pergunta. — Continuou Amanda. — Quanto tempo mais ainda vamos ficar aqui?
— Bem, — Respondeu Elizabeth vacilante. — pelo que entendi, já estamos em nossa sede definitiva.
— Não pode ser! O que aconteceu com a suíte presidencial do hotel em Houston, pago pelo nosso querido governo, em outras palavras, meus impostos?
— Pelo jeito, aqui terá que ser nossa suíte presidencial. E tenho que admitir, até que é bem propício.

Amanda baixou a cabeça, pois sabia que não deveria se queixar, nem do presente, muito menos da infância. Nunca tivera excessos, porém seus pais trabalharam duro para que nada lhe faltasse. E aquela casa até que era relativamente grande, sim. Contudo, ela também sabia que luxo não tinha nada a ver com seu renovado desejo de deixar a casa dos pais.

— E onde estão Allie e Leo? — Perguntou Amanda.
— Na antessala, com os olhos ainda grudados naquela maldita coisa que vocês chamam de computador! Mais um pouco e seus rostos vão assumir a forma daquela tela!

Amanda então se dirigiu ao referido aposento, andando bem devagar e com cuidado, como se estivesse caminhando para o altar de seu próprio casamento.

— Alguma coisa? — Allie ergueu os olhos e os fixou amavelmente em Amanda, depois de tomar um susto com sua presença. Mal sabia ela que a garota já estivera de pé ao seu lado por mais de um minuto. Leo moveu levemente os olhos, mas sua atenção prosseguiu fixa no trabalho.

— Não, nada. — Disse Amanda. — Só gostaria de saber por que, de repente, vamos ficar aqui.

— Achamos que torna as coisas mais rápidas e não temos tempo a perder. Não se preocupe, não vamos atrapalhar.

— Ah, não! — Amanda emendou depressa, não querendo, de jeito nenhum, ser mal interpretada naquele aspecto. — Eu gosto da companhia de vocês, sinto-me segura. Era mais... Curiosidade.

Allie, porém, notou o desconforto e a hesitação na expressão corporal da moça. A astronauta então fechou a tampa de seu terminal e puxou um banquinho de madeira, que estava ao seu alcance, e fez menção para que Amanda se sentasse. A moça o fez, mas ainda não parecia nem um pouco à vontade.

— O que foi, Amanda? — Allison praticamente exigiu. — Você parece que voltou de sua própria tourada!

— Nada. — Foi a resposta, muito mais um suspiro.

— Você confia em mim, Amanda?

— Claro que eu confio em você!

— Então...

A moça ainda hesitou. Allie esperou.

— E se eu dissesse... — Ela enfim se pôs a falar. — Que na noite passada, eu recebi mais uma visita de meus amigos emotivos?

Aquilo foi o bastante para que também Leo fosse arrancado da contemplação impassível de seu próprio monitor.

— Eles não estavam hostis. Engraçado, mas desta vez não estavam. E essa mulher que falou comigo todo o tempo realmente parecia preocupada com meu bem estar. Enfim, já não sei mais no que acreditar.

Amanda narrou sua nova experiência com o máximo de detalhes que conseguiu lembrar. Todos os eventos, assim como cada diálogo foi repetido, tal e qual sua memória permitia. Ela incluiu também a parte da água fria de seu copo, seu voo sinuoso até cair toda em cima dela.

— Por isso, você trocou de roupa! — Observou Elizabeth. — De fato, notei que aquela aberração que você vestia antes estava estendida para secar. Conhecendo você, cheguei a pensar que tivesse tomado banho vestida!

— Oh, por favor, pare! — Amanda retornou sarcástica. — Está me matando de tanto rir! Além do mais, nenhuma aberração minha jamais fará frente ao ridículo daquela sua camisola!

— É bata de dormir! — Elizabeth corrigiu em fúria. — Você já deveria saber mocinha, que nós ingleses possuímos essa demoníaca e irresistível pré-disposição para a ironia!

— E nós do Texas possuímos essa demoníaca e irresistível pré-disposição para encher inglesas de porrada!

— E nós do Alabama gostaríamos de saber mais detalhes de sua experiência, Amanda. — Allie teve que por um fim àquela festinha. — Depois, eu prometo que ensino vocês a arar um campo.

— O que mais posso dizer, que já não tenha contado, Allie? — Indagou a moça.

— E tem certeza absoluta de que não foi um sonho?

— Assim como tenho certeza absoluta de que não tomei banho de roupas! Como você explica a água do meu copo ter ido parar em mim? E no carpete do dormitório?

— Eu acredito em você, Amanda! — Allie esclareceu. — Só estou descartando possibilidades. Quando saímos de um estado de sono profundo, é normal confundirmos realidade com sonho por alguns segundos.

— Também não sou ventríloqua. — Apontou a texana. — Uma coisa que ainda não mencionei, sempre quando essas emoções resolvem aparecer para mim, consigo escutar meus próprios pensamentos, logo depois de tê-los pensado.

— Interessante... — Disse Allie, endurecendo um pouco o semblante.

— Sem mencionar que, quando tudo aconteceu na escada, eu tenho certeza de que estava acordada! — Amanda ainda argumentou.

— Allie... — Leo interveio. — Lembra-se da primeira coisa que notou ao chegar aqui? Aquela energia desconhecida, que emana desta casa, chegou a atingir um enorme pico durante a noite, mas agora voltou a se estabilizar num patamar relativamente pequeno de emissões.

— Sim. — Allie concordou. — É bem possível que o estouro nas emanações dessa energia tenha sido causado pela abertura de um vórtice no tempo.

— Por que acha isso? — Leo perguntou.

— Eu já havia programado o espectômetro de meu laptop para fazer varreduras de hora em hora. E ele, de fato, registrou uma imensa quantidade de emissões iônicas na mesma hora em que nossa estranha energia atingiu seu pico. Isso indica, sem sombra de dúvidas, que um fenômeno temporal ocorreu aqui durante a noite.

— Quer dizer que acreditam em mim agora? — Amanda retornou ofendida.

— Nunca duvidamos de você! — Allie assegurou novamente. — Além do mais, até que faz sentido. Num lugar onde emoções abstratas assumem forma física, é normal que pensamentos se convertam em palavras audíveis.

— Quer dizer então que você acredita no Universo das Emoções agora? — Leo indagou com certa sagacidade.

— Eu não disse isso. — A cientista declarou. — Somente digo que a ciência deu um pequeno passo na direção de algo que pode vir a ser um universo paralelo.

— E esse "vórtice no tempo" que mencionou... — Elizabeth entrou na conversa com um novo brilho nos olhos. — Também poderia devolver pessoas a seu passado?

— Talvez. — Allie ponderou. — Entretanto, eu não recomendo que você pule num vórtice sem saber para onde ele vai te levar. Temos que ser precisos.

— Sim, mas agora sabemos o que fazer! — Leo interveio. — Só temos que ficar de olho nos monitores! Assim que as emanações de energia subirem de novo, ficaremos bem juntos de Amanda!

— Era isso que queria desde o começo! — Esta reclamou.

— Bem, eu e Leo temos coisas a fazer! — Allie informou. — Você, majestade, não tire os olhos de Amanda nem por um segundo!

— Eu preferia entrar na cova dos leões! — Suspirou a rainha. — Contudo, finalmente essa menina poderá usufruir dos benefícios de uma influência positiva para variar.

Leonard e Allison estacionaram no meio fio em frente ao tal terreno que fora, um dia, um pequeno clube de tênis. Porém, para desapontamento de ambos, só o lado da academia estava aberto e eles não estavam a fim de fazer ginástica naquele momento. A outra metade da construção, que deveria ser a danceteria jamaicana, encontrava-se deserta e lacrada. Decidiram então entrar na academia de todo jeito, só para fazer perguntas, na esperança de que nenhum atendente olhasse para seus corpos e concluísse que fazia sentido eles estarem ali.

— Sim? — Prontamente foram recebidos pela sorridente e esculpida professora, que servia de atendente. Era linda e totalmente em forma. Pena que tinha praticamente todos os dentes amarelos.

— Bom dia. — Retornou Leo. — Gostaríamos de saber a que horas a casa aí do lado abre.

— Hoje não abre. — Respondeu a mocinha, um tanto desapontada, porém mantinha aberto seu caloroso sorriso cor de sol. — Não tem muita vida noturna no meio da semana. Terão que esperar até sexta-feira. Pode ser que abram na quinta-feira, porém bem mais tarde da noite.

— Okay, obrigada. — Disse Mulligan frustrada.

— Contudo, vocês não precisam dançar para perder peso! — Insistiu a atendente. — Posso lhes mostrar agora mesmo nossos irresistíveis planos diários e mensais!

— Não, obrigada. — Falou Allie novamente. — Preferimos perder peso caçando jamaicanos. Vamos nessa, Leo!

— Na verdade, é até bom que não abram durante a semana! — A atendente ainda puxou conversa, quando Leo e Allie já se dirigiam para a saída.

— Hum... — Leo se voltou, com Allie impacientando-se junto à porta de vidro. — Por que diz isso?

— O isolamento acústico deles é péssimo! — Contou a mocinha. — Algumas vezes, dou aulas de aeróbica no período noturno e a barulheira é infernal! Eles não têm a mínima consideração! Aeróbica precisa de música de fundo. E meu pobre rádio não pode competir com os autofalantes deles!

— Notou mais alguma, além disso? — Allison também se aproximou novamente do balcão.

— Como o quê? — A atendente ficou perplexa.

— Gente viajando no tempo. — Leo interveio.

A mocinha olhou para ele com cara de boba, o que não fez diferença.

— Foi só uma brincadeira. — Leo se corrigiu. — Acredito que o que a minha sócia aqui quer saber é o que normalmente acontece por aqui nas noites de agito.

— Obrigada por colocar minha pergunta em tão poucas palavras. — Allie sorriu matreira.

— Ah, vira confusão! — A ginasta revelou.

— Por quê?

— Bem, nem sempre acontece, mas tem sempre esses que não sabem se divertir! Fazem baderna e essas coisas. Alguns até compram e vendem de tudo! Algumas vezes, varam até o dia seguinte com seu pequeno comércio de rua! — A garota chegou a fazer um biquinho.

Allison e Leo trocaram olhares significativos.

— E o que eles vendem? — Perguntou Allie, jogando seu intenso olhar na cara da professora.

— Ah, você sabe! — Veio a resposta. — Essas bugigangas que impressionam as velhinhas que vão ao mercado de manhã. Especialmente, se as mercadorias vêm acompanhadas de alguma história mística! Um monte de bobagens supersticiosas de que essas velhas tanto gostam! Que fácil é enganá-las!

Os dois fizeram silêncio e acabaram por se distrair, a ponto de não notar que a mocinha colocou folhetos nos bolsos de suas respectivas camisas.

— Obrigada, você ajudou muito! — Agradeceu Allie empolgada, desta vez virando-se em definitivo para a saída.

— É mesmo? — A mocinha voltou entusiasmada. — Não se esqueçam de nos visitar para uma amostra do que podemos fazer por vocês!

— Okay, mas já temos amostras o suficiente. — Allie respondeu

— E anime-se, garota! — Leo ainda completou para a atendente. — Você pode bem ter salvo o mundo! Vale a pena estar em forma!

A moça voltou a fitá-lo com cara (mais) de boba, porém, não disse nada.

— Você ouviu isso? —Allie perguntou a seu companheiro já na calçada, em tom de excitação.

— Sim! — Retornou Leo com igual contentamento. — Ela acha que precisamos perder peso!

— Decerto. Mas, refiro-me ao que ela falou sobre a venda de "mercadorias" para velhinhas impressionáveis.

— Ah, isso!

— Amanda disse que a mãe dela passou a frequentar essa academia depois de um tempo.

— E pode ser que perdeu mais peso no bolso do que no corpo! As pessoas fazem de tudo para ganhar um dinheirinho hoje em dia!

— "Quem é da casa, só paga meia". — Allison suspirou.

— Inacreditável que rodamos todo o Texas nesse calor de rachar, e o que procuramos estava bem debaixo de nossos narizes!

— Se for pensar, faz sentido. As emissões iônicas, bem como as emanações daquela estranha energia que captamos, vêm todas da casa dos pais de Amanda. O prisma tinha que estar lá de alguma maneira!

— Mas, Amanda também não sabia disso. Acha que a mãe teria lhe contado o fato de ter comprado algo "exótico"?

— Não tinha porquê fazer isso! Amanda já não morava mais ali.

— Contudo... Há coisas que não fazem tanto sentido, Allie!

— Por exemplo?

— Como que Elizabeth foi parar na casa de Amanda e não na dos pais dela, se é lá que o prisma se encontra?

— Creio que haja uma correlação mais temporal do que geográfica nesse caso. Amanda morou com seus pais por dezoito anos. Além do mais, o prisma parece ter trazido "algo" junto com ele que, com certeza, se impressionou com Amanda, e jogaram Elizabeth junto dela.

— Bem, primeiro precisamos saber se o prisma está realmente naquela casa.

— Só tem um jeito de saber. — Allie sacou o celular do bolso. — Elizabeth chegou a ver o prisma em sua primeira incursão nesta época, certo?

— Sim.

— Ótimo, então ela saberá reconhecê-lo!

— Yo! — Amanda atendeu a ligação.

— Sou eu! — Informou Allie. — Olha, descobrimos algo e estaremos de volta em minutos. Tem uma coisa que você e a rainha precisam fazer!

— Manda!

— Virem a casa de ponta-cabeça! Há um objeto que precisam encontrar!

— Certamente, mas o que exatamente devemos procurar?

— Não se preocupe! Elizabeth saberá quando o encontrar. Até já! — E finalizou a chamada.

— Ei, veja! — Leo gritou empolgado.

— O que? — Allie se virou para ele esperançosa.

— O primeiro mês é grátis! — Ele disse, enquanto estudava o folheto que recebera da moça da academia.

— Daqui a cinco dias, todos nós vamos perder um bocado de peso! — Allie rosnou, tomando-lhe de um golpe o folheto das mãos.

— Tem uma coisa que me preocupa. — Leo contou.

— As formas de pagamento da academia?

— Não. Você disse que o prisma irradia essas... Emissões iônicas, né?

— Só quando há um fenômeno temporal, sim.

— E aquele seu amiguinho Massorski também possui um espectômetro?

— Que deve ser até bem mais avançado do que o simulador de meia-tigela do meu laptop.

— Então, mais cedo, ou mais tarde, ele e seus gorilas também farão uma visitinha à casa dos pais de Amanda.

— Verdade! Preciso falar com ele antes que invada ainda mais um domicílio. Mas, por enquanto, temos que achar o prisma e mascarar suas emissões.

— Dá pra fazer isso?

— Os íons podem ser embaralhados pela presença de qualquer frequência parasita, seja eletromagnética ou física.

— Como as do forno de micro-ondas?

— Pode ser. Mas, acredito que a melhor solução seja fazer o prisma vibrar constantemente numa certa intensidade.

— Puxa... — Leo suspirou. — Nesse caso, só espero que o pai de Amanda seja fetichista!

— Sim! Além do mais, ainda não queremos cozinhar o prisma!

♣ ♣ ♣ ♣ ♣

— Se sua mãe não fosse gorda como você disse, nunca teríamos chegado a essa solução. — Elizabeth observou simpática como sempre.

— Por que isso? — Amanda perguntou confusa.

— Se ela não achasse que precisava de ginástica, jamais teria comprado os objetos dos jamaicanos. Que idiotas! — Suspirou. — Sabiam de seus poderes e mesmo assim os venderam!

— Economia do século vinte e um. — Leo comentou, ao inspecionar cuidadosamente algumas gavetas, o que para ele significava arrancá-las, virá-las de ponta-cabeça e atirar todo seu conteúdo no chão.

— Ei, cuidado com isso! — Amanda brigou. — São as calcinhas da minha mãe!

— Vamos arrumar tudo depois! — Leo prometeu.

— Não leve nenhuma amostra! — A moça sorriu.

— Não é o meu número. — O homem informou.

— E como podemos fazer para fazer o prisma vibrar? — Allie se dirigiu à Amanda.

— Podemos tentar o massageador de costas da minha mãe. — Amanda sugeriu. — Pelo menos, ela diz que é um massageador.

— É a pilha?

— Não. Ele recarrega da tomada.

— Ótimo! — Allie decidiu. — Melhor assim.

— Se as tais emoções que você viu estiverem dentro do prisma, vão ficar um bocado felizes! — Leo comentou.

— Bem, aquela guria, que dizia ser a Compreensão, sugeriu mesmo que é bom estarmos bem relaxados, se quisermos evitar a invasão das emoções negativas.

— Invasão! — Elizabeth subitamente jubilou, enquanto também buscava pelo prisma em sua área designada da casa. — Uma palavra que conheço muito bem!

— O que acha que quiseram dizer com isso? — Allie perguntou à Amanda com grande interesse.

— Creio que ela foi bem literal. — A moça divagou. — Pelo que entendi, somente umas poucas emoções boas, segundo essa moça, conseguiram "energia" suficiente para cruzarem para este universo. As más emoções tiveram que me levar até o universo deles para conversarem comigo. Foi isso que ela falou.

— Interessante. — murmurou Allie. — Portanto, seria possível uma coexistência temporária entre universos paralelos. — Depois, ela suspirou com algum desdém — Sempre achei que tal sobreposição causaria a destruição de ambos.

— E essa sua amiga chegou a falar o que aconteceria se as más emoções conseguissem atravessar para nosso lado? — Leo fez a pergunta para Amanda, porém, de certa forma, pegou carona nos últimos comentários de Allie.

— Como já disse! — A texana respondeu. — De acordo com essa tal de Compreensão, seria nosso fim! As más emoções nos destruiriam.

— De certa forma já fazem isso. — Elizabeth filosofou. — Elas causam o ódio que origina as guerras, a inveja que mata, a ganância que rouba...

— A prepotência que causa a miséria de outros... — Allie insinuou para a rainha.

— E a irracionalidade que provoca a destruição do mundo! — Elizabeth devolveu.

— Talvez, as emoções negativas tenham se cansado de esperar que seu uso pelo homem aniquilasse o mundo. — Leo divagou.

— Estamos perdendo tempo. — Apontou Allie ansiosa. — Amanda...

— Eu!

— Você disse que da última vez que foi visitada, os estranhos entraram no dormitório de seus pais por meio do espelho, grudado na porta do armário, correto?

— Em todas essas palavras, sim.

— Vamos dar um pulinho lá!

— Aquele quarto mais parece um depósito de sucata! — Amanda disse. — Já revirei o lugar inteiro de cima abaixo! O que vocês procuram não está lá!

— Deixa eu dar mais uma olhada dentro desse armário! — Allison insistiu.

— Tá bem.

E foram para o andar de cima.

— Ei, astronauta! — Amanda chamou. — Eu acho que saberia se meus pais tivessem uma passagem secreta ou algo assim. — Falou, enquanto assistia incrédula a Allie que, à luz de uma lanterna, dava leves pancadas, com seu punho cerrado, nas paredes internas do armário embutido do dormitório de casal. A cientista acreditava que poderia achar alguma madeira oca por ali.

— Conheço os americanos melhor do que você, sócia. — Respondeu Allie. — Cada um de nós tem seus segredos que não revelamos a ninguém, especialmente lugares onde guardamos nossos tesouros, nossas riquezas mais preciosas!

— Ouro, prata...? — Elizabeth supôs.

— Luvas de baseball com o autógrafo do Joe Dimaggio, bolas de basquete oficiais com a assinatura do Karin Abdul Jabah, coisas assim. — Allie retornou.

— Vocês têm ideias bem peculiares sobre mercantilismo. — A rainha abanou novamente a cabeça.

— Bingo! — Allie bradou subitamente em triunfo.

A cientista achou duas tábuas soltas na parede mais próxima ao canto esquerdo do lado de trás do armário. O buraco coberto pelas madeiras era tosco, seguramente feito à mão e com pouco critério. Dentro, havia uma caixa de sapatos com fotografias, a bola oficial usada em algum

Super Bowl no distante passado, além de alguns brincos, broches e joias, cujo valor sentimental certamente devia superar em muito seu valor monetário.

— Eu me lembro do meu pai trazendo essa bola. — Amanda falou. — Ele parecia uma criança quando a conseguiu!

— E sabe de que jogo veio? — Perguntou Leo.

— Na verdade, ainda estou tentando esquecer a cena que ele fez. — Amanda respondeu. — Puxa. — Ela suspirou. — Quer dizer então que posso ter acesso ao cofre da casa e seu dinheiro, porém, durante todos esses anos, a preciosa bola estava fora de meus limites.

— Assim como isso. — Allie completou, e fez um gesto para que todos se aproximassem.

No último canto possível do esconderijo parcamente em forma de quadrado, jazia o objeto que Allie iluminou com sua lanterna, para que todos vissem. E era:

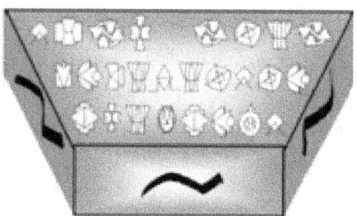

(Grosseiramente reproduzido)

8- DIA TRÊS

*C*layton Massorski subia pelos elevadores para retornar aos seus aposentos, após um suntuoso café da manhã. Quando finalmente atingiu o andar da cobertura, onde estava acostumado a ficar, caminhou com ares de pessoa extremamente satisfeita. Só que toda a imponência e elegância que tentava transmitir perdiam totalmente o efeito desejado. Ele caía no ridículo quando tentava causar uma impressão forte. Seu andar mais parecia o de um cão de guarda.

Não obstante, ele tinha razões de sobra para se sentir satisfeito consigo mesmo, até aquele momento. A NASA lhe conferia cada vez mais apoio, técnico e financeiro, toda vez que enviava seus relatórios periódicos, contendo todos os seus "progressos" e de como "sua pesquisa" estava a todo vapor.

Seu quarto que, por si só, já era bastante espaçoso, mesmo assim não tanto quanto seu ego, havia se transformado numa pequena central de computadores e equipamentos para sondagem do espaço sideral. Somado ao auxílio dos vários satélites que passaram a estar à sua inteira disposição, sem mencionar a ajuda de alguns setores do FBI e CIA, ele não achava que haveria obstáculos para quaisquer investigações que quisesse realizar. E todo aquele poder faria com que fosse o primeiro a obter todas as respostas que tanto ansiava. Ninguém poderia alcançá-lo, considerando a sofisticação de suas geringonças.

Seus presunçosos pensamentos foram interrompidos por erráticos sons de vozes, que se tornavam mais altos à medida que se aproximava de seu aposento. Com certeza, era de lá que as vozes vinham. "Será que o velho Billy tem um convidado adicional para nós?", supôs. Cobriu o último terreno que o separava de seu apartamento, passou o cartão pela fenda com o leitor ótico, ainda cantarolando a mesma música de quando deixara o elevador.

No momento em que entrou, sentiu-se forçado a engolir em seco o pedaço da canção que estava a ponto de abandonar sua traqueia. Era como se as notas musicais bloqueassem sua garganta, o que quase o fez engasgar. Ele ficou pálido e já estava para ter um ataque cardíaco quando, enfim, conseguiu balbuciar a primeira coisa que lhe veio à cabeça:

— Mas, que surpresa agradável, Allie!

Allison Mulligan se levantou do sofá de três lugares, que dividia com um homem de baixa estatura e cavanhaque, com quem conversava. Colocou um "donut" parcialmente consumido de volta à bandeja prateada e ricamente adornada, de onde o havia retirado, e esperou que Massorski chegasse até ela. O baixinho ao seu lado, ao sentir a reação não muito usual de Massorski, também se levantou e andou até a porta, em passos apressados. Disse de passagem:

— Se me dão licença, acredito que queiram conversar a sós. Se me desculparem...

Antes que ele pudesse terminar seu clichê, Massorski o agarrou pelo braço, impedindo que ele realizasse seu intento de cair fora dali o mais rápido que podia. Dirigiu-lhe um olhar mais torto que um bumerangue. O homezinho então falou em tom de sussurro:

— Ela bateu na porta, abanou o crachá da NASA na minha cara e disse que queria falar com o senhor urgente. Foi bastante insistente. Tentei impedir que entrasse, mas...

— Está bem! — Sussurrou de volta Massorski, muito mais telegráfico. — Conversaremos sobre isso mais tarde!

O homem deixou o aposento, não sem antes limpar o suor de seu colarinho. Quando terminou de fechar a porta, Allie se adiantou, enquanto palitava os dentes:

— Desculpe por entrar assim, Clay. A propósito, seu serviço de quarto é péssimo!

— Ah, sempre podemos consertar isso! Por que não se senta de novo, enquanto eu peço um café?

— Se não se importa, prefiro ir direto ao ponto. Você é, sem dúvida, um perito em se esconder atrás de amenidades, mas não é meu estilo.

Massorski deu uma gargalhada tão forçada que atingia as fronteiras do cômico. Depois, ele passou a gesticular como um político que tentava angariar a simpatia de uma eleitora.

— E a que devo a honra de sua visita? — Ele falou, enfim, com raiva contida.

— Quero que deixe este projeto imediatamente!

— Isso é que eu chamo de ir direto ao ponto! — Massorski gargalhou de novo, desta vez com sinceridade. — Você sabe muito bem que isto já não é mais possível.

— Eu não pedi a sua ajuda! Sua presença aqui é desnecessária!

Massorski endureceu um pouco seu semblante.

— Talvez, alguém lá em cima ache que você precise ser vigiada, menina. — Disse o homem. — Como pode ter toda essa inteligência e tão pouca memória?

— Já faz tempo que não sou uma menina. — Devolveu Allie. — E sim, lembro-me perfeitamente do passado e o que você tentou fazer comigo!

— Não fiz nada com você, você fez tudo a si mesma! — Ele fez uma pausa para estudar a face de Allie. — Problemas em assumir responsabilidades agora?

— De jeito nenhum. — Ela respondeu com calma. — No meu testemunho, eu disse toda a verdade e assumi cada erro que cometi. Não como você, que mentiu ao dizer que não teve atuação no caso e tentou jogar tudo em cima de Aldrich! Teria sido acusado de perjúrio se seu pai não fosse senador!

— Isso — pela primeira vez, ele hesitou e mordeu a língua. — não vem ao caso agora!

— Tem razão, direto ao assunto! Quem lhe deu o direito de invadir casas de pessoas e aterrorizar um bairro inteiro com essa sua besteira de doença fatal?

— O governo, minha querida. Só estou fazendo o necessário para resolver essa crise que, você concorda, é bastante séria. Além do mais, não acredito que eu tenha que me explicar a ninguém, muito menos a você.

— Eu trouxe outro convidado, que pode discordar. — Disse Allie, já de celular na mão e enviando uma mensagem de texto, rascunhada anteriormente.

Não demorou muito para a porta do aposento se mexer de novo. Desta vez, um velho conhecido de Amanda e Elizabeth entrou no quarto, após brilhar seu distintivo na cara de uma das arrumadeiras.

— Este é o Tenente Rodriguez, polícia do Texas. — Allison apresentou o homem, que prendeu o distintivo ao seu pescoço por meio de um cordão.

Massorski não alterou em nada sua atitude. Até parecia sinceramente feliz ao ver o policial.

— Como vai, tenente? — Ele o cumprimentou jovialmente, estendendo a mão.

— Eu soube que você vem causando confusão na minha área! — Este respondeu seco e manteve ambas as mãos em seu cinto. — Por que não fui informado?

— Porque temos permissão! — Massorski puxou sua mão de volta, para depois colocá-la no bolso de seu paletó. Com isso, ele produziu duas folhas de papel dobradas, uma sobre a outra, que logo entregou ao outro.

Allie também se inclinou ligeiramente para olhar o conteúdo daquelas folhas.

— É, até que ele se lembrou de trazer um mandato. — Disse o tenente. — Parece tudo em ordem. E ainda com uma carta aberta, assinada pelo Vice-Presidente!

— Eu disse que ele era metódico. — Allie completou.

— Como vêm senhores e senhoras, não há nada com que se preocupar! — Clayton retrucou, com um sorriso jubiloso. — Mas, já que vocês tiveram todo o trabalho de vir até aqui, por que não se juntam a mim para um Brandy?'

— É muito cedo. — Respondeu o tira. — Além do mais, estou de serviço. É só que esse negócio de doença é um caso muito sério, que pode gerar pânico. Eu deveria ter sido informado para deixar a Guarda Nacional de prontidão se algo fugisse do controle. Que eu saiba, esse é o procedimento.

— Isso não será necessário. — Massorski assegurou de novo. — Realmente, não acredito que devemos nos desgastar com uma tediosa batalha de jurisdições, quando esse assunto já está mais do que claro. O que quer que seja, podemos cuidar disso.

Mulligan permanecia em silêncio ao lado do policial. A diferença de altura, por sinal, era notável. Ela fixava seus olhos nos de Clayton.

— Tenho certeza que sim. — Rodriguez considerou. — Por isso, tomei a liberdade de ligar para o CDC. Estão a caminho enquanto conversamos.

Massorski fez silêncio e endureceu a expressão.

— Não podia ter feito isso sem ter me consultado! — Este vociferou, porém, ainda composto e mantendo baixa sua voz. — Está tudo aqui! — Disse, e deu um tapa nos papéis que lhe foram devolvidos.

— É o protocolo em casos de risco de epidemia de uma doença infectocontagiosa potencialmente letal. — O policial explicou.

— E isso sobrepuja seu mandado, já que a população pode estar em risco de vida. — Allie interveio. — Quer voltar a falar sobre jurisdições? Vai pegar muito mal quando souberem que você extrapolou sua autoridade dessa maneira. O CDC não vai gostar nada quando souber que há gente do governo se passando por eles! Sem falar no embaraço para o Vice-Presidente.

— Você está blefando! — Disse Massorski, comprimindo os dentes.

O imenso tenente andou em direção a ele, muito devagar e com ar de ameaça. Chegava a superar por alguns centímetros Massorski, que também era muito alto, porém, consideravelmente mais magro.

— Eu não blefo. — Rodriguez esclareceu.

— E o que você quer?

— Você tem meia hora para tirar todo o seu pessoal da minha área e desmentir tudo o que disse aos moradores! Isso inclui seus amigos do FBI!

— E daí? — Massorski perguntou.

— Daí, eu bato outro fio para o CDC e digo que tudo não passou de uma gripe, um alarme falso.

— Está bem! — Clayton concordou de rosto fechado.

— Tem mais uma coisa! — O tenente voltou. — Você vai reportar tudo que fizer para meu distrito. Se um de vocês cuspir, vou querer um relatório completo na minha mesa antes do cuspe secar; e não duvide nem por um instante que posso colocá-lo atrás das grades! Está claro?

— Sim senhor! — Clayton respondeu muito mais irônico do que realmente convencido.

— Então, estamos conversados. Se me dão licença, tenho muito trabalho a fazer.

Tenente Rodriguez deu as costas e se encaminhou para a porta. Ainda parou no caminho para dirigir-se à Allison:

— Você me deve um Brandy, mocinha!
— Com certeza! — Esta garantiu.

— Não sabia que também tinha virado chantagista, Mulligan. — Massorski se voltou para ela com sua serenidade de sempre, depois que o policial bateu a porta e os deixou a sós novamente.

— Não. — Ela respondeu. — Esse é o seu jogo. Eu apenas cumpro a lei, da qual você pensa estar acima.

— Pois bem. Neste caso, vamos falar também de hierarquia. Você ainda é minha funcionária, Allie. Como tal, estou afastando você desta missão. Comece a empacotar suas coisas imediatamente e volte para seu laboratório em Houston. Você é muito mais útil quando faz o inútil.

— Não. Acho que vou ficar mais um pouco, como consultora independente. Não preciso de sua permissão para isso.

— Boa sorte. Vai ter que trabalhar sem apoio, nem equipamentos!
— Tenho tudo que preciso.
— Isso inclui a Rainha Elizabeth I?

Foi a vez de Allison enrijecer suas feições.

— Não, prefiro trabalhar com Joana D'Arc. — Ela ironizou, mas tentava com grande esforço fingir naturalidade. — Do que diabos está falando? Acho que você tomou muito daquele seu Brandy!

— Ah, não insulte minha inteligência, querida. Mentir não é a sua praia! Elizabeth, a assim denominada companheira de quarto da sua outra amiguinha. Fiz minhas próprias pesquisas após a agradável visita dela naquele dia. Posso conseguir informações que você nem imagina!

— Nesse caso, você deve ter ficado feliz de não ter conseguido matá-la, como queria.

— Eu não sei do que você está falando, Allie. Por que não leva essas acusações a seu querido tenente, para que eu possa te processar por difamação?

— Ainda não. Só acho que suas técnicas de isolamento de perímetro são uma porcaria! Como permitiu que três facínoras entrassem em sua área restrita e, ainda por cima, tentassem estuprar uma pessoa?

— Acontece. É um bairro grande. Além do mais, se é que tal fato realmente aconteceu, quem garante que esses facínoras não são da vizinhança?

— Uma testemunha que mora lá disse que não.

— Ah, deixe-me pensar... Esta poderia ser a tal Amanda Tobias, a hispânica que vive ali?

Mulligan alterou seu olhar para outro de raiva.

— Minha querida Allison! — Massorski prosseguiu. — Pare de tentar meter o nariz em assuntos que estão muito além de sua capacidade! Volte para Houston, onde ainda lhe resta algum respeito. Não desperdice seu talento com mais um escândalo! Não arraste seus amigos para a sarjeta junto com você! Quer realmente que Leonard termine sua carreira trabalhando num lava rápido? Ou que Amanda perca sua bolsa de estudos ou acabe mesmo expulsa da faculdade? Deixe de ser egoísta, menina!

— Falando em chantagem... — Allie suspirou. — Não. Vou ficar mais um pouco. Senão por outro motivo, para colocar os arreios em você. A cada passo que der, vai sentir meu peso nos seus calcanhares. Qualquer mínimo deslize, e vou direto para meu novo melhor amigo na cidade, o Tenente Rodriguez.

— Faça como quiser. — Clayton girou os olhos em sinal de piedoso desapontamento.

— Agora, se me dá licença, tenho muito trabalho a fazer. — Ela repetiu a frase do policial e, em poucos segundos, Massorski estava sozinho no aposento.

"Como irrita esse complexo de mártir que ela tem!", considerou. "Como alguém naquela idade ainda podia ser tão inocente, mesmo infantil? E arrastar aquele tenente latino grosseiro para meu quarto, como se isso fosse adiantar de alguma coisa." Que ridículo, que cena mais desnecessária! Se insistisse muito naquilo, acabaria por fazer papel de boba diante da polícia local, o que não seria ruim para ele.

Pobre Allie. Não fazia a mínima ideia do peso que seria jogado sobre ela. Mal sabia a moça que ele poderia acabar com ela quando quisesse. Não queria chegar a isso, mas seria obrigado. E não teria escolha a não ser levar seus amigos para o fundo do poço também. Sabiam demasiado. Elizabeth era importante, mas algumas peças do jogo eram perfeitamente descartáveis. Massorski abriu um largo sorriso e chamou o serviço de quarto.

♣ ♣ ♣ ♣ ♣

— E depois dizem que nós é que estamos em todo lugar! Que mundo pequeno! O que você faz aqui, meu cavalheiro?

— Mencionei a uns policiais que procurava por três criadores de encrencas, e eles me mandaram direto para cá. Você é um sujeito difícil de achar!

— Não difícil o bastante, como pode ver. Sempre procuro me fazer o mais acessível que posso. Sou, como dizem, um cidadão do mundo.

— Infelizmente. E o que vocês estão fazendo no Texas?

— Meu caro amigo, nossa curiosidade é infinita! Onde quer que haja uma nova oportunidade para enriquecer a nossa já prolixa cultura, estaremos ali para aprender, além de ensinar.

— E vejo que, nesse momento, sua curiosidade e desejo de cultura o levou a visitar o lado de dentro de uma cela de prisão.

— Você sabe, eu sempre tenho esse interesse em fornecer atividades de lazer a um custo reduzido. Às vezes, minha boa vontade é totalmente incompreendida.

— Sim, eu soube. Você tentou vender ingressos para o jogo dos Dallas Cowboys como cambista, e os clientes descobriram que eram falsos.

— Um pequeno mal-entendido.

O homem do lado de dentro da cela era corpulento, porém, de traços finos e semblante suave. Sua voz era bastante grave, se bem que um tanto cavernosa. Mesmo assim, muito agradável aos ouvidos.

— E vejo também que esta não foi a única transação econômica descuidada que andaram fazendo ultimamente. — Leo resolveu que era hora de endurecer o tom. — Que ideia foi essa de vender o prisma e seus pequenos acessórios?

O prisioneiro chegou a ficar pensativo por alguns segundos. Entretanto, sua expressão continuava serena.

— Como você sabe disso? — Perguntou ele.

— Digamos que uma amiga em comum gostaria muito de lhe fazer a mesma pergunta, meu camarada. Porque, graças a vocês, a vida dela sofreu outra pequena reviravolta!

— Eu sinto uma certa negatividade em sua voz. Sinto que traz más notícias.

— Onde estão os outros dois patetas, o Zeppe e o distinto Mitch Dijuta? — Perguntou Leo.

— Por aí. Foram ver de conseguir o dinheiro para minha fiança, você sabe como são essas coisas.

— E eles pretendem vender mais objetos amaldiçoados para tirar você daqui?

— Nessa economia globalizada de hoje em dia, você precisa tirar proveito de todo o seu tino comercial. Além do mais, a distinta senhora a quem vendi aquela tralha nunca vai saber como operar aquele negócio!

O encarcerado estava descalço e procurava alisar bastante e com força a sola de seus enormes pés, ora o direito e depois o esquerdo e, toda vez que o fazia, exibia uma dissimulada careta de dor.

— Você não parece muito "globalizado" agora. — Leo observou. — Onde estão hospedados?

— Lá no Tollways Inn, perto da Turnpike.

— Derk, você já não é mais o mesmo. — Ele se escandalizou. — Conheço o lugar e é um pardieiro!

— Até que não é mal, meu camarada. Não é presidencial, mas até que cumpre com seu papel. E já que tocou no assunto, caro amigo, o que o traz a estes humildes aposentos, que nesta hora me oferecem abrigo?

— Bem, posso dizer que, uma vez mais, vocês estragaram tudo. Uma cadela hidrófoba, histérica e no cio seria mais sensata do que vocês. Não demorei muito para descobrir o seu pequeno comércio de maldições legalizadas para velhinhas impressionáveis.

Derk deu uma sonora gargalhada.

— Nossa reputação nos precede, mano! Como já te disse, somos empreendedores do conhecimento humano, e sempre tentamos devolver à sociedade cada um dos presentes que esta já nos deu!

— Sim, e causaram o apocalipse no processo!

— Aquele sufocante calor seco de Madri deve ter lhe provocado uma séria insolação. Mas, nada que não possamos resolver pelo preço certo. Como é de costume, seu amigo Derk está aqui para lhe ajudar. Temos um creme em estoque que, além de curar todo e qualquer tipo de queimadura, também some com as espinhas e aumenta a potência sexual!

— É claro. E ainda te deixa rico em minutos, certo?

— Bem, este seria outro creme, mas podemos arranjar também. Basta me dizer onde você está hospedado e mandaremos todo esse maravilhoso material; mediante pagamento adiantado e frete por sua conta. Você é de Iowa, certo?

— Sim. Porém, agora estou hospedado na casa dos pais de uma amiga.

— Seria essa que você mencionou a poucos instantes, a nossa querida amiga em comum?

— É um pouco mais complicado do que isso.

— Nesse caso, se você fizesse só um mínimo de esforço para ser mais claro, talvez pudéssemos ajudar com seu dilema.

— Elizabeth voltou... Meu caro amigo!

Derk olhou para Leo em meio às barras, pela primeira vez atônito. E emudeceu. Sua cavernosa, porém, maviosa voz não foi ouvida por alguns instantes e, visivelmente, começou a suar frio. Em seguida, passou as mãos por sua cabeça raspada, tentando esconder o nervosismo. Finalmente disse:

— Você quer dizer, a duquesa? Ela voltou?

— É rainha! E sim, aconteceu tudo de novo!

— Não é possível, mano! Nós a levamos de volta! Minha Nossa Senhora!

— Em primeiro lugar, como você pode vender aquela coisa, sabendo do que era capaz? Dinheiro certamente não deve ser um problema para vocês, já que vivem dando voltas pelo mundo, fazendo besteiras por onde quer que passem!

— E como você pensa que pagamos todas essas viagens? É um negócio lucrativo, cara! Você não faz ideia de quantas pessoas saem por aí comprando bonequinhas e talismãs. Certa vez, teve até um casal de americanos que aceitou pagar uma razoável quantia por uma mísera guimba de charuto que a gente achou no chão, só porque dissemos que ela tinha poderes espirituais de transcendência corpórea!

— "Poderes espirituais de transcendência corpórea"?

— Eu que inventei! — Disse o jamaicano com um sorriso. — Gostou?

— E vocês acreditam mesmo nesse tipo de coisa?

— Quem, nós? Claro que não, companheiro, ficou maluco? Mas, sabe como são as pessoas. Superstição e medo do desconhecido são sempre um investimento seguro. Elas encontram três estrangeiros na rua, vendendo este tipo de mercadoria, morrem de medo de sofrer algum mau-olhado, urucubaca ou maldição se não comprarem. Especialmente, se dermos um empurrãzinho nesse sentimento.

— Interessante estilo de vida!

— Veja por este lado, colega. Já que o conceito existe, por que não faturar com ele? Você mesmo deveria tentar de vez em quando. Mas, conte-me o que aconteceu.

— A velhinha a quem vocês venderam o objeto é mãe de uma estudante universitária chamada Amanda. Foi na casa dela que Elizabeth pousou. Só que tem muito mais...

— E o que seria?

— As coisas estão diferentes do que foram em Madri. Elizabeth trouxe junto com ela um deslocamento de planetas que vai provocar a destruição da Terra em menos de cinco dias!

— Você deveria ser mais esperto do que acreditar nesse barato de astrologia, mano! — Derk falou com toda calma.

— Eu queria que fosse só isso, mas não é! Isso que lhe falei é quente!

— E quem disse?

— A NASA.

— Entendo.

— Mesmo?

— Claro que não! Foi uma força de expressão! Não sabia que você tinha contatos na NASA! Quem foi que te disse esse negócio dos planetas?

— Uma amiga.

— Confiável?

— Uma das melhores pessoas que já conheci. Grande coração. Alma gigantesca. Só que ela não está sozinha. Alguns colegas de trabalho dela estão com certa fúria assassina.

— Hum... Morrer não estava nos meus planos.

— Então, é bom começar a se preocupar, pois não serei o único a ficar furioso com o fato de vocês terem vendido um artefato com poder de destruir o mundo! E para qualquer um!

— Achamos que não funcionaria sem o relógio!

Leo saltou de seu banco, como se o mesmo o tivesse queimado.

— Vocês ainda têm o relógio? — Ele gritou.

— Sim, você sabe, jamais faríamos nada de irresponsável.

— Claro que não! Bem, finalmente uma boa notícia!

— Ah, você me conhece! — Disse o jamaicano, exibindo novamente sua perfeita dentição, branca como a neve. — Jamais abandonaríamos um irmão em dificuldade! Sempre conte conosco para tudo que precisar! Cinquenta dólares e o relógio é todo seu! E não faríamos isso por mais ninguém! Normalmente, uma raridade daquelas custaria cem pratas!

— Sua consideração realmente me comove! Por isso, tenho essa contraproposta, também só para você: eu pago sua fiança, resisto à tentação de atirar você e seus amigos nas mãos dos milhares de indivíduos que querem te esganar (incluindo eu), e você me dá o relógio!

— Viu como foi bom você nos conhecer? Já está aprendendo a negociar!

♣ ♣ ♣ ♣ ♣

— Já terminou de fazer sua loucura? — Perguntou a rainha para Allie, enquanto trafegavam pela enorme avenida, debaixo de um calor insuportável. — Eu poderia ter ido com você. A julgar pela sua expressão corporal, posso ver que o idiota forçou a barra.

— Teria sido um erro. Ele sabe sobre você. Tentei disfarçar, mas ele sabe.

— E como ele descobriu quem eu sou? Olhou meus retratos em alguma enciclopédia e os comparou comigo? Aqueles desenhos toscos não se parecem nada comigo!

— E também não revelei a ninguém sua identidade, nem mesmo a meu diretor geral.

— Então?

— Massorski é inescrupuloso, mas muito esperto. E pode ser bem metódico quando o assunto é se tornar herói por meio da minha pesquisa e me desacreditar no processo. Também existe a hipótese de ter achado os jamaicanos antes que nós.

— Não acho que ele tenha simplesmente encontrado três jamaicanos que falaram sobre mim. Só agora Leo achou um deles na cadeia (onde ele pertence!). Eles nem tinham como saber que eu estava aqui!

— Pois é. No entanto, Massorski tem acesso aos mesmos equipamentos que eu, melhores até. Quando descobriu no que eu estava metida, deve ter empreendido suas próprias pesquisas. Ficou sabendo do deslocamento de planetas e dos fenômenos temporais.

— Inclusive o de dois anos atrás, você quer dizer!

— Isso. Se ele olhou nos mesmos lugares que eu, também achou a primeira linha do tempo no espectômetro, aquela que liga a Inglaterra a Madri.

— Madri também é um lugar grande, querida.

— Eu sei. Só o que posso pensar é que Massorski pode ter pesquisado Leo e seus contatos. Talvez, tenha juntado as peças. Bem, não sei como ele descobriu sobre você, só sei que o fez! E agora, mais do que nunca, tenho que levá-la para Houston e deixá-la aos cuidados do Senhor Rupert Aldrich. É a única maneira de protegê-la. Ele é meio inglês, vocês terão muito que conversar!

— Sim, creio que será adorável. E vai contar a ele quem eu sou?

— Se Massorski sabe, já deve ter contado a ele. Não perderia essa oportunidade de passar na minha frente.

— E você, é claro, vai querer esclarecer a seu diretor que foi você quem me achou primeiro, certo?

— Amanda te achou primeiro! — Allie corrigiu severa. — E não se preocupe, já sei muito bem o que está em jogo aqui. É muito mais do que créditos! Você não estaria dizendo, nem por um instante, que acha que sou como ele!

— Claro que não, querida. Porém, desculpe-me se fico um tanto perturbada com o fato de Massorski ter descoberto sobre mim, considerando que, aparentemente, somente quatro de nós sabia de minha presença aqui!

— Leo e Amanda jamais teriam contado e você sabe disso! Eu vou descobrir como ele soube, pode estar certa disso!

Allie precisou parar no sinal vermelho e estava visivelmente aborrecida. Pensou durante alguns segundos e deu um pequeno murro no volante.

— Eu devia ter pensado nisso. — Falou.

— Em que, minha cara? — Perguntou a inglesa.

— Esse desgraçado do Massorski! Eu devia ter previsto! Foi bobagem minha deixar você aqui!

— Você não pode prever até que ponto ele vai descer, Allie. Novamente, peço desculpas pelo que falei. Agora, é o momento de ficarmos calmas. Não acredito que, por hora, Massorski vá realmente falar de mim para alguém. Nem mesmo para seu superior comum, o Senhor Aldrich.

— E por que acha isso?

— Você tem a prova e ele não. Não vai arriscar cair no ridículo.

— Por isso mesmo, ele vai tentar de tudo para achar a "prova" e não podemos mais arriscar expô-la.

— Mesmo que ele me encontre e pergunte se sou a "Rainha da Inglaterra", sempre posso negar veementemente. Você já deve ter percebido que sou mestre em batalhas de eloquência. Aliás, por que não deixa todas elas comigo?

— Aonde quer chegar com tudo isso, Lisa?

— Só que você voltou de seu encontro com Massorski meio triste. Não deveria ter ido lá sozinha! Você não é como ele! Não precisava se sujeitar à sua guerra de nervos! Eu, por outro lado, consigo fazer picadinho de gente como ele. Aí, você só teria que desfrutar da deliciosa monotonia de ver dois políticos se esgoelarem.

— Eu não tenho medo dele.

— Não foi o que eu disse. É só que uma pessoa como você não merece se envolver em batalhas de mesquinharia. Você é útil em sua pesquisa inteligente, enquanto lida com outras pessoas de caráter. Deixe a politicagem, bem como seus perpetradores, para mim.

— Eu agradeço sua boa vontade, mas não posso deixar Massorski pensar que estou fugindo dele. Ele é minha responsabilidade e tenho que saber como lidar com ele.

— Você tem o mesmo problema que Amanda e Leo. Nasceu honesta demais. Nunca conseguiria nada na política.

Allie teve que parar o veículo novamente, desta vez devido ao que parecia ser um despropositado bloqueio policial. Ambas levaram alguns segundos para notar o homem do lado de fora, bem junto ao veículo, apontando sua enorme 38 para o vidro, exatamente na direção da cabeça de Allie.

— Aí está um que se daria bem na política. — A cientista murmurou para sua passageira.

Na casa dos pais de Amanda, Leo já tinha chegado de sua incursão, no entanto, não tivera notícias de Allie e Elizabeth.

— Conseguiu falar com os tais caras? — Perguntou Amanda.

— Sim, conforme te disse ao telefone, achei um deles na cadeia. O único problema foi ter que passar por todo aquele turbilhão. Você estava bem certa sobre aquele lugar.

— Pois é, aquela zona é barra pesada mesmo.

— Por isso, insisti que você esperasse aqui.

— Sei cuidar de mim. É com você que me preocupo. Pegou os caminhos que lhe falei? Você não me parece muito bom nisso.

— Peguei, gracinha. Posso não ter exatamente o melhor senso de direção do mundo, mas consigo chegar onde quero com alguma paciência e um bom GPS.

— Eu só estava preocupada com você! Aqui não é Iowa. Os cavalos do Texas não vêm com GPS!

— Infelizmente, os guardas de trânsito também não!

— Entendo o que quer dizer. — Amanda sorriu e virou para dar uma olhada no prisma, que vibrava no compasso do massageador de sua mãe e também de sua escova de dente elétrica. — Tudo isso não impede os fenômenos temporais, certo? — Perguntou.

— Não. De acordo com Allie, é impossível evitar os fenômenos. As vibrações meramente embaralham as emissões iônicas para que não sejam trianguladas por nenhum espectômetro.

— Mas, você acha que isso pode, de alguma forma, interferir com a passagem das emoções para este lado?

— Não creio. Só que, se você começar a escutar seus próprios pensamentos de novo, talvez a voz saia meio tremida. — Ele brincou.

Entretanto, uma violenta cantada de pneu do lado de fora chamou a atenção de ambos.

— Está esperando alguém? — Perguntou Leo.

— Ninguém deste universo. — Respondeu a moça. — Será que elas deram meia-volta por alguma razão?

— Não, Allie disse que avisaria se tivessem que voltar.

— E também não acho que ela fosse dirigir tão mal assim!

Leo foi até a porta para abri-la, porém, deteve-se ao olhar de soslaio por uma janela, que também dava para a rua. Ele pode distinguir a silhueta de um veículo de porte grande, por meio da débil transparência da cortina branca, que se encontrava fechada. Ele se voltou para a janela e abriu a cortina, somente uma fresta. Virou-se para Amanda de supetão.

— Você tem razão. — Ele disse. — Allie não dirige tão mal assim. Tem um furgão aí fora, estacionado bem na nossa frente. Bloqueou sua garagem.

— E você acha que querem algo conosco?

— Não sei, mas é melhor não descobrirmos. Tem alguma porta dos fundos aqui?

— Sim, podemos sair pela varanda. O carro de minha mãe costuma ficar estar estacionado na rua de trás.

— Ótimo, então vamos para lá.

Fecharam seus dois laptops e os puseram em mochilas, já reservadas para aquele fim, caso precisassem abandonar o local às pressas.

Andaram com passos bem nervosos até a cozinha. Abriram a porta, mas a fecharam em seguida.

— É, colega. — Disse Amanda. — Definitivamente, é com a gente.

E correram de volta para a sala. De fato, havia outro veículo, igualmente grande, na rua de trás. Havia mais homens de óculos escuros e aspecto ameaçador em torno deles. Todos portavam armas de fogo. Leo olhou novamente pela mesma janela de antes e viu que homens se aproximavam. Eram grandes, feios, vestidos a paisana e cheiravam a encrenca. Andavam com determinação. Um sujeito, que tinha a cabeça raspada a zero, liderava o grupo.

— E agora? — Perguntou Amanda.
— Chama a polícia.
— Tá.

E, depois de alguns instantes...

— O telefone da sala não funciona. — Revelou a garota. — Provavelmente as outras extensões também não.
— Celulares?
— Vou tentar.

Contudo, antes que Amanda conseguisse aproximar seu longo e fino dedo indicador de alguma tecla, um estrondoso soco esmurrou a porta da frente, seguido do inconfundível discurso enérgico:

— Polícia! Abra por favor!
— Polícia!? — Sussurrou Leo para Amanda. — Falando desse jeito?
— Sim, sei o que quer dizer. — Concordou Amanda. — Que gramática mais perfeita! Nenhum guarda daqui fala tão bonito assim!
— Temos um mandato de busca! — Continuou o purista da língua do lado de fora. — Se há alguém na casa e sabemos que há, pedimos o favor de abrir a porta com a máxima urgência, ou seremos obrigados a arrombá-la!
— Ele sabe que "há" alguém em casa. — Murmurou Leo para Amanda, com um pequeno toque de sarcasmo. — Um ser humano notadamente esperto.

— Um paradigma de inteligência. — Afirmou Amanda. — Contudo, não temos escolha. Vou abrir a porta para que esses idiotas não a estraguem, e aí vemos o que fazer. De acordo, companheiro?

— De acordo. Só me dê um segundo para esconder os computadores! Vou colocá-los atrás do sofá.

Ele o fez e a garota abriu a porta. Um homem mais alto de terno saiu de trás do que tinha a cabeça raspada, tomou-lhe a frente e se dirigiu a ela:

— Você deve ser Amanda Tobias! — Sua jovialidade era claramente forçada. — É um imenso prazer conhecê-la! ¿Como esta usted? — A falsidade do gesto em parecer simpático aos olhos da moça só perdia para sua péssima pronúncia.

— Não entendi bulhufas do que disse, senhor. — Devolveu Amanda. — Mania de pensar que falo espanhol só porque minha família é latina!

O homem fechou um pouco a cara, mas logo desenhou um novo sorriso em seu rosto cuidadosamente barbeado.

— Bem, peço perdão se fui inconveniente. — Ele falou. — Será que posso entrar?

— Pera um pouco. — Amanda solicitou e deu um tapa involuntário na porta, que acabou por se fechar na cara do visitante.

— O que você acha? — Perguntou ela para Leo com grande ansiedade.

— Vamos ter que deixá-lo entrar. — Opinou Leo. — Se não por outro motivo, para ver o que diz exatamente esse mandato que eles dizem ter.

— Acha que são mesmo da polícia? Não podem ser do FBI ou coisa assim?

— Particularmente, acho que esse cara aí da porta é tão policial quanto aquela árvore lá fora fala japonês.

— E se tentássemos chamar o Tenente Rodriguez?

— Já tentei. Pelo seu celular e o meu. Ao que parece, todas as linhas estão convenientemente saturadas no momento. Não consegui nem ligar para o 911. Mandei algumas mensagens de texto, só espero que elas atinjam o alvo.

— Meu caro, — O visitante, no final, entrou sem ser convidado. — Se vocês estão preocupados com alguma coisa, não é absolutamente o caso. Você deve ser o Senhor Leonard Crockett, não é mesmo? Allie me falou muito bem de você!

— E você, quem seria? — Ele perguntou.

O homem então dispensou o contingente atrás de si com um gesto e fechou a porta.

— Sou Clayton Massorski, chefe e amigo de Allie. — Ele se apresentou e trocou um aperto de mãos com Leo.

— Bem, Allie com certeza nos falou de você. — Respondeu este, mas com cautela no sarcasmo.

— Ah sim! Ela e eu já passamos por muita coisa juntos! Por isso, ela me pediu para vir aqui. Vocês já devem estar cientes da extrema delicadeza do problema que enfrentamos, certo?

— Sim, sabemos a respeito. — Leo confirmou.

— Como não podemos deixar que tais informações caiam em mãos erradas, precisamos tomar muito cuidado em quem confiamos. Por isso, decidi vir pessoalmente.

— E onde está Allie?

— Surgiu um pequeno inconveniente em sua viagem para Houston. Nada para se alarmar. No entanto, vocês precisam vir comigo imediatamente.

— E ela está por aí? — Perguntou Leo dissimulado. — Eu precisava falar com ela. Parece que há algum problema com nossos telefones.

— Ah, nada vai funcionar! Esse pânico causado pelos desaparecimentos em massa! Tentamos fazer o máximo para conter essa excitação, mas é quase impossível! O país inteiro deve estar no telefone agora. Os números de emergências são os mais congestionados até o momento.

Subitamente, Amanda apareceu e agarrou o braço de Leo, de modo a forçá-lo a olhar para ela. Quando este o fez, ela desatou a falar, com voz de desespero.

— Meus pais também estão desaparecidos e preciso de mais informações! E este lugar já começa a me dar arrepios! Acho melhor mesmo a gente ir com eles! — Ela abria seus olhos demasiadamente. Leo entendeu que ela tentava lhe mandar algum tipo de mensagem.

— Hã... Sim, sim, é melhor. — Este concordou, depois de hesitar.

— Minha querida, — Massorski se voltou para ela paternalmente. — Pode ter certeza de que faremos todo o possível para resolver essa situação e trazer seus pais de volta. Vocês fizeram um excelente trabalho, como não poderia deixar de ser com a ajuda de Allie. Mas, pode deixar, que nós aqui da cavalaria cuidaremos de tudo a partir de agora!

Amanda abriu o sorriso mais caloroso e crédulo que pode.

— Só preciso pegar algumas coisas e já vamos. — Ela disse.
— Okay, mas não demore, mocinha. — Massorski pressionou, porém, condescendente. — Se Allie contou tudo para vocês, já devem saber que, mais do nunca, tempo é dinheiro!
— Eu volto logo! — A jovem prometeu.
— Por que não nos sentamos por alguns minutos? — Leo sugeriu. — Você deve estar exausto com toda essa correria.
— Oh, não se preocupe, meu amigo. É o meu trabalho.
— E como você consegue lidar com problemas como esse de forma tão calma? Você há de convir, estamos numa baita encrenca!
— Sim, mas não entre em pânico, esse é o maior erro das pessoas. Saber como encarar esse tipo de situação extrema chega a ser uma rotina no trabalho de um líder. E acredite, tenho muita experiência nesses assuntos!
— Ah.

Com isso, Leo conseguiu habilmente fazer o diretor de campo da NASA ficar de frente para a janela principal, portanto, de costas para a sala de estar. Amanda achou as mochilas com os laptops atrás do grande sofá e as ergueu devagar para seus ombros. Tinha grande dificuldade em lidar com o peso de ambas. Mesmo assim, em questão de segundos, desapareceu nas entranhas da imensa habitação.

— Vou verificar a cozinha, ver se não esquecemos nenhuma torneira aberta. — Leo falou. — Sabe como são essas coisas. Com licença...

Só que não foi muito longe. Dois engravatados já guardavam o acesso para a porta dos fundos, que Amanda provavelmente se esquecera de trancar.

— Não se preocupe, amigo. — Massorski interveio. — Deixe o Tio Sam pagar a conta de água na pior das hipóteses. Normalmente, não gosto de meus homens entrando desse jeito em propriedade alheia, mas nesta atual situação, você entende melhor do que ninguém a nossa pressa.
— Sim, sim, claro. — Leo foi compelido a concordar. — Vamos nos encontrar com Allie?
— É por isso que estou aqui! Para levá-los até ela!

Leo ficou com medo de ter cometido um erro bobo, ao tentar alcançar a saída pela varanda da cozinha. Era possível que Massorski tenha lido que ele tentava achar uma brecha para fugir e, a partir daquele momento, tomaria ainda mais precauções para que tal não ocorresse. Já não via mais escolha a não ser acompanhar o homem para o que quer que estivesse à sua espera, ele e Amanda. Falando nela, por que demorava tanto?

— Bockner! Ache aquela garota e veja o que está fazendo! — Clayton ordenou para um dos agentes que vigiava a porta dos fundos, com a mesma intuição de Leo.

— Talvez, tenha precisado ir ao banheiro. — Este tentou argumentar.

— Ela vai ter que se segurar. — Massorski retornou já não tão cordial. — Tenho prioridades rígidas e não vou mais perder tempo!

Nisso, o engravatado que deveria procurar por Amanda simplesmente interrompeu o passo e congelou.

— Ei! — Massorski berrou. — Algo errado?
— Senhor... — Ele tentou balbuciar.

Foi quando um enorme pastor alemão passou como um raio pelo agente e avançou decidido para cima do indefeso Massorski, com fúria assassina e dentes prontos para o abate. Pego de surpresa pelo ataque inesperado da agressiva besta, Clayton tropeçou e caiu de costas. O cachorro pode então agarrar uma das mangas de sua camisa, e a puxou com força impressionante.

— Son of a bitch! — Massorski xingou seu agressor canino.
— Isso parece correto. — Leo ainda chegou a comentar.
— Socorro! — Veio o grito feminino de algum lugar da casa. — Está louco! Não posso controlá-lo! Ajuda!

No instante seguinte, vários agentes irromperam casa adentro, vindos de todos os lugares, numa tentativa de salvar seu querido chefe.

— Você vem? — Amanda chamou Leo da porta dos fundos, que já se encontrava totalmente livre. — Vê se me ajuda a levar isso tudo!
— Não consigo dizer não a uma dama!

Correram numa desenfreada arremetida para o carro da mãe da moça, porém, desengonçados devido ao opressivo peso que tinham que carregar. Contudo, a comoção geral na casa fez com que chegassem ao veículo com relativa tranquilidade. Amanda pegou a chave em cima do pneu dianteiro esquerdo. Quando destravou todas as portas ao mesmo tempo, ela e o companheiro atiraram tudo que levavam de qualquer jeito nos acentos traseiros, e logo tomaram suas posições nos bancos dianteiros, com Amanda no volante.

— Mister Peabody! — A moça chamou seu outro melhor amigo o mais alto que pode.

Não tardou para o animal surgir porta afora e pular para dentro do carro pela janela do motorista.

— Você não disse que tinha um amiguinho! — Leo observou, em tom de reclamação.
— Eu mesma tinha me esquecido dele! Nem sabia que ainda estava vivo. Ele costuma ficar numa sacada que meu pai improvisou e dorme a maior parte do dia por estar muito velho. Porém, como pode ver, ele ainda consegue morder quando quer!
— E correr também! — Leo completou enquanto acariciava o pelo do belo animal no banco traseiro, que naquele momento se mostrava bastante dócil. — Mister Peabody? — O homem torceu o nariz.
— O que eu posso fazer? Minha mãe adora esse programa!

Ela virou a chave e acelerou para longe dali, deixando para trás dois furgões, estacionados no meio fio do outro lado da rua.

— Só que precisaremos trocar de carro de alguma maneira. — Amanda entendeu. — Não iremos longe com todo o FBI procurando por este aqui. Sem mencionar que aquele desgraçado engomadinho deve estar fulo da vida! E ele é do tipo que não se importa em mandar matar pessoas.
— Bem, na verdade, eu meio que já estava preparado para esta eventualidade. Onde se localiza um certo... "Lado Mexicano"?
— É um restaurante que fica num beco, não muito longe daqui. É para lá que nós vamos?
— Sim, por favor. Tenho um amigo que ficou de me encontrar lá. Claro que não era para ser agora, só que não imaginei que seríamos visitados tão cedo!
— Ei, garoto! Não mexe aí! — Amanda comandou com autoridade seu pastor alemão, quando viu pelo retrovisor que este já começava a passar o focinho pelo prisma. Com isso, ele calmamente se deitou ao longo do acento traseiro inteiriço e adormeceu bem depressa. — Como acha que o Massorski encontrou a casa dos meus pais tão rápido? — A moça continuou. — Allie garantiu que o golpe da vibração esconderia as tais emissões iônicas!

— Bem, ele já procurava por essas emissões há um bom tempo. E o prisma estava lá antes de chegarmos.

— Mas então, melhor colocar essa porcaria para vibrar imediatamente, antes que ele vire um localizador! Se isso acontecer, a nossa fuga não vai adiantar nada!

— Tem razão. — Leo voltou a ligar o massageador e a escova de dente elétrica, e os encostou à superfície do prisma. — Esse objeto vai acabar tendo muito mais prazer do que eu numa vida inteira! — Ele comentou frustrado.

— Devemos procurar por Allie?

— Negativo. Vamos encontrar meus amigos, abandonar esse veículo e ir direto para o Tenente Rodriguez.

— Se é que ele também não foi comprado.

— Não me pareceu esse tipo de homem. Além do mais, Massorski sabia que Allie estava a caminho de Houston. Algo me diz que ele já a tem debaixo de suas asinhas. E nossa querida rainha também.

O cachorro sozinho conseguia quase ocupar todo o espaço do estofamento traseiro do Buick, onde estava acomodado. Ele olhava pela janela, que tinha os vidros fechados, com grande curiosidade e intensidade, enquanto o cenário diante de seus olhos corria rapidamente devido à velocidade com que Amanda rodava. Sua cauda abanava incansavelmente.

Subitamente, o cenário parou bruscamente ante seus olhos e ele desabou, sem se machucar, para o estreito corredor que separava os bancos de trás dos acentos da frente. Tudo isso por causa da violenta freada que Amanda teve que impingir ao indefeso veículo, devido aos dois enormes furgões que, rápidos como balas, arremeteram e se puseram na frente do carro. Impediram-lhes a passagem antes que pudessem alcançar uma avenida mais larga.

Amanda pensou em dar marcha-ré, mas logo desistiu quando, ao olhar pelo retrovisor, deparou com outros dois grandes veículos, igual aos dois da frente, na estreita rua de mão única. Eles pararam ao longo da rua, um de frente para o outro, a fim de impedir a passagem pela retaguarda também.

— É, companheiro. — Disse Amanda, que arfava muito forte. — Eles chegam bem depressa. Você tem um plano B?

— Pensei que *você* tivesse um plano B!

— Posso tentar soltar meu cachorro de novo, mas acho que não vai mais adiantar.

De fato, quando olharam para trás, Mister Peabody estava novamente adormecido. Leo fitou Amanda com certo ar de enigma. Porém, a moça só teve um pequeno momento para ficar confusa. Um violento estrondo ecoou abruptamente atrás deles, interrompendo qualquer laivo de pensamento que ela ainda pudesse segurar na cabeça.

O cachorro também despertou num susto. Os três voltaram a cabeça para testemunhar uma caminhonete Cherokee, o maior de todos os veículos até então, entrar no meio dos dois furgões e abrir caminho entre eles, ao colidir com a lateral de ambos, produzindo um deprimente ruído de metal contra metal. Conseguiu, apesar de seu tamanho, se colocar ao lado do Buick, com uma roda invadindo a calçada. Parou bruscamente, o que produziu um elevado e cortante zumbido, resultado do atrito dos pneus com o solo. A porta lateral da Cherokee se abriu e, de dentro, o corpulento homem de cabeça raspada gritou:

— Vamos entrando, senhoras e senhores! Apressem-se, por favor!

— Eu não sabia que você tinha um plano C! — Amanda berrou.

— Ainda na casa dos seus pais... — Leo explicou. — As linhas celulares podiam estar congestionadas, mas descobri que uma ou outra mensagem de texto atingia o alvo.

Todos os ocupantes do Buick, humanos e caninos, saltaram para a Cherokee e o motorista acelerou contra os dois furgões à frente, o que causou uma nova sinfonia estridente entre os pneus e o asfalto. O para-choque do veículo parecia ter sido modificado para uma melhor absorção de impacto e não encontrou dificuldades em cruzar o caminho dos furgões uma vez mais, fazendo com que seus ocupantes tivessem que pular para dentro, a fim de não serem esquartejados pela fúria da Cherokee. No entanto, isso não os impediu de puxar suas armas e disparar todo seu arsenal no veículo em fuga. Quando este finalmente alcançou a avenida principal, conseguiu ficar fora de alcance.

— É, vai precisar de uma pinturinha, mas a gente dá um jeito depois. — Disse Derk para Amanda, enquanto Leo terminava de cumprimentar os outros dois passageiros. Mister Peabody olhou pelo vidro da janela traseira. Deve ter achado a cena um tanto monótona, pois voltou a se deitar e dormiu.

— Minha mãe vai me matar! — Amanda lamentou. — Ela gostava daquele Buick!

— O governo lhe dará um novo! — Respondeu o homem de cabelo rastafári, com um enorme sorriso branco. — A propósito, se quiser algum acessório, temos muitas opções a preços de tirar o fôlego!

— Vocês devem ser os tais três patetas jamaicanos, certo? — Amanda adivinhou.

— Em carne e osso! — Confirmou o terceiro jamaicano, o que usava o grande chapéu colorido.

— Pois, quero de volta o dinheiro que minha mãe pagou por esse maldito prisma!

— Ele abriu um vórtice temporal, que trouxe nossas emoções em forma de pessoas e algumas delas ameaçaram a moça. — Leo explicou.

— Quer dizer então que funciona! — Derk argumentou. — Puxa, devíamos ter cobrado mais!

— Sem mais delongas... — Leo iniciou sua apresentação. — Este aqui é o impressionante Frank Zepstein, ou Zeppe, como o chamamos... Este é o distinto Senhor Mitch Dijuta... E o motorista ali é nosso querido chefe, Doutor Moses Deckerson!

— Derk para os íntimos, irmãzinha! — Ele complementou.

— Amanda! — Ela devolveu, trocando todos os possíveis apertos de mão que o protocolo das ruas ditava com seus três novos melhores amigos. — Amy para os íntimos.

— Se você gosta de Reggae, veio ao lugar certo! — Zeppe emendou.

— Uma pergunta... — Leo interrompeu com semblante mais sério.

— Tudo para você, irmão! — Dijuta concedeu entusiasmadamente.

— Vocês andaram conversando com os federais ultimamente?

— Ah! — O jamaicano voltou orgulhoso. — As quinhentas pratas mais fáceis que já ganhei! — E se derramou em mais apertos de mãos e soquinhos de punho cerrado com seu companheiro Zeppe.

— É isso aí, mano! — O outro respondeu.

— O que você quer dizer exatamente? — Perguntou Derk mais cuidadoso.

— Ontem ou anteontem, não me lembro... — Dijuta começou. — Quando você estava na prisão, uns gravatinhas vieram falar com a gente, queriam saber do Leo e tal, até ofereceram uma grana, mas a gente só deu uma de desentendido e não entregamos nada, mano! Só mencionamos, de passagem, aquela inglesa do passado que veio ao presente em Madri... Não pudemos resistir, mas aí não pega nada!

— Zeppe, Dijuta... — Derk os chamou.

— Fala, meu querido!

— Diz aí, meu bródi!

— Vocês são dois idiotas!

— Todos os funcionários públicos aqui são sempre assim mal-educados com seus clientes, somente por não possuírem o... Como era... "troco exato"? — Esbravejou Elizabeth para Allie, quando se aproximavam da casa dos pais de Amanda, apressadas e ofegantes.

— É assim que funciona! — Confirmou Allie. — É claro que teria ajudado se você não tivesse dado aquela baita nota de... Quanto era mesmo?

— Era uma simples questão de matemática! Aquele senhor tão rude, naquela estranha cabine, somente teria que me devolver a subtração! Seriam 1998,45 Xelins e alguns centavos, aproximadamente. Não sou muito boa em cálculos de cabeça. Isso resultaria em... Vamos ver... Cerca de 110 da moeda atual e alguns trocados. Não precisa ser um gênio!

— Da próxima vez, deixa que eu pago o pedágio.

Elizabeth assentiu com a cabeça.

— Acha mesmo uma boa ideia termos voltado? — A rainha perguntou apreensiva.

— Estou preocupada com eles. — Allie respondeu.

— Então, ainda pensa que Massorski estava por trás daquele bloqueio policial? Não é um tanto paranóico de sua parte?

— Teríamos sido presas, e não pela polícia local! Os patrulheiros rodoviários não têm o hábito de abordar motoristas de arma em punho, sem nem sequer pedir seus documentos! Sorte que o Tenente Rodriguez me deu sua linha prioritária. Todas as outras estão congestionadas. Senão, estaríamos de molho em alguma choupana alugada por Massorski.

— E como ele sabia que íamos a Houston?

— Não sabia, porém, ele é esperto. Arranjou uma desculpa para bloquear todas as estradas ao redor do condado e esperou para ver. E quase teve sorte. O cara que nos parou deve ter comunicado pelo rádio.

— Sendo assim, ele sabe que escapamos. Por ordens do Senhor Rodriguez.

— Mas, não sabe que demos meia-volta naquele posto de gasolina uma milha adiante e pegamos a estrada secundária. Este é o último lugar aonde vai nos procurar!

— Nesse caso, por que está tão preocupada com Leo e Amanda?

— Eu calculo que a primeira coisa que Massorski fez ao nos perder foi tentar chegar aos dois.

— Pelo visto, ele nunca descansa.

— Pode ser muito determinado às vezes. Só quero garantir que ele ainda não achou esta casa.

— Daqui, tudo parece quieto.

— Quieto demais.

Encostaram o carro e saíram às pressas. Allie abriu a porta da casa, aflita e respirando forte.

— Está destrancada! — Observou ela

Entraram quase ao mesmo tempo.

— Veja, tem sangue no assoalho! Que droga! Alguma coisa aconteceu! E séria! — A voz de Allie estava trêmula e seu semblante bastante pesado. — Eu nunca devia tê-los deixado!

— Acalme-se, Allie. — Interveio Elizabeth, segurando seu braço. — Algo realmente aconteceu aqui, só que a casa parece deserta. Talvez, viram alguém chegar e fugiram.

— Ou foram levados! — Allie revistava cada canto do lugar enquanto falava. Entrava e saía de cada aposento. Elizabeth permanecia de pé no meio da sala, e se limitava a olhar para cima e para os lados.

— Filha, se eles tivessem sido sequestrados, não haveria sangue no chão. Se estivessem mortos, haveria corpos.

— Podem ter levado os corpos! — Allie não conseguia ficar parada. Não podia mais controlar a ansiedade.

— Allie, — Prosseguia a rainha, ainda em tom conciliatório. — Eles não estão mortos! O que aconteceu aqui seguramente foi inusitado. Se fosse algo planejado, teriam limpado o sangue.

— Eles podem estar feridos!

Allie voltou para a sala de estar, desta vez devagar. Sentou-se no sofá, quase desabando, totalmente desalentada. Era como se todas as suas energias a tivessem abandonado de repente.

— Não consigo proteger ninguém! — Balbuciou.

Elizabeth se sentou ao lado dela, muito tranquila e até maternal.

— Allie, quando você foi falar com Massorski cara a cara, foi exatamente isso o que fez: protegê-los. Foi um risco, mas você foi em frente, mesmo assim.

— Posso ter denunciado nossa posição ao fazer isso!

— Não sabemos, filha. Se Massorski os tivesse em seu poder, não acha que teria tentado se comunicar com você?

— Não temos nenhuma pista. — Allie virou a cabeça para olhar para a rainha.

A astronauta deu um profundo suspiro.

— Lembra que dei uma olhada nos jornais quando passamos por aquela banca no posto de gasolina? — Ela voltou a falar

— Sim, claro. O que tem? — Elizabeth devolveu.

— Fort Worth, Texas. Um garoto de 18 anos deu queixa do desaparecimento súbito de sua mãe, de quarenta e quatro anos.

— Entendo sua preocupação. Está diminuindo a idade, não é mesmo?

— E rápido! Parece que a velocidade desse decréscimo aumenta! — Allie passou a mão pelos longos cabelos ruivos já bem desarranjados. — Eu deveria ter calculado uma curva para prever quando desapareceríamos, mas ainda não tive o devido tempo.

— Não desejo ser indiscreta, mas com quantos anos você está agora, Allie?

— Trinta e sete.

— Está chegando perto.

— Precisamente. — O rosto de Allie era um balde de melancolia. — A verdade é que o mundo está acabando, parece que estamos sob ameaça de algum outro universo, temos que devolver você ao passado e até agora, não consegui fazer nada! Como se não bastasse, ainda abandonei dois amigos indefesos.

— Autopiedade não cai bem em você. Amanda é tudo, menos indefesa. E se você conhece Leo tão bem quanto eu, sabe que ele é cheio de recursos.

— Algumas vezes, eu tenho a impressão de que cada decisão que tomei só ajudou a Massorski.

— Ao contrário! Para alguém que tem todo o governo à disposição, ele conseguiu bem pouca coisa. — Elizabeth rolou os olhos. — Se estivéssemos na minha época e fosse meu governo a persegui-los, vocês já estariam na masmorra há muito tempo!

Allie esboçou uma tentativa de sorriso.

— Além do mais, — Prosseguiu Elizabeth. — tudo que ele pode fazer é copiar sua ideias. Porém, só os originais como você podem colocá-las na prática. É por isso que necessitamos de você pensando e raciocinando. Você está pensando, Allie?

— Estou sempre pensando. — Foi a resposta. — Talvez seja este meu problema... — Ela parou de falar subitamente e enrijeceu de vez a face.

— Ouviu isso? — Perguntou a inglesa.

— Parece que vem do dormitório de casal. — Allie confirmou num sussurro.

— Tarde demais para falar baixo, meu bem. — A rainha apontou. — Quem quer que seja o intruso já deve ter nos escutado.

— Foi reflexo.

Allison liderou o caminho escada acima, esforçando-se para segurar sua ansiedade. As portas do dormitório estavam parcialmente abertas. Na pressa, Allie acabou por esmurrar a porta para frente. Não chegou a dar um grande susto em Massorski, que até aquele momento se encontrava sentado na grande cama de casal, completamente absorvido em pensamentos e apertando uma bandagem contra seu antebraço direito.

Não pareceu surpreso ao ver Allie. Esta, em contrapartida, o encarou com extrema indignação e desprezo. Ele se levantou e se aproximou dela. Seus olhos eram fundos, e disse com voz um pouco rouca:

— Olá Mulligan, há quanto tempo! Pensei que estivesse a caminho de Houston

— Resolvi voltar só para te flagrar invadindo outro domicílio. O que está fazendo aqui?

— Estou contente que esteja aqui! É sobre isso que queria lhe falar! Leo e Amanda podem estar em perigo! Você precisa vir comigo!

— Mas, eles estão lá embaixo, nos aguardando!

A boca de Massorski se torceu numa alegria quase diabólica.

— É mesmo? — Ele se animou. — Puxa! Por um momento, fiquei preocupado!

— Então pode continuar preocupado, seu egomaníaco! — Foi a resposta sardônica e satisfeita de Allie. — Eu menti! Você também não faz a mínima ideia de onde eles estão, sabe? — Ela não conseguia disfarçar o alívio que sentia. — Seus blefes estão ficando meio óbvios!

— Como você é desconfiada! — Massorski balançou a cabeça sem hesitar ou se abater. — Só penso em sua segurança! Elizabeth está com você? Quero dizer, sem mentir?

— Sim, estou. — Elizabeth apareceu. — O que notei, no entanto, é que seus valetes não estão por aqui. Teve que enviá-los em algum tipo de missão?

— Na verdade, sim. — Clayton admitiu. — Contrariando cada poro do meu corpo, fui obrigado a emitir uma ordem de busca e apreensão para Amanda e Leo, que agora são fugitivos do governo.

— Ah, isso deve ter partido seu coração! — Allie ironizou.

— Eu vim aqui, tentei ajudar, mostrei minha boa vontade, porém, o comportamento deles foi muito repreensível.

— E qual deles mordeu você? — A astronauta perguntou, ao notar a marca no antebraço do homem, quando este removeu os curativos para ver como estava.

— Não, esse foi um pastor alemão. — Ele informou. — Bem bonito, por sinal.

As duas mulheres se entreolharam, dada a surpresa daquela informação.

— Os pais de Amanda tinham um cão? — Falou Allie.

— É o que parece. — Clayton respondeu.

— Deve estar com indigestão agora! — A cientista replicou.

— Muito humor! — O homem reconheceu. — Só que ele não será o único a ter dor de estômago. Fui informado que seu amigo, o Tenente Rodriguez, está até o pescoço de federais! Tudo porque ele interferiu com um bloqueio de estrada a pedido seu. Allie, você não cansa de prejudicar as pessoas?

— Ele só fez o seu trabalho, ninguém vai culpá-lo por isso! Você é que abusa de sua posição e poder para amedrontar os outros para que dancem sua música! Eu somente tento evitar que machuque mais gente!

— Ah, você é a nova Madre Teresa! — Ele zombou. Em seguida, juntou as mãos como se fosse rezar e começou a balançá-las de cima abaixo, enquanto fazia um olhar de fingida compreensão. — Allie, minha menina! Você já se escutou alguma vez? Quando é que vai crescer? Não consegue ver que, até agora, tudo que você fez causou danos a seus amigos e debilitaram nossas investigações deste caso? Você está mesmo ciente dos riscos que corremos? Só temos sete dias até nosso planeta sofrer um devastador cataclisma!

— Quatro! — Allie corrigiu. — Se você trabalhasse comigo e não contra mim, saberia disso.

211

— Você é uma profissional até que razoável, mas tem que começar a trabalhar em equipe e compartilhar informações! Isso não é uma competição. Eu lhe asseguro que, se precisarmos de alguma coisa, te chamaremos em seguida! Mas, por enquanto, deixe os trabalhos de campo para o pessoal devidamente qualificado.

— E este seria você?

— Pare com isso. — Ele balançou a cabeça em outra negação. — Isto não é uma afirmação do seu ego. Este problema será resolvido, só que não por você! Aceite isso e pare de recrutar pessoas com sua bobagem cinematográfica, para depois jogá-las na sua lama!

— Ninguém aqui foi recrutado, senhor. — Elizabeth resolveu intervir. — Pode parecer estranho, mas cada amigo que Allie fez até o momento é sinceramente leal a ela, enquanto que os seus meramente temem sua influência ou se vendem para ela.

A rainha conseguiu provocar o silêncio de Massorski. No entanto, não durou muito:

— Bonito discurso, majestade. Pena que não muda nada. Allison pode ter o carisma, mas eu prefiro ser prático. E sim, uso de todos os meios que conheço para solucionar um problema importante e não ligo para o que os outros pensam.

— Você nunca parou para olhar para baixo e ver em quem pisa na sua escalada para o sucesso. — Allie argumentou. — Eu tento ajudar. Não me arrependo de nada do que fiz até o momento. Minhas decisões são todas direcionadas a encontrar soluções rápidas, e ainda tenho que perder tempo limpando a sujeira que a sua interferência deixa no caminho.

— Suas decisões já custaram um ônibus espacial de milhões de dólares. — Massorski relembrou com calma. — Você não consegue perceber que só tento evitar que você se meta em mais encrencas?

— Chegou a meu conhecimento que as decisões dela também salvaram vidas. — A rainha voltou. — Erros são a consequência natural dos riscos, coisa que você nunca assume. Você diz que ela não tem competência para o trabalho de campo, mas, pelo que vejo, foi ela quem já subiu aos céus e não você!

— Desejo irresponsável de aventuras não tem nada a ver com competência! — Clayton retorquiu, porém, pela primeira vez, pareceu perder um pouco da altivez.

— Não... — Elizabeth prosseguiu. — Entretanto, existem três tipos de indivíduos neste mundo: o sonhador, o empreendedor e o plagiador. O sonhador é muito romântico, mas não realiza muita coisa. O empreendedor tem os mesmos sonhos do sonhador e também a coragem de transformá-los em realidade. Já o plagiador não consegue fazer nem um, nem outro. Ele somente toma o sonho do sonhador e rouba o trabalho do empreendedor, tudo unicamente para a própria glória e nunca pensa no bem comum. Você é, obviamente, o plagiador. Não desejo ser rude, mas perto de Allison, você não passa de uma pilha de esterco. Estou nesse caso a mais tempo do que você, portanto, tenho mais conhecimento. E devo dizer que as investigações iam muito bem até *você* aparecer!

Massorski não respondeu. E aquele silêncio foi bem mais longo que o anterior. Entretanto, ele bocejou numa estranha confiança.

— Viu, querida. — Elizabeth sussurrou para Allie, se bem que Clayton ainda podia ouvi-las. — Deixe a política para os políticos.
— E por que demorou tanto? — Allie perguntou.
— Porque precisava de algum tempo para juntar os argumentos. — A rainha declarou.
— Bem, agora basta. — O homem pronunciou. — Tentei dar uma chance, mas vocês são incapazes de ver a verdade. Majestade, você vem comigo. Allie, você vai direto para Houston, cuidarei de você mais tarde.
— Aldrich me mandará de volta para cá! — A astronauta retorquiu mais convicta.
— Que seja! — Massorski bufou.
— E por que eu deveria ir com senhor? — A rainha perguntou com genuína curiosidade.
— Por causa disso! — Clayton cantou de certa maneira triunfal. Em seguida, puxou um papel dobrado do bolso de dentro de seu paletó e o entregou a Allie.

Esta o desdobrou e se pôs a lê-lo, junto com a rainha, que também podia ver o papel por cima do ombro de sua companheira, aproveitando-se de sua baixa estatura. Allie sentiu uma náusea feroz invadir cada canto de seu estômago. Fez menção de avançar em Massorski, mas a rainha a deteve pelo braço.

— Quando pensei que você não poderia descer mais baixo... — Mulligan teve que engolir o resto, pois sua própria raiva não permitia que continuasse.
— Está tudo aí, moça. — Clayton retrucou o óbvio. — Somente tento fazer meu trabalho sem interferência.
— E sem medir os meios, nem os riscos! — Allie se esforçava para resistir ao ímpeto de arranhar toda a face do homem diante de si. Tentava dizer a si mesma que só pioraria as coisas. — Você passou por

cima de todo mundo, incluindo seu próprio superior na NASA, e foi direto para o seu pai senador!

— Não tive escolha. — Massorski respondeu, praticamente arrancando de volta o papel das mãos de Allie. — Aldrich parece viver no mesmo mundo de fantasias que você. Recusa-se a me ouvir.

— Não, é o seu ego que se recusa a ouvir! — Mulligan esbravejou novamente. — Você tinha que obter essa maldita carta de alguém que não pode ser tocado, só para que todos aprendam a não se meter com você, não é mesmo?

— Nestas palavras? — Clayton não desmentiu. — Quanto mais rápido as pessoas se convencerem disso, melhor. Estou cheio de ter ignóbeis no meu caminho! Você não queria voltar para Houston? Pois bem, vá em frente. Porém, Elizabeth está oficialmente sob minha custódia, por determinação do distinto Senador Douglas Massorski.

— E se eu recusar? — Allison desafiou.

— Não pode, a menos que ache que pode lutar contra um exército de agentes, sem mencionar que será presa por obstrução da justiça.

— Você faz ideia do risco em que nos colocou ao revelar oficialmente a presença da Rainha Elizabeth I em nosso tempo? — Os olhos da cientista estavam carregados de uma genuína e mórbida preocupação. — Foi totalmente inconsequente de sua parte, para não dizer irracional!

— Hã, Allie... — Elizabeth pousou uma mão em seu ombro direito. — Quero ter uma palavrinha a sós com minha sócia aqui.

— Não temos o dia todo! — Massorski reclamou.

Uma vez a sós numa antessala próxima das escadas, a rainha falou:

— Use toda a inteligência que Deus te deu, minha querida. Não dê a esse tipo o que ele quer, isto é, você na cadeia!

— Ele vai arruinar tudo! — Allie já não mais podia esconder seu desespero. — Ele não conseguiria distinguir asteroide de astro de cinema!

— Por isso, precisamos de você livre!

— Também precisamos te mandar de volta ao passado em alguns dias! Massorski jamais decifraria uma equação como essa, ainda que os números dançassem no nariz dele! Só o que ele tem é lábia!

— E necessitaremos de uma pessoa que saiba o que fazer quando as circunstâncias exigirem mais ação do que palavras! Esse momento chegará e nenhum senador poderá mais fugir dos fatos, não importa quantos parentes ele tenha na sua organização!

— Quando este momento chegar, poderá ser tarde demais.

— Então, não permita que aconteça, Allison! Faça o que você faz de melhor! Volte a assustar o mundo com sua persistência!

— Senhoritas... — Clayton surgiu de repente, girando o relógio em seu pulso. — Sinto interromper, mas seu tempo acabou. Até breve, Mulligan.

— Manteremos contato! — Elizabeth ainda gritou para sua amiga, já do primeiro andar.

E se foram. Desta forma, lá ficou Allison Mulligan. De pé, parada, inerte e imóvel. Um profundo sentimento de declínio tomou conta de seu corpo, até a raiz de sua alma. Estava desalentada, exausta. Cometera outro erro. Talvez, o pior de todos. Preocupara-se demasiado com pessoas que sabiam muito bem cuidar de si mesmas. Jamais deveria ter dado meia volta naquele posto de gasolina. Era para a rainha estar a meio caminho de Houston agora.

Nunca em toda a sua vida, tinha sentido tanta frustração pérfida, desanimadora e pesada. Ela estava cansada. Muito cansada. Desesperada. Estava à beira de simplesmente desaparecer, como tantos outros. O que a esperava após esta curva? Haveria realmente algo? Para onde iria, afinal? A não existência? O nada? O vazio? A casa da sogra? Para onde, droga? Restava-lhe pouco tempo. Bem pouco. E o pior era suportar a lancinante ideia de que desapareceria sem realmente ter feito nada.

Allie não fazia a mínima ideia do que fazer. De repente:

"Eu sei o que fazer!", pensou ao sentir um súbito alento percorrer seu corpo desgastado.

— Eu sei o que fazer! — Uma estranha réplica de seu pensamento ecoou, em forma de palavras, pelo vazio do segundo andar da casa, proferida na própria voz de Allie.

— Que bom que pelo menos eu concordo comigo! — Falou, desta vez, em voz alta. Estava muito compenetrada para prestar atenção no bizarro evento que acabara de presenciar.

E assim, rápida como um foguete, sacou o celular de seu bolso direito.

— Aldrich. — Respondeu a voz grave desde Houston.

— Sou eu, senhor.

— Allie! Que está fazendo nesta linha insegura?

— Bem, se o senhor não tem nada a esconder, eu também não. Além do mais, as linhas estão cada vez mais escassas. O país está em pânico e as pessoas ocupam cada recurso digital disponível.

— Allie, na verdade, estou feliz que tenha ligado. Terei que ir direto ao assunto. Tenho recebido pressões cada vez mais fortes para...

— Tirar-me do caso?

— E demiti-la.

— Sempre me impressiono com a eficiência corporativa quando se trata de ferrar alguém. Se os serviços públicos fossem assim tão rápidos!

— Isto é sério, Allie. Quando você põe alguma coisa na cabeça, não fica muito sutil ao lidar com autoridades. Você deve estar a poucas horas de outro escândalo que envolve insubordinação.

— Em menos tempo do que isso, pode não fazer diferença. Como americana, vou acabar desapare... — Ela se interrompeu e engoliu em seco.

— Pode deixar, querida. — Ele a tranquilizou. — Já sabemos de tudo, desde a Rainha Elizabeth I em nosso presente, até os consequentes desaparecimentos. E toda a Casa Branca também, via nosso conhecido fluxo: Senador, Vice-Presidente, Presidente. Nenhum deles está feliz por terem ficado fora desse loop por tanto tempo. Para dizer a verdade, eu também não.

— Podemos dizer que foi uma questão de Segurança Nacional, não concorda?

— Foi o que eu disse a eles, em mais um esforço de tentar explicar suas atitudes!

— E colou?

— Um pouco, devo admitir. Porém, estou chateado de você não ter contado a mim. Tive que saber pelo palhaço do seu chefe, o que não ajudou a defendê-la daquela carta do papai dele.

— Não é em você que não confio. É nesta linha.

— Sim, isto eu posso entender. Antes, só as paredes tinham ouvidos. Agora, parece que até o ar andou desenvolvendo alguns.

— E você não acha perigoso que essa informação tenha chegado a tantos ouvidos? Tantos canais oficiais cientes da presença de uma figura tão importante de nosso passado?

— Acho catastrófico, Allie.

— Mesmo que tentem manter sigilo, o risco de vazamento é grande. A presença da rainha pode chegar a muitos lugares, incluindo vários terroristas de países hostis, que acharão fantástico resolver o problema da Terra, porém, manter Elizabeth por aqui. Que conveniente seria para eles sumir com os Estados Unidos do mapa sem ter que explodir nenhuma bomba! Só teriam que matar uma única pessoa.

— Concordo com tudo, Allie. Entretanto, tente manter em mente que o Senador Douglas Massorski joga golfe uma vez por mês com o Presidente da República. Por isso, eu lhe peço para ir com calma!

— Por que só esses políticos não desaparecem?

— Sim, boa pergunta! Por quê?

— Vai ver, subornaram alguma lei da física.

— Fale sério, mocinha! Não temos muito tempo.

— Peço desculpas. Nem todos na Casa Branca são descendentes diretos de índios.

— Entendo o quer dizer. De certa forma, todos nós somos filhos de imigrantes. Mas, se é esse o caso, talvez você não desapareça! Você é filha de irlandeses, certo?

— Sou *neta* de irlandeses e isso pode ser um fator. Se, pelo menos, um dos progenitores do indivíduo nasceu neste país, são grandes as chances de ele desaparecer. Não é certo que vai acontecer, mas nesse caso o risco é maior.

— Allie, longe de mim revelar minha idade, só que, do jeito que as coisas vão, eu mesmo já deveria ter desaparecido.

— Eu sei a sua idade, mas não se preocupe, não vou dizer em voz alta. Seus dois pais são ingleses, a existência dos Estados Unidos não foi necessária para a sua concepção.

— Sim, de fato, meus pais só imigraram para cá depois de se casarem.

— Precisamente. Eles o teriam gerado de todo jeito, com ou sem este país. Sem os Estados Unidos, talvez só tivessem imigrado para outro lugar, se tivessem realmente imigrado. Não é meu caso. Meus pais se conheceram e se casaram aqui. E é bem provável que tenham feito o resto neste país também.

— Entendo.

— Possivelmente, são estas as leis que controlam as correntes do tempo. De qualquer forma, esta é a minha situação. Há grandes chances de eu desaparecer.

— E o que podemos fazer?

— Eu preciso ter total controle das ações sobre este caso! Eu tenho que dar as ordens!

— Nesse caso, chame seu congressista e encaminhe uma requisição ao Vice-Presidente da República. Só vai levar duas semanas para que seja negada. Allie, quantas vezes tenho que repetir que minhas mãos estão atadas!?

— Eu entendo isso, mas você precisa fazer alguma coisa! Massorski achava que a Terra ainda tinha sete dias de vida! Imagine se continuasse a trabalhar com esta hipótese! Temos menos de quatro! Quantos outros erros ele ainda vai cometer? Ele é um burocrata, um piloto de mesa, nunca esteve num foguete! Ele não entende dessas coisas, não deveria se meter com elas!

— Por que está tentando convencer a mim disso tudo? — Ele fez uma pausa e se ajeitou na cadeira. — Allie, eu não tenho escolha a não ser dividir esse problema com você. E sei que não me ligou somente para escutar minha voz. Você tem alguma ideia, certo?

— Na verdade sim.

— Vou me arrepender de perguntar qual é?

— Provavelmente, por isso não vou lhe dizer no momento.

— Allie!

— Você queria que eu fosse mais sutil, não queria?

— Está bem! Na verdade, não tenho certeza se quero saber. Do que você precisa?

— Do jato mais rápido que você puder me fornecer. Eu me encarrego da pilotagem.

— Deus do céu! Pode, ao menos, me dizer aonde pretende ir?

— Encontrar uma pessoa.

— Deve ser alguém bem importante!

— Decisiva! Não lhe pediria nada disso se fosse de outra forma!

— Mais alguma coisa?

— Sim. Preciso que você localize essa pessoa para mim.

— Bem, pelo menos essa parte parece inofensiva. O felizardo tem um nome?

Tal como em todo lugar do mundo, o Texas possui certos bairros que não devem ser usados como alternativa por turistas, nem por ninguém na verdade. Entretanto, se por um lado essas vizinhanças são hostis e de difícil sobrevivência, por outro são uma excelente proteção quando se precisa fugir de alguém, especialmente do governo.

Amanda estava aborrecida por ter perdido seu aconchegante esconderijo anterior, mas o atual era muito mais seguro, se bem que não tão acolhedor. O segundo andar do restaurante *Lado Mexicano*, alugado pelo trio jamaicano, era pequeno e rústico. Olhos mais críticos até poderiam descrevê-lo como o derradeiro estágio de um cortiço. Contudo, a construção se situava numa posição bem defensiva e satisfatória. Nenhum desconhecido conseguiria chegar até ela, sem ser cuidadosamente observado, medido, rotulado, etiquetado e inventariado. Caso esse indivíduo não cumprisse à risca com todas as detalhadas especificações dos residentes locais, ele seria imediatamente metralhado.

— Pode comer isso, menina! — Encorajou Zeppe. — Vai lhe fazer muito bem! Especialmente, porque vejo que você precisa desesperadamente de comida. Eu já não tenho esse problema! — Disse, enquanto esfregava, satisfeito, uma respeitável pança com uma das mãos.

— Não espera mesmo que eu coma isso, espera? — Respondeu Amanda, torcendo o nariz.

— Por que não? Trata-se de uma incrivelmente fina iguaria, dotada de ingredientes de alto poderio nutricional, além de grandes riquezas proteicas.

— Sim, eu sei: moscas.

O jamaicano deu uma risada alta e estridente.

— Irmãzinha, você se surpreenderia como as moscas fazem bem ao paladar! Além do mais, não ouvi o Mister Peabody reclamar.

— Ele é um cachorro americano. Está acostumado a comer porcaria.

— Ah, você precisa comer toda a comida do prato, como a mamãe diria!

— Até o cheeseburger da minha mãe era melhor do que esse.

Uma nova gargalhada do outro.

— Sua mãe gostava de cozinhar? — Perguntou ele.

— Não, detestava. Porém, eu sei que não devia falar assim. Ela até que se esforçava para a família não ter que se entupir de congelados para micro-ondas.

— Bem, eu posso te garantir que preparei essa comida com todo meu amor!

— Então, não quero nem saber qual seria o resultado do seu ódio!

— Esperava nunca mais ver isso de novo. — Suspirou Leo, ao encarar o objeto de cristal com ponteiros de relógio, sem números, que segurava nas mãos.

O cristal terminava numa espécie de caixa de madeira de formato irregular, já com algumas farpas. Possuía também dois orifícios muito pequenos, preenchidos com o que pareciam ser dois pequenos displays luminosos. Era possível ver o relógio funcionar, mas ninguém até então tinha examinado o interior da tal caixa, para saber o que havia lá dentro. Somente as engrenagens do relógio ou algo mais?

A caixa de madeira não parecia possuir nenhum mecanismo que permitisse sua abertura. Estranho que alguém tenha conseguido colocar algo dentro dela, supondo-se que, realmente, havia algo nela. Tudo indicava que sim. O relógio funcionava perfeitamente, mantendo-se sempre exato em sua marcação, e aquilo não poderia ser por magia. Não possuía cordas, nem tomadas. Haveria pilhas em seu interior? Afinal de contas, quem construíra tal equipamento?

Para achar mais respostas, seria preciso olhar dentro da caixa do relógio, mas aí teriam que quebrá-la. Nenhum deles poderia sequer conceber a ideia de arriscar danificar aquele aparelho, especialmente agora que estava novamente reunido com seu querido prisma.

Leo e Derk estavam sentados num pequeno sofá de dois lugares, de frente a uma televisão antiga, portanto, demasiadamente complexa. Tudo acomodado no mesmo espaço ínfimo, onde também estava a mesa, em torno da qual Amanda e Zep se situavam. Nenhum dos convidados ainda tinha se aventurado no banheiro. O terceiro jamaicano, às vezes chamado pelos outros dois de "Distinto Senhor Mitch Dijuta" havia acabado sair dele. Principalmente por isso, ninguém ousava se aproximar do referido aposento, nem mesmo seus dois compatriotas.

— Fizemos essa coisa funcionar duas vezes em Madri, mas ainda não entendo nada sobre ela. — Divagava Derk. — Achei que era o relógio que trazia as pessoas do passado, como Elizabeth. Não imaginei que o prisma fosse, na verdade, o elemento principal.

— Ao que parece, o prisma é que tem a propriedade de mexer com o tempo. — Explicou Leo. — O relógio somente apontaria para quem ele tem que pegar.

— Quer dizer que poderíamos ter trazido qualquer um, Júlio Cesar, Átila o Huno ou Bob Marley, mas acabou sendo Elizabeth I?

— Certo.

— Mas, essa coisa não passa de um cristal pregado numa caixa de madeira! Como pode fazer tanta coisa?

— Bem, precisamos de Allie para proceder a uma melhor análise.

— Você fala da sua amiguinha na NASA?

— Isso.

— E onde ela está?

— Deveria estar em Houston, junto com Elizabeth, mas não sei.

— Pois é, eu não estaria tão certo. Alguns contatos meus das ruas, que plantamos ao redor da casa de onde vocês fugiram, acabaram de dizer que viram um sujeito engravatado sair com uma mulher branca que, segundo eles, parecia um tanto "antiguinha".

— E eles falaram se havia também uma baixinha ruiva junto com eles, que parecesse mais "moderninha"?

— Não senhor, meu camarada.

— Droga! — Leo praguejou. — Então, Massorski tem a rainha em seu poder.

— Não podemos fazer muito sem ela, irmão.

— Será que podemos devolvê-la ao passado sem ela estar presente fisicamente? — Dijuta interveio. — Se esse tal engravatado estiver em busca de sacanagem com a rainha, pode acabar dormindo sozinho!

— Ele está em busca de sacanagem sim, só não com a rainha. De qualquer forma, somente Allie poderá dizer mais sobre tudo isso.

— Onde vocês encontraram esses objetos? — Perguntou Amanda, enquanto palitava os dentes.

— Na verdade, foi o Zeppe que os achou, pouco antes de irmos a Madri. Estavam num pequeno depósito de lixo, que fica próximo a um riacho, nos arredores de Kingston. E, você sabe, como homens de negócios que somos, sempre elaboramos um precinho camarada para tudo que achamos.

— Mas não chegaram a vender nada disso em Madri, certo? — Amanda prosseguiu.

— Desde logo, notamos suas propriedades interessantes.

— "Propriedades interessantes"?

— Coisas estranhas aconteciam toda vez que mexíamos nos ponteiros desse relógio. Aí, resolvemos conservá-lo, assim como o prisma, embora a gente achasse que ele não fizesse grande coisa. — Fez uma pausa e consertou a garganta. — Cara, achei que tivéssemos feito tudo certo na vez anterior! Nós devolvemos Elizabeth ao passado. Como ela foi voltar?

— Segundo Allie, as idas e voltas dela se tornaram cíclicas. — Leo contou.

— Como assim?

— Agora, toda vez que a rainha voltar à sua época, será trazida para cá de novo depois de um tempo.

— E como paramos com isso?

— Outra pergunta de um milhão de dólares.

— O cretino que construiu essa coisa bem podia ter colocado números nesse relógio! — Zeppe resmungou.

— Essa gringa amiga sua, ela pode ajudar, correto? — Dijuta perguntou.

— Se descobrirmos onde ela está. — Respondeu Leo pensativo. — Se Massorski saiu da casa somente acompanhado da rainha, então Allie tem que estar por aí.

— E esse tal de Mazzaropi, que você mencionou, seria o gravatinha de quem estamos fugindo?

— É *Massorski*. Sim, ele mesmo.

— Puxa. — Amanda divagou. — Acordei uma manhã preocupada com mais um dia monótono no trabalho, seguido de uma correria maluca na faculdade, e acabei fugitiva do governo!

— Bem, não é a primeira vez para nós. — Dijuta observou. — Por isso, viajamos muito. Depois de algum tempo, você se acostuma.

— Qual o nome da gringa? — Perguntou Derk.

— Quer dizer, o nome completo de Allie?

— Foi o que perguntei, meu chapa.

— Allison Mulligan.

— Queira desculpar... — Derk meditou por alguns segundos, depois dos quais seus olhos negros se iluminaram. — Ah, não brinca! Tá falando daquela astronauta, que desapareceu procurando pelos ETs e acordou num ovo que flutuava no oceano?

— E apareceu no Discovery Channel! — Intercedeu Amanda, que já se encontrava sentada no chão ao pé do sofá, junto a Zeppe.

— Meu Deus do céu! — Lamentou Derk. — Estamos numa furada pior do que eu pensava! Como a conheceu?

— Trabalhamos juntos no projeto que levou aos problemas de Allie.

— Cheio de surpresas, não?

— Assim como vocês!

— E aquele negócio, que vocês falaram, do prisma também abrir portas para outro universo, paralelo ao nosso? — Zeppe entrou na conversa. — É coisa quente?

— E pode esquentar mais. — Amanda confirmou. — Na verdade, recebi ameaças dos habitantes desse universo.

— Quanto acha que esse prisma pode valer agora? — Zeppe ponderou.

Leo parou para contemplar o estranho relógio.

— Vocês repararam nessas duas luzinhas, na lateral da caixa de madeira?

— Sim. — Respondeu Zeppe. — Sempre estiveram aí.

— Interessante. Só agora as notei. Elas fazem alguma coisa, que vocês saibam?

— Elas acenderam juntas em Madri, creio que para indicar que Elizabeth havia chegado. Uma amarela, outra azul. Acenderam também quando a devolvemos ao passado. Um brilho muito abstrato e difuso. Acho que foi por isso que você não as viu.

— Esse negócio tem que ter sido manufaturado! — Concluiu Amanda. — Não pode ser nenhum achado arqueológico! E seja lá quem foi o maluco que fez essa droga, ele o construiu como acessório do maldito prisma. E pode abrir portas e vórtices temporais! O maníaco que fez esse relógio já devia saber dos poderes dessa porcaria!

— É possível. — Conjecturou Leo. — Pode ser que as luzes se acendam sempre que o portal do tempo se abre. Um jeito engenhoso de se saber quando que o prisma trabalha ou descansa. Se eu estiver certo, esse relógio não é somente um direcionador do prisma, mas também um sinalizador.

— E aí vai outra pergunta de um milhão de dólares, amigo. — Interveio novamente Amanda. — Essas luzinhas tornaram a acender desde que vocês chegaram aqui no Texas?

Os olhos de Leo e Amanda se fixaram completamente nos três jamaicanos, no aguardo de uma resposta. Zeppe pigarreou e depois disse:

— Sim. Duas vezes.

— E você não achou isso significativo? — Rosnou Leo.

— Achamos que estava quebrado, desregulado, algo assim. A gente costuma deixar as coisas meio soltas na mala quando viajamos.

— Isso significa que o portal do tempo já se abriu pelo menos duas vezes! — Desanimou Leo. — É possível que um desses portais possa mandar Elizabeth de volta. Só que já podemos ter perdido, não uma, mas duas aberturas... — Leo parou num súbito lapso de pensamento. — Espere um minuto! Você disse duas vezes?

— Pode ter sido mais. — Respondeu Zeppe. — Eu só as vi se acenderem duas vezes. Não vigio essa coisa o tempo todo.

— Vamos assumir que foram somente essas duas vezes. — O rosto de Leo ficou muito expressivo. — Amanda, você disse ter tido duas experiências com as tais das emoções, não foi?

— Sim. — Respondeu Amanda, fixando seus olhos nos de Leo. — Você está sugerindo que, talvez, as emoções usem as aberturas cíclicas do portal do tempo, a fim de chegarem até nós, ou nos puxar até elas?

— Mais do que isso! E se as emoções, na verdade, controlam a abertura e o fechamento do portal?

— Não. — Amanda discordou. — As luzinhas não se acenderiam se fosse assim. Pelo menos, eu acho que não. Esse relógio foi feito neste universo, não no delas. Estou mais propensa a acreditar que as emoções só podem nos contatar quando a porta do tempo se abre e não têm domínio sobre ela. Assim como nós, elas também dependem de um ciclo de abertura!

— O qual pode estar perfeitamente associado...

— Ao relógio! — Amanda completou a frase. — E o temos sob nosso total controle!

— Maravilhoso! Esta pode ser nossa primeira boa notícia desde que essa crise começou! Se aprendermos como funciona essa coisa, talvez consigamos devolver Elizabeth de uma vez por todas, e trancar as malditas emoções no universo delas!

— Sim, Leo. Só que nada vai funcionar enquanto não encontrarmos Elizabeth e Allie!

Leo suspirou com ar de cansaço e algum desânimo.

— E precisaremos de alguma ajuda!

Os jamaicanos aproveitaram para tirar um cochilo, exceto Derk, que contemplava a vista das montanhas, através da janela do casebre alugado. Encontrava-se totalmente perdido em pensamentos. De fato, ele tinha muito que considerar, após todas as desanimadoras notícias que recebeu num curto espaço de tempo. O restaurante do piso debaixo também parecia perder o movimento e se acalmar.

Enquanto isso, Leo e Amanda continuavam sentados no sofá, quietos e também pensativos. Duas horas já tinham se passado desde sua arriscada e violenta fuga dos agentes de Massorski. Ambos experimentavam umas das piores combinações de estado de espírito que um ser humano pode ter: tédio e apreensão. Eles sabiam que tinham que fazer alguma coisa e rápido. Só não sabiam o quê. E quando se lembravam disso, eram tomados por sentimentos de frustração e inutilidade.

Amanda tentava lutar contra aquilo. Ela suspeitava fortemente que todos precisavam controlar suas emoções e maus sentimentos, porque todo tipo de comiseração poderia fortalecer as emoções negativas do outro universo e favorecer sua invasão. Entretanto, foi Leo quem quebrou o silêncio:

— Sinto-me culpado. — Suspirou.

— De quê? — Perguntou Amanda surpresa.

— Na verdade, não estou muito certo. Porém, sinto-me culpado.

— E só o que vai me dizer? O imbecil do meu chefe, ou melhor, meu ex-chefe já tem uma memória péssima e tenho que me repetir para ele o tempo todo!

— Sinto-me culpado por não ter devolvido Elizabeth com maior precisão, quando ela veio da primeira vez, em Madri.

— Ah, faça-me um favor! Não foi você quem a trouxe, para começar! Você tentou resolver o problema e, de certa forma, o fez. Só não tinha como saber que havia mais coisas envolvidas.

— Não me ocorreu pedir ajuda para Allie na ocasião. Agora penso que deveria ter falado com ela!

— Ela tinha seus próprios problemas na época.

— Eu sei, mas talvez... Se eu tivesse avisado alguém, assim que notei que algo estava muito errado...

— E dizer para todo mundo: "Olha, a Rainha da Inglaterra do século XVI está no meu hotel neste momento. Quer uma palavrinha com ela?" Teriam te mandado ao primeiro manicômio espanhol que encontrassem!

— Allie seguramente acreditaria em mim.

— E quem acreditaria nela? Dois no hospício também não resolvem nada! — Amanda fez uma pausa. — Falando nisso, quando vocês dois vão estreitar seus laços?

— Estreitar nossos laços?

— Você sabe, não estou dizendo para acenderem as velas do casamento, mas acho que seriam felizes juntos!

Leo baixou os olhos.

— Não sei. — Suspirou ele. — Nunca é assim tão simples. Há muito que considerar.

— Então, considere isso: até Elizabeth respeita Allie, embora nunca o admita em voz alta. E você sabe que a rainha não é exatamente de respeitar ninguém. Essa Allie deve ser uma pessoa e tanto!

— Ela é.

Em seguida, ambos pararam de falar e outro longo momento de silêncio se seguiu.

— Seus amiguinhos da Jamaica com certeza não se sentem culpados. — Disse enfim Amanda. — Como podem dormir numa hora dessas?

— Bem, podemos dizer que eles realmente sabem como se manter calmos numa crise.

— Bem calmos, eu vejo. — Amanda deu um profundo suspiro. — Há pouco, eu estava falando do meu chefe... Não apareço na firma há dois dias! Já devo ter sido demitida.

— E você gostava de trabalhar lá?

— É um emprego, como qualquer outro. Além do mais, só consegui meia bolsa na faculdade. Preciso de dinheiro para pagar o resto.

— E o que você acharia de terminar seus estudos na NASA?

— Bem... — Amanda abriu um sorrisinho tímido e modesto. — Allie disse que tentaria fazer algo a respeito, no banheiro daquela casa de Jazz.

— Ela fará tudo que estiver ao seu alcance para te ajudar. O problema é se ela mesma ainda estará na NASA quando tentar.

— Se não estiver, não vai fazer diferença, pois não estudarei nem trabalharei em lugar nenhum! O mundo vai acabar sem Allie na NASA!

— Temos que ajudá-la.

— E só teremos uma única chance. Somos os únicos que podem provar que Allie é quem está tentando solucionar essa crise e não Massorski.

— Sem mencionar que ambos podemos desaparecer em breve. — Leo apontou.

— Assim como eu. — Amanda lembrou. — É provável que meus avós só tenham se conhecido depois de vir para este país, é a única explicação para o sumiço dos meus pais. No meu caso, já é certo que vou desaparecer. Como posso existir sem pais?

— Tem razão. — Leo concordou. — E por onde começamos?

— Temos que pensar em algo.

— Bem, já sabemos que o prisma é um achado arqueológico com poder de alterar o tempo. Porém, o relógio de cristal foi construído por mãos humanas e é consideravelmente mais moderno.

— Alguma ideia de quem o construiu?

— Com certeza, foi alguém que estudou a fundo o prisma e aprendeu como prever seu funcionamento.

— E se um ser humano conseguiu manufaturar um relógio que controla o prisma, Allie seguramente também pode aprender como ele opera!

— Temos que achá-la!

— Alguma ideia de como fazer isso?

Leo voltou a ficar pensativo e colocou uma das mãos em seu queixo. Algum tempo depois, disse:

— Da melhor maneira que existe para se achar uma pessoa: iremos até a polícia!

— QUÊ? — Amanda berrou incrédula.

Derk subitamente acordou de sua catatonia meditativa diante da janela e virou a cabeça tão depressa que chegou a ficar tonto. Seus olhos estavam esbugalhados de desespero. Os outros dois jamaicanos acordaram de um pulo e quase caíram de suas cadeiras, como que saindo de um terrível pesadelo, o mesmo parecia ter acontecido com Mister Peabody. Todos sentiram um repentino senso de emergência, após Leo ter proferido suas últimas palavras.

Tenente Rodriguez estava no meio de uma semana mais do que cheia. Nunca tivera tantos problemas como nos últimos dias e a situação só piorava a cada hora. A população estava histérica e a polícia com grandes dificuldades para deter sua ira, pois todos exigiam medidas urgentes para conter a onda de desaparecimentos que ninguém explicava. E também havia aqueles que já tinham perdido seus entes queridos desta forma e, com razão, se revoltavam cada vez mais com as evasivas das autoridades.

E ainda por cima, ele tivera a honra de interrogar ninguém menos do que a Rainha Elizabeth I, mas era melhor que ainda não tivesse tal conhecimento.

— Sua situação não é tão feia quanto parece. — Disse o tenente.
— De fato, o FBI solicitou uma ordem de busca e apreensão para vocês, só que foram extremamente vagos. — Sua face era a expressão do cansaço. Envelhecera dois anos em dois dias. Não conseguia parar de coçar os olhos com seu indicador e polegar.

— E qual foi a acusação que fizeram? — Perguntou Leo.

— O boletim que nos entregaram só dizia "agressão". Como eu disse, nem um pouco detalhado. Achei que vocês poderiam me dizer mais.

E já que se entregaram voluntariamente, isso não é mais um pedido, mas considerem uma ordem.

— O cachorro dos meus pais atacou o Senhor Massorski. — Amanda contou.

— E onde este incidente teve lugar? — Indagou Rodriguez.

— Na casa dos meus pais. — A moça respondeu.

— Devo entender que o Senhor Massorski estava dentro da casa?

— Sim, ele estava.

— Tinha permissão para estar lá? Um mandato ou algo assim?

— Ele disse que tinha um mandato, mas não chegamos a ver. — Leo interveio.

— Ele tinha a obrigação de mostrar o papel, mesmo que vocês não pedissem. — Rodriguez pareceu se animar um pouco. — Isso já ajuda vocês. E esse Massorski foi o único que entrou na casa?

— Não. — Respondeu Leo. — Outros agentes também entraram, só que pela porta dos fundos.

— Com permissão?

— Ninguém os convidou! — Amanda disse.

— Então, é possível que o cão tivesse somente atacado invasores? — O tenente perguntou com olhos vivos.

— Sim. — Amanda confirmou. — Só que alguns desses agentes me ouviram gritar por socorro ou coisa assim.

— O animal estava preso e você o soltou, ou já se encontrava solto?

— Estava solto. — Disse a moça.

— Excelente. — Rodriguez falou. Depois, sentou-se em sua mesa e entrelaçou os dedos das mãos atrás da cabeça. — Isso anularia qualquer alegação de premeditação no ataque do cachorro.

— E como fica nossa situação? — Perguntou Leo.

— Esse depoimento de vocês obrigará Massorski a passar por uma perícia médica, que determinará que seu ferimento foi provocado por besta e não homem.

— Vai mandar prender meu cão? — Amanda brincou.

— Só o que pode acontecer é você ter que pagar uma multa por falha em controlar seu animal doméstico, se a vítima realmente prosseguir com a queixa.

— Então, estamos livres para ir? — Amanda disse empolgada.

— Receio que não. — Rodriguez retornou. — Primeiro, teremos que tomar o depoimento de Massorski, a fim de intimá-lo para a perícia médica. Mas antes, tenho que encontrá-lo.

— E já que está nessa tarefa, poderia também procurar por Allison Mulligan? — Leo tentou. — Não sabemos onde ela está.

— Ela terá que entrar na fila. — O tenente apontou. — Muita gente já despareceu em circunstâncias misteriosas e todo meu pessoal está ocupado com isso.

— Entendo. — Leo falou. — Porém, é de extrema importância que saibamos se ela está bem. Todas as ocorrências dos últimos dias estão intimamente relacionadas com fenômenos que ela está investigando. Você tem que acreditar em mim, se existe alguém que pode solucionar a maior parte dos seus problemas, é ela.

— Ela me pareceu uma pessoa de fortes princípios. — Rodriguez concedeu. — Vou ver se consigo dar uma prioridade no caso dela. Porém, é bom que ela seja tão boa quanto você diz. As pessoas estão à beira de invadir cada distrito policial do Texas e nos linchar, se não apresentarmos algo mais concreto sobre os desaparecimentos que assolam esse lugar. E não posso culpá-las!

— Allison fará isso pelo senhor! — Amanda assegurou.

— Hey Joe! — Gritou o tenente. — Verifique todos os registros de chegada e saída de todos os voos de *Dallas/Fort Worth* dos últimos três dias. Se não conseguir nada no aeroporto, veja também com a embaixada! Procure por uma... Allison Mulligan. Ela é da NASA, se isso ajudar.

— Mais alguma coisa?

— Sim, já que está nesse embalo, veja se consegue encontrar também o chefe dela, de nome Clayton Massorski. M-A-S-S-O-R-S-K-I. Ele deveria estar por perto. Pegou tudo?

— É pra já! — Foi a resposta do lado de fora da sala de Rodriguez.

Na falta de coisa melhor para fazer, Amanda e Leo pegaram duas outras cadeiras que estavam jogadas num canto e se sentaram ao longo da mesa do tenente. Enquanto aguardava as informações que solicitara, este aproveitou para inquirir:

— O que houve com aquela outra ruiva, a sua companheira de quarto? — Ele se dirigiu mais especificamente a Amanda. — A que era rápida com o revólver e com o rolo de macarrão?

— Ela precisou se ausentar. — Amanda respondeu insegura.

Rodriguez estudou a face da moça por alguns segundos, depois falou:

— Pensei que tivesse dito a ela para não ir muito longe até que pudéssemos regularizar sua situação.

— Fale com Massorski. — Leo interveio. — Ela se ausentou por causa dele.

Mais um momento de silêncio e estudo por parte do oficial da lei.

— Por que a NASA ia querer alguma coisa com uma estudante inglesa de intercâmbio? — Perguntou o tenente.

— Melhor perguntar para Massorski. — Disse Leo.

— Ah, eu com certeza farei isso, junto com muitas outras coisas. — O policial prometeu.

Assim, ele se levantou e caminhou até um pequeno criado mudo, que repousava num canto da sala, onde se achava uma garrafa térmica, cheia de café até a metade. Rodriguez encheu um copo de papel e ofereceu a bebida também para seus convidados, que, no entanto, declinaram. Depois, andou novamente para a mesa grande e voltou a se sentar.

— Eu já sei que tem alguma coisa aqui que não estão me dizendo. — Ele disse. — A sua amiga inglesa se recusou a dizer o sobrenome, o que dificultou em muito nossa verificação de antecedentes.

— Ela é um tanto reservada. — Amanda contou.

— Deveras. — Concordou o tenente, bem mais numa ironia. — Tanto que toda e qualquer busca sobre ela resultou nula. Chequei o nome Elizabeth com todas as agências de intercâmbio internacional de estudantes, cheguei até a falar com a Interpol. Nada. Parece que sua amiga não existe. — Ele pousou dois olhos bem castanhos nos cor de mel de Amanda. — Algo a acrescentar?

— Só o que sei é que estava esperando uma estudante estrangeira, que se hospedaria na minha casa. — Amanda retorquiu. — Ela chegou, se apresentou, me pareceu legal e ficamos amigas! É tudo que sei sobre ela. Como Leo já lhe disse, se quiser saber mais detalhes, vai ter que perguntar a ela ou ao cara que a levou.

Rodriguez bebeu um pouco de seu café. Devia estar realmente quente a julgar pela fumaça que emanava do copo.

— Isso é um tanto estranho... — Ele começou, ao passar a manga na boca. — Também chequei você, mocinha. Toda a sua história bate, exceto tudo que diz respeito à inglesa. Você também não está listada em nenhum programa de intercâmbio estudantil.

— Ninguém me disse que precisava estar. — A moça argumentou. — Só entrei nessa coisa pela faculdade.

— Ah sim. — O policial voltou. — Falei com a diretora. Ela me contou que esse tipo particular de universidade não faz programas de intercâmbio.

— Ela está desinformada. — A garota respondeu. — Uma vergonha a diretora não saber o que se passa em sua própria faculdade.

O tenente abriu um meio sorriso e saboreou um pouco mais de seu café.

— Vocês vieram aqui dizendo que precisavam de ajuda. — O policial lembrou. — Então, é melhor que comecemos a nos comunicar. Quando fiz perguntas mais pessoais para sua amiga, ele falou que aquilo estaria "acima de minha compreensão" ou algo assim. O que, em sua opinião, ela quis dizer com isso?

— Não adiantaria a gente contar. — Leo desistiu. — Você não acreditaria.

— Tente de qualquer jeito. — O oficial insistiu.

— Digamos que você estava certo quando disse que ela não existia. — Leo afirmou. — Isso porque ela já existiu.

— A hora de piadas acabou, amigo! — O tenente voltou mais ríspido.

— Não é piada. — Amanda reinterou. — Minha companheira de quarto é a Rainha Elizabeth I, da Inglaterra do século XVI.

Rodriguez terminou o resto de seu café em uma única tragada e não tremeu um músculo sequer, como se o céu de sua boca fosse feito de amianto.

— Senhor! — Joe irrompeu providencialmente na sala. — Consegui a informação que me pediu.

O oficial ainda passou os olhos em Amanda, depois em Leo. Em seguida, ergueu-os para fitar seu detetive.

— Não me deixe no suspense. — Falou.

— Consegui o manifesto de um jato particular, um dos mais rápidos modelos no mercado atualmente, alugado pela NASA, em nome de um certo Rupert Thomanson Aldrich, diretor geral de operações.

— É o chefe de Allison. — Leo apontou.

— E achou Mulligan? — Rodriguez perguntou ao policial, sem desviar o olhar do mesmo.

— Ah sim! — Foi a resposta estranhamente entusiasmada. — Essa é a parte interessante.

— Apenas me diga se ela está nesse vôo! — Disse impaciente o tenente.

— Mais do que isso! No papel, ela aparece como única tripulante e pilota também!

Leo e Amanda trocaram olhares significativos que, ao mesmo tempo, expressavam surpresa e desconfiança. O que Allie estaria aprontando agora? Rodriguez colocou uma das mãos no queixo e tamborilou a mesa com os dedos da outra.

— Pensei que os aeroportos estivessem fechados. — Lembrou Leo.

— Conseguiram permissão com o governador. — Informou o detetive.

— E qual o destino deste jato? — Perguntou o tenente.

— Áustria! — Foi a resposta alegre. — E decolou há uma hora.

♣ ♣ ♣ ♣ ♣

— E quanto a Massorski? — Rodriguez prosseguiu. — Alguma coisa interessante?

— Divertidíssimo! — Sobressaltou-se o outro. — Chegou aqui num vôo charter, desde Houston. O séquito que o acompanha é tão grande, que precisaram de dois aviões para trazer todo mundo. Um só com passageiros, e o outro era um cargueiro que trouxe toneladas de equipamentos. E ainda nem cheguei ao clímax!

— E qual seria ele? — O tenente perguntou, já esfregando o rosto com as mãos.

— Tanto Massorski, como cada um de seus homens, dispõe de imunidade diplomática e carta branca do prefeito!

O tenente lançou outro olhar de soslaio para seus convidados do outro lado da mesa, que o fitavam muito significativamente. Depois, voltou seus olhos para os papéis que seu detetive lhe entregara.

— Essa lesma de prefeito nunca me conta nada! — Rodriguez se levantou de súbito e virou a cabeça para trás com violência. — Depois, sou eu quem tem que limpar a sujeira que ele deixa no caminho!

— Também puxei a ficha de todos os passageiros. — Informou Joe.

— Não me diga: havia gente da NASA e do FBI!

— E CIA! — O detetive acrescentou. — Todos socados no mesmo *Boeing*.

— Mais alguma coisa? — Perguntou o tenente com cara de peixe morto.

— Por enquanto, é só. — Joe respondeu. — A menos que ache que não é o bastante.

— E você chegou a localizar o tal do Massorski?

— Ao que parece, sua presença aqui é tratada como sigilosa.

— Sim, ele com certeza sabe ser discreto! — Resmungou Rodriguez. — Usa dois aviões, traz agentes de duas agências governamentais, bem como toda uma parafernália de equipamentos, e ainda sai por aí interditando bairros inteiros fingindo ser da saúde pública! Bem, encontre-o de todo jeito.

— Pois não, tenente. — Joe prometeu.

— Comece pelos revendedores locais do Giorgio Armani! — Amanda sugeriu.

Rodriguez andou até um canto da sala e ficou ali por alguns segundos, parado em pé, de costas para a grande mesa quadrada. Passou uma das mãos pela nunca. Virou-se e caminhou novamente para sua cadeira.

— Muito bem! — Ele disse. — Posso dizer que, oficialmente, isso já foi longe demais! Estou até a tampa com casos de desaparecimentos misteriosos e todas as autoridades concebíveis estão passando por cima de mim, tanto que já estou com calos na cabeça! Qualquer que seja o problema, parece se situar na minha área de alguma forma! E vocês, com certeza, sabem muito a respeito e ficam me enrolando! Só que isso acaba aqui, meus amigos!

Leo e Amanda voltaram a se entreolhar.

— Ele tem razão. — Amanda decidiu. — Tem o direito de saber.

— Pode apostar que tenho! — Reforçou Rodriguez. Seu estoque de paciência havia se esgotado.

— É uma longa história. — Leo preveniu.

— Então, me passe a versão resumida! — O oficial insistiu.

— A NASA está investigando um fenômeno planetário intergaláctico, que se alastra até a Terra e provocará nossa destruição. Tudo começou com o desaparecimento da Rainha Elizabeth I do século XVI. Com isso, nossa História foi alterada e os Estados Unidos nunca irão existir. Portanto, cada indivíduo que nasceu em consequência da presença desse país vai sumir no ar. — Ele fez uma pausa. — Dúvidas?

— Devo admitir que isso explica bem as coisas. — Rodriguez retornou estranhamente contido.

— E sabemos que Massorski, apesar de todo o espetáculo que tem dado, não está capacitado a resolver o problema. — Leo declarou.

— E quem está? — O tenente perguntou novamente furioso.

— Mulligan! — Leo gritou de volta.

— E como ela pode ser útil na Áustria? — O policial devolveu. Sua voz ficou mais entrecortada e suas olheiras cresciam a cada palavra que dizia.

— Meu palpite é de que ela foi procurar um substituto à altura, caso ela também venha a desaparecer. — Leo respondeu.

— Não deixa de ser uma boa ideia. — Rodriguez reconheceu em voz baixa. Fazia um imenso esforço para lutar contra a exaustão que tomava conta de seu corpo e alma. — Se o que você diz é verdade, então Massorski é um perigo. Preciso ter outra conversinha com ele e, desta vez, não vou pegar leve.

— Se conseguir encontrá-lo.

Os olhos do tenente se iluminaram, porém, permaneciam cadavericamente enterrados nas órbitas.

— O que vai acontecer conosco? — Amanda quebrou seu silêncio.

— Bem, as coisas podem complicar um pouco para vocês, agora que sabemos que Massorski tem tanta costa quente! — Rodriguez disse.

— Quer dizer que podemos ser presos pelas ações de um cachorro, só porque o cara que foi mordido possui uma carta do prefeito?

— E imunidade diplomática! — Leo complementou.

— Ninguém está acima da lei, filha. — O policial sorriu. — Não na minha área. Ele não vai tocar um fio de cabelo de vocês sem passar por mim. Estou cansado de todo mundo tomar decisões pelas minhas costas!

— E o que vai fazer? — Amanda perguntou.

— Vou mandar vocês dois para a casa de seus pais e colocá-los sob custódia protetora. Vou designar alguns bons policiais para guardar cada parede do lugar.

— Pode ser que a casa já esteja ocupada. — A moça alertou.

— Não se preocupem com isso. — O oficial replicou com bizarra convicção. — Se houver qualquer sujeito de terno esperando ali, meus homens vão chutá-lo de lá com gravata e tudo!

— Massorski pode não gostar muito disso. — Leo apontou.

— A ponto de ele querer reclamar pessoalmente? — Falou o tenente com um olhar que já parecia mais alentado. — Pois, isso tornaria as coisas muito mais fáceis para mim!

As ruas se encontravam vazias demais para aquela hora. A população diminuía em ritmo acelerado e as pessoas estavam com medo de quem poderia ser o próximo a deixar de ser um indivíduo e virar mais uma estatística. Ninguém sabia o que se passava. E os protestos contra as autoridades, até então inertes frente ao mistério, tinham se reduzido, todos estavam por demais apreensivos para agir de alguma forma. A maioria das pessoas se refugiava em seus lares, embora já soubessem que nenhum lugar os protegeria contra seja lá o que fosse que estivesse sugando seus pares para a não existência.

E a polícia e os governantes nada podiam fazer. Não conseguiam achar algo para dizer, que ajudasse a confortar a população aflita. Aulas foram canceladas, expedientes de trabalho interrompidos, medidas similares foram tomadas para que todos pudessem, ao menos, ficar ao lado de seus entes queridos antes que desaparecessem. Ninguém entendia como alguns sumiam e outros não. O medo só aumentava. Por enquanto, só o desalento tomava conta das pessoas, porém, aquilo não duraria muito. Fatalmente, a sensação geral de inutilidade faria com que os remanescentes perdessem o juízo e começassem a fazer o impensável. A Guarda Nacional, ou o que restava de seus membros, já tinha sido mobilizada.

Amanda não gostava de multidões e valorizava a quietude e a tranquilidade. Entretanto, ela naturalmente odiava as circunstâncias que traziam aquele vazio em particular, especialmente porque sabia que era só uma questão de tempo até que seu próprio desaparecimento contribuísse para o esvaziamento das ruas.

Tanto ela como Leo não tinham escolha a não ser se juntarem aos assinantes daquela depressão. O fato de, ao contrário de todo mundo, saberem o que provocava tudo aquilo não os fazia se sentir nada melhor. Pelo contrário, só os deixava ainda mais embaraçados e desconfortáveis. Já os três jamaicanos pareciam mais em sintonia com a fama oriunda de toda aquela confusão, se bem que, naquele momento, encontravam-se desfrutando de mais uma sesta em seus respectivos aposentos. Depois que souberam que as acusações contra Leo e Amanda não eram tão pesadas, resolveram se entregar também. Sobre suas cabeças, pairava somente uma acusação incerta de auxiliar fugitivos da lei, além de danos materiais a propriedades do governo, ofensa que lhes valeria uma multa. Contudo, esse tipo de coisa, aliada a milhões de multas de trânsito e comércio ambulante ilegal, não era novidade para eles. Podiam lidar com isso. E claro que a maior recompensa de todas era poder se hospedar de graça na suntuosa casa dos pais de sua nova amiga, pela primeira vez, sob a proteção da polícia e não fugindo dela.

— Eu admiro a capacidade deles de ter essa atitude tão descansada. — Amanda comentou.

— Bem, eles podem conseguir mais notoriedade com o fim do mundo do que jamais tiveram na vida inteira. — Leo disse.

E todas as investigações da NASA, no comando de Massorski, resultaram totalmente infrutíferas até aquele momento. Ele bem poderia desaparecer. Não faria a mínima falta. Talvez, fosse possível arrumar uma maneira de trazer os desaparecidos de volta, menos ele. A cabeça de Amanda estava envolta nesses surtos meditativos, enquanto mudava de canais com o controle remoto. E novamente vinha o tédio. A sensação de futilidade. Onde estariam as duas pessoas chaves para resolver todo esse problema, Elizabeth e Allison? Eles tinham o prisma e seus acessórios construídos pelo homem, mas o que fazer com aquilo tudo?

A verdade era que estava muito cansada. Mesmo os passeios nos parques ao redor, cercados pelas montanhas do não tão distante horizonte, já não tinham o mesmo efeito repousante. Especialmente, porque sempre tinham que estar na companhia de toda à escolta armada fornecida pelo Tenente Rodriguez. Não podiam ficar muito à vontade. Porém, sabiam da importância daquela proteção. Se Allie e Elizabeth eram de extrema importância para Amanda e Leo, por outro lado, eles eram de imensa importância para Rodriguez, que não via a hora de por as mãos em Massorski quando este tentasse alcançá-los. E se o fizesse, talvez ajudasse a reencontrar a rainha ou, pelo menos, saber onde ela estava.

Entretanto, tinham que vencer a preocupação com o futuro e tentar espairecer. Precisavam ser mais do que pacientes para não se deixarem dominar pelo pânico. Os jamaicanos, com certeza, logravam atingir esse nível de compreensão. Não faziam outra coisa que dormir. O forte calor do Texas era outro fator que encurtava as caminhadas de Amanda e Leo pelas praças em volta. E sua escolta chamava muito a atenção. Fora que tinham que pensar também no conforto de seus protetores e não somente no próprio. Então, voltavam para casa sempre antes do que pretendiam. E já não podiam mais deixar de vê-la mais como um *bunker* do que um lar.

    — 102, 103, 104, 105... — Contava Amanda.
    — Que está fazendo? — Perguntou Leo entediado e quase fechando os olhos.
    — Contando quantas vezes já rodei os canais da TV.
    — Já conseguiu tudo isso?
    — Incluindo todos os canais abertos e a cabo. Estou tentando achar alguma coisa que não sejam as notícias do que acontece aqui!
    — E teve sorte?
    — Só achei um único canal que não mostra notícias, só que o único filme que passavam se chamava *Desaparecidos*. Não ajudou muito.
    — Tente os canais estrangeiros, como o árabe, o japonês, o argentino e o alemão. Vão dar as mesmas notícias, mas pelo menos não vamos entender o que dizem.

Leo desanimou também. Entretanto, ao dar uma olhada de soslaio nos canais que Amanda virava, ele voltou a se ajeitar na cadeira, segurou o braço de Amanda e disse:

    — Espere um pouco. Veja isso. — Apontou para a TV, no momento em que esta estava sintonizada no canal japonês.
    — Ver, eu consigo. Agora, entender...
    — As imagens! Ao que parece, Tóquio está bem vazia! Será que é disso que eles estão falando?
    — Eu mal consigo escrever email na minha própria língua! Como vou saber o que eles dizem? Vai ver um vendaval varreu toda a cidade, ou então foi o Godzilla ou o Ultraman. — Amanda se calou e ficou pensativa. — Entretanto... Agora que você mencionou, parece que também falam de desaparecimentos, só que locais, não daqui!
    — Vire para o canal árabe.
    — A gente acha que é árabe. Pode bem ser grego. Para mim, todos eles parecem ter engolido um fósforo aceso quando falam.
    — Mude assim mesmo.

Ela assim o fez e, de fato, havia um repórter, bem vestido e de turbante, abrindo muito a boca para falar em seu idioma, seja qual fosse ele. Estava afobado e apontava freneticamente para alguns terrenos atrás de si. Só Deus sabe o que estava dizendo.

— Mude para o Argentino. — Leo comandou. — Vamos ver se entendemos um pouco de espanhol.

— Argentinos não falam espanhol, mas sim castelhano. — Amanda corrigiu zombeteira.

— Mude assim mesmo.

— Sim senhor! — Amanda obedeceu, batendo uma continência militar irônica.

Do pouco que entenderam, extraíram que casas e até edifícios inteiros de Buenos Aires simplesmente desapareceram da noite para o dia. O destino das pessoas que se encontravam dentro dessas construções era desconhecido. A dúvida, o desespero e o pânico pareciam ter tomado conta do lugar.

Mais tarde, Amanda mudou para o canal que faltava, o alemão. Embora não compreendessem uma única palavra do repórter, ele também, a exemplo do árabe da outra estação, falava apressado e apontava, apontava e apontava para todos os lados.

— Interessante. — Comentou Leo. — Você está pensando o mesmo que eu?

— Pelo pouco que entendi, não somente pessoas começaram a desaparecer pelo mundo, mas também edifícios! Será que é pela mesma causa?

— Só pode ser! O que mais causaria isso? Até agora, só vimos quatro países, mas acho que podemos extrapolar. Japão, Argentina, Alemanha e... Um país de língua árabe, possivelmente Egito. O que esses países têm em comum?

— Nossa! O que eles poderiam ter em comum além do fato de estarem todos na Terra?

— Precisamente! — Leo completou enigmático. — Se houve uma mudança importante em nossa história, é natural que o mundo inteiro seja afetado. Certo?

— França e Inglaterra podem ser. Mas, Alemanha, Japão... Não tem nada a ver! Pelo menos, não de acordo com meus ínfimos conhecimentos de História.

— Pois é. Na verdade, somente Allie poderia nos dizer algo mais concreto.

Amanda respirou forte. Colocou as duas mãos no encosto de sua poltrona, como apoio para erguer-se e falou com decisão:

— Vamos até a delegacia!

— Para quê? — Leo bocejou.

— Só para fazer algo que não dar voltas em praças vazias, cercados por um monte de policiais! Não aguento mais ficar aqui, só chupando o dedo e esperando! Vou acabar ficando louca! Temos que lutar contra esse sentimento, senão as emoções negativas vencem. Precisamos colocar nossas mentes em outra coisa!

— E como vamos justificar mais esse "passeio" para os tiras lá fora?

— Vamos para a delegacia! O que poderia ser mais seguro do que isso? Sempre podemos comprar alguns *donuts* no caminho, se isso os fizer mais felizes!

— É, tem razão. Eu mesmo gostaria de fazer um pouco de exercício. Deixemos um recado para nossos amigos da Jamaica.

— Melhor ainda! Vamos pedir a eles que perguntem a seus contatos nas ruas onde Massorski e a rainha poderiam estar!

Contudo, os jamaicanos não tiveram muito tempo para perguntar. Tiveram que acompanhar Leo e Amanda até o distrito. Sua escolta os informou de que não poderiam se separar, estavam todos no mesmo barco e sob a mesma proteção. A companhia toda, entretanto, não chegou a lotar a delegacia, muito pelo contrário. Esta já se encontrava praticamente deserta, seja porque os cidadãos assustados preferiam se preocupar com os desaparecidos em casa, ou mesmo porque não havia mais população o suficiente naquele condado para dar queixa de alguma coisa.

— Vir até aqui foi inútil e perigoso! — Esbravejou o tenente. — Já disse e vou repetir: manteremos vocês informados de tudo que descobrirmos. Se algo de novo aparecer, vocês serão os primeiros a saber.

— E podemos ajudar em algo? — Perguntou Amanda. — Vocês, pelo menos, estão entretidos em busca de novidades. Nós estamos cozinhando com a espera!

— Entendo seu ponto de vista. — Rodriguez concedeu. — Mas é aí que entra o seu bom senso. Correr riscos desnecessários não vai trazer as respostas mais cedo. Esses federais são escorregadios e não quero que eles achem vocês, antes de eu achá-los. Essa gente pode ser perigosa.

— Devo entender, portanto, que você ainda não tem nada para contar? — Concluiu Leo.

— Estamos trabalhando, filho. O mais perto que chegamos foi num hotel chamado *Sun Suites* em *Plano*. O recepcionista informou que um bando de gente de terno preto tinha acabado de pedir as contas. Porém, de qualquer maneira, estiveram lá. Não é muito, mas já é um começo.

— E na minha casa? — Amanda sugeriu.

— Já olhamos e tudo limpo. Nem tubos, nem plásticos, nem resinas, nem furgões, nenhum cacareco eletrônico foi deixado para trás. Tudo estava na mais pura limpeza. Quando a barra estiver mais limpa, vou pedir-lhe que nos acompanhe até lá, somente para dizer se está faltando algo, mas acredito que não. Todo mundo sabe que o governo é ladrão, mas acho que ainda não a esse ponto, por enquanto.

— Incrível como tanta gente consegue esconder tão bem o rastro! — Falou Leo.

— E rápido. — Completou o tenente. — Com certeza, quando vocês vieram nos procurar, eles souberam e tomaram medidas evasivas. Por isso, digo que são perigosos. É uma galera lisa.

— Algum sinal de Elizabeth? — Indagou Amanda com o desânimo de quem já sabia a resposta.

— Não. — Foi a monossilábica confirmação de Rodriguez. — Se ela está com os federais, será muito difícil descobrir onde a colocaram. Minha esperança é de que o seu amigo Massorski não seja tão escorregadio.

— Ainda acha que ele está procurando por nós? — Leo perguntou com igual desânimo. — Podemos servir de isca se quiser.

— Eu seria um péssimo policial se fizesse isso com civis. — Ele fez uma pausa. — Voltem para casa. Arrumem algo para fazer.

— Peça para alguém da nossa escolta levar um baralho. — Derk pediu. — Eu tô precisando de grana.

— Agora que você mencionou... — Disse Rodriguez. — Ocorreu-me que seus informantes das ruas devem ser muito melhores do que os nossos. No caminho para a casa, passem por alguns bares e dê algumas pistas sutis do que eles têm que procurar. E não se esqueçam de ser discretos.

— Não precisa ensinar o Pai Nosso pro Vigário, chefe! — Zeppe emendou. — A gente aproveita e compra umas biritas!

— Também podemos trazer algumas mulheres! — Dijuta sugeriu. —Já que precisamos nos manter ocupados e relaxar, a fim de não sucumbirmos às emoções negativas...

— Sem mencionar que o país está ficando perigosamente despovoado. — Derk lembrou. — Quero oferecer minha contribuição!

— Na minha casa, nem pensar! — Amanda deu a bronca. — Fora que essas "mulheres" podem desaparecer no meio da emoção e não quero sujeira na casa dos meus pais!

Eles foram interrompidos pelo choro cortante do telefone, na sala do Tenente Rodriguez.

— Bem, resolvam isso longe daqui! — O oficial ordenou e foi até sua sala.

Todos já estavam um pouco mais conformados em voltar para o seu protegido e espaçoso esconderijo caseiro. Pelo menos, mataram algum tempo ao empreender suas pesquisas nos bares locais. Não conseguiram muitas respostas de imediato das ruas. A maioria dos informantes (todos pequenos criminosos com boas conexões no submundo) até tinham notado um estranho vai e vem de engravatados. Contudo, nenhum deles podia afirmar com certeza onde todos aqueles homens de terno estavam hospedados. E não sabiam nada sobre o paradeiro de alguma "figura de estado importante", que poderia estar sob a custódia do governo, mas prometeram ficar atentos.

Seria adequado comentar para a polícia sobre o que viram na TV? A respeito dos imóveis e monumentos históricos que desapareciam pelo mundo? Não. Melhor deixar para lá. Já tinham problemas demais com que lidar e tinham ainda que rezar para que a própria casa dos pais de Amanda não desaparecesse. Além do mais, se prédios inteiros começassem a desaparecer naquela área, alguém certamente perceberia.

Um fato interessante, que chegou ao conhecimento do público, era que somente edifícios, monumentos e estátuas que se referiam à religião tinham sido poupados, de alguma forma, da não existência. O "Cristo Redentor" no Rio de Janeiro seguia presente e imponente, assim como igrejas, sinagogas e mesquitas espalhadas pelo mundo.

Os jamaicanos se distraiam trapaceando no pôquer e arrancando dinheiro dos indefesos policiais, destacados para protegê-los. Os truques dos três eram óbvios, mas nenhum dos outros jogadores da mesa parecia se importar. Que sentido teria dinheiro se o fim do mundo viesse? Leo e Amanda decidiram não participar do jogo. O que fazer então? Resistiam à tentação de ligar a TV. Só os deixaria mais deprimidos. Mister Peaboby já havia sido alimentado. Definitivamente, teriam grandes dificuldades para ocupar seu tempo de alguma forma.

— Impressionante como uma pessoa só pode fazer tanta diferença. — Amanda quebrou um silêncio que também já se tornava desconfortável.

— Você quer dizer a rainha?

— Isso. Ela desaparece do passado e, num piscar de olhos, tudo some junto com ela!

— Bem, não precisa ser uma rainha para que seu desaparecimento espontâneo cause todo esse furor! Seria o mesmo com qualquer um de nós. Somos todos únicos e temos uma missão da vida! Cada um de nós tem sua utilidade nesta Terra. Pelo menos, é nisso que Allie acredita fortemente.

— Quem nem aquele filme *A Felicidade não se Compra*?

— Por aí.

— E falando nisso, o que Allie estará fazendo na Áustria?

— Seja lá o que for, já deve ter chegado. Disseram que o tal jato, que a NASA arranjou para ela, é um dos mais rápidos.

— Não sabemos como ela pilota. — Amanda brincou.

— Deve ser mais fácil do que dirigir um ônibus espacial. Com um pouco mais de gravidade, porém.

— Sabemos onde ela está, mas não por que foi. — A moça observou desanimada.

— Ela não faria nada que não fosse de vital importância, especialmente num momento como esse.

— Ela podia ter nos avisado!

— Seguramente, estava com pressa. E você concorda que tem boas razões para isso! De todas as pessoas envolvidas nessa crise global, ela é a que tem a maior carga nos ombros: salvar a humanidade sozinha! Tenho um palpite de que ela foi tentar dividir essa carga.

— E como sabemos se ela ainda não desapareceu?

— Eu sou mais velho que ela, e ainda estou aqui!

— Sim, mas as coisas parecem não seguir nenhum critério! Meus pais são filhos de estrangeiros e desapareceram, Massorski deve ser americano, apesar do sobrenome, mas continua aqui, enchendo o saco! E por que agora construções também começaram a desaparecer?

— Bem, não sei a resposta para tudo isso. Porém, se as coisas andam tão loucas, pode ser que Allie nem desapareça então!

— O problema é não saber. — A jovem suspirou. Sua voz diminuía à medida que falava. — Gostaria de segui-la até a Europa, mas aí precisaríamos de um cargueiro extra para levar todos esses tiras!

Leo passou a trocar olhares com os jamaicanos. Pela primeira vez, viu desesperança, que tentavam disfarçar. Amanda se encolhera em seu canto, desolada. Estava aflita e de coração pesado. O olhar compassivo de uma policial feminina junto dela trazia um pouco de alento, mas longe de ser o bastante. Ela se sentia sem razões para continuar. Era como se alguma coisa dentro dela, uma parte dela, tivesse morrido.

9- DIA QUATRO

USTRIA.

Gélidos vazios de um branco interminável, um frio rigoroso e brutal, capaz de levar à morte qualquer um que não estivesse habituado e devidamente preparado. E toda aquela área, que para um mero indivíduo insignificante poderia parecer uma imensidão sem fim, não passava somente de uma pequena região isolada. Encontrava-se imersa em um pequeno país, num mundo sem destino, sem futuro e tampouco esperança, irremediavelmente condenado ao inferno da catástrofe e à lúgubre agonia do sofrimento, entregue ao domínio do medo e da incerteza. E tudo por culpa do próprio ser humano. De sua imaturidade, incompetência, egoísmo, ódio e ganância. Sem capacidade para atingir seus fins, sem coragem para sequer tentar, sem sabedoria para fazê-lo. Sem caráter para seguir seus sonhos, nem criatividade para ao menos tê-los. O ser supostamente racional fica, desta forma, despojado de toda a compreensão para olhar nos olhos de seu próximo e sentir a força que lhe permitiria mostrar seus verdadeiros sentimentos, demasiadamente fechado que está para enxergar a verdade que o cerca e atingir a real humildade. Não a humildade advinda da submissão e humilhação, mas aquela que requer bravura, para admitir os erros cometidos e trabalhar para ser melhor. Tenta chegar direto ao que já é grande, sem passar primeiro pelo que é pequeno. E negligencia, no processo, as pequenas e belas coisas que trazem a felicidade.

Foi-nos concedida uma infinidade de anos para refletir, aprender, mas não foi o suficiente. A cegueira da alma humana não possui limitações de tempo. E era justamente este elemento que então se constituía na grande ameaça: tempo. Isto porque o ser humano perdera o controle sobre seu próprio ser, seu próprio eu, ficando totalmente entregue à arrogância, raiva, mesquinharia e hipocrisia. Acomodara-se por se acreditar invencível, senhor do mundo e do universo, ridículo e patético na verdade. Um ser, cujo único pertence que chega fácil ao espaço é o próprio ego, ensimesmado e incontrolável. A superpopulação do mundo havia gerado seu próprio esvaziamento. Qual dos dois era pior?

Essas mesmas fraquezas acabaram por adquirir força incontestável, e se preparavam para assumir o controle completo do que fora seu antigo mestre. Ele, que sempre se considerou dono, senhor e conquistador, agora se tornaria escravo, não de outros como ele, mas de si mesmo, de suas próprias fragilidades, que conseguiram força devido a este, na verdade, nunca tê-las controlado, desde a aurora dos tempos. Tantos anos perdidos, totalmente desperdiçados em busca de uma felicidade, que era simples e fácil. Estava completamente ao alcance. Todavia, ninguém jamais trabalhou pela felicidade, sempre a quiseram de graça, preocupados que estavam com feitos grandes, inúteis e até impossíveis.

Talvez já fosse tarde demais. Os mais cruéis sentimentos das mais obscuras e aterradoras profundezas do espírito humano aos poucos tomavam o domínio. Tornar-se-iam os donos e senhores conquistadores de um novo mundo, onde já não haveria lugar para o ser humano convencional, que transformou em lixo conceitos de honra e dignidade, além de zombar de seus próprios aliados, os bons sentimentos. Sua invasão tivera início. O objetivo era o de angariar ainda mais medo, pânico, incerteza e confusão, o que, naquele momento, não seria difícil. No fundo, o homem era escravizado por si mesmo, por suas horrendas emoções negativas e constrangedoras.

E era num pequeno pedaço deste cenário caótico de devastação iminente de uma Terra moribunda, que se situava a pequena moradia do Dr. Karl Wüller. Escondido em cima de uma colina glacial, numa região austríaca esquecida por Deus, incrustada num mundo que também havia esquecido Deus, o brilhante, incompreendido, errático e esquecido cientista resistia a esse mesmo mundo complicado, que agora chegava ao fim.

Allison Mulligan não pode trazer toda a indumentária que realmente necessitaria, para resistir às duras condições climáticas impostas pela inclemente geografia do lugar. Era uma área de relevo íngreme e dificílimo acesso. As toneladas de neve que cobriam o solo, que deviam estar com cerca de um metro de altura, ocultavam armadilhas e buracos sem, entretanto, proteger os pés desavisados de um acidente mais grave. Allie já havia se machucado bastante, sua única proteção eram suas espessas botas, um bom escudo, porém, de peso considerável, mais um de muitos que ela já trazia em seus ombros. O maior deles, a responsabilidade de cumprir seu objetivo a todo custo, sem o qual não haveria mais esperanças. Teve que pousar o jato numa área distante da cabana de Wüller, de outra forma teria caído, devido às várias nevascas imprevisíveis do lugar.

O frio extremado do clima austríaco fazia seus lábios racharem até os ossos do maxilar. Mesmo com os protetores, seus ouvidos quase congelavam, a ponto de lhe trazer a desagradável impressão de que, ao menor contato, eles se partiriam ao meio. A astronauta tinha o rosto quase todo coberto por um enorme cachecol de lã grossa, mas tinha que deixar pelo menos os olhos livres para poder enxergar e, por causa disso, podia sentir o ardor do frio em seus globos oculares. Tinha que continuar. Nenhum veículo terrestre conseguiria se mover naquela área por mais de uma ou duas milhas, antes de ter sua maquinaria congelada. Por isso, ela estava a pé. O único instrumento de sobrevivência que Allie possuía naquele momento era sua vontade de viver.

Todos os guardas florestais e equipes de resgate com quem conversou, e com dificuldade por causa do idioma, recomendaram fortemente que ela não tentasse chegar ao lugar onde queria. Para conseguir as devidas permissões para prosseguir, ela fora obrigada a assinar uma série de termos, em que assumia a inteira responsabilidade pelo seu desaparecimento e morte, coisa que, todos deixaram bem claro, seria seu destino certo, caso insistisse em continuar com sua missão. Foram rápidos em lhe contar que o velho cientista não tinha nenhum tipo de telefone em casa, nem mesmo celular. Possuía unicamente um rádio para contato com o exterior. Porém, ele já deixara mais do que claro que toda e qualquer comunicação teria uma única via. O alemão mantinha o rádio desligado e só o ligava quando necessitava que algum item lhe fosse trazido de fora.

Mas ela foi mesmo assim. Não tinha escolha. Precisava encontrar Wüller. Teria que arriscar-se a morrer na tentativa, não podia se contentar em simplesmente desaparecer da face da Terra, como tantos outros de seus compatriotas que, contra a vontade, abandonaram o mundo antes de sua destruição. E nada garantia que o alemão falaria com ela, que sequer a convidaria para entrar, ao invés de deixá-la do lado de fora, para congelar até morrer.

Allie já estava ciente, por notícias desencontradas que escutara no posto da guarda florestal, dos edifícios e monumentos que também sumiam misteriosamente pelo mundo. Paris já estava sem a sua Torre Eiffel e Roma já não tinha mais seu Coliseu. Como alemão não era uma de suas especialidades, ela também não entendeu muito das poucas notícias que teve sobre o assunto, mas o bastante para saber que a situação era bem ruim. Não tivera tempo para teorizar sobre as causas daquilo e, naquele momento, não podia mais pensar em nada. Allie sentia que talvez nem vivesse o suficiente para formular qualquer outra teoria. Estava exausta, um mórbido e hipnótico sono a consumia. Ela sabia que tal sono se tornaria eterno, caso sucumbisse a ele.

E quase não se aguentava desperta.

Tinha que usar toda e cada vantagem que seu espírito possuía. Experiência, treinamento e preparo psicológico. E o mais importante: sua coragem, determinação e caráter. Os inseguros e invejosos tentaram destruí-la tantas vezes, por razões que ela nunca entendera. Porém, naquelas três qualidades ninguém jamais poderia tocar. Eram sua maior arma e, naquele momento, tornavam-se a única. Pode ser que outra pessoa já tivesse se entregado. Restava-lhe muito pouca energia, mas teria que bastar. Todavia, o cheiro gélido da morte entrava em suas narinas a cada passo. Quase não conseguia mais enxergar, suas forças falhavam. Suas pernas somente a sustentavam porque não havia muito espaço na neve para cair.

Mesmo se conseguisse encontrar a residência eremita de Karl Wüller, poderia não ter a recepção amiga e calorosa de que tanto precisava. Muito pelo contrário. Quando ela informou a equipe de resgate qual era seu real propósito naquela região, ou seja, ter uma conversa com Wüller, eles só não soltaram uma estrondosa gargalhada por mera educação, e porque perceberam como aquilo era importante para ela. Se ele não a acolhesse, se a fizesse dar meia volta, não teria mais nenhuma outra chance de sobreviver. Estava quase morta na ida, é óbvio que não suportaria o caminho de volta. Não conhecia o Dr. Wüller, não sabia que tipo de homem ele era. E lembrou-se de toda a papelada que teve que assinar. Com certeza, havia dado a todos naquele povoado razões de sobra para ninguém se preocupar com seu destino. A neve seria sua sepultura.

Karl Wüller havia se tornado uma lenda para os aldeões locais. Porém, no sentido negativo, uma espécie de "Abominável Homem das Neves" das redondezas. Era visto como um bode velho solitário, ermitão, frustrado e hostil. Na verdade, fazia muito tempo que não era visitado, Allie seria a primeira a tentar em décadas. Não sabia sequer se o homem ainda estava vivo, ou se encontraria seus restos mortais decompostos ao entrar em sua cabana, se chegasse lá. Teria ela forças para falar e os argumentos para convencer o outro a voltar para o mundo? Conseguiria achar as palavras certas para atingir sua alma, sobre a importância daquela missão? Não poderia pegar pesado.

Seus pés, embora bem agasalhados, já estavam dormentes. A gangrena fatalmente atingiria suas extremidades, inclusive as mãos. Mas, não! Tinha que seguir mais um pouco! Para quê? Não importa. Tinha que continuar, pelo menos mais um pouco. Por quê? Não importa! Foi aí que Allie se deu conta de que um novo e fatal inimigo se apresentava: seu estado mental, ou a perda do mesmo. Veria miragens? Sentia-se bêbada, o que não acontecia há dois minutos. Flagrou-se tentando conter uma gargalhada histérica. Sabia que aquilo não era bom.

As mesmas condições que enfraqueciam seu corpo fatalmente fariam o mesmo com sua mente, era natural que ocorresse. E não existia sensação pior do que a consciência de se estar perdendo a razão e o controle, sem falar do equilíbrio emocional. Aos poucos, ela perderia o juízo. Seu cérebro iria para o espaço, pela primeira vez no sentido figurado e não literal. E se aquilo realmente acontecesse, seria seu fim. A força de vontade e o espírito de luta somente poderiam fortalecer um corpo em frangalhos, se houvesse a inteligência para controlar o medo. Tinha que lutar. Não podia nem pensar em ficar louca.

Allie passou a tentar resolver cálculos matemáticos e equações em sua mente, enquanto fazia um grande esforço para mover suas pernas, que formigavam cada vez mais, o mesmo acontecia com suas mãos, mesmo dentro das luvas. Ela as esfregava, uma contra a outra, para que o atrito fizesse seu papel de aquecedor. Contudo, não estava funcionando. Começou então a pensar em filmes que tinha visto e seriados de TV a que assistira, e a pensar em suas interpretações, se é que havia alguma... Procurava pensar em sua infância feliz com seu pai, as coisas boas pelo que passara até que ele... Precisava manter a sanidade! Ou morreria.

Talvez, se ela desse uma cochilada só para recuperar o fôlego... NÃO! No que estava pensando? Como podia pensar em dormir numa hora dessas? Ben Cartwright do Bonanza ficaria tão desapontado... Por que

pensara naquilo? Como era difícil não ficar louca nesses dias conturbados...
E com um monte de neve ao redor! "Isso!", ela pensava. Piadas ajudavam
muito! Esse era o caminho. Necessitava fazer... Piadas! Mas... Até quando?
Se ela parasse um pouco naquela casa adiante, só para comer uns biscoitos...
Outra solução era a de tentar racionalizar sobre a condição atual de seu
cérebro e todas as milhares de toxinas que o mesmo era compelido a
liberar, a fim de conter a loucura e preservar sua lucidez. Quantas seriam?

Naquele momento, como o estrondo de um trovão, sua brilhante e
genial mente voltou um pouco a si e uma lembrança a atingiu como um
relâmpago. Seu cérebro estava confuso, gelado, quase estancado, e
processava com dificuldade as imagens que lhe eram trazidas pelo nervo
ótico, que também se extinguia aos poucos.

"Uma casa!", conseguiu pensar com grande esforço. "Aqui? Neste
fim de mundo? Meu Deus, só pode ser ela", dizia o cérebro de Allie, que já
tinha o dilacerante fardo de comandar um corpo à beira da hipotermia.
Seria uma miragem? Não! Definitivamente estava lá! Não era somente um
eco criado por seus pensamentos para lhe dar uma esperança de vida,
baseada numa falsa verdade! Aquilo era real! De verdade! Aquela visão
muniu sua alma novamente com a única arma capaz de salvar qualquer
mortal da patética face do delírio eterno: a esperança. Allie finalmente
voltou a atingir um nível consciente de inteligência e realidade. Foi quando
percebeu que seu espírito, na verdade, jamais a abandonara e, em nenhum
momento, ela deixara de ser Allison Mulligan. Sua alma foi o suficiente para
ressuscitar sua mente. E o corpo acompanhou.

Até encontrou forças para correr. A Fênix se levantara das cinzas
mais uma vez. Nesse instante, Allie sentiu uma insuportável coceira em sua
região lombar. Sua mão direita, assim como a esquerda, estava coberta por
uma espessa luva, por isso não sabia se poderia realmente alcançar o local
da coceira, também porque tinha o corpo todo coberto pela pesada
indumentária que vestia. Porém, com grande esforço, conseguiu enfim
aliviar-se daquele forte comichão impiedoso. Já devia estar coçando há
algum tempo, mas só percebera naquele momento, à medida que seu estado
geral melhorava. Mesmo com a luva, ela podia sentir a aspereza de sua pele
naquela região do corpo. Com certeza, chagas alérgicas se espalhavam
devido ao frio, teria que lidar com isso depois. Pode perceber também que
suas costelas pareciam muito maiores e protuberantes.

"Ainda que não consiga abrigo nesta casa, Ao menos, consegui
perder algum peso, pela primeira vez desde meus dias de colégio.", pensou.

Allison Mulligan estava com bem menos roupa do que quando havia entrado, mas ainda vestia uma boa parte delas para se defender do frio, uma vez que a calefação da casa, por causa de um defeito, não funcionava em todo o seu potencial. Quem conhecia Allie jamais a reconheceria naquele momento. Ela mais parecia uma tábua branca de gelo. Contudo, sua saúde aos poucos voltava ao normal. Dr. Wüller já havia lhe dado comida, que ela traçara praticamente de uma garfada só. O anfitrião chegou até a dar uma risada compreensiva da voracidade da menina. Havia gostado dela logo de cara, como sempre acontecia com Allie. A tal ponto que chegou a lhe brindar com seu melhor conhaque, para ajudar a reaquecer seu corpo. Ele, claro, não pode deixar de participar do brinde.

Karl Wüller estava seguramente mais habituado ao frio do que ela. De qualquer forma, apesar do aquecimento artificial do interior estar levemente comprometido, estava um milhão de vezes pior do lado de fora. Allie, depois de sua suntuosa refeição regada a conhaque, sentara-se numa confortável e macia poltrona, e desfrutava de um delicioso chá que, afortunadamente, fervia. Wüller o tinha preparado em sua própria cozinha, e se orgulhava de seus efeitos fortalecedores. E ele não era nada do que Allie havia imaginado.

Quando ela o viu pela primeira vez, assim que ele abriu a porta, teve um pequeno sobressalto e entendeu imediatamente a razão de o terem apelidado de "Abominável Homem das Neves". De fato, até o Yeti poderia se assustar com seu tamanho. Chegava fácil aos dois metros de altura e possuía o equivalente em largura. Não que fosse gordo, mas era, com certeza, corpulento. No geral, era uma montanha, um gigante, especialmente quando comparado com os poucos 1,57m de Allie que, naquele instante, não pesava mais do que 35 quilos. Entretanto, era extremamente hospitaleiro e afável.

Mais do que isso. Mostrava-se bom e gentil. Allie esperava encontrar um montanhês mal-educado, de longos cabelos desarranjados e barba espessa. Surpreendeu-se ao ver diante de si um homem polido, de cabelo cortado muito rente, seguramente dispunha de um aparador eletrônico. Somente um pequeno topete sobrava acima de sua testa, talvez deixado de propósito para mostrar que não era calvo por natureza, que tinha pouco cabelo por opção. Seu rosto encontrava-se perfeitamente barbeado. Estranho um eremita se importar tanto com sua aparência. Era certo que cuidaria de Allie até que esta estivesse novamente em condições de enfrentar as inclemências do frio, talvez até lhe arranjasse um helicóptero. Entretanto, se ele voltaria para a civilização junto com ela já eram outros quinhentos.

Em comum, ambos tinham, além da inteligência, a extrema gentileza do temperamento, coisa que muitas vezes os deixava à mercê dos mesquinhos faladores, que tiravam vantagem de suas inocências. Porém, a principal diferença entre eles era que Wüller escondia uma grande fragilidade dentro de um gigantesco envoltório físico, enquanto que Allie trazia uma indestrutível fortaleza espremida em um corpo diminuto.

O lugar era afastado, porém, tinha tudo que precisava. Mais até. Comida não faltava. Possuía água encanada e eletricidade, que não se sabia de onde vinha. Um ruído difuso podia ser ouvido, que sugeria a presença de um grupo-gerador. Não era muito difícil imaginar a origem da água, havia neve de tudo quanto era lado e tinha um fogão na casa. A mobília era tradicional e cuidadosamente arrumada. Cada item na habitação parecia equidistante, paralelo, ou perfeitamente perpendicular. A moradia de um cientista. O espaço era amplo. No entanto, possuía um único andar, descontados o sótão e o porão. Allie não achou nenhuma televisão. Para um americano, aquilo por si só já seria a morte.

Wüller tinha olhos intensamente azuis e um olhar penetrante. Em sua juventude, devia ter sido bem bonitão. Mas, naquele momento, Allie lhe dava uns setenta e muitos (claro que não cometeria o erro de perguntar), e a convivência com o frio cortante encarquilhara bem sua pele e rosto. No mais, o lugar tinha certo charme e seu ocupante era bastante sereno, fruto de não ter que lidar com pessoas. Contudo, como também ocorre nos casos de solidão (e Allie conhecia muito bem o sentimento), estava claro que algo lhe faltava.

— Foi tolice ter vindo aqui. — Disse o alemão em voz baixa e rouca, enquanto se aproximava do sofá, ao lado da poltrona de Allie. Ele ainda segurava a garrafa de conhaque não finalizada numa das mãos e um copo na outra. Quando se sentou, o sofá envergou duramente. Devia ter molas reforçadas como, aliás, todo o resto dos móveis que tinham que suportar o peso do anfitrião. — Deduzo que você veio aqui falar comigo. — Ele completou com um pouco de sarcasmo e Allie sorriu.

— Eu preciso de sua ajuda. — Respondeu Allie com cautela na escolha das palavras.

— Eu sei quem você é. — Wüller prosseguiu, sem prestar muita atenção. — Está mais magra, mas continua simpática. Quero que saiba que respeito seu trabalho.

— Obrigada. — Agradeceu ela corando. Foi aí que, de fato, lembrou-se de que ainda não tinha dito seu nome.

— Mulligan, certo? — Acabou por não ser necessário.

— Allison. — A convidada complementou. — Mas, pode me chamar de Allie.

— E você me chame de Karl e, acredite, eu não o permitiria a mais ninguém. — Com isso, ele assumiu que a moça já sabia quem ele era. Do contrário, teria quase morrido congelada à toa.

— Sim, obrigada. — Allie agradeceu novamente, agora mais insegura. — Quero que saiba que também respeito seu trabalho.

O alemão baixou os olhos e deu um sorriso compreensivo. Encheu seu copo de conhaque até a metade e ofereceu um pouco a Allie, que recusou.

— Não me surpreende. — Disse Wüller. — Respeitamos o trabalho um do outro e somos os únicos.

Foi a vez de Allie baixar os olhos. Havia verdade no que acabara de falar. O inglês do Dr. Wüller era bem purista. Tinha sotaque, porém, muito sutil, mais por falta de prática do que qualquer outra coisa. Pessoas inteligentes aprendem idiomas muito bem, a astronauta considerava.

— E se eu disser — Começou Allie — que todo seu trabalho não foi em vão? Que tenho provas concretas de que a manipulação do tempo é possível, e tudo graças às suas descobertas?

— Eu diria que você partiu de um falso pressuposto. Nunca achei que meu trabalho foi em vão. As pessoas que riram de mim é que acharam. — E bebeu um pouco do conhaque.

— E se eu disser que você pode dar uma lição em todas essas pessoas e salvar o mundo no processo?

— Eu diria que não ligo. Caso não tenha notado, já estou bem velho.

Allie emudeceu por algum tempo. Sentia que não estava se saindo muito bem. Então, lembrou-se de que medir suas palavras nunca fora seu ponto forte. Melhor seria voltar a ser ela mesma e dizer o que pensava.

— Eu acabei de sugerir fortemente que o mundo está em perigo. — Reforçou Allie. — Você simplesmente acreditou em mim, sem mais nem menos, e diz que não liga?

— Pois é. — Confirmou Wüller cinicamente. — Por que deveria fazer um acompanhamento do assunto, se já disse que não dou a mínima?

— Para começar, porque se o mundo acabar, você também acaba junto com ele.

— Como já disse, estou velho. Vivi uma gloriosa e plena vida sem sentido. Que o mundo acabe então.

Mulligan sentiu que precisava daquele conhaque agora, mas resistiu. Ao invés, bebeu outro gole de seu delicioso chá.

— Seu chá é muito bom. — Allie acabou por reconhecer em voz alta.

— Você vem de tão longe, arrisca a vida para chegar aqui e até me diz o porquê de tal empreitada. Aí, eu me recuso a ajudar, e você só elogia meu chá?

— Bem, está realmente muito bom.

— Sabe, você é mesmo tudo o que eu imaginava e muito mais!

— Devo entender como um cumprimento?

— Totalmente!

— Nesse caso, deixe-me lhe dizer que você, por outro lado, tem me decepcionado, por enquanto.

Wüller não respondeu, tampouco alterou seu semblante de papai bonzinho.

— Minha época de provar algo para alguém já passou. — Disse ele. — Se a humanidade está em perigo e precisa de mim, deviam ter pensado nisso antes de me humilharem.

— Não te incomoda o fato de que são as suas descobertas que vão causar a destruição do mundo? Pois é isso que está acontecendo!

— Fui somente o descobridor. — O alemão falou, mas já hesitava um pouco. — Quem fez o mau uso foram os outros. Não devo nada a ninguém. Fiz meu trabalho como cientista. Preveni a humanidade do que poderia estar por vir. Ninguém me escutou, problema deles. Não sou limpador de banheiros, para lavar o esterco que outros deixam no caminho quando andam!

Allie se calou de novo. Necessitava de um banho bem quente. Eventualmente, conseguiria tomar um. Apesar de tudo, podia ver que Wüller era boa pessoa. Contudo, mesmo depois de anos, continuava amargo. Nunca poderia imaginar que aquele lugar pudesse ser tão distante e inóspito, e o frio tão rigoroso. Só o que ela pode fazer, em termos de preparação para a viagem, fora comprar todo aquele monte de roupa e, com o dinheiro restante, que também não era muito, comprou alguma água, muito menos do que deveria. Na pressa, ela se enganara redondamente em seus cálculos e quase morreu por causa disso.

— Como me encontrou? — Perguntou o Dr. Wüller. — Claro que não esbarrou nesse lugar por acaso.

— Bem, eu sabia as coordenadas. — Respondeu Allie. — Porém, acredite, no estado em que eu me encontrava, eu praticamente esbarrei nesta casa por acaso.

— E quem foi que lhe deu essas coordenadas?

— Um amigo na NASA. Ele achou seu atual endereço num dos bancos internos de nosso sistema de computadores. Conseguimos rastrear seus passos desde que abandonou seu apartamento em Stuttgart. Ainda mantemos muitos dados sobre o senhor.

— Pois, apague-os todos. É um desperdício de memória. Como vê, não adianta nada saber onde me encontrar.

— Eu somente acho que há coisas melhores do que morrer no isolamento, esquecimento e solidão.

— É mesmo? Seria a primeira vez que ouço isso! E o que poderia ser melhor?

— Fazer a diferença. De novo! — Allie fez uma pausa e se ajeitou na poltrona. Parecia ansiosa. — Karl, eu posso te ajudar!

— Você? Ajudar-me?

— Isso mesmo!

— Ah, deixa ver se entendi direito! — Disse ele com ar zombeteiro. — Você ter me visitado foi a melhor coisa que me aconteceu, certo?

— Isso só depende de você.

Wüller deu uma olhada de cima abaixo em Allie, que permanecia sentada. Em seguida, terminou seu conhaque.

— É, não adianta tentar ficar bêbado. — Concluiu o alemão. — Anos de prática acabaram por me deixar imune também a isso. Um problema nesse clima!

Allie não disse palavra. Começou a encarar o cientista com olhos muito abertos, como que tentando forçá-lo a ser o próximo a falar e não ela.

— Vamos dizer que, por mera curiosidade... — Wüller iniciou então. — E enfatizo isso bem... Vamos supor que eu pergunte o que está acontecendo neste justo e belo mundo em que vivemos. O que você me diria?

— Sua principal descoberta científica trouxe uma figura muito importante de nosso passado, direto para o presente. E já o fez duas vezes.

— E quem seria essa figura?

— A Rainha Elizabeth I.

— Meu Deus! Poderia ter sido alguém mais bonitinha!

— E menos rabugenta!

— Puxa! Não imaginei que aquela coisa pudesse chegar tão distante assim! Cheguei a ter algum sucesso nas minhas voltas ao passado. Porém, o máximo que avancei no futuro foram somente alguns segundos.

— Você disse "aquela coisa". Refere-se ao prisma?

— É assim que o chamam? Aquele negócio feio e achatado, cheio de desenhos e uns entalhes ridículos, que mais parecem os azulejos do meu banheiro?

— Esse mesmo!

— Não sei o que esses povos antigos tinham na cabeça! Mas, continue, por favor.

— A extração da rainha de sua época mexeu nas correntes do tempo, de tal forma que provocou um ajuste a nível intergaláctico. — Allie falava mais empolgada, ao ver que aquele assunto, de fato, arrancara Wüller de seu estupor conformista.

— Onde você notou a mudança pela primeira vez?

— Numa galáxia vizinha a Andrômeda. E o ajuste vai naturalmente se alastrar até nosso sistema solar.

— E o que seria exatamente esse ajuste?

— Difícil dizer com certeza, mas até onde percebi, planetas tiveram suas posições orbitais alteradas radicalmente em um curtíssimo intervalo de tempo.

— Curioso. — Admitiu Wüller. — Num planeta habitado, isso pode significar alterações de clima, cataclisma, extinção da vida...

— Agora, você entende minha ansiedade.

— Qual a taxa de propagação interestelar?

— Cento e oitenta milhões de parsecs por milhares de anos, tudo considerado na velocidade da luz.

— E qual a distância dessa tal galáxia até Andrômeda?

— Não mais do que cinco milhões de anos luz.

O alemão levantou as pupilas por alguns segundos e foi tudo de que precisou.

— Tem menos de três dias, mocinha. — Ele concluiu.

— *Temos* menos de três dias. — Ela corrigiu com ênfase.

— Acho que vou tomar outro conhaque afinal. — Wüller decidiu.

— Karl, você descobriu o prisma e construiu seus assessórios! — Allie chegou àquela conclusão e já falava mais aflita. — É o único que pode reverter tudo isso e acertar as correntes do tempo!

— Quando resolvi me confinar ao ostracismo, muita gente tentou me convencer a voltar, assim como você. — O europeu não parecia ter perdido a calma absolutamente. — Aos poucos, todos pararam de se incomodar. Você é minha primeira visita em anos. Creio que está totalmente capacitada a resolver essa situação. O mundo conta com você e está em ótimas mãos. Desculpe, não posso ajudar e essa é minha palavra final.

— E o que acontece agora, então?

— Eu te dou uma carona até o povoado para que, pelo menos na volta, consiga chegar lá em melhor estado. Dali, você se vira.

— Posso tomar um banho?

— Fique à vontade para usar meu chuveiro, mas não se dê ares, mocinha. — Ele brincou. — Você não é meu tipo! Não gosto das magrinhas e acho que você estava muito melhor antes!

— Bem, dê-me mais um pouco de sua boa comida e posso corrigir isso em pouquíssimo tempo!

— Ah, farei isso antes de você sair. No momento, pode usar o banheiro dos fundos, vai achá-lo civilizado o bastante. Tem xampu, sabonete líquido, toalhas limpas e água que ferverá seu sangue. Pegue tudo que precisar. Só não use todo o xampu, leva um tempão para chegar outro frasco! Esses meus couriers já não são mais os mesmos, malditos friorentos!

Amanda entrelaçava os dedos agitadamente.

— Bem, pelo menos, sabemos que está viva e não está nas mãos do Massorski. — Disse.

— Não creio que ele a sequestraria só para colocá-la num avião para a Áustria.

— Não. Toda a ação está aqui, ele sabe disso. Já Elizabeth não teve a mesma sorte. O que estarão fazendo com ela?

— Devem tê-la colocado numa área de retenção, enquanto tentam achar uma maneira de levá-la de volta ao passado e se tornarem heróis.

— Nunca vão conseguir, eles não têm o prisma. Mesmo que o tivessem, ainda lhes faltaria a inteligência.

Nisso, um dos policiais que os protegia entrou correndo na sala de estar.

— Eu diria que são boas notícias. — Leo divagou.
— De certa forma. — O policial comentou.
— Não nos deixe no suspense. — Amanda pediu.
— Ao que parece, os federais tiveram alguma dica e vieram direto para cá. Estão aí fora! E disseram que só estavam na vizinhança e resolveram checar porque havia tantos tiras aqui.
— E o que você disse a eles? — Leo perguntou empolgado.
— O que o tenente mandou. Que vocês estão aqui e vão continuar aqui!
— E como eles reagiram? — Amanda quis saber.
— Letárgicos como sempre. Só me mostraram um mandato, esfregaram os distintivos na minha cara e exigiram que entregássemos vocês.
— E aí?
— Falei que estava fora de meu alcance e os mandei para o Tenente Rodriguez.
— E eles?
— Foram-se!
— Wow! — Empertigou-se Amanda. — Agora sim, ele terá as mãos cheias!
— Quem, o tenente ou o Massorski? — Leo falou com um meio sorriso.
— Se há uma coisa que aprendi no trabalho é que o elo fraco é o primeiro a se romper. — Amanda retrucou, não compartilhando do mesmo otimismo.
— Conheço Rodriguez. — O policial interveio. — Ele é chato, mal-humorado, mandão, impertinente... Agora, ele nunca foi, nem jamais será, um elo fraco!

♣ ♣ ♣ ♣ ♣

Rodriguez tomava ainda outro café quando foi interrompido por um de seus detetives. O tenente já tinha tanta cafeína no cérebro que poderia sair do tempo normal, mesmo sem a ajuda do prisma.

— O que houve agora, Bob? — Perguntou o oficial, esfregando os olhos.

— Más notícias, senhor! — Foi a resposta.

— É, todos precisamos de uma novidade de vez em quando. — O tenente suspirou sua triste ironia. — O que é desta vez?

— O FBI visitou nossos amigos!

— Quando foi isso?

— Há cerca de dez minutos. Nosso pessoal os enxotou de lá.

— Sim. E os mandaram direto para cá, pelo que vejo.

— Alguma chance de enquadrá-los por suspeita de sequestro? Não se esqueça de que eles têm a inglesa, possivelmente contra a vontade dela.

— Ah, esquece. — Rodriguez disse desanimado. — Eles têm imunidade diplomática e faltam provas de que a moça está com eles contra a vontade.

— Tenente. — Uma voz feminina forte os interrompeu, enquanto irrompia na sala de Rodriguez como um foguete. — Temos grandes problemas!

O tenente coçou o queixo, mas não se alterou.

— Não precisa tentar atenuar, Maxime. — Ele brincou. — Suponho que tenha más notícias.

— Tem um bando de gente na área, querendo falar com o senhor. E estão um tanto impacientes.

— Federais?

— Todos eles. Exceto por um engomadão alto, que carrega um emblema da NASA no paletó. Ele disse que queria falar com o "encarregado". Tentei enrolar, mas ele disse que não falaria com subalternos.

— Puxa, Max! Espero que isso não tenha ferido os seus sentimentos.

— De jeito nenhum! Até fiquei contente que o assunto é com você e não comigo!

— Você acaba de ferir os *meus* sentimentos agora.

A detetive sorriu.

— Devo pedir que entrem, ou devo deixá-los cozinhando mais um tempo?

— É irrelevante agora. — O tenente disse, ao esfregar os olhos novamente. — Dê uma olhada atrás de você.

Maxime se virou e, de fato, dava para ver que Massorski e seu seleto grupo já haviam entrado, e caminhavam com passos fortes e decididos até a sala de Rodriguez.

— Ei! — Bradou ela para a comitiva. — Acho que fui bem clara quando mandei que esperassem!
— Maxime! — Rodriguez a chamou, porém, com voz irônica. — Você está se dirigindo a agentes federais!
— É uma questão de princípios, senhor. — Ela esclareceu.

De qualquer forma, nenhum dos visitantes fez caso. Pode-se dizer que o mórbido prazer que Massorski sentiu ao rever o tenente só era comparável ao imenso e igualmente mórbido desprazer que tomou conta de Rodriguez quando este o viu se aproximar. Massorski parecia confiante e com sede de sangue.

— Mas que mundo pequeno! — Exclamou ele.
— Agora que entrou, por que não se senta? — O tenente o convidou de maneira forçada. — Parece-me que você queria falar com o "encarregado". Eu creio que me enquadro.
— Ah, sim, claro, perdoe meus modos. — Disse Massorski político.

Ele estendeu o braço jovialmente para cumprimentar o tenente. Entretanto, uma vez mais, este não fez a mínima menção, nem o mais débil gesto de corresponder. O olhar do oficial da lei era duro e extremamente desconfiado.

— Como já deve ter sido informado pelo seu prefeito, — Prosseguiu Massorski. — eu e meus homens estamos aqui numa missão científica de pesquisa e auxílio mútuo, na tentativa de solucionar uma grave crise de escala global.
— E em que posso ajudá-lo? — Rodriguez não resistiu a um bocejo.
— Vou precisar de sua total cooperação, especialmente considerando a extrema importância de nosso assunto aqui.
— Tudo bem. Só que isso tem que funcionar dos dois lados. Primeiro, você me deixa a par de tudo que está acontecendo, sem deixar nenhum detalhe de lado. Segundo, diga-me exatamente o que está sendo feito para resolver essa crise que mencionou.

— Eu e o FBI estamos à total disposição para quaisquer esclarecimentos que julgue necessário, dentro de certas premissas, obviamente.

— Com certeza, terei muitas perguntas assim que me disser tudo o que se passa. Você consegue dar uma resposta direta de vez em quando?

— Receio que não seja tão simples. Para evitar um pânico que só pioraria muito as coisas, recebi ordens de tratar a grande maioria dos temas que concernem a essa crise de forma sigilosa.

— Em outras palavras, o que pode me contar é algo próximo de nada.

— Mais ou menos isso.

— A população já está em pânico! Pessoas estão se desvanecendo no ar feito fantasmas! E agora também edifícios e monumentos históricos, segundo fui informado! Os cidadãos têm o direito de saber a verdade e é meu dever dizer-lhes!

— Estamos aqui para resolver esse problema. Quanto mais rápido você colaborar, mais depressa acharemos uma solução para tudo isso.

— Eu não posso ajudar se ficar no escuro.

— Ah, não se preocupe com isso. O que preciso de você é algo bem sucinto e fácil de entender. Libere Amanda Tobias e Leonard Crockett para que eu os leve para Houston.

— Por quê?

— Isso você não precisa saber.

— Ah sim. Esse deve ser um dos vários itens a ser tratado sigilosamente, certo?

— Exatamente!

— Onde está Elizabeth? Você sabe, a colega de quarto inglesa de Amanda? Ela está com vocês?

— Isso é irrelevante, mas sim, nós a temos.

— E por que não fui informado disso?

— Porque não precisava ser informado.

— Como vou saber se não a sequestraram?

— Bem, não acredito que lhe deva explicações, mas tenho uma carta de Washington que me confere a custódia total de Elizabeth!

— Posso vê-la?

Massorski bufou mal-humorado, porém, sacou o papel correspondente do bolso interno do paletó e o entregou para Rodriguez. Este passou a lê-lo bem mais devagar do que costumava.

— Vamos lá! — O outro rosnou. — Só o que precisa ver é a assinatura embaixo!

— Dê-me um minuto. — O tenente disse com calma e sem desviar seus olhos do papel.

Na verdade, Clayton só esperou trinta segundos para arrancar de súbito a carta da mão do policial.

— Isso já foi longe demais. — Falou o visitante, ao olhar inquieto seu relógio. — Chega de jogos e retire seus policiais da residência onde Crockett e Tobias estão hospedados! E isso é uma ordem!

— A segurança deles é minha responsabilidade. Perdão, mas não posso liberá-los para você.

Massorski passou a estudar o rosto do tenente e tentava manter a calma. Depois de uns poucos segundos, disse:

— Olha, eu entendo que você pense que só está fazendo seu trabalho, só que está interferindo em muito com o nosso. Eu confesso que não sei por que está tão resistente! Tudo que queremos é resolver esse problema e trazer os desaparecidos de volta. Você está atrasando tudo! Acha que é isso que a população quer?

— A população quer saber o que se passa e eu também. Se quiser Tobias e Crockett, eu os entregarei com prazer. Assim que você me fornecer um relatório completo, com todas as explicações pertinentes a esta crise.

— Já disse que essa informação é confidencial!

— Sim. É isso que quero dizer. Pode deixar que nada sairá desta sala. Manteremos segredo.

Uma nova pausa na conversa e um novo estudo por parte de ambos.

— Eu tenho um mandato de prisão contra eles. — Massorski quebrou o silêncio em tom dissimulado de ameaça. — Acho que podemos negociar aqui. Mande os dois para mim e podemos esquecer isso.

— Posso ver o mandato? — Rodriguez perguntou com uma voz bem arrastada.

— Pelo amor de Deus! — Clayton esbravejou novamente. Qualquer menção a um mandato obriga o possuidor do mesmo a mostrá-lo à parte a que o dito mandato se refere. O tenente, com certeza, tinha uma memória melhor para essas tecnicalidades da lei e tirou o máximo proveito que podia dessa vantagem.

Assim, o oficial o examinou com a mesma lentidão com que tinha lido a carta de Washington, alguns minutos atrás, enquanto Massorski se movia freneticamente em sua cadeira.

— Já terminou? — Clayton pressionou, pois já sabia que Rodriguez fazia aquilo de propósito, a fim de ganhar tempo. Só que ainda não enxergara o que o tenente esperava ganhar com tanta enrolação.

— Parece tudo em ordem. — O policial bocejou novamente e devolveu o mandato a seu visitante.

— Também tenho carta branca do prefeito. E não! Essa você não precisa ler e não vou perder mais um segundo sequer com as suas bobagens!

— O prefeito eu não nos damos muito bem, por isso não votei nele. Além do mais, esse seu mandato só diz respeito a uma agressão. Já tomei o depoimento de Tobias e Crockett a respeito, e sei que tudo não passou de um animal que ficou um pouco excitado demais com a sua presença. A propósito, se quiser seguir com isso, terá que se apresentar ao médico do departamento, para um exame de corpo delito.

— Tenho imunidade diplomática, não se esqueça. Posso jogar seus dois amigos na cadeia quando quiser!

— E eu os tiro de lá. Quem manda nessa área sou eu, não se esqueça.

— Estou autorizado a levar Leonard e Amanda pela força, se for preciso!

— Meus homens vão resistir.

— Quer mesmo um tiroteio em sua consciência? Você não sabe com o que está lidando!

— Nem você. Meus homens são realmente bons de mira!

Por um momento, a tensão que se espalhou pelo ambiente ficou tão densa que quase era possível tocá-la. Ela atingiu a todo e cada policial fardado e detetive que podia escutar aquela conversa, bem como os próprios agentes do FBI. Também Massorski teve que afrouxar a gravata. De fato, somente Rodriguez parecia sinceramente calmo, com os braços cruzados em cima de sua considerável pança.

— Como queira! — Massorski disse com raiva contida. — Vamos até eles de todo jeito. Você decide o que fazer quando chegarmos lá!

Ele então se levantou e, com poucos gestos, fez com que a delegacia se esvaziasse de federais. Massorski ainda se deteve na porta da sala do tenente.

— E devido à sua conduta imprópria para um policial, vou contatar a delegacia de Assuntos Internos e fazer com que seja processado por obstrução da justiça. — Ameaçou ele. — Vai ter sorte de não parar em sua própria cadeia. No mínimo, será expulso da força e não conseguirá emprego nem como segurança de boate!

E saiu. Passou como um vento pelo olhar de desprezo de Maxime, que timidamente entrou na sala do tenente.

— Acha mesmo que ele vai fazer isso? — Perguntou a seu superior.

— Bem, acredito que não vai demorar muito para que saibamos — Respondeu o tenente.

— E quanto a Crockett e Tobias? O senhor pretende mesmo comprar briga com os federais?

— Claro que não! Só queria ver até que ponto esse idiota chegaria. Ele quer mesmo os dois. Pergunto-me por quê. — Ele fez uma pausa e deu um longo suspiro profundo, sentindo-se derrotado. — Bem, eu queria conversar com esse tipo e foi o que fiz. E não consegui obter nada dele, a não ser perder meu distintivo. Ou ir para a prisão.

— Nós todos o apoiaremos, senhor.

— Eu agradeço, mas não se queimem mais por mim.

— Já estamos acostumados, senhor. — Ela brincou e conseguiu arrancar um leve sorriso de seu chefe. — Quando tivermos que entregar Crockett e Tobias para esse almofadinha, talvez devêssemos mandar um de nossos contatos das ruas para segui-los.

— Não vai funcionar. Nossos informantes são ex-presidiários que podem ser chantageados tão facilmente quanto comprados. Além do mais, do que adiantaria saber para onde os levarão? Estamos impotentes. Não conseguiríamos atravessar todos os canais burocráticos que as influências desse cara podem comprar.

— E o que fazemos então? Somos a polícia. Não podemos ficar aqui parados.

— Tem razão. Só há uma coisa a fazer.

— E o que seria?

— Recrutar civis para o trabalho. Vai contra todos os meus princípios, porém, é tudo que nos resta.

Dito isso, ele pegou no telefone de sua mesa e discou.

— Yo! — Amanda atendeu.

— Rodriguez. — Ele se identificou.

— Tenente! Bom ouvir de você! Mas, diga lá, o que rolou entre você e os fuinhas? Eles o visitaram, não é mesmo?

— Sim. E não foi muito produtivo.

— Conseguiu alguma informação sobre Elizabeth?

— Você quer mesmo encontrá-la?

— Claro que sim!

— Tem um jeito certo de fazer isso. Você, no entanto, pode não gostar muito.

♣ ♣ ♣ ♣ ♣

— Tem mesmo certeza de que quer fazer isso? — Leo perguntou à sua amiga, não conseguindo esconder certo desespero.

— Na verdade, estou até excitada!

— Mas, você não sabe para onde a levarão, nem o que farão com você!

— Essa é parte excitante. Além do mais, não tenho medo dele.

— E quem garante que ele vai aceitar levar somente você e não nós dois?

— O Tenente Rodriguez calculou que, para evitar uma troca de tiros no meio da rua, Massorski vai aceitar esse acordo. Ele deve imaginar que só precisa de um de nós, para tentar chegar à solução de todo esse problema antes da Allie.

— E por que ele levaria você ao invés de mim?

— Desde o início, ele tem me procurado. Fez todo aquele escarcéu na minha casa e já queria invadir também esta daqui. Massorski já deve desconfiar que sou uma figura chave em todos esse acontecimentos, e ele não tem muitas pistas. Por isso, vou tentar atrasá-lo de todas as maneiras possíveis.

— Ainda acho que eu deveria ir com você.

— O tenente pensa que você seria mais útil nas ruas, com os jamaicanos.

— Certíssimo! — Interveio Derk. — Nossos ouvidos nos bairros são muito melhores do que os da polícia e estão em todos os lugares. Você não estará sozinha, irmã!

— Foi o que Rodriguez deduziu também. — Amanda respondeu.

— Tem certeza de que vai ficar bem? — Leo pousou suas mãos paternalmente nos braços da moça.

— Não se preocupe. — Ela garantiu. — Além do mais, Elizabeth estará comigo o tempo todo! Mal posso esperar para vê-la de novo! Já somos unha e carne. Uma vez juntas, elaboraremos nosso infalível plano de fuga!

— Vê se toma cuidado, menina!

— E você fique atento para notícias de Allie! Tenho um pressentimento de que ela voltará a qualquer minuto, com algum ás em sua manga!

Allison ainda tinha os cabelos molhados, enquanto apreciava a vista pela janela. Tudo branco. O tempo havia melhorado, mas ainda estava longe de permitir que algum veículo aéreo ou terrestre se aproximasse. Pelo menos, foi isso que o controle do resgate informou ao Dr. Wüller, quando este conseguiu alguma comunicação, precária, mas audível.

Allie não podia esperar mais. Não podia ficar mais tempo isolada. Estava a ponto de desaparecer... Ou não? Como poderia saber? Wüller era demasiado casmurro para dar bola ao que ocorria no mundo à sua volta. Allie chegou a descobrir que ele pagava um tipo especial de courier, que sempre se encarregava de entupir sua casa de comida e outros mantimentos para seus geradores de eletricidade, aquecimento e demais necessidades. Água encanada parecia não ser um problema.

Em resumo, ele não precisava sair nunca. O tempo o tinha transformado num recluso total. Allie chegava a considerar, com bastante angústia, que talvez fosse aquilo que o destino lhe reservava. Na ínfima hipótese de que conseguisse resolver aquela crise mundial, conseguiria ela reunir as provas necessárias de que, realmente, houvera uma crise em primeiro lugar? Até alimentava esperanças de que Massorski achasse uma solução para o problema afinal. Porém, tal pensamento durou pouco. Como já havia demonstrado, ele subestimava a seriedade da situação. Fatalmente, aquilo também se converteria numa questão de marketing pessoal para ele.

E mesmo que lograsse salvar o mundo, quem disse que não seria novamente ridicularizada e desacreditada pelo sistema, acima de seu controle? Que desculpa as autoridades inventariam para explicar o que acontecera? Não teriam coragem de dizer a verdade, claro que não! Podiam cair no ridículo e comprometer suas reeleições. E teria ela forças para se levantar de mais essa queda e seguir adiante? E se chegasse à conclusão de que Wüller estava certo? Melhor seria mesmo abandonar a humanidade injusta e cruel para não se machucar mais? Refugiar-se em algum deserto esquecido por Deus, totalmente isolado do resto do mundo, submetendo-se a um suicídio social, a fim de evitar o suicídio físico, como parecia ser a situação do gênio Karl Wüller, um homem cuja inteligência era equiparável à dela, talvez até maior?

E a história seguramente se repetiria, alguma garota ou algum garoto, inteligente e idealista como ela fora um dia, a procuraria daqui a muitos anos nesse lugar distante, e encontraria uma velha desgastada e frustrada, com o coração tão empedernido e gelado como o da neve em volta. E Allie então lhe diria: "Meu jovem (ou minha jovem), você já será o terceiro a tentar fazer a diferença. Por que acha que vai conseguir desta vez?".

Seria este o destino final de Allison Mulligan? Tornar-se uma lenda temida e desrespeitada, uma "pé-grande" ou, no caso dela, uma "pé-pequena", inatingível e intimidadora, como Karl Wüller? Nesse momento, ela se lembrou de sua filha e o legado que deixaria para sua jovem soldada do Pentágono.

Solidão era o que a assustava. Por mais que já tivesse experimentado bastante dela, nunca realmente se acostumara, sempre se ressentira com isso. Havia visto, em cima da lareira da casa, vários porta-retratos do Dr. Wüller e neles podia ver uma mulher, mais jovem em algumas fotos e mais velha em outras. Apesar da diferença de idade, sabia que era a mesma mulher. Possivelmente, a esposa de Karl. Também encontrou retratos de belíssimas garotas com intensos olhos azuis como os dele, tinham que ser suas filhas. Qual teria sido o destino de todas aquelas mulheres e o que pensariam de Karl?

A vista da janela era, ao redor e por todos os lados, um enorme e interminável branco, compacto, gélido e monótono, assim como sua alma naquele instante. Ela voltou-se para Wüller, que estava sentado calmamente defronte a um tipo de mesa, com uma prancheta similar à de um arquiteto, onde fazia alguns desenhos metódicos e perspectivos, algum tipo de hobby talvez.

Allison, completamente tomada de poderosa angústia e desapontamento, com sua mente coberta de ideias tristes e desanimadoras, levantou-se, puxou uma cadeira e sentou-se de novo, desta vez ao lado de seu anfitrião.

— Apesar do isolamento, você consegue se manter atualizado de alguma maneira. — Comentou ela. Novamente, sentiu raiva de si mesma por não resistir a um impulso racional de fugir de suas características, e ter que medir as palavras.

Wüller continuava distraído, porém, Allie tinha uma suspeita de que ele a escutava. Um cérebro com tamanho QI deveria ser capaz de processar várias informações ao mesmo tempo, mesmo naquela idade. De fato, de uma maneira geral, o Doutor parecia gozar de boa saúde.

— Tenho meus métodos. — Ele respondeu enfim. — O jornaleiro não passa por aqui com muita frequência. — Brincou. — Mas, tenho meus meios de saber o que acontece.

Mulligan já tinha percebido que o velho se refugiava em cinismo para fugir da realidade. Nesse aspecto, lembrava bastante a Leo.

— Então, você deve saber dos desaparecimentos... — Allie ponderou para ele. — Pessoas e coisas.
— Bem, sempre achei que a culpa de todos os problemas do mundo era muita gente nele. Pessoas demais, tomando decisões erradas. Vejo que a natureza começou a se vingar.

Allie ia começar a dizer algo, mas engoliu. Havia certa dose de verdade naquela filosofia que acabara que escutar.

— Monumentos históricos e edifícios também começaram a desaparecer. — Ela prosseguiu.
— Sim, também já fui informado disso. Alguns são bonitos, outros terrivelmente feios. De qualquer maneira, nunca passaram de objetos inanimados, perfeitamente dispensáveis. Como pessoas racionais que somos, sabemos que valores sentimentais, no fundo, não servem para nada.
— Porém, às vezes ajudam a tirar o melhor de nós todos. — Allison suspirou mais para si mesma do que para seu anfitrião.
— Como você vê, não foi o suficiente. — Mais uma filosofia de Wüller.
— E quanto às pessoas que não merecem desaparecer? Por incrível que pareça, tem muita gente decente neste mundo! E eu... Gosto de acreditar que sou uma delas.

Wüller ergueu os olhos na direção da moça. Ele sabia as implicações daquele último comentário.

— Você tem a curva dos desaparecimentos em relação à idade das pessoas e tempo decorrido? — Disse ele, mas ainda não parecia nervoso, nem ansioso.

— Não tive tempo de elaborar uma. — Fez uma pausa e suas bochechas se avermelharam ligeiramente. — Achei que você talvez... Poderia me ajudar com isso.

O Dr. Wüller voltou a olhar para seus desenhos arquitetônicos que, aos olhos de Allie, pareciam não fazer muito sentido.

— Faz tempo que não trabalho com matemática. — Foi a desculpa do velho.

— É como andar de bicicleta, a gente nunca esquece. — Ela argumentou. — Além do mais, posso ver que já entendeu que é quase certo que vou desaparecer e pode ser a qualquer momento. Não vai acontecer com você, ou já teria desaparecido. Você é o único que pode me substituir e retomar minhas pesquisas!

Wüller ergueu a cabeça por um instante, porém, logo voltou a baixá-la em direção à prancheta.

— Nesse caso, sugiro que você encontre outro astronauta como você, um europeu talvez. Não estou capacitado a substituí-la, minha astronomia está bem enferrujada.

— Não! — Allie discordou fortemente. — Você calculou de cabeça o tempo que a Terra ainda tem de vida, menos de três dias agora, mesmo com os poucos dados que lhe dei! Eu cheguei aos mesmos resultados, só que precisei de um computador!

— Quem disse que não foi um palpite de sorte?

— Não. — Allie discordou de novo, desta vez após alguma reflexão. — Eu não acredito nisso!

— Por que não?

— Eu olhei seus olhos diretamente quando calculou. — Ela disse, mas somente depois de nova hesitação. — Quase fui capaz de ver os números se organizando em seu cérebro!

Wüller chegou a dar uma risada.

— Você está sendo bem pouco científica agora. — Observou ele.

— Assim como você, quando disse que tal precisão de cálculo pode ser obtida somente por um palpite de sorte!

— Aceita um pouco mais de chá? — Ofereceu o alemão de súbito.

— Não, obrigada. — Ela recusou.

— Água, então. Deve estar com sede, depois de falar tanto.

— Está bem, obrigada. — Aceitou Allie, abrindo um pequeno sorriso. Era a primeira vez que alguém a acusava de falar muito. Somente um ermitão poderia pensar aquilo dela, considerou.

Wüller então se levantou. A maneira como o chão se ergueu de volta por conta daquele simples ato quase jogou a cadeira de Allie no chão, como um trampolim. Ele se ausentou por algum tempo e retornou com uma jarra grande, bem elegante, cheia de água e dois copos. Encheu a ambos, demonstrando certa habilidade manual de barman, entregou um a Allie e ficou com outro. Voltou a se sentar ao lado da astronauta. O chão debaixo dele voltou a baixar quase até o porão. Passaram a beber.

— Escute Allison. — Disse Wüller com mais firmeza na voz. — Já disse isso uma vez e vou repetir pela última vez: não posso ajudar. Entendo seus motivos e admiro sua dedicação. Contudo, não sairei daqui jamais.

— Então, acaba de ganhar uma companheira de quarto, pois também não sairei daqui sem você!

— Posso te expulsar. Levanto você com um só braço.

— Eu morreria lá fora. Você não faria isso. Não é esse tipo de homem.

— E você é esse tipo de mulher? — Perguntou ele, abrindo seu meio sorriso sereno de sempre. — Capaz de impor sua presença desta maneira?

— Posso ser.

— Bem, onde gostaria de dormir então? E já falei que você não é meu tipo, portanto, minha cama está além de seus limites.

— Eu somente acho que não podemos ficar parados, quando ainda há algo que podemos fazer para salvar o mundo!

— Já lhe ocorreu que talvez o mundo mereça o que lhe acontece?

— Isso, eu não discuto, pode bem ser verdade. Ainda assim, não somos Deus. Não nos cabe tal julgamento, nem decidir se o mundo merece, ou não, ser castigado. Como humanos, é nosso dever fazer o possível para salvá-lo.

— Não sabia que acreditava em Deus. — Wüller apontou.

Allie se arrependeu um pouco de ter trazido à tona o Todo-Poderoso. Se seu anfitrião fosse ateu, aquele argumento poderia perfeitamente se perder nas sombras do ceticismo. Agora, já que o assunto surgiu, a própria Allie se surpreendeu com as palavras que usou. Ela mesma não sabia que voltara a acreditar em Deus.

268

— Minha decisão não mudou. — Porém, Wüller resolveu definitivamente colocar uma pedra naquele assunto. — Lamento que tenha tido tanto trabalho à toa. Quando a neve melhorar, eu te levo de volta. Dali pra frente, é boa sorte para você.

— É boa sorte para todos nós!

Wüller não disse mais nada. Continuava seus desenhos, completamente voltado para seu interior.

— Não há como deixar de lado o fato de que de tudo isso é culpa sua. — Allie ainda insistia. — Ou parte disso.

— Acho que já discutimos essa parte, certo? — O alemão devolveu.

— Você não vai negar que se aproveitou de seus privilégios no Museu de História Natural, para conseguir acesso e roubar suas próprias bugigangas!

— Bem, naquela época, eu ainda tinha toda essa energia, mas agora passou.

— Por que fez aquilo?

— Queria dar uma lição em todos da comunidade científica. Eles pareciam tão confiantes de que eram mais espertos do que eu!

— E você simplesmente jogou tudo fora num lixão da Jamaica! Chama isso ser esperto? Não acha que você foi um tanto irresponsável?

Wüller endureceu a fisionomia. Pela contagem de sua visitante, era a primeira vez que aquilo acontecia desde que chegara.

— Como os equipamentos e o achado não funcionaram quando realmente deviam, na conferência científica, achei que estavam mortos para sempre. — O cientista respondeu, mas de cara muito amarrada.

— Bem, parece que não estavam. — Allie começou a ser impiedosa. — Muito pelo contrário. Têm muito mais poder do que imaginou! Você mesmo disse que o prisma só lhe deu alguns segundos no futuro, no laboratório. Pois bem, agora ele conseguiu alcançar mais de quinhentos anos no passado e ainda trouxe uma rainha com ele! Duas vezes, ainda por cima! Tem certeza de que não quer participar disso? Quer mesmo deixar a humanidade morrer por causa de seu erro? — Ela fez uma pausa e balançou a cabeça negativamente. — Doutor, você não é nem um pouco melhor do que esse mundo tão cruel, que você já julgou e sentenciou à morte!

— Quer saber de uma coisa, você é um pé no saco! — Bufou o alemão, e se mostrou enfastiado com a presença dela.

Em seguida, ele se levantou e foi para a cozinha a passos rápidos. Foi quando Allie teve uma chance para examinar melhor o que Wüller estivera desenhando tão compenetradamente. O que parecia ser incompreensível para Allie há poucos minutos já assumia rudimentarmente os contornos de uma igreja. Pode ser que o alemão acreditasse em Deus afinal.

Ela também se levantou, porém, não o seguiu. Caminhou e parou de pé diante do sofá da sala de estar. O doutor havia desaparecido e ela não conseguia distinguir nenhum ruído audível na cozinha. Só o barulho da neve que batia nas telhas pelo lado de fora, ao serem carregadas pelo vento. Será que seu anfitrião ainda estava lá, ou tinha abandonado o lugar por meio de uma porta dos fundos? E para onde teria ido? Allie até pensou em procurá-lo, mas seu orgulho falou mais alto. Estava cheia daquele bode velho eremita que só fazia se encolher em sua autopiedade. Não! Ela decidiu. Jamais acabaria como ele! Tal ideia de repente se tornou mais do que inconcebível. E outra coisa também fulminou o pensamento de Allie, com igual surpresa, e seus olhos se iluminaram muito.

— Vamos supor que, por absurdo, esses mesmos burocratas arrogantes que arruinaram a sua vida e a minha achassem uma maneira de solucionar o problema? — Ela berrou, não sabendo se realmente havia alguém próximo para escutá-la. — Teríamos que viver com isso! E tudo porque você não me ajudou.

E esperou. Uns sete minutos se passaram. Allison já havia quase decidido que o alemão não se encontrava nas imediações, havia falado sozinha.

— Bem... — Ao cabo de dez minutos, ela murmurou derrotada, mesmo com o risco de não ser ouvida. — Teremos que tentar sem você então. Quando quiser, estou pronta para voltar ao vilarejo.
— Que bom! Já perdemos tempo demais! — Wüller deu um susto em Allie, ao aparecer atrás dela sem aviso. Ele carregava uma enorme mochila que parecia pesada.

Era certo que a cozinha devia possuir uma saída, uma ligação direta com os quartos de dormir, que ela desconhecia. Estava claro, também, que o bom doutor escutara tudo o que ela tinha gritado.

— Quer dizer que você vai voltar comigo? — Ela perguntou num misto de extrema empolgação e imensa incredulidade.

— Bem, não podemos arriscar que fiquem com o crédito, podemos? Até acho que são burros demais para diferenciar a lua de uma bola de tênis, mas não podemos arriscar. Vai que eles têm sorte! Esses tipos de idiotas costumam ter esse tipo de sorte!

— Deixa ver se entendi direito... — Allie divagou. — Você vai me ajudar, não porque o mundo precisa ser salvo, mas somente para não permitir que os burocratas resolvam o problema antes de nós?

— Bem, já é uma questão de princípios!

Allie até não concordava muito com todas aquelas ideias, contudo, preferiu não tergiversar mais sobre aquele assunto. Já conseguira o que queria e jamais poderia imaginar que o faria.

— Só de curiosidade... — O alemão, porém, prosseguiu. — Você ainda tinha mais algum outro argumento para me aborrecer?

— Bem, estava a ponto de lhe dizer que seus livros ainda são leitura obrigatória para os cadetes da NASA.

— Mesmo? Pobres estudantes! Por isso, ninguém mais quer ser astronauta hoje em dia!

— Eu mesma li seus livros e os considero muito úteis!

— Sim, quando estou com insônia, faço bom uso deles, com certeza.

Allie sorriu, juntou suas tralhas, incluindo seus vários casacos, e juntou-se ao doutor na porta de saída.

— Não vamos precisar de mais mantimentos para a viagem? — Perguntou ela, confusa porque Wüller só colocara duas pequenas garrafas de água na mochila, junto com sua pouca indumentária.

— Que viagem? — Ele retorquiu surpreso. — Chegaremos lá depressa.

— Você tem um helicóptero escondido aqui ou algo assim?

— Bah! Helicópteros não servem para nada nestas bandas! Minha velha Toyota quatro por quatro pode realizar o serviço de cinco helicópteros! Uma correntinha nos pneus e ela vira um cabrito montanhês!

— É que pareceu tão longe quando eu vim!

— Leva umas três horas do povoado até aqui a pé. Não por causa da distância, mas da neve. Ela te força a andar muito devagar.

— Deus do céu! — A astronauta se surpreendeu de novo. — Pareceram três dias!

— Às vezes, leva mais tempo. — Wüller supôs. — A neve está especialmente alta este ano. Talvez o aquecimento global ou coisa parecida.

— Bem, pelo menos, eu perdi uma semana de peso.

271

— Sim, esse é outro motivo pelo qual vou voltar com você para a civilização. Seria muito pouco cavalheiro de minha parte desperdiçar todo o seu esforço. Em mais de vinte anos, você foi a primeira que tentou me encontrar! E acredite... Eu não faria isso por mais ninguém.

— Sem dúvida, agradeço por isso. Convém, porém, mencionar que o aquecimento global é o menor dos problemas do mundo nesse momento!

— Sempre foi. O maior dos problemas do mundo é o ser que o habita.

— Vamos dar-lhe mais uma chance.

— As coisas que um bom cientista tem que fazer contra a vontade!

— Pois é.

— A propósito, meu carro é de primeira linha, só que ainda não é capaz de viagens intercontinentais. E o aeroporto mais próximo fica a 235 milhas. Portanto, diga lá, quando veio a este país, você se lembrou de trazer um avião ao seu redor?

— Sim, mas o serviço de bordo é todo vegetariano.

— Não me admira que quase tenha morrido na neve!

♣ ♣ ♣ ♣ ♣

Massorski e Amanda conversavam, enquanto o velho furgão onde estavam trafegava com pressa pelas grandes e vazias avenidas do Estado da Estrela Solitária.

— É a primeira vez que anda num furgão como esse? — Perguntou Massorski jovialmente.

— Ah, sim. — Respondeu Amanda diplomática. — Sempre quis andar num desses. É emocionante! — Na verdade, Amanda detestava qualquer tipo de veículo grande por sua falta de praticidade, especialmente na hora da baliza. Ela desprezava as pessoas que gastavam dinheiro nesse tipo de supérfluo.

— Aproveite então garota, pois agora todos os seus sonhos vão se tornar realidade!

"Se ele soubesse quais são meus sonhos nesse momento!" Pensou Amanda sarcasticamente.

— Olha, não que eu seja desconfiado, — continuou Massorski — mas, porque só agora você decidiu vir conosco, após tantas recusas? Não me importo em dizer, isso nos custou valiosos e caros veículos de nossa sofisticada frota.

"Ótimo, algumas latas velhas a menos", pensou. Porém, em voz alta, preferiu dizer:

— Sabe como é. Você veio todo ameaçador naqueles carros e entrou na casa dos meus pais, meio que forçando a barra, parecia até sequestro! Fiquei intimidada e não pode me culpar por isso. Sem mencionar toda a confusão que você fez no meu bairro e na *minha* casa!

— Compreensível. Peço desculpas pelos inconvenientes, mas as circunstâncias obrigaram. Você sabe disso melhor do que ninguém. Contudo, você parecia tão, digamos, resoluta em me evitar. Perdoe minha desconfiança, mas ainda acho que teve razões mais fortes para vir comigo. Você sabe que quero ajudar e não há porque mentir para mim. Diga-me, filha, o Tenente Rodriguez tem algo a ver com isso? Seria algum tipo de maquinação? Pode me contar! Estou do seu lado! Ao contrário da polícia daqui, só estou tentando nos tirar dessa confusão!

Amanda se encolheu um pouco. Tentou disfarçar, mas não pode. Massorski era esperto. E mais experiente. O que mais ela poderia dizer?

— Eu não quero desaparecer! — Por sorte, aquilo lhe ocorreu. — As coisas só pioram e o senhor parece o único a se mexer para resolver isso! — Ela tentou não exagerar na interpretação.

— Não se preocupe com nada, filha! — Massorski disse paternal e satisfeito. — Você fez a coisa certa e lhe asseguro que está em ótimas mãos. Juntos, acharemos uma solução para este caso. Confie em mim. — Ele terminou numa piscadinha de olho.

Amanda teve que fazer um grande esforço para não morder a língua. Precisava muito se controlar para não falar nada que a entregasse, nem a seus amigos.

— Este não é o caminho correto! — Observou Amanda. — Aliás, está totalmente errado! Estamos indo exatamente para o outro lado. Tem certeza que o seu motorista não errou...

— Na verdade, não vamos para o lugar que lhe falei a princípio. — Revelou Massorski.

— Mas, você disse que estava me levando para onde está Lis... Quer dizer Elizabeth, para eu poder me despedir de minha amiga antes de partir!

— Calma, garota. Só uma pequena mudança de planos. Já iremos ver sua amiga. Somente, tenho que passar num lugar antes, para pegar alguns equipamentos. Sabe como é. Coisa delicada. Dizem que duram, mas é a maior picaretagem! Vivem quebrando! Que desgraçados esses fornecedores, não acha, querida? — Massorski fazia o possível para agir como o paizão do ano.

Amanda teve que aceitar aquela explicação para a mudança no itinerário, mesmo porque não tinha escolha. Já se sentia apreensiva e tinha que disfarçar. Qualquer mínimo deslize, ou comentário mal colocado, levantaria suspeitas por parte de seu companheiro de furgão, e ela não desejava ser rebaixada de voluntária a refém tão logo.

Chegaram ao destino alternativo. Amanda conhecia o lugar, mas somente pelo lado de fora. Era um casarão velho que, nos seus anos dourados, chegou a ser um famoso e imponente Buffet para festas. No entanto, teve que fechar em algum momento e nunca mais foi ocupado desde então. Achava-se abandonado e jogado às traças. Ninguém comprara o terreno devido à especulação imobiliária e a prefeitura parecia preguiçosa em tomar a decisão de demolir as construções do lugar. Nessa situação, o casarão era frequentemente utilizado como quartel general temporário do crime organizado. Algumas vezes, outras entidades que tencionavam exercer atividades não exatamente lícitas faziam o mesmo.

Entraram. Até que o local tinha sofrido uma faxina. Parecia não haver uma única gota de poeira em parte alguma e nem traças também. Toda aquela pesada e emaranhada parafernália computadorizada, que Amanda achou e passou a contemplar com seus dois olhinhos cor de mel, não poderiam mesmo suportar muita poeira. Ela sequer podia respirar muito forte perto de seu próprio PC, que ele já travava! Era incrível, tinha que admitir. Poderia jurar que o avanço tecnológico deveria levar à redução do volume de equipamento, mas viu que estava enganada. Tudo naquele salão era grande e, em seu julgamento, desnecessariamente complicado.

Ou talvez, Massorski fosse burro demais para ser guiado por uma maquinaria de pequeno porte. Embora aquela ideia lhe agradasse, sabia que não era verdade. O cara era muito esperto.

Amanda foi instruída, mais por meio de gestos do que de palavras, a esperar em um dos sofás em frente a uma enorme janela. Os móveis eram velhos, rudimentares e ricamente entalhados. Seguramente, as poucas reminiscências de um passado glorioso. De qualquer forma, suas almofadas produziam certo conforto. Ela até poderia tentar se deitar e conciliar um sono, se não estivesse tão assustadoramente tensa e preocupada, com suas tripas se revirando. Nada pior do que estar nervosa e não poder contar a ninguém, mas não tinha saída.

Massorski e seus homens foram se afastando ao longo do distante saguão central, até desaparecerem por completo. Amanda se viu totalmente só no gigantesco local, acompanhada unicamente pelos ruídos baixos, mecânicos e intermitentes dos frios equipamentos ao seu redor. Ela havia notado que o último homem que entrou na casa trancara o cadeado do portão de entrada. Ela supôs corretamente que, mesmo que encontrasse outra saída, cada movimento seu era cuidadosamente vigiado, ainda que parecesse estar sozinha.

Entre um e outro barulhinho, que até chegavam a ter um efeito calmante em seus nervos, ela refletia. Não podia fazer mais nada a não ser refletir. Será que veria Elizabeth de novo? Estaria viva? Tinha que estar, pois Massorski precisava dela. Porém, aonde? Estaria ali? O que ela faria nessa mesma situação? E quanto a Allie? Já teria voltado? Voltaria a vê-la também? Amanda se angustiava com o pensamento de que Allie até já podia ter desaparecido e sua hora chegaria também. E quanto a Leo? Ainda estava presente neste mundo?

Fora arriscado o que tinha feito. Contudo, não se arrependia. Entretanto, começou a ter dúvidas se, algum dia, voltaria a ver seus amigos. Ou seus pais. Deus, como era terrível dispor de muito tempo livre para meditar!

— Marley um! — Zeppe chamou, após sua ligação celular ser atendida, e havia grande urgência em sua voz. — Aqui é Cliff dois!

— Na escuta, Cliff dois! — Foi a resposta de Derk na casa dos pais de Amanda. — O que aconteceu? Você ligou um pouco antes do esperado!

— Pois é, velho. Receio ter más notícias, muito ruins mesmo!

— O que aconteceu, brodi?

— Esse tal de Massorski é mais liso do que pensávamos!

— Mas, vocês estão aí no local indicado, certo? No endereço que Amanda deu um jeito de enviar, via mensagem de texto, correto? Cadê eles, homem?

— Esse é o ponto! Até agora, não apareceu ninguém! Nenhum carro, nenhuma comitiva, nem nada da Amanda!

— Vai ver ficaram presos no trânsito.

— Não tem mais trânsito não, amigo! A população diminuiu por conta dos desaparecimentos... Eles já deveriam estar aqui!

Fez-se silêncio no celular, porém Zeppe pode discernir claramente que Derk, Leo e Dijuta conversavam freneticamente e o volume de suas vozes era bem elevado.

— Cliff dois! — Derk voltou.

— Tô aqui, companheiro!

— Leo pediu para vocês entrarem nesse lugar onde Elizabeth deveria estar e procurar por ela!

— Cara, não acha que já pensamos nisso? Não tem como entrar! O lugar tá fechado hermeticamente e todas as portas são de metal. Não conseguiríamos arrombar nem com cinquenta quilos de dinamite! E se a guria está mesmo lá dentro, deve estar incômoda. O lugar é um pardieiro, mesmo para os meus padrões!

— Você acha que fomos enganados e a comitiva do governo foi pra outro lugar?

— Grandes chances, velho! Sinto dizer, companheiro, mas a irmãzinha está por conta própria.

O tédio tomava o lugar da ansiedade. Amanda não fazia a mínima ideia de quanto tempo já havia esperado, mas sabia que era bastante. Não estava de relógio. Devia tê-lo tirado do pulso em algum momento, em algum lugar. Contudo, não queria mesmo saber que horas eram. Poderia olhar em seu celular, mas não arriscava. A casa era imensa. Muito espaço perdido com suntuosidade. Ela não tinha acesso a todos os aposentos, somente levantava-se de vez em quando para esticar as pernas, enquanto esperava alguma coisa acontecer. Tinha certeza de que cada passo seu era vigiado. E sabia muito bem que quem a vigiava tinha ciência de que ela jamais poderia fugir, ainda que quisesse.

Mesmo com todos os computadores de Massorski, o lugar parecia gigantesco. E vazio. Aos poucos, Amanda se enchia do ruído dos equipamentos. De repente, tornara-se baixo, monótono e repetitivo. Começava a se transformar em tortura chinesa. E ficava mais nervosa à medida que o tempo se arrastava. Quanto mais ainda a manteriam daquele jeito? O que eles tinham de pegar de tão complicado antes de, finalmente, poderem levá-la até Elizabeth? Se é que a levariam mesmo até ela. Só podia esperar que sim. Estariam tramando alguma outra coisa? Teriam achado razões para desconfiar dela? Porque, se estivessem mesmo armando para ela... Era melhor parar de pensar naquilo e continuar fazendo a única coisa que podia: passear e esperar. Talvez, tudo não passasse de um golpe para deixá-la apreensiva, um tipo de lavagem cerebral. Se fosse, estava funcionando.

Ela sofreu praticamente uma hora daquele incômodo chá de cadeira. Depois, Amanda escutou alto e claro a voz de Massorski voltar ao saguão:

— Perdoe a demora, minha jovem! Pronta para seguir viagem? Ora, que pergunta mais idiota! Você já deve estar mais do que pronta, considerando todo esse tempo que lhe fizemos esperar. — Continuava bancando o amigão.

— Não tem problema. — Murmurou Amanda, não conseguindo ocultar de todo um pequeno tom de desconfiança.

No entanto, dirigiram Amanda para um enorme portão que dava para um lobby secundário. Destrancaram-no, percorreram-no, e saíram por um lugar diferente de onde entraram. Amanda observou que tinham passado por muitos lugares onde não havia estado. Pelo jeito, pensou, estacionaram os furgões em alguma garagem do casarão e era para lá que iam. Muito trabalho para o que deveria ser uma parada rápida, somente para pegar algumas coisas.

E estava certa. Fizeram-na entrar num pequeno elevador, próximo do que já havia sido uma grande cozinha, e desceram até o subsolo, onde se encontrava a dita garagem com os furgões. Eles a puseram num dos veículos, na mesma formação de quando chegaram. Aceleraram e foram embora.

O espírito de Amanda gelou quando, pouco tempo depois de terem saído do lugar, notou que o percurso ainda não era o que ela conhecia, para se chegar ao local onde Massorski alegou que Elizabeth estaria alojada. Ficou com medo de interpelá-los a respeito, mas já tinha uma forte suspeita de que algo estava muito errado.

Não conseguia mais esconder a imensa preocupação que sentia e tentava, sem sucesso, parecer natural. Enfim falou, dirigindo-se ao motorista com certa dissimulação:

— Olha, você não acharia mais fácil pegar a alameda...
— O caminho está absolutamente correto, querida, se é com isso que está preocupada. — Interrompeu Massorski. — Nosso motorista aqui, o agente Farley, conhece muito bem essa região. Acredite, temos tudo sob controle.
— É-é que por aqui, — A moça gaguejou. — v-vai dar muito mais trabalho porque, tenho a impressão de que estamos indo ao...
— Aeroporto? — Interrompeu novamente Massorski. — Você está absolutamente certa, minha querida! Você realmente conhece bem os caminhos destas bandas!
— A-aeroporto? M-mas, não íamos encontrar com...
— Minha filha... — Definitivamente, Massorski não estava mais disposto a permitir que Amanda completasse uma única frase, e sua voz era categórica. — Sei que isso pode surpreendê-la, mas não somos os idiotas que você pensa. Somos um pouco, claro. Porém, nem tanto assim.

Amanda emudeceu e Massorski prosseguiu calmo e confiante:

— Já providenciamos sua passagem, e nossa equipe médica já estará pronta em Houston para a sua chegada. Foi isso que fizemos lá no salão de festas. E antes que eu me esqueça, já cuidamos de nosso querido amigo em comum, o tenente latino e grosseiro da polícia. Sorte nossa que nem todos os policiais daqui são tão honestos quanto ele. Que pena! Um homem tão bom e será exonerado do cargo! Revezes da vida.

Como a moça permaneceu calada, ele desatou a falar. Gostava muito de escutar a si mesmo.

— Garota, você é ótima! Adorei o toque dramático que você introduziu na frase "Eu não quero desaparecer! As coisas só pioram e o senhor parece o único a se mexer para resolver isso!". Sério mesmo, você merecia um Oscar! Fico-lhes muito grato por terem me subestimado!

Amanda somente escutava, muda e reservada.

— Bem, — Continuou Massorski. — aproveite sua viagem só de ida para Houston, com todas as despesas pagas por nossa querida Agência de Administração do Espaço e Aeronáutica Nacional. Que nome lindo, especialmente comigo nela! Primeira classe ainda por cima! Quantas assalariadas hispânicas podem dizer que tiveram tal tratamento VIP? E, quando chegar, prepare-se, pois pode doer um pouco!

"Shit!", pensou Amanda. "Agora, eu entrei pelo cano mesmo!" Entretanto, ela também sabia que o pânico de nada ajudaria. Sua única alternativa era ser paciente. Tentaria permanecer calma e esperar pelo que viria. Contudo, era muito mais fácil pensar do que fazer.

— Ao menos, pode me dizer o que vão fazer comigo? — Perguntou Amanda resignada. Ela se esforçava para que sua voz não tremesse.
— Tudo a seu tempo. — Respondeu Massorski.
— Você bem poderia desaparecer. Já não deveria ter chegado a sua hora?
— Ah, você se refere aos desaparecimentos misteriosos que têm ocorrido em várias partes da América? Um pequeno efeito colateral da súbita alteração no curso da História, devido ao desaparecimento de uma pessoa chave do nosso passado, no caso a Rainha Elizabeth I?
— Perfeito! Sua eficiência em piratear as descobertas da Allie é realmente notável!
— É algo que a gente aprende com o tempo. Saiba que tenho boas notícias, ou más, dependendo do ponto de vista: tenho quarenta e cinco anos, menina! Sabe o que isso significa?
— Que está um tanto rodado. Eu lhe dava uns cinquenta.
— Engraçadinha. Porém, além disso, há pessoas que já desapareceram com quarenta e um. Você não percebe? Eu passei! A idade dos desaparecimentos já se encontra abaixo da minha! Talvez seja porque sou descendente de ucranianos. Também recebi informações de que alguns

filhos de imigrantes nascidos na América sumiram e outros não. E eu fui um dos que ficou!

Amanda suspirou profundamente. Não sabia se era verdade o que Massorski lhe dizia. Mas, pela animação de seu interlocutor, devia ser.

— Agora, você e Allie seguramente não terão a mesma sorte. — Prosseguiu o homem. — Allie, por ser filha de americanos, tão legítimos como torta de maçã. E você, porque seus pais já eram. Tal fato chegou a meu conhecimento. Mas, não se preocupe querida. Faremos o possível para consertar essa situação, e estou certo de poder contar com sua colaboração espontânea.

— E você tem a mais pálida ideia do que vai fazer? Ou precisa encontrar Allie, para roubar mais descobertas dela?

— Sei que temos que devolver a rainha a seu passado.

— É tudo que tem? Todo esse tempo e você só descobriu o óbvio?

— Há outros "óbvios" envolvidos, minha filha. Sei que deve existir algum outro elemento que estão escondendo de mim.

— Tão óbvio que você nem sabia quem ela era logo de cara! Caso contrário, não teria mandado aqueles três idiotas estuprar e matar a rainha atrás da minha casa!

— Um equívoco que, no fim, resultou inofensivo, em parte, graças a você. Além do mais, não mandei estuprá-la, só matá-la. Não tenho culpa se alguns de meus agentes são retardados! Além do mais, logo depois daquele incidente, pesquisei sobre seu amigo Leo em Madri e isso me levou até seus amiguinhos jamaicanos. Um deles entregou a presença da rainha sem nem sequer perceber!

— Que bom que descobriu a verdade antes de fazer uma besteira enorme, que nos teria custado o mundo!

— Bem, isso é acadêmico agora. Vamos ao que interessa. Deve haver alguma outra coisa, talvez algum objeto, capaz de mexer com o tempo. Tem que ter! É aí que você entra, minha querida.

— Não sei do que está falando. Sei tanto quanto você.

— Tentei arrancar a informação de Elizabeth. — Massorski abriu um pequeno sorriso irônico. — Pena que ela se mostrou horrivelmente teimosa. Por isso, não vou mais perder tempo tentando dobrá-la. Uma pessoa como ela não vai ceder, não importa o que eu faça. Você, contudo, já é outra história, bem diferente.

— É esse o seu jeito de resolver as coisas? — Amanda levantou a voz com feições muito aflitas. Tentava suprimir o choro. — A verdade é que você está há anos-luz de avançar nessas investigações e Allie jamais se importaria em compartilhar suas descobertas com você! Só que você joga contra, por que faz isso? Por que não dá uma chance a ela? Por que precisa agir assim? — Por mais que ela tentasse esconder, seu desespero transparecia. — Isso não é uma maldita competição! Podemos nos ajudar!

— Ah, isso não me surpreende! — Clayton quase se indignou. — Mulligan contagia as pessoas com sua ingenuidade. Ela nunca aprenderá as regras do jogo.

— Que jogo? Que regras são essas? E quem faz essas regras? Você?

— A vida real, filha! Você não chega a lugar nenhum sendo boazinha! Pelo contrário, só será engolida! Este mundo está cheio de tubarões! Se quiser se sobressair e vencer na vida, precisa ser um deles e, mesmo assim, terá que afiar os dentes mais do que os outros!

— Achei que o objetivo comum era salvar a humanidade.

— Não existe objetivo comum! Não entende? É cada um por si! Você faz o que deve para resolver uma crise séria e o que for necessário para engolfar a concorrência, antes que façam isso com você. Aprenda com um profissional, querida! Você ainda tem uma chance. Se continuar com Allie, vai acabar como ela: uma bondosa medíocre, vivendo de salário a vida inteira.

— E o que pretende fazer então? Temos muito pouco tempo!

— Sim, já sei disso! Por isso, vou agitar ainda mais as coisas. Primeiro, vou extrair de você a informação que me falta. Depois, farei com que Allie continue a trabalhar para mim sem saber. Quando tiver tudo de que preciso, resolvo o problema e dou cabo dela.

— Vai mandar matá-la também?

— Ah, não será necessário. Ela já se matou sozinha. Está bem queimada com o último escândalo em que se meteu. Não vai ser problema acender outro estopim. Só precisarei vender a ideia de que a Terra quase foi destruída porque ela decidiu não jogar em equipe e me atrapalhou perigosamente. Aí, ela vai acabar como faxineira em algum restaurante meia-boca, enquanto eu vou para os jornais como herói. Para completar, pretendo substituir nosso já desgastado e distinto Senhor Aldrich, que também parece viver num mundo de contos de fadas.

— Você está preocupado demais com créditos. — Amanda murmurou com ar de derrota. — Em pouco tempo, não haverá mais mundo para sua glória pessoal.

— Você não confia em Allie? Ela vai resolver o problema para nós.

— Ei! — Amanda foi pega de surpresa pelo uso inusitado daquele pronome. — Não existe "nós" neste jogo, companheiro!

— Mas, sempre pode existir! Esta é sua chance de ser inteligente! Não temos que arrancar nada de você à força. Junte-se a mim. Solucionaremos esta crise e posso até lhe assegurar uma posição de destaque na NASA pela sua cooperação! Uma jovem promissora como você chegará rapidinho ao espaço, especialmente com minha indicação!

— Bem, se eu fizesse qualquer menção de ajudá-lo, você saberia que estou fingindo.

— Querida, não lhe desejo nenhum mal. Você vai me dizer o que preciso saber. Como isso vai acontecer, só depende de você.

— Não, obrigado. — Amanda suspirou mais para si mesma. — Prefiro continuar vivendo em meu "conto de fadas".

— Como queira.

Amanda calou-se frustrada e desalentada. Não podia fazer mais nada, a não ser rezar.

♣ ♣ ♣ ♣ ♣

— E o que vamos fazer agora? — Perguntou Leo, visivelmente apreensivo.

— Não sei. — Respondeu Rodriguez lacônico e desanimado. — Só sei que tenho que limpar minha mesa até o final do turno ou eles me chutam. Já estou sem minha arma e distintivo.

— Nossa! Tão depressa? Como fizeram para demiti-lo tão rápido?

— O prefeito só é rápido em duas coisas: votar o aumento do próprio salário e me ferrar. Quando pedimos mais verba para melhores salários e equipamentos, ele vira uma lesma.

— Entendo. Saiba que sinto muito. Aprecio o que você fez por nós.

— Foi divertido enquanto durou.

— Alguma ideia do que podemos fazer quanto à Amanda e Elizabeth?

— Infelizmente, não tenho mais poderes para agir. Agora, é com o Cara lá de cima.

— O quer que Allie esteja fazendo, é melhor que seja algo muito bom!

♣ ♣ ♣ ♣ ♣

— Irmão, não podemos ficar aqui parados e deixá-la sozinha! — Disse Derk para Leo, já na recepção do distrito. Ainda podiam ver o tenente pelo vidro das janelas de sua sala, cujos painéis estavam abertos. Seguia sentado em sua mesa, passando as mãos pelo rosto.

— Bem, eu gostaria de voar e salvá-la agora mesmo. — Respondeu Leo. — Só que esqueci minha capa de Superman em Iowa.

— Por que não damos um pulinho até o aeroporto? — Interveio Dijuta. — Esse tal Maçarico não é tão esperto quanto pensa. A gente sabe para onde ele vai. Mesmo com o pequeno engodo que ele armou pra nós.

— E chegando lá, o que fazemos? — Disse Leo.

— O possível.

— Talvez a gente passe no *Free-Shop* e compre um vinhozinho. — Zeppe interveio.

— Tá bem. — Disse Leo decidido, e chegou a esboçar um sorriso malicioso. — Vamos lá. Não temos muito tempo.

E saíram da delegacia.

Enquanto isso, ainda lá em cima...

— Você realmente não está surpreso com o que lhe contei? — Allison perguntou.

— Que o mundo está prestes a ser destruído? Iria acontecer mais cedo ou mais tarde. Até me admira que tenha demorado tanto. Especialmente com os tipinhos cretinos que o habitam.

— Entendo. Mas, e quanto à parte da Rainha Elizabeth I?

— Se existe uma pessoa por aí dizendo que é ela, então, é isso aí. Espero que ela esteja se divertindo. Eu não estou.

— Nem eu. Sei que uma das grandes vantagens em tê-lo nesse projeto é que você não é americano. Não vai desaparecer.

— A bolsa de Nova Iorque deve ter quebrado de novo, imagino, com toda essa agitação de fim de mundo.

— Não creio. Acho que já não há corretores o bastante em Wall Street para quebrar nada. — Allie fez uma pausa. — Bem, piadinhas à parte, conforme lhe disse, nossa situação é complicada e nosso problema, bastante sério. Por isso, se você sabe algo sobre o tal objeto prismático que descrevi, por favor, me conte.

— Se eu sei algo sobre isso? Esse objeto era o centro de toda a minha pesquisa!

— Conte-me tudo.

O Achado

— Sumatra, 1968, expedição arqueológica, uma que me custou bem caro!

— Foi o que pesquisei. Você estava nela, certo?

— Não. Cheguei a ser convidado, mas recusei.

— É mesmo? Eu soube que era uma região inóspita, nunca antes explorada, coberta pelos mais diversos tesouros arqueológicos, segundo várias fontes de pesquisa...

— Política!

— O quê?

— Isso mesmo. Pura política. Nomes rebuscados, títulos paradoxais, esperanças eloquentes, tudo calculado para esconder uma mentira deslavada.

— Mas... Que mentira? Não estou entendendo!

— Veja a época, menina! Você era somente uma criança ingênua e boba, mas deve se lembrar do apogeu da guerra fria!

— Eu lhe asseguro que, pelo menos, boba eu deixei de ser. E sim, lembro-me perfeitamente do apogeu da guerra fria. E você? Ouviu falar dos Rolling Stones?

— Sim, pode estar certa disso. — Respondeu Wüller numa risada. — Pois, foi tudo maquinado. O consórcio exército-arqueólogo não buscava tesouro nenhum, mas sim a arma perfeita, que daria ao ocidente a vantagem definitiva sobre a então União das Repúblicas Socialistas Soviéticas.

— A máquina do tempo!

— Exatamente.

— Por que acharam que poderiam encontrar uma naquela região?

— Bem, há muito que as tribos locais falavam de "fenômenos inimagináveis resultantes da ira dos deuses". Mas, é claro, ninguém deu crédito, por achar que tudo não passava de rituais, seguidos dos proverbiais coquetéis alucinógenos, que faria qualquer um acreditar que viu o Elvis.

— Mas aí...

— Mas aí, um conjunto de sismógrafos, instalados lá por outras razões, começou a balançar seus ponteiros mais do que uma andorinha epilética.

— Fortes tremores?

— Sim, só que com o epicentro situado em áreas que não possuíam encontro de placas tectônicas, e cuja população local alegava nunca ter havido nenhuma balançada. Ainda assim, os ponteiros dos sismógrafos quase voaram, de tanto que saíram da escala. Chegaram a cogitar que estivessem defeituosos. Porém, a equipe de manutenção enviada ao local não reportou nenhuma avaria. Tudo na mais perfeita ordem.

— Suponho que isso deixou todo mundo intrigado.

— A ponto de montarem um circo para descobrir o que diabos acontecia naquela região e, é claro, manter sigilo absoluto. Muitas pesquisas foram feitas e muito dinheiro do contribuinte foi gasto. Eles determinaram que havia paradoxos estranhos em torno de fatores temporais e correlação de eventos relacionados. Algo naquela área não estava certo. Eles tinham que descobrir quem ou o quê estava provocando tais fenômenos inexplicáveis. Alienígenas, feitiçaria, magia negra ou o Elvis.

— Foi aí que resolveram empreender uma busca.

— E com subsídios de mais de um governo. E tudo em segredo, claro.

— E eles o convidaram para ir?

— Sim. Você sabe, consegui certa notoriedade na época, devido a minhas experiências com velocidade da luz e fenda no espaço. Sem mencionar que eu já havia mostrado interesse pelo tempo e suas propriedades.

— E por que decidiu não ir então?

— Descobri os verdadeiros motivos da expedição. Era muito mais militar do que arqueológica. Não há nada neste mundo que eu despreze mais do que política e seus praticantes. Recusei-me a ir, mas me mantive informado. Até ganhei uma caixinha para ensinar-lhes como funciona um espectômetro, único instrumento capaz de triangular um fenômeno temporal. No final, foi tudo dinheiro jogado fora!

— Eu soube que a missão foi considerada um fracasso.

— Claro! Tudo o que eles acharam foi o maldito troço prismático!

— E era exatamente o que procuravam. Só que não sabiam disso.

— Certo! Eram por demais obtusos para perceber. Uma completa falta de visão... E de fé. — Wüller suspirou.

— Mesmo assim, trouxeram o objeto.

— Não podiam voltar de mãos vazias. Daria muito na vista. Não faziam a mínima ideia de para quê servia aquele negócio, nem como os antigos o utilizavam: instrumento culinário, arma, objeto sagrado, papel higiênico, não tinham nenhuma pista.

— Porém, precisavam criar uma estória convincente para justificar o dinheiro gasto na expedição.

— Exato. A versão oficial, que até permitiram que vazasse para a impressa, foi de que um objeto muito raro e antigo fora encontrado, razão pela qual o chamaram de "Achado". Um nome sensacionalista, mas sem muito furor, só para indicar que a expedição tinha sido um sucesso e todo o dinheiro gasto fora bem aplicado. A opinião pública é algo bastante manipulável, você nem imagina. Ninguém poderia saber, é claro, que seu precioso "Achado" não passava de um peso de papel na mesa de um general qualquer. Pouco tempo depois, ele foi parar num museu.

— E mal sabiam eles do poder que o "Achado" trazia.

— Passaram-se mais de quarenta anos e eles ainda nem desconfiam, os idiotas.

— Agora, terão que saber da pior maneira. — Allie parou e ficou pensativa por alguns momentos. — Você disse que, após o "Achado" ter servido de peso de papel para o tal general, ele foi parar... Num museu?

— Sim.

— O Museu de História Natural, em Nova Iorque?

— Não, isso foi depois. Na verdade, não sei ao certo por onde o prisma andou, antes de chegar a minhas mãos.

— Acha que ele pode ter ficado em algum tipo de palácio ou coisa parecida?

— Pode ser. Eu não sei. Nunca fui muito de fazer turismo em museus. Sou cientista e não arqueólogo.

— Acha que o lugar onde o prisma ficou poderia, talvez, ter abrigado a Rainha Elizabeth I, em algum momento de sua vida no passado?

— Allie, já disse que não sei!

— Bem, se for dessa maneira, — continuou Allie com seus grandes olhos ainda mais abertos — é possível que o objeto, o prisma, tenha, de algum modo, "marcado" o lugar onde esteve e, com isso, fixou-se na Rainha Elizabeth I, por ela ter vivido lá numa época distante! Aí, quando abriu seu vórtice pela primeira vez em Madri, foi ela a ser trazida!

Foi a vez de Wüller abrir muito os olhos, de um forte azul celeste, que se fixaram intensamente em Allie.

— Menina, você devia aprender a ir direto ao ponto. — Disse. — Agora que mencionou, é uma possibilidade.

— Como o objeto foi, finalmente, parar em suas mãos?

— Não foi difícil. Fui enviado a Londres, na época pela NASA, para auxiliar e tirar algumas dúvidas de certos proeminentes cientistas ingleses, que nos ajudavam na pesquisa do motor de magnetização propulsora a prótons, que eu e minha equipe na NASA tentávamos desenvolver.

— O qual, por meio de uma reação fantasticamente violenta com o elemento químico raríssimo que você descobriu e ajudou a purificar, o Porfirium, era capaz de produzir uma combustão tão poderosa, que poderia propelir objetos, mesmo os de enorme massa, na velocidade da luz!

— Fico contente que tenha lido meu livro "Encarnando a Matéria Viva, Antes de Ela Morrer", pois foi o único lugar em que publiquei essa informação. Uma das coisas mais tediosas e técnicas que já escrevi! Você conseguiu chegar até o fim? Eu mesmo dormi antes de reler o prefácio!

— Eu o achei fascinante! Especialmente, sua descrição pormenorizada de como os elementos de síntese do Porfirium se combinam com uma malha de superfície protônica...

— Vamos, menina, não me faça dormir! Eu sei o que escrevi, não precisa repetir tudo para mim! De qualquer forma, grato pela apreciação sincera do meu trabalho. Não me diga que fizeram daquele trambolho leitura obrigatória na academia da NASA?

— Fizeram! Assim como suas outras obras "Os Trâmites da Paranóia Científica" e "As Andorinhas do Conhecimento Vão Quebrar Suas Asas, Cair e Morrer". Achei este último um pouco crítico demais. Suas ironias são um tanto desconcertantes.

— Mas, é tudo verdade!

— Concordo plenamente, porém, foi arriscado escrever aquilo. Poderia ter se metido em encrencas com os políticos que satirizou, se a carapuça lhes tivesse servido.

— Entendo sua preocupação. De qualquer forma, fico feliz em saber que conhece um pouco da minha escassa obra literária, dentro do ramo da ciência astrofísica.

— Conheço tudo. E admiro cada uma delas.

Wüller suspirou.

— Queria que você estivesse comigo naquela maldita conferência, quando acabaram com a minha vida. Não teria ficado tão só.

— Eu sei o que significa estar só. — Foi a vez de Allie suspirar. — Mas, voltando ao tema, doutor. Você prestava essa assistência que mencionou em Londres quando...

— Um colega da Alemanha, que conhecia um curador de museu, que conhecia o caseiro que tratava do jardim do lugar onde o prisma estava, acabou por ter acesso ao local e levou o prisma, com permissão do caseiro, é claro. Naquela época, todos se perguntavam o que era aquilo e o que fazia naquela casa. Não passava de um artefato feio, sujo e sem importância.

— E esse seu colega deu o prisma a você.

— Não sabia o que fazer com ele. E eu me interessei pelo troço.

— Por quê?

— Em primeiro lugar, estava curioso para ver de perto a coisa que desapontou tantos burocratas. Comecei a aproveitar os poucos momentos livres que tinha para estudar um pouco mais aquele estranho objeto. Eu já sabia que nada engatilhava um espectômetro à toa.

— Uma pergunta: você chegou a obter mais informações desta "casa", onde o prisma estava guardado?

— Na época, não me interessei. Mas, pelo que meu colega me disse, não era nada palaciana.

— Elizabeth foi marginalizada antes de se tornar rainha. Chegou a morar em habitações comuns.

— Você quer mesmo acreditar que o prisma esteve na casa dela, não é mesmo?

— Como cientista, meu trabalho é encontrar respostas.

— Sim, isso eu posso entender.

— Você disse que o prisma "engatilhava o espectômetro". Quando foi a primeira que isso aconteceu?

— Antes da expedição arqueológica na Sumatra. De que outra maneira teriam desconfiado que havia uma possível máquina do tempo ali?

— Como ninguém descobriu que as emissões iônicas, a mais típica forma de energia associada com tempo-espaço, emanavam do prisma?

— Allie, tenha em mente que a expedição era composta basicamente de arqueólogos, geólogos, militares, um e outro advogado e vários burocratas. Esqueceram-se de levar um astrônomo. Já estavam com pressa quando vieram a mim, para pedir lições de como usar o espectômetro. Só tive tempo de lhes ensinar o básico. Você sabe melhor do que eu que isso está longe de ser o bastante.

— Sim, é um equipamento complicado e pouco amigável. A interface gráfica dele parece a floresta amazônica. A única coisa que tem de amigável é o botão de "OK".

— Exatamente. Porém, são só teorias. Respondendo à sua pergunta, não sei como puderam conviver tanto tempo com aquela coisa, sem saberem o poder que tinha.

— Mas, você acabou por descobrir suas propriedades?

— No início, também fiz pouco caso dele, até que uma coisa aconteceu.

— É mesmo? — Allie ficou intrigada. — O que?

— Não me peça muitas explicações, porque confesso que eu mesmo não entendi. Só sei que aquela porcaria mexia com minhas emoções.

Allie quase deixou escapar uma pequena risada de escárnio, mas segurou em tempo. De novo isso? A verdade é que não sabia como reagir àquela nova afirmação de que o prisma lida com emoções de alguma forma. Uma tese que ela se recusava a aceitar como verdadeira, porém, ela mesma não sabia bem a razão de seu ceticismo com relação ao tema. Seria algum tipo de orgulho tolo? Acreditar na existência de um universo paralelo controlado por emoções feria tanto assim seu ego científico? Bem, seria ofensivo para ela se chegasse à conclusão de que tinha uma mente mais fechada que a de Wüller. Portanto, resolveu prosseguir naquela linha.

— Você disse... Emoções? — Perguntou ela.

— Sim, na falta de uma explicação melhor. O troço me provocava. Não sei explicar direito. Só sei que me provocava

— Doutor Wüll... Karl, — Continuou Allie, mas teve que engolir em seco. — Há uma coisa que omiti, quando relatei a ordem dos eventos até o momento.

— Bem, você já me disse que a Rainha Elizabeth I voltou e que os americanos andaram sumindo ultimamente por causa disso. Também, falou do deslocamento de planetas, que aniquilará o nosso em breve. O que mais poderia me contar?

— Há mais. E acredite, eu mesma não me sinto muito bem ao falar sobre isso.

— Verdade? Agora, você aguçou minha curiosidade.

— É... É melhor não no momento. Mais tarde, eu te conto tudo. Prometo. Continue sua história, por favor.

Karl hesitou, chateado por Allie ter tido o trabalho de embalar sua curiosidade, para depois se recusar a satisfazê-la. Contudo, ao perceber o nítido incômodo que, de súbito, acometia sua companheira de voo, concluiu que ela não fizera aquilo de propósito, e retomou sua linha:

— Bem, fizemos o que tínhamos que fazer na Inglaterra e então fomos para os Estados Unidos. Eu estava empolgado, mas disfarcei. Tinha grandes esperanças na máquina do tempo, que levava escondida em minha bagagem de mão.

— Não contou a ninguém?

— Por que deveria? Todos achavam que o prisma não passava de um mero fazedor de picadinho! Aquilo seria uma coisa só minha. Bem, voltando ao assunto, para encurtar a história, o projeto da velocidade da luz fracassou.

— Sim, eu li a respeito. Basicamente, por falta de matéria-prima. As reservas de Porfirium são muito limitadas, sua purificação é complicada e excessivamente cara. Sem mencionar que o elemento necessita de uma temperatura incrivelmente baixa para manter suas propriedades combustíveis, difíceis de manter em laboratório.

— Exatamente.

— Acredite, eu fui quem mais se decepcionou quando o governo cortou sua verba.

— As jazidas que achamos na Sibéria não eram grandes, se esgotariam muito antes de atingirmos a quantidade suficiente para obter o combustível necessário para ser testado num foguete. E as experiências eram perigosas, dada à peculiar força de explosão do composto. A Comissão de Ética do Senado Americano já estava no nosso pé e logo embargaram o projeto.

— Eu soube que foram descobertas algumas pequenas reservas de Porfirium no Alaska.

— Sim, mas muito pequenas. Ainda menores que as da Sibéria. Também foi encontrado algum Porfirium na Antártida, só que as amostras possuíam certas impurezas que custariam milhões de dólares para purificar, o que tornou seu uso inviável.

— Pesquisas recentes de simulação geológica em superfícies de planetas desabitados determinaram que há, em teoria, uma possibilidade física de alguns planetas gelados do sistema solar possuírem jazidas de Porfirium. Há suspeitas de que ele existe em abundância, por exemplo, em Urano.

— Encontre um meio de chegar até lá com escavadeiras e irei com você. Caso contrário, nada feito.

Allie sorriu de sua própria inocência. Porém, tinha esperança de que a ciência humana ainda possibilitaria que tal empreendimento fosse viável. E ela, com certeza, estaria no cockpit do ônibus espacial para Urano. Sempre podia sonhar para, em seguida, empreender.

— Como conseguiu estas informações, Allie? — O alemão perguntou. — Não estavam em nenhum dos meus livros.

— Nos bancos da NASA. — Respondeu a astronauta. — Toda a informação sobre o projeto Porfirium foi classificada.

— É bom que fosse mesmo. Lembre-me de não subestimar mais sua posição. Para ter acesso a esse tipo de informação, você tem que ser das grandes.

— Eles confiam em mim, ocasionalmente. O que aconteceu ao final do projeto Porfirium?

— Despedi-me da equipe da NASA e voltei a Stuttgart.

— Com o prisma?

— Isso mesmo. E iniciei o estudo de suas propriedades em meu laboratório particular. Depois do projeto principal da minha vida ter fracassado, eu dispunha de um pouco mais de tempo. Tempo para iniciar o que se tornaria o segundo projeto da minha vida. Ainda não estava derrotado. Pelo menos, não até aquele momento.

— E...

— A primeira coisa que notei foram certos lapsos de tempo que variavam segundo meu estado de espírito.

— Lapsos de tempo?

— Sim. Por exemplo, fazer uma coisa e depois repeti-la diversas vezes, sem notar nenhuma evidência de repetição, ou assistir a mim mesmo fazendo algo que ainda não me lembrava de ter feito, coisas assim. Sem falar em todos os *deja vu* que tive perto daquele prisma.

— Como ver seu próprio futuro e passado imediatos, estar em dois lugares ao mesmo tempo, quer dizer, no mesmo lugar, só que em momentos distintos no tempo?

— Coisas dessa natureza. Havia certa falta de sincronismo dentro de minha própria existência temporal.

— E disse que isso acontecia de acordo com seu estado de espírito?

— Sempre que algum tipo de emoção tomava conta de mim. Você sabe, rir devido a um filme cômico a que assistia, ficar deprimido por algo que havia lido nos jornais, essas coisas. E aí, quando minhas emoções eram mexidas de alguma maneira...

— Ocorriam os lapsos.

— Precisamente. Acredite, eu era mais jovem e aquilo me deixava com muito medo. E isso só fazia com que as distorções aumentassem, pois o medo também é uma emoção. Eu tentava me controlar, mas era difícil.

— Eu entendo doutor. Sei muito bem o que está sentindo. Isso pega qualquer um. Uma pergunta: quando você estava neutro, quero dizer, em termos de emoções, as distorções não ocorriam, verdade?

— Isso mesmo! Está plenamente correta, doutora. Era preciso algo mexer comigo para o tempo começar a oscilar de novo. Acha que minha estória é muito fantástica?

— De jeito nenhum. E ainda digo que o que está me dizendo explica um caminhão de coisas.

— Como o quê?

— ...

— Allie?

— P-prefiro dizer mais tarde.

— Ah! — Ele teve uma nova crise de impaciência por causa daquilo. — De novo a conversa fiada: "mais tarde, você saberá de tudo. Prometo".

— E pretendo manter minha promessa, doutor. Agora, se puder continuar, estou bastante curiosa.

— O estudo do tempo se tornou minha nova obsessão. Passei a colocar esta nova pesquisa na frente de tudo. Era isso ou me aposentar prematuramente. Se aquele objeto tinha mesmo o poder de interferir com o tempo, então ele poderia conduzir a humanidade a algo nunca antes sonhado, algo jamais pensado, nem concebido.

— O controle e a compreensão... Do tempo!

— Isso mesmo! Substituí o medo pela empolgação. Tanto, emoção por emoção, eu preferia provocar os lapsos de tempo com uma mais agradável do que o medo. Era incrível! No curso de quase um ano, aprendi a controlar minhas emoções a ponto de, em determinados momentos, conseguir manipular o objeto. Não de todo, porém, razoavelmente bem. Levei outros dois anos pesquisando e dando tudo de mim. Afinal, consegui construir um aparelho, um tipo de relógio rudimentar, o qual interagia com minhas emoções. Com o conhecimento que eu já tinha de como elas afetavam o objeto, eu conseguia calibrar os lapsos de tempo para o momento que eu quisesse. Para o passado ou para o futuro, de acordo com a marcação dos ponteiros do relógio.

Allie o fitou perplexa.

— Será que você não percebe? — Bradou Wüller, a ponto de quase provocar uma turbulência no jato. — Durante alguns breves períodos, eu tinha o controle do tempo! Em minhas mãos!

— Que tipo de controle? — Perguntou Allie, um tanto taxativa.

— Bem, não muito grande. Mas, por exemplo, uma vez eu quebrei meu precioso, raríssimo e valioso vaso de porcelana Ming, para proceder a um teste. Daí, fazendo uso de minha nada modesta inteligência para controlar convenientemente minhas emoções e, ajustando corretamente meu aparelho-relógio para a hora exata em que o tinha quebrado, eu conseguia voltar no tempo e mudar o passado, ou seja, não quebrar o vaso! Ao fazer isso, encontrei um vaso completamente intacto e sem nenhum arranhão na mesma prateleira onde, alguns segundos atrás, havia um milhão de pedacinhos!

— E quanto ao futuro?

— Tentei algumas vezes, mas não obtive resultados significativos.

— Cientificamente falando, por que afirma tal coisa?

— Nunca consegui nada além de alguns poucos segundos à frente, conforme já lhe disse. Não sei o que estava errado. De qualquer maneira, eu já estava nas nuvens o bastante, devido às minhas voltas ao passado mais recente. Eu tinha mais intimidade com o passado.

— Você chegou a publicar isso de alguma forma?

— Fiz alguns relatórios e algumas demonstrações práticas em certos simpósios específicos cuidadosamente selecionados. Consegui angariar, pelo menos até aquele ponto, alguma notoriedade e algum crédito de meus superiores do Instituto de Ciências. O homem da velocidade da luz havia se transformado no homem da máquina do tempo. Alguns meses depois, publiquei o que seria meu último e mais famoso livro!

— Sim, eu sei, "O Que o Tempo Tem Que Eu Não Tenho?". Cheguei a ler também. Só que este não era leitura obrigatória na NASA.

— Sorte deles. Finalmente, um livro meu conseguiu me deixar rico e era só o que importava. Cumpriu seu papel. Porém, eu ainda tinha muito trabalho pela frente. Só que, agora, com subsídio. Mas havia um problema que eu não conseguia resolver.

— E qual era?

— O ano já devia ser... 1979 ou 1980, não me lembro direito. Não conseguia achar mais nada do já tinha descoberto e estava sob pressão! Ela vem com o dinheiro. Não podia mais trabalhar no meu passo, tinha que cumprir metas! E por mais que eu girasse os ponteiros do maldito relógio, era pouco o que eu conseguia voltar no tempo. E o futuro então, sempre um desastre! Quase nada! Eu simplesmente não entendia como eu conseguia voltar certo período no tempo, mas nada mais que aquilo! Como era possível? O que estava faltando? Contudo, foi exatamente um ano e um mês depois de eu ter entrado em contato, pela primeira vez, com aquele maldito prisma, que o inacreditável aconteceu!

— E o que foi? — Os olhos de Allie brilharam.

— Foi só por um breve, muito breve momento, mas mudou minha vida!

— E O QUE FOI?

— Eu voltava para casa daquele que havia sido, posso arriscar, o melhor dia de toda a minha vida até aquele momento. Estava feliz, muito feliz. Mais feliz, impossível! Afinal, eu ficara sabendo, naquele mesmo dia, que meu livro havia alcançado o primeiro lugar em vendas em diversas regiões da Europa, e que eu era o mais jovem cientista da história a ser indicado para o Prêmio Nobel!

— E você, posteriormente, se transformou no mais jovem cientista a ganhá-lo. O fato foi notório. Entrou para todos os arquivos da ciência.

— Meu caldeirão de felicidade transbordou naquele dia! Nunca vou me esquecer. No momento em que cheguei em casa, não resisti. Agarrei aquele horrível e disforme prisma em minhas duas mãos e dei um beijo nele! O responsável por toda a minha felicidade!

Allie sorriu novamente e disse:

— E o prisma retribuiu?

— Não que eu tenha percebido. De qualquer forma, depois de beijar minha nova amante, o prisma, foi aí que eu o vi! Incrível! Inacreditável!

— Viu quem?

— O Elvis!

Houve uma pausa na conversa.

— Karl... — Allie virou-se novamente para ele. — Devo pedir que retorne a seu lugar e afivele o cinto. Vamos iniciar nossa descida para o aeroporto internacional de Dallas-Fort Worth. Por favor, respeite o aviso de não fumar, volte seu acento para a posição vertical, e Deus tenha piedade de nós dois!

— Você até que pilota bem para uma cientista.

— Faz parte do trabalho. Só lamento ser péssima no volante. Consigo pousar um ônibus espacial de olhos fechados, mas jamais pude estacionar meu velho Chrysler paralelo ao meio fio uma única vez!

— Bem, tente aterrissar esta coisa paralela ao meio fio e ficarei satisfeito.

— Pode deixar.

Wüller se levantou, andou até a porta da cabine, porém, deteve-se por mais um instante.

— Você não acreditou no que eu disse do Elvis, certo? — Perguntou o alemão.

— Na verdade, acreditei! Você conseguiu o compacto original de *Blue Suede Shoes*? Se sim, por favor, me arruma uma cópia! Sempre gostei dessa música.

♣ ♣ ♣ ♣ ♣

Enquanto se aproximavam do aeroporto, Amanda não conseguia deixar de fazer a proverbial revisão de sua vida. E não gostou do que viu. Aliás, nem tinha muito do que não gostar. Havia pouco que ver. Bem, ao menos, se conseguisse sair daquela viva, já teria algo que contar a quem quer que fosse.

Entretanto, havia outro sentimento que a assolava: sentia muitas saudades de Elizabeth.

10- DIA CINCO

*E*lizabeth *apreciava o cativeiro de certa forma.* Nunca tivera tanto luxo desde que pousara naquele presente pela segunda vez. Calmamente, desfrutava de um glamoroso serviço de quarto. Quando Massorski a trouxe, ele não tencionava desagradá-la de todo. Ele já devia saber quem ela era. Talvez só estivesse com alguma dificuldade de aceitar aquela verdade. Bem, o fato era que o serviço de quarto estava delicioso e o champagne, um certo Don Perro, Don Perryng, algo impronunciável em francês, até que estava regular.

O ar condicionado de seu aposento era delicioso. A cama, com seus lençóis limpos, era reconfortante. E quanto ao que chamavam de instalações sanitárias, admirava a sofisticação daquela técnica. Realmente, sentiria saudades disso quando retornasse à sua época. Incrível como eles podiam se dar ao luxo de desperdiçar água à vontade, que parecia vir de parte alguma. Bem, o privilégio não era estendido a toda a população. De qualquer forma, ainda devia ser melhor do que a bastilha francesa.

Dois agentes, em seus impecáveis ternos, que escondiam revólveres, destrancaram a porta (fechada por fora) e entraram no quarto. Ambos rudemente sisudos.

— Querem comer comigo? — Perguntou Elizabeth esportiva.
— Não, só viemos ver se você precisa de alguma coisa. — Respondeu um dos agentes, taciturno, porém, polido.

— Ah, sim, claro, está na hora do meu banho. Qual dos dois cavalheiros se habilita?

Os dois se entreolharam perplexos.

— Brincadeirinha. — Retrucou Elizabeth. — Já estou ciente de que, aqui, tenho que fazer isso sozinha. Não tem a mesma graça! Bem, de todas as maneiras, as intimidades de uma rainha seriam demasiadas para vocês. Agora, já que perguntaram... Talvez um passeio à luz deste belo luar cairia muito bem.

— É dia! E está um calor de rachar lá fora! Além do mais, já lhe dissemos que não temos permissão de deixá-la sair.

Mesmo as janelas estavam lacradas. O ar condicionado podia proporcionar a renovação de ar necessária.

— Regras são feitas para serem quebradas, cavalheiros. — Apontou a inglesa. — Bem, exceto as minhas, claro. No meu reino, quem me desobedece, morre.

— Lamento. Não temos permissão. Assim como também temos quinze anos de casa, para não nos deixarmos levar pelos seus jogos.

— Queira desculpar-me, senhor?

— Sabemos que vai aproveitar qualquer chance que tiver para fugir e sabemos o quão pontudos são seus joelhos. — Ambos se olharam com um meio sorriso.

— Cavalheiros, por favor! Não foi, absolutamente, minha intenção subestimar suas tão afortunadas inteligências! Eu só queria esticar um pouco as pernas pelos caminhos desta magnífica cidade. Mas, está tudo bem, eu compreendo. Assim como meus súditos, bem como todos aqueles países subordinados à Inglaterra, vocês também têm que obedecer ordens de alguém. Só uma coisa mais: o senhor disse... Quinze anos de casa?

— Temos que ir agora, miss. Se precisar de algo, creio que já sabe usar um telefone.

— Ah, sim, claro, obrigada. Todavia, será que não poderiam ficar um pouco mais e me falarem algo de vocês? Só para manter uma agradável conversação.

— Senhorita...

— Ah, é tão solitária a vida de uma rainha! — Elizabeth cobriu os olhos com o antebraço direito, num gesto dissimulado. — É o estigma dos governantes! Senhores, — voltou-se para eles — acredito que o Sr. Massorski tenha pedido para me agradar, não é mesmo? Pessoas tristes como vocês tendem a falar tão pouco do seu passado...

— Está bem! — Bufou um dos agentes. — O que quer saber?

— Interessada em suas vidas profissionais. Ambos têm quinze anos de casa?

— Sim, respondeu o outro. Temos quase a mesma idade e sempre fomos parceiros. Algo mais?

— Parceiros sexuais?

Os dois a olharam com extrema indignação.

— Senhores! Foi só uma brincadeira! — Ela emendou. — Terá o tempo apagado todo o senso de humor dos homens?

— Não.

— Vocês falaram em terem quase a mesma idade. E qual seria ela? Se não acharem, é claro, minha pergunta muito indiscreta. Isto é para ser uma agradável conversa entre amigos.

— Não, está tudo bem. — Respondeu um deles, um pouco inseguro. — Eu tenho trinta e nove, e ele quarenta anos.

— Trinta e nove e quarenta anos... — Murmurou Elizabeth, ao mesmo tempo em que seus olhos se iluminaram.

— Alguma coisa, senhorita?

— Americanos?

— Sim, é preciso ser para se poder entrar no FBI.

— Ah, é mesmo? Mas que interessante! E eles permitem que filhos de imigrantes como vocês entrem?

— Bem, senhorita, não somos filhos de imigrantes, mas sim, eles podem entrar também, desde que sejam nativos ou tenham cidadania americana.

— Fascinante!

— Olha, nós realmente precisamos ir. Temos trabalho a fazer.

— Uma pena. Ainda não falei de mim. Será que não podem dispor de mais um pouco, se não for incômodo? Longe de mim querer interferir com suas rígidas tarefas.

— Realmente não vai dar. Se precisar, use o telefone. — Viraram as costas e se encaminharam para a porta. Um deles já tilintava as chaves do aposento de Elizabeth.

— Sabe, antes de eu me tornar rainha, eu levava uma vidinha, vocês sabem, até que bem desregrada. Eu era pobre e, portanto, tinha mais liberdade. Sem regras, nem moral. Uh, se minha pobre e falecida mãezinha soubesse das coisas que eu fazia dentro daquelas maltrapilhas paredes do casebre!

Os dois homens chegaram a interromper seu passo e ficaram parados de pé e de costas para onde estava Elizabeth durante alguns segundos. Porém, em seguida, continuaram.

— O sexo naquela época — continuou a rainha. — era... Como direi... Bem mais sujo. Vocês sabem, mais... Promíscuo. Vocês nem imaginam o que tínhamos que fazer com todos aqueles homens que convidávamos para entrar, naquelas noites despreocupadas. E acreditem, não eram poucos!

Os dois homens se detiveram uma vez mais e, desta vez, voltaram-se para a rainha subitamente, deixando transparecer uma recém-estimulada curiosidade. Foi a vez de Elizabeth exibir um meio sorriso malicioso e passou a olhá-los com certo interesse.

Já haviam feito o check-in e estavam dentro da área de embarque, somente na espera da abertura do portão, o que não tardaria a acontecer. Amanda estava bem próxima de abandonar sua vida e seu lugar, que ela tão duramente conquistara, para sempre.

— Não vou precisar de nenhuma roupa? — Perguntou ela para o agente ao seu lado.

— Já temos agentes em sua casa encarregados de arrumar a bagagem que eles consideram necessária. — Foi a resposta seca. — Irão despachá-la depois.

— Isso não seria invasão e roubo, sem mencionar meu sequestro?

Não obteve resposta.

Amanda sabia que não adiantava ficar com medo, nem entrar em pânico, nem espernear. Só aceitar. Provavelmente, nunca mais veria Elizabeth. Nunca mais veria Allie, nem Leo. Nunca mais veria Zeppe, Dijuta, ou Derk. Provavelmente, nunca mais veria seus pais, mesmo na remota possibilidade de eles reaparecerem. Massorski tinha muito poder. Era quase certo que conseguiria afastar Allie, talvez de maneira definitiva, ficando ele o soberano absoluto do caso. E ela sabia que Allie era a única capaz de solucionar todo aquele maldito problema. Com ela fora... Tudo perdido. O principal motivo de conseguir controlar tão bem seu medo era o fato de, no fundo, saber que não haveria futuro para ela. Não haveria futuro para ninguém no moribundo planeta Terra. Em uns dois dias, seu possível cativeiro terminaria de alguma forma.

Seu estado de espírito refletia a maneira como ela via o futuro: um lugar sem cores e sem vida, alijado de tudo o que, um dia, lhe foi mais sagrado e ela desperdiçara, ao reclamar da vida o tempo todo em vez de vivê-la. Só silêncio e cinza. Muito cinza. Sem esperança e, sobretudo... Cinza.

Tudo o que podia esperar era que algo acontecesse. Algo que a salvasse de algum modo. Contudo, tinha que ser realista. Porém, não podia abandonar a única coisa que lhe restava: a esperança. Se algo ocorresse, teria que ser tão ou mais inusitado do que aquilo que já lhe acontecia naquele exato momento. Uma molécula de esperança. Mas, o que poderia acontecer? E em tão pouco tempo? Quem poderia salvá-la?

♣ ♣ ♣ ♣ ♣

Allison Mulligan e Karl Wüller já estavam em processo de aterrissagem, que ainda levaria algum tempo. Entretanto, o alemão resolveu ficar na cabine junto com sua pilota, a fim de "ajudar" no que fosse necessário, se bem que entendia de pilotagem tanto quanto do ciclo menstrual dos morcegos.

— Sabe, Karl, é óbvio que não tenciono, nem em um milhão de anos, me juntar a seus pérfidos detratores. Mas, você realmente chegou àquele congresso em Zurique, e disse ter visto o Elvis?

— Que posso fazer? Eu o vi. E estava empolgado.

— Bem, — prosseguiu ela. — claro que acredito incondicionalmente no senhor, mas acho que foi muito para a cabeça deles.

— Concordo, Allie. Mas a juventude e a ansiedade inibiram meu julgamento e minha capacidade de crítica. Especialmente de mim mesmo. Eu devia ter agido pouco por vez. Só o que consegui mostrar a eles foram algumas pequenas distorções, que fizeram algumas canetas da mesa caminharem sozinhas sobre ela, e essas distorções foram somente devido a minha ansiedade. O relógio não funcionou como eu pensava e o objeto... Aquela coisa fedorenta, que eu tinha beijado há alguns dias, ficou lá, imóvel, cumprindo com seu papel comum de mero artefato, sem vida e inútil. Sabe aqueles desenhos animados, em que o cara tem um cachorro falante, mas que só fala quando está sozinho com o dono e nunca na frente dos outros?

— Sim, eu sei. — Disse Allie. — Entendo o que quer dizer. Agora, eles não deram crédito nem para as canetas peregrinas?

— Não consegui provar que não fora o vento.

— Entendo. E depois?

— A história que você já sabe. Desisti. Fiquei arrasado. Não preciso dizer que as vendas de "O Que o Tempo Tem Que Eu Não Tenho?" despencaram nas prateleiras, foi muita sorte eu já ter feito meu pé de meia. Perdi todo o subsídio do Instituto... E o respeito de meus colegas. Já não era mais nada.

Nesse ponto, Allie baixou os olhos inadvertidamente. Ficou triste. Conhecia o sentimento.

— E quanto ao objeto? — Perguntou ela, também para mudar de assunto.

— Ficou com os organizadores do congresso para ulteriores observações, mas somente para cumprir formalidades. Em seguida, foi remetido para Nova Iorque, para o Museu de História Natural, onde ficou no recinto das "curiosidades domésticas inúteis de alguém lá do passado". Nenhum lapso temporal aconteceu no período em que esteve ali. Acho que aquele museu não emociona tanto as pessoas quanto seu curador pensa.

Allie sorriu novamente.

— Foi aí que resolvi fazer minha última travessura. — Continuou o Dr. Wüller.

— E qual foi? — Perguntou Allie interessada, sem bem que já sabia a resposta.

— Peguei um vôo para Nova Iorque e, alguns anos depois, eu roubei o objeto.

— Achei que fosse impossível, mesmo com seus privilégios.

— Bem, não há nada que realmente não possa ser comprado com conversa fiada e um suborno razoável. Além do mais, ninguém se importou muito. As buscas foram abandonadas, mesmo antes de eu tomar o vôo de volta a Stuttgart. E, como já falei, levei alguns anos planejando e observando. E por que não dizer, tenho uma inteligência mais privilegiada do que eles.

— E o que fez, em seguida?

— Sob pretexto de férias, viajei para a Jamaica, com o objeto e o relógio numa mochila. E os atirei num lixão de lá. Eu queria aquelas duas drogas afundadas no lodo.

— Teve tanto trabalho para roubar, para depois jogar tudo fora?

— Não foi muito trabalho e, além do mais, eu tinha que fazer aquilo. Se, por acaso, alguém conseguisse me encontrar, jamais encontraria o objeto, nem nada que um dia construí. Ficaria perdido para sempre.

Nenhum legado. Nenhuma pista. Nada. Se quisessem, teriam que começar de novo, a partir do zero, e saberiam o que significa trabalhar duro, dedicar sua vida a um objetivo, com o único fim de melhorar a humanidade, para depois ela rir de você.

— É, doutor, só que alguém encontrou seus pequenos pertences.

— Foi o que imaginei.

— Por isso estamos nessa encrenca!

— Acho que superestimei as propriedades regenerativas daquele lodo. Bem, o resto você já sabe: da Jamaica, nunca mais voltei para Stuttgart. Antes de sair de férias, já havia preparado tudo na Áustria. Um lugar onde ninguém pensaria em me procurar. Mesmo alguém que tivesse acesso aos bancos de dados da NASA. Exceto por uma certa mocinha corajosa, incrivelmente determinada e completamente maluca.

Allie corou nas bochechas, o que já fazia parte de seu temperamento.

— Não chegou a pedir demissão do tal Instituto? — Ela continuou.

— Claro que não! Tinha que ser uma fuga! Um despeito! Um misterioso desaparecimento. Tanto de mim, quanto de todo o meu trabalho. Assim, eles saberiam como me senti. Acha isso infantil?

— Não. Somente um pouco radical demais. Como já lhe disse, sei como se sentiu.

— Só não troquei meu nome porque não achei que fosse necessário, não na localização que eu havia escolhido como meu novo lar. Além do mais, estava com preguiça de elaborar mais documentos falsos. Foi aí que resolvi me casar e constituir família. Também cansei da vida de aventuras amorosas. E aquela mulher foi um achado. Muito mais do que o próprio "Achado". Ela soube me compreender e a meus motivos, não tive que esconder nada dela.

— O senhor teve muita sorte, doutor.

— Se ela tivesse aparecido alguns anos antes, talvez eu tivesse encontrado forças para seguir adiante com meu trabalho. Algum tempo depois, cheguei a pensar que, talvez, tivesse sido mesmo melhor daquela forma. Eu poderia tê-la magoado com minhas "saidinhas" e a última coisa que eu suportaria era ver aquela mulher magoada.

— E o que houve com ela?

— Faleceu há cinco anos.

— Sinto ouvir isso.

— Pode parecer estranho dizer isso agora, mas não me orgulho do que fiz. Não me orgulho de ter fugido. Tanto que sempre quando converso com minhas duas filhas, digo a elas para sempre terminarem aquilo que começarem. Claro que, por enquanto, não têm conseguido isso com seus namorados, mas isso é por culpa do gênio delas. Elas se parecem muito com seu velho.

♣ ♣ ♣ ♣ ♣

Já havia sido feita a chamada definitiva para o embarque e os portões estavam a ponto de se abrirem. A classe executiva, onde estava Massorski, entraria primeiro. A primeira classe, onde estava Amanda, embarcaria em seguida, acompanhada, posteriormente, dos demais passageiros.

— Está tudo pronto em Houston? — Perguntou Massorski para o homem de preto à sua frente.

— Sim, os carros, os médicos e o cara da seringa.

— E no hospital?

— Ninguém ficará sabendo. Qualquer atraso deverá ser reportado, se bem que nosso vôo está tranquilo e no horário. E só sentar confortavelmente e não fumar.

— E os médicos conhecem a técnica, eu suponho.

— Nos chimpanzés, foi bem sucedida, exceto por aqueles que ficaram aleijados, mas foram só quarenta por cento. A margem é aceitável.

— E se funcionar em Amanda, o que fará?

— A ideia é ir diretamente à mente da moça e sugar-lhe todo o passado recente de sua memória, e implantar, no espaço assim criado, qualquer coisa que quisermos. A mente da garota ficará frágil como uma flor. Mesmo assim, deixará todo o conhecimento dela que nos interessa.

— Só que ela vai sentir uma dor cortante e imensa toda vez que tentar se lembrar delas, não é mesmo?

— Essa é a função do hipersônico de ondas curtas, que será alojado no córtex da garota. É claro que, como todo o procedimento é experimental, existe uma grande possibilidade de não conseguirmos trazê-la de volta.

— Exemplifique "não trazê-la de volta".

— Por exemplo, ela pode morrer ou virar um vegetal.

— Tetraplegia?

— Isso mesmo. É muito provável que não seja possível reconstruir a medula da jovem depois de bombardeá-la com o laser de ajuste fino. Ela ficará completamente comprometida do nariz para baixo.

— Não é arriscado?

— E isso importa?

— Não. Vamos entrar.

Os portões de embarque finalmente se abriram e todos começaram a entrar, cada um na sua ordem de importância. Primeiro Massorski e seu grupo de "executivos" e depois, muito mais atrás, a primeira classe. Foi nesse momento, que Amanda perdeu toda a esperança que ainda lhe restava.

♣ ♣ ♣ ♣ ♣

O avião de Allie & Karl se aproximava lentamente do hangar dezoito de Dallas-Fort Worth, após uma aterrissagem até que tranquila, sem muitos golpes, para alívio do alemão.

— Estão esperando algum presidente ou coisa parecida? — Perguntou Wüller.

— O quê? — Disse Allie um pouco atordoada, pois acabara de sair de sua concentração pós-pouso.

— Olhe pela escotilha. Não vejo uma confusão como essa desde que apedrejei o Muro de Berlim pela primeira vez.

Da cabine, Allie passou a olhar o tumulto com total desconfiança. Muita gente, muitos guardas, muita autoridade, muita segurança... O que era aquilo, afinal de contas? Poucos segundos depois, seus olhos se arregalaram e, quase que instantaneamente, tirou o cinto de segurança e saltou de seu acento, deixando um pouco perplexo seu companheiro de viagem. "Espero que não seja uma disenteria súbita de última hora", pensou o Dr. Wüller. "Aquele jantar vegetariano do dia anterior estava horrível!".

Mulligan correu avião adentro para a porta mais próxima (só havia uma na verdade). O jato era relativamente pequeno e baixo, não necessitava de escada até o solo. Ela só temia que já fosse tarde demais. Como era de praxe, a representante do setor de jatos particulares veio até Allison, no pequeno hangar, para pedir que ela assinasse a última papelada burocrática.

— Bom dia! — Falou ela. — Espero que tenha tido um excelente vôo!

— Olha, não tenho tempo de explicar, — Allie foi logo dizendo e arrancou, num ímpeto, a braçadeira da NASA do alto de seu braço direito

— preciso que você faça uma coisa pra mim, muito urgente! Questão de vida ou morte!

— E o que seria, senhorita? — A gentil dama perguntou, ao franzir o cenho em total surpresa.

Todo o grupo da classe executiva já havia atravessado o portão de embarque, exceto Massorski. Ele ainda necessitava conversar com um dos agentes, a respeito de alguns detalhes que ele não havia compreendido sobre o transporte da moça até o hospital, em Houston. Mas isto podia esperar. Tudo estava exatamente como planejado. Entretanto, alguma coisa ainda o incomodava.

Era mais uma insegurança. Nada poderia dar errado, claro. Porém, não custava se certificar. O vôo só sairia dali a alguns minutos. Ainda faltavam subir a bordo todos os passageiros das demais classes, fora os atrasos costumeiros, todos já previstos. Resolveu então sair da fila e esperar até que Amanda cruzasse aquele portão. A partir dali nada, mas nada mesmo, podia dar errado. Sabia que, com seus privilégios, ele tinha permissão de furar a fila quando bem quisesse, para enfim degustar da comodidade e regalias de seu reservado especial, em sua classe sofisticada.

Toda a classe executiva, bem como a primeira, já havia atravessado, também Amanda. Estava acabado. Massorski não pôde deixar de soltar um delicioso suspiro de alívio. Ao ver Amanda passar pelo portão de embarque, ele foi tomado de uma sensação tal de tranquilidade, que até se deu ao luxo de tomar mais algum tempo para usar um dos sanitários próximos. Seria sua última chance de utilizar algo mais decente do que os apertados e irritantes mictórios do avião. Os da classe executiva não eram tão ruins. Mesmo assim, ele gostava de mais espaço, não que fosse dotado de nada fora do comum. Era, simplesmente, uma questão de conforto.

Ao terminar o serviço, ele caminhou até o portão de embarque, furou a fila tão calmamente como se estivesse num passeio pelo parque. Atravessou o amplo corredor do gigante tubo que levava até o avião, cumprimentou os comissários que o receberam na porta. Estes logo se prontificaram a guiá-lo até seu lugar.

Já estava quase nas escadas que o conduziriam até a classe executiva quando se deteve repentinamente. Deu uma olhada de soslaio nos acentos da primeira classe, logo os primeiros a partir da entrada. Não viu Amanda e achou estranho. Um espanador loiro como ela deveria ficar em destaque no meio de um bando de agentes de terno. Pediu ao comissário que o conduzia para esperar um pouco, esticou o pescoço e... Nada da moça. Chamou um dos agentes e perguntou:

— Johnson, a garota está no banheiro?

O agente então fez um gesto para que um homem, que estava mais perto dos sanitários, verificasse. Ele o fez e balançou a cabeça.

— Negativo, Sr. Massorski. — Respondeu Johnson. — Todos os banheiros vazios. Ao menos, os da primeira classe.
— Então, onde está a garota?
— Bem, talvez ainda não tenha entrado, senhor. A primeira classe entra depois da classe executiva. Se o senhor só entrou agora...
— Seu idiota! Eu fui o último a entrar! Esperei até que todos estivessem a bordo para me certificar de que a garota havia entrado! Portanto, onde ela está, com mil demônios? — Massorski respirava forte e começava a suar. — Alguém a viu subir as escadas?
— N-não senhor. — O outro já gaguejava.

Os agentes se entreolhavam confusos e, em seguida, para todos os lados, tentando ver se achavam uma vassoura loira em algum lugar. Massorski se voltou bruscamente para as escadas e se apressou em subi-las, seguido pelo comissário de bordo, que estava quase a ponto de correr para poder igualar o passo de seu passageiro. Este chegou à classe executiva, mas só encontrou outros agentes. Olhou nos banheiros e por todos os lados... Nem sinal dela. Nenhum dos homens a tinha visto. Assim como ele, achavam que estaria embaixo, na primeira classe, indefesa e silenciosa.

Massorski voltou a descer as escadas, sempre arrastando junto o pobre comissário, que corria desesperado ao tentar acompanhá-lo. Uma vez embaixo, lançou um olhar de ódio e indignação para o Agente Johnson. Este disse:

— Se-senhor, ela não está na primeira classe e...
— Também não está na classe executiva, idiota! — Bradou Massorski. — Ela era responsabilidade sua!

— B-bem, senhor, talvez esteja na classe econômica, ela pode ter se enganado de lugar, sabe como é, primeira vez num vôo... Já ordenei uma busca pelos compartimentos...

— Ela não está no avião, imbecil! — Ele fez uma pausa e mordia as costas da mão. — Mas, como? Eu a vi entrar!

— Senhor, — Balbuciava o agente — alguns dos nossos não entraram ainda, por isso achei que, talvez, eles ainda estejam para chegar...

— Eu vi todo mundo entrar, droga! Eu fui o último!

Daí, Massorski agarrou o comissário de bordo pela lapela, que ainda arfava devido à perseguição a seu passageiro, a ponto de quase erguê-lo do chão.

— Escute aqui: você viu entrar uma garota baixa, muito magra e com uma vasta cabeleira loira?

— É que... Muitas pessoas entraram e não me lembro muito bem...

— Idiota!

Largou o aterrorizado comissário com um empurrão, que o fez estatelar no solo. Depois, foi decidido para um dos acentos, o que possuía uma valise fechada a código. Pegou-a, colocou o código, abriu-a e sacou uma ampola com algum tipo de líquido dentro.

— Sr. Massorski, — Disse o agente mais próximo. — Acha que isto é mesmo necessário?

— Vou colocar aquela vadiazinha para dormir a viagem inteira! Será um favor! Ninguém consegue mesmo dormir em aviões!

Saiu porta afora, abalroando qualquer um que estivesse em sua reta. E eram muitos, pois a classe econômica havia apenas começado a embarcar. Todos olhavam com susto e desaprovação o homem bem vestido que carregava uma ampola, pronto para atacar.

Quando chegou próximo ao portão de embarque, conseguiu divisar alguns agentes que faltavam, ainda do outro lado. Todos estavam parados e circunspectos, pareciam mais um bando de zumbis. Massorski cruzou o portão com fúria, ante os olhos perplexos e desconcertados das recepcionistas do portão de embarque, bem como de todos na já pequena fila que restava para o embarque. Avançou sobre o primeiro agente que conseguiu discernir em sua fúria e gritou:

— Cadê a garota? Não sei como vocês, imbecis, incompetentes, conseguiram sair de novo sem eu ver, mas se não me disserem...

Massorski se interrompeu, pois, com o canto do olho, viu um espanador loiro cruzar uma porta, situada na extremidade do lobby, que dava para uma espécie de intendência do aeroporto.

— Pode deixar, seu cretino, já achei! — Ele esbravejou.

— Senhor, se me permite, eu tenho que lhe dizer... — Tentou detê-lo o atônito agente que, assim como o próprio Massorski, suava aos cântaros.

— Sai da minha frente, idiota! — Berrou Massorski, e empurrou com violência o indefeso e bem treinado agente especial do FBI.

Encaminhou-se, praticamente correndo, até a porta, ainda aberta, em que vira Amanda entrar. Ele espumava sua ira incontida, enquanto empunhava com firmeza a ameaçadora ampola, cheia até a boca com um líquido avermelhado de aspecto viscoso e assustador.

— Vai dormir o tempo todo, queridinha. — Murmurava entre os dentes cerrados de ódio. — E quando acordar, estará numa cadeira de rodas, em alguma instituição porca, meu bem. Vai ter que se alimentar por tubos e evacuar com auxílio de sondas, sem poder se mover, nem para coçar o nariz, para todo o maldito sempre, cadela! Como ousa me desafiar desse jeito?

Massorski avançou decidido. Os agentes mais atrás, de longe, podiam vê-lo se aproximar rapidamente da porta, e o viram entrar, atrás de Amanda. Passaram-se não mais do que poucos segundos quando notaram que Massorski voltava pela mesma porta. Ele andava de costas bem devagar, com a boca totalmente escancarada. Até deixou a ampola cair. Esta se partiu em milhares de pedaços quando atingiu o rígido piso do lobby, produzindo um ruído fino e penetrante, ampliado pelo eco que se fez ouvir no salão, naquele momento, praticamente deserto.

Os agentes o viam recuar, afastando-se cada vez mais daquela entrada. Em determinado instante, puderam ver o que o fazia retroceder. Um gigantesco ser humano, que parecia grande mesmo àquela distância, surgiu, enquanto avançava devagar em direção a Massorski. O gigante precisou se abaixar para passar pela porta. Clayton também era alto, mesmo assim devia ser a metade do outro.

— D-Doutor Wooler! — Gaguejou Massorski.

— Não, a fada madrinha, imbecil! — Respondeu o imenso homem. — Mas que decepção! Quer dizer que ainda trabalha na NASA? Achei já tivessem se livrado de você!

— O-olha, Dr. Wooler, isto é realmente um momento inacreditável, e-eu estou muito emocionado de poder...

— É WÜLLER, idiota! — Este o corrigiu indignado. — W-U-L-L-E-R. E com trema no U, porcaria! Não me diga que, ainda por cima, é tão burro que não consegue nem pronunciar alemão?

Amanda estava mais atrás no interior, atordoada e sem fazer a mínima ideia do que se passava. Fora pega totalmente de surpresa por aquela estranha mulher com a braçadeira da NASA, que a puxou de repente, quando já estava a dois passos do tubo para o avião, e pediu que se dirigisse àquela sala, onde estava agora. Os agentes que a guardavam permitiram que fosse, pois achavam que aquilo era parte de alguma rotina de última hora da NASA.

Devido à enorme estatura do alemão, ninguém que estivesse localizado num raio de dez metros poderia vê-la. Seu corpo encobria toda a visão de quem estivesse do lado de fora daquela sala.

— M-mas, conte-me: o que o traz aqui? — Continuava Massorski, que agora também tremia.

— Você o traz aqui, Clay! — Disse a mulher que apareceu de repente. — Poderíamos ter resolvido isso juntos! Eu e você, como parceiros, se você não fosse tão mesquinho!

— Alliiiiiie!!! — Amanda gritou.

A jovem voou para cima de Allie e se atirou em seus braços, enquanto chorava copiosamente.

— Não se preocupe, meu bem. — Disse Allie com ternura. — Desculpe a demora, mas foi necessário. Prometo que jamais a deixarei sozinha de novo.

— Vocês armaram toda essa droga! — Falou Massorski de seu canto, finalmente abandonando sua falsa diplomacia. — Enganaram-me! Conseguiram fazer Amanda passar por mim sem que eu a visse! Nada disso vai falar a seu favor, Allie. Pouco importa que traga o Presidente até aqui!

— Parece um tipo de tranquilizante forte. — O alemão interveio. Ele havia se agachado e passava os dedos no líquido da ampola, agora totalmente esparramado no piso, com cuidado para não se cortar com os cacos de vidro. — Tem o bastante aqui para botar um cavalo em coma!

Nem imagino o que aconteceria se isso fosse injetado numa pessoa pequena.

Allison, que já acalmara Amanda, porém ainda a segurava, voltou-se para Massorski. Seu olhar era de total e completo desprezo.

— Você ia tentar aquela maldita coisa de enfiar o laser fino no cérebro dela? — A face da astronauta era de nojo e inconformidade. — Você não presta, não é mesmo? Quantas vezes vou ter que impedi-lo de fazer isso?
— V-você não tem provas! — Massorski gaguejou.
— Quando eu tento acreditar que ainda há um mínimo sinal de humanidade em você... — Allie não conseguia falar de tão incrédula, furiosa e desapontada que estava. — Você é um perigo! Seu lugar é numa solitária de segurança máxima!
— Como descobriu que estaríamos aqui? — Perguntou Massorski ainda com cinismo.

Mulligan precisou de algum tempo para se recompor de sua raiva.

— É tudo culpa sua, idiota! — Disse ela com certo prazer. — Não resiste à tentação de encher seu ego de vento! Aquela romaria de seguranças, policiais e agentes que você plantou na saída para o hangar, com o único intuito de chamar a atenção, foi tudo de que precisávamos para saber que alguém estava arrumando confusão! E você é o único encrenqueiro na cidade!

Allie terminou de falar e respirou fundo. Fez um gesto para que Amanda e Wüller a esperassem na saída. Amanda enxugou algumas lágrimas restantes, colocou-se ao lado do gigante alemão e não resistiu ao impulso de encará-lo. Olhou embasbacada o impressionante tamanho de seu novo companheiro.

— Temos uma Cherokee na garagem, minha querida. — Disse ele afavelmente, com um sotaque ínfimo, até onde Amanda podia notar.
— Puxa, nós vamos de Cherokee? — Ela comentou num tom mais elevado, temendo que ele não a escutasse, devido à enorme distância entre sua boca e a orelha do homem. — Que chique!
— Não, vocês vão de carro. A Cherokee é só para comportar meu peso! — Ele brincou e Amanda sorriu. — Agora, se puder me acompanhar... — Completou e ofereceu seu braço à dama, num tradicional gesto de cavalheiro.

— Certamente! — Amanda respondeu, aceitando o braço do homem. Porém, só conseguiu mesmo dar as mãos a ele.

E se foram. Allie permaneceu com seu superior direto por mais um pouco.

— Já estou cheia de você! — Ela falou ainda de dentes trincados. — Daqui pra frente, essa missão é minha, bem como seu comando. E não importa quantos senadores, políticos e vice-presidentes você tenha no bolso, não vai mais se esconder atrás deles! Você é o pior criminoso que existe! Quando resolver essa crise, vou cair em cima de você com tudo que tenho! Minha nova missão de vida será destruí-lo, nem que tenha que usar cada gota de minhas energias, bem como minhas influências na Agência! Você vai para a cadeia!

Massorski não disse nada. Allie virou as costas para ele e o deixou. Na saída, ainda se deteve por um momento para pegar sua braçadeira de volta, daquela tão gentil e providencial representante que a havia ajudado.

— Obrigada! — Disse Allie. — Eu lhe devo uma grande!
— Ah, que nada! — A dama corrigiu com carinho. — Foi divertido! Nunca pensei que ainda podia correr tanto! — Ela completou com um sorriso mais do afável. Já devia ter seus sessenta anos e falava com um musical inglês britânico.

Um dos agentes no lobby finalmente entrou e se aproximou de Massorski:

— O que acontece agora?
— Trata-se somente de um inconveniente temporário. — Clayton falou em voz baixa e com um meio sorriso. — Ainda temos a rainha. Portanto, sempre estaremos um passo a frente.
— E quanto à Mulligan?
— Ela ainda acha que está num filme de faroeste. Pobre mente infantil! Tentei evitar isso, mas desta vez, vou ter que matá-la. Ou aleijá-la.

Em seguida, ambos se viraram e saíram da pequena sala, de volta ao salão de embarque.

— Depois, teve aquele outro! — A inglesa já enrolava a língua. — O imbecil quase morreu sufocado, quando conseguiu a façanha de trancar o cinto de castidade no próprio rosto! Precisamos de quatro homens para libertá-lo!

Elizabeth e seus dois guardas falavam alto entre si, conversa essa que era interrompida somente pelas estrondosas gargalhadas que os três emitiam, motivadas por champagne combinada com vodka, que eles não paravam de pedir mais e mais. A conta ia toda para o governo americano. Se a rainha estivesse mais composta, certamente sentiria nostalgia, pois, uma vez mais, abusava da boa vontade de contribuintes de impostos.

— E você sabe, tivemos que tirar aquele negócio forçando-o pelo abdômen do cara! — Continuou Elizabeth entre várias gargalhadas.
— Ora, vamos! — Disse um dos agentes, enquanto ele e o outro também se desfaziam em risadas estridentes.
— Mas é verdade! Não tivemos grandes problemas para fazer o troço passar pelo peito, é óbvio que se ele fosse mulher, seria pior. Agora, imaginem o que aconteceu quando chegou na virilha! Aí sim, ele teve problemas por ser homem!

Um novo ataque de gargalhada dos três.

— Como vocês fizeram? — Perguntou o outro agente, enxugando os olhos de tanto rir.
— Ah, não foi nada fácil! — Prosseguiu Elizabeth. — O maldito cinto não queria sair de jeito nenhum! E olha que o pobre homem nem sequer era bem dotado!

Mais gargalhadas. Elizabeth estava na poltrona, enquanto os dois agentes estavam num sofá, que eles haviam arrastado de modo a ficar de frente à poltrona de Lisa. Ambos estavam já sem o paletó Armani, com os nós das gravatas bem frouxos e as camisas, Hugo Boss, totalmente amarrotadas (ficaram daquele jeito bem depressa).

Sem falar que os cabelos de Elizabeth mais pareciam um cacho de uva alongado, de tão embaraçados e revoltos que estavam. Além do que se um dia a mãe de Amanda conseguisse retornar à face da Terra, que Deus tivesse piedade de sua pobre alma quando tivesse que passar a ferro sua blusa. Quando a rainha conseguiu parar de rir, continuou:

— O cinto estava apertado na mínima abertura possível! Acreditem, isso é bem apertado! Estávamos bêbados, você sabe, só um pouco menos do que agora, e chegamos a cogitar a possibilidade de ter que cortar o instrumento dele para poder tirar o cinto! — Muito mais risadas nessa parte. — Ele ficou desesperado! Vocês tinham que ver a cara dele! E a cor com que ficou! Mais parecia um pedaço de abacaxi! A expressão dos olhos, então! Achei que seus globos iam saltar das órbitas! — Uma nova interrupção para gargalhadas. Um dos agentes batia em sua perna direita entusiasmadamente.

— E o que aconteceu, afinal?

— Bem, nós tiramos o cinto de castidade sem maiores consequências, mas o pobre diabo precisou ficar um mês deitado por causa da dor! Fora o trabalho que ele deve ter tido para desentalar aquela coisa de suas bolas!

Voltaram a encher os copos. De quê, nenhum deles sabia. Mas, não fazia diferença. Voltaram a beber até que um dos agentes teve que cuspir todo o conteúdo da tragada que havia dado, e pôs a mão em sua barriga. O outro estranhou e, antes que tivesse a chance de perguntar se algo estava errado, também sentiu um fogo enorme no estômago, como se alguém o estivesse virado do avesso. Ambos cessaram as risadas.

— Algo errado, companheiros? — Perguntou Elizabeth com cinismo.

— Algo... No estômago. — Respondeu um deles. Ele falava com dificuldade e tinha a face contorcida de dor.

— Problemas com a bebida? — A rainha supôs em tom de galhofa. — Vocês deviam ter mais resistência, amigos. Essas bebidas daqui seriam leite na minha época!

— N-não! É só que... C-chame um médico, por favor! — Um dos agentes estava quase deitado no chão por causa da agonia.

— Creio que tenho o diagnóstico, cavalheiros, não precisamos dos médicos. — Disse Elizabeth.

— C-como... — Balbuciou o outro estarrecido, sua voz se entrecortava, enquanto se contorcia em dores profundas. Você... Não... V-vai... Chamar... Médicos?

— Vocês não vão estar aqui quando eles chegarem, senhores, se é o que estou pensando. Algo que eu já estava esperando que acontecesse. Bem, cavalheiros, au revoir e obrigada por me ouvirem. Foi uma conversa agradável. Ah, obrigada também por terem mantido a porta destrancada, como achei que o fariam.

312

Alguns segundos mais e a dor que os agentes sentiam ficou tão penetrante que eles já estavam praticamente estrebuchando. Em seguida, sumiram simplesmente ante os olhos de Elizabeth.

"Interessante.", pensou ela. "Foi bom ter podido assistir a um desaparecimento em primeira mão. Viu o que dá interferir com meu reinado?". Não conseguia manter um pensamento muito coerente. Entretanto, uma revelação atravessou seu bêbado cérebro como um raio. "Leo! Já deveria ter passado por aquela agonia e haveria de ter desaparecido também! E a vez de Allie logo chegaria. Que diazinho mais cheio!"

Elizabeth caminhou calmamente até a porta e abriu-a com toda a tranquilidade. Ainda chegou a parar em frente à porta aberta e deu uma última olhada para o vasto aposento, vazio e silencioso.

"Se alguém perguntar, direi que escapei após violenta, sangrenta, corajosa e bem sucedida luta contra meus captores.", decidiu. Em seguida, saiu para o hall em direção ao elevador. Cambaleante, porém, relativamente estável. Entrou no elevador, colocou uma das mãos na testa e disse ao ascensorista:

— Meu jovem, daqueles sessenta e quatro botõezinhos daquela telinha lá... Um de vocês dois, por favor, aperte aquele que me levará até o servente.

O hotel tinha somente dezesseis andares. O ascensorista entendeu que a ébria queria chegar ao térreo e foi onde a levou. Chegando lá, Elizabeth conseguiu andar até o lobby principal. Caminhou lentamente até a recepção e se dirigiu ao atendente. Enrolou bastante o inglês britânico de sua época, entretanto, fez-se compreender:

— Rapaz, prepare minha carruagem agora mesmo. Vou partir para a cidade.

O homem olhou para ela com uma tremenda cara de bobo.

— Queira desculpar...? — Ele murmurou.
— Você é surdo ou quê? Não ouviu minha ordem? — Berrou Elizabeth. — Tenho pressa, rapaz! Ande logo com isso! Onde está minha carruagem? E não se esqueça dos véus de cetim!
— Senhorita, realmente não sei do que está falando... — O atendente não sabia o que fazer para não perder a polidez.

313

Elizabeth então o agarrou. Dos três que via, pegou o do meio e acertou. Puxou-o para bem junto de seu rosto pela gravata borboleta e, não intencionalmente, acalmou-o com seu hálito horripilante de vodka com champagne. Disse:

— Você quer que eu mande prendê-lo e executá-lo? Quer que eu mande aliviá-lo de sua tola cabeça? Que espécie de súdito você é? Agora, vá até a droga da cocheira e traga a porcaria da minha carruagem! — E empurrou o indefeso recepcionista com força para trás.

Este reajustou a gravata e, indignado, andou com pequenos passos apressados até seu gerente, que se encontrava situado um pouco atrás no balcão, e sussurrou timidamente:

— Hã, Senhor Bourgeois...
— *Oui*, meu caro Giorgius.
— A-aquela mulher ali... Ela pediu uma carruagem!
— Uma o quê?
— E com véus de cetim!
— Mon Dieu! Que problema!
— Concordo senhor!
— Decerto! Onde vamos arranjar cetim numa hora dessas?

♣ ♣ ♣ ♣ ♣

— Foi precipitado o que você fez. — Allie falava à Amanda com cautela. Sabia que a moça ainda estava fragilizada. — Colocar-se à mercê de Massorski foi demasiadamente arriscado! Corajoso, porém, perigoso. Ele poderia tê-la levado numa viagem só de ida, e Deus sabe o que ele teria feito com você na chegada.

— Precipitada, eu? — Respondeu Amanda. — O que me diz de viajar para a Áustria, de uma hora para outra, e sem avisar ninguém? Ficamos bem preocupados aqui!

A Cherokee dos três jamaicanos cambaleava ligeiramente, devido a problemas na suspensão causados pela trepidante fuga pela qual passaram, quando tiveram que atropelar os carros dos agentes de Massorski. Sem mencionar, claro, a presença do corpulento alemão. Ele, junto com Allie e Amanda, desfrutavam da carona providencial possibilitada pelo velho, porém, o muito eficaz faro de Mister Peabody, que conseguiu localizar Amanda pelo cheiro e guiou Leo e os Jamaicanos até ela.

Visto que, praticamente, todos os esconderijos que possuíam já tinham sido descobertos por Massorski, eles não estavam muito seguros de para onde deveriam ir. Estavam mais tranquilos, entretanto. Especialmente Mister Peabody que, não perdendo a chance de aproveitar mais uma oportunidade, deitou e dormiu.

Decidiram enfim ir até a casa de Amanda, na esperança de que Massorski não os procuraria mais ali, já que não encontrara nada do que queria lá.

— É, admito que fui um tanto impulsiva. — Concordou Allie. — Mas, saiba que, em momento algum, cogitei a hipótese de não voltar para vocês. Nem sequer me passou pela cabeça!

— Eu sei. — Disse Amanda docemente. — E agora, vejo que você teve um motivo bem grande mesmo para ir até lá. Quem é o King Kong? Sem ofensa, senhor.

— Não se preocupe, querida. — Interveio jovialmente o Dr. Wüller. — Já fui chamado de coisa pior. Além do mais, King Kong é um astro de Hollywood! O nome é Karl Wüller. — Ele se ajeitou em seu acento para poder olhar para Amanda. — Iminente físico, cientista aeroespacial de primeira e, como você mencionou, um mastodonte de respeito e imponência, tamanho esse somente equiparável à minha incrível personalidade! Também sou um arraso na cama! Porém, não permito que nada disso fique no caminho de minha modéstia.

— Oi, muito prazer! Eu sou Amanda. Uma iminente nada, de tamanho reduzido. Uma mosca de respeito e imponência. Sou uma engenheira que, um dia se iludiu achando que isso dava dinheiro. Minhas especialidades são assistir TV e ninguém ganha de mim no *Mortal Kombat*.

— Eu acho que ganho de você no *Mortal Kombat*! — Wüller apontou inconformado.

— Bem, tamanho não é documento, pelo menos, não no jogo. — Amanda respondeu. — Mesmo assim, ninguém vai me pagar para fazer isso!

— Quer dinheiro? — O alemão disse. — Faça como eu!

— Tornar-me uma iminente cientista?

— Claro que não! Onde você ouviu falar que isso dá dinheiro?

— O que, então?

— Escreva livros e espere que a NASA os compre!

— HÁ HÁ! Muito engraçado! — Allie interveio.

— Também devo ter um filho e plantar uma árvore? — Retrucou Amanda animada.

— Árvores até que purificam o ar. — Wüller admitiu. — Filhos vão fazer com que perca dinheiro, ao invés de ganhar. Acredite, tenho boa prática nisso. Você até pode tê-los, mas antes, escreva o livro e ganhe dinheiro.

— Sobre?

— Qualquer coisa. Invente algo. Seja o mais apócrifa que puder! Contudo, tome o cuidado de ninguém verificar suas informações. E não se esqueça de colocar uma ou outra coisa mais comercial, como sexo, sangue, violência... Você sabe, coisas educativas.

— Vou pensar a respeito. — Amanda prometeu.

— Comece por dar aulas de *Mortal Kombat*. — Allie sugeriu.

— Você o considera muito violento? — Perguntou a moça.

— Pelo contrário, crianças! — A astronauta esbravejou. — Estou desapontada! *Street Fighter* é que é jogo de adulto!

♣ ♣ ♣ ♣ ♣

— O que significa aquele negócio que você mencionou no aeroporto... Laser fino no cérebro? — Amanda perguntou curiosa.

— Tem certeza de que quer saber? — Allie devolveu.

— Eu aguento. — A moça assegurou.

— É uma técnica de se extrair verdades, que traz uma ínfima chance de sucesso e imensas probabilidades de destruir todas as sinapses nervosas do indivíduo a ela submetido.

— Eu li a respeito. — Wüller ponderou. — E não é nenhum passeio no parque. Eu cresci numa fazenda e tenho quase certeza de que aquela coisa que Massorski trazia na ampola era *ketamina*, um tranquilizante para cavalos.

— E isso é só o começo. — Allie continuou. — O procedimento foi criado para se obter respostas de terroristas capturados, mas foi abandonado "oficialmente" por ser considerado ineficiente, sem mencionar morbidamente criminoso. Claro que houve protestos dos mais conservadores. Na verdade, trata-se de uma Lobotomia Parifrontal, com uso de um laser superfino, portanto bem afiado.

— Puxa. — A garota se inquietou. — Parece profundo.

— E é. — Allie confirmou.

— É uma neurocirurgia que possibilita alterar a memória do paciente. — Wüller resolveu explicar. — Arranca-lhe as lembranças, e as substitui pelo que o cirurgião bem entender. A técnica consiste em fazer um furo na sua espinha e outro no seu miolo. O objetivo é criar uma interface entre cerebelo, lobo parietal, frontal e medula, por meio de um canal simétrico de condução de impulso nervoso, dentro do qual se inserem compostos supressores de comportamento e personalidade, sem o que não seria possível o controle do conhecimento e memória do paciente. Dizem que os nazistas já faziam uso dessa porcaria. Com isso, o médico pode ou não extrair qualquer informação presente na memória do paciente. Porém, é certo que causa sequelas irreversíveis na pessoa, o que inclui, entre outras, tetraplegia total.

— É muito mais detalhes do que ela precisava! — Allie o reprovou fortemente.

— Ela tem o direito de saber a verdade. — Karl se defendeu.

— Não tem problema, Allie. — Amanda contemporizou. — Eu assisto a filmes de terror. E Massorski queria usar tudo isso em mim?

— Creio que sim. — Disse a astronauta. — Quando mencionei a técnica, ele ficou cheio de dedos.

— Também ouvi você dizer que o impediu de usar esse mesmo procedimento em outras pessoas? — A moça se lembrou.

— Massorski já tentou isso outras vezes. — Allison rememorou. — Na época, consegui descobrir duas de suas intenções de usar esse procedimento em seres humanos. Escalei para meus superiores e eles chamaram a polícia. Só que quando os tiras chegaram, já não havia mais ninguém no suposto local da cirurgia e tudo estava limpo.

— Concluo, portanto, que Massorski tem informantes mesmo na NASA. — Wüller divagou. — De alguma forma, ele soube com antecedência da batida policial.

— Acho que é inevitável. — Allie suspirou. — E esses foram os dois casos que eu consegui descobrir. Não posso vigiar Massorski o tempo todo. Ele pode ter tentado outras vezes e conseguido, sem ninguém saber. Pobre de suas vítimas.

— Mas, se o procedimento é tão ineficiente? — Amanda apontou.

— Por isso mesmo que estou dizendo. — Allison murmurou. — Se ele queria usar essa técnica em você, é porque acreditava que funcionaria. Já deve ter tido sucesso outras vezes no passado. Nunca saberemos ao certo, no entanto.

— Ele faz tanta coisa errada! — Amanda se indignou. — Como sempre consegue se safar?

— Porque é poderoso, possui amigos e parentes em lugares altos, é cheio de conexões... — Allie murmurou. — Coisas assim. De um jeito ou de outro, sempre faltam as provas para incriminá-lo.

— Mas, se essas tais provas existissem, ele ia se ferrar? — Perguntou a moça com estranho interesse.

— Ele não está acima da lei, filha. — Wüller interveio. — O problema é conseguir implicá-lo em algo tão incrivelmente ilícito, que nem mesmo suas influências conseguiriam salvá-lo.

Amanda parou de falar e ficou pensativa.

— Não sabia que conhecia Massorski. — Allie se voltou subitamente para o alemão.

— Chegou a ser meu aluno num curso rápido de liderança que dei na NASA há muitos anos. — O cientista revelou. — Já o achava abjeto naquela época. Até o reprovei como o incompetente que era, porém, suas conexões já falavam grosso naquela época. Ele nunca poderia ter chegado à posição que chegou.

— E quanto a você? — Allison agora se virava para Leo. — Está muito quieto. Não ficou feliz em me ver?

— Claro que fiquei. — Foi a resposta, mas ainda um tanto meditativa. — Na verdade, estou num dilema. Será que vou desaparecer, ou minha idade já passou e posso respirar aliviado?

— Sim, está aí um ponto interessante. — Allie saltou. — Sua idade, de fato, passou. Já recebi notícias de desaparecidos com trinta e nove anos. Eu sou a próxima da lista. Mas, conte-me, como seus pais se conheceram? Não me diga que é descendente de Davy Crockett?

— Não devo ser, já que não desapareci. — Leo suspirou desapontado. — Meu pai era militar, estava no Vietnã. Em setenta e dois, ele conheceu minha mãe, uma enfermeira australiana, numa missão em Da Nang, pela cruz vermelha. Disseram que fui concebido durante um bombardeio.

— E como puderam se concentrar? — Derk, no volante, se impressionou.

— Bem, todos nós precisamos relaxar numa situação difícil. — Leo divagou.

— Então, você não precisou dos Estados Unidos para nascer! — Allie concluiu.

— Sim, mas minha mãe imigrou para cá comigo no útero! — Leo revelou. — Como poderia ter feito isso no passado, se os Estados Unidos deixaram de existir?

— Ela pode ter voltado para a Austrália. — Allie supôs.

— Nesse caso, se eu começar a falar com sotaque australiano, vocês já sabem o que é. — Leo murmurou.

— Ou holandês. — O alemão interveio. — Até onde eu sei, eles foram os primeiros europeus a se aventurarem por ali.

Durante alguns minutos, um silêncio tomou conta do carro.

— Se houver alguma prova realmente contundente contra Massorski, é certeza que ele vai se ferrar? — Subitamente, Amanda acordou de sua catatonia reflexiva.

— Sim, desde que tal prova seja bem aplicada. — Allie respondeu, pega um pouco de surpresa. — Por que fica perguntando isso, filha?

Amanda não respondeu logo de cara e girou os olhos em torno das órbitas.

— Preciso te mostrar uma coisa. — Ela pulou repentinamente.

♣ ♣ ♣ ♣ ♣

— Posso saber o que esperava conseguir quando se infiltrou com Massorski? — Perguntou Allie. — Se for ver, era uma furada desde o início. Não havia como dar certo.

— Tínhamos que fazer alguma coisa, Allie. — Disse Amanda. — Estávamos sem você, não sabíamos se voltaria...

— Você sabe que eu voltaria!

— Mas, não sabíamos quando! Além do mais, eu queria muito... Encontrar Elizabeth.

— Amanda, não é absolutamente minha intenção zombar de você, mas o que teria feito se a tivesse encontrado? Você a teria salvo? Sozinha?

— Bem, eu só pensei que... Talvez juntas conseguíssemos... Ah, eu não sei! Fui e está feito! — Fez uma pausa. — Talvez, no fundo, eu só quisesse vê-la... Uma última vez.

— Amanda, eu só fiquei muito preocupada. Quero que saiba que poucos teriam tido essa coragem.

Amanda sorriu e foi sua vez de enrubescer as bochechas.

— E além do mais, — Prosseguiu Allie — Nós a veremos de novo. Confie em mim. Massorski não vai conseguir enganar toda a NASA para sempre. Pelo menos, não os que sobrarem.

— Falando no desgraçado, aí vão algumas más notícias. — A garota disse. — Ao que parece, Massorski não vai desaparecer. A idade dos desaparecidos já está abaixo da dele.

— É, não sei a idade dele, mas, sem dúvida, tem mais que trinta e nove. Algumas correntes imigratórias foram afetadas pela alteração na história, provocada pelo desaparecimento de Elizabeth e outras não, como a dos ancestrais dele, por exemplo.

Amanda ficou pensativa por alguns momentos, depois falou:

— Quando seu avião chegou ao hangar, como soube que eu estava lá?

— Bem, Massorski ajudou, ao plantar toda aquela comitiva de cinema. Todavia, aconteceu outra coisa.

— O quê? — Perguntou Amanda num meio sorriso.

— Quando Wüller chamou minha atenção para toda a confusão do lado de fora, eu olhei pelo vidro da cabine e vi você, atrás de uma das janelas do corredor que dava para o tubo de embarque. Você estava à beira de embarcar.

— E como me reconheceu de tão longe?

— Bem, você tem que admitir que é fácil achar você no meio de um monte de gente de terno. Satisfaça minha curiosidade: esse seu cabelo é loiro natural?

— Algumas coisas devem permanecer no campo do mistério. — Amanda respondeu com um sorriso enigmático.

— Você se esqueceu de tingir as sobrancelhas, querida. — Zeppe apontou. — Desde que te conhecemos, vimos logo de cara que não era loira natural.

— Chato! — A moça se zangou.

— Porém, nada para preocupar-se! — Dijuta entrou animado. — Você coloca cem pratas na minha mãozinha e logo te arranjo um composto milagroso que vai te deixar loira desde a raiz dos cabelos até o último pelo genital! — Fez uma pausa. — O único efeito colateral é que pode te deixar careca. Mas, quem liga? Pode até lançar uma nova moda!

— Não, obrigada. — Amanda recusou. — Digamos que se eu fosse careca, estaria a caminho de Houston, agora.

— É possível. — Completou Allie, sorrindo.

— Pelo genital loiro? — Leo torceu o nariz, voltando-se para Dijuta.

— Você ficaria surpreso de quantas pessoas se amarram nisso. — Este revelou.

— Eu nunca gostei! — Wüller contou.

— Foi você quem mandou aquela senhora falar comigo no portão de embarque? — Amanda perguntou a Allie, providencialmente mudando de assunto. — Ela era mesmo da NASA?

— Não. — A cientista voltou a sorrir. — Só a minha braçadeira. Tinha que impedir que você embarcasse e fazer os agentes pensarem que era coisa da NASA, desta forma, autorizada por Clayton.

— E por que não veio pessoalmente?

— Os agentes de Massorski poderiam me reconhecer. Aí, teriam lhe arrastado para o avião e me prendido por "obstrução da justiça".

— Bem pensado. — Admitiu a moça.

— Uma pergunta, Amanda. — Mulligan retornou. — A polícia teve algum envolvimento na sua decisão de trabalhar como secreta no grupo de Massorski?

— A ideia foi um pouco deles, um pouco nossa. — A garota respondeu. — Minha missão era descobrir o endereço onde estaria Elizabeth e passar essa informação, via mensagem de texto, para o celular de Leo.

— Por que não disse isso antes? Até que não foi má ideia, afinal. — Allie admitiu. — Poderia ter funcionado. O que aconteceu?

— Massorski descobriu nosso intento de alguma forma. — A moça suspirou. — O endereço que ele passou era falso e o troço todo furou.

— Você sabe se houve algum envolvimento da polícia? — A astronauta perguntou.

— Rodriguez acha que alguns de seus homens foram subornados. — Foi Leo quem respondeu. — Não havia nenhum carro de polícia no dito endereço de fachada.

— Alguns amigos das ruas salientaram essa hipótese. — Derk informou.

— Bem, não temos escolha. — Disse Allie com firmeza. — Preciso restituir Rodriguez de volta à sua posição. Ele é o único em quem podemos confiar.

— E como pretende fazer isso? — Leo disse. — Ele está mais queimado que fósforo!

— Devemos a ele. — Allie falou. — Ele se complicou ao tentar nos ajudar.

— Ele se complicou ao tentar cumprir a lei! — Leo retorquiu.

— De qualquer forma, precisamos dele de volta. — Allison insistiu. — Amanda, empreste-me seu celular, por favor...

— Claro. — Amanda concedeu. — Mas, por quê?

— Preciso ligar para o promotor distrital.

— Com meu celular?

— Quero matar dois coelhos.

♣ ♣ ♣ ♣ ♣

— Maxime! — Gritou o tenente da polícia, parecendo bem convicto. — Tire todos os outros detetives deste caso. Você é a única em quem confio neste momento. Trabalharemos só nós dois. Apenas me atualize de tudo que julgar pertinente. E rápido! Preciso sair.

— Sim senhor. Só tome muito cuidado com as paredes.

— Por isso, disse que preciso sair. Espere dez minutos e me encontre no *Hickeys*. Seja o mais casual que puder.

— Isso, eu sei fazer! — Maxime se animou. — Mas, como conseguiu seu distintivo e arma de volta?

— Ainda tem gente decente neste mundo! A astronauta da NASA me trouxe de volta! Pelo menos, foi isso que o promotor distrital me disse, e parecia bem agitado!

— Mas como?

— Ele não me disse e não importa! Quando sair, não se esqueça de roubar a chave de minha viatura e vir me buscar!

♣ ♣ ♣ ♣ ♣

Massorski e seu pessoal com certeza sabiam esconder seu rastro. Foi a conclusão de Amanda assim que, depois de um bom tempo, pôde voltar a entrar em sua própria casa. Tudo normal. Era inacreditável. Ainda não tivera tempo de olhar todos os cômodos, para ver se havia algo faltando. Para uma casa que, há coisa de quatro dias, tinha sido invadida, revistada, revirada e incubada, tudo estava na mais perfeita ordem, até mais do que quando saíra de lá com Lisa. Era a primeira vez que retornava desde então. Parecia ter sido há tanto tempo... E só restava pouco mais de um dia para salvar o mundo. Ela se angustiou.

A porta estava trancada, Amanda teve que abri-la. A fechadura havia sido consertada do tiro de Almeida. Eles devem ter dado um jeito de trancá-la quando se foram, embora não tivessem a chave. E deixaram tudo em ordem. Nenhum sinal de que estiveram ali. Sem sinais de arrombamento. Tudo para não justificar uma busca da polícia. Amanda chegou a dar permissão ao tenente para entrarem ali e até lhes forneceu a chave. Porém, Massorski deve ter se antecipado a isso, pois mesmo os tiras não conseguiram achar nada de errado na casa. Nem ela naquele momento, a despeito de toda a confusão cinematográfica que havia presenciado diante de seus olhos, a cerca de quatro dias.

E Lisa, onde estava? Ainda estaria viva? Era certo que sim, Massorski tomaria todos os cuidados para que chegasse saudável a seu reino de direito. Nem mesmo ele seria tão burro. Queria mais do que tudo solucionar o caso antes de Allie, a fim de se promover. E não maltrataria aquela que era a chave para tal. Entretanto, ainda assim... Onde estava ela?

— Allie, você me deve algo. — Disse o Dr. Wüller, o primeiro a falar desde que haviam chegado.

— E o que seria? — Perguntou esta, sinceramente não sabendo o que ele queria dizer com aquilo.

— Tem uma memória bem seletiva, mocinha. Bem, por sorte, posso entregar-me à honra de recordar-lhe: quando te falei sobre como minhas emoções afetavam o funcionamento do tal prisma, para que ele abrisse seus vórtices com maior ou menor intensidade, você disse que esta notícia não a surpreendia, porque tinha coisas a me dizer a respeito, mas que preferia deixar para depois. Bem, até onde eu sei, agora já é depois. Portanto, estou esperando, minha querida cientista.

— Temos razões fortes para crer que as emoções estão diretamente relacionadas com o poder do prisma de controlar o tempo.

— Por favor, conte-me algo que eu já não saiba, Allie.

— Ele também materializa essas emoções na forma de pessoas, homens e mulheres, com temperamentos e atitudes de acordo com a emoção que cada um representa. E tem mais: ele ainda abre uma passagem para um tipo de universo paralelo, onde as emoções podem se manifestar da forma que acabo de descrever. — Ela se cansara de ser cabeça dura a respeito daquela matéria e decidiu aceitar as verdades diante de seus olhos.

— É, tenho que admitir que isso eu já não sabia. E você as viu, quero dizer, as emoções?

— Nenhum de nós chegou a vê-las ainda, exceto pela nossa jovem aqui.

Wüller desviou o olhar para Amanda e coçou o queixo.

— Nesta casa? — Perguntou.

— Não, foi na casa dos pais dela. E por duas vezes. A primeira, quando descia a escada do saguão. E a segunda, no quarto de dormir do casal. O engraçado foi como os pensamentos da gente se materializavam, mesmo depois das emoções já terem ido embora. Aconteceu uma vez comigo. Podia ouvir o que pensava, assim que terminei de pensar e com minha própria voz. Tudo foi repetido para mim, na mesma forma e entonação de como pensei. Isso ocorreu após a segunda aparição das emoções. Amanda estava sozinha na primeira.

— E essas emoções chegaram a bater um papinho com a encantadora Amanda?

— Eles falaram com ela, sim.

— E sobre o que conversaram?

— Nas duas vezes, disseram a ela suas intenções e pediram para que transmitisse o recado.

— Para quem?

— Todos nós.

— O mundo todo?

Allie abanou a cabeça afirmativamente.

— Hum... — Contemporizou Wüller pensativo. — Sorte que já inventaram o email. E quais eram as intenções delas?

— Vai parecer um tanto lugar comum. As más emoções manifestaram um desejo faminto de dominar o mundo e as boas, o de nos salvar.

— Muito gentil da parte delas. — O alemão concedeu irônico. — Porém, isso também deveria depender de nós, não é mesmo?

— Foi o que disseram a Amanda, e eu acredito nessa tese mais fortemente do que pensa.

— Vejo que você já elaborou suas teorias.

— Um montão delas. — Allie passou as mãos pelos longos cabelos ruivos e os trouxe completamente para trás.

— Então, resuma-as para mim. Vamos ver se são as mesmas que estou formulando nesse exato momento.

Allie parou de falar e começou a andar muito devagar, quase a circundar o Dr. Wüller, o que implicava em percorrer um longo caminho. Quando voltou a estar de frente para o alemão, que a fitava com a máxima calma e despreocupação, parou e recomeçou:

— Esse prisma, seja lá qual for sua origem, de alguma forma, capta, lê e processa as emoções humanas. Ele deve usá-las como alimento, como fonte de energia para viagens no tempo.

— Você acredita então que, quem quer que seja que o tenha construído, o idealizou para ser uma máquina do tempo?

— Exatamente. Um engenho que não necessitaria muito equipamento para ser acionado.

— Você somente se emociona e pronto. Já está viajando no tempo.

— Precisamente.

— Mas, por que usar as emoções como bilhete de viagem?

— Não estou certa. Um erro de projeto, talvez. A intenção original pode ter sido construir uma máquina que lesse os pensamentos, traduzindo-os em épocas e datas reais, como parâmetros para o objeto. Contudo, por um equívoco, ele só reage às emoções.

— E por que teria que ser um equívoco? — O cientista contestou.

— Pense bem, Allie: quem terá construído essa coisa? Não pode ter sido ninguém desse mundo. Teria que ser uma inteligência incrivelmente superior. Uma raça de seres que conseguiu relacionar tempo e pensamento, abstrato e real, a ponto de obter equações matemáticas que expressam essa relação.

— E por que você acha que, na verdade, eles não erraram? Como você mesmo acaba de dizer, deve ser uma teoria para lá de complicada.

— Talvez, nem tanto. Imagine que estamos falando de seres muito diferentes de nós. O que para nós são emoções, para eles pode ser pensamento lógico. Como não conhecemos as equações matemáticas que eles utilizaram, se é que nossa inteligência seria capaz de compreendê-las, fica difícil entender as relações que eles descobriram.

— E como acha que o prisma veio parar aqui, em nosso pequeno planeta?

— Totalmente desconhecido, Allie. Podem ter naufragado, feito um pouso de emergência, parado para usar o banheiro, e esqueceram o troço aqui.

— "Esqueceram"? — A astronauta refutou. — Uma tecnologia tão importante e potencialmente perigosa e fatal...? E eles, simplesmente, "esqueceram"?

— Bem, pode ser que, para eles, não fosse um negócio tão fora do comum, afinal. Talvez, só um brinquedo que alguma criança deles deixou cair, quando sua família passou por aqui, num cruzeiro de férias.

— Bem, de qualquer forma, é inútil discutir, visto que não temos como saber agora. O fato existe, o objeto está aqui.

— Concordo. Continue, por favor, Allie.

— Acredito que o prisma foi projetado para abrir uma passagem, um caminho para o passado. Quanto mais forte a emoção, mais longa é a passagem e mais para o passado conseguimos voltar. Você disse que estava muito feliz, radiante, tinha até beijado o objeto, pouco antes de ver o Elvis.

— Sim.

— Então, sua emoção foi forte o bastante para levá-lo até aquele passado, bem mais distante do que você havia chegado até então.

— Entendo. — Disse o Dr. Wüller e pousou olhos significativos em Allie. — Só que, de fato, nunca consegui chegar ao futuro, não mais do que alguns instantes à frente.

— É porque o objeto não deve ter sido concebido para viagens futuristas, só para o passado. De fato, o futuro, o que nos espera, sempre será uma fronteira desconhecida, mesmo para os altamente avançados projetistas do prisma.

— Entretanto, uma pessoa de um determinado presente poderia voltar ao passado, alterar e interferir no que viria, a partir daquele passado.

— Sim, mas uma pessoa do presente jamais poderia ir para um tempo que ainda não aconteceu.

— Não aconteceu para nós do presente! Mas, vai saber! De repente, alguém do nosso futuro, seu filho ou meus netos, por exemplo, podem voltar até aqui e mudar tudo o que deveria ser.

— Olha, se ficarmos discutindo isso, podemos ficar...

— Tem razão. Volte ao que estava dizendo. Pelo que entendi, nossas emoções são o termostato do prisma, quanto mais nos emocionamos, mais voltamos ao passado.

— Essa é a teoria. Entretanto, em minha opinião, a metodologia praticada no trajeto do presente ao passado foi o que propiciou o advento das emoções ao nosso mundo.

— Eu gostaria muito de ter entendido o que você disse.

— Sabemos que o prisma é capaz de nos fazer voltar ao passado, de acordo com o quanto nos emocionamos. Porém, já parou para pensar em como ele consegue nos mandar ao passado?

— Ele deve criar uma fenda no espaço-tempo, um vórtice, como você bem o disse. Esse elemento funciona como uma passagem, um caminho para o passado. Uma passagem interdimensional.

— E já imaginou o que existe nesta passagem?

— Não faço a mínima ideia.

— Nem as pessoas que o projetaram. Esse foi o equívoco.

— Entendo aonde quer chegar. — O alemão admitiu.

— Eles não sabiam que o vórtice temporal, que o objeto abre, também leva a outro lugar além do passado. Leva até um tipo de universo que existe em coexistência com o nosso, onde nossas leis físicas parecem funcionar ao contrário. O que é abstrato se torna real e vice-versa. Pensamentos assumem forma de palavras e coisas assim.

— E emoções acabam por se manifestar como pessoas.

— Exato. Também acredito, por coisas que Amanda me contou, que cada parte, cada coisa que consideramos inanimada, ou parte de um todo, adquire sua própria vida, sua própria identidade. Amanda disse ter visto, da primeira vez que foi tragada para o vórtice, milhões, talvez bilhões de "Amandinhas" iguais a ela e que ela era, ao mesmo tempo, uma e todas as outras. Estou quase certa de que, o que ela viu na verdade foi cada uma das células de seu corpo. Simbolicamente, sua visão interpretou aquilo como sendo várias Amandinhas. No conjunto, formavam uma única Amanda inteira. Por isso, ela tinha a impressão de ser uma e todas. É porque ela era, de fato, uma e todas.

— E quanto a objetos que se moviam sozinhos, como lustres, poltronas e televisão... Como acontecia comigo, quando estudei o prisma pela primeira vez?

— Sim, ela mencionou isso também. Tudo que é inanimado nesta dimensão adquire vida naquele universo.

— E as emoções...

— Quando o prisma abriu a passagem pela primeira vez, elas acabaram por tomar consciência de nossa existência e de nosso universo.

— E os assim chamados maus sentimentos estiveram nos investigando e aprendendo, aguardando, vigiando e esperando a primeira brecha que surgisse para nos invadir.

— E essa brecha surgiu. Quando os jamaicanos voltaram a abrir o vórtice, sem conseguir fechá-lo por completo, as más emoções se aproveitaram e, ao que parece, elas já aprenderam bastante sobre como controlar o vórtice, visto que elas já foram capazes de levar e trazer Amanda até sua presença.

— Tiveram mais de quarenta anos para aprender a técnica.

— E nós, sem saber, nos acomodamos e não fizemos nada. Isso, ajudado pelo fato de que, nestes últimos quarenta anos, a humanidade não fez muito para melhorar. O mundo segue desnorteado, confuso, arrogante, covarde e hipócrita. Isso deve fortalecer as emoções negativas.

— Sempre achei que o ser humano um dia se afundaria na própria mer..., mas nunca imaginei que aconteceria desta forma. — Wüller fez uma pausa, pois uma súbita dúvida invadiu sua mente. — Uma coisa, Allie: o que você quis dizer quando disse que os jamaicanos abriram o vórtice, sem conseguir fechá-lo?

— Esse é outro problema de que preciso colocá-lo ao par. Imagine a imensa satisfação dos jamaicanos quando descobriram as propriedades "mágicas" daquele prisma que haviam encontrado. Imagine a intensidade da ansiedade, expectativa, medo, euforia...

— A ponto de eles conseguirem fazer o prisma abrir uma passagem que ia até a época de Elizabeth I, no exato lugar onde ela se achava...

— E, acidentalmente, trazê-la para nosso tempo. Eles até que conseguiram devolvê-la à sua época, mas não no preciso instante em que foi retirada. Isso foi há uns dois anos. Como consequência, o prisma deve ter entrado num dilema. Em sua concepção, a única forma de sair desse dilema é abrindo e fechando ciclicamente o vórtice até que Elizabeth seja, enfim, devolvida milimetricamente ao momento em que foi tragada. E foi numa dessas aberturas cíclicas que Elizabeth retornou ao presente, dois anos depois. Há pouco mais de quatro dias!

— E você acha que ela vai ficar indo e voltando indefinidamente até o problema do dilema ser solucionado?

— Neste momento, o prisma funciona como um computador travado. Quando alguma instrução estranha ocorre, o computador se limita a rodar seu programa de novo e de novo, até que alguma coisa o faça parar e isso congela seu sistema operacional. Normalmente, precisamos reiniciar o micro para que fazê-lo voltar ao normal. A natureza, assim como o computador, detesta um dilema. O prisma também. E fará todo o possível para sair dele.

— E como ainda não saiu? — Wüller coçou a cabeça.

— Não pode. O dilema foi provocado pelo homem e suas emoções. O prisma não tem escolha a não ser esperar que o homem conserte o problema. Enquanto isso não acontece, ele entra em ciclo. Enquanto não devolvermos Elizabeth no milionésimo de segundo em que foi puxada, o objeto vai continuar trazendo-a de volta para nós até que o façamos. O programa do prisma está "travado". Temos que reiniciá-lo.

— Hã, com licença... — Derk resolveu se meter. — Não pude deixar de ouvir a chanchada científica de vocês... Permitam-me divergir! Da primeira vez, nós e o colega Leo devolvemos a rainha ao passado com todo critério!

— Ele está certo! — Leo também entrou. — Procuramos devolvê-la um pouco *antes* do momento em que ela deixou seu passado, a fim de garantir que, de seu ponto vista, nada acontecera. Logo, Elizabeth não se lembraria de coisa alguma que viveu neste presente, pois, em tese, nada teria acontecido mesmo!

— E vocês chegaram a calcular quanto tempo ela demoraria para atingir sua época, após decolar da nossa? — Allie devolveu com um sorriso compreensivo, ao se dirigir a uma plateia tão leiga.

— Como? — Leo chegou a ficar confuso. — Ela não deveria ir e voltar num piscar de olhos?

— Não. — Wüller intercedeu. — Allie está certa. Estamos falando de uma viagem de mais de quinhentos anos! Pode parecer que ela o fez num piscar de olhos, porém, na verdade, tem que levar algum tempo. Vocês têm como saber quanto tempo ela levou para chegar ao passado e vice-versa?

— Não há como ter certeza. — Leo ponderou. — Em todos os casos, a rainha devia estar dormindo e acordou numa época diferente. Ela mesma não sabe o quanto demorou sua viagem no tempo.

— Neste caso... — Allie retornou. — Se vocês devolveram Elizabeth para um minuto *antes* de ela ser levada ao futuro, mas a viagem de volta no tempo demorou dois minutos, então ela reapareceu em sua época um minuto *depois* de ter sido levada.

— E se foi mesmo assim, devo supor que ela voltou a seu reino com todas as memórias de tudo que passou por aqui! — Wüller apontou.

— Em quaisquer dos casos, não funciona. — Allie continuou. — Não podemos devolver a rainha nem um pouco antes, nem um pouco depois do momento em que foi levada para o futuro. Ou o prisma vai continuar a trazê-la de volta para nós. Temos que devolvê-la no exato segundo em que desapareceu de sua época. A precisão tem que ser nanométrica.

— O que quer que isso signifique... — Derk bufou entediado.

— É uma baita precisão! — Leo explicou.

— E pode ser feito? — Leo perguntou inquisitivo, com seu cenho franzido.

— Temos que conseguir! — Allison respondeu convicta. — E é isso que me preocupa. Os ciclos de abertura e fechamento do vórtice não estão tão regulares como deveriam. Acho que é porque as emoções estão interferindo. Elas, definitivamente, já adquiriram um bom conhecimento sobre a abertura temporal e seu controle.

— Okay, mas os desaparecimentos dos americanos estão ligados diretamente à retirada de Elizabeth de seu tempo, não é mesmo?

— Sim. É somente uma consequência direta do sumiço de Elizabeth do passado, não se relaciona com as emoções e seu universo. Contudo, elas estão se aproveitando dos ciclos do vórtice para facilitar sua incursão até nosso universo.

— E como acha que elas vão dominar nosso mundo, tal como disseram à Amanda?

— Eu tenho uma teoria.

— Outra?

— Teorias, eu tenho muitas. O que me falta é alguma prática.

♣ ♣ ♣ ♣ ♣

— Allie! — Amanda teve que chamá-la mais alto, tão absorvida que estava em seus pensamentos. — Não podemos nos esquecer das coisas que estão desaparecendo ao redor do mundo.

— Ouvi falar, mas preciso de mais detalhes. — Disse Allie em voz baixa e ainda não totalmente fora de seu interior. — Estive algum tempo fora, como você sabe. Qual é a extensão deste problema até o momento?

— Está em todos os noticiários. A Torre Eiffel já era, o Big Ben também, assim como a estátua do Lincoln Memorial. Os Jardins Suspensos da Babilônia foram "suspensos" do mapa em definitivo. Várias estátuas, monumentos e todo tipo de construções históricas têm sumido em todo o mundo. Até a Estátua da Liberdade parece que já usou aquela tocha para dar seu último adeus. Só o que é religioso parece ter ficado, como a estátua do Cristo Redentor, aquela do Rio de Janeiro. Como era de se esperar, todos estão nervosos, confusos e com medo.

— Acredito ter uma explicação para isso. — Soltou Allie.

— Mesmo?

— Sim.

— O desaparecimento da rainha? — A garota adivinhou.

— Não. — A cientista a despontou. — Era o que eu estava à beira de dizer ao Dr. Wüller. — O alemão havia se afastado um pouco para tomar um pequeno conhaque. Não demorou muito para achar onde estavam as bebidas alcoólicas na casa. Parecia ter um faro natural para aquilo. E também não se inibiu de modo algum para fazer alguns brindes pessoais, sem perguntar se podia. — Para mim, — Prosseguiu Allie — são as emoções, as negativas, que estão por trás disso e não o fato de Elizabeth ter desaparecido do passado.

— Mas, por que fariam desaparecer essas coisas?

— Não acho que estejam sumindo com elas, mas sim as levando para o passado. As emoções determinam o quanto conseguimos chegar ao passado, elas podem fazer isso. Devem ter começado com coisas pequenas. E, à medida que o medo dos humanos foi aumentando com esses pequenos desaparecimentos, elas ganhavam poder para fazer sumir coisas maiores. — Precisou de uma pausa para recuperar o fôlego. — O prisma abre o vórtice, e quanto mais nos emocionamos, mais ao passado ele se estende. Tal fato dá às emoções mais e mais espaço para levarem nossos monumentos.

— Obrigada, não entendi quase nada, mas tudo bem, porque não foi isso que perguntei. Quero saber qual o interesse das emoções negativas em roubar os monumentos, não como o fizeram!

— Como você mesma disse, Amanda, as pessoas estão nervosas, confusas e com medo. — Allison retornou com toda a paciência. — Esse é o objetivo: fazer com que fiquemos com medo e cheios de outras emoções negativas também. Quanto mais as coisas somem simplesmente, com mais medo as pessoas ficam.

— Entendo. E quanto maiores são as emoções, mais ao passado o vórtice chega.

— Precisamente. É isso o que elas querem: que o túnel do tempo chegue até um passado bem distante e, para isso, é necessário que nos emocionemos bastante.

— Sim. E até onde, no passado, você acha que elas querem chegar?

— Esse é ponto! É como elas pretendem destruir nosso mundo. Em teoria.

— E como seria?

Amanda parecia excitada, como se tivesse momentaneamente se esquecido de que falavam da aniquilação de seu planeta. O Dr. Wüller permanecia em seu canto, calmamente tomando seu conhaque na companhia dos demais visitantes de Amanda em seu pequeno lar. Nunca iriam revelar, porém, já sentiam saudades da casa de seus pais. Era muito maior.

— Bem, — Recomeçou Allie, parecendo subitamente envergonhada. — pode soar um tanto estúpido... À princípio.

— Estúpido? — A moça voltou-se ferozmente. — Tudo que nos está acontecendo é "estúpido"! Quer uma lista? Uma rainha do passado voltando ao presente, um montão de estátuas desaparecendo, junto com todos os americanos; um punhado de emoções assumindo forma humana! Sem falar que nunca imaginei que um ser humano pudesse crescer tanto! — Ela finalizou, pendendo a cabeça ligeiramente na direção de Wüller.

— Tem razão. — Disse Allie corando. — Mas, não ria.

O anoitecer já cobria o céu com um véu rosado e fosco. Não havia nuvens. O calor ainda era intenso, apesar de quase não haver mais sol. O poente sempre fora um momento mágico, especialmente numa região seca e cercada de montanhas. O tipo de beleza que as pessoas já não mais apreciavam. Não havia mais tempo, nem interesse. Todos estavam por demais preocupados em ganhar dinheiro ou, pelo menos, conservar o que já possuíam. O medo do futuro era tanto, que nem percebiam que tinham que primeiro viver o presente. E quando finalmente resolvessem vivê-lo, veriam que já era tarde demais. O tempo voara e a vida terminara.

Não deixava de ser um mundo bonito, entretanto. Aliás, era até bonito demais. O problema é o ser que o habita. Muitos esforços para salvar a humanidade até que ela se complicasse de novo. Ossos do ofício. A questão é que esta tarefa acumulara-se nas mãos de algumas poucas pessoas boas, que tentavam trazer a luz para um lugar já totalmente afundado em trevas. Teriam que consertar centenas de milhares de anos de bobagens praticadas por seus semelhantes.

— O homem não habita esta Terra desde seu início. — Disse Allison Mulligan.

— Estamos por aqui há uns duzentos mil anos. — Wüller completou.

— E daí? — Perguntou Amanda.

— Creio que seja isso que as emoções negativas querem. — Allie respondeu. — Fazer com que o mundo retorne ao passado anterior ao homem anatomicamente moderno. A partir desse ponto, elas mudariam nossa evolução do jeito que quisessem. Provavelmente, se declarariam deuses dos humanos e os obrigariam a adorá-las, adulterando completamente nossa História, para que passemos a eternidade nas mãos delas. Tudo teoria, claro.

— Se elas querem destruir o mundo, não seria mais fácil colocar os dois universos, o nosso e o delas, em contato? — Leo interveio. — Dois universos paralelos não podem coexistir no mesmo plano físico. Se tal ocorresse, ambos se destruiriam, certo?

— Correto. — Mulligan confirmou. — Um universo cancelaria o outro, não podem ocupar o mesmo espaço temporal. Só que isso também aniquilaria as próprias emoções. Pelo que entendi de suas conversas com Amanda, elas não desejam se suicidar, levando nosso mundo com elas. Querem nos dominar.

Como ninguém abriu o bico para proferir nenhum comentário, Allie preferiu perguntar:

— Criativo demais?

— Talvez um pouco. — Leo arriscou. Não sabia se falava pelos outros.

Allie esboçou um sorriso. Ficaram em silêncio durante alguns segundos, até que Amanda assumiu uma pose pensativa, como se tentasse trazer algo à memória, e finalmente pulou:

— Espere um pouco! Quando fui puxada pelas emoções da primeira vez, a tal da Arrogância me falou de algo sobre nos mandar para o inferno, coisa pior do que a morte, vida sem nenhuma esperança... Enfim, alguma coisa de inferno.

— Isso sugere fogo, enxofre, tudo indo pelos ares. — O alemão tentou ajudar a pensar.

— O Big Bang! — Leo saltou.

— O quê? — Devolveu Derk.

— É uma teoria relativa à origem do universo, o qual ainda estaria em expansão. — Allison tentou trocar em miúdos. — Mas, não acho que seja possível o prisma nos levar tão distante no passado, por mais que nos emocionemos.

— Porém, poderiam tentar nos levar até a "supernova" que teria originado este sistema solar e a Terra. — Sugeriu Wüller.

— Meu Deus! — Derk se desesperou de novo. — Caros colegas cientistas, eu esqueci minha enciclopédia de astronomia na Jamaica! Por favor, vão com calma! O que é uma... Supernova?

— É o nome que se dá aos corpos celestes, sóis e planetas, que se originam a partir da explosão de uma estrela gigantesca. — Mulligan explicou. — É como nascem os sistemas solares.

— Oh. — Derk pareceu ter entendido. — E é para lá que querem nos levar?

— Pode ser, mas não sabemos ao certo. — Allison suspirou.

— E se, na verdade, quisessem nos levar para quando aquele meteoro acabou com os dinossauros? — Amanda entrou.

— Bem, não sabemos se foi realmente um meteoro que acabou com eles, mas é uma teoria aceita. — O alemão respondeu.

— Em resumo. — Allie resolveu por um fim naquela discussão. — É possível que as emoções negativas tenham planos de nos levar a qualquer ponto da História remota da Terra, em que ocorreu uma catástrofe em escala planetária.

— E por que não esperam pouco mais de um dia? — Zeppe resolveu participar. — A Terra não será destruída de todo jeito?

— Não adianta para as emoções. — Allison retrucou. — Elas não querem que o mundo acabe, precisam dele para reinar. O que necessitam é abrir um vórtice temporal tão longo que possa arrastar toda a raça humana de agora para um período catastrófico. Com isso, o ser humano moderno seria aniquilado e as emoções poderiam moldar a seu bel prazer o homem que evoluiria.

— Bom, tudo isso é acadêmico! — Leo decidiu. — Não importa o que as emoções negativas farão para nos explodir! Só sei que temos que impedi-las.

— Precisamos impedir que o prisma abra seu vórtice. — Wüller bocejou. — Para tal, só temos que impedir que as pessoas se emocionem.

— Isso é fácil. — Amanda resmungou. — Bastar filmar meia-hora de horário político e exibi-lo mundialmente. Todo mundo vai dormir!

— Ou gargalhar até nos levar de volta para antes do universo nascer! — Leo discordou.

Allison Mulligan tinha trinta e sete anos de idade. Seu desaparecimento estava próximo. Ela procurava fazer estimativas, baseadas nas notícias e registros que coletou e acompanhou a respeito dos desaparecimentos na América. Tinha que tentar estabelecer um padrão, uma equação, alguma fórmula matemática que descrevesse a taxa de decréscimo da idade dos desaparecidos, a fim de poder estimar de alguma maneira quando chegaria sua hora.

Entretanto, não obteve resultados significativos. No início, as coisas ainda ocorriam de forma razoavelmente regular. No entanto, logo se tornaram assombrosamente caóticas. Nenhum padrão aceitável podia ser detectado com relação à idade dos desaparecidos. Nada que possibilitasse uma mínima estimativa. Havia muitos fatores de irregularidade no tempo, que colaboravam para gerar aquele caos. E as emoções, seguramente, interfeririam, conscientemente ou não, nas correntes não mais lineares do tempo.

No entanto, para sua tristeza, tinha conseguido estabelecer que a idade dos desaparecidos decrescia cada vez mais rápido. Ela tinha muito pouco tempo. Obviamente, os jamaicanos e Leo se lembraram de trazer consigo o prisma e seu relógio de cristal, construído por Wüller, quando embarcaram na Cherokee para o aeroporto. Nenhum deles pretendia voltar à casa dos pais de Amanda. Infelizmente, tinha se tornado um ponto de encontro por demais conhecido do FBI. Estava mais do que na hora de reintroduzir o alemão a seus tão poderosos apetrechos. Não sabiam por quanto tempo mais poderiam contar com a presença de Allie.

Ninguém teve notícias de Massorski desde o episódio do aeroporto. Não que alguém estivesse reclamando, porém, seria interessante saber seu paradeiro. Sem dúvida nenhuma, estava longe de desistir, muito pelo contrário. Cada fracasso em conseguir o que queria só devia deixá-lo ainda mais obstinado, pois feria seu orgulho. E tratava-se de um homem sujo e sem escrúpulos, guiado por ganância e ego. Ele era uma boa soma ao exército das más emoções, embora não soubesse. O que estaria aprontando? Não sabiam ao certo quantas escutas e grampos seus homens já teriam plantado em qualquer coisa que o grupo tivesse que vestir ou comer, nem quantos tentáculos de autoridades governamentais ele lançaria para agarrá-los.

Era um homem perigoso. Influente o bastante para estragar tudo. E com o orgulho ferido. Não mais se deteria em nenhuma ética ou lei para conseguir o que queria, não que alguma vez tais conceitos o tivessem impedido de realizar suas pilantragens. Usaria cada meio ilícito à sua disposição para acabar completamente com suas vidas, destruí-los aos poucos até não sobrar mais nada. E para sempre. Cada um deles. Leo, Zeppe, Derk, Dijuta, Wüller, Amanda e, principalmente, Allie. Um possível aliado que se convertia em mais um inimigo, talvez o pior de todos.

E o grupo já tinha muito no que pensar. Precisavam achar Elizabeth e devolvê-la ao passado no momento milimetricamente exato em que fora retirada, sem nenhuma margem de erro, nem o menor desvio. Tinham que interromper o ciclo de vórtices temporais, na esperança de salvar seu país do oblívio eterno e trazer sua população de volta. Além de evitar que um deslocamento na órbita de seu próprio planeta os levasse a um lento e agonizante apocalipse. Como se não fosse o suficiente, ainda teriam que lidar com suas próprias emoções negativas que queriam aniquilar a raça humana, enquanto roubavam seus tesouros históricos. E eles ainda não tinham avançado quase nada, apesar dos incansáveis esforços de Allie. E esta logo desapareceria. Possuíam muita teoria, mas nada que lhes valesse de algo em termos práticos. Não haviam se distanciado muito da estaca zero. Seu tempo se esgotava.

E a pobre população mundial, não ciente da existência daquele pequeno grupo, somente se assustava cada vez mais com os desaparecimentos de seus principais monumentos e estátuas, o que gerava confusão e perplexidade. Isso contribuía e muito para alimentar as emoções negativas, e cada vez mais o ser humano conduzia a si próprio para o fim.

Entretanto, a cabeça de Amanda pairava numa direção distinta. Voltaria a ver Elizabeth de novo? Pelo menos mais uma última vez antes de tudo ir para o inferno? Ela já tinha perdido as esperanças de voltar a ver seus pais. Só o que lhe restava era Lisa. Dona Cida havia sido a única que havia chegado perto de poder chamar de sua segunda mãe.

— Dr. Wüller! — Chamou Leo. — Tenho algo aqui que talvez possa lhe ser útil.

Daí, ele começou a remexer na mochila de Zeppe, depois na de Dijuta e, por fim, na de Derk, sem se preocupar muito com cerimônias de permissão. Nenhum dos Jamaicanos parecia se importar. Puxou de dentro de uma delas o estranho equipamento, constituído pelo aparato de acrílico com ponteiros, semelhante a um relógio, acoplado a uma pequena caixa de madeira.

— Reconhece isso, Doutor? — Perguntou Leo.

— Se reconheço isso? — Devolveu Wüller em tom de ironia. — Fui eu quem construiu essa porcaria! — Fez uma pausa. — Se notar algum arrependimento em minha voz, não será por acaso. — Arrematou.

— E o que isso faz? — Perguntou Derk com sincera curiosidade.

— Do ponto de vista de vocês, um montão de bobagens. — Respondeu o alemão.

— E tecnicamente falando? — Insistiu o jamaicano, sem perder absolutamente a calma.

— Tecnicamente, ele calibra o momento em que o vórtice do prisma chega ao passado. É capaz de ler a intensidade de nossas emoções, e os ponteiros do relógio indicam o quanto no passado o vórtice pode voltar no tempo, naquele instante.

— Mas, trata-se de um relógio sem números que não tem indicação de data, nem nada.

— Bem, é só um protótipo. Obviamente rudimentar. Eu só pretendia saber se era possível medir, por meio de ponteiros, a extensão da abertura do vórtice, de acordo com a intensidade da emoção. Eu o teria aperfeiçoado se tivesse seguido com meu trabalho, com um display que mostrasse a data e indicação do ano em que o vórtice chegou num determinado instante.

— Bem, vai ter que aperfeiçoar agora. — Interrompeu Allie. — E rápido.

— Quer dizer então — Prosseguiu Derk — que é possível enviar Elizabeth de volta ao passado no momento preciso, usando os ponteiros como indicador?

— Com um relógio sem números, nem indicação de data, nem nada? — Perguntou Wüller.

— Sim.

— Claro que é possível, em teoria.

— Vocês já conseguiram isso uma vez. — Falou Allie para Derk. — Devolveram a rainha à sua época uma vez. Não com precisão, mas o fizeram.

— O que me deixa confuso. — Interveio Leo. — Você disse que os jamaicanos conseguiram trazer Elizabeth do passado pela primeira vez porque ficaram tão emocionados, que o vórtice chegou sem querer até a época dela, verdade?

— Verdade.

— Não me lembro de estarmos tão emocionados no momento em que a devolvemos. Eu assisti a todo o processo. Ainda assim, ela voltou até sua época.

— Creio que isso ocorreu porque o vórtice, na verdade, não chegou a se fechar naquela ocasião. — Explicou Allison. — Ficou aberto o tempo todo, e se manteve na época do passado para o qual foi direcionado quando abriu. Chegado o momento, vocês a mandaram de volta e pronto. Só que a marcação do relógio de Wüller deve ter se alterado sensivelmente e vocês não perceberam. Aí ela retornou, mas não no exato instante em que saiu.

— Na verdade, nós atrasamos o relógio um pouquinho, para que ela voltasse um pouco antes do momento em que saiu. — Dijuta contou. — Queríamos garantir que ela não se lembraria de nada.

— E esse foi o equívoco. — Devolveu Allie. — Se não tivessem mexido no relógio, a rainha teria voltado no exato instante em que desapareceu. Vocês também se esqueceram de considerar o tempo que ela levaria para percorrer mais de quinhentos anos até sua época. Isso fez com que ela voltasse um pouco depois de ter sumido. Então, é bem possível que se lembrasse de tudo que lhe aconteceu.

— E isso provocou o ciclo do prisma, seu travamento.

— Precisamente. E o ciclo fez o vórtice se abrir novamente na casa de Amanda, ou seja, aqui.

— Mas, como Elizabeth veio parar aqui se o prisma estava na casa dos pais dela? — Perguntou Dijuta.

— Isso, eu já não sei ao certo. — A cientista revelou. — Pode ter sido pela mera relação de parentesco. — Ela suspirou. — Outra teoria sem prática.

— Podem ter sido as emoções? — Amanda entrou. — Não sei por que, elas parecem ter esse interesse por mim. Será que manipularam o prisma de propósito, para que Elizabeth viesse até aqui?

— Pode ser. — Allie pareceu incomodar-se. — Se foi mesmo isso, as emoções aprenderam a controlar o prisma melhor do que imaginávamos.

— E você acha que o prisma já está ajustado para abrir o vórtice de novo na época da rainha? — Perguntou Leo esperançoso. — Como o fez da primeira vez?

— Não. — Foi a resposta seca da astronauta.

— Quê?

Vários olhares incrédulos e confusos se voltaram para Allie. Não somente pelo conteúdo negativo da resposta, mas também pelo súbito grau de pessimismo que vinha com ela. Sabiam que era muito raro para Mulligan agir de qualquer outro jeito que não com convicção e certeza. Ficaram preocupados.

— As emoções estão interferindo muito agora. — Continuou a cientista. — Fiz alguns cálculos, baseados nas suas últimas aparições, tal como Amanda as descreveu. Tudo indica que o vórtice perdeu seu sincronismo inicial com a época da rainha.

— Quer dizer então que...

Allie fez uma pausa antes de interromper Leo. No entanto, este não chegou a completar sua frase mesmo assim. É como se ambos se recusassem a acreditar na dura verdade que estava para ser dita. Enfim, Allie prosseguiu com a sentença:

— ...Que vamos ter que nos emocionar tudo de novo e com uma intensidade tal, que o novo ciclo do vórtice consiga voltar até a época de Elizabeth I. E com a devida precisão micrométrica.

Um silêncio sepulcral caiu sobre a residência de Amanda. Foi Derk quem primeiro o quebrou.

— Vou precisar assistir muito noticiário na TV para conseguir ficar deprimido a esse ponto.
— Deprimido não. — Disse Allie, tentando sustentar em sua face um pequeno sorriso de motivação. — Essa é uma emoção negativa. Não podemos nos arriscar a fortalecê-las. — E apagou por completo o sorriso. Mesmo ela já tinha dificuldades em manter sua postura encorajadora. — Teria que ser uma emoção positiva. — Falou, enfim.

Conforme esperava, olhares ainda mais aflitos caíram sobre ela. Foi Leo quem falou, não conseguindo disfarçar seu inconformismo:

— Não creio que algum de nós, no atual momento, consiga ficar feliz a esse ponto, Allie. Como espera que o façamos?
— Este será mais um item em nossa pequena lista de "catástrofes a resolver". — Respondeu Allie com um novo sorriso, o mais amargo de todos.

11- DIA FINAL

*K*arl *Wüller não conseguia evitar certa nostalgia* enquanto mexia, remexia, virava de um lado e de outro o estranho relógio que tinha em mãos. Ele não chegou a fazer menção de abri-lo para olhar dentro, ou algo do gênero. Era mais o reflexo condicionado de verificar que seu objeto não possuía riscos, nem qualquer espécie de avaria, como alguém que, depois de muito tempo, recebe de volta um carro que havia emprestado a algum amigo.

A nostalgia que sentia se misturava com frustração e desânimo. Mal podia imaginar até onde teria conseguido chegar se tivesse continuado seu trabalho ao invés de jogar tudo fora, sob o risco de que caísse em mãos erradas ou, naquele caso, mãos desavisadas. Era tarde demais para se preocupar com isso. Já havia desperdiçado sua vida. E, praticamente, causado o final dos tempos.

Allie não sabia o quanto era afortunada, pensava ele. E perdia seu tempo com preocupações tolas. Ela ainda teria muito tempo para conquistar tudo que almejava. Seus pensamentos, bem como a ansiedade de todos na casa foram interrompidos, de um golpe, por batidas fortes, que retumbaram profundamente no silêncio que havia se estabelecido na pequena moradia da também pequena Amanda.

— Massorski! — Esta se assustou.
— Meu chefe! — Estremeceu Leo.

— Todos os fregueses que enganamos ao longo dos anos! — Bradou Derk.

— Papai Noel. — Falou Wüller com desdém.

— Creio que seria uma boa ideia abrir a porta e descobrir. — Disse finalmente Allie, fazendo uso de sua inteligência científica.

Tal providência sequer foi necessária. Mulligan nem precisou chegar até a porta para identificar o visitante. Sua voz soou grave e intensa do lado de fora:

— Tem alguém aí? Aqui é o Tenente Rodriguez! Deixe-me entrar!

Allie abriu a porta e fez menção para que ele entrasse. Trocaram um breve olhar de curiosidade, antes que apertassem as mãos num cumprimento até então silencioso. O tenente foi quem primeiro falou, num tom inseguro e pausado:

— Eu queria lhe agradecer por ter devolvido meu emprego.

— Não fui eu. — Retornou a astronauta. — O promotor distrital foi quem convenceu o prefeito.

— Pode ser, mas ele disse que você forneceu as evidências que me trouxeram de volta. Posso perguntar que evidências são essas? — Nesse momento, Amanda se agitou.

— Você vai descobrir. — Foi a resposta de Allison. — Por enquanto, vamos dizer somente que o prefeito entendeu o quanto Massorski é perigoso e precisa de alguém com peito para enfrentá-lo.

— É bom vocês saberem que, na verdade, não estou aqui oficialmente Só queria lhe agradecer por ter devolvido meu emprego. Espero que não tenha se queimado por isso.

— Não foi nada e não precisa se preocupar comigo. — Respondeu Allie com doçura. — Não resta muito que queimar no meu caso. Digamos que gastei minha última influência ao fazê-lo, mas não importa. Fico feliz de ter podido ajudar um... — Ela hesitou. — Um colega.

O policial deu risada.

— Como foi que nos achou? — Perguntou Leo.

— Só havia duas possibilidades. — Disse Rodriguez com certo tom de galhofa. — Não estavam na casa dos pais de Amanda, então vim aqui. Sorte vocês serem pessoas de hábitos. O que estão fazendo?

— Parece difícil de acreditar. — Respondeu Allie. — Mas, estamos tentando resolver todos os problemas do mundo.

— Teriam que exterminar todos os políticos da face da Terra. — O tenente brincou. — Bem, sei o que querem dizer e não vou ficar no caminho. Só queria que soubessem que vou atrás do Massorski e, desta vez, terei apoio. Só vim aqui perguntar quando foi a última vez que o viram e aonde.

— No aeroporto, Dallas Fort Worth. — Informou Amanda. — Mas, já deve ter ido embora. E não foi de avião.

— Não se preocupe... — O policial respondeu, enquanto fazia umas anotações num caderninho. — Eu o encontrarei.

— Tenente... — Allie segurou ternamente seu braço com ambas as mãos. — Recomendo fortemente abandonar essa tentativa. Massorski é um homem perigoso, que possui conexões em lugares muito altos. Ele tem autoridade e abusa dela. Realmente, agradeço muito seus esforços, mas é melhor deixar que eu cuide dele.

— Acabou de me dizer que suas influências já eram, e que ele ainda tem um monte! — O policial retorquiu. — Eu tenho as minhas conexões também. Sou tenente da polícia e, neste condado, eu sou a lei.

— Tenente, não subestime...

— Vamos lá, menina! Não quer se livrar do idiota? Deixe-me providenciar uma passagem só de ida para ele, direto para sua mesa em Houston.

— Já se prejudicou uma vez e não quero que isso aconteça de novo, pelo simples fato de eu estar aqui e o miserável ter se arrastado atrás de mim. Não sei se ainda poderei ajudar se...

— Eu cuido de mim a partir de agora, moça. Não se preocupe. Também sei fazer isso.

— Massorski é uma exceção na NASA. Nossos chefes são homens bons.

— Assim como seus funcionários. — Rodriguez completou.

Nesse momento, o tenente aproveitou para dar um aceno de mãos para o resto do pessoal da casa, que ele reconheceu. Ele e Allie já estavam acomodados no sofá da sala de Amanda.

— Espero que não se incomode. — Disse o tenente para Amanda, já bem mais confortável.

— Incômodo nenhum, — Respondeu a garota. — desde que você explique para todo mundo que o viu entrar, que está aqui em visita social e não porque estou em alguma furada!

— Pode deixar. — Disse o policial, novamente exibindo sua enorme dentadura branca e jovial.

— Até onde você sabe a respeito dos últimos acontecimentos, tenente? — Prosseguiu Allie, agora mais cautelosa com o que dizia.

— Bem, posso dizer que finalmente comecei a receber versões mais "oficiais" dos federais sobre os últimos eventos.

— E o que lhe disseram? — Perguntou Allison.

— Praticamente tudo. O que não ajudou em nada! Só foi difícil engolir a parte da rainha. E pensar que ela esteve no meu próprio distrito, roubando algemas de meus detetives no pôquer! Bem, de qualquer forma, a população me cobra por respostas e não posso dizer nada disso a eles!

— Melhor não. — Allie concordou. — A última coisa de que precisamos agora é de mais medo.

— Eu entendi que vocês aqui estão tentando consertar isso tudo, certo?

— E vamos conseguir! — Mulligan parecia ter voltado a ser ela mesma. — Acho que você já entendeu que vim aqui com o propósito específico de solucionar esta situação e que, infelizmente, Massorski se arrastou atrás de mim.

— Farei o possível para tirá-lo dos seus calcanhares. — O tenente respirou fundo. — Só que preciso de sua ajuda. O que digo às pessoas? Realmente, não sei! Metade da minha força já desapareceu. Alguns eram meus amigos pessoais! Conheço bem suas famílias. Elas vêm a mim em busca de conforto, respostas... E não consigo pensar em nada para dizer!

Allie voltou a segurar os braços do policial e olhou com olhos mais do que intensos, além de muito abertos.

— A população já deve estar mais do que preparada para aceitar o fantástico. — Allison disse subitamente enigmática. — E não precisam ser más notícias!

— O que quer dizer? — Perguntou Rodriguez.

— Diga, num comunicado oficial, que você está em constante contato com a NASA, e ficou sabendo que todo esse problema foi causado pela passagem de um cometa errante.

— Como? Quer dizer, mentir para todo mundo desse jeito?

— Num momento como esse, eles vão acreditar em qualquer coisa! — Allie apontou. — Diga que estamos cuidando do problema e que, em vinte e quatro horas, a NASA prevê que tudo terá voltado ao normal! Os desaparecidos vão retornar às suas famílias e os monumentos estarão de volta aos seus lugares de direito! Tudo voltará a ser como era antes! Pode mencionar meu nome como fonte.

— Mocinha! — O tenente retrucou. — Não acha que devemos ir com mais calma? Se vocês falharem, isso se converte numa baita mentira!

— Se falharmos, não vai importar mesmo. — Allie ponderou. — Entretanto, nesse tempo que nos resta, deve haver esperança, as pessoas precisam se acalmar e ficarem otimistas. Acredite, isso é até mais importante do que pensa.

— É, acho que você tem razão. — O tenente concordou. — Vale a pena tentar.

Rodriguez e Allie se levantaram do sofá e caminharam para a porta.

— Você recebeu mais alguma notícia do que acontece pelo mundo? — Leo ainda deteve Rodriguez. — Não temos recebido muitos jornais ultimamente.

— Só más notícias. — Este respondeu. — E tudo deve estar ligado com esse nosso problema. — No Japão, passarinhos começaram a chover nas pessoas, que nem no filme do Hitchcock, exceto que os pássaros caem e morrem.

— Mais alguma coisa? — Mulligan interveio em súbito desalento.

— Também soube que tornados gigantescos têm aparecido na Austrália. — O policial informou. — Pode uma coisa dessas? Bem, tenho que ir. Eu os manterei atualizados. Façam o mesmo por mim!

— Tome cuidado com Massorski. — Foi o último conselho da astronauta.

— Não se preocupe. — O tira garantiu. — Pode parecer estranho, mas consigo cuidar de mim mesmo se a situação exige. — Abriu um largo sorriso.

Em seguida, saiu e bateu a porta atrás de si, que Amanda imediatamente se prontificou a trancar novamente.

— Droga! — Allie praguejou. — Já começou!

— Mas, eu pensei que ainda tivéssemos um dia inteiro antes do negócio do deslocamento do planeta! — Derk se indignou.

— Sim, só que no extremo leste, hoje já é amanhã. — Allison o lembrou. — Não se esqueça do fuso-horário. Ao que parece, a órbita da Terra já começou a mudar, bem como seu eixo de rotação.

— E o que podemos esperar? — Perguntou Leo.

— As aves perdem sua referência em vôo, devido à mudança do eixo planetário geoestacionário. — Ela explicou. — Com isso, elas se chocam umas com as outras, se machucam e caem. A Austrália passou a experimentar alterações radicais de clima, como era de se esperar nessa situação. Podemos também antecipar tsunamis e terremotos. E tudo isso, aos poucos, vai se alastrar para o ocidente.

— O apocalipse! — Zeppe divagou misticamente.

— Temos que nos apressar. — Allie disse em voz baixa, porém, de volta à sua animada convicção, o que alegrou os demais.

— E você já tem um plano, correto? — Leo indagou com muita cautela, como quem não tem certeza de querer mesmo ouvir o que viria.

— Talvez. — Foi a resposta, certamente não comprometedora. — Doutor Wüller! — Allie o chamou.

— Sim! — Respondeu este, enquanto se servia de outra cerveja da geladeira de Amanda, praticamente esvaziada de todo seu álcool.

— Preciso de sua ajuda em alguns cálculos.

— Até já estou aquecendo minha mente! — Disse Wüller, ao menear a cabeça na direção da lata em sua mão direita. — E vê se me chama de Karl! Esse negócio de "Doutor" é para médicos!

— E traga aquele seu reloginho engraçado! — Ela finalizou.

Mulligan e Wüller estudaram o relógio durante algum tempo. No processo, detinham-se em seus laptops várias vezes, para comparar equações, mapas, tabela, gráficos, várias planilhas de Excel, além de pesquisar sobre diversos axiomas que relacionam tempo com espaço e velocidade da luz. Contudo, não existia uma única bibliografia sequer sobre o que estavam enfrentando, era por demais sem precedentes. Um fenômeno único, que ocorria pela primeira vez na história da humanidade. Isso os forçava a usar dos dados que tinham para elaborar suas próprias equações e algoritmos. Porém, tudo era teórico e relativamente inexato. Teriam que fazer funcionar à queima roupa. Ao cabo de algumas horas, ambos pareciam exaustos e ainda sem muitos avanços para celebrar.

— Por um momento, achei que o policial tinha vindo aqui por problemas com o fisco. — Brincou Amanda, dirigindo-se a Allie. Ela notara o baixo astral da amiga.

— Se fraudar o tempo for um crime, até creio que sim. — Esta respondeu com um sorriso terno.

De certa maneira, Allie ficara aliviada, se bem que um tanto apreensiva, pelo fato de o tenente tentar tirar Massorski de seu encalço. A apreensão era porque ela se preocupava se autoridade policial seria mesmo o suficiente para o expurgo de um homem poderoso como Massorski. E se Rodriguez não teria sua vida estragada no processo. Ela seria responsável por isso de certo modo.

Porém, ao mesmo tempo, estava com um "pé atrás" nessa história. O tenente parecia muito confiante quando falara com ela há poucos instantes. Estava apressado, não procurou buscar mais detalhes sobre o possível paradeiro de Massorski. Um repentino pensamento arrepiou sua pele.

Rodriguez mencionara com demasiada naturalidade o assunto dos desaparecimentos na América. Assim como todo o resto, inclusive a presença de uma rainha do passado. Já havia chegado a tantas conclusões corretas somente por meio das "informações oficiais"? Teria sido ele comprado por Massorski também? Seria aquela breve visita um plano para descobrir sua localização exata, bem como a do prisma, sem despertar suspeitas, para que não tivessem chance de fugir? Será que a próxima visita que receberiam seria a de um agente da imigração, que Massorski subornou, exigindo a deportação de Wüller?

O tenente havia falado de "passagem só de ida", mas que nomes estariam nas passagens, afinal de contas?

"Não!", pensou ela com decisão, aquele policial não seria capaz de uma coisa daquelas! Não podia se deixar levar por paranoias! E além do mais, o tenente prestaria um serviço maior ainda se achasse Elizabeth no processo, sem a qual qualquer esforço seria totalmente inútil. Tirou aquilo da cabeça e foi falar com Wüller. Este, por sua vez, estava sentado a um lado, meditativo, com o estranho relógio numa das mãos e uma lata de cerveja na outra.

— Construí essa coisa para garantir um melhor controle da abertura do vórtice, toda vez que o maldito prisma captasse alguma emoção. — Disse o europeu quando viu Allie se aproximar. — Passei anos preocupado com a abertura do túnel. Mas, de fato, nunca me interessei em saber como fechá-lo e isso pode vir a ser um problema.

Allie apenas se sentou ao lado dele e permaneceu com uma fisionomia contemplativa durante algum tempo. Finalmente, falou:

— Sabe, doutor, estive pensando numa coisa nas últimas horas.
— E no que teria sido, cara doutora?
— Talvez a solução deste problema não esteja na sua parafernália, nem no prisma, tampouco com Elizabeth. Temos, é claro, que devolvê-la ao passado para que a História retome seu curso e os desparecidos voltem. Entretanto, creio que não é ela quem trará as respostas de que precisamos.

— Uma ideia interessante. E já que você sabe como não solucionar este problema, devo presumir que saiba como fazê-lo.

— Não de todo, mas acredito que a resposta está numa pessoa. E ela está aqui entre nós neste exato momento.

— Se você se refere a Deus, eu concordo plenamente. Só que não é hora para joguinhos, Allie.

— Na verdade, eu estava falando de Amanda.

Wüller coçou o queixo e passou a olhar Amanda, que estava numa das poltronas de sua sala de estar, mais deitada do que sentada, com os pés sobre a mesa de centro. Ela assistia à televisão numa postura que, dificilmente, faria com que alguém a confundisse com uma heroína. Tanto que Wüller falou:

— Allie, sua compreensão intrínseca do ser humano deve ser espantosa, porque olhando assim...

— Eu falo sério! Há alguma coisa com essa garota, algo que nem mesmo ela sabe, mas que pode salvar a todos!

Wüller agora coçou a cabeça raspada e uma vez mais olhou para Amanda. Depois, disse:

— Allie, essa você vai ter que me explicar!

— Pense bem, Karl: até o momento, as emoções só se manifestaram duas vezes e, em ambos os casos, foi para os olhos de Amanda. Por quê? Por que somente para ela?

— Talvez coincidência ou conveniência. — Retificou Wüller incrédulo. — Ela pode ter sido eleita ao acaso, ou simplesmente foi uma questão de lugar. Não se esqueça de que, em ambas as vezes, as emoções apareceram quando ela estava na casa dos pais, exatamente onde estava o prisma.

— Sim, mas todos nós estivemos na casa dos pais dela, em presença do mesmo prisma, bem como o temos debaixo de nossos narizes agora mesmo. Por que não se mostram diante de nós?

Como Wüller não forneceu resposta, ela prosseguiu:

— Num primeiro momento, as más emoções a sequestraram para seu mundo, tentando aterrorizá-la, confundi-la, enfraquecê-la e destruí-la interiormente. Depois, na segunda vez, foi a vez das boas emoções pousarem no dormitório de seus pais, tentando justamente o oposto: fortalecê-la e lhe dar coragem. Por que todo esse interesse no que ela pensa, faz ou deixa de fazer?

346

— Não tenho resposta para isso, Allie. Contudo, estou quase certo de que você está "romantizando" demasiadamente a pessoa dela. Isso é normal em circunstâncias como essa. Por isso, recomendo que nos concentremos em achar soluções mais concretas.

Foi a vez de Allie olhar para Amanda e coçar o queixo.

— Tem alguma coisa nela! — Insistiu Allie irredutível. — Todas as emoções estão interessadas nela. Desesperadamente, eu arrisco dizer. Ela é uma arma que pode decidir a guerra para ambos os lados e preciso saber como. Não é só uma coincidência, meu bom doutor. Vou lá falar com ela, talvez conhecê-la ainda melhor. Quanto ao senhor, continue com suas pesquisas em seu relógio.

— Allie, você pode muito bem estar direcionando seu foco para o que, possivelmente, não passam de fantasias da sua cabeça, a fim de encontrar uma resposta mágica para nosso atual dilema. Isso pode acarretar grande perda de tempo.

— Doutor, eu o trouxe aqui para que nos ajude à sua maneira. Enquanto isso, deixe que eu ajude da minha.

E antes que Wüller pudesse esboçar qualquer tipo de argumento, Allie saltou para fora do sofá e se dirigiu com pressa para a sala de estar. Só que Leo se colocou no caminho. Estava respirando bastante forte.

— Allie, — Disse ele. — Tem algo errado com o prisma.
— Especifique. — Requisitou ela.
— Ele está tremendo. E sem a ajuda do massageador e da escova. Sensível, mas perceptível. Não notamos, até percebermos que estava numa posição completamente diferente da que o tínhamos colocado. O tremor deve tê-lo feito mudar de lugar. O que pode ser?
— Se ele não estiver com calafrios, só pode ser uma corrente de fluxo magnético que o está atravessando, gerada por uma fonte, não sei de onde. Traga-o aqui e coloque-o na mesa do Dr. Wüller.
— Você parecia apressada, Allison. Interrompi alguma descoberta fascinante?
— Bem, eu ia fazer uma coisa, mas em vista destas últimas notícias, pode esperar. — Allie sabia que não era boa coisa ele tê-la chamado de "Allison" em vez de "Allie". Significava que estava nervoso.

Leo, acompanhado dos três jamaicanos, chegaram quase correndo com o prisma em suas mãos. Entregaram-no diretamente à astronauta.

Pouco antes de ela se virar novamente na direção de Wüller, Amanda, ao notar sua presença próxima, torceu a cabeça num lento movimento para olhá-la por entre a porta aberta da sala de estar. Seus olhos irradiavam um estranho brilho maligno. Os tremores do objeto prismático pareciam mais intensos, tanto que Allie mal conseguia segurá-lo. Colocou-o na mesa, exatamente em frente a Wüller. Quase o deixou cair.

— Não parece haver campos magnéticos aqui. — Disse a cientista com surpresa. — Não sei o que pode ser. Karl, alguma teoria do que pode estar causando este fenômeno?

— Cheguei a presenciar pequenos objetos se moverem quando estudei as flutuações do vórtice no passado, como bem lhe contei. Entretanto, isto é totalmente novo para mim. — Revelou o alemão.

— Quando estávamos em Madri, — intercedeu Derk — notamos uma luzinha que se acendeu aí nesse relógio engraçado quando, inadvertidamente, trouxemos a rainha. E ela voltou a acender quando devolvemos Elizabeth ao passado. — Ele se interrompeu para dar uma pescoçada na mesa de Wüller: — Exatamente como essa aí. — Disse e apontou para uma débil e difusa luminescência esverdeada, proveniente do relógio do europeu.

O alemão voltou seus intensos olhos azuis para a pequena luz e eles se arregalaram tanto, que quase pularam das órbitas.

— O que foi, Karl? — Perguntou Allie apreensiva, ao notar o súbito desconforto de seu colega cientista.

Este se voltou para ela com um olhar de calma enigmática.

— Minha cara Allie, — falou com voz sinistra — você queria saber o motivo pelo qual as emoções estavam tão interessadas na jovem Amanda; acredito que poderemos perguntar diretamente a elas.

De repente, tudo ficou escuro como o breu, cada canto da casa, inclusive as janelas que estavam abertas, e ainda era dia. Como se todo o mundo estivesse dentro de um aposento totalmente vedado e alguém tivesse apagado a luz.

Entretanto, de forma totalmente inusitada, todos podiam ver uns aos outros no meio da intensa e arrepiante escuridão, que parecia ter caído sobre toda a face da Terra. Como se cada um deles fosse um foco iluminado por alguma luz, criada com o único propósito de iluminar somente as pessoas, como se estivessem num palco. Porém, não se podia ver nenhum feixe vindo de parte alguma. Parecia que todos os presentes emitiam sua própria luz.

Wüller chegou a se levantar de um golpe, pelo susto de perceber que estava sentado sobre nada. Os móveis, as paredes, tudo provavelmente continuava lá, mas eles não conseguiam ver nada devido à escuridão que os circundava. Cada qual permanecia imóvel em seu lugar, perplexo, num misto de confusão, angústia, e o temor de bater ou esbarrar em algo caso se mexesse.

Eles só podiam ver uns aos outros.

Exceto por Amanda. Leo, Derk, Zeppe, Dijuta, Wüller e Allie eram capazes de enxergar um ao outro, porém nenhum deles podia ver Amanda. Nem a sala de estar, onde ela deveria estar, ou a luminosidade que deveria emanar da televisão. Tampouco, podiam distinguir qualquer ruído.

O que estaria acontecendo, afinal? E onde estaria Amanda? Por que todos estavam lá, como pontos de luz multicoloridos no meio da escuridão, menos a dona da casa?

Cada qual estava confuso demais para fazer perguntas e sequer podiam articular qualquer tipo de som. Foi aí que todos notaram que novos pontos de luz multicoloridos surgiram de todos os lados. Se bem que, devido ao intenso breu que os cercava, eles já não possuíam muita referência espacial de direita, esquerda, acima e abaixo. Sabiam que o chão continuava lá somente porque nenhum deles havia desabado no escuro do espaço. Ainda.

Esses novos pontos de luz ficavam cada vez mais definidos à medida que chegavam mais perto do grupo. Havia milhares deles. Quando chegaram mais perto, já se podia notar que se tratava de formas humanas, pessoas como eles, homens e mulheres, aos montes, uma verdadeira multidão. E se aproximavam.

Quando o enorme contingente chegou mais perto, eles pararam, mantendo uma distância discreta do reduzido grupo, composto pelos dois americanos, o alemão e os jamaicanos. Já estavam completamente cercados por todos os lados. Havia pessoas ao redor deles até onde a vista podia alcançar em meio à escuridão. Todos brilhavam numa luminosidade, que trazia definição e uma espécie de encanto a cada parte de seus corpos, em grande contraste com a escuridão.

Então, uma elegante senhora de idade tomou a frente da imensa turba de recém-chegados. Aproximou-se de Allie, que se posicionara a frente de seu pequeno grupo. A velha senhora tinha uma postura imponente. Parecia prepotente e petulante. Seu olhar era demoníaco e aterrador.

— Será que o banheiro ainda está por aí? — Perguntou Zeppe bem ansioso. — Posso ter que ir a qualquer minuto!

— Onde está Amanda? — Perguntou Allie para a velha senhora, em tom inquisitivo e firme, seu olhar fervendo de intensidade, ao encarar os olhos mortalmente assustadores e malignos de sua interlocutora.

Arrogância não respondeu. De início, olhou Allie com certa curiosidade, depois passou a andar no meio deles com passos lentos e cadenciados. Examinava cada um deles de cima abaixo, como se eles fossem manequins de uma vitrine ou peças em um museu.

Os demais pareciam bem perdidos, exceto Wüller que, a exemplo de Allie, mantinha postura decidida, e encarou Arrogância com desafio, quando chegou sua vez de ser medido. Claro que a anciã o deixou por último, pois sabia que tardaria mais em fazê-lo.

— Um interessante e curioso grupo de fracos! — Disse a velha com altivez. Sua voz era grave, de um contralto respeitoso e ressonante. Entretanto, transmitia uma pequena suavidade. — Vocês são de todas as formas e tamanhos, cores e expressões. É fascinante a diversidade do gênero! Uma espécie a ser estudada, absorvida, dissecada e rotulada. Talvez não tenha que ser exterminada afinal. Somente fazer parte de nosso zoológico científico, algo que você mesmos já vêm praticando há séculos com seus próprios inferiores.

— Eu lhe fiz uma pergunta! — Prosseguiu Allie, virando-se para a senhora, que quase estava de frente para ela novamente. — Onde está Amanda?

Arrogância dirigiu a ela um olhar iluminado de mórbido desdém, cruel e indescritivelmente aterrador, mas Allie não desviou dela seus olhos.

— Arrogância! — Bradou a velha, num tom teatral. — Gosto, particularmente, dessa qualidade! — Ela baixou a voz aos poucos. — Vocês a tem em grande conta, realmente! Vocês a veem cultivando com carinho e cuidado ao longo de todos os séculos de sua miserável existência. Agora, está na hora de curvarem-se a ela, ajoelhando-se diante de mim, como uma evolução em direção à verdadeira superioridade!

— Entendo. — Tornou Allie com cinismo. — Então você é que é a tal da Arrogância. Bem, você justifica sua designação. Temos mesmo bastante de você e, por isso, estou um pouco desapontada. Esperava alguém muito mais alta. — Allison tinha que olhar muito para cima, a fim de poder encarar a velha senhora, que possuía uma razoável altura, bem acima da mediana. — E por que é tão velha? — Continuou a astronauta. — Seria alguma referência simbólica ao fato da arrogância ser antiga, como o próprio ser humano?

— Muito mais velha. — Falou Arrogância sem se alterar. Em seguida, passou a fitar Allie com mais curiosidade. — Já que mencionou, minha cara, você é bem pequena. Mesmo assim, parece liderar seu grupo de fracos. Das duas, uma: ou seus amigos estão tão petrificados de pavor que não conseguem falar, ou você efetivamente fala por eles. Esse enorme e ridículo ser atrás de você, o que seria? Seu mastodonte de estimação? — Apontou para Wüller com indisfarçado desprezo.

— Quer transar comigo, vó? — Tornou Wüller com igual desdém. — Você parece estar precisando. E, ademais, saberia do que um mastodonte é capaz. O único problema é que não sei o que tal esforço pode causar a uma pessoa de sua idade.

Arrogância se desmanchou numa gargalhada estridente e assustadora.

— Vocês são definitivamente curiosos! — Tornou a velha, ainda conservando um meio sorriso em seus lábios regulares e suavemente maquiados. — Vangloriam-se de feitos que nunca fizeram, da força que não possuem, jactam-se de qualidades que não têm, de poderes dos quais jamais desfrutarão. Capacidades e habilidades que nunca foram de utilidade alguma.

"Sua desconfiança atinge níveis que os deixaria tontos. — Ela prosseguiu. — Quanto mais aumentam de número, mais solitários se tornam. Cultivam o ódio uns contra os outros até chegarem ao ponto de manifestá-lo de forma aniquiladora. Nunca se olham nos olhos e menosprezam os que são diferentes de sua assim chamada maioria padronizada."

"Cada um de vocês vive uma vida estática, almejam reconhecimento, poder e sucesso, nunca acham que já têm o bastante e sempre querem mais. Desperdiçam suas vidas com sonhos de riqueza e fama. Muitos finalizam suas vidas sem ter feito nada de concreto. Mesmo os poucos que logram atingir essa riqueza e fama terminam por cair no vício, miséria e morte, escravos que se tornam de seus gigantescos egos."

"Incrível como são fracos! Não vivem suas vidas, apenas as suportam! Como podem querer continuar? Deviam ser os primeiros a aceitarem nosso domínio!"

— Talvez seja nossa arrogância que nos impede de aceitar domínios. — Disse Allie com cinismo. — Gostamos de pensar que podemos cuidar de nós mesmos.

Nisso, gargalhadas soaram ao redor deles como um estrondo de trovão. Todas as demais emoções se puseram a rir sonoramente. O ruído resultante fazia tremer as estruturas do aposento.

— Temos defeitos, mas somos humanos. — Allie procurava não se alterar e controlar o medo que sentia. Ela rezava para que todos de seu grupo tentassem o mesmo. Wüller, com certeza, tentava. Ela tinha esperanças de que, se todos controlassem suas emoções negativas, e procurassem impor as positivas, conseguissem enfraquecer a multidão que os envolvia. — Aliás, vocês são o defeito. — Prosseguiu ela. — Superamos vocês a cada dia. E toda vez que o fazemos, consideramos uma vitória.
— Tolices! — Tornou Arrogância, com arrogância. — Já atingimos um ponto em que não mais podemos ser impedidos!
— E que ponto seria esse? — Interveio Leo. Sua voz não estava trêmula e Allie sentiu orgulho dele. Era mais um que controlava seu medo. Faltavam os jamaicanos.

Arrogância passou a olhá-lo com seu desdém de sempre e disse:

— Quer saber o que houve com sua amada?
— E também com Amanda! — Leo fez o trocadilho, assumindo que Arrogância se referia à jovem.
— Ela é uma de nós agora! — Retornou a anciã.

O grupo jogou olhares perplexos na direção da velha.

— Não se deixem abater. — Virou-se Allie num sussurro. — Ela precisa nos confundir, é só. Não acreditem no que ela fala.

— Dificilmente. — Tornou Arrogância, que havia escutado tudo. Não tinham como ocultar os próprios pensamentos, quanto mais os sussurros. — Já a temos. Não foi difícil, a garota é a mais fraca de todos vocês e agora dispomos de toda a autoridade que precisamos sobre vocês.

— Nunca ouvi tamanha besteira! — Disse Derk com fúria. — Se aquela garota conseguiu não comprar bobagem da gente, ela é capaz de vencer qualquer coisa!

Allie sentiu uma alegria reconfortante percorrer seu corpo. Todos já haviam entendido o que deviam fazer para ficarem mais fortes interiormente e estavam conseguindo. Era essa resposta, ela tinha certeza. Desse modo, conseguiriam enfraquecer as emoções negativas que os cercavam.

Entretanto, nem Arrogância, nem seu imenso séquito, dava a menor mostra de cansaço, prostração ou pessimismo. Pelo contrário, eles pareciam cada vez mais satisfeitos consigo mesmos e conservavam aquele antipático e desanimador meio sorriso cínico nos lábios.

Talvez Allie tivesse que considerar também as emoções do resto do mundo. Toda sua euforia extinguiu-se de pronto.

— A jovem Amanda está conosco definitivamente. — Vangloriou-se novamente Arrogância e um novo estrondo de risadas envolveu o pequeno grupo de Allie.

— Se não for muito trabalho, bruxa, queríamos ouvir isso da boca da própria Amanda! — Disse Dijuta em desafio.

— Palavras não serão necessárias, caros amigos. — Voltou Arrogância com calma. — Poderão sentir.

Em seguida, ergueu seu braço direito repentinamente e abaixou-o com igual velocidade, deferindo um violento golpe no rosto da desprevenida Allie, que tombou ao chão. Seu corpo ficou desgovernado e sua mente confusa devido à intensa dor da bofetada.

Nesse momento, Wüller e Leo projetaram-se para frente na direção da velha, tomados de fúria assassina. Contudo, uma extrema e cortante dor se apoderou de cada parte de seus corpos, antes que pudessem dar um passo mais. Tiveram que se atirar no chão, indefesos e agonizantes, aos pés de Arrogância, que se pôs a rir.

Foi a vez dos três jamaicanos avançarem decididos.

— Ninguém, mas ninguém mesmo, se mete comigo quando preciso usar o banheiro! — Foi o grito de guerra de Zeppe.

Outro esforço em vão. Eles caíram, tomados da mesma dor que Leo e Wüller.

Allie se sentiu um pouco mais recuperada, porém, muito zonza. Após um enorme esforço, conseguiu se levantar e dirigiu um olhar de ódio e determinação contra Arrogância. Depois, olhou em volta e presenciou a terrível cena de todos os seus amigos no chão, contorcendo-se em gritos de dor excruciante. Colocou uma das mãos em seu supercílio direito, que também doía muito, e pode comprovar que este sangrava veementemente. Olhou para sua mão suja de sangue e voltou-se para Arrogância:

— Liberte meus amigos! — Ordenou ela com severidade.

Arrogância somente a fitou com desdém.

— Agora!!! — Exigiu Allie com toda a força de seus pulmões.

Arrogância esboçou um sorriso de desprezo.

Allie não resistiu e, tomada de raiva incontida, avançou sobre a velha, numa tentativa de devolver o tapa que tinha recebido. Porém, a senhora deteve sua mão com agilidade, antes que esta pudesse atingir seu rosto e, com um simples empurrão, voltou a atirar Allie ao solo.

Nesse instante, um estrondo retumbou num canto perdido em meio à escuridão, semelhante a uma porta sendo arrombada. Provavelmente, foi o que acontecera, mas ninguém podia ver nenhuma porta. E, no meio da multidão, o rosto moreno do Tenente Rodriguez se fez visível, tão iluminado quanto os demais, brandindo sua arma com firmeza em uma as mãos. Na outra, ele levava uma lanterna acesa, com a qual se teria guiado.

— Tá legal! — Falou. — Todas as pessoas aqui que forem emoções estão presas sob a acusação de tentar destruir o mundo! No Texas, isso é crime!
— T-tenente! — Disse Allie, ainda no chão, esforçando-se para conseguir falar. — Como você sabia...
— Fica fria, mana. — Voltou o tenente. — Desde que você pôs os pés no meu pedaço, passei a aceitar o fantástico. Agora, é caso de polícia! Eu sou um liberal e crédulo por natureza. Tenho fé em Deus e sei somar

dois mais dois. Agora, todo mundo quieto, vocês estão em cana. Têm o direito de permanecer em silêncio...

A voz de Rodriguez foi interrompida e completamente abafada por um novo estrondo de gargalhadas. Foi aí que quatro dos homens da multidão começaram a se aproximar ameaçadoramente de onde ele estava.

— Quietos! — Disse ele. — O primeiro que se mexer leva chumbo!

— Então por que não atira, senhor homem da lei? — Falou um dos homens com uma voz aveludada e assustadoramente tranquila.

— Já que quer assim... — Respondeu o tenente com confiança. Porém, na hora de puxar o gatilho, ele se deu conta, para sua enorme surpresa, de que sua pistola não passava de um nabo mal cheiroso.

— Pegando no pesado, tenente? — Ironizou o homem da voz aveludada com malícia. — A propósito, permita-me que me apresente: sou a Irreverência.

Rodriguez largou o nabo com nojo, como se aquilo fosse um pedaço de estrume. Acabou por abandonar sua lanterna também. Conseguia enxergar quem precisava. Ergueu suas mãos em posição de luta, feito boxeador.

— Muito bem então! Quem vai ser o primeiro? — Gritou o policial, ainda conservando uma boa dose de confiança.

Os quatro homens à sua frente se entreolharam com calma sádica e, em seguida, avançaram sobre ele. Entretanto, com grande força e agilidade, oriundos de seu treinamento, o Tenente Rodriguez conseguiu, com golpes precisos e socos bem aplicados, além de alguns chutes, derrubar os quatro com relativa facilidade.

— Os quatro do apocalipse já viraram pudim! — O policial ironizou de volta, nem um pouco machucado. — Já lutei boxe nos meus dias e fui um meio-pesado razoável!

Só que, mal acabara de falar, vislumbrou um grande contingente de homens, uns pequenos, outros medianos e outros imensos, avançar sobre ele. Empurram-no muitos de uma vez, mas ele ainda deu um jeito de se manter em pé. Porém, começaram a bater nele com força, em cada parte de seu corpo, de todas as direções. Ele tentou bravamente se defender e contra-atacar o mais que podia, mas foi, enfim, derrubado e subjugado. Ainda assim, os homens que o cercavam continuaram a espancá-lo impiedosamente, e o deixaram totalmente indefeso no chão, em meio a uma onda de gargalhadas marejadas de sarcasmo e ódio de seus agressores, ao verem que o tenente se contraía cada vez mais em sangue e dor a cada golpe.

Allison Mulligan, sem forças para se levantar, fitava Arrogância com ira. Esta permanecia de pé sobre ela, com seu olhar desdenhoso. Foi aí que gritos histéricos e surdos de dor ecoaram por todos os lados, até onde sua audição alcançava.

— Parece que temos um compromisso, filha. — Disse a velha com cinismo e euforia. — Meu pessoal já começou a aplicar nossas teorias com os fracos lá de fora também. Não vai demorar muito!

— Se você é capaz de controlar tudo tão facilmente, sua velha bastarda, — esbravejou Allie num rompante de desesperada coragem. — por que não faz o mesmo comigo? Por que precisa de mim, sua desgraçada? Deixe-os em paz! Liberte-os desse seu... Encanto ou sei lá o quê! Eu sou a líder de todos eles, como você já adivinhou! É a mim que você deve punir e só a mim! Deixe-os ir!

— Você é forte. — Disse Arrogância, num pequeno lapso de complacência. — Está acima dos seus, de muitas formas. Mas, não importa. Teve sua chance e nós, do nosso lado, temos a pessoa mais importante. Agora, em deferência à sua parcial superioridade, farei com que somente se lamente das dores que eu mesma lhe causei, sem recorrer a... Como você chamou... Nossos encantos.

E deferiu um enorme e violento chute no estômago de Allie, que se esvaiu no chão, em forte e profunda agonia.

— Se me dá licença, querida, — prosseguiu Arrogância com indiferença — Seu mundo é grande e devo continuar meu trabalho.

Em seguida, pôs-se a caminhar, acompanhada de sua multidão de maus sentimentos. Abandonou Allie, que vomitava seu próprio sangue, assim como todos os outros no chão. Wüller, Leo e o trio jamaicano gemiam em dores astronômicas, além do tenente, que jazia quase morto como um enorme bife sangrento.

Estavam todos machucados, em dores lacerantes, indefesos e sem nada mais que pudessem fazer.

♣ ♣ ♣ ♣ ♣

Por um breve momento, as intensas emanações de dor se reduziram minimamente em Zeppe. Uma mudança quase insignificante, mas perceptível. Isso começou quando ele conseguiu distinguir, com o pouco de atenção que ainda conseguia focar no resto do ambiente, em meio a sua agonia, um som muito baixo.

— Ouçam. — Disse com voz falha, num imenso esforço.

Allie ergueu a cabeça com grande dificuldade. Ele tinha razão. Ela também podia ouvir. Era um ruído, de início quase inaudível, mas que, após alguns segundos, foi se tornando mais e mais intenso, até que, num determinado momento, ele assumiu a forma de... Uma música!

O som ainda era baixo e surdo, porém definitivamente uma melodia. Alguns instantes mais tarde, Allie já podia... Ela conhecia a música! Era uma canção antiga, dos Estados Unidos, anos sessenta, setenta no máximo, rock'n'roll clássico. Ela não se lembrava do nome da música, nem quem a cantava, mas a reconheceu de imediato.

As emoções, que já estavam bastante distantes do grupo, estacaram de pronto. Arrogância, confusa, voltou-se para a emoção que estava logo ao seu lado, uma mulher jovem, de aspecto franzino, e notou que esta tinha o rosto totalmente pálido e suas feições eram quase que um hino ao desespero.

— S-senhora, — Balbuciou a mulher franzina. — Estou tentando, mas não consigo... — Sua voz estava quase soluçante.
— Não! — Berrou Arrogância. — Impossível! Impossível! Faça alguma coisa!
— S-senhora, e-estou t-tentando... — A testa da mulher estava franzida e sua expressão contorcida, como se fizesse um enorme esforço.
— E-eu estou...
— Tola! — Bradou Arrogância, e deu um forte bofetão com o lado de trás de sua mão no rosto compungido da pobre mulher, que passou a gemer em lamentos de dor e desespero.

Em seguida, a velha senhora avançou a passos rápidos, retornando à posição de Allie. Seus olhos ferviam de ódio maligno, e estava a ponto de impingir um novo ataque impiedoso ao indefeso corpo da cientista americana.

— Maldita pirralha! — Grunhia ela pelo caminho com os dentes trincados. — Isso não vai acontecer, está me ouvindo? Isso não vai acontecer!

Allison a viu se aproximar e escutou seus resmungos. Ela pode observar, pelo modo como a velha trancou a cara, que os grunhidos não eram dirigidos a ela.

Quando Arrogância alcançou Allie, esta imediatamente se encolheu num gesto defensivo. A velha ergueu seus dois braços, as mãos fechadas uma contra a outra, para deferir o que seria seu golpe fatal e definitivo no pescoço de Allie. A astronauta não tinha a mínima força para reagir, defender-se ou fugir, e podia ver que os olhos de Arrogância carregavam o brilho selvagem da vingança. Iria matá-la por algo inusitado que havia acontecido, e ela nem sequer sabia o que era.

Porém, subitamente, Arrogância sentiu um cortante ardor. Uma terceira mão, que surgira do nada, atingiu em cheio seu rosto flácido, com potência tal que ela também foi ao chão. Ainda atordoada, Allison Mulligan não via as coisas muito claramente. Contudo, ao erguer a cabeça, pode ver a face de sua salvadora recém-chegada.

Ela se maravilhou com a espantosa beleza da mulher (que aparentava ter uns trinta e poucos), tão alta como Arrogância, cabelos lisos e sedosos, totalmente negros. Seu olhar, embora levemente embevecido de uma pequena aura de momentânea vingança, era terno e acolhedor. Falou:

— Já é o suficiente, minha cara. — Sua voz era tão doce quanto seu semblante que, agora, já não mostrava mais os traços do pérfido sentimento que a fez esbofetear Arrogância. — Sei que violência é menosprezável, mas agi em defesa de minha amiga. Considere uma lição, velha. Não vai mais causar danos a meus amigos.

Assim que terminou de falar, tudo voltou a se acender novamente. A luz do sol passou a iluminar o mundo e tudo parecia ter voltado ao normal. Infelizmente, a primeira visão de Allie não lhe foi nem um pouco aprazível. Ela pôde ver quanto de seu próprio sangue se espalhara, ao se deparar com a enorme poça viscosa, densa e escura, que recobria o solo debaixo de si.

A bela mulher ainda fez um gesto vago de mão e Wüller, Leo e os jamaicanos sentiram sua dor passar e suas forças voltarem de pronto. O tenente ergueu-se do solo, perplexo ao constatar que suas roupas continuavam sujas de sangue, mas ele não possuía nenhum corte ou ferimento, nada mais que lhe doesse.

— Minha mulher vai me matar quando vir estas roupas! — Ele disse.

Os gritos do lado de fora cessaram por completo e a esbelta mulher morena voltou-se para Allie e a ajudou a se levantar.

— Desculpe, Allie. — Falou quase num sussurro.

Em seguida, os maus sentimentos que ainda restavam foram obrigados a abrir caminho para uma nova multidão de indivíduos, tanto homens como mulheres, que foram ao encontro de Leo, Wüller e os jamaicanos, e os ajudaram a se levantar.

— Os bons sentimentos, eu presumo. — Disse Wüller. — Por que demoraram tanto?
— O trânsito estava ruim. — Respondeu o homem de meia idade que o ajudava. — Opa! Perdoe-me a piada fora de hora. Sou Senso de Humor, às suas ordens.
— Sou Wüller e preciso de um pouco mais de você. — Retornou o alemão e os dois trocaram um aperto de mãos caloroso.

Allie, que ainda não havia soltado a mão de Compreensão, disse:

— Não sei quem é você, mas é desnecessário dizer que lhe sou eternamente grata. Devo minha vida a você.
— Não a mim, respondeu a mulher docemente. Outra pessoa foi responsável por isso. — E apontou para a sala de estar, já bem visível para eles.

De dentro dela, através da porta semicerrada, surgiu Amanda, carregando um pequeno tocador de CD com caixas embutidas, que tinha que funcionar à base de bateria. Era dele que vinha a música que Zeppe escutou primeiro e Allie reconheceu. Tratava-se da música "Is This Love" de Bob Marley.

— Eles bem que tentaram, Allie. — Disse Amanda. — Eu estava vendo más notícias pela TV, quando você passou em frente à sala. Aí comecei a pensar em tudo de ruim em minha vida, minha solidão, frustrações, decepções, amores não correspondidos, um monte de coisas. Enchi meu coração de ódio e inveja e, por um momento, cheguei a detestar vocês e todo mundo. Eu os achava culpados por todos os meus problemas.

"Foi aí que esses imbecis se aproveitaram. — Ela apontou com desdém para Arrogância, que seguia no chão, confusa e indefesa. — Eu não sei explicar, foi tudo muito rápido, eles me "possuíram", tiraram vantagem de minha negatividade e a usaram para se fortalecer".

"Mas aí, eu senti vergonha de mim. Eles não se deram conta de quando voltei a ser eu mesma. Comecei a pensar que ninguém era culpado por minha vida, exceto eu. E que eu era a única que poderia mudar isso. Decidi então parar de agir como uma velha resmungona, como essa aí. — Voltou a apontar Arrogância, o que a deixou verde de ódio, porém ainda impotente. — Parei de reclamar e comecei a pensar em tudo de bom que aconteceu na minha vida."

"Foi quando me dei conta de todos os momentos felizes que tive, só estava cega demais com meus problemas do presente para me lembrar disso. Engraçado, nunca fui muito fã de Reggae, porém me lembrei dessa música em particular, porque a Dona Cida a tocava para mim, quando eu não conseguia dormir. É estranho, mas ela notou que sempre que eu escutava essa música, ficava com sono. Funcionava até nas minhas noites mais agitadas e ninguém conseguia me pôr na cama. Aí, eu ouvia essa canção e ela me levava no colo até meu quarto... E eu dormia".

"Acabei por comprar o CD dessa música e aí está. Ao ouvi-la de novo, fui tomada de certo senso comum e alguma esperança".

— E isso possibilitou nosso ingresso, para impedir que as más emoções tomassem conta de vocês. — Completou Compreensão. — Ela conseguiu se "despossuir". — Disse, depois, esboçando um sorriso maroto.

Nesse momento, Allie jogou um olhar significativo para Wüller.

— Que prêmio podemos dar a uma pessoa que pode ter salvo o mundo? — Falou Wüller, colocando a mão no queixo com ar pensativo. Após alguns segundos, decidiu: — Uma pizza!
— Agora sim! — Respondeu Amanda com um sorriso bem aberto.

— Irmãzinha... — Derk chamou. — Esse seu tocador de CD parece meio surrado. Consigo outro de altíssima qualidade e todo Bob Marley que quiser!

— De graça? — A jovem perguntou.

— Ah, depois do que você fez, mocinha, não poderia ser de outra maneira! Só teria que dar cem pilas para o carreto!

Mas, a alegria poderia durar pouco. Massorski se aproximava da casa de Amanda .

♣ ♣ ♣ ♣ ♣

O céu texano já exibia os contornos de um belo entardecer. Sua coloração era, basicamente, de um alaranjado suave e brilhante, com algumas faixas de rosa claro.

— Podemos assumir que vencemos? — Perguntou Allie para a morena alta a seu lado.

— Vocês ainda precisam fechar o caminho para que nenhum de nós jamais volte. — Respondeu Compreensão com sua voz tênue e suave. — Fazer suas vidas retornarem ao seu curso natural.

— Quer dizer fechar o vórtice temporal?

— Como queira. — Disse Compreensão com um sorriso carinhoso.

— E eu posso prender esse monte de gente que me agrediu e nos ameaçou? — Interveio o tenente. — Nossas prisões estão lotadas, mas isso nunca nos impediu.

— Quando o caminho se fechar novamente, seguindo seu ciclo natural, — retrucou Compreensão — voltaremos a desaparecer.

— Ainda tento entender o que aconteceu. — Tornou Allie mais calma, porém um pouco na defensiva. — Por que meus amigos e as pessoas lá fora começaram a estrebuchar no chão, como que morrendo em intensa agonia?

— Você estava certa, Allie! — Falou Compreensão com entusiasmo. — Certa sobre muitas coisas.

— Por exemplo?

— No nosso mundo, as coisas que aqui funcionam como um todo, lá se comportam separadamente. Todo átomo, toda célula, como você deduziu a partir da primeira experiência de Amanda em nosso lado, tem sua própria essência, identidade e vida. Adquirimos a prerrogativa de intervir com cada uma de suas pequenas partes. Arrogância fez com que as células de sua gente assumissem sua própria força vital e começassem a destruir umas às outras. Era como um câncer, porém, com a diferença de que essas mínimas partes de seus corpos eram controladas de modo a nunca se matarem por completo. Somente na medida a provocar imensas gamas de dor por um tempo indeterminado.

— E você consertou tudo isso, eu suponho. — Retornou Allie.

— Eu e meus amigos fizemos as coisas voltarem ao normal. Fizemos uso dessas mesmas prerrogativas, curamos as chagas do tenente, bem como cicatrizamos seu supercílio e a ferida em seu estômago.

— A ferida em meu estômago?

— Sim, o chute covarde de Arrogância provocou uma hemorragia interna, que jorrava dentro de você, por meio de sua boca.

Allison olhou de soslaio ao seu redor e notou que a poça de sangue, que ela havia vomitado, desaparecera. De fato, tudo parecia limpo e ordenado, como se nada tivesse acontecido. Mesmo o uniforme do tenente estava novamente brilhante e lustroso, até mais do que antes, sem uma gota sequer de sangue. Ele o olhava com orgulho e altivez, enquanto que, mecanicamente, acariciava suas mangas e botões.

Tudo estava um brinco. Allie chegou a pensar que, se todos tivessem esse poder, a vida das donas-de-casa seria muito mais fácil.

— Sinto uma estranha e cativante sensação de euforia. — Disse a cientista, que coçava sua barriga e parecia um tanto desconfortável.

— Estou estimulando seu sistema hormonal um pouco acima das taxas padrões de seu organismo. — Explicou Compreensão. — Para acelerar sua produção de sangue, de modo a compensar o que você perdeu, sem que seja necessária uma transfusão. Logo, os níveis de seu corpo voltarão ao normal.

— Entendo. — Murmurou Allie pensativa.

— Não haverá nenhum dano, esteja totalmente certa disso. — Ratificou a bela com muita firmeza.

— Eu sei. — Falou Allie um pouco mais confortável. — Entretanto, não era nisso que eu estava pensando. Sei que vocês jamais nos machucariam. Na verdade, vejo que vocês estão neste universo agora e não no de vocês, como estávamos antes. Como ainda conseguem possuir esse poder?

— Na verdade, nós estamos em seu mundo e no nosso. Com o tempo, aprendemos a criar um tipo de patamar intermediário toda vez que a porta, que vocês chamam de vórtice, se abre. Com isso, nossos lados podem coexistir, mas não indefinidamente.

— Sim, isso eu sei bem. Nossos universos são o oposto e, pela física, eles se atraem e tendem a se cancelarem mutuamente. Não é uma boa ideia colocá-los juntos por muito tempo. E as emoções negativas também sabem como criar esse... Patamar intermediário que descreveu?

— Infelizmente sim. — Compreensão esboçou um sorriso triste.

— E vocês já conseguem controlar as aberturas e fechamentos do vórtice, ou ainda têm que se sujeitar ao ciclo? — Allison abriu significativamente os olhos ao fazer essa pergunta.

— Os maus sentimentos pesquisam e testam formas para controlar esse seu vórtice. Toda vez que o fazem, deixam o ciclo mais e mais irregular. Você também estava certa sobre isso, Allie. — Revelou com orgulho materno. — Nós somos obrigados a fazer o mesmo para equalizar nossos conhecimento e força.

— Mas, ainda não o controlam?

— Não. Como você bem o disse, tanto nós quanto eles ainda estamos sujeitos às leis de seu ciclo. Entretanto, não vai demorar muito para que Arrogância consiga seu controle. E nós, se não fizermos o mesmo, podemos ficar à mercê dela, assim como vocês. A melhor solução é fechar de vez o portal do tempo.

— E para isso?

— Estão no caminho certo. Devem devolver a rainha de um de seus povos, trazida por acidente, para que ela volte a governar em seu passado. Outras coisas que não dependem de nós ocorrem, devido à sua fuga da época a que pertence.

— A consequente alteração das correntes históricas, que culminaram com o desaparecimento dos americanos de seu lugar de origem. — Disse a astronauta.

— Precisamente.

— E devemos devolvê-la no momento preciso, eu suponho.

— Isso, vamos ter que deixar com vocês. Refere-se a um conhecimento que já não possuímos. — Compreensão pareceu ficar inquieta. — Só sabemos que ela não poderá se lembrar de nada do que viveu aqui para, desta forma, manter a espontaneidade de suas ações, a fim de que o acaso volte a acertar suas correntes históricas. — Fez uma pausa e voltou a iluminar seu semblante terno. — Acredito plenamente que vocês têm a inteligência e a sabedoria para tal. Estamos otimistas de que vão achar a resposta!

Allie ficou um momento em silêncio e depois falou:

— Vocês sabem dizer exatamente quando o vórtice vai voltar a se fechar, de acordo com ciclo?

— Ainda não muito bem. De qualquer forma, a julgar por nossas pesquisas até o momento, creio que, a qualquer instante...

— Muito bem, podem deixar! — Foi a impetuosa voz que interrompeu a bela mulher. — Agora, nós assumimos! Todos vocês fizeram um excelente trabalho, mas a jurisdição passa a ser nossa a partir de agora!

— Massorski, não é um bom momento! — Retrucou Allie, virando-se bruscamente para o homem alto que irrompera na sala de visitas, proveniente de algum inferno, seguido por seus seguranças.

Antes que Massorski pudesse responder, Allie sentiu a mão de Compreensão segurar forte seu antebraço. Ela estava pálida, perdera completamente o brilho de seu rosto. Seus joelhos estavam contorcidos e ela disse quase num sussurro.

— Allie... Estou com problemas.

A cientista, ao ver o quadro, fez um movimento instintivo de amparar a mulher, bem como Clayton, que ficou perplexo. Porém, uma nova mão surgiu de súbito, e golpeou com força Compreensão, que soltou Allie e foi ao solo com violência. Era Arrogância, que havia se levantado de um golpe. Seu olhar transmitia uma combinação de ódio sádico e alegria fugaz. Em seguida, várias emoções negativas pareciam ter recuperado suas forças. Cercaram Compreensão e, antes que esta pudesse fazer qualquer movimento, passaram a deferir uma saraivada de socos e chutes na indefesa mulher.

Quando Allie e Massorski (pela primeira vez do mesmo lado) avançaram para tentar defendê-la, Arrogância, erguendo ambas as mãos, empurrou a ambos para trás, com tal força que quase os levantou do chão. Eles caíram de costas, numa posição bem distante da que foram empurrados, quase um em cima do outro sobre uma mesa, que se despedaçou com seus pesos.

— O cara traz mesmo maus fluídos! — Comentou Derk num outro ponto da sala, sem saber muito bem o que fazer.

— Massorski! — Balbuciou Allie, sentindo fortes dores nas costas. Ela tentava se erguer do solo cheio das farpas da antiga mesa, junto com Clayton que, com certeza, compartilhava sua dor. — Você tem que ir embora!

— Isso não é jeito de falar com seu superior, mocinha! — Respondeu este em tom enérgico. — Sabe perfeitamente que esta operação é mais minha do que sua!

— Não é essa a questão, Clay! O fato é que, a menos que você se torne uma boa pessoa nos próximos segundos, você tem que nos deixar agora! Confie em mim! Afaste-se daqui!

— Está ficando muito insubordinada, Allie!

— Discutiremos territorialidade depois! Agora, por favor, dê o fora daqui!

Massorski não fez a menor menção de ir embora e, em outro ponto do recinto, uma mulher com cara de poucos amigos (seguramente, outra emoção negativa), avançou em Amanda de surpresa, tomou-lhe das mãos seu pequeno aparelho de som e o atirou no solo com força. Este se estraçalhou em estrepitoso ruído, cessando qualquer música que dele poderia emanar.

— Vai ter que me comprar outro! — Gritou Amanda indignada.

A dita mulher a encarou com olhos sinistros e satânicos, e chegou a fazer menção de bater nela. Porém, a jovem texana permaneceu imóvel e firme. Foi aí que a emoção interrompeu seu movimento e contorceu o rosto, como que sentindo uma dor forte. Logo a seguir, virou as costas e saiu correndo. Amanda deduzira que se tratava da Covardia, demonstrações de coragem a afugentavam.

O tenente foi o próximo a tentar fazer algo. No entanto, ao olhar para um ponto no chão, constatou que Compreensão havia se lembrado de devolver tudo ao seu estado normal, exceto sua arma, que continuava a exibir a forma de um suculento nabo. Emitiu um muxoxo de desaprovação e precipitou-se contra Arrogância, com uma das mãos fechada em punho, e com a algema na outra.

Interrompeu-se de imediato. Arrogância fez um gesto vago e Rodriguez logo foi forçado a deitar-se no solo, gritando e contorcendo-se pelas dores excruciantes que passaram a tomar conta de seu corpo uma vez mais.

Leo e Wüller entreolhavam-se confusos, assim como os três jamaicanos. Eles estavam todos com suas mãos em punho para briga, mas não sabiam bem a quem ou o quê atacar.

Nisso, Arrogância agarrou Massorski pela gravata e o lançou contra uma mesa de vidro, que estava próxima. Este caiu em cheio sobre o móvel, partindo seu vidro em milhares de pedaços. Ficou deitado sobre os estilhaços, sangrando e quase inconsciente.

Num gesto instintivo, Allie se projetou contra a velha num ataque decisivo. Entretanto, em outro movimento rápido e espantosamente ágil, Arrogância se esquivou e se colocou atrás da astronauta. Em seguida, envolveu-lhe com suas enormes mãos e virou sua cabeça para um lado com violência e rapidez. Um estalo surdo e alto foi ouvido. Allison caiu desfalecida.

— O portal agora se fecha, temos que ir já! — Bradou a velha, ajeitando sua postura e olhando para todos os lados. — Nós voltaremos, primatas imundos! E quando retornarmos, não mais mostraremos a clemência de hoje! Padecerão em sacrílegas dores imensas para todo o infindável sempre!

Gradualmente, ela e as outras emoções, tanto positivas quanto negativas, misturadas entre si, começaram a se afastar e a desaparecer lentamente num e noutro canto da casa. Quando a turba se afastou de Compreensão, esta não era nada mais do que um amontoado de sangue gemendo no solo.

Derk foi o primeiro a ajoelhar-se diante de Allie, imóvel e fria. Ao colocar a mão em seu pescoço, ele se deu conta, para seu magnânimo choque, do inimaginável e do impensado.

Allison Mulligan estava morta.

As emoções já haviam desaparecido quase que por completo. Foi nesse momento, que uma nova figura feminina apareceu na porta de Amanda.

Era esbelta, com bolsas profundas debaixo dos olhos e longos cabelos em desalinho. Ainda assim, mantinha certa elegância e estilo. A Rainha Elizabeth I, da Inglaterra do século XVI, caminhou com passos gradativos e suaves para dentro da morada de sua amiga. Impressionou-se ao ver toda a bagunça em volta, móveis quebrados e fora de lugar, além de pessoas deitadas no chão em dores profundas. Reconheceu os olhares de seus conhecidos, totalmente imersos em lágrimas e soluços de desespero.

Ela perguntou, em seu inglês musical, carregado de seu arcaico sotaque britânico:

— O que foi? Perdi alguma coisa?

Uma multidão se formou nas ruas próximas à casa de Amanda. De dentro, escutavam-se conversas e murmúrios vindos de todos os lados. As pessoas, embora tenham visto o tenente entrar e sair daquela casa, bem como tinham presenciado todo o circo armado por Massorski há alguns dias, pareciam não se preocupar muito com que estava ocorrendo lá dentro naquele instante.

Nenhuma visita, ninguém batendo na porta em busca de alguma explicação para os extraordinários eventos que tiveram lugar a cerca de uma hora. Todos estavam abismados em como, de repente, tudo havia ficado escuro em plena luz do dia, sem falar nas dores monumentais que cada indivíduo, em um raio de três milhas, começou a sentir, mesmo os que se encontravam no melhor de sua forma física. Uma dor que se iniciou e terminou da mesma forma: inexplicavelmente. Todos estavam embasbacados e morbidamente assustados.

Ao longe, ecos surdos e ruídos estridentes podiam ser percebidos. Vozes e sirenes soavam de direções indistintas. Era possível ainda distinguir um ou outro murmúrio mais próximo, vozes sussurrantes e barulhos de carros dando partida e arrancando.

Porém, ninguém se aproximava da casa de Amanda, o centro de tudo. Talvez, devido à própria intervenção de Massorski. Tenente Rodriguez, indefeso e ainda sofrendo de dores indescritíveis, foi encaminhado ao hospital, gemendo e gritando aos olhos e ouvidos de médicos e familiares, atônitos e confusos.

Dentro da casa, Elizabeth já havia acolhido Amanda, que desabou em prantos em seu ombro, assim que a viu entrar. A jovem, que tão desesperadamente ansiou por rever a rainha, com certeza teria preferido que tal fato tivesse ocorrido em circunstâncias diferentes. Agora ela jazia numa cadeira, num canto qualquer, abraçada fortemente a Leo.

Enquanto isso, a inglesa terminava de escutar o relato cuidadoso e pormenorizado de Wüller, o único além de Derk, que conseguia falar. O alemão contou tudo com riqueza (algumas vezes até desnecessária) de detalhes, talvez uma homenagem póstuma a Allie, que jamais teve capacidade de síntese em seus pensamentos.

— Puxa! — Suspirou a rainha. — Ela morreu, as emoções atacaram e eu perdi tudo! Nem sequer pude ajudar! Entretanto, posso mudar isso a partir de agora! — Disse com firmeza.

— Aquela coisa estacionada lá fora foi o que trouxe você até aqui? — Falou Derk, com os olhos arregalados. Defronte à janela que dava para a rua em frente, ele apontava seu indicador para a suntuosa limusine coberta com véus, que formava uma imagem horrivelmente grotesca, não obstante imponente, especialmente se comparada com os veículos de dimensões reduzidas, estacionados nas proximidades.

— Ah sim! — Respondeu a rainha com naturalidade. — É muito silencioso.

— E por que toda aquela parafernália em cima? Aquilo ali mais parece uma borboleta com rodas!

— Não ficaria surpresa se tiver sido eu a especificar todos aqueles véus.

— Você não sabe?

— Fui obrigada a tomar um pileque junto com meus captores para segurá-los no quarto onde era prisioneira até que desaparecessem. Ambos eram bem americanos, tive um palpite que aconteceria. É bem possível que eu tenha pedido, ou melhor, exigido algo assim para me transportar. Tenho até pena dos pobres atendentes daquele hotel.

— É, você antecipou minha próxima pergunta: como tinha feito para escapar.

— Lembro-me de ter arquitetado esse plano, e poucas coisas mais. Esse champanhe de vocês é de tão má qualidade que consegue embriagar até a mim!

— Ei, vocês! Falem um pouco mais baixo, por favor! — Gritou Amanda de seu canto, ainda soluçante.

— Isso também ajudaria a mim. — Elizabeth consentiu. — Minha cabeça dói.

— Falando nisso, — Prosseguiu Derk, diminuindo o tom de sua voz — eu sei que pode parecer estranho, mas, ao que parece, você está no comando agora.

— Como deveria ter sido desde o princípio! Estou acostumada ao cargo. Aliás, estou certa de que se eu estivesse aqui quando sofreram o ataque, poderia ter evitado a morte de Allie. Porém, isso é passado. Precisamos armar nossa contraofensiva e concentrar nossos esforços nisso.

— Eu sei, mas, como você já verá, nosso pessoal não está exatamente em condições de pensar no momento. Dê-lhes algum tempo.

— Nosso tempo terminou faz tempo, meu amigo. O que quer que façamos, terá que ser feito imediatamente!

Derk deu uma olhada de soslaio em Elizabeth e disse:

— Sabe de uma coisa, maninha: você pode ser uma excelente comandante, mas é fria pra danar!

— Também sinto pesar pela pobre Allie, não pense que não. Ela era um bom solado. Entretanto, deixar-nos levar pela emoção é a última coisa a que podemos nos permitir agora. Não creio que Allie aprovaria isso. Ela gostaria mais se nos dedicássemos com toda a determinação que lhe era peculiar, e de todo coração, a esse assunto sem perdas de tempo, nem grandes divagações. Se ela soubesse que podemos comprometer a solução desse problema só para prantea-la...

— Tá bom, já entendi. Bem, se acha que temos que fazer algo rápido, comece por nos dizer o que vamos fazer com ela. — Derk apontou para a mulher morena, que estava sentada no sofá da sala.

Os dois outros jamaicanos estavam ajoelhados junto a ela, pondo-lhe ataduras, band-aids, esparadrapos e tudo de mais medicinal que conseguiram encontrar no banheiro de Amanda, na tentativa de estancar todo o sangue que ela perdia, e tratar de seus múltiplos ferimentos.

Ela possuía chagas, feridas e hematomas por todos os lados de seu corpo. Vários pontos de seu rosto estavam inchados e vermelhos. Mesmo assim, mantinha os ângulos e traços que conferiam sua beleza suave. Tinha o semblante tranquilo e, seguramente, não corria risco de vida.

— Agora que mencionou, — Retomou a rainha. — Eu e aquela jovem senhorita ainda não fomos devidamente apresentadas. É a primeira vez que a vejo.

— Ela se diz a Compreensão. — Respondeu Derk. — É uma das emoções positivas que tentou nos proteger. Ao que parece, não estamos sozinhos nessa briga. Acho que ela veio parar aqui por engano. Esqueceu-se de voltar ao seu universo.

— Ou, por algum motivo, ficou impedida de voltar. — Tornou a rainha. — Talvez, esteja presa aqui.

— Eu, de minha parte — interrompeu Wüller — me preocuparia mais em saber o que fazer com ele ali! — Disse, apontando para Massorski, que estava sentado numa poltrona próxima à mesa de vidro, que ele destruiu ao cair em cima, com feições bem compungidas. Ele também recebia ajuda médica de um de seus agentes.

— Acredito que ele não será problema. — Falou Elizabeth com segurança. A presença de seu sequestrador não pareceu surpreendê-la. — Para dizer a verdade, até acho que poderemos contar com sua ajuda espontânea.

— Você também é bem otimista, moça. — Observou Derk com incredulidade.

— É, pode ser. — Continuou Elizabeth. — Agora, se me dão licença... — Virou-se e começou a caminhar para o dormitório de Amanda.

— Posso perguntar aonde pensa que vai? — Falou o jamaicano.

— Como, aonde vou? — Voltou-se ela surpresa. — Depois você reclama que sou fria! Vou prestar meus últimos respeitos à nossa boa amiga que se foi. Suponho que tenham colocado seus restos mortais, provisoriamente, no quarto da garota.

— O corpo sumiu. — Revelou Derk, bastante direto.

Elizabeth jogou-lhe um olhar desconfiado e duro.

— Queira desculpar? — Falou a rainha em tom ríspido.

— É isso aí, mana. O corpo da Allie sumiu.

A inglesa se aproximou novamente de Derk bem devagar, seu andar calmo e pausado transmitia certa ironia à sua atitude.

— Quer me explicar isso, meu jovem. — Tornou Elizabeth tranquila.

— Não posso. — Respondeu o moço. — Eu estava junto ao corpo quando você apareceu na porta. Aí, eu me virei por uma fração de segundos para ver você, e quando me virei de volta, ele tinha sumido.

— E lhe ocorreu, por acaso, de procurar o corpo pela casa? — O tom de Elizabeth estava coberto de sarcasmo.

— Não, mas não acho que vamos encontrá-la.

— E por que você acha que não vamos encontrá-la?

— Eu não sei! — Titubeou Derk. — Eu só não acho que ela tenha sido levada. Deve ter desaparecido. É como lhe falei. Eu somente descuidei dela por uma fração de segundos. Impossível alguém tê-la levado tão rápido!

— Bem, de qualquer maneira, estou correta em afirmar, portanto, que não há corpo?

— Eu diria que sim.

— Então, como pode ter certeza de que ela está morta?

— Moça, eu vi o corpo, toquei nele, tentei achar um pulso, pus a mão em sua garganta...

— É médico, por acaso? — Interrompeu Elizabeth em tom irônico.

— Não! — Derk endureceu a voz e começou a mostrar sinais de irritação com a inquisição de Elizabeth. Alguns velhos hábitos são difíceis de perder. — Mas sei ver quando uma pessoa está morta, droga! Ela estava! A menos, é claro, que você pense que pescoços quebrados se soldem sozinhos!

Uma nova e bem audível reclamação de Amanda calou novamente suas vozes. Nesse momento, Elizabeth sentiu uma mão pousar suavemente em seu ombro esquerdo. Voltou-se, e se viu diante da bela e esbelta Compreensão, machucada, porém sustentando-se firmemente em suas pernas, sem necessitar de ajuda.

— Senhora Rainha — Disse ela, em voz baixa, quase num sussurro e esforçando-se para ressaltar a gentileza em sua voz. — Allie pode não estar morta!

Pausa.

A rainha a olhou com o canto dos olhos, num oblíquo sinistro, dissimulado e frio. Após algum tempo, apenas disse:

— Chame-me Lisa.

Allison Mulligan se assustou ao perceber que tinha acabado de acordar na cama de sua própria casa, de volta ao Alabama, de volta a seu lar.

"Não, isso é impossível!", pensava inquieta. "Não pode ter sido tudo... Um sonho." Ela titubeou em seus próprios pensamentos quando, a um determinado momento, começou a escutar, com surpreendente clareza, sua própria voz, que dizia:

— Não, isso é impossível! Não pode ter sido tudo... Um sonho. — Até a pausa que havia feito, assim que começou a ouvir seus pensamentos, fora respeitava nos mínimos detalhes.

"Ah, sei!", continuou pensando, já um tanto desnorteada. "Então talvez eu esteja sonhando agora!"

— Ah, sei! Então talvez eu esteja sonhando agora! — Tornou a escutar novamente. Era engraçado como a voz que ouvia respeitava em pormenores a entonação, tonalidade e, até mesmo, o sotaque sulista em que ela havia pensado.
— Errado para ambas as asserções, minha jovem!

Allie se voltou repentinamente para que seus olhos encontrassem a pessoa responsável por aquele comentário entusiasmado e eloquente, que a surpreendera e interrompera a marcha de seus pensamentos.

Era um senhor de idade, de estatura mediana. Um tipo franzino, de cabelos brancos e bem escassos. Apesar de andar lentamente e com alguma dificuldade, um sorriso leve e bem jovial iluminava seu rosto, fazendo com que ele irradiasse uma enorme simpatia natural.

— Quem é você? Como entrou aqui? — Perguntou Allie, enquanto o velhinho se aproximava. Ela estava desconfiada. Entretanto, não conseguiu deixar de gostar dele no primeiro momento em que o viu. Era impossível não gostar. Ele parecia ser uma fonte natural e transbordante de carisma.
— Sou Sabedoria, minha jovem! — Apresentou-se o homem, sempre mantendo seu sorriso e seu entusiasmo. Estendeu uma mão para Allie, que retribuiu o gesto, num aperto de mão firme e jovem, incentivado pelo próprio velhinho. Era impressionante como ele era encantador.
— Allison Mulligan, NASA. — Devolveu Allie, que tentava fortemente resistir ao charme daquele pequeno senhor diante dela, mas era quase impossível.
— Muito prazer! — Replicou ele, amável e jovial. Quando ele sorria (o que era quase o tempo todo), suas feições rejuvenesciam em, pelo menos, trinta anos, a despeito dos desgastes naturais de sua idade avançada. O contraste era curioso. — Como você está? — Perguntou.
— Meu pescoço dói. — Ela reclamou.
— Sim, preciso ter uma conversa com a Coragem. Às vezes, ela me supera, o que nem sempre é bom.
— Você não respondeu à minha segunda pergunta. — Insistiu Allie ainda desconfiada. — Como entrou na minha casa?
— Na verdade, não estamos aqui, filha. — Retornou o homem, conciso, paciente e deliciosamente atencioso. — Criamos este ambiente com o intuito de fazer com que se sinta em casa. E parece que conseguimos

uma solução bem literal! — Ele deu risada de sua própria piadinha e continuou. — Não gosto de me gabar, mas fui um dos que idealizou este plano! — Finalizou com evidente tom de orgulho, embora se contorcendo ligeiramente, o que sinalizava um pequeno embaraço.

Allie já estava um pouco menos desconfiada, a ponto de poder se dar um luxo de se levar pelo charme do velhinho. Ela sabia que, mais cedo ou mais tarde, teria que ceder a seus encantos. Era bem possível que muitas mulheres, décadas mais jovens do que aquele homem, cairiam a seus pés, a ponto de negligenciar homens mais jovens e bem apessoados, só para estar um minuto com aquele bom velhinho, magro, curvado e semicalvo.

— Bem, — tornou Allie num tom mais analítico e seguro — Quer dizer então que não estou aqui, mas estou ao mesmo tempo. Portanto, só posso supor que, de alguma forma, vim parar no mundo de vocês, o tal universo do abstrato, das emoções. A casa de vocês.

— Exato! — Assentiu o homem, visivelmente orgulhoso. — Sua sabedoria é mesmo das grandes! Será que minha presença tem alguma participação nisso? — Ele esboçou mais um sorriso envergonhado e caloroso, devido ao trocadilho que havia acabado de fazer.

Ele parecia ficar cada vez mais simpático a cada palavra proferida. Foi quando Allie notou, para sua surpresa, que ela e o velhinho caminhavam lado a lado, com os braços entrelaçados, num lugar já totalmente distinto de onde estavam anteriormente. De fato, andavam numa... Calçada, com edifícios ao redor. Era de noite, podia ver todas aquelas luzes aconchegantes da cidade, um parque enorme do outro lado da rua... Espere um pouco! Eles estavam na Quinta Avenida, em Nova Iorque, Allie constatou com espanto.

Ela também notou que ele estava usando um tipo de chapéu que antes não possuía. Parecia ser antigo, daqueles que os homens costumavam usar muitos anos atrás. De fato, ao olhar certos contornos da cidade, bem como o modelo e marca dos carros que passavam na avenida, numa calma e serenidade não mais presentes nos dias de hoje, ela percebeu que se tratava da Nova Iorque dos anos cinquenta. Talvez 1955, a julgar pelos veículos e pelas roupas das pessoas que por eles passavam.

A visão da cidade de época era acolhedora e nostálgica. Mesmo as roupas do velhinho tinham mudado para combinar mais com a época. Allie permanecia trajada com as mesmas peças que usava no momento em que foi morta.

— Outro convencionalismo? — Indagou ela em tom um pouco irônico. — Mais uma brilhante ideia sua para fazer com que me sinta em casa?

— Claro! — Respondeu Sabedoria, sem perder seu bom humor e simpatia. — Como você mesma disse, neste lugar tudo significa abstração e podemos alterar formas e lugares a nosso bel prazer. Faço isto para quebrar a monotonia.

— E vejo que você também faz questão de se adaptar a cada uma das "abstrações" que cria.

— Não acha que fico bem neste belo modelo? — Disse, abrindo um largo sorriso, enquanto percorria com uma das mãos o elegante terno que vestia. Meu Deus, por que ele tinha que ser sempre tão irresistivelmente encantador?

— E onde você vai buscar todas essas imagens de nosso mundo material? — Questionou Allie, numa tentativa de manter um tom mais inquisitivo, quando, na verdade, o que queria mesmo era sorrir e conversar alegremente com aquela pessoa tão amável.

— Busco imagens de sua memória, filha.

— Minha memória não chega a tanto no passado. — Falou Allie, olhando ao redor. — Não sou assim tão velha. — Completou levemente ofendida.

— Querida, — Começou o velho, todo solícito e apertando com mais força o braço de Allie contra seu plexo, no esforço de reparar sua acidental falta de cavalheirismo. — peço-lhe perdão por isso. Devo ter me expressado mal. Essa imagem em particular foi extraída de filmes que você assistiu em criança. Não precisamos, necessariamente, procurar em suas experiências pessoais.

— Entretanto, ainda assim, vocês têm acesso a toda a minha memória, toda a minha vida até o momento.

— Exato!

— E como conseguem isso?

Sabedoria jogou um olhar cheio de afeição para Allie e disse:

— Nós somos sua memória, minha jovem, nós somos você. Atuamos e interagimos intensa e diretamente com sua alma. Somos suas emoções! Somos a porta para sua personalidade e o caminho para o seu verdadeiro ente único, o que a torna uma pessoa diferente de todas as outras! Conhecemos você melhor do que ninguém!

— E podem distorcer a matéria daqui, de acordo com o que pescam de nossas memórias passadas. — Prosseguiu Allie e não parecia impressionada.

— Claro! E temos todos os tipos!

Mal terminou de falar, uma nova mudança radical ocorreu no ambiente por onde passeavam. Agora, havia árvores num horizonte distante ou, pelo menos, foi a primeira coisa que Allie pode visualizar. Depois, notou que pisavam numa areia muito macia e... Deparou-se, de repente, com toda a vastidão azul do oceano, que crescia celeste e imenso, a seu lado esquerdo. Estavam numa praia! Mas, de que Oceano?

Foi quando se deu conta de que... Meu Deus! Estava em Miami!

— É uma teoria. — Explicava Compreensão com calma para sua atenta platéia. — Não estou segura, mas acredito ter conseguido trocar de lugar com Allie no momento exato. É uma teoria que aprendemos.

— Pode ser um pouco mais específica, minha cara? — Taxou Elizabeth.

— A teoria de que é possível trocar de lugar. Nós com vocês.

— Quer dizer, você virar humana e algum de nós se tornar uma emoção? — Perguntou Wüller.

— Sim! E acredito que deu certo!

— Como pode estar tão segura? — Voltou Elizabeth.

— Porque estou aqui, machucada como um ser humano. Não se pode ferir uma emoção e eu estou ferida. Sou humana, agora. E se Allie conseguiu ser uma de nós, então não pode estar morta. Não se pode matar uma emoção.

— Exceto o bom senso. — Brincou Elizabeth. Compreensão esboçou um sorriso doce.

— De qualquer forma, — Continuou a bela. — Se estou aqui e continuamos todos vivos, então Allie só pode estar lá, no meu lugar.

— Minha querida, seguir se expressando por enigmas dificilmente nos levará a alguma parte. — Insistiu Elizabeth impaciente. — Quer fazer o favor de se explicar? Estamos perdendo tempo.

— Não podemos coexistir, vocês e nós, emoções e humanos no mesmo universo. Não me perguntem. Allie, com certeza, tem a explicação científica, mas eu não sei como. Só sei que, se ambos os universos se encontrarem, haverá destruição. Isso não interessa a nós, nem às más emoções. Por isso, digo que, se estou aqui e não houve destruição, então Allie não pode estar aqui, ao mesmo tempo em que eu. Ela só pode estar lá, no meu universo. Trocamos de lugar. Espero que a tempo.

— Entendo. — Disse Elizabeth, um tanto incrédula. — Nesse caso, você conseguiria me explicar como conseguimos conviver, ao mesmo tempo e no mesmo lugar, com vocês e com as emoções inimigas por um breve período de tempo e nada foi destruído, que eu saiba?

— Na verdade, não convivemos.

— Hora, não me diga! — Voltou-se Elizabeth bruscamente. — Então, todos aqui estiveram conversando com ilusões e minha amiga Allie foi morta por uma imagem de contos de fadas que, na verdade, não estava lá? Faça-me um favor!

— E o tenente da polícia está no hospital, agonizando em dores profundas e lacerantes nesse exato momento, por causa desse mesmo conto de fadas que nunca esteve aqui? — Interveio Wüller, igualmente inconformado com o que Compreensão lhes dizia.

— É compreensível que fiquem confusos. — Retrucou a moça, abrindo um sorriso amável. — O que eu quis dizer foi que não chegamos a conviver no mesmo universo. Tivemos um bom tempo, desde a primeira abertura do portal, para aprender como abrir um tipo de paradoxo intermediário, uma espécie de fenda no espaço-tempo, por meio da qual podemos coexistir por um limitado período de tempo, sem que os dois universos se choquem. Esse paradoxo mantém nossos mundos separados, mas não conseguimos mantê-lo indefinidamente.

— Quer dizer então — disse Wüller, pensativo e segurando o queixo com uma das mãos — que quando a velhota lá falou em "a porta se fecha, temos que ir" ou algo parecido, ela poderia estar se referindo a esse... "Paradoxo" e não ao vórtice.

— Precisamente.

— A velha quebrou o pescoço da Allie de jeito. — Disse Derk. — E eu vi tudo. Depois, ainda por cima, vi o corpo. Ela já estava morta, antes de sumir aí pro seu universo. Tem certeza de que ela tem chance?

— Podemos consertar pescoços em nosso universo. — Sorriu Compreensão. — Como contei a Allie, somos capazes de trabalhar cada uma de suas células e partes atômicas.

— Mas, ela já estava morta, não entende o que estou tentando lhe dizer? Eu já sei que vocês podem mexer com células o quanto quiserem, mas podem ressuscitar uma pessoa?

— Depende. — Fez uma pequena pausa e acariciou seu maxilar. — Bem, quer dizer, a resposta é não, nosso poder não vai tão longe, porque nenhum de nós é Deus. Entretanto, talvez nós duas tenhamos conseguido trocar de lugar antes de ela desencarnar.

— ????

— ?????

— ??????$$$$ — Esse último foi Derk.

Compreensão chegou a dar uma sonora risada da confusão de seus expectadores. Ela, no fundo se culpava. Depois de se converter em humana, logo de cara já havia adquirido um péssimo hábito da espécie: complicava demasiadamente coisas muito simples. Sem mencionar que tal dificuldade de síntese era também uma característica de Allie. Será que aos poucos, ficaria como ela? Um mistério que não poderia jamais desvendar. Disse então:

— Vocês estão confundindo a morte física com a partida da alma. Nem sempre o espírito deixa o corpo no mesmo instante em que este para de funcionar. E Allie era demasiadamente apegada à vida para ter pressa nesse assunto. Também tinha sua imensa determinação, que não permitiria que nada a arrancasse de seu corpo, se houvesse uma pequena chance de viver. Estou quase certa de que sua alma ainda estava dentro de seu corpo morto, espreitando, esperando, sempre com sua peculiar esperança na vida... E no ser humano. Se eu estiver certa, meus companheiros do outro lado tiveram tempo para consertá-la.

— Pelo que entendi, as emoções inimigas a espancaram e a violentaram com tudo que tinham. — Elizabeth ponderou.

— Foi uma surra e tanto. — Compreensão admitiu.

— Você sabia que, ao trocar de lugar com Allie, podia bem ter morrido neste mundo. Não consertamos corpos arruinados tão bem quanto o pessoal de seu universo. — A inglesa divagou. — Você estava ciente da dor e do sofrimento que lhe seriam impingidos, ao se sujeitar às nossas fraquezas materiais, correto?

— Certamente. Sou uma emoção. Contudo, como rainha, você deve saber que certas coisas precisam ser feitas de qualquer jeito.

Elizabeth segurou-lhe as mãos ternamente e disse:

— Sabe, você até que tem coragem. É o tipo da maluca que precisamos.

Compreensão ruborizou.

— Puxa! — Disse Amanda. — Quer dizer que Allie é a nova Compreensão! Nada mais adequado. Mas... Isso faz de você a nova Allie?

— Não pode ser feito, minha querida. — A mulher a corrigiu. — Ninguém jamais poderá ser uma nova Allie. Ela é única, como cada um de vocês. E sua missão nesta Terra ainda não terminou. Há ainda muito que fazer. Esse arranjo deve ser temporário.

Quando Allison Mulligan voltou a se dar conta de si mesma, percebeu que estava sozinha e já em outro lugar. Na verdade, estava de volta ao Texas. Porém, não àquele Texas. O século estava errado. Seu adorável interlocutor ancião tinha sumido como poeira. Não fazia a mínima ideia de quanto tempo havia se passado. No entanto, ela parou de se preocupar com isso. Lembrou-se de que não era muito coerente falar em tempo, uma vez que se encontrava num universo fora do espaço físico, cujo acesso era feito por meio de um vórtice interdimensional.

Também notou que vestia roupas de cowboy e viu que tinha um chapéu rústico em sua cabeça, sujo como se tivesse acabado de retornar de uma trilha de gado. Bem impróprio para uma mulher naqueles dias, mas não queria que fosse de outra maneira. Era uma época em que honra e lealdade não eram somente o desfecho de alguma piada, mas sim valores concretos. Como toda americana contemporânea, ela conhecia aquele cenário mais por meio de filmes e séries de TV antigas. Nunca imaginou que um dia se veria naquele lugar. O sonho de todos que, uma vez, já brincaram de vaqueiros e índios.

No horizonte imaculado e despoluído, viu uma pequena cidade típica do velho oeste. Seguiu uma linha férrea que parecia ter acabado de aparecer próxima aos seus pés. A cidade, que hoje provavelmente já seria fantasma, naquele momento verdejava de vida. Havia cavalos e diligências entrando e saindo, além do inconfundível ruído metálico do ferreiro em suas tarefas. Ela tinha escutado esse mesmo som em tantos filmes a que assistira junto a seu pai. E as pessoas, ocupadas em seus afazeres e trajes da época, o que seriam? Somente frutos de sua imaginação, trazidos à tona e materializados a partir de suas lembranças mais profundas? Ou seriam espíritos de indivíduos que realmente existiram, em épocas que a modernidade esqueceu, porém, que a memória coletiva preservou? Todas agiam com naturalidade à presença da astronauta. Esta fazia o mesmo.

Havia milhões de possibilidades... Ela se flagrou divagando. Cinquenta bilhões de planetas em uma única galáxia e, ainda por cima... Quantas haveria? Talvez bilhões de galáxias em todo o universo? Cada uma com um número similar de planetas, talvez mais? Era inimaginável como que, em toda essa imensidão... O que haveria lá fora? Somente na Terra, somos bilhões de indivíduos. Como que cada um de nós consegue ser tão único? A verdade é que não conseguia mais concatenar seus pensamentos de maneira lógica. Não sabia o que se passava, porém, não era a Allie de sempre. Resolveu desistir de pensar. E era maravilhoso. Pois, assim, podia sentir. Enfim, poderia tentar ser a poeta que a situação exigia, já que parecia estar alijada de suas características objetivas de cientista.

Ela caminhava devagar sobre uma areia que possuía um brilho fosco. Um vento levemente frio levantou alguma poeira e agitava a copa das poucas árvores que ladeavam a pequena cidade. Avistou, no meio das construções baixas, uma igreja, que também era usada como escola. Coisa comum daquela época. Não sabia por que, mas dirigiu-se até ela. Não teria mesmo muito tempo para visitar a eterna atração principal de um viajante do futuro ao faroeste, o saloon. E havia um bem atrativo na cidade. Precisava se concentrar. Entrou na igreja. Próximo ao púlpito, repousava uma escrivaninha com uma única cadeira. Seguramente, o lugar da professora. Havia várias mesas individuais espalhadas ao redor, para quem desejasse rezar ou assistir à aula, conforme a ocasião e o horário.

— Que bom que está aqui! — Ouviu uma voz. — Esperava por você! — A dona da voz se levantou para cumprimentar a recém-chegada que, no momento, encontrava-se sem palavras. — Tudo acontece por uma razão! — Completou a senhora. — Também paro muito para pensar no sentido de estarmos aqui! E sempre chego às mesmas conclusões que você!

Allie tivera bastante tempo para meditar. Porém, já não mais escutava seus pensamentos traduzidos em palavras proferidas por sua própria voz. Era como se tivesse mudado de universo uma segunda vez. Entretanto, alguém escutara seus pensamentos. E aquela suave voz, que tinha respondido ao som de sua mente, fez com que seus olhos, normalmente já grandes e intensos, assumissem um tamanho tal que quase ocuparam completamente todo o espaço de sua cabeça.

— Professora Anne Burrows! — Exclamou Allie.
— Você sempre me chamou de Annie! Por que ficar formal agora, só porque estamos em outra dimensão?
— É só que, eu sinto que...

Despojada de toda a sua lógica e raciocínio coerente, Allie era só emoção. Não sabia qual, mas sentia-se como uma. Era muito difícil encontrar palavras naquelas circunstâncias. Mesmo assim, ela ainda conseguiu pensar em duas:

— Sinto muito.

— Pelo que? Por eu estar aqui? Pode ter sido a coisa mais maravilhosa que já me aconteceu.

— Era para ser eu naquela nave!

— Não, Allie, foi uma escolha minha e você sabe disso. Você não teve nenhuma culpa. Não poderia ter evitado o que aconteceu. O destino traçou nossas linhas para que tudo acontecesse da forma como aconteceu. E houve uma razão para isso.

— Sim... Mas — Allie hesitou. — Meus pensamentos com relação a... — Era como se fizesse um grande esforço para trazer a tona cada palavra.

— Não a culpo! — Interrompeu Anne, percebendo o desconforto de Allie. — Ele é um homem maravilhoso!

— Quem? Meu pai ou seu marido? — A astronauta perguntou.

— Ambos! — Respondeu Anne. — Um a criou e o outro a trouxe para mim!

— Você foi a única que acreditou em mim, quando todos os outros achavam que eu não passava de uma caipira ignorante.

— Eu somente trouxe à tona o que já havia dentro de você.

— Mas... Aquela sua condição cardíaca... Não devia ter ido... Deveria ter sido eu!

— Eu sabia exatamente o que estava fazendo e quem ficaria no meu lugar!

Já era claro que Anne sabia exatamente o que Allie pensava, esta não necessitava falar. Uma coisa de repente atingiu a cabeça errática de Mulligan como um tiro.

— Eram vocês o tempo todo! — Disse Allison. — Os alienígenas! Toda essa estória de emoções e vórtices temporais... Não passava de um... Convencionalismo! Primeiro, fizeram com que eu fosse até aquelas coordenadas. Agora, aparecem na forma de Anne Burrows, minha professora e amiga. Uma pessoa que sempre significou muito para mim e que perdi! E aquele prisma, foram vocês que o fizeram. Esqueceram-no, ou o deixaram aqui de propósito há incontáveis anos. Depois, enviaram aquela mensagem para cá, as tais das coordenadas espaciais para que eu pudesse chegar até vocês e... Devolver o prisma...?

Allie não havia se dado conta, mas Anne estava sorrindo o tempo todo durante o seu breve discurso.

— Você daria uma excelente emoção! — Brincou a professora. — Seu raciocínio está um tanto equivocado e nebuloso. Tudo o que você disse

380

está certo somente em parte. — Terminou com uma risada aberta e um tanto embaraçada. — Eu sou, de fato, Anne Burrows.

Allie olhou confusa para sua amiga do passado. Anne prosseguiu:

— Os alienígenas vêm do grande distante. Sua inteligência e avanços tecnológicos estão muito além de nossa compreensão. Construíram o prisma para ajudar a nova raça, que encontraram em seu caminho, a entender sua natureza, como um dia entenderam a sua própria.

— E essa nova raça éramos nós!

— Exatamente. O prisma era somente uma pequena amostra de sua tecnologia. Algo que deveria ser estudado e aprendido com perseverança. Por isso, o deixaram aqui para ser encontrado.

— E o que houve?

— A raça humana os desapontou, exceto por você. Achavam que, como eles, podíamos balancear as emoções com a razão, não imaginavam que nossos sentimentos negativos eram capazes de sobrepujar os bons de maneira tão destrutiva. Subestimaram a crueldade humana, bem como nossa capacidade de magoar e machucar.

— Mas, se foram eles que construíram a coisa, por que não a consertam agora?

— Não podem. Eles usam distorções temporais como combustível para suas viagens intergalácticas. Quando o prisma foi violado de maneira indevida pela primeira vez, o deslocamento planetário consequente quase destruiu o mundo deles. Tiveram que voltar para sua galáxia de origem e perderam a referência temporal com este planeta.

— Porém, a primeira brecha no prisma foi reparada.

— Sim, mas os construtores sabiam que aconteceria de novo, e de novo, e de novo! Ficaram desesperados, pois não achavam que o ser humano era capaz de consertar o dano que causara. Eventualmente, conseguiram nos encontrar de novo, seguindo as distorções do prisma. Seus construtores puderam voltar à Terra, mas somente pelo tempo necessário para achar um solucionador. E, ao que parece, a honra pertence a você.

— E por que eu?

— Não podiam viver com o fato de terem causado a destruição de um planeta em ascensão, quando só tentavam nos ajudar a evoluir. Foi quando encontraram você, em uma de suas viagens ao espaço. Não tinha como saber. Você os impressionou, eles a escolheram. Era a única que mantinha o equilíbrio do racional com o emocional. Mais do que isso, viram sua integridade, caráter e humildade. Ficaram impressionados quando você arriscou sua vida para salvar aquele outro astronauta. Já não esperavam nada assim de um ser humano e se surpreenderam. Depositaram suas últimas esperanças em você.

— Por isso mandaram as coordenadas?

— Sim, criptografadas de um jeito que, sabiam, só você poderia decifrar. Já estavam cientes de seu intelecto superior, acima da média para um humano. Queriam muito te conhecer. Estavam ansiosos e mal podiam esperar.

— Então por que não me lembro de nada e só fui acordar no oceano?

— Não era a hora. Estavam prevenidos. Confiavam em você, mas não nos demais. Já tinham causado muitos danos à Terra. E você era a única que poderia consertar o mau uso do prisma pelos outros humanos. Eles não queriam lhe prejudicar e contavam com sua determinação e fé.

— Por que todas essas coisas têm sempre que ficar no plano da fé? — Allie esbravejou, coisa que já não podia resistir, como uma emoção que era. — Por que temos que ser testados o tempo todo? Por que tudo não pode ser um pouco mais claro? Por que Deus simplesmente não aparece e diz: "Ei vejam todos vocês, eu existo!"?

— Porque daí não haveria o mistério, a luta para se obter respostas e a satisfação de consegui-las, a glória do vencedor! Nada deve vir fácil, isso é errado. Obstáculos devem ser superados, tudo deve ser obtido por meio do trabalho e perseverança. De outra forma... Qual seria a graça?

— E quanto à felicidade?

— Ah sim, a Dona Felicidade! Ela passeia muito por esses cantos.

— Por que ainda não a vimos, desde que tudo isso começou?

— Trata-se de uma emoção diferente. Ela está sempre à disposição. Porém, para vê-la, você tem que merecer. Mais um fruto da superação das dificuldades. E quando a encontrar, não a desperdice, como muitos de nós o fazemos todos os dias.

Houve uma pausa na conversa. O vento que agitava a areia das colinas áridas produzia um som agradável e repousante.

— E quanto a você? E a meu pai? — Allison voltou a perguntar.

— Já cumprimos com nossa missão. Agora, é hora de você cumprir com a sua. Uma amiga minha, que só conheci quando cruzei esta linha final, um dia me disse: a vida é a mais intrépida aventura! Exige-se muita coragem para empreendê-la! Encontre seu destino e tenha uma boa vida.

— Sim, mas...

De repente, tudo se apagou e só o que Allie conseguia ver eram as estrelas. Já não podia mais identificar a galáxia a que pertenciam, pois, àquela altura, perdera todo o seu raciocínio lógico. E deu Graças a Deus por isso. Pelo menos uma vez em sua vida, poderia simplesmente apreciar a simplicidade da beleza do universo, na imensidão que a cercava.

— Não pode salvar o tenente? — Perguntou Amanda, em voz baixa, tocando de leve o antebraço de Compreensão. Seu rosto ainda estava compungido e marejado.

— Não posso, querida. — Respondeu esta, voltando-se para Amanda. Teve que se abaixar, devido à diferença de altura entre ambas, e colocou as mãos sobre os ombros da jovem, afagando-os mansamente.

— Você curou a todos nós há algumas horas. — Interveio Leo. — Por que não manuseia as células de Rodriguez, como disse que podia, e acaba com sua dor?

— Não posso neste momento. — Tornou Compreensão em voz afável. — Aqui, sou tão humana quanto vocês. Preciso voltar a meu universo e ser de novo uma emoção, para ter meus poderes de volta.

— Eu soube das últimas notícias do tenente, — disse Amanda. — transmitidas pela rádio patrulha. Ele está na unidade de terapia intensiva, gritando e chorando em dores inacreditáveis, implorando pela morte, com médicos sem saber mais o que fazer, já que nenhum sedativo, nem remédio, nem mesmo morfina, funciona para nada! Sua esposa chora o tempo todo e suas filhas se contorcem em desespero! Você precisa fazer alguma coisa!

— Ele deve tentar ser forte por nós. — Falou a mulher com suavidade. — Ele precisa manter as esperanças. Tão logo eu recupere minhas forças, não somente cessarei sua dor, como ainda o compensarei pelo sofrimento. Dou-lhes minha palavra.

— Se esse Paradoxo que você descreveu — falou Wüller — já foi fechado (supostamente), como é possível que o tenente ainda esteja sob este... Encantamento das más emoções?

— Não sei. — Respondeu Compreensão frustrada. — Talvez Arrogância tenha descoberto alguma nova teoria que não conhecemos ou... — Fez uma pausa. — Não posso dizer mais, necessito voltar a meu universo para pesquisar.

— E se o Paradoxo não estiver completamente fechado? — Sugeriu Derk.

Nesse instante, Amanda colocou a mão em seu queixo e pareceu ficar pensativa um momento. Em seguida, seu rosto passou a exibir o mesmo olhar enigmático e maligno, com o qual havia olhado Allie pouco antes das más emoções atacarem, algumas horas atrás. Pegou Compreensão pelo braço, desta vez apertando um pouco mais forte, e disse:

— Podemos ir até meu quarto um segundo? — Pediu ela, sua voz era baixa e tão enigmática quanto seu olhar. — Preciso lhe falar em particular.

— Claro, querida. — Assentiu a bela mulher.

E ambas se encaminharam para o dormitório de Amanda, com Compreensão praticamente arrastada pelo braço e com dificuldades para acompanhar os passos rápidos e ansiosos da jovem loira, magra e de pequena estatura.

♣ ♣ ♣ ♣ ♣

— Eu não... Eu não queria que ela morresse! Não era para ser assim! — Falava Massorski para Elizabeth, que estava de pé diante dele. Ele ainda convalescia no sofá, recuperando-se de seus próprios machucados.

— Isso me surpreende. — Respondeu a rainha da Inglaterra. — A julgar pelo modo como mandou me matar, achei que não ligasse muito.

— Olha, eu... — A voz de Massorski tremia muito. — Eu... Eu sinto muito, eu... Não queria...

— Se eu tivesse morrido, esse seu "arrependimento" não seria de muita valia e a nossa situação, bem como a de todo o seu povo dos Estados Unidos, estaria irremediavelmente perdida.

— Droga, eu não sabia quem você era! — Fez uma pausa longa. Elizabeth limitou-se a fitá-lo. Ela era, por sinal, a única naquele recinto que lhe dirigia a palavra. — Sei que não há muitas justificativas para meu comportamento. — Ele parecia mais convicto. — Acredite, eu gostava de Allie. Mais do que se imagina. Chegava até mesmo a ter uma afeição por ela. Não era sequer ruim competir com ela. Algumas vezes, era até edificante...

— E por que competir com ela? — Interrompeu Elizabeth.

Massorski não respondeu. Elizabeth rodeou o sofá para que pudesse se sentar a seus pés. Pensou um pouco e, em seguida, falou:

— Chegou a sentir-se ameaçado por ela... Ser mulher?

O homem a olhou de soslaio por um breve momento, mas depois voltou a baixar a cabeça, pensativo. Elizabeth não tirava os olhos dele. Massorski falou então:

— Nessa nossa época de agora... Você sabe, até bem pouco tempo atrás, as mulheres não gozavam de tantos...

— "Até bem pouco tempo atrás", você diz? Na minha época, as mulheres eram rainhas! Não pretendo menosprezar os talentos de Allie, nem de suas companheiras nas mesmas condições, mas eu, em minha época, tomo decisões que muitas mulheres e muitos homens desse tempo fugiriam como que do próprio inferno. Honestamente, não consigo entender essa distinção que vocês fazem por aqui. Será que o mundo regrediu tanto nesses quinhentos anos? Você se recusa a aceitar uma autoridade concebida, se ela vier de uma mulher? Meu caro, se você fizesse isso em minha época, eu mandaria decapitá-lo!

— Bem, na verdade, eu sou a autoridade, em se tratando de mim e Allie. — Retalhou Massorski com força, ansioso em corrigir o que acreditava ser um erro de colocação da rainha. — Sou o chefe dela! E é por isso que... De vez em quando... — Ele hesitou. A rainha não tirava os olhos dele. Ele, em contrapartida, nunca levantava os seus para encará-la de frente. — De vez em quando, não me agrada o fato de ser sempre ela a ter todas as ideias e todas as respostas.

— E tem sido assim sempre, eu suponho.

Pausa.

— Desde que ela graduou-se com honra pela academia e começou a trabalhar para mim.

— Você nunca considerou a possibilidade de se sentir honrado em ter uma pessoa como ela trabalhando para você, ao invés de ameaçado?

Silêncio.

— N-não. Pelo menos, não até agora.
— E pode já ser tarde demais.

Outra pausa. Desta vez, Elizabeth não esperou pela resposta.

— Bem, — disse ela, erguendo-se do sofá — espero que você já tenha tomado consciência de que, sem Allie, precisaremos de toda ajuda disponível, uma vez que (você também já deve ter percebido) não estamos lidando com rebeldes de choupana por aqui. Nosso inimigo comum é poderoso, cruel, traiçoeiro e temos que nos aliar. Você, obviamente, não é tão esperto quanto Allie, mas possui grande influência em seus meios governamentais e podemos necessitar dela. Desta vez, do nosso lado, de preferência!

— Pode contar com isso! — Ratificou Massorski com algum entusiasmo.

Ela se afastou, porém Massorski ainda a deteve pela mão e, ainda sem se levantar, disse-lhe:

— Espero que, algum dia, possa me perdoar.

— Estudarei seu perdão mais tarde, quando tudo isso terminar. — Respondeu Elizabeth, em tom algo que retórico.

— Estudar meu perdão?

— Claro! Você tentou matar uma rainha, além de interferir significativamente em seu trabalho, dois crimes da mais alta seriedade secular. Entretanto, devido à sua recente mudança de atitude e clara iniciativa de nos ajudar, verei o que posso fazer. De vez em quando, mesmo uma rainha precisa ser clemente para com as fraquezas de seus súditos. De vez em quando, eu disse! Decidirei, pois, se devo poupar sua vida. — Fez uma pausa. — Ainda se fabricam machados de médio porte nesta época?

♣ ♣ ♣ ♣ ♣

Enquanto Allie fazia algum esforço para se equilibrar, dada à peculiar inclinação da torre onde se encontrava, o bom velhinho sábio que a acompanhava parecia equilibrar-se sem nenhuma dificuldade. Até conseguia ficar parado onde estava, em frente a uma das imensas janelas da parte frontal da torre. Continuava tranquilo e admirava a bela paisagem de Pisa que, de seu ponto de vista, parecia estar inclinada também. Allie não se atrevia a tocar qualquer janela ou abertura que visse.

— Não sei por que me preocupo. — Disse ela. — Não se pode morrer neste universo. Estou correta?

— Sem dúvida! — Respondeu Sabedoria, com seu já corriqueiro entusiasmo. — É impressionante como uma vista como essa repousa a alma. É uma pena que a ansiedade de sua geração os impeça de gastar mais tempo com a apreciação do belo.

— O que acontece se eu cair? — Prosseguiu Allie, não alterando sua linha de pensamento.

— O que você quiser, minha querida. Pode criar um paraquedas e abri-lo, ou simplesmente alçar vôo como uma gaivota ou, se preferir emoções fortes (como eu), pode se deixar cair e só diminuir o passo quando já estiver bem próxima ao solo.

— E se eu escolher cair como uma bigorna, não diminuir o passo em nenhum momento, e me esborrachar no solo?

— Aí, vai perder bons momentos de nossas férias, pois terá que se consertar. — Disse o velhinho, numa risada calorosa.

— Morrer não vou, de qualquer forma?

— Aqui? De jeito nenhum. Veja por si mesma: consertei seu pescoço e ele ficou como novo, até melhor do que antes! — Sabedoria voltou a dar um sorriso, misto de embaraço e orgulho.

Allie se lembrou do que havia lhe ocorrido antes de ser transferida para aquele mundo. Começou a esfregar a nuca com sua mão esquerda num gesto automático, enquanto torcia o pescoço para os lados.

— É engraçado, — Disse. — A última coisa de que me lembro foi... Foi...

— De Arrogância virando sua cabeça do avesso e quebrando seu belo e esguio pescoço?

— Isso! E olha... Doeu!

Sabedoria afagou a cabeça de Allie carinhosamente.

— O que houve com Compreensão? — Perguntou a moça. — Você sabe, aquela mulher...

— É uma de vocês agora. E você é uma de nós. A troca foi necessária para salvar-lhe a vida. Ela teve que se converter em humana, para que você pudesse ser trazida até nós. Não seria possível ter as duas, emoção e humana no mesmo universo, exceto no Paradoxo. Haveria atração, cancelamento e destruição.

Allie coçou a cabeça.

— Eu tenho certeza de já ter teorizado uma excelente explicação para isso, até comentei com Amanda. Mas, no momento, minhas capacidades estão por demais debilitadas para me lembrar de algo! — Finalizou aborrecida.

Sabedoria deu uma gargalhada.

— Não é fácil ser uma emoção, minha jovem. Especialmente para uma pessoa como você, que sempre se orgulhou de sua objetividade e raciocínio científico. Tais coisas inexistem aqui. Contudo, você se acostuma. É de sua natureza aprender bastante depressa e não fugir a novos desafios. Sei disso muito bem porque, sendo uma de suas emoções, sempre pude ver o que está em sua alma.

— Talvez, seja uma mudança salutar. Desde que seja temporária...

— E será, meu bem, eu lhe asseguro.

— E na parte diplomática, você é o substituto de Compreensão, pelo que entendi?

— Até que ela retorne.

— Ela é a líder de vocês, então?

— Pode-se dizer. Se bem que eu e ela sempre trocamos ideia, apesar de ser ela a nossa interface com vocês, da mesma forma que Arrogância é a representante das más emoções.

— Eu achava mesmo que compreensão e sabedoria andam juntas. Você não pode ter uma, sem possuir a outra.

— Viu só, Allie? Esse é um pensamento, se é que eu já ouvi algum! Você está aprendendo a ser uma de nós.

— Por que me trouxe até aqui? — A astronauta mudou de assunto.

— Não acha um lugar bonito? Também podemos ir para Florença, ou mesmo Veneza para ver os afrescos e as grandes obras de arte de sua civilização. Podemos subir até a Torre Eiffel, em Paris, o Coliseu de Roma, dar um pulo em Londres e visitar o Big Ben. Achei que gostaria de rever algumas de suas preciosidades, antes que as más emoções terminem de roubá-las, a fim de assustá-los.

— Suponho que referências de tempo, distância e grandezas vetoriais não se apliquem a essa realidade.

— Está correta, minha filha! Aqui podemos ir para qualquer lugar!

— Qualquer lugar?

— Sim!

Mal ele terminou de pronunciar a palavra "sim", uma nova mudança de ambiente se processou sem que Allie pudesse perceber. Estavam num campo vasto e imenso, coberto por um solo arenoso e algumas montanhas no horizonte. Allison reconheceu aquela cadeia em particular...

— São as montanhas de *Fra Mauro*... Eu me lembro de já ter estado aqui... — E, após uma breve pausa — Estamos na Lua!

— Sim! — Tornou o velhinho, com um sorriso cheio de orgulho. — Inacreditável, não.

— No meu mundo, precisaríamos de roupas equipadas com... Oxigênio e... Botas de gravitação... Equipamentos de... Maldita memória deficitária! Tem certeza de que, algum dia, eu conseguirei dar uma boa emoção? Isso é ridículo!

Sabedoria deu outra gargalhada.

— ...Tudo isso sem falar no trabalho que dá, só para se chegar até aqui. — Prosseguiu a cientista. — A propósito, como conseguimos respirar sem capacetes pressurizados?

— Não precisamos respirar, minha cara! Nunca o fizemos! — O entusiasmo que ele conferiu a sua asserção fez parecer que ele havia dito alguma suprema verdade universal.

— Eu já devia saber. — Rosnou Allie com certa ironia na voz.

Caminharam ao longo de um estreito de terra pedregoso, passaram por crateras e formações rochosas, ele com seu traje formal e gravata borboleta. Ela ainda vestia sua camisa branca e calça comprida, o mesmo que usava no momento em que foi morta. Se ela soubesse que viria a Lua, teria trazido... Um blazer. Fazia um pouco de frio.

— Quando estávamos em Pisa, você chegou a mencionar as nossas... Preciosidades. Você se referia aos monumentos e edificações que os maus sentimentos roubaram para nos assustar.

— Está correta.

— Eu cheguei a teorizar bastante sobre isso. Vamos ver se, pelo menos, esse assunto eu consigo racionalizar. As más emoções se usam desse artifício a fim de gerar medo e confusão. Duas emoções que, ao atingirem uma enorme intensidade em escala global, conseguiriam fazer o prisma levar o vórtice temporal até um passado bem remoto, onde alguma catástrofe de proporções mundiais teria ocorrido. Eles trariam essa catástrofe para o presente e nos aniquilariam com ela.

— Nada mal para uma emoção, Allie. De fato, devo dizer que tudo o que teorizou até o momento, desde que assumiu esse caso, está completamente correto. Quase tudo.

— "Quase"? E onde é que eu errei?

— Somente no modo como as emoções negativas pretendem destruir seu mundo.

— Quer dizer então que elas não pretendem nos levar até o Big Bang, nem até o Jurássico para sermos atingidos pelo mesmo meteoro que extinguiu os dinossauros?

— Mais simples do que isso, menina.

— Talvez elas queiram, afinal, colocar nossas duas dimensões em contato e acabar conosco dessa forma.

— Mais simples ainda, garota. Além do mais, destruir a ambos os mundos não convém a nenhum dos lados. Elas só querem destruir o de vocês.

— Entendo. O que, então? Isso é drasticamente embaraçoso, mas sinto que vou precisar de ajuda nisso.

— Tenho certeza que você teria descoberto sozinha se estivesse em seu mundo, dotada de toda a sua plena e rica capacidade mental.

— Bem, não estou. — Disse Allie impaciente. — E então? Como será engendrada nossa destruição?

Pela primeira vez, o sorriso do bom velhinho esmoreceu até desaparecer por completo de seu rosto enrugado.

♣ ♣ ♣ ♣ ♣

— Diga a verdade, Lisa, você acha mesmo que a gente sai dessa? — Perguntou Amanda, diante de sua pequena adega de vinhos, perdida em algum lugar do sótão. Um nome retórico, pois nela havia todo tipo de bebida. Poderia melhor ser chamada de uma "Arca de Noé Alcoólica".

— Falta um pouco de sabor neste vinho aqui, mas até que está bom. Quase como aqueles que eu conheço de meu saudoso passado. — Respondeu Elizabeth, brandindo seu copo com gelo.

— Não respondeu minha pergunta.

— Essa casa tem álcool demais, para pertencer a uma jovem mulher de 19 anos. Não acha, querida?

— Primeiro responda minha pergunta. Enquanto ainda está sóbria!

— Isso aqui mais parece o esconderijo final de um velho aposentado, cuja única coisa que supera seu próprio tédio é o esforço para se combater uma devastadora solidão, com algo que ocupe o que resta de seu pouco tempo. Existe mesmo a necessidade de se ter tanta bebida?

— Por que eu deveria responder a sua pergunta se você não responde a minha?

— Prerrogativas de comando.

— Tá bom. Então, combinamos assim: eu concordo em responder à sua pergunta, se você prometer que responde a minha depois.

— Oh, claro. Façamos diferente: você responde à minha pergunta agora mesmo, e eu respondo a sua se tiver vontade. Agora, me diga: por que tanta bebida?

Amanda hesitou.

— Recebo visitas. — Disse enfim.
— Suas visitas devem ser bem festeiras.
— Elas gostam de beber.
— E você?
— Bebo para acompanhá-las.
— E quem seriam essas pessoas a quem você devota todo esse sacrifício?
— Parentes, amigos... Você sabe.
— Seus pais?
— Às vezes.
— Hum... Entendo. Quer dizer que eles sabem que você bebe, mesmo na frente deles e... Ainda por cima a acompanham! Eu e metade dos adolescentes entre os séculos XVI e XXI gostaríamos de ter pais tão compreensivos quanto os seus.
— Eu gosto, tá! — Tornou Amanda irritada. — Se eu quero beber, eu bebo! Aliás, por que estou lhe dando satisfações? Eu faço o que eu quero, tá legal?
— Há quanto tempo foi seu último encontro? A última vez que saiu para se divertir?
— Faz tempo.

Elizabeth deu uma gargalhada.

— De onde vem toda essa bebida? — Voltou a perguntar a rainha com toda a calma.
— A maioria era dos meus avós. — Respondeu Amanda, baixando a voz. — Eles tinham uma coleção e tanto. Também herdei alguma coisa de uns tios distantes. Teve também aqueles dois brandies ali... Esses eu roubei dos meus pais. Fui coletando.
— Todas as suas fontes eram pessoas velhas.
— Agora que mencionou, sim.
— Então já deve saber que isso não é coisa para jovens cheias de energia. É somente o consolo medíocre de velhos perdedores. Não é para você.

Amanda fez silêncio. Depois, o quebrou:

— Agora, acho que você me deve a resposta para a pergunta que lhe fiz.

— Vamos tomar um drink, minha cara.

Amanda sorriu e encheu dois copos com seu melhor Gin.

— Acredito que podemos ganhar das más emoções com toda a tranquilidade. — Falou Elizabeth repentinamente.

— Por que está tão confiante? — Retrucou Amanda de forma igualmente brusca.

— A resposta está debaixo de suas barbas. Venha aqui.

Puxou Amanda pelo braço, que quase deixou cair seu copo em cima de um ostensivo tapete indiano. Arrastou a jovem até uma janela nos fundos da casa, e apontou para o distante abaixo.

— Vê aquilo?
— Aquilo o quê?
— Bem ao longe...
— Ah sim... É uma pequena igreja.
— Isso eu percebi, não foi o que perguntei. Você não notou nada de especial nela?

Amanda precisou estreitar os olhos. Não usava óculos, porém, a mencionada construção ficava a uma boa distância da casa. De fato, só podiam vê-la do sótão. Depois de forçar um pouco mais a vista, a moça falou:

— Não, nada. Continua lá como sempre esteve. É velha. Alguns medalhões do bairro me disseram que foi construída nos tempos do *Bonanza*. Meu pai assistia esse negócio.

— Exato, minha amiga, você acabou de dizer o que há de especial nela!

— ?

— Está lá, como sempre esteve! Não percebe? Essa é a questão. Praticamente, todos os monumentos e relíquias históricas de seu tempo estão desaparecendo em todo o mundo, por ação das ditas emoções sujas. Todos, menos os de ordem religiosa. Será só coincidência?

— Bem, esta igrejinha ainda não sumiu... Ainda. Talvez a deixem para o final.

— E qual critério elas usariam para tal decisão? Geografia certamente não é, porque eu soube, pelos noticiários, que coisas já desaparecem no país que vocês chamam Argentina, que fica mais ao Sul.

— O que acontece na Argentina é problema deles. A verdade é que eu não sei. Sinceramente, não quero saber.

— Desde o início dos tempos, existe a crença de que religião, qualquer que seja ela, nos protege. Pode ou não ser verdade, mas se a maioria das pessoas acredita nisso, não acha que vai afetar a percepção coletiva das emoções? E se esse fato estiver, de alguma maneira, interferindo com os maus sentimentos, a ponto de impedi-los de roubar manifestações religiosas?

— Você está falando de fé. Era maior no passado. Hoje em dia, muitos já expulsaram Deus de seus corações. Não deve ser isso. Não vai funcionar.

— Pois bem, talvez seja você então.

Pela primeira vez, Elizabeth fez Amanda rir, ao invés do oposto. Ficaram em silêncio durante algum tempo.

— Você e Compreensão ficaram bastante tempo em seu quarto. Sobre o que conversaram? — Perguntou a rainha distraidamente.

Amanda não respondeu em princípio.

— Falando mal de mim, eu imagino. — Tornou Elizabeth num tom de voz descontraído e ainda distraída.

A mocinha voltou a ficar misteriosa.

— Seja lá o que for, deve ter impressionado bem nossa amiga compreensiva. — Continuou a inglesa, sem dar uma real importância ao que dizia. — Ela ainda não saiu do aposento, desde que vocês duas entraram lá. Pode explicar?

— Ela está... — Amanda hesitou bastante — descansando um pouco. — Sua voz era baixa e taciturna.

— Imagino que se cansaram bastante. — Disse Elizabeth num sorriso zombeteiro. — Por mim, tudo bem, só não batizem o bebê com meu nome. — Finalizou com uma risada alta.

Foi aí que Amanda começou a olhar a rainha, novamente com olhos malignos. Elizabeth, ao perceber o fato, passou a encará-la de volta.

— Na verdade... — Falou Amanda muito devagar, e com voz mais cavernosa. — podemos dizer que boa parte do que conversamos foi sobre você.

A lua estava cheia e iluminada, o que lhe conferia beleza e paz. Mais ainda agora, que era novamente vista da Terra. Allison, que nunca antes havia estado no Saara, até chegou a achar romântica a noite no deserto.

A escuridão cobria tudo, não havia absolutamente nenhuma luz, a não ser aquela proporcionada pela lua e as estrelas. E havia muitas delas no céu. Um número imenso, inacreditável. Espalhavam-se por todos os lados, horizonte afora. De fato, não fosse por uma ou outra duna e alguns cactos, cuja silhueta era razoavelmente visível, poderiam acreditar que flutuavam no espaço.

É claro que toda essa beleza era passível de ser apreciada somente na condição de serem apenas emoções, pois qualquer ser humano de carne e osso já teria perecido, devido ao calor escaldante que o dia traria, especialmente considerando o ponto em que se encontravam: a milhas de distância de qualquer traço de civilização concebível.

— Se tivéssemos tempo, gostaria de ir para a Áustria novamente. — Disse Allie.

— O tempo aqui é algo muito fluido, minha jovem. Em que região da Áustria, especificamente, você gostaria de passear? — Perguntou gentilmente Sabedoria.

— Não me lembro do nome, mas conseguiremos encontrar suas coordenadas. Fica próximo à residência do Dr. Karl Wüller.

— E por que este ponto em particular? — Perguntou o velhinho, mostrando muito interesse.

— Quase morri quando estive lá como ser humana, e agora gostaria de ver como seria estar no mesmo lugar, sob o mesmo inverno arrebatador, mas sem precisar me preocupar com o peso da morte pairando sobre minha cabeça. Só para ver como é.

— Gostaria de deixar este sol harmonioso, para ingressar no frio mais cortante que existe?

— Sair do fogo para a frigideira! É exatamente o que quero. Pode chamar de minha vingança contra a morte, como queira. Seria uma experiência interessante.

— Certamente que sim.

Sabedoria e Allie subiram em uma duna e lá pararam. Daquele ponto, a visão da Lua chegava a ser fantasmagórica e assustadora, de tão grande que esta havia ficado.

— A sua espécie não pisou na superfície da Terra desde seu princípio, há incontáveis anos. Estou correto em afirmar isso? — Perguntou o velhinho.

— Sim. — A astronauta confirmou. — Os antepassados do homem viveram no Paleolítico, mas posso estar errada. E o pior é que, como pesquisadora, cheguei a estudar isso a fundo. Se minhas faculdades não estivessem tão... Bem, de qualquer forma, levaram muitos anos após o nascimento da Terra para que o homem, em todos os estágios de sua evolução, habitasse sua superfície.

— Se toda a sua civilização retornasse a esse distante passado, haveria um recomeço. Tudo o que vocês evoluíram e construíram em todos os anos que se seguiram, desde seu ingresso neste planeta, estaria perdido e vocês teriam que recomeçar do zero.

— Não podemos ter certeza disso.

— Mas é uma grande possibilidade. Eu e as outras emoções também estudamos isso a fundo.

Nesse momento, os olhos de Allie se iluminaram.

— Então é isso! — Tornou ela beatificada. — É para esse passado que as más emoções querem nos levar! Para os primórdios da civilização humana! Quando começamos a habitar o planeta, da forma como somos agora!

— Para que possam moldá-los da maneira como desejarem. Torná-los escravos humanos e devotos de deuses, que seriam elas próprias.

— Considerando nossa ignorância e completo desconhecimento de tudo na ocasião, isso não seria difícil.

— E o controle de possíveis rebeliões futuras seria obtido a partir da extrema dor física, e do sofrimento excruciante que elas podem impingir a qualquer um que ouse questionar, mesmo que de leve, sua autoridade. — Fez uma pausa. — Eu disse que era muito simples. — Completou.

— Sabedoria, preciso voltar a ser humana o quanto antes e receber de volta minhas faculdades mentais. Deixemos para outra ocasião meu passeio pelas torrentes de neve da Áustria.

— Plenamente de acordo. Enquanto seus monumentos desaparecem, o medo de seu povo aumenta. O vórtice chegará cada vez mais perto do passado alvo. O tempo se esgota.

— É, mas o tempo, pelo menos por aqui, é bem fluido, meu amigo.

Sabedoria voltou a dar seu tradicional sorriso magnânimo e falou:

— Teria dado uma excelente emoção, Allison.

O prisma tremia mais do que o massageador de má qualidade da mãe de Amanda. As pequenas luzes no relógio do Dr. Wüller piscavam frenéticas e descontroladas.

— Se isso fosse um reator de fissão nuclear, isso poderia significar um derramamento pesado de material radioativo. — Comentou Leo para Elizabeth, referindo-se ao inquieto movimento das luzes do relógio.

— Para mim, estaria tudo bem, já que não faço a mínima ideia do que está falando. De qualquer maneira, podemos concluir que há uma intensa atividade girando em torno deste objeto, que parece influenciar esse relógio curioso. Creio que já está na hora de nosso bom cientista, inventor desses brinquedos, nos dar algumas explicações. Já que Allie o chamou porque sabia que, mais cedo ou mais tarde, desapareceria, é hora de ele mostrar algum serviço.

— Olhe só para isso! — Disse Leo, de olhos fixos no prisma, o qual, a cada segundo, ficava cada vez mais rebelde em seu tremor. — Ele parece ter formigas nas calcinhas.

— Isso seria bem desagradável. — Respondeu Elizabeth, que tentava não permitir que aquela imagem permanecesse muito mais tempo em sua mente.

— Onde está Amanda?

— Em seu quarto, conversando com a donzela compreensiva.

— Ela anda bem estranha ultimamente. Isso me preocupa devido ao modo como as emoções tentaram recrutá-la quando nos atacaram. O que vocês duas estavam conversando há pouco?

Fez-se um inquietante silêncio.

— Eu lhe asseguro que você saberá. — Disse, enfim, Elizabeth.

Após mais alguns instantes de quietude:

— As emoções parecem se concentrar demais em Amanda. — Observou Leo. — Faz alguma ideia do por quê?

— Não, no momento. E você? Tem alguma teoria?

— Bem, talvez a explicação resida nas próprias características de Amanda. Ela é... Bastante sensível, bem...

— Não perca meu tempo enumerando todo o perfil do caráter dela. Eu a conheço bem melhor do que você.

— Estava somente tentando responder sua pergunta com delicadeza. — Leo estava, obviamente, mais acostumado a lidar com a rainha, e seu temperamento.

— Obrigada, mas, na verdade, o que lhe perguntei foi se tinha alguma teoria.

— Não. Preciso conhecer melhor Amanda. Era o que Allie pretendia fazer, antes do ataque das emoções.

— Se eu estivesse aqui quando este ataque ocorreu, poderia ter feito bem mais perguntas a elas. Cuidadosamente engendradas para não deixar transparecer minhas reais intenções. Nisso, eu sou mestra. Descobrir pontos fracos, traçar estratégias evasivas, de acordo com os principais flancos de investida das emoções e poder, com isso, determinar a melhor maneira de estabelecer nossa ofensiva.

— Tem uma predileção irritante por retórica militar, majestade. — Interveio Wüller.

— É uma guerra, meu bom cientista. — Devolveu a rainha. — Se queremos vencê-la, temos que nos adaptar a essa situação. Creia-me: em termos de elaborar ardis para disputas políticas e batalhas de conquista, esse é o meu ramo de negócio. E me chame de Lisa.

— Interessante como as emoções conseguiram apagar a luz do Sol no momento em que vieram. — Comentou Leo.

— Mais interessante ainda — Continuou Elizabeth — é que tal não ocorreu em toda a cidade e, por conseguinte, não em todo o mundo.

— Não?

— Quando eu estava a caminho daqui, pude observar que só conseguia enxergar uma parte da cidade, a partir de um determinado ponto. Era como se ela tivesse sido engolfada por um gigantesco cobertor preto. Até que foi interessante.

— A fronteira entre a parte clara e escura da cidade era bem visível? — Perguntou Wüller, interessando-se.

— O contraste chegava a ser notável.

— Hum, curioso. É possível que a luz do Sol não consiga penetrar no Paradoxo. — Supôs o alemão. — Nem da lua, ou das estrelas.

Elizabeth respirou fundo e falou a seguir, dirigindo-se a Leo:

— Você, meu caro amigo silencioso, saberia me dizer por que os habitantes deste país do hemisfério norte, que vocês dizem ser derivado da Inglaterra, estão desaparecendo? Você e Allie já tiveram tempo de pesquisar sobre isso, eu suponho. É óbvio que tem a ver com o fato de eu estar aqui, porém, nada relacionado com as emoções e seus ataques, isso eu já pude deduzir.

— Bem, — Hesitou Leo. — Eu tenho a resposta para isso, mas... Achamos melhor não lhe dizer no momento.

— "Achamos"? Você e mais quem?

— Eu e... Allie.

— Então, já percebeu que isso mudou. Você e ela poderiam seguir seus estratagemas e precauções enquanto ela estava aqui. Contudo, sou eu quem está no comando agora. É imprescindível que cada informação relevante seja compartilhada comigo. E essa em particular, eu considero uma informação bem relevante.

Pausa.

— E então? — Insistiu a rainha, impacientando-se.

Leo ainda permaneceu mais algum tempo em silêncio, depois começou:

— Indiretamente, esses desaparecimentos estão relacionados com você.

— Ótimo. Agora, tente me dizer alguma novidade.

— Com seu desaparecimento, uma situação de confusão e anarquia deve ter se instalado, mas não temos certeza.

— Sim, claro. Era esperado. E como a resolveram? Qual foi o palhaço da corte que escolheram para ficar no meu lugar, afinal?

— Não sabemos.

— Os livros de História não revelaram nada?

— Muitos deles desapareceram da Inglaterra.

— E foram para onde?

— A maioria deles se espalhou por outros países da Europa.

— Algum em particular? — Elizabeth ficava impaciente em ter que extrair cada informação a fórceps.

— A França.

— Você estaria sugerindo que fomos conquistados pela França? — Elizabeth engoliu em seco.

— Não chegamos nessa parte. E também não importa, já que se trata de um passado não correto. Vamos consertar isso.

A rainha chegou a esboçar um sorriso sardônico, que substituiu uma angústia que tentava se alojar em seu coração. Se, de um lado preocupava-se com o que fizeram de sua querida Inglaterra em sua ausência, por outro, regozijava-se ao descobrir sua importância. Foi até onde estava o alemão. Ele precisou se dobrar bastante para ouvi-la

— Muito bem, senhor bárbaro germânico. — Disse ela. — Tudo isso é culpa sua, você já sabe. Alguma ideia de como me devolver ao passado? Acredito que a noção de um domínio francês o incomoda tanto quanto a mim.

Wüller permaneceu imóvel e inabalável. Porém, também sorriu.

— Entendo sua indignação, milady. — Disse. — No entanto, estou impossibilitado de fazer o que me pede no momento, porque ainda não reuni todos dos dados necessários. Tão logo eu tiver alguma coisa mais consistente, devolvê-la-ei ao seu tempo, para que possa resolver seus negócios.

Elizabeth respirou fundo, e foi se sentar numa poltrona próxima. Parecia muito exausta.

— Impressionante a incompetência das pessoas que deixei no passado. — Elizabeth chegou a dar uma risada. — Bem, ao menos, me consolo com o fato de que não serei a única a sentir as consequências. Estou imaginando seu precioso *Bonanza* falado em francês.
— Temos que devolvê-la imediatamente! — Leo berrou de um golpe.

Nesse momento, o mundo ficou escuro novamente. Só que, desta vez, a escuridão trazia algo mais do que seu proverbial manto de ébano.

Os prognósticos dos médicos não podiam ser mais pessimistas. A agonia do tenente não teria fim. Ele já não tinha mais forças e, por outro lado, também não tinha a morte à sua espera. Nenhum alívio, nenhuma esperança. Só eterno sofrimento. Ele já estava no inferno. Talvez pior.

O Achado

Como não havia nada que ninguém mais pudesse fazer por ele, o hospital, na estrita interpretação de seus regulamentos, sem levar em conta nada de mais humano naturalmente, comunicou à família que ele teria que ir para casa. Já não havia mais "justificativas" para seguir com sua internação.

Vítima dos inimagináveis avanços da medicina moderna, cujas máquinas de alta tecnologia são capazes de prolongar a vida, sem nenhuma consideração pela sua qualidade, a pobre esposa do policial não tinha escolha a não ser implorar para que os médicos detivessem seu passo e achassem outra solução. Ela, que sempre havia sido orgulhosa, esquecera-se de tudo que conhecia sobre dignidade, com suas filhas assistindo a suas súplicas.

Enfermeiros, seguindo ordens rígidas, adentraram na unidade de terapia intensiva, enquanto que os seguranças do hospital se encarregaram de impedir que a pobre mulher os seguisse. No momento em que chegaram ao leito de Rodriguez, os enfermeiros estagnaram. Ficaram a olhar estupefatos para a cena que corria diante de seus narizes.

Allison Mulligan estava sentada na cama, ao lado do policial. Sua mão segurava a do tenente com grande força. Este a apertava de volta com igual intensidade. Os enfermeiros, por algum motivo, não podiam se mexer, nem dar mais um único passo adiante. Eles só conseguiam retroceder. Um deles apressou-se em bipar os médicos e chamar os seguranças, só que estes ficariam tão inúteis quanto os enfermeiros, a partir daquele ponto.

— É duro trabalhar sem um manual de instruções para quando "tudo falha". — Allie falava sozinha.

Nada aconteceu.

— Eu preciso de mais prática. — Continuava a moça para se encorajar. — Quantas células têm um corpo? Muitas, eu diria. Essas emoções negativas fizeram um serviço profissional. Vejamos... Remanejar as células... Sabedoria me ensinou a técnica! Se, ao menos, ainda tivesse minhas faculdades mentais...

Os gritos cessaram. Um silêncio quase total, que parecia atingir a todo o hospital, seguiu-se. Mesmo a ala dos pacientes de câncer parecia ter se tranquilizado. Diante de uma platéia embasbacada e incrédula de médicos, enfermeiros, enfermeiras e seguranças, o tenente se levantou calmamente, a fim de se colocar em posição sentada e, após uma profunda respirada de alívio, disse para Allie:

— Você está pensando o mesmo que eu, cientista?

— Eu creio que sim. — Respondeu ela.

— Essas emoções filhas da mãe conseguiram me irritar!

— Concordo plenamente. Vamos mandá-las de volta para o inferno.

Allie se ergueu e foi até um dos médicos lá parados, o que estava com a boca menos aberta, e falou:

— Sou Allison Mulligan, NASA. Preciso das roupas deste paciente. Se pudesse ter a gentileza de trazê-las para mim, ele acabou de receber alta.

Depois de um momento de grande hesitação, o abismado médico respondeu:

— Não podemos fazer isso!

— Agora não podem fazer isso? — Gritou o tenente. — Não eram vocês que queriam me chutar daqui quando eu estava gritando?

— Isto não será necessário. — Disse Allie amavelmente para Rodriguez e, voltando-se para o médico, colocou uma das mãos em seu ombro esquerdo. — Doutor, creio não ter me expressado bem: preciso das roupas do cavalheiro deste leito, por favor.

O rosto do homem ficou vazio por alguns instantes, depois se iluminou de novo.

— Enfermeira! — Chamou ele. — Providencie as roupas deste paciente.

— Mas, senhor...

— Obedeça, enfermeira! — Tornou ele, severo.

Ela virou as costas e foi até a intendência do hospital.

— Você domina as mentes das pessoas agora? — Perguntou o tenente, abrindo um meio sorriso.

— Não. — A astronauta revelou. — É que da primeira que pedi, tinha me esquecido de dizer "por favor".

♣ ♣ ♣ ♣ ♣

Enquanto Allie aguardava o tenente terminar de falar com sua esposa, uma de suas filhas aproximou-se dela e disse, numa vozinha infantil e bem suave:

— Você é Deus, moça?

— Disso, eu tenho certeza que não. — Respondeu Allie docemente e dobrou as pernas, para ficar na mesma altura da criança. Não precisou se abaixar muito para aquilo.

— Por quê? — Sussurrou a menina.

— Se eu fosse tão inteligente quanto Deus, não me meteria em tanta encrenca.

A garota sorriu.

Já no carro de polícia, Rodriguez comentou:

— Muito bem, onde está seu Sabre de Luz?

— Meu o quê? — Perguntou Allie.

— Você agiu como uma *Jedi* lá dentro. Se tivesse orelhas pontudas, até lhe pediria que colocasse minha mulher para dormir com aquele toque no ombro, quando ela não me deixa usar o banheiro em paz!

— Você assiste a muita televisão, tenente.

— Bem, particularmente, não me amarro nessas coisas, mas minhas filhas gostam. Eu assisto só para acompanhá-las.

— É um bom pai, senhor.

— Tento ser. Mas agora, é a sua vez: como conseguiu fazer aquilo lá no hospital? Está claro que aquele bom doutor não quebrou todas as regras do lugar, para atender sua solicitação, só por causa do seu sorriso meigo.

— Não, tem razão. Eu toquei sua mente. É um luxo que perderei em breve. Pelo menos, posso sentir minhas faculdades mentais se regenerarem, coisa que havia perdido no outro universo. Minha inteligência é, e sempre será, meu poder nesta dimensão.

— Todos nós temos nossos poderes. Algo que ninguém mais faz melhor do que nós mesmos. Você não precisa ser sobrenatural para ser especial.

— Claro que não. E podemos provar isso agora.

— Você tem algo para mim, então.

— Certamente. Descobri como as más emoções planejam nos destruir.

— Sou todo ouvidos.

Allie explicou tudo cuidadosamente, toda a história desde o início, incluindo o prisma e tudo mais.

— E o que você tem em sua manga para impedir tudo isso? — Perguntou Rodriguez.

— Uma teoria.

— Vocês cientistas sempre têm uma! — Prosseguiu o tenente. — E qual seria ela? Vai funcionar na prática?

— Desde que minhas faculdades mentais começaram a voltar, andei pensando. Considero que podemos usar contra elas a mesma coisa que estão usando contra nós.

— De que maneira?

— Como disse um grande amigo meu, é bem simples. As emoções querem nos levar ao passado para poderem nos recolonizar, certo?

— Foi o que você disse.

— Mas, para alcançarmos aquele passado, precisaremos passar, necessariamente, pelo período de Elizabeth I, correto?

O tenente não devolveu uma convencional resposta de "correto". Ao invés, ficou pensativo e, depois, falou:

— Elizabeth I...

— Você já sabe quem ela é, certo?

— A companheira de quarto de Amanda. Não sabia que a menina era tão importante!

— Corretíssimo, tenente! O senhor é inteligente, além de bonito.

O policial deu uma sonora gargalhada.

— Você é uma péssima mentirosa! — Disse ele. — Sou policial há mais de 25 anos. Sei muito bem julgar as pessoas que interrogo naquela sala. E aquela mulherzinha me pareceu bem estranha desde o começo. Entretanto, agora que sei dos fatos, até que tenho que admitir, ela é bem culta.

— E perceptiva também. — Completou Allie.

— Bem, continue com sua teoria. Devo supor que, se devolvermos a rainha lá para o século de onde ela vem, a gente sai dessa joça.

— Sim, mas precisa ser no momento preciso. Senão, o vórtice não abandonará seu ciclo.

— E você pode conseguir isso, eu suponho.

— Em teoria, sim. Com a ajuda de meu amigo da Alemanha, acredito ser possível estabelecer uma fórmula para equacionar o movimento de queda do tempo, de acordo com o medo dos seres humanos, causado pelo desaparecimento dos monumentos históricos. De posse desta equação, poderemos prever quando passaremos pelo século XVI, no exato momento em que Elizabeth foi retirada e aí, nós a devolveremos de passagem. Com isso, o vórtice se fechará, antes que as emoções atinjam seu passado alvo.

— Mas... Eu suponho que a gente precise sair desse... Vórtice antes que ele se feche, verdade?

— Sim, e precisaremos garantir que as más emoções não nos seguirão de volta para esta dimensão. Elas precisam ficar presas em seu universo. Não duvido nada que, ao se verem sem nenhuma escolha, vão tentar uma solução suicida: transpor seu mundo para o nosso, colocar os universos em contato e, com isso, destruir a ambos.

— E isso pode acontecer?

— Nossas dimensões são o oposto. É como na física, quando temos cargas elétricas de sinal contrário. Quando próximas, se atraem mutuamente e se cancelam. Só que não estamos falando de míseras cargas. Trata-se de universos inteiros. O cancelamento se manifestará na forma de aniquilação. — Embora tivesse que dar más notícias, Allie respirava aliviada ao sentir suas capacidades mentais já totalmente regeneradas. Jamais voltaria a fazer pouco caso delas. As pessoas só dão valor a algo quando o perdem.

— E será que conseguiremos fazer tudo isso? — Perguntou Rodriguez, também respirando fundo. — Devolver a tal da rainha com toda essa precisão, sair correndo e não ser seguido?

— Certamente que sim... Em teoria.

♣ ♣ ♣ ♣ ♣

— E quanto à garota, a tal de Amanda? Já sabe por que todas essas emoções não largam do pé dela? — Intercalou o tenente.

— Também já pensei nisso.

— E?

— Amanda, apesar de parecer insegura, possui um grande controle sobre si mesma.

— E como esse controle poderia influenciar as emoções?

— De maneira bem direta, eu creio. Ao longo de seus anos de vida, ela acabou por desenvolver um intenso, muito rico e frondoso mundo interior. A tal ponto de poder simular qualquer situação de vida que você possa imaginar: amor, um abraço, afeto, outras pessoas, amigos imaginários, todo o necessário para preencher uma vida inteira de solidão, se fosse preciso.

— Allie, me desculpe, mas não vejo como isso a torna especial de alguma forma. Estudamos psicologia na polícia e isso que você está descrevendo é uma característica muito comum dos solitários. De fato, muitos criminosos que entrevistei usavam isso como desculpa para...

— Não, não! — A cientista o interrompeu bruscamente. — Quer dizer, eu entendo e apoio seu conhecimento e concordo que, em circunstâncias normais, isso é, de fato, uma característica bem comum dos solitários. Eu mesma sei por experiência. Entretanto, no caso de Amanda, ela a desenvolveu num grau maior.

"Ela é uma pessoa extremamente intensa e sensível por natureza. — Continuou a astronauta. — Combine isso a anos de solidão e desconfiança, com negligência por parte de seus pais e amizades pouco sinceras, provavelmente amigas fúteis, mais belas do que inteligentes, que lhe tiravam toda a atenção dos homens, igualmente tolos e vazios."

"Amanda acabou por desenvolver um interior que a acolhe, não somente em momentos ocasionais de solidão, mas que também é capaz de preencher qualquer vazio concebível. Ela se tornou totalmente autossuficiente, capaz de suprir a si mesma com qualquer tipo de necessidade física e, principalmente, emocional, que ela possa carecer em determinada ocasião."

— Quer dizer então que ela se tornou uma espécie de... Solitária perfeita, um tipo de "hermafrodita emocional"?

— Exatamente! O mundo interior que ela construiu é capaz de tudo. Levou dezenove anos para isso. E ela deve ter calculado tudo tão precisamente (sem saber), que consegue manter uma ou outra coisa em comum com o mundo real em que vivemos, mas somente o bastante para que ninguém perceba o seu próprio. Não deixa ninguém invadir seu mundo. Com isso, sente-se protegida. De fato, ela fez um trabalho tão bom, que ninguém jamais soube o que se passa na cabeça dela, nem como ela é capaz de aguentar tanta solidão de maneira tão serena e completa, sem nunca parecer frustrada, aborrecida ou entediada.

— Bem, você percebeu.

— Não sou psicóloga, mas um solitário conhece o outro. Como resultado, Amanda adquiriu um controle fora do comum de seu gênio, seu consciente, personalidade e, claro, suas emoções.

— Um controle que ela mesma não sabe que tem.

— Exato. Ela conhece muito bem a si mesma, só que não sabe disso.

— Mas as emoções sabem.

— Sim. É esse o fato que a torna tão importante, tão especial para elas. Amanda, embora sem consciência disso, tem um pleno, rígido e forte controle de suas emoções. Numa guerra entre elas, Amanda poderia ser decisiva para ambos os lados.

— Portanto, ambos os lados a querem.

— Correto. Com seu autodomínio e poderoso controle, Amanda pode escolher que emoções esmagar e que emoções devem tomá-la num determinado momento. Nada disso oferecia perigo enquanto tal domínio só ocorria na mente dela. Isso mudou.

— Entendo. As emoções se materializaram. Umas querem acabar com gente, e outras nos proteger. E a garota pode destruir o lado que queira. Por isso, todas elas querem encorajá-la, persuadi-la, mancomuná-la para seu respectivo lado para ganhar a guerra.

— Em essência, é isso. Só que Amanda não está ciente de toda a sua força e poder. Ela ainda é jovem e isso pode vir a atrapalhar.

— E como fazemos para ela nos ajudar?

— Só o que precisamos é que ela seja uma boa pessoa.

— Ela é. Tenho certeza disso. Tantos anos na polícia lidando com a escória da sociedade me fizeram conhecer muito bem as pessoas, e distinguir com maestria os bons dos maus. É uma necessidade do nosso trabalho.

♣ ♣ ♣ ♣ ♣

O tenente foi forçado a dar uma freada brusca, quase batendo no carro à sua frente. Os veículos atrás dele também tiveram que fazer o mesmo para não colidirem uns com os outros em cascata. Sorte que nenhum freio falhou.

O trânsito cresceu num piscar de olhos por quarteirões inteiros. Todos saíam de seus veículos para contemplar a estranha e curiosa visão. Parecia que metade da cidade havia ficado às escuras a partir de um determinado ponto, de onde não se podia visualizar absolutamente nada. Nenhum prédio, nenhuma rua, nenhum ônibus, nada. Todos os carros (pelo menos, os que podiam) procuravam se amontoar no lado claro.

— Não sei por que esse pessoal ainda se impressiona. — Disse Rodriguez. — Isso já aconteceu não faz muito tempo. Já deveria ter se transformado num evento normal da cidade.

— De todos os modos, ainda precisamos chegar à rua de Amanda, e não vamos conseguir sem algum tipo de iluminação. — Observou Allie aflita.

— Podemos usar o farol de milha desta unidade. — Sugeriu o policial. — Tentaremos chegar o mais próximo possível da casa de Amanda. Seguiremos o resto do caminho a pé, com minha lanterna.

— Tem certeza? Não dá pra ver absolutamente nada lá na frente!

— Eu achei vocês da primeira vez que isso ocorreu, não achei? Conheço esse condado com a palma da minha mão. Cada beco, cada viela.

— E se houver interdições por causa do fenômeno?

— Não interditaram da outra vez. Essas coisas acontecem muito devagar. Pela primeira vez, isso funciona a nosso favor. Além do mais, eu sou tenente da polícia, esqueceu? Se eles bloquearam algo, eu os farei desbloquear tão rápido, que faria sua cabeça dar voltas.

— Certo. — Assentiu a cientista. — Mas, antes de irmos, faça mais uma coisa por mim: chame outra viatura pelo rádio e diga para trazerem um megafone. Seus homens têm que acalmar as pessoas. Temos que conter o medo. Mais do que tudo, todos devem rezar. Talvez, seja isso que afastou as más emoções das construções e alegorias religiosas até o momento.

O tenente assim o fez e, entre uma buzinada e outra, conseguiram deixar o engarrafamento, em direção à calçada. As luzes de milha da viatura eram o bastante para tirar da frente os já assustados cidadãos, que ainda poderiam se aventurar naquela escuridão.

♣ ♣ ♣ ♣ ♣

Na casa, Amanda e Derk assistiam curiosos à televisão da sala. Elizabeth, Leo e Wüller estavam no quarto da moça com os outros dois jamaicanos, fazendo testes no relógio e estudando a reação do agitado prisma. Ninguém sabia onde estava Compreensão.

— Parece um daqueles filmes épicos. — Comentou Derk para Amanda.

— Sim, só que este épico está em todos os canais, inclusive na TV a cabo. Duvido muito que alguma emissora saudosista tenha conseguido adquirir mais poder do que o maldito horário político. Isso é outra coisa.

— Por exemplo...

Amanda pareceu se empolgar.

— É possível que estejamos vendo o tempo regredindo paulatinamente.
— Mas... Aqui? E pela sua televisão?
— E isso não seria legal?
— Você acha que o resto do nosso pessoal já sabe disso? Não deveríamos contar para o cientista grandão, para ver se ele sabe o que se passa?
— Acho que eles já sabem! Aliás, quem disse que não são eles que estão fazendo isso?

Derk ficou pensativo por alguns instantes. Depois, foi até a janela e disse:

— A julgar pela escuridão lá fora, suponho que já entramos em outro daqueles Paradoxos.
— Bem correto, meu amigo! — Interrompeu Compreensão, surgida de parte alguma, e sem nenhuma chaga em seu belo e esbelto corpo. — Amanda, é quase hora. Vou chamar Elizabeth.

Muito tempo já tinha se passado. Tudo continuava escuro. Contudo, exceto por Compreensão, nenhuma outra emoção os havia visitado. Estariam invadindo outra casa, para provocar terror e medo? Era possível. Será que todas as televisões do Texas mostravam o tempo regredindo?

Se todas as pessoas ficassem com mais medo, seria de se esperar que os séculos corressem mais depressa para o passado, mas não era o que ocorria. Na TV, o passar das cenas parecia constante. Será que era os quadros por segundo, a frequência natural do aparelho que causava aquilo? Mas, se as emoções podiam fazer algo tão inusitado como mostrar o decréscimo do tempo na TV, por ação do prisma, será que elas precisariam mesmo se preocupar com "quadros por segundo"?

Bem, de qualquer forma, aquilo podia ser um sinal de que ninguém estava com mais medo do que há um minuto e que, portanto, as más emoções ainda não haviam se mostrado em nenhuma parte. O problema era que ninguém tinha certeza absoluta daquilo.

— É inacreditável uma pessoa como Allie estar sozinha. — Comentou Amanda com naturalidade.

Tal como da outra vez, a escuridão era total. Cada um podia ver somente a si mesmo e ao outro. Entretanto, curiosamente, as lanternas e velas funcionavam e eram os únicos instrumentos de iluminação de que dispunham. Aparentemente (segundo conclusões de Wüller), o Paradoxo era capaz de impedir a passagem da luz do Sol, lua, estrelas e de toda iluminação gerada eletricamente, porém baterias e chamas, acesas localmente, ficavam isentas e não perdiam suas propriedades de brilho.

— Por que acha isso? — Perguntou Elizabeth para Amanda.
— Ela é uma pessoa tão... Maravilhosa. Tantas... Qualidades. Como que nenhum homem...
— É muito elementar, minha cara: se ela não se mostra nunca, fica meio difícil de alguém conhecê-la. É impossível os homens saberem de suas tão notáveis qualidades quando nenhum deles sabe que ela existe. — Fez uma pausa. — E o mesmo se aplica a você.

Amanda fechou a cara e não disse mais nada. Ao sentir o desconforto da amiga, Elizabeth disse, procurando amenizar:

— Você nunca me contou o que houve, afinal, com sua protetora, a tal de Dona Cida.

A moça descontraiu um pouco a face, porém baixou os olhos. Definitivamente, não era uma das especialidades da rainha amenizar uma conversa.

— Ela morreu.
— Morreu como? — Perguntou Elizabeth.

Amanda esperou algum tempo, mas enfim respondeu:

— Teve Leucemia. Sem chance de escapar, a não ser por um transplante de medula. Doador até que dava para conseguir, mas, mesmo assim, a operação é muito cara. Tentamos ajudá-la, mas mesmo nosso plano de saúde não cobria isso.
— Vejo que uma coisa não mudou nesses 500 anos: só os mais ricos podem comprar sua saúde.

— E ela sofreu, segundo o que meus pais me diziam. Sabe como é o câncer. Não perdoa.

— Minha irmã morreu de câncer. Claro que me beneficiei um pouco com isso, porque sua morte me tornou rainha. De qualquer forma, também é triste saber que, em todos esses anos, essa doença ainda é mortal.

Amanda se absteve de comentar essas últimas palavras de Elizabeth. Sua face se compungiu sensivelmente e, após alguma hesitação, falou:

— Às vezes, me sinto culpada.

— Pelo quê? Uma doença incurável em sua amiga? Mocinha, se seus escrúpulos são assim grandes, sua consciência vai matá-la antes de qualquer doença.

— Sinto-me culpada por nunca tê-la visitado. Meus pais nunca permitiram. Acho que eles queriam me proteger... Ou fazer com que eu mantivesse aquela imagem que ela sempre teve para mim. Não queriam que eu a visse definhando, já que eu... Gostava tanto dela.

— Não vejo nenhum mal nisso. Talvez ela mesma não quisesse que você a visse.

— Eu não sei. Depois que ela morreu, chegamos a receber visitas de pêsames. Ela estivera muito tempo conosco. Já estava com a família mesmo antes de eu nascer. Escutando atrás da porta, eu soube que, em seus últimos dias, quando as dores já tomavam conta de seu corpo inteiro, sem que ninguém pudesse fazer mais nada, ela gritava meu nome, intensamente e... Repetidas vezes. — Uma longa pausa. — Será que ela me culpava por nunca...

— Ela não a culpava. — Disse Allison, ao irromper na sala de estar. — Nunca o fez. Uma velha amiga me contou isso.

Desnecessário dizer que a chegada da astronauta causou uma grande cena de emoção entre ela e Amanda, que deixou a rainha nauseada e entediada, nessa ordem.

— Olha, mocinha, — Prosseguiu o tenente, que entrou atrás de Allie, dirigindo-se à Amanda. — Há bem pouco tempo, antes da sua amiga aqui me salvar de novo, aprendi muito bem o significado da dor, sem ter nenhuma esperança, a não ser a morte. E olha, nessas horas, a gente só consegue pensar nas pessoas que a gente ama, e ama demais. É o único consolo, a única coisa a que se apegar. E foi por isso que a sua amiga gritou o seu nome, não porque desejava a sua presença, mas porque você era a pessoa a quem ela mais queria, em todo o mundo. Você deve ter sido, para ela, a filha que nunca teve.

Amanda abraçou o tenente em seguida.

— E ela a mãe que eu sempre... — Amanda se interrompeu.
— Boa tarde, minha cara Allie. — Disse Elizabeth com calma. — Ou deveria dizer boa noite? Chegamos a pensar por aqui que estivesse morta.
— Bem, não vou citar Mark Twain sobre este assunto, deixo para você pesquisar. — Respondeu Allison. — Só digo que as boas emoções também sabem pensar depressa.
— Acredito que você teve uma experiência... Interessante.
— A gente acaba por conhecer muito bem as pessoas quando se coloca na pele de suas emoções.
— E você teve o privilégio de substituir uma das mais gratificantes. Agora, me diga: essa pessoa tão intuitiva que lhe contou tudo isso sobre a Dona Cida, era uma emoção também?
— Na verdade, não. Ela era... Ah, você não acreditaria!
— Não tente me dizer em que acreditar! Isso está ficando tão... Cansativo!
— Está bem. Foi Anne Burrows. Minha falecida professora na NASA, dos meus tempos de academia.
— Sim. — Disse Elizabeth com estranha naturalidade. — Anne Burrows-Aldrich, na verdade. A esposa de seu querido diretor geral, descendente de minha tão nobre nação, que precisa de mim.

Allie achava que, em toda aquela crise, nada mais poderia surpreendê-la. Estava enganada. Nunca em sua vida, abrira tão grandes olhos como naquela vez.

— Espere um minuto! — Ela balbuciou. — Eu nunca lhe contei isso!

Elizabeth deu uma risada suave e enigmática.

— Não quero parecer mística, porque, de fato, não o sou. — Falou a inglesa. — Porém, mesmo o tempo traz seus mistérios.

Mulligan ficou mais envergonhada do que qualquer outra coisa.

— S-sim. — Respondeu empertigada. — Um bom velhinho amigo meu, que se dizia a Sabedoria também acha isso.

— E por que não? — Continuou a rainha. — Você foi a Compreensão por um período, devia saber que sua amiga a compreendia. Você e Amanda perderam momentos deliciosos se culpando à toa. Deviam ser mais como eu: nunca me culpo por nada!

— Disso, eu tenho certeza. — Comentou Allie.

— Será que existe uma emoção chamada "vergonha na cara"? — Interveio Amanda na direção de Elizabeth. — Se ela existe, você nunca a conheceu, majestade.

— Fico feliz em ver que se sente melhor agora. — A rainha devolveu a ironia.

— Muito tocante! — Foi a voz que os interrompeu.

Todos se voltaram para ver quem era a recém-chegada, autora daquela última sentença. Para desânimo geral, eles se depararam com a velha senhora de olhar demoníaco, que também havia surgido do nada. Aquilo parecia se converter numa triste rotina.

— Será que ninguém mais sabe bater! — Reclamou Wüller.

— Aproveito para dizer — prosseguiu Arrogância — que já estamos cientes de suas intenções de tentar devolver sua rainha ao passado, enquanto atingimos nosso objetivo e já nos precavemos contra essa possibilidade. Vocês conversam alto demais. Por favor, aceitem seu destino com a serenidade dos inferiores.

Quando a velha terminou, Amanda saiu numa carreira desembestada porta afora, entrou em seu carro e saiu em disparada, chagou a cantar os pneus duramente.

♣ ♣ ♣ ♣ ♣

— Para onde será que ela foi? — Perguntou Leo atônito.

— Nem ideia. — Disse Derk. — Mas, seja lá como for, devia estar bem nervosa mesmo. Nunca vi alguém dirigir tão mal assim!

— Acha que ela fugiu? Assim na última hora?

— Não creio. — Interveio Allie. — Se for observar bem, vai notar que Arrogância também sumiu. Acho que Amanda quis afastar a velha de nós.

— E atrair toda a ira para si? — Leo ponderou. — Cheguei a pensar que ela tivesse se acovardado. Vejo que estava errado.

— Sim. — Desaprovou Allie. — Pelo jeito, ela continua a mesma tola valente de quando decidiu acompanhar Massorski sozinha para encontrar Elizabeth!

— E como ela vai se guiar nessa escuridão?

— Carros têm lanternas e ela deve conhecer bem a cidade. Somos nós que não podemos segui-la. — Completou a astronauta frustrada e preocupada.

— E para onde acha que ela foi?

♣ ♣ ♣ ♣ ♣

Amanda estacionou num gramado, próximo ao sopé de uma escarpa íngreme. Não conseguiu e nem poderia pensar em encontrar algum estacionamento. Já tinha sido um grande feito chegar até ali. Atropelara apenas três hidrantes, uns quatro cones, cerca de doze caixas de correios, e quase acertou duas ou três pessoas.

Pegou a lanterna que havia roubado do tenente, desceu do carro e começou a procurar, em todas as direções que seu débil feixe de luz conseguia alcançar, aquela mesma igreja antiga, da época do faroeste, que ela e Elizabeth puderam avistar do sótão de sua casa. Para seu alívio, notou que ainda estava lá, visível após alguma correria, assentada humildemente no final de uma ladeira abrupta.

Contudo, ela ainda precisava alcançá-la rápido. Sabia que não demoraria muito para Arrogância aparecer atrás dela.

♣ ♣ ♣ ♣ ♣

— E então? — Perguntou Leo para Allie. — O que fazemos agora? Se você observar bem, vai notar que Compreensão também desapareceu.

— Ela deve estar se concentrando, a fim de se recuperar de ter sido humana.

— Vai ter muito do que se recuperar.

— Eu acredito que tão logo ela volte a reunir suas forças, ela se juntará a nós, novamente.

— Mas, enquanto isso...?

— Enquanto isso, — Uma nova interrupção. — eu cuidarei para que tudo corra bem aqui entre nós.

O dono dessa nova voz era um cavalheiro até que distinto. Vestido e penteado impecavelmente.

— E que emoção é você? — Perguntou Zeppe. — O "Engomadinho"?

O homem deu uma gargalhada e depois falou:

— Não, meu amigo. Na verdade, me chamam de Intransigência. Estarei substituindo minha colega arrogante. Claro que vocês farão exatamente o que eu mandar.

— Sim, sim, entendo. — Assentiu Allie. — Tal como compreensão e sabedoria, arrogância e intransigência andam sempre juntas. Bem, será como queira então. Agora, se me dá licença, tenho algumas tarefas inferiores a desempenhar.

— Ah sim, fique totalmente à vontade. — O senhor retornou. — Longe de mim interferir com sua inútil rotina de mortal.

Allie andou para longe dele, mas puxou Derk para junto de si e sussurrou para ele:

— Você e seus dois amigos vão ter que distraí-lo, para dar a mim e ao Dr. Wüller algum tempo para trabalhar. Pode fazê-lo?

— Irmãzinha, eu e meus colegas vendemos bugigangas baratas em todas as partes do mundo. Enrolar gente é a nossa especialidade.

— Ótimo. — Allie se voltou para Wüller. — E então, meu caro doutor? Já descobriu como as emoções vão nos impedir de usar o mesmo túnel que elas criaram para devolver Elizabeth à sua época?

— Bem, no momento, não poderíamos fazer isso de nenhum jeito.

— E por que não?

— A menos que você consiga descobrir como se entra na televisão, isso pode ser um tanto problemático.

— Bem, este sempre foi meu sonho na juventude, mas nunca consegui realizá-lo. O senhor poderia agora me explicar o que isso tem a ver com a pergunta que lhe fiz?

— Elas estão usando a televisão como uma barreira física. Devem ter, de alguma forma, achado uma maneira de converter a radiação natural emitida pelo prisma em micro-ondas para, em seguida, transformá-las nas imagens que estamos vendo. O tubo de raios catódicos do aparelho de TV pode ser usado para isso. Malditos televisores antigos!

— Em resumo, podemos dizer que elas "prenderam" o vórtice lá dentro.

— Em essência, é isso.

— E como fazemos para quebrar essa "barreira"?

— Estava aguardando suas sugestões.

Allie coçou o queixo e depois passou a mão pelos cabelos. Verificou cuidadosamente se nada mais estava coçando e disse:

— Deixe-me ver... Não tenho nenhuma.

♣ ♣ ♣ ♣ ♣

Mesmo o céu estava completamente às escuras, sem estrelas nem lua. Amanda somente podia ver a si mesma e à igreja. Permanecia do lado de fora, resistindo ao frio e à depressão da mortalha sombria que a escuridão trazia consigo.

— Você passa muito tempo pensando, filha. — Disse Arrogância, que chegava por detrás. Seu tom de voz era estranhamente sereno e amável.

— Uma boa parte da minha vida se baseia nisso. — Respondeu Amanda, voltando-se para ela.

— Então, já que é tão boa nisso, deve ter chegado à conclusão de que nosso sistema é melhor, nossa proposta bastante razoável e nosso método muito justo.

— Desde que a moça que cuidava de mim morreu, durante minha adolescência, comecei a ficar bastante precavida. — Amanda parecia não ter prestado muita atenção no que Arrogância havia acabado de dizer.

— E quais teriam sido suas principais precauções durante este tempo?

— Por que as coisas têm que ser assim? — A jovem estranhamente mudou de assunto.

— Não sei a que se refere, minha querida, mas não importa, na verdade. A questão aqui é que você mesma está questionando como as coisas funcionam em seu mundo. Você mesma acredita fortemente que uma mudança radical é necessária. É exatamente o que vamos providenciar. Proporcionaremos uma liderança justa e clemente.

Amanda não disse nada. Somente baixou os olhos e deixou de encarar a velha senhora.

— Durante muito tempo, — prosseguiu Arrogância — vocês tentaram governar a si mesmos e falharam miseravelmente. Está claro que sua espécie não é capaz de vencer a ganância, a corrupção e o egoísmo.

— Suas emoções, minha cara! — Bronqueou a jovem, erguendo os olhos novamente. — A propósito, devo lembrar ainda que arrogância também faz parte desse grupo de males do século que você acabou de mencionar.

— Sim, é claro. — Falou a velha, com a máxima calma. — Concordo que vocês sempre se curvaram a nós, muito mais do que ao diálogo, às boas intenções e preocupações legítimas com seus semelhantes. É esse o ponto. Como eu já disse, vocês tentaram, mas são por demais fracos. Não conseguem resistir a nós e sempre se deixam levar.

— E é você que pretende nos governar? — Retrucou Amanda num meio sorriso cínico. — Como conseguiria, se acaba de admitir que vocês mesmos são o problema?

Foi a vez de Arrogância dar seu meio sorriso.

— É incrível como sua argumentação é falha. — Disse. — Você é incapaz de perceber a essência do que lhe digo. Vocês são fracos e nós somos a fraqueza. Entende como é fácil estender nosso domínio sobre vocês? Já o temos feito por muitos milênios, desde a aurora de sua medíocre existência. Sempre os possuímos em termos abstratos e agora poderemos fazê-lo na prática, desde a aurora de sua existência de novo.

"Tudo isso devido à sua própria falta de cuidado. A arrogância de Wüller em tentar criar algo somente para seu mérito pessoal, sua posterior impulsividade e covardia em querer fugir do fracasso, a ganância dos jamaicanos em tentar vender tudo que encontram, e mentem para seus próprios semelhantes no processo."

"E você, seu amigo Leo e, principalmente, Allie não são nada melhores. Aliás, talvez sejam até piores. Por fora, humildes, por dentro acham-se incompreendidos e superiores, culpam os outros por sua solidão e frustração. Dotados de intensas capacidades, mas com medo de usá-las para angariar algum poder, ou qualquer coisa realmente benéfica para seu mundo."

"Fingem prestar serviços à sociedade. Mas, no fundo, somente suportam uma existência vazia. Falta-lhes a coragem para tentar mudar isso,

416

seguir um sonho ou, simplesmente, arrumar companhia. Vocês se refugiam em cinismo e demais recursos covardes e, com isso, condenam-se à escravidão das cruéis regras sociais não escritas, que vocês mesmos criaram e aperfeiçoaram tão bem."

"Vocês não vivem em harmonia, somente competem. E utilizam os mais baixos meios para conseguir o querem."

— Olha, — começou Amanda mais insegura — discursos políticos não vão levá-la a parte alguma. Já ouvi muitos e... — Interrompeu-se. Não pôde continuar ante o olhar de Arrogância, embora quisesse argumentar. Agiu como se um profundo desânimo tomasse conta de cada poro de seu corpo.

O que a velha disse deferiu uma machadada em sua alma. Tentava encontrar erros no que Arrogância havia acabado de proferir. Especialmente, o pedaço sobre ela própria, Amanda. Não estava certa sobre os outros, mas sabia muito bem o que se passava consigo mesma, embora... Não quisesse admitir.

Como toda boa emoção negativa, Arrogância sabia ser desagradavelmente persuasiva. Amanda era a única esperança de salvar seu mundo e não se saía muito bem. Sua situação piorava a cada negatividade que sentia. Não devia ter chamado para si a responsabilidade de enfrentar um ser como aquele, sozinha. Talvez, tenha sido seu último e derradeiro equívoco. Para ela e para toda a raça humana.

As outras emoções tentavam aterrorizar as outras pessoas do grupo, especialmente o tenente. Elas, obviamente, ameaçavam devolver-lhe as terríveis dores que o haviam assolado há poucas horas. Contudo, ele permanecia firme, bem como os jamaicanos e Leo. Elizabeth não dizia uma palavra sequer. Limitava-se a desprezar com seu costumeiro olhar superior tudo o que lhe era dito pelas emoções. Era uma boa técnica de distração.

O problema é que somente aquele grupo de humanos em particular sabia o que se passava. O resto da população mundial não fazia a mínima ideia e era pega de surpresa. Escuridões como aquela se repetiam em diversas partes do mundo, cuidadosamente selecionadas. E é claro, havia más emoções de sobra para cobrir todo o planeta.

O medo e o caos se espalhavam. Já assumiam intensidades astronômicas. Sem falar no medo que também decorria das tragédias causadas pelas aterradoras mudanças climáticas que a Terra sofria, devido a seu progressivo deslocamento orbital, que começava a alcançar o oeste. Como resultado, o vórtice cada vez mais se estendia ao passado e nada parecia ser capaz de interrompê-lo. Se o túnel do tempo ultrapassasse a época em que Elizabeth fora retirada, sem que esta fosse devolvida com a devida precisão de milésimos de segundos, seria o fim.

— Crianças! — Soltou Mulligan de um golpe.
— Está falando com quem, Allie? — Disse Wüller confuso. — Se é comigo, obrigado, mas, se isso teve a intenção de ser um elogio à minha jovialidade, eu preferiria que você usasse o termo "meu jovem". "Crianças" é um tanto retardado.
— Não, não, meu jovem! Eu quis dizer crianças! As emoções podem bem estar raciocinando como crianças!
— E você diz que já recuperou suas faculdades! Se destruir mundos e provocar dor só por prazer é coisa de criança, que Deus ajude as babás!
— Não é nesse sentido que estou falando, Karl. Quando fui uma emoção, pude ver que raciocínio praticamente inexiste naquele universo. É lógico, pois somente emoções vivem ali. Nossa cultura as coloca justamente como o oposto da razão. Elas são capazes de descobrir, ter curiosidade, mas não pensam racionalmente. Elas basicamente seguem instintos. É como as crianças descobrem coisas.
— E como isso pode nos ajudar, cientista?
— Precisamos descobrir como libertar o vórtice que está preso na TV, certo?
— Primeiro, temos que saber como elas fizeram para colocá-lo lá.
— Esse é o ponto. Talvez, isso não seja muito difícil. Aliás, pode até ser bastante fácil. Elas não são capazes de alçar altos voos no campo da racionalidade. Elas aprendem coisas, porém sua interpretação delas é infantil. Se quisermos saber como chegar até o vórtice aprisionado, devemos pensar como elas. Temos que aplicar uma lógica bem básica, um raciocínio infantil. Precisamos pensar como crianças. Esquecer tudo que conhecemos e aprendemos, que só complicam as coisas.

Wüller pensou um pouco e depois respondeu:

— Você pode estar certa. Talvez até tenha sido dessa maneira que elas nos enganaram e nos atrasaram até agora. Pensamos complicado demais, especialmente porque nossa formação nos habituou a isso. As emoções se utilizam de uma simplicidade que há muito tempo deixamos de alcançar.

— Acho que devemos seguir essa linha, doutor. — Concluiu Allie. Seu tom de voz tinha um leve rasgo de euforia.

Amanda estava sentada no pequeno degrau de um canteiro. Suas pernas estavam dobradas, seus cotovelos apoiados em seus joelhos. Tinha as mãos fechadas, que serviam de apoio para cada um dos lados de seu anguloso maxilar.

A velha senhora andava de um lado para outro, circundando o canteiro onde estava Amanda. Dava até a impressão de apreciar a paisagem em torno da pequena igreja.

— Não precisamos ser inimigas. — Disse Arrogância subitamente, num tom muito terno. — Tudo o que você mais menospreza nesse mundo é exatamente o que vamos corrigir. Desde o início de sua existência. Tudo será mais fácil. Faremos as coisas de forma mais organizada e infinitamente mais sábia. Seu universo será um lugar melhor sob nossa dominação. Só usaremos da dor e da força em caso de necessidade. Em troca, vocês só terão que aceitar o fato de que Esse que vocês chamam Deus, agora seremos nós. Vocês nos adorarão e se ajoelharão diante de nós. Submeter-se-ão à nossa vontade. Só isso.

Terminou de falar e estendeu uma mão para Amanda. Esta levantou a cabeça devagar e hesitou. Permaneceu algum tempo sem se mover. Enfim, ergueu sua mão, que se encontrou com a da velha senhora. Ergueu-se de encontro a ela.

— Muito bem, Allie. — Rosnou Wüller de mau humor. — Já tem algum pensamento infantil o bastante para solucionar nosso problema? Ou será que teremos que colocar fraldas e brincar com chocalhinhos, para tirar o vórtice de dentro da TV?

— Bem, todos nós acabamos em fraldas de um jeito de ou de outro, a não ser quem morre jovem. Entretanto, não era isso que eu tinha em mente.

— E já bolou alguma coisa?

— Sim. Algo bem... Básico.

Foi aí que Allison caminhou decididamente até a televisão. Achou uma banqueta e a brandiu acima de sua cabeça. Em seguida, com toda a força que tinha, deferiu um violento golpe na tela, fazendo com que esta se estilhaçasse em milhares de pedaços, que se espalharam livres pelo carpete do assoalho.

Cada olho que havia naquele aposento se virou para ela e, principalmente, para o passado, que ardia em cores vivas bem diante de suas pupilas, dilatadas pela escuridão.

— Crianças, doutor! — Disse Allie, com os cabelos em desalinho, os pulsos sangrando ligeiramente e a mente coberta de orgulho. — O vórtice estava literalmente dentro da TV! Quando crianças, chegamos a achar que todos os programas da TV aconteciam mesmo dentro da tela, que para chegar até os atores, só precisaríamos cruzá-la! As emoções também! Você quebra a tela e liberta o vórtice! Simples, básico e infantil!

— Você sabe realmente como se comportar como criança! — Falou Wüller sarcástico. — Só que se você tivesse me comunicado antes o que pretendia fazer, eu teria feito a mesma coisa muito mais facilmente com meu cotovelo. Já quebrei muitas vidraças de carros quando era jovem. De qualquer forma... Terminou, vencemos! Majestade... Se tiver a bondade... — Wüller se voltou para a rainha, fazendo um gesto irônico de reverência.

— Fique diante do vórtice, Lisa, até que eu calcule o momento exato em que você deve passar. — Completou Allie. — Não será fácil, mas pode apostar sua coroa que eu o farei!

Quando Mulligan voltava-se para o prisma e para o relógio de Wüller, o homem que se dizia a Intransigência levantou a televisão no ar e a atirou no chão com força. Esta se espatifou completamente e o vórtice desapareceu diante de Elizabeth, e dos olhos totalmente arregalados da astronauta.

— Como crianças, minha cara Allie! — Disse o homem com ironia. — Arrogância estava certa sobre sua completa previsibilidade! Vocês fizeram, agiram e pensaram exatamente como achávamos que fariam. Temos nosso vórtice bem escondido! Tudo que fizemos até o momento foi uma boa distração, não acham? Vocês nem pensaram em procurar o verdadeiro portal. Que bom que perderam tanto de seu tempo! A época da rainha já deve ter passado. Quem é criança agora?

Allie olhava perplexa e atônita para Wüller, que nada mais fazia do que devolver esse olhar na mesma intensidade e desilusão.

— Quer dizer, então que... Acabou? — Murmurou Allie.
— Parece que sim. — Respondeu Wüller em voz baixa, com uma expressão fatigada e abatida de derrota.
— Foi Amanda. — Interrompeu Leo, quase em desespero. — As emoções não poderiam ter engendrado tudo isso a menos que estivessem fortes o bastante. — De alguma forma, Amanda se entregou.

Mal terminou de falar, tanto ele, quanto os jamaicanos e o tenente tombaram em dores profundas. A julgar pelos gritos do lado de fora, o mesmo acontecia com todas as pessoas do planeta. Elizabeth se agitou um pouco, porém, permanecia sem dizer uma só palavra.

♣ ♣ ♣ ♣ ♣

— Muito bem, filha. — Disse Arrogância com carinho. — Agora, tudo o que tem que fazer é se ajoelhar. Não há muitas pedras pontiagudas nesse lugar, só algumas poucas. Seus joelhos não ficarão muito feridos.

Amanda colocou uma mão na frente do rosto e começou a emitir um débil ruído que, aos poucos, se tornava mais forte.

— Não precisa mais chorar, filha. — Falou a velha com afago. — Eu sei que toda mudança é sempre difícil, mas sempre acabamos por nos adaptar a ela. Não há mais lugar para o medo. Use a calma e a conformidade.

Como Amanda não respondeu e continuou com a face coberta por uma de suas mãos, Arrogância se aproximou dela ligeiramente. O bastante para perceber, para sua total confusão, que a garota não estava soluçando. Na verdade, sorria silenciosamente.

— Posso saber por que você não nos ajuda!? —Dijuta se voltou desesperado para Elizabeth. O medo e a dor ressaltavam muito o jamaicano de seu inglês. — Por que só fica aí sem dizer nada!?

A inglesa se voltou para ele bem devagar, girando seu pescoço como se fosse um robô, e gritou:

— Porque eu não tô entendendo piciricas do que cê tá falando! — Disse a rainha num horrível sotaque sulista. — Quer fazer o favor de falar na minha língua?

Arrogância quase precisou se sentar. Seu olhar de surpresa só era comparável ao enorme círculo formado por sua boca aberta.

— Sim, eu com certeza me ajoelharia, nada seria mais engraçado. — Falou Amanda, em pose altiva, e num inglês polido, da mais elegante pureza britânica. — E vocês acham que enganaram alguém? Aquela garotinha tapeou todos vocês. Isso tudo foi ideia dela. Ela calculou que se ela viesse até aqui, você a seguiria porque, afinal de contas, ela é a peça chave. Sabia também que você traria o vórtice para cá junto com você, a fim de escondê-lo de mim, e distrair o resto das pessoas na casa com alguma bobagem. E ela calculou que tudo ficaria ainda melhor se eu me parecesse exatamente com ela e ela comigo, para que *vocês* fossem distraídos! Trocamos de lugar assim que Amanda chegou até aqui. Compreensão providenciou o truque. Se podemos trocar de lugar com emoções e escutar nossos próprios pensamentos, por que não trocar de corpos físicos também? Esse seu Paradoxo intermediário é bem flexível! Tudo aqui é uma questão de rearranjar as células do corpo a seu bel prazer.

"Sei que posso achar facilmente o vórtice e, a julgar pela cara de imbecil que você acaba de desenhar em sua face enrugada, minha senhora, vejo que não está em condições de me impedir. O único problema é saber se aprendi direito a usar essa coisa. Nossa! Essas vestimentas são pesadas!"

Elizabeth, no corpo de Amanda, sacou de seu jeans o pequeno telefone celular.

— É impressionante como o raciocínio de vocês é debilitado. — Prosseguiu a rainha impiedosa. — Vocês nem sequer foram capazes de perceber que meu inglês não era como o daqui, a ausência total dos regionalismos linguísticos de Amanda. Até me esqueci do nome da pessoa que cuidou de Amanda, Dona Cindy, alguma coisa. Lembra que eu falei "a moça que cuidava de mim". Contudo, mesmo esse detalhe lhe escapou. Felizmente, Amanda já contava com isso, mesmo quando eu disse a ela que seu plano talvez não funcionasse.

"Mas, o melhor de tudo foi minha espetacular atuação. Meu olhar de medo, minha face de angústia... Enganei você direitinho! Eu realmente tenho uma veia para as artes dramáticas! A alegria e o orgulho de qualquer dramaturgo desta época!"

"Bem, para finalizar... Agora que está indefesa, nunca mais, mas nunca mais mesmo, tente achar que pode tomar o lugar de Deus! E nunca mais ouse criticar o modo como governamos no passado! Foi muito organizado e sábio, à nossa... Quero dizer, à *minha* maneira!"

♣ ♣ ♣ ♣ ♣

— Lisa acaba de me ligar e disse que já achou o vórtice. — Disse Amanda na pele de Elizabeth. — Está pronta para partir. É melhor se apressarem, ela me disse que os séculos estão passando bem depressa. Sinal de que ainda há muito medo por aí. A época dela ainda não foi, mas virá logo. Agora, é com vocês.

Todos já pareciam recuperados das dores impostas pelas más emoções e os gritos do lado de fora tinham cessado. Amanda previu que as más emoções ficariam atônitas e confusas ao ouvirem a rainha falar um inglês engraçado, e se distrairiam o suficiente para que os bons sentimentos pudessem corrigir seus danos.

— Muito esperta! — Dizia Allie, cheia de orgulho e ainda alguma hesitação. Porém, sobretudo, estava tomada de alívio. — Quando foi que você e Elizabeth trocaram de lugar?

— Foi lá embaixo, na Igreja. Em princípio, pensamos em fazer aqui mesmo, só que me lembrei de que Elizabeth jamais poderia chegar de carro até a igreja com toda essa escuridão. Eu mal consegui, e ela sequer sabe guiar.

"Primeiro, eu tive uma ideia que poderia funcionar: chamei Compreensão para conversarmos em particular no meu quarto. Perguntei se era possível fazer a Lisa parecer comigo e eu me parecer com ela. Ela disse que sim, e que poderia manter a situação, desde que não saíssemos do Paradoxo. Por sorte, a igreja também estava coberta pela escuridão."

"Depois, falei com Lisa para atualizá-la do plano e ela concordou. Aí, me encontrei com Compreensão já na Igreja e ela fez a troca, sem que ninguém percebesse. O objetivo era afastar Arrogância de vocês o máximo possível, porque ela é a mais perigosa. Aí, Lisa deu uma enrolada na velha para mantê-la ali, enquanto eu ficava aqui, protegendo vocês. Concluí que podia fazê-lo com meu autodomínio interior. Tomei consciência disso há algumas horas, não sei como. Até acho que foi você que colocou essa ideia no meu subconsciente, quando foi uma emoção minha lá no outro universo."

— E você reclamou que Allie era quem devia contar seus planos antes de executá-los! — Interrompeu Leo. — Você nos deu um baita susto!

— Vocês não podiam saber de antemão o que eu pretendia. Era arriscado. Essas emoções são nosso subconsciente, elas poderiam entrar em suas mentes e descobrir meu plano. Aí, tudo ia por água abaixo. Assim como poderiam torturá-los para saber a verdade e isso eu jamais poderia conceber. Era mais seguro não saber.

— Sabe, — disse Allie — nós cientistas podemos ter o QI, mas você é a verdadeira gênia!

Amanda ruborizou. Depois de alguns segundos, mudou de assunto providencialmente:

— Pode determinar o momento exato em que Elizabeth deve entrar no vórtice e lhe dizer pelo celular? Não vai conseguir chegar até lá a tempo sem carro, nem com toda essa escuridão!

— Posso fazê-lo, não se preocupe. — Disse Allie com convicção.
— E quanto à Arrogância?

— Não vai atrapalhar. Nesse momento, ela deve ter se transformado na Submissão.

Allie sorriu e depois falou:

— Não se esqueça de destrocar de corpo com Elizabeth. A menos que queira reinar no lugar dela.

— Meu reino é aqui. — Respondeu ela com uma risadinha. — Compreensão disse que cuida disso. Mas, como ela não raciocina, ela precisa que você calcule o momento exato. Precisará ser com altíssima precisão ou o maldito vórtice não vai fechar!

— Cuidaremos disso. — Falou Allie. — Diga para nossa boa rainha que se prepare. E mande minhas lembranças.

— Tá bom.

♣ ♣ ♣ ♣ ♣

Mulligan, de laptop no colo, colocou o ponteiro do relógio de Wüller numa posição muito próxima àquela original, quando Elizabeth foi trazida da primeira vez, somente com uma diferença milimétrica, que só quem sabia sua prévia posição poderia notá-la.

— Tem certeza de que é a posição correta? — Perguntou Wüller.

— Acredito que retirei todos os desvios que ocorreram, quando a devolveram da primeira vez.

— Allie, as equações com as quais trabalhamos, algumas das quais elaboradas às pressas, ainda apresentam um número incrivelmente grande de variáveis complexas, infinitas eu diria. Foi muito pouco o que conseguimos filtrar para o universo dos números reais. Tem certeza de que conseguiu processar o bastante para obter essa posição? Lembre-se, mocinha, nada pode ser "aproximado". O vórtice não vai aceitar isso. Tem que ser com absoluta e total precisão!

— Estou ciente disso, doutor.

— E...?

— Por premissas de tempo, tive que calcular tudo de cabeça.

— Jesus Cristo! — O alemão rosnou. — Não que eu duvide de sua capacidade, mas você tem certeza de que está absolutamente correta quanto à precisão exigida?

— É bom que eu esteja, doutor. Só existe um jeito de saber.

— Pode me dizer que axiomas você usou para chegar ao resultado? É melhor que eu saiba também.

— Não temos tempo! Terá que ser à queima-roupa.

— Nesse caso, poderíamos ter deixado a rainha decidir! — Wüller reclamou. — Não podemos arriscar de ela ir parar na cama de Napoleão Bonaparte ao invés da própria!

— Eu sei, Karl. Meus cálculos não se baseiam em intuição. Tenho que confiar em minha matemática. Certas grandezas universais nunca mudam. — Fez uma pausa. — E tem mais uma coisa: também estou usando minha fé.

— De qualquer maneira, segundo a posição que você ajustou, o momento de Elizabeth entrar no vórtice é... Deixa eu ver os cálculos... Meu Deus! É agora!!!

Allie digitou em seu celular nervosamente. Seus dedos tremiam muito. Ela rezava para ter chamado o número certo. Seu tempo havia se esgotado, definitivamente. Estava tocando. Entretanto, sem resposta.

— Anda, atende! Atende, droga! — Grunhia Allie. — É só apertar o "YES", você já fez isso antes! — Ela não tinha percebido, mas seus dentes já haviam destruído quase todas as suas unhas.

— Alô! — Foi a voz do outro lado da linha.

— Lisa, por favor, me diga que é você!

— Lisa... De Iowa?

Allie estremeceu. Quase levou o laptop ao chão quando se levantou de um ímpeto.

— Brincadeira. — Respondeu a rainha. — Sim, sou eu. Estou escutando.

— Nunca mais faça isso! — Berrou Allie furiosa. — Bem, quando você visualizar sua cama, já em sua época, me avise, entendeu? Terei que fazer um pequeno ajuste no relógio, para que você possa entrar no vórtice no momento exato.

— Assim que visualizar a cama, devo esperar um pouco? — A inglesa pareceu ficar confusa.

Só que não houve resposta.

— Allie! — Elizabeth a chamou em seu celular. Ela começou a suar e não gostava nada daquilo. — Está aí? Allie!? Responda, menina!

— Queira desculpar... — Respondeu Mulligan, porém, sua voz estava estranhamente falha.

— Algum problema, querida? Não temos muito tempo. Se perder minha época e eu ainda estiver aqui, essa porcaria diante de mim não vai fechar!

— Eu sei... — Aos poucos, Allie parecia firmar a voz, mas ainda não era a mesma.

— Posso saber o que se passa com você?

— Meu estômago! De repente, começou a queimar feito uma lareira!

— Oh não! — Elizabeth se desesperou, numa súbita realização do que ocorria. — Allie, você está prestes a desaparecer! Sua hora chegou!

— Como você sabe disso?

— Não tenho tempo de explicar. Acredite, estes são os sintomas! Foi o que aconteceu a meus captores antes de sumirem!

— Bem, neste caso, é melhor que eu... Alô! ALÔ!!! — Um silêncio súbito se estabeleceu do outro lado. — A ligação caiu! Maldito celular de mer...!!! Não sei se Lisa ouviu tudo!

— Chame de novo! — Urrou Wüller.

— Já estou fazendo isso, droga! — Allie suava aos cântaros. Teve que se dobrar sobre si mesma por causa da dor que sentia. Mal conseguia segurar o celular. Ao seu redor, a apreensão em todos podia praticamente ser tocada. — Ocupado! Mas que merd...!!! Ela precisa se desconectar da ligação anterior! Eu não sei se ela sabe disso. Nem sequer se ela sabe como fazer!

— Allie, a época de Elizabeth vai passar! Não teremos outra chance!

— Eu já sei disso! Quer calar a boca!!! — Cada célula do corpo de Allie tremia intensamente. Seu estômago fervia de tão quente. Ela começou a digitar outro número. — Alô, Operadora, eu preciso que você desconecte uma ligação. O número deste prefixo é...

— Ah, deixa isso prá lá! — Gritou Wüller, e bruscamente tomou o celular das mãos de Allie. — Escuta aqui, idiota, desconecta a última chamada feita deste aparelho agora, está entendendo? — Uma breve pausa. — Pronto! Linha livre. Deixa que eu falo com Lisa! Você não parece nada bem.

— Não! — Allie gritou de volta, praticamente aos soluços. — Eu sei o momento exato, tenho as equações em minha cabeça!

— Você devia ter passado os axiomas para mim!

— Não tinha tempo! Dá a droga do telefone! Minhas tripas estão derretendo!

— Tem certeza? — Perguntou Karl aturdido.

— Já comi pimenta malagueta antes! — Allison tentava se animar. — Apenas me dê o celular! Deus! Não sabia que desaparecer era precedido por forte acidez estomacal! Preciso estudar isso um dia desses! — Ela se sentia como se todo seu trato digestivo fora atirado numa fornalha.

Wüller jogou o telefone de volta a Allison, que o agarrou e tornou a digitar, muito mais nervosamente. Ela já não mais conseguia controlar o tremor de seus dedos, nem tirar a outra mão de cima de sua barriga.

Ouviu o tom de chamar.

— Alô... — Foi a resposta muito baixa do outro lado. A ligação estava péssima. Uma forte interferência. Outra provável consequência do Paradoxo.

— Bem, não tenho tempo de perguntar se você é você, Lisa. — Disse Allie em pânico, sem conseguir pensar em praticamente nada com clareza. — Apenas me responda se já consegue ver sua cama, em sua época!

Sem resposta. Allie estava branca como uma folha de papel sulfite. A dor em suas entranhas atingia graus tão altos, que quase a impedia de se mexer.

— Hfgfhf. — Foi a resposta ininteligível e coberta de ruídos de estática.

— Droga! — Suspirou Allie aflita. — Eu perguntei se...

— Sim, posso ver minha maldita cama! Não precisa gritar! — Foram os berros da rainha do outro lado da linha. — Que devo fazer agora?

Mulligan não teve muito tempo para respirar aliviada e nem poderia, já que estava em extrema agonia. Com imensa dificuldade, ela conseguiu, usando seu trêmulo indicador direito, alterar a posição do ponteiro do relógio de Wüller. Só lhe restava rezar para que seus cálculos estivessem corretos.

— Entra na porcaria do vórtice imediatamente agora, caramba!!! — Allie disse com suas últimas forças e depois, sumiu simplesmente.

Elizabeth assim o fez. Ela e Amanda desapareceram também.

12-EPÍLOGO

*M*uito embora *Elizabeth* tenha se saído razoavelmente bem em se comportar segundo os moldes do século XXI, Amanda seguramente não estava disposta a retribuir essa gentileza. Ela não se ajoelharia diante da rainha, nem lhe daria banho. Contudo, aceitaria uma ou outra massagem nos pés se viesse ao caso.

— Então é aqui que você mora? — Perguntou Amanda.

— Gostou? — A monarca devolveu.

— É um lixo! Não tem TV! E se eu tiver que usar o banheiro?

— Ah, eu lhe asseguro que será como a realeza! Imagine: cinco garotas limpando cada parte diferente do seu...

— Tá bom! Já chega! Não quero saber dos detalhes de sua "realeza"!

— Vai me dizer que você prefere entrar naquelas horrendas choças que a população comum costuma...

— Bem, ao menos, é mais privativo. Agora, mudando de assunto... E aí? Eu tô presa aqui? Como é que ficamos? Se eu tiver que ficar aqui para sempre, vou exigir tratamento especial, ou conto prá todo mundo daquela sua mancha de nascença que eu vi, enquanto você se trocava no meu quarto!

— Creio que isso não será necessário, querida. Acredito que ainda não saímos daquele vórtice imbecil. Ou não me lembraria de tudo. E não se preocupe com a privacidade de minha mancha de nascença. A esmagadora maioria dos piratas do reino já sabe que gosto ela tem.

— E depois ainda te chamam de "rainha virgem"!

— Eu fiquei virgem depois.

— Entendo. Depois, você me ensina essa técnica. Bem, voltando a falar de negócios, isto aqui se parece bastante com um palácio, se é que eu já vi algum. Por que acha que isso ainda é o vórtice?

— Um palpite. Acredito que nossa amiga Compreensão quer que tenhamos mais algum tempo para nos despedir.

— Mas não pode ter certeza.

— Confio na acuidade dos cálculos da nossa querida Allie. Temos pouco tempo.

Amanda hesitou.

— Não sei bem o que dizer. Talvez não tenha muito a dizer ou... Esteja com medo...

— Eu tenho algo a dizer. — Falou Elizabeth com toda a segurança.

— E o que seria? — Empolgou-se Amanda.

Elizabeth endireitou sua coluna num gesto altivo, o que ajudou a atiçar ainda a curiosidade de Amanda.

— Que alívio... — Disse enfim a rainha. — Poder estar de volta em meu próprio corpo! Estava bem apertado aí dentro!

— É uma pena — falou Amanda desapontada — que o traseiro da sua alma seja tão grande quanto o do seu corpo!

— Decerto que é. — Disse a inglesa com um sorriso. — Eu me orgulho dele. Cabem muitas manchas de nascença. Entretanto, não era bem isso que eu tinha para falar. Na verdade, gostaria de dizer que, em todo esse caos que seu mundo se transformou, até que não é um lugar tão ruim.

— Verdade? Se ele fosse bom, essa droga toda não teria acontecido!

— Disse que não era ruim, não que era bom. Ao menos, vocês desfrutam de uma relativa paz, coisa que praticamente inexiste em meu período.

— Há ainda muitas pessoas aqui que fazem a guerra. Sem escrúpulos e sem motivos.

— Sou obrigada a concordar. Espero que vocês consigam chegar mais facilmente a um armistício. Conseguimos um nesta crise.

— É, foi fácil. Somente quase aniquilamos o planeta inteiro!

— Agora que vi o futuro, orgulho-me de várias coisas das quais tive alguma participação, ainda que indireta. Esse tal de Estados Unidos não deixa de ser um país razoavelmente avançado e inteligente, exceto pela programação da TV. Ajudei na existência de vocês de certa forma, ou minha ausência não teria acarretado os desaparecimentos. Entretanto, a coisa de que mais me orgulho não é bem seu país.

— E o que seria?

— Você!

— ?

— Se eu não tivesse ajudado a construir sua nação, vejo que você não existiria. Não haveria ninguém nesse mundo para salvá-lo de sua própria estupidez. Acho que, de alguma maneira, também ajudei nesse processo, ao possibilitar sua existência. Você é a melhor coisa que já aconteceu, Amanda.

— Ah! Deixa disso! — Respondeu Amanda comovida. — Agi por impulso o tempo todo. Não foi nada de mais! Qualquer um teria feito.

— Isso é o mesmo que dizer que qualquer uma poderia ter sido rainha no meu lugar e conquistado as coisas que conquistei. Esta experiência provou que isso é um completo equívoco. Se eu não voltar ao trono do meu tempo, toda a História vai continuar de ponta cabeça, e parte de sua gente ainda sumirá para o esquecimento. Logo, não diga bobagens, mocinha! Ninguém poderia ter feito o que você fez, exceto você. Tenho orgulho em tê-la conhecido.

Amanda corou e não sabia o que dizer.

— Seu silêncio me diz que está emocionada. — Prosseguiu Elizabeth. — Eu, de fato, tenho esse dom. De qualquer maneira, tudo o que eu disse é verdade. Ah, também gostaria de dizer que me agradam bastante algumas músicas de sua época.

— Até já imagino! Você deve estar se referindo aos clássicos, tipo Mozart, Beethoven, aqueles caras.

— Não, nem sei quem são essas pessoas. Existe esse grupo... Chama-se *Queen*.

— Queen? Você nem sequer ouviu nada deles!

— Não, mas achei o nome excelente. Espere um minuto... Ei veja! Minha cama apareceu de repente. Mudamos de aposento e nem notamos. Algo me diz que está na hora de dizer adeus.

Amanda hesitou novamente e depois, disse em voz baixa:

— Pena que não vai se lembrar de mim.

— Você será sempre uma parte de mim, a memória é somente um estado do cérebro. De qualquer maneira, você se lembrará de mim. E sempre que olhar para alguma pintura ou retrato meu em algum de seus livros de História, ou minha figura em alguns de seus museus de cera, lembre-se sempre de reclamar da maneira como nunca fizeram jus a minha beleza! Combinado?

— Combinado.

Amanda ainda segurou Elizabeth pela mão uma vez mais.

— Sabe de uma coisa? — Falou a moça, quase num sussurro. — Você é realmente... Uma rainha.

— Você também pode ser... À sua maneira. Mas, não se esqueça de que, a não ser que queira trabalhar num cemitério, terá que aceitar a companhia de outros seres humanos em sua vida. Solidão só ajuda até certo ponto.

Em seguida, como num piscar de olhos, Amanda já não era mais capaz de ouvir seus próprios pensamentos em voz alta. Mesmo assim, pensou:

— Queen é legal. Os dois que conheci.

— E então? — Perguntou Wüller, tirando a rolha de uma taça de vinho e enchendo seu copo com glamour. — Acha que conseguimos?

— Só podemos esperar. — Murmurou Allie, com a voz rouca e resfolegante, totalmente suada, descabelada e mais parecendo um pedaço de vela de tão pálida. Havia desaparecido e reaparecido muito rápido. Não pode nem saber se a não existência era um lugar legal. Sentou-se no chão, com as pernas cruzadas como uma criança que espera o sino do recreio tocar. — Bem, se aconteceu o pior, só podemos torcer para que Napoleão Bonaparte seja bom de cama. Pelo menos, ambas as mulheres terão algum passatempo enquanto somos destruídos.

— E quanto a Amanda? — Falou Leo. — Será que ela teve tempo de destrocar de corpo com Lisa? Ela voltará para nós?

Allie suspirou.

— Não sei. — Disse. — Tudo o que posso dizer é que ela sabia dos riscos quando decidiu colocar seu plano em prática. Estava ciente de que podia nunca mais voltar. Mesmo assim, o fez pelo bem da humanidade e de cada um de nós. Estava disposta a pagar o preço.

— E eu que pensei que ela tinha se entregado! Amanda elaborou um excelente jogo. Praticamente perfeito. E esse jogo estava nas mãos dela o tempo todo. Ela soube impor seu espírito livre.

— Ela descobriu que seu espírito era livre.

— E agora?

— Agora, rezamos para que ela viva feliz em algum lugar do passado. Se meus cálculos foram corretos e parece que foram, Elizabeth foi devolvida no momento exato e não se lembrará de nada. Portanto, não poderá ajudar. Amanda vai ter que se virar. Porém, já vimos que ela é muito boa nisso. Foi o que fez durante toda a sua vida. Quanto a nós, só nos resta tentar tomar jeito e viver melhor a partir de agora. Se não por outro motivo, para valorizar o sacrifício que Amanda fez.

— Muito sensato. — Interrompeu Arrogância, ao chegar de súbito. — Ainda há chance para vocês.

A velha senhora já não tinha mais o olhar maligno e satânico. Ela parecia levemente ponderada, mas ainda mantinha sua imponência.

— Você está certa, Allie. — Prosseguiu a velha senhora. — Seus engenhos funcionaram. Creio que os subestimei. Isso, por si só, já é uma prova de que talvez vocês sejam capazes de adestrarem a si mesmos.

— Obrigada. — Disse a astronauta, ainda um pouco desconfiada, entretanto amável. — Vou entender como um elogio, vindo de você.

— Bom, é hora de irmos. O último ciclo já quase se fecha. Voltaremos para o íntimo de seus seres uma vez mais. Fui derrotada por pessoas de valor. Não é tão ruim. Desejo sorte a sua amiga Amanda. Devo reconhecer que ela é, decididamente, especial.

— Olha, — interveio Allie, segurando Arrogância pelo antebraço — só queria dizer que não é impossível para as emoções boas e más trabalharem juntas para o bem maior. Devo admitir que a arrogância não é de todo um mal. Ela nos move adiante em muitos sentidos. Contudo, deve estar sempre acompanhada da sabedoria e compreensão. Sem você, é possível que fôssemos somente submissão. Deve ser possível atingir o tal equilíbrio que os construtores do prisma queriam de nós.

— Só depende de vocês. Adeus e obrigada por me deixar partir com alguma dignidade.

— Dignidade é uma boa condição também. Embora não seja uma emoção.

Arrogância deu um pequeno sorriso, virou as costas e começou a andar. Depois, estranhamente interrompeu o passo, voltou-se para Allie e disse:

— A propósito, quase me esqueci: desculpe por tê-la matado.

— Não tem problema. — Respondeu Allie com um sorriso.

— O que quer dizer com "construtores do prisma"? — Perguntou o alemão.

— Longa história... — Suspirou a cientista.

— A propósito! — Interrompeu Leo. — Onde está Massorski?

— Agora que mencionou, todas as suas tralhas também sumiram. — Notou Zeppe. — Que desperdício! Poderíamos ter conseguido, pelo menos, cem mil dólares com elas!

— Deve ter se aproveitado da confusão. — Supôs Wüller. — Se realmente salvamos o mundo, Massorski também vai conseguir o que queria: o crédito por isso.

— Eu não teria tanta certeza. — Retornou Allie com olhar enigmático.

♣ ♣ ♣ ♣ ♣

Após passar em seu escritório e adulterar toda a documentação pertinente ao caso, basicamente colocando seu nome junto ao cabeçalho de cada memorando, Massorski se dirigiu ao escritório de seu superior direto, Rupert Thomanson Aldrich. Chegou lá saltitante e esbanjava contentamento.

— Ei, Aldie! — Começou ele. — Como já lhe disse por telefone, trago grandes notícias!

— Eu também. — Respondeu Aldrich sem entusiasmo, e com cara de poucos amigos.

— Aqui está, para sua prazerosa análise, — Massorski prosseguiu, sem prestar atenção — todos os dados concernentes à crise planetária, bem como a solução que encontrei para a mesma, além de todas as ações que levaram a cabo seu pleno sucesso. — Ao terminar de falar, ele deixou claro que ainda tinha muito mais por vir em seu discurso de vitória. Simplesmente atirou a grossa pasta que carregava em cima da mesa de seu chefe, de modo a dar um toque cinematográfico à sua atitude.

— Clayton, — Rupert disse, sem se alterar. — Não estou de muito bom humor hoje, um dos motivos é porque minha fragmentadora de papel está quebrada. Portanto, terei que queimar todo esse lixo que você acabou de despejar em minha mesa. E vou fazer com que você respire toda a fumaça!

— Senhor? — O outro apagou ligeiramente o sorriso largo que desenhara no rosto.

— Você entrou aqui tão cheio de vento, que nem cumprimentou um conhecido seu, também conosco hoje. Muito grosseiro de sua parte. — Ele fez um leve gesto de mãos, solicitando que seu interlocutor virasse sua cabeça.

Este o fez e encontrou a robusta figura do policial, que estava calmamente inclinado, com as costas contra a parede do fundo do escritório. Mantinha os braços cruzados confortavelmente ao longo do peito e exibia um meio sorriso sardônico. O de Massorski completamente se apagou.

— Tenente Rodriguez! — Clayton fingiu entusiasmo ao tentar, com dificuldade, manter o que restava de sua compostura. — Não sabia que ainda estava na força.

— É *Capitão* Rodriguez. — Este o corrigiu. — Fui promovido esta manhã! Parece que alguém lá em cima gostou de minha atuação neste caso. Especialmente, nas vezes em que peguei pesado com você.

— Eu sei que ele está um tanto fora de sua jurisdição. — Aldrich falou. — Porém, sempre acreditei em exceções de protocolo em certos casos. E este parece ser realmente um momento mais do que apropriado. — Ele sacou um celular de seu bolso e digitou algo nele.

— Não entendo, senhor. — A voz de Massorski já estava trêmula. — O que está acontecendo?

— Eu tenho uma coisa aqui para a *sua* prazerosa análise. — Continuou seu superior direto. — Trata-se de uma gravação e você é o astro principal! Por favor, diga novamente o que você pensa de mim, só que agora na minha cara! Nada mal para um, como você disse... "Desgastado e distinto Senhor Aldrich, que também parece viver num mundo de contos de fadas". — Ele completou.

Clayton perdera a capacidade de balbuciar. Ficou de boca aberta, em expressão de abobada dúvida. Também franzia muito o cenho, outro sinal de perplexidade. Mal sabia ele que estava a caminho de seu primeiro e, muito possivelmente, derradeiro escândalo. Era sua vez agora. E também estava à beira de aprender que, quando sua reputação vai para o fundo do poço, qualquer político que um dia fingiu ser seu amigo para seu próprio benefício, familiar ou não, resolve desaparecer nessas horas, como se nunca tivesse existido.

— Ah, eu vou me divertir muito com isso! — Falou Rodriguez, o novo capitão da polícia do Texas. Ele ampliou ainda mais seu largo sorriso satisfeito, enquanto girava nos dedos as mesmas algemas que, em algum momento, enfeitaram os bolsos de uma rainha.

O sol nasceu como já era de praxe, desde o início dos tempos. Mais um dia qualquer. Será que, em realidade, não era? Amanda acordou com o despertador no horário indecente de sempre. Levantou-se e começou a caminhar como um zumbi e, sobretudo, parecendo um. Primeiro, transcorreu lentamente todo o trajeto desde sua cama até a porta do quarto, e saiu pelo corredor que desembocava na cozinha.

Ao longo do penoso caminho, ela acordava aos poucos, enquanto tentava esfregar o resto de sono que ainda inchava seu rosto. Acidentalmente, esbarrava as canelas em algum móvel no caminho (o que já alocava os primeiros palavrões do dia em sua mente descansada), devido à obscuridade parcial da manhã e, claro, de seus próprios olhos ainda pouco despertos.

Ao chegar ao aposento de destino, isto é, a cozinha, parou para tomar um pouco de água do filtro. Depois, ficou aturdida de repente, ao ouvir o ruído áspero e agudo de seu copo caindo no chão, que teria estilhaçado se não fosse de plástico. Estava pasma e estarrecida devido ao que acabara de se lembrar. "Droga! Será que tudo não passou de um maldito sonho? Nenhuma rainha, nenhuma astronauta, nenhum gorila alemão gigantesco super dotado... Preciso parar de comer essas latas de comida oleosa!" Interrompeu seus pensamentos por um instante, num lapso de quase desespero. "Não é possível! Quer dizer então que nada daquilo era verdade? Não arrisquei minha vida, não me diverti nada, não salvei o mundo... E minha vida vai continuar a porcaria de sempre? Preciso de um café."

Abriu a geladeira para pegar algumas rosquinhas. "Odeio comida típica americana! A única outra opção é bacon!". Sentiu suas mãos tremerem um pouco. Porém, ainda não perdera a letargia do despertar. Esta somente se desvaneceu por completo quando, de um golpe, ela sentiu um braço (frio se comparado ao seu pescoço, que mantinha o calor trazido pelas cobertas) enlaçar-lhe com uma força bem sutil.

— Ah, não me diga! — Berrou a garota em desespero. — Como se não bastasse eu ter sonhado tudo aquilo, ainda por cima vou ter passar por tudo de novo na realidade? Quantas vezes isso vai acontecer?

— Ei, está bem! — Foi a voz do outro lado de sua cabeça, que a libertou de imediato. — É isso que acontece quando eu tento ser sutil, engraçada e espontânea?

Amanda se virou tão depressa que quase caiu no chão de tonta. Sua fisionomia expressava contrariedade, mas também um imenso alívio.

— Allie, puxa vida! — Disse a garota. — Você, pregando peças? E de mau gosto ainda por cima? Posso ficar no banheiro uma semana por causa disso! De qualquer maneira, nunca fiquei tão feliz ao ver uma pessoa em toda a minha vida.

— Alegro-me por isso e desculpe pela brincadeira, eu realmente não devia ter feito isso, mas não resisti. Acho que ainda estou um pouco contaminada pelo sarcasmo da nossa amiga real.

— Tudo bem, não se preocupe. Ao menos, acordei de vez. Eu devia saber que não teria imaginação o bastante para sonhar tudo aquilo. Nem a droga dessa comida consegue fazer tamanho estrago no meu estômago. — Fez uma pausa e baixou os olhos em reflexão. — Não queria ter que admitir isso, mas acho que vou sentir saudades daquela rainha megera. Especialmente, das gracinhas e do sarcasmo.

— Digamos que, agora, não há dúvidas de que ela mereceu o trono. Cometeu muitos erros, é claro. Contudo, temos que considerar que as necessidades de sua época eram outras. Não podemos julgar de tão longe. A única constante que une nossas realidades é a certeza de que guerras não resolvem nada.

— Não sou muito boa em história. Mas sei que não é a guerra que resolve. É a união.

— Concordo.

— Bem, fico grata por terem cancelado esse negócio de decapitar pessoas. Pelo menos, creio que ninguém faria isso hoje intencionalmente. Só o que sei é que ela e eu nos tornamos grandes amigas e, considerando a segurança que ela me dava, não teria suportado essa droga toda sem Elizabeth.

— Sim, podemos dizer que ela era uma chata útil.

— A propósito, falando em chato... Você já soube o que foi feito do Massorski, no final das contas?

— Aquela sua conversa com ele, que você gravou em seu celular quando ele tentou te levar para Houston, deve ser o bastante para jogá-lo em cana por um bom tempo.

— Sim, ele confessou, sem querer, que mandou matar a rainha. Só que Elizabeth já não está mais aqui para depor. Acha que isso pode prejudicar nosso caso?

— Creio que não. Todos na Casa Branca sabiam da presença da rainha neste tempo, graças a Massorski. Ele deu um tiro no próprio pé. Eu disse a ele que era perigoso fazer aquilo. Sem mencionar eu, você, Leo, Wüller e os jamaicanos. Com todas essas testemunhas, mais a gravação, não deve ser problema conseguir uma condenação. Além do mais, no resto da conversa que você gravou, Clayton claramente a ameaça de tortura, caso não colaborasse. Isso também é crime. Depois de todo esse tempo, ele finalmente vai pagar por tudo que fez.

Amanda ofereceu um suco de uva para Allie, que declinou. Já tivera seu desjejum com Leo, que estava muito ocupado com os detalhes de sua mudança para a casa de Allison, em Houston. A moça pegou um pouco de leite da geladeira, além de pão com algum queijo, e se contentou em fazer um sanduíche.

— Massorski é bem esperto. — Allie ainda divagou. — Como você conseguiu gravar sua conversa com ele, sem que percebesse?

— Ele é esperto, mas muito cheio de si. Achou que já havíamos usado todas as manobras que tínhamos.

— Não estou certa se entendi.

— Rodriguez, Leo e os jamaicanos pensaram em infiltrar algum de nós no grupo de Massorski, a fim de encontrar Elizabeth. Nunca achei que funcionaria. Muito óbvio. E se eu sabia disso, Clayton também saberia. Eu aceitei essa missão já com outro ângulo, mas não disse nada.

— Entendo. E qual foi seu ângulo?

— Massorski fez exatamente o que eu pensava que faria: antecipou nossa ação e me passou um endereço de fachada, que não tinha nada a ver com onde a rainha realmente estava. Ele previu que eu tentaria passar esse endereço para o telefone de Leo, via mensagem de texto. E fez vista grossa quando eu mandei a dita mensagem, pelo celular debaixo da minha blusa. — Amanda fez uma pausa para uma breve mudança de assunto. — A propósito, onde estava Elizabeth afinal?

— Os detetives de Rodriguez descobriram que ela ficou no *Sun Suites of Plano* o tempo todo, onde o FBI já havia estado anteriormente. Mas, continue, por favor. Como Massorski permitiu que continuasse de posse de seu celular, depois que enviou a mensagem?

— Como já disse, ele achou que essa seria a única estratégia que tentaríamos, ou seja, segui-lo até Elizabeth. Até conseguiu achar graça de fazer a polícia perder seu tempo, bem como os jamaicanos. Estava tão ocupado dando tapinhas em suas próprias costas por sua esperteza que, não somente deixou que eu ficasse com o celular, como ainda esqueceu que se podem gravar coisas com ele. Esse era meu ângulo.

— Orgulho deve sempre ser acompanhado de bom senso. — Allie novamente reforçou aquela ideia. — Massorski jamais terá isso em mente.

— No final, só o que tive que fazer foi atuar. Até merecia o Oscar, como ele mesmo disse na ocasião.

Amanda encheu dois copos de leite e ofereceu um deles para a astronauta, que acabou por aceitar.

— O que acontece agora com o mundo? — Amanda perguntou à cientista.

— Voltou ao normal. Todos os americanos estão de volta, bem como os prédios e monumentos.

— E quanto às pessoas que morreram nas catástrofes do extremo leste, devido ao deslocamento orbital?

— Ninguém morreu.

— Não?

— Quando a rainha foi devolvida ao passado, o prisma reiniciou o tempo como deveria ser e fechou o vórtice. Subitamente, todos os planetas voltaram a seu devido lugar, inclusive a Terra. E como a mudança foi processada desde a época da rainha, o presente se ajeitou sem nenhum cataclisma. Foi como se nada tivesse acontecido.

— Mas, as pessoas ainda têm memória de tudo que aconteceu nesses seis dias, certo?

— Correto.

— Você já deve saber que, agora que foi promovida para o lugar de Massorski, você é a porta-voz oficial da NASA. O que vai dizer às pessoas para explicar tudo o que aconteceu?

— Ainda não sei. Muita coisa talvez tenha que ser deixado para o plano da fé. Às vezes, a ciência pode ser até mais assustadora do que o sobrenatural. Além do mais, tenho certeza de que você me ajudará com isso, pois terá que me substituir um dia. Está pronta?

— Já fiz as malas. — Respondeu a moça. Uma vez totalmente acordada, as lembranças voltaram a se ajustar em sua cabeça. — Ainda não preenchi todos os papéis que você me mandou por email, acha que faz mal?

— Não, está tudo bem. É somente a burocracia restante, que ainda não foi informatizada. Você preenche o resto depois. Além do mais, não é uma boa ideia chegar atrasada em sua primeira aula na academia da NASA. Especialmente quando eu sou a professora!

— E quanto a Wüller?

— Também será seu professor. Acabou por se cansar do isolamento e conseguiu voltar a dar cursos na NASA.

Amanda sorriu. Porém, não apressou muito sua mastigação.

— Alguma coisa? — Allison perguntou, ao notar a hesitação da moça.

— Só um pouco de medo. — Esta respondeu. — Não consigo resistir à dúvida se tudo vai dar certo. Nem cheguei a ser astronauta ainda e já estou com um frio na barriga!

— Isso é normal, aconteceu comigo também. Além do mais, não vou viver para sempre. Precisamos de pessoas como você para impedir que gente como Massorski voltem a comprometer nossa tão nobre agência espacial.

— Falando nisso, quem é essa tal de Anne Burrows? Você nunca me falou dela.

— Ela era uma astronauta na NASA, até que precisou ser afastada das missões no espaço, por conta de um problema cardíaco congênito. Por isso, teve que virar professora. — Baixou os olhos. — Ela me tomou em sua guarda como uma filha e permitiu que eu usasse todo o meu potencial. Ficamos muito amigas. Pouco tempo depois, ela se casou com Rupert Aldrich, futuro Diretor Geral.

— E como ela morreu?

— Quando eu estava a ponto de me formar, houve uma emergência em órbita. O propulsor de um satélite parou de funcionar. Se não fosse consertado, ele cairia numa área densamente populada, feito um asteroide. Era para eu ter ido nessa missão, seria minha primeira viagem espacial. Só que Anne achou que eu ainda não estava pronta e, contrariando todas as recomendações médicas, bem como seu histérico marido, resolveu que devia ir. A missão foi cumprida, mas ela morreu de ataque cardíaco em pleno espaço sideral. Sua alma não precisou caminhar muito para chegar ao paraíso, pois seu corpo já estava no céu. Cheguei a me culpar por sua morte.

— Por quê?

— Não sei ao certo. Mas, sinto-me culpada.

— O que o marido dela fez a respeito?

— Aldrich me promoveu, para que eu assumisse as funções de sua falecida esposa, bem como os privilégios de seu cargo.

— Não me parece que ele a culpou.

— Bem, de qualquer forma, você será a próxima na cadeia de comando. Tenho certeza de que você não vai desapontar o meu, quero dizer, o *nosso* querido Diretor Geral.

— Farei o possível.

— E o impossível também!

— Sim. Só que o impossível leva um pouco mais de tempo.

Amanda somente iniciava sua jornada, enquanto Allie estava na metade da dela. A moça, sem dúvida, aprenderia muitas coisas com sua nova tutora. Porém, as coisas que mais necessitava aprender com Allie eram sua determinação, capacidade de finalizar o que começou e nunca se render aos tombos que a vida ainda lhe traria. De Elizabeth, já havia aprendido que a verdadeira realeza está no coração, não em algum título hereditário. Pela primeira vez, Amanda caminhava rumo ao desconhecido, nada que pudesse ser previsto por alguma rotina diária.

Ela olhou para o céu quando ambas deixaram a casa, na expectativa de, muito em breve, ver as estrelas do próprio espaço e a Terra abaixo de si. Ainda haveria uma parada na casa dos pais de Amanda, para que esta se despedisse dos mesmos. O horizonte, de um belo azul resplandecente, trazia a esperança de um novo dia. Sabia que o prisma estava seguro, escondido a sete chaves em algum hangar da NASA. A sábia e ética supervisão de Allie jamais permitiria que alguém fizesse uso indevido de suas propriedades. Entretanto, era mesmo possível blindar o prisma de todas as emoções que ainda o cercavam? E se começasse a funcionar de novo? Uma tecnologia como aquela, totalmente estranha à desavisada raça humana, tinha que se tornar ainda mais imprevisível.

Por recomendação expressa de Mulligan, ninguém, em hipótese alguma, poderia se aproximar do prisma, nem mesmo para estudá-lo. Mesmo assim, teria que conviver com um instrumento que detinha um imenso poder. Como seria possível lidar com a responsabilidade de estar lado a lado com uma tecnologia capaz de manipular o próprio tempo e suas drásticas influências? Era algo nunca antes sonhado por nenhum ser humano. Poderiam esconder sua existência para sempre dos mal-intencionados?

Bem, pensou Amanda... Nas palavras do mais tosco e grosseiro herói de filme de ação: se a Terra precisar dela mais uma vez, ela estará lá para salvá-la. E, se necessitar de algum utensílio em particular, sabia que Derk, Zeppe e Dijuta o conseguiriam para ela, pelo preço certo obviamente. Afinal, todo herói sempre precisará de seus coadjuvantes cômicos.

E o que teria acontecido à Lisa?

*I*NGLATERRA, 1559. A rainha coroada Elizabeth I, no alto de seus 26 anos, não podia parar de pensar nos últimos acontecimentos que tiveram lugar em sua vida. Acordara por culpa dessas preocupações, era realmente difícil se desligar completamente da rotina. Na manhã seguinte, uma nova saraivada de reuniões estratégicas teria lugar. Mais um dia de encontros, discussões, protocolos, visitas e, muito possivelmente, hostilidades.

Como seria bom, pensava ela, poder acordar de repente em outra era, em outro lugar, onde pudesse ser uma pessoa como qualquer outra, destituída do peso de tantas responsabilidades nos ombros. Ficaria livre dos grilhões que a prendiam à sua posição, sem precisar ter todas aquelas vidas nas mãos, que dependiam do erro ou acerto de cada decisão sua. Bem, sabia que tal jamais aconteceria, teria que reinar até sua morte. E voltou a dormir.